Eine Sache des Herzens

Jacquelyn Mitchard
ist in den Vereinigten Staaten eine Autorin, die sich hartnäckig auf den Bestsellerlisten hält. Immer kreisen ihre Bücher um das große Thema Familie. Mit ihrem ersten Roman »Tief wie der Ozean«, der mit Michelle Pfeiffer verfilmt wurde, machte sich die Amerikanerin auch in Deutschland einen Namen. Mitchard, die selbst fünf adoptierte und zwei leibliche Kinder hat, lebt mit ihrer Familie in Wisconsin.

JACQUELYN MITCHARD

Eine Sache des Herzens

Roman

Aus dem Amerikanischen von Frank Auerbach

Weltbild

Die amerikanische Originalausgabe erschien unter dem Titel
A Theory of Relativity.

Besuchen Sie uns im Internet:
www.weltbild.de

Lizenzausgabe mit Genehmigung der Verlagsgruppe
Lübbe GmbH & Co. KG, Bergisch Gladbach
für Verlagsgruppe Weltbild GmbH,
Steinerne Furt, 86167 Augsburg

Übersetzung: Frank Auerbach
Umschlaggestaltung: Studio Höpfner-Thoma
Umschlagmotiv: Artothek, Weilheim
Gesamtherstellung: Clausen & Bosse GmbH & Co. KG,
Schockenriedstraße 38, 70565 Stuttgart
Printed in Germany
ISBN 3-8289-7316-7

2006 2005 2004 2003
Die letzte Jahreszahl gibt die aktuelle Lizenzausgabe an.

Wie schnell der verstrichene Honig
des Nachmittagslichts in Dunkelheit fließt

und die geschlossene Knospe
ihr Geheimnis abschüttelt
um plötzlich zu erblühen

als ob das, was ist,
nur existiert, um zu vergehen
und kostbar zu werden.

LISEL MUELLER, *Im Vorübergehen*

Der Begriff »Relativität« macht uns vor allem bewusst, wie sehr der Forscher selbst unvermeidlich Teil jenes Systems ist, das er erforscht … Kurz gesagt – sind denn die Naturgesetze für alle Menschen gleich, ungeachtet ihres jeweiligen Standpunkts und ihrer Bewegung?

NIGEL CALDER, *Einsteins Universum*

»Mein Gott! Du lieber Himmel!«, riefen sie. »MEINE GÜTE!
Das ist ja etwas ganz Neues!
ES IST EIN ELEFANTEN-VOGEL!!!«

DR. SEUSS, *Horton brütet das Ei aus*

Für Christopher,
Maria Christopher
und Moochie

1

Sie waren auf der Stelle tot.

Oder beinahe.

Natürlich wusste Gordon, dass »auf der Stelle« in diesem Zusammenhang nicht genau das bedeutete, was es auszusagen schien. Nach dem Aufprall waren vermutlich noch etliche Minuten in dem Autowrack vergangen, während die letzten Schläge der Herzen von Ray und Georgia ihr Blut durch die Adern pumpten und ihre Muskeln unter einem letzten Hagelschauer neurologischer Befehle zuckten. Bei klarem Bewusstsein aber waren sie bestimmt nicht mehr gewesen; gewiss hatte es nur ein paar Sekunden des Dämmers gegeben – und dann die Schwärze und das Nichts.

Die meisten Bewohner von Tall Trees, auch die Familie McKenna und ihre Freunde, wussten nichts über diese biologischen Abläufe und wollten es auch gar nicht wissen. Diese Leute waren Kleinstädter; für sie war der Vorgang des Todes nicht komplizierter als ein Stromausfall – und das Danach war unergründlich. Vielen schien der Tod sogar eine Quelle des Trostes zu sein. Und in den folgenden Monaten gab es viel Bedarf an Trost.

Sogar Gordon musste sich eingestehen, dass er erleichtert war. Hätte nicht alles noch schlimmer kommen können – viel schlimmer?

Ja, es *hätte* schlimmer kommen können, sagte sich Gordon in den wenigen, atemlosen Augenblicken des Schreckens, als er sein Klassenzimmer verließ und von der Schule zur Unfallstelle am Lost Tribe Creek fuhr. Er würde nicht jammern und nicht zittern angesichts dieses jähen Endes eines Katastrophenjahres. Er würde nicht aus der Fassung geraten. Er würde ruhig bleiben, vernünftig. Tatsachen nüchtern zu betrachten entsprach seinem Naturell und gehörte zu seinem Beruf; von allen Familienangehörigen konnte Gordon das am besten. Auf diese Weise würde er sich selbst schützen – und seine Eltern.

Natürlich hatte er Angst und litt an den typischen Symptomen: fliegender Puls, zittrige Knie. Furcht wühlte in seinen Eingeweiden, pochte an sein Inneres wie ein ungebetener Hausierer, der unablässig ans Fenster klopft: *Deine Schwester ist tot, deine Schwester ist tot…*

Es hatte angefangen, kaum dass er Sheriff Larsens Stimme hörte.

»Na, Gordon?«, sagte der Sheriff. »Was tust du, Junge?«

Was er *tat*?

Der alte Freund seines Vaters suchte ihn mitten an einem Wochentag in der Schule auf – wo Gordon eigentlich gar nicht mehr sein sollte, denn seit zwei Wochen waren Sommerferien – und fragte ihn, was er tat? Irgendwas musste los sein, irgendetwas Schlimmes. Doch was es war, konnte Gordon sich nicht vorstellen. Denn alles, was schlimm sein konnte, war ja schon geschehen.

Gordon spürte einen Nadelstich tief im Innern.

»Ich räume auf. Mein Klassenzimmer«, antwortete er schließlich voller Unbehagen. »Ich werfe die schimmeligen Agar-Agar-Schälchen weg und lese alle Liebesbriefe, die meine Schüler in den Ablagen vergessen haben. Die kleinen Vergnügen eines Biologielehrers.«

»Gut«, sagte Sheriff Larsen. »Gut.« Seine Stimme hatte Gordon stets an die von Ronald Reagan erinnert. »Du bist also allein hier?«

Gordon war allein, und er genoss es. Nur an den Tagen, wenn Georgia zur Chemotherapie in die Universitätsklinik Minnesota fuhr, hatten er und die McKennas das Gefühl, unbelastet alltäglichen Dingen nachgehen zu dürfen – Dinge, die ihnen schändlich selbstsüchtig vorkamen, wenn

Georgia zu Hause war und es ihr schlecht ging. Gordon war kaum noch ans Telefon gegangen; es war ja doch wieder seine Mutter mit irgendeiner neuen wundervollen Nachricht über die großartigen Fortschritte seiner einjährigen Nichte, Keefer. Sie hatte zum ersten Mal den Löffel selbst gehalten! Sie hatte »Oma« gesagt! Zwar liebte Gordon seine Nichte und hielt sie für ein sehr kluges Kind, doch was seine Mutter trieb, entwickelte sich allmählich zur Manie.

»Was ist los?«, fragte Gordon.

Und als der ältere Mann sagte, dass ein Unfall passiert sei – ein tödlicher Unfall – und dass er deshalb vorbeigekommen sei und Gordon mitnehmen müsse, durchfuhr diesen ein solches Erschrecken, dass in seiner Brust nur noch Platz für sein Herz oder seine Lunge zu sein schien, aber nicht mehr für beides – eine Art hypotonischer Schock. Angst, rief Gordon sich in Erinnerung, war bloß ein Gedanke, ein Hirnimpuls, wie alle anderen Empfindungen. Und hatte er die Angst nicht auch vor einem Jahr in den Griff bekommen, als er erfuhr, dass seine Schwester Georgia Krebs hatte? Sie war gerade 26 Jahre alt, eine strahlende junge Frau und überglückliche Mutter eines Neugeborenen. Doch sie hatte Krebs im vorletzten Stadium, unheilbar und rasch voranschreitend. Hatte Gordon nicht ein endloses Jahr lang zusehen müssen, wie Georgia Tag für Tag litt? Hatte er nicht getrauert und sich Tränen und Schweiß aus dem Gesicht gewischt und sich gewünscht, dass Georgia erlöst würde – und sich dann für diesen Wunsch verflucht?

Nun war es vorbei. Sie war erlöst.

Und Ray ebenfalls, Georgias Mann, Gordons langjähriger Freund, sein sanftmütiger alter Kumpel aus Jupiter, Florida, ein schwerfälliger Athlet mit dem Hirn eines Physikers und dem Herzen eines Kindes. Ray hatte während Georgias Krankheit mehr als einmal gesagt: *Gordon, ich kann ohne sie nicht leben*. Gordon wusste, dass es nicht bloß so dahergesagt war. Und so hatte vielleicht auch Ray Dankbarkeit empfunden in diesem letzten, kaum bewussten Augenblick seines Lebens, als er sterbend neben seiner Frau im Autowrack lag. Das menschliche Hirn ist imstande, noch in Bruchteilen von Sekunden Dutzende von Gedanken und Bildern, Vorstellungen und Gefühlen hervorzubringen.

Gordon beschloss, seine Mutter nicht anzurufen. Sollte sie diese letzten ahnungslosen Augenblicke unschuldigen Spielens mit der kleinen Keefer genießen. Seine Tante Nora würde Gordon ebenfalls nicht anrufen, auch wenn sie hart im Nehmen war; angesichts ihrer schlichten Denkweise konnte Gordon sich gar nicht vorstellen, dass das zwanzigste Jahrhundert, das seine Eltern hervorgebracht hatte, zugleich das Zeitalter Tante Noras gewesen war. Sie hatte Gordon erst kürzlich erklärt, sie müsse nicht alle Antworten auf das Warum und Wieso erfahren; sie würde Georgia später im Himmel danach fragen.

Aber der Himmel war immer nur ein Vorwand gewesen, wenn Nora diese Feststellung machte, überlegte Gordon, als er den Wagen wohlweislich in einiger Entfernung vom Unfallort auf dem Randstreifen der Straße parkte. Jetzt, da für Georgia das Himmelreich gekommen war, würde Tante Nora zutiefst erschüttert sein.

Ihm wurde klar, dass *er* derjenige sein würde, der seiner Familie eine starke Schulter und eine ruhige, stützende Hand bieten müsste, obwohl er mit seinen erst 24 Jahren der Zweitjüngste unter seinen Cousins und Cousinen war.

An der Unfallstelle sah es auf den ersten Blick so aus wie an jedem anderen Tag. Gordon glaubte zuerst, an den falschen Ort gekommen zu sein. Oder dass alles ein Irrtum sei, vielleicht sogar ein dummer Scherz. Und wo war Dale Larsen? Nirgends war der vertraute Streifenwagen zu sehen. Eine heitere, sommerliche Nachmittagssonne glitzerte auf den Birken am Fluss, und der beharrliche, melodramatische Ruf eines Kernbeißers war zu hören, der Gordon stets an die Worte seiner Mutter erinnerte: »Dieser Vogel hört sich wie ein Rotkehlchen an, das Schauspielunterricht genommen hat.«

Mit Fahrrädern und Campingsausrüstungen beladene Autos jagten vorbei. Gordon hatte das Gefühl, hier als Einziger fehl am Platze zu sein.

Sogar das metergroße Stück Aluminium-Geländer, an der das Auto durchgebrochen war, wirkte wie ein harmloser Blechschaden. Gordon schaute die Böschung hinunter. Ein halbes Dutzend Leute von der Bezirksfeuerwehr Trempeauleau stand da unten, starrte in den seichten Fluss und tat offensichtlich gar nichts. Der Wagen musste buchstäblich geflogen sein… und das Wrack lag allem Anschein nach dort unten. Ein Rettungswagen parkte mit weit geöffneten Türen ein paar Meter oberhalb an der Böschung, doch der Motor war abgestellt.

Gordon beugte sich nach vorn und schaute hinunter.

Jetzt konnte er es sehen.

Der formlose, kantige Metallhaufen – alles, was vom geliebten Oldtimer seines Vaters übrig geblieben war – steckte mit der Schnauze voran in einem Nest aus Sand, Flussfelsen und Beton, und auf dem Wasser rundum schillerten die Regenbogenfarben eines Teppichs aus Öl und Blut. Überall lag Glas – mehr Glas, als an einem Auto sein kann, wie es schien: auf der Böschung, zwischen den Felsbrocken, im Wasser, zwischen den Bäumen. Mehr noch, im Wasser und in den Zweigen der Weiden war ein Gespinst von Rot und Beige.

Gordon konnte sich die nächsten Augenblicke nie mehr vollständig in Erinnerung rufen, nur ein paar einzelne, bruchstückhafte Bilder; dazwischen gab es Phasen der Schwärze und des Nichts, wie bei einem Diavortrag in einem verdunkelten Raum. Er war über das Geländer gesprungen und die Grasböschung halb hinuntergelaufen, halb gerutscht, an den Polizisten vorbei – ein unheimliches Traumwandeln, das so normal erschien, dass es sich an jedem sonnigen Sommertag seiner Kindheit hätte ereignet haben können, nur war er damals aufgewacht und hatte sich glücklich gefühlt, weil er am Rand der großen Wälder lebte, wohin andere Kinder nur in den Ferien fahren konnten.

Gordon stolperte und schlitterte den Hang hinunter, bis er neben dem Wagen stand.

In dem kleinen Fluss war eine Betonmauer, eine Art Damm, der im Frühjahr die Schmelzwasserflut von der Straße fern halten sollte. Der Wagen war anscheinend gegen die äußerste linke Kante der Mauer geprallt. Die Motorhaube war bis zu den Vordersitzen nach hinten gebogen und sah aus wie der aufgerollte Deckel einer Ölsardinenbüchse. Nichts hätte man noch lebend darunter hervorholen können.

Die Fenster waren nach außen gedrückt, und was Gordon durch die zusammengequetschte Öffnung auf der Fahrerseite erkennen konnte, sah zuerst aus wie die Quallen, die er beim Tauchen beobachtet hatte: feine, fallschirmartige Membranen, mit kastanienbraunen und blauen und goldenen Fäden geädert... Ray... Und was der Seitenholm der Windschutzscheibe angerichtet hatte... oh, Ray. Gordon konnte zuerst nicht genau erkennen, was sich da im seichten Fluss am Rand seines Gesichtsfeldes auf und ab bewegte, diesen langen Streifen purpurroten Gewebes, bestickt mit goldenen Sternen... die Bluse seiner Schwester.

Gordon weinte.

Zwei Polizeibeamte kamen langsam herüber und klopften ihm in der steifen, unbeholfenen Art seines Vaters auf den Rücken. Gordon kämpfte gegen den Wunsch an, den Kopf an den breiten Brustkorb eines dieser Männer zu drücken und sich auszuweinen. »Bleib hier«, sagten sie mit tiefen Bassstimmen, »geh nicht näher, Junge, du kannst nichts mehr für sie tun.« Dann kam Dale Larsen den Hang herunter, leichtfüßig, wie manche groß gewachsenen älteren Männer sich bewegen können. Dale verkörperte das Sichere und Verlässliche, das Anständige und Unveränderliche.

Dale Larsen war Teil der beständigen, gefestigten Welt, und so löste sein Erscheinen bei Gordon einen Zusammenbruch aus.

Er war mal in Larsens Tochter verliebt gewesen, ein Mädchen, das Schönheitskönigin bei einem Ehemaligentreffen von Georgias Jahrgang gewesen war. Niemals hätte Gordon ihren Namen vergessen: Stephanie.

Gordon packte mit beiden Fäusten vorn in das gestärkte blaue Hemd Dales, als wollte er Halt suchen. Und in einer Geste, die er für immer als vertraulich und zugleich schrecklich beherrscht in Erinnerung behalten sollte, legte Dale Larsen seine riesigen, trockenen Pranken auf Gordons Hände.

»Was wir jetzt tun müssen, mein Junge, ist noch schwerer«, sagte er. »Wir müssen zu deinen Leuten fahren.«

Larsen führte ihn die Böschung hinauf, und wieder waren Gordons Wahrnehmungen die eines Kindes. Er war froh, dass sein Dad nie die Zerstörung seines 57er Bel-Air-Kabrios zu Gesicht bekommen würde, eines cremefarbenen Traums von Straßenkreuzer mit leuchtend roten Sitzen, seines Flitterwochen-Autos, das Mark McKenna – wie er seinem Sohn in einem der seltenen Momente von Offenheit gestanden hatte – vor allem auch wegen der bequemen, großen Rückbank gewählt hatte. Der Wagen hatte nur einen Vorbesitzer gehabt, einen Universitätsprofessor, der ins Ausland gegangen war. Er hatte das Kabrio gehegt und gepflegt und während des Winters in eine spezielle Schutzecke gehüllt. Nur gelegentlich wurde der Wagen für eine Spritztour benutzt. Für Gordons Vater war der Bel Air das Gefährt seiner Jugend gewesen, das ihn zurück in jene Zeit entführte, als ein hoch gewachsener, ruhiger Bursche einer exotischen, dunkelhaarigen Kunststudentin den Hof machte, die in einer Etagenwohnung an der Gold Coast von Chicago aufgewachsen war. Wenn Gordon alte Fotos seiner Eltern aus diesen Jahren betrachtete, fand er, dass sie wie Filmstars aussahen: unglaublich jung und verblüffend schön, wie sie mit der Kamera flirteten.

Oh, Mutter, dachte Gordon. Oh Mutter, Mutter!

Sheriff Larsen erzählte Gordon mit leiser Stimme von dem Anrufer, der das Autowrack entdeckt hatte, einem Mann mit Mobiltelefon, der zufällig vorbeigekommen war, unterwegs zum Burnt Church Lake zu einem Angelwochenende mit seinen beiden kleinen Jungen. Der Mann war nur auf den Randstreifen gerollt, um seine streitenden Kinder zu trennen, die aus den Sicherheitsgurten gerutscht waren und mit ihren Schwimmwesten aufeinander eindroschen.

»Armer Kerl«, sagte Dale Larsen. »Der Kleinere der beiden Jungs, kaum älter als sechs, hat den Wagen gesehen, und er sagte: ›Daddy, da ist …‹«

Dale verstummte.

»Was?«, fragte Gordon. Er musste sich plötzlich am Straßenrand niedersetzen.

»Nichts«, sagte Dale. »Es war nur, weil das Laub rund um den Wagen aufgehäuft war. Man konnte kaum etwas sehen. Der Vater dachte zuerst, es wäre eines der Autowracks, wie die Leute es einfach von der Straße runterschieben, wenn sie ihre alte Karre auf die billige Tour loswerden wollen. Doch als wir kamen, heulte der Bursche wie ein Schlosshund. Er hielt seine Jungen im Arm, damit sie nicht hinunterschauen konnten, und telefonierte weinend mit seiner Ex-Frau. Er war total erschüttert.«

»Er hat die Leichen also doch gesehen? Und das Kind auch?«

»Nein, Gordon. Nicht die Leichen. Nur das …«

»Das Blut …«

»Lassen wir das, mein Junge. Aber du sollst wissen, es gab da nichts mehr … Die Feuerwehrleute hatten Spreizscheren dabei, und sie kamen schnell ins Wrack rein. Aber der Notarzt konnte nichts mehr machen, die beiden waren schon tot …«

»Ich weiß. Ich weiß, sie haben alles versucht.«

»Es war vermutlich schon Stunden zuvor passiert. Dort, wo der Wagen lag – niemand hätte ihn bemerkt.«

»Ray und meine Schwester sind sehr früh losgefahren. Ich war drüben bei meiner Mutter. Georgia hat das Baby zu mir ins Bett gelegt und gesagt: ›Küss mich, und dann...‹« Hatte er gelächelt, als er Georgias Duft wahrgenommen hatte, das Eau de Toilette, das sie in ihrem Laden verkaufte? Er hatte eine kurze, flüchtige Erinnerung an den Duft, der über ihn hinwegzog. *Küss mich, und dann vergiss mich.* Und dann lag das winzige Bündel – Georgias Tochter Keefer in ihrem Frottee-Strampelanzug – neben Gordon.

»Was sagtest du gerade?«

»Nichts. Nur so ein Spruch, den meine Schwester... meine Mutter immer zu uns sagte, wenn wir morgens in die Schule gingen. So 'ne Art Abschiedsgruß.«

»Können wir jetzt fahren, mein Junge? Aber lass dir ruhig Zeit.« Der große, schwere Mann, mit Ringen unter den Augen und dem traurigen Blick eines Jagdhundes, war schweißgebadet.

»Ich bin so weit.«

»Dann müssen wir jetzt zu deinen Leuten. Ed Dean, mein Stellvertreter, hat deinen Onkel Mike schon angerufen. Soviel ich weiß, holt er deinen Vater von Medi-Sun ab.« Larsen holte tief Luft. »Gordon, du weißt, dass es mir von ganzem Herzen Leid tut. Deine Leute und Georgia, vor allem Georgia, haben mir immer sehr viel bedeutet. Ich weiß, das ist 'n schlimmer Schock. Ihr habt's ja so schon sehr schwer gehabt. Und das macht es nun auch nicht gerade leichter...«

»Schon gut«, sagte Gordon. »Auf gewisse Weise macht es die Dinge *doch* leichter für uns.«

Der Sheriff schwieg so lange, dass Gordon schon glaubte, er hätte ihn gar nicht gehört. Doch als er aufschaute, sah er beklommen den vertrauten Blick, wie er ihn hundertmal zuvor gesehen hatte. Der Mann hatte seinen Job getan, doch es hatte ihn ins Herz getroffen, während andere sich an solche Szenen gewöhnten. Und nun versuchte Dale Larsen auf seine unbeholfene Art, Trost zu spenden.

»Du meinst«, sagte Dale vorsichtig, »es ist wegen Georgia leichter so?«

»Ja«, erwiderte Gordon dankbar. »Wir hätten sonst hilflos zusehen müssen, wie sie langsam stirbt.«

Dann wurde Gordon noch etwas anderes deutlich, doch er brauchte eine Weile, um damit fertig zu werden. Auch Rays Tod machte die Dinge einfacher – auf eine Weise, wie Gordon es niemals offen auszusprechen gewagt hätte; selbst vor dem bloßen Gedanken wäre er zurückgeschreckt: Georgia wäre bald an Krebs gestorben, Ray aber hätte weitergelebt. Und wahrscheinlich hätte er Keefer zu sich genommen, eher früher als später, und wäre mit ihr in den Süden gezogen, in die Nähe seiner Eltern, die sich während des langen Sommers um Keefer kümmern konnten, wenn Ray als Golfprofi unterwegs war. Ray hätte vielleicht wieder geheiratet – er war ja jünger als Georgia, so alt wie Gordon. Und so wäre die tägliche und innige Beschäftigung der McKennas mit Keefer auf Weihnachtsbesuche und gelegentliche Dankeschön-Kärtchen in ungelenker Kinderhandschrift geschrumpft. Sie hätten Keefer genauso verloren, wie sie Georgia verloren hatten – durch einen vernichtenden Schicksalsschlag.

Aber jetzt war zumindest dieser zweite Schlag auf längere Zeit hinausgeschoben. Denn Rays und Georgias Testament bestimmte ausdrücklich, dass die McKennas, also Gordon und seine Eltern, für Keefer sorgen sollten, für den Fall, dass etwas passierte.

Und es war etwas passiert.

Der Verlust Rays aber bedeutete, dass sie Keefer nicht verloren.

Der Gedanke war kalt und herzlos.

Aber es stimmte.

Das Leben ist kein Labor, hörte er seine Schwester zu ihm sagen. *Du bringst es immer fertig, Gordon, alles zu wissen, alle Fakten, alle Umstände – und dabei das Wesentliche zu übersehen.*

Aber die Fakten, hatte Gordon stets erwidert, *sind* doch das Wesentliche.

Und nun sehen die Fakten so aus, dass du Vater geworden bist, überlegte er, als er nun in sein Auto stieg, um dem Streifenwagen des Sheriffs zum Haus seiner Eltern in der Cleveland Avenue zu folgen. Er würde Keefer in späteren Jahren von diesem Tag berichten und ihr erklären müssen, warum ihre eigenen Eltern sie nicht großgezogen hätten. Er würde ihr die Wahrheit sagen, so wie seine Eltern ihm die Wahrheit über seine eigene Herkunft gesagt hatten. Die ungeschminkte Wahrheit, wobei ihm ein wenig Verschönerung lieber gewesen wäre.

Wie dem auch sei – Keefer würde als Adoptivkind aufwachsen, so wie Gordon. Und so wie er würde sie ihr Leben nicht von der Zeugung an datieren, sondern von der Aufnahme in die Familie. Aber sie war ja noch ein Baby. Sie würde sich an die jetzige Zeit nie erinnern können. Gordon hatte immer das Gefühl gehabt, in einer Art Niemandsland gelebt zu haben, einem Zwischenreich, bevor er adoptiert worden war.

Er mochte die Geschichte, die seine Eltern ihm oft erzählten, wie er ein McKenna geworden war. Georgia hatte ihre exotische Geschichte sogar noch mehr geliebt als Gordon. Sie war das uneheliche Kind einer ungarischen Medizinstudentin, die als Schwangere in den Vereinigten Staaten gestrandet war. Gordons Geschichte war weniger dramatisch und stützte sich auf die vage Erinnerung eines minderjährigen Ladenmädchens an eine Mondnacht, einen sonnengebräunten Bizeps und einen Burschen, der ein Jahrmarktskarussell bediente. Es bekümmerte Gordon lange Zeit, als seine Mutter ihm einmal erzählt hatte, wie die

McKennas Georgia in die Familie aufgenommen hatten: »Mit dem Mädchen hatten wir das große Los gezogen! Die Mutter war Ungarin, so wie meine Familie, Oma und Opa Kiss, und obendrein Medizinstudentin. Wir hatten ein Baby, das so ausschaute wie ich und so gescheit war wie dein Vater!«

Doch es war Gordon, der einen akademischen Grad in Ökologie erwarb. Georgia, die schon mit vier Jahren Schach spielen konnte und mit fünf die Schlagzeilen der Zeitung las, rauschte mühelos durch die High School, ohne sich jemals auf eine Prüfung vorbereiten zu müssen und ohne je mit einer schlechteren Note als einer Drei nach Hause zu kommen. Sie war immerzu mit irgendetwas beschäftigt, übernahm Ehrenämter an der Schule oder leitete eine Gruppe, ließ Lorraine Plakate malen oder am Wahltag für die gesamte Schülerschaft Gummibärchen kaufen. Mark, ihr Vater, hatte vorhergesagt, dass er eines Morgens auf den Parkplatz von Medi-Sun käme und seine Tochter lächelnd Hände schütteln sähe: »Guten Tag, ich bin Georgia McKenna, Ihre Senatorin ...« Doch Georgia hatte keinen größeren Ehrgeiz entwickelt, als ein Parfümeriegeschäft in Tall Trees zu führen, nur zwei Häuserblocks von der Straße entfernt, in der sie aufgewachsen war.

Und hier würde nun ihre Tochter Keefer aufwachsen. Keefers Lebensgeschichte begann mit dem Tag, an dem ihr die Eltern genommen worden waren. Es war entsetzlich.

Aber diese Geschichte würde ihr wenigstens von den eigenen Angehörigen erzählt werden. Und das war ein kleiner Vorteil.

Sie mussten Keefer das Zusammentreffen von Verlust und Geschenk erklären, das hinter jeder Adoption steht. Und Gordon würde Keefer erklären, dass seine Trauer über den Verlust der Schwester und seines Freundes Ray nichts daran änderte, dass er glücklich war, sie zu haben, Keefer. Er liebte sie sehr. Sich um Keefer zu kümmern hatte die vergangenen

Monate überhaupt erst erträglich gemacht, denn Georgias Krankheit machte ihm schrecklich zu schaffen. Doch zugleich war er glücklich gewesen in ihrer Gegenwart. Er hatte es genossen, abends lange mit Georgia wach zu bleiben, wenn sie nicht schlafen konnte, während Ray auf seinen Golfturnieren unterwegs war, oder wie ein Bär auf dem Doppelbett zu schnarchen, das zur Seite geschoben worden war, um Platz zu schaffen für Georgias wuchtiges Krankenhausbett.

Lange nachdem das Gerichtsverfahren abgeschlossen war, sollte Gordon erkennen, dass er voller Unschuld – oder Überheblichkeit? – geglaubt hatte, das Leben könne methodisch geführt werden wie ein wissenschaftliches Experiment und man bekäme bestimmte Ergebnisse, die sich nach Bedarf wiederholen ließen. Doch so war es eben nicht. Vielleicht nur, wenn man als Einsiedler lebte. Führte man sein Leben jedoch mit jemand anderem, veränderte diese Verbindung den Charakter und den Verlauf des Experiments.

Der Tag des Unfalls sollte der letzte Tag in Gordons Leben sein, an dem er auf dumme und leichtfertige Weise darauf vertraute, das Entsetzliche in den Griff zu bekommen.

Ein paar Monate nach dem Unfall sollten die Tatsachen, die *Fakten*, auf die er sich stets als seine zuverlässigsten Verteidiger gestützt hatte, vor Gericht gegen ihn verwendet werden. Und sie schienen zielsicher gegen ihn zu arbeiten, genau so wie Georgias Leukozyten gegen *sie* gearbeitet hatten, indem sie sich als Kollaborateure der Krankheit erwiesen und taten, was Zellen tun sollen, nur viel begieriger und mit tödlicher Präzision. Der Richter legte das Gesetz so aus, dass niemand sein Urteil anfechten konnte, und doch sollte er mit seinem Urteil Gordons Vergangenheit und Zukunft vernichten – und die seiner Familie.

Liebe mag nur ein Gedanke sein, ebenso wie Angst, doch die Liebe hatte Gordon Scheuklappen angelegt. Er hatte es nicht auf sich zukommen sehen.

2

Der Wagen des Sheriffs hielt am Bordstein in der Cleveland Avenue. Eine halbe Stunde später, und Nora Nordstrom wäre fort gewesen, wäre von der Kreisstraße auf die Spirit Lake Road abgebogen und hätte schon mehr als den halben Heimweg zurückgelegt. Dann wäre Lorraine, ihre Schwägerin, allein zu Hause gewesen, als Dale Larsen mit seiner schrecklichen Nachricht kam, Gordon im Schlepptau.

Die Wege des Herrn sind unerforschlich, dachte Nora später. Und manche seiner Enthüllungen sind keine Wunder, sondern Schrecken.

Es gibt nur einen unerträglichen Schmerz: wenn ein Kind stirbt, das alt genug ist, um zu wissen, was Sterben bedeutet. Nora hatte einst ein Kind verloren, einen kleinen Jungen, der zu früh zur Welt gekommen war, nach sieben Monaten, und nur zwei Tage gelebt hatte. Nora bewahrte noch immer die weiße Häkeldecke auf, in die sie das Kleine gewickelt hatte, während es seine wenigen, entsetzlich langsamen, zitternden Atemzüge tat. Sie war damals jung und stark gewesen und hatte gewusst, dass sie diesen Tod zu einer traurigen Erinnerung werden lassen konnte und dass er keine Tragödie wurde, die ihr ganzes Leben überschattete. Doch was Georgias Tod betraf, so fürchtete Nora, dass ihre lodernde Wut auf das Schicksal so glühend heiß und machtvoll sei, dass sie das Haus niederbrennen und die Mauern einreißen könnte, wenn sie nicht all ihre Gedanken darauf konzentrierte, ihren Bruder Mark und Lorraine und Gordon zu trösten.

Als Nora den Streifenwagen sah, war ihr erster, alberner Gedanke, dass sie an diesem Nachmittag nicht mehr dazu kommen würde, Beeren einzufrieren. Ein Polizeiauto bedeutete nie etwas Gutes. Lorraine, Keefer auf den Armen, kam zum Hauseingang, in dem Nora bereits stand, ihre große Basttasche neben sich.

»Darf ich reinkommen, Lorraine?«, fragte der Sheriff.

»Natürlich, Dale.« Sie machte die Zwischentür auf, damit der Sheriff in das Dunkel des Hausflurs treten konnte. Dann sagte sie: »Ich weiß schon, es ist Mark. Er hatte einen Herzanfall, nicht wahr? Aber er wird es schaffen. Seit fünfzehn Jahren joggt er jeden Tag …«

»Es geht nicht um Mark«, sagte der Sheriff. »Hallo, Nora.« Er nickte ihr zu. Behutsam, als würde es ihm Schmerzen bereiten, nahm er seinen breitkrempigen Hut ab. »Gordon ist auch hier. Es geht ihm gut. Und Mike holt Mark in der Firma ab.«

»Georgia ist in der Klinik«, sagte Lorraine mit leiser, tonloser Stimme. »Es ging ihr wieder schlecht. Keefer Kathryn«, sie kuschelte die Kleine an sich, »deine Mama hat dich sehr, sehr lieb.«

»Lorraine, ich …«, sagte der Sheriff.

»Mutter«, schaltete Gordon sich ein, dessen Gesicht bleich und eingefallen wirkte, »lass Tante Nora mal für einen Moment Keefer nehmen.«

Lorraine reichte Nora das kleine Mädchen.

»Es hat einen Unfall gegeben … Georgia und Ray …«, sagte Dale Larsen leise und hielt Lorraine am Ellbogen fest, als sie zu schwanken begann. »Mit Marks altem Auto. Vielleicht haben die Bremsen versagt. Es war am Lost Tribe Creek. Sie sind durch das Geländer gebrochen. Das Auto ist bis ans andere Ufer geflogen.«

»Wo sind sie?«, fragte Lorraine. »Ist Ray verletzt?«

»Sie waren auf der Stelle tot, Lorraine. Beide. Sie haben nichts gespürt. Sie haben überhaupt nicht gemerkt, was passiert ist.«

Lorraine stöhnte auf; der Kopf sank ihr auf die Schulter, wobei sich ihre wilde Haarmähne auflöste. Sie schaute Nora an wie eine Griechin oder Römerin aus der Antike: ein Klageweib, das den Legionär betrauert, der in der Schlacht gefallen ist.

Gordon schmiegte sich an Nora. »Ich habe das Auto gesehen«, sagte er.

»Bist du ganz sicher, dass es keine Verwechslung war?«, fragte sie. Sie erinnerte sich, wie ihr mittlerer Sohn, Dan, angeblich mit seinen Freunden auf einer dieser Saufpartys in Two Chimneys gewesen war, als sie und ihr Mann Hayes von einem Unfall hörten. Sie waren vor Angst beinahe verrückt geworden – und dann fanden sie Dan schlafend in einer Hängematte hinten im Garten.

Georgia?, dachte sie und schaute hinaus in die sonnige Ferne dieses Nachmittags, als könnte sie dort einen Hinweis auf ihre Nichte finden, mit ihr Verbindung aufnehmen, mit ihrem Bewusstsein. Georgia – von den sieben Kindern der McKenna-Familie war sie das einzige Mädchen und der Liebling ihrer Tante, immer schon, als eigensinniges kleines Mädchen mit Korkenzieherlöckchen und später als strahlende Braut, die Nora eine Kusshand zuwarf, während sie zum Traualtar schritt und ihre Schleppe wie den geschmückten Schwanz einer Meerjungfrau hinter sich zog.

»Seid ihr sicher, dass sie es waren?«, fragte Nora noch einmal.

»Das Auto ist völlig zerstört«, sagte der Sheriff, »aber man kann den Chevy unmöglich mit einem anderen Wagen verwechseln.«

»Wir haben sie damals in diesem Auto heimgeholt«, sagte Lorraine, als wäre sie mit den Gedanken ganz woanders. »Es war unser Glücksauto. Verstehst du? Und wir hatten das Gefühl, wir wären wieder ganz jung geworden, als Georgia geboren wurde. Der Wagen war damals schon alt. Ich fuhr meinen Kombi, der wahrscheinlich viel sicherer war…«

»Ich werde Keefer hinlegen«, sagte Nora, rührte sich aber nicht vom Fleck.

»Georgia war drei Tage alt. Nie zuvor hatten wir etwas so Winziges, so Vollkommenes gesehen. Mark fragte, ob Menschenkinder gleich nach der Geburt die Augen offen hätten. Als ob sie ein Kätzchen wäre! Damals waren Kindersitze im Auto noch nicht üblich. Aber wir kauften einen, denn wir achteten darauf, alle gesetzlichen Auflagen buchstabengenau zu erfüllen, damit die Sozialfürsorgerin uns Georgia nicht wieder wegnahm. Mark sagte, in dem Babysitz sähe sie aus wie ein Ei im Eierbecher. Aber sobald ich konnte, nahm ich Georgia aus dem Sitz. Ich wusste, dass es gefährlich war, und sie schlief tief und fest, aber ich wollte sie einfach *auf meinen Armen nach Hause bringen …*«

Nora und der Sheriff tauschten besorgte Blicke. Es wäre eine Erleichterung gewesen, hätte Lorraine geschrien oder wäre vom Schock bewusstlos geworden.

Keefer jammerte »Mama!«, als hätte sie verstanden.

Nora verlor sich in Erinnerungen. Sie dachte an jenen sonnigen Sommermorgen, als Mark und Lorraine auf dem Nachhauseweg mit dem Baby bei ihr auf der Farm vorbeigekommen waren, in dem großen, schicken Kabrio, und als sie und Hayes kurz entschlossen in ihren Laster gesprungen und ihnen hinterher in die Stadt gefahren waren. Es war wie ein Festzug: von der Bibliothek zur Außenstelle der University of Wisconsin, zum Automechaniker, zum Restaurant, zu Lorraines Schule, zu den Chaptmans, den Soderbergs, den Reillys, den Upchurches. Ein Kind zu adoptieren war damals noch nichts Alltägliches gewesen. Und die Leute konnten sich kaum zurückhalten mit Sprüchen wie: »Warum wollte ihre Mutter sie denn nicht behalten? Und ihr habt sie einfach so bekommen? Ist sie denn auch gesund?«

Nora war immer noch in diese schmerzlichen Erinnerungen an bewunderndes Lächeln, segnende Hände und honigfarbenen Sonnenschein versunken, als ihr Bruder Mike um die Ecke der First und Cleveland Avenue bog und mit seinem Laster am Bordstein hielt; dann kamen er und Mark, beides hagere Gestalten, über den Rasen zum Haus gelaufen. Mark breitete hilflos seine großen Hände aus, streckte sie erst seiner Frau, dann seiner Schwester entgegen. Mike hingegen fragte sich zornig: *Was, zum Teufel, ist denn jetzt schon wieder passiert? Haben wir nicht genug Kummer, mehr als genug für eine Familie?*

Dann läutete das Telefon, und im Lauf der nächsten Stunde brandete die erste Woge von Freunden ins Haus. Nora beschloss, gar nicht zu Hayes auf die Farm zu fahren; sie rief ihn und ihre Schwiegertochter Bradie an, dass sie den Herd ausmachten und die Suppe, die Nora morgens aufgesetzt und köcheln gelassen hatte, abends den Erntearbeitern zum Essen geben sollten. Nora hatte ein schlechtes Gewissen und war froh, dass ihr Mann nicht abnahm, sodass sie auf den Anrufbeantworter sprechen konnte. Seit Georgias Erkrankung hatte Nora so viel Zeit in der Stadt zugebracht, dass Hayes schon zu murren begann. Auf einer Gemüsefarm so weit im Norden waren die warmen Sonnenstunden knapp und Gold wert, und jede Hand wurde gebraucht.

Nora und Bradie hatten an diesem Morgen die letzten Erdbeerkuchen des Jahres gebacken. Georgia hatte Erdbeerkuchen über alles geliebt, schon als Kind. Sogar in den Wochen vor ihrer Heirat, als sie nur noch von Grapefruit lebte, um sich in die Wespentaille des uralten Hochzeitskleides einer der Südstaaten-Schönheiten aus der Familie Nye zu zwängen, konnte Georgia dem Erdbeerkuchen ihrer Tante nicht widerstehen. Heute Abend hätte die Chemotherapie wieder voll durchgeschlagen, und das Erbrechen hätte aufs Neue begonnen. Nora hatte gehofft, Georgia würde wenigstens noch ein Stück Erdbeerkuchen genießen können, bevor sie die nächsten beiden Tage nur noch Tee zu sich nehmen konnte.

»Ich mache die Chemo nur wegen Keefer, Tantchen«, hatte Georgia zu Nora gesagt. »Wenn es mir besser geht, kommt das eher von den Mineralien und Säften. Der Körper kann sich selber heilen, da hat meine Schwiegermutter Recht. Was sie mir in der Klinik geben, ist pures Gift.«

Nora schwieg, wenn die von der Chemotherapie erschöpfte Georgia nach diesen Worten verzweifelt versuchte, den Haferstroh- und Zypressenrinde-Tee herunterzubekommen, den Diane Nye ihr in Gefrierbeuteln aus Florida geschickt hatte. Es war *alles* Gift.

Nora hätte sich bereitwillig für Georgia geopfert. Seit Georgia damals sozusagen vom Himmel gefallen war, hatte Nora sie zu ihrem Liebling erkoren. Als dann Keefer geboren wurde, setzte Nora sich trotz der vielen Arbeit auf der Farm hin und bestickte ein kleines graues Baumwollkleidchen am Mieder mit Marienkäfern. Das Ganze war nicht größer als eines der Taschentücher ihres Mannes. Und ihre Nichte Georgia fuhr den ganzen Weg zu ihr hinaus, um ihr als Dankeschön eine besonders schöne Seife in den Briefkasten zu legen, obwohl sie so müde war, dass sie schlafen konnte, ohne das Schreien ihres Babys zu hören.

Doch damals wusste noch niemand, dass ihre Krankheit der Grund dafür war.

Die Stunden zogen vorüber. Die erschöpfte Nora kochte so viele Kannen Kaffee, dass sie fürchtete, die Kaffeemaschine würde ihren Geist aufgeben, und sie kritzelte am Telefon so viele Nachrichten von Verwandten auf, dass sie einen Krampf in den Fingern bekam. Doch sie war dankbar, dass die Arbeit sie ablenkte. Ihre Söhne ließen alles stehen und liegen und kamen, ebenso Rays Cousin Craig und seine Cousine Delia aus Madison, die Keefer kaum mehr gesehen hatten, seit sie im vergangenen Herbst ihre Taufpaten gewesen waren. Nora kritzelte so viele Reihen vierstelliger Flugnummern auf die Rückseite eines Briefumschlags, dass sich alles wie ein Geheimcode las, den sie niemals mehr würde entziffern können. Eine von Rays Schwestern würde noch am selben Abend von Tampa herfliegen. Ob sie sich wohl in Madison mit jemandem treffen könnte, um dann gemeinsam einen Wagen zu nehmen? Und ob sie so lange das Telefon frei halten könnten, bis sie ihre Eltern verständigt hätte? Rays andere Schwester war auf einer Kreuzfahrt in Alaska. Ob sie es wohl rechtzeitig nach Hause schaffen würde? Nora musste sogar das Half Moon Hotel anrufen, um für sämtliche Gäste eine Unterkunft zu finden, da die Farm nicht alle unterbringen konnte.

Anders als die geschäftige Nora saßen Lorraine und Mark am Küchentisch. Mark stand gelegentlich auf und ging hinaus auf die Veranda, um sich die Beine zu vertreten, doch Lorraine rührte sich überhaupt nicht. Nicht einmal ihre Augen bewegten sich. Sheriff Dale Larsen kam noch einmal vorbei, diesmal mit seiner Frau. Nora hätte Dale in Zivil – rotes Polohemd mit offenem Kragen und beigefarbene Sommerhosen – fast nicht erkannt. Sheila, die Frau des Sheriffs, die gute Seele, hatte Puppen mitgebracht, die sie für Kinderkrankenhäuser in den großen Städten gebastelt hatte, und spielte mit Keefer.

Nora hörte, wie Gordon seinen Vater anschnauzte: »Noch ein Wort von ›Vorkehrungen‹ und ›in Frieden‹, und mir wird schlecht…« Aber die Vorkehrungen waren ja nicht für die Toten – die konnten sich um sich selbst kümmern, glaubte Nora –, sondern für die Lebenden, um sie daran zu erinnern, *dass* sie lebten.

Irgendwann gegen Sonnenuntergang hörten die unablässigen Anrufe schließlich auf. Nora ging mit einem alten Kopfkissenbezug in Georgias Zimmer, weil ihr eine Plastiktüte von Wilton's Lebensmittelladen zu lieblos erschien, und zog das Bett mit den Schafwollpolstern ab, die ihr armes, knochiges Hinterteil etwas weicher betten sollten. Sie rollte die Stützstrümpfe zu kleinen Knäueln zusammen und schob die vielen Pillenfläschchen in eine Tupperware-Dose, die sie unauffällig in Marks und Lorraines Büro stellen wollte – sie war schließlich keine Ärztin; und auch wenn sie alle Medikamente ihres Vaters nach seinem Tod weggeworfen hatte, wusste sie nicht, ob diese Verfahrensweise in jedem Fall angewendet werden durfte. Sie schob den tragbaren Fernseher in einen Schrank und stapelte Papiere und Broschüren auf – *Wie junge Menschen dem Krebs begegnen* und ähnliche Titel.

Es gab einen Stoß Spiralblocks, auf deren Deckblättern mit dickem Marker Daten notiert waren, so wie Mädchen die Namen ihrer Freunde auf die Deckel von Schulordnern schrieben. Nora wusste, was es war: ein fortlaufendes Journal von Briefen, die Ray und Georgia einander geschrieben hatten, wenn Ray auf seinen Golfturnieren unterwegs war. Es war Georgias Ehrgeiz gewesen, hatte sie Nora einmal erklärt, dass ihre Ehe »ein langes Gespräch wird, das niemals endet, genau so wie bei meinen Eltern«. Diese Blocks, hatte Georgia gesagt, waren ein Dokument, das sie lesen könnten, wenn sie alt wären und die kleinen Meinungsverschiedenheiten und Streitigkeiten aus ihren jungen Jahren ihnen belanglos erschienen. Erst hatte Ray etwas hineingeschrieben und den Block dann Georgia geschickt; dann hatte sie einen Eintrag gemacht und den Block an Ray zurückgeschickt. Nora schlug einen der Blocks auf und sah in Georgias kleiner, regelmäßiger Handschrift den Satz: »Haut an Haut mit dir zu schlafen fehlt mir am meisten…«

Nora klappte den Block zu.

Sie hatte nur einmal gehört, wie sie sich gestritten hatten – wegen der vielen Videokassetten, die Georgia partout für Keefer aufnehmen wollte: Videoaufzeichnungen von Georgia, wie sie ihrem Töchterchen laut etwas vorlas oder ihm Schlaflieder sang, um es in den Schlummer zu wiegen – alte Songs wie *You Are My Sunshine* und das alte irische Lied vom wilden Bergthymian und der blühenden Heide. Die Videokamera auf dem Stativ stand noch immer in der Ecke und war auf das Bett gerichtet. Nora hatte zugeschaut, wie Georgia das Baby spazieren führte, als sie noch die Kraft gehabt hatte zu laufen: vor der Kamera hin und her im Sportwägelchen oder Keefer auf Georgias Schultern, obwohl sie noch viel zu klein dafür war und wie eine Stoffpuppe über den Kopf ihrer Mutter sank. Hayes und Ray hatten eine kleine Halterung für die Fernbedienung angebracht, sodass Georgia sich nicht einmal aufzusetzen brauchte, um den Camcorder einzuschalten, wenn sie sich kräftig genug zum Sprechen fühlte. Einmal hatte Gordon allen Einwendungen zum Trotz darauf bestanden, eine Kassette zurückzuspulen, um zu sehen, ob das System überhaupt funktionierte. Dabei stellte sich heraus, dass Georgia sogar mitten in der Nacht Aufnahmen machte. Es war geradezu gespenstisch gewesen: Georgia in dem dunklen Zimmer; im schwachen Schein der Nachttischlampe wirkte ihr Gesicht schmal und irgendwie erhitzt wie eine Papierlaterne; sie hielt ein Kinderbuch empor, als wäre sie in einer Fernsehshow: »Geh schlafen, kleiner Vogel, kleiner Vogel…« Einmal hatte Georgia einen Wutanfall bekommen, als Ray darauf bestand, dass sie ausruhte, nachdem sie sich heftig hatte übergeben müssen. Aber sie wollte nicht schlafen. Ihr Gesicht glänzte vom kalten Schweiß, und sie schrie: »Ich bin gerade mitten in einer *Geschichte*!« Man hätte sie auf drei Meilen im Umkreis hören können. Worauf Hayes gesagt hatte, Georgia hätte ihren Beruf verfehlt und wäre besser Viehauktionator geworden. »Das sind Keefers Erinnerungen, Ray!«, hatte Georgia wütend gerufen. »Wie kannst du verlangen, dass ich aufhöre, Erinnerungen für sie zu machen? Was zählt da für mich diese eine verdammte Stunde Schlaf mehr oder weniger!«

Seufzend legte Nora sich auf das Bett, auf dem Georgia gelegen hatte.

Sie sagte laut: »Verdammter Mist!«

Und dann schluchzte sie, als sie Bilder von ihrer Nichte vor ihrem geistigen Auge ablaufen ließ. Der Verlust schmerzte sie unendlich, und sie hatte Schuldgefühle, weil sie vor zwanzig Jahren geglaubt hatte, dass Leute, die Waisenkinder aus Korea oder solchen Ländern aufnahmen, Heilige wären, aber dass ein adoptiertes Kind niemals wirklich verwandt mit einem sein könnte. Sie sah die fünfjährige Georgia, wie sie die Hände in die Hüften stemmte und Nora erklärte: »Ich find den Gestank von Kuhscheiße de-pri-mie-rend!« Sie sah, wie Georgia sich vor Lachen krümmte, als das schicke Vakuum-Einmachgerät, das Hayes Nora zu Weihnachten geschenkt hatte, explodierte und Brombeermarmelade vom Fußboden bis zur Decke verspritzte. Sie sah Georgias stille Verzückung – damals war sie gerade zehn Jahre –, als sie zum ersten Mal einen ordentlichen französischen Stickereiknoten machte. Nora hatte Georgia all die häuslichen Dinge beigebracht, die sie ihre eigene Tochter gelehrt hätte, die sie nie bekommen hatte – Dinge, die viele Leute heutzutage nicht mehr tun. Georgia hatte sich keine tolle Karriere gewünscht. Sie wollte ein Heim und eine Familie.

Das hatte sie bestimmt nicht von Lorraine. Aber nichts für ungut. Die alte Belgierin, die bei den Mönchen putzte, kam jede Woche und putzte Lorraines Haus, schon zu der Zeit, als eine »Raumpflegerin« – sofern die Hausfrau nicht krankheitsbedingt das Bett hüten musste – in Tall Trees noch ganz und gar unüblich war. Doch Lorraine hatte ihren Unterricht und ihre Malerei. Nora staunte immer über die Einbauschränke voller säuberlich aufbewahrter und beschrifteter Kostüme von Georgias Theaterrollen und die Regale voller Trophäen, die Ray von seinen Golfturnieren mit nach Hause brachte. Ein einziges Mal konnten Nora und Lorraine gemeinsam über etwas lachen – als Georgia Windpocken hatte und Nora eines Abends vorbeikam, um Plätzchen zu bringen. »Moment!«, hatte Lorraine plötzlich gerufen, als sie gemeinsam versuchten, die roten Flecken auf Georgias Haut zu zählen. »Ich muss schnell was aus dem Ofen nehmen!« Und sie zog ein Backblech heraus, doch anstelle von Plätzchen lagen bunt bemalte, schön geformte

Keramikfiguren darauf: die Lady und der Tramp, die Siamkatzen – allesamt perfekt. Georgia klatschte in die Hände. Welches Kind hätte das nicht getan? Eine Mutter als persönlicher Spielzeugladen! Und Lorraine hatte Nora ganz ernst angeschaut und gesagt, wobei sie auf den Backofen deutete: »Schon als wir hier einzogen, habe ich mich gefragt, wozu das Ding gut ist. Endlich hab ich's herausbekommen.«

Lorraine war immer todschick gekleidet. Sie bestellte ihre Garderobe aus dem feinen Spiegel-Katalog, kaufte nicht einfach etwas für ein Kegelklub-Festessen in Gloria's Design-Laden. Sogar Nora, die Farmersfrau, deren Garderobe lediglich aus neuen Levi's und alten Levi's bestand, fand die Sachen wundervoll.

Eigentlich, dachte Nora, als der Sturm in ihrer Brust langsam verebbte und sie sich auf dem Bett aufsetzte, konnte sie Lorraine jetzt, in dem Durcheinander, das seit Georgias Erkrankung von ihr Besitz ergriffen hatte, besser leiden als je zuvor, als Lorraine so ein Energiebündel war, dass sie nicht einmal die Ruhe aufbrachte, sich zu einem Kaffee und einem Stück Kuchen hinzusetzen. Sie waren eben aus ganz unterschiedlichem Holz geschnitzt, wie Hayes es ausdrückte. Als Mark sie zum ersten Mal mitbrachte, fegte sie ins Haus wie ein grellbunter exotischer Vogel, den Mark eingefangen hätte. Vor dreißig Jahren konnte Nora sich einfach nicht vorstellen, wie Lorraine sich jemals in Tall Trees einfügen könnte – zumindest in das damalige Tall Trees, wo sie aufgewachsen waren und das erst später zu einer Art nördlichem Vorort wurde, in dem sowohl die Führungskräfte als auch die Arbeiter der großen Medi-Sun-Anlage wohnen sollten. Immer schon hatte es Touristen von der biederen Sorte gegeben, aber jetzt, da die Mönche Fidelis Hill in einen Skiurlaubsort verwandelt hatten, gab es wohlhabendere, mondänere Gäste. Doch die Einheimischen in Tall Trees bezeichneten die Grundstücke noch immer nach den Namen der Farmer, denen sie einst gehört hatten, viele Jahre, nachdem die Farmen parzelliert worden waren. Sie kauften ihre Papierhandtücher bei Big Sam, einem Laden, der wie eine außerirdische Anlage im Dunkel der Kiefern an der Einmündung der Kreisstraße in die Interstate leuchtete, und das Fleisch besorgten sie sich bei Wilton's. Wenn man den Fernseher ausmachte und nicht in die Zeitung schaute, konnte man glauben, im Jahre 1955 zu leben.

Lorraine aber fügte sich ein. Sie wurde Lehrerin und verkaufte ihre riesigen Gemälde, die Nora stets wie eine Kreuzung aus gigantischen Blüten und erotischen Straßenkarten vorkamen. Und Mark war eine Art kleine Berühmtheit im Ort, weil er so viele Jahre lang die Bezirks-Telefonvermittlung betreut hatte und in Larry Millers Radiosendung die Anrufe von Hörern beantwortete, die wissen wollten, warum man oft beobachten könne, dass ein kleiner Vogel einen größeren jagt, oder worin Maulwurfsratten sich von Spitzmäusen unterscheiden.

Angesichts der Tatsache, dass Georgia ein Adoptivkind war, fiel es besonders auf, wie sehr sie Lorraine ähnelte: zwei kleine Frauen mit großen Händen und breiten Hüften und einer Flut lockigen Haars, so schwarz, dass es in der Sonne beinahe purpurn leuchtete.

In letzter Zeit war Lorraine gemeinsam mit Georgia dahingewelkt; vielleicht glaubte sie ja, dass Essen eine Sünde wäre, wenn auch Georgia nichts zu sich nehmen konnte. Sie kümmerte sich nicht mehr um die schönen dunkelroten Glanzlichter auf ihrem Haar, ließ es lang und wirr herunterhängen, ließ auch die weißen Strähnen darin und steckte es mit irgendetwas zusammen, das wie eine Hutnadel aussah. Haus und Garten verfielen. Wenn Nora vorbeischaute, musste sie stets daran denken, wie sie einst den plüschigdichten, smaragdgrünen Rasen und das stattliche rote Klinkerhaus mit den weißen Markisen bewundert hatte – allein die Markisen waren für Nora Symbole für Muße und Bildung. Aber noch war es hier sauberer, als es in ihrem Haus auf der Farm je sein konnte, wo der getrocknete Schlamm und die Fliegen so selbstverständlich waren wie Brot und Butter auf dem Abendessenstisch. Doch Mark hatte in diesem Jahr keine einjährigen Pflanzen gesetzt; die Hecken waren verdorrt und wucherten wild, und Triebe ragten wie zornig emporgereckte Finger in das Aussichtsfenster.

Und wie sehr Nora Lorraine beneidet hatte! Um diesen besonderen, unablässigen Gedankenaustausch zwischen ihr und Mark zum Beispiel, der so ganz anders war als die beständige Freundlichkeit zwischen ihr und Hayes. Es gab Zeiten, da hatte Nora das Gefühl, sie und Hayes lebten mehr wie Schwester und Bruder – ganz anders als Mark und Lorraine. Manchmal glaubte Nora, die beiden hätten nur deshalb keine Kinder, weil Lorraine gleichzeitig zwei Karrieren verfolgte und eine Ehe führte, die mehr wie die Zeit der jungen Liebe war.

Dann aber kam jenes Weihnachtsfest, das Nora nie vergessen sollte. Das Weihnachtsessen war vorbei, die Männer ächzten – zu satt, um sich noch bewegen zu können –, und Lorraine erhob sich ausnahmsweise, um den anderen Frauen beim Abräumen zu helfen.

Debbie war damals mit Matt schwanger, und man erzählte ihr Geschichten von den Wehen, wie Frauen es halt immer tun. Debbie berichtete von einer Frau in ihrem Büro bei Wisconsin Bell, die so auseinander gegangen war, dass ihre Schwangerschaftsstreifen buchstäblich aufbrachen. Da sagte Lorraine: »Das könnte ich nicht ertragen! Ich könnte es nicht ertragen, so auseinander gerissen zu werden...«

Es sprudelte nur so heraus. Und Nora sagte: »Na, ich denke, du wirst deinen flachen Bauch dein Leben lang behalten... Ich meine, für dich ist deine Kunst so wie ein Kind, irgendwie...«

Lorraine warf Nora einen Blick zu, der ein Feuer hätte entfachen können.

»Ach ja? Das denkt ihr wohl alle?«, fragte sie mit funkelnden Augen und verzogenem Mund. »Dass ich kein Baby haben will, weil ich einen *Job* habe?«

»Ach woher, da mischen wir uns doch nicht ein«, erwiderte Debbie und reichte Nora eine Schüssel zum Abtrocknen. Lorraine jedoch stürmte aus der Küche – »da hast du ja was angerichtet, Nora«, sagte Debbie – und kam wieder zurück, wobei sie ihren Mann hinter sich her zerrte. »Sag's ihnen, Mark! Sag es ihnen! Sag ihnen, warum wir kein Baby haben!«

Nora und Debbie war das alles so peinlich, dass sie sich wünschten, der Linoleumboden unter ihnen möge sich auftun und sie verschlingen. Doch Lorraine presste alles aus Mark heraus: Wie viele Jahre sie schon versucht hatten, ein Kind zu zeugen. Wie sie alle medizinischen Möglichkeiten ausprobiert hatten. Dass sie schon fast über das Alter hinaus wären, ein Kind adoptieren zu dürfen. Wie Lorraine ein Baby adoptieren wollte, das blind oder krank oder schon in der ersten Klasse war. »Erklär ihnen, wie man sich dabei fühlt, Mark«, sagte sie mit ihrer honigsüßen Stimme, die einen Fluch wie einen Liebesgruß klingen ließ. »Sag deiner Familie, was du denkst.«

Und Mark sagte: »Ich glaube, ich könnte niemals ein Kind wirklich lieben, das nicht meines ist.«

Nicht dass Nora es ihm verübelte. Kein bisschen. Als sie Hayes davon erzählte, war seine Reaktion die gleiche. Ein Mann möchte nun mal, dass sein Name in seinem eigenen Kind fortlebt – so einfach ist das.

Aber dann, Monate später, nachdem alle diese Sache vergessen hatten (außer Nora, die immer noch vor Scham hätte vergehen können, wenn sie abends im Bett darüber nachdachte, was sie zu Lorraine gesagt hatte), erschien Georgia – wie der blaue Himmel nach einem Regenschauer. Mark erlebte, wie die Sonne für ihn aufging, und schloss sie ins Herz. Doch auch nachdem Gordon dazugekommen war –

und trotz der vielen Wochenenden, die sie alle mit Noras Jungen auf der Farm verbrachten, und Noras Hoffnung, sie würden auf ein angrenzendes Grundstück ziehen –, blieben Mark, Lorraine und ihre Kinder am liebsten unter sich, als würden die vier ein Land für sich allein bilden.

Das alles schwand jedoch mit dem ersten Telefonanruf von Mark, als er mit tonloser Stimme mitteilte, dass Georgia krank sei. Im Jahr darauf war Nora öfter in der Cleveland Avenue zu Besuch als in den gesamten zehn Jahren zuvor.

Als Nora jetzt eine Karte mit Genesungswünschen aufheben wollte, fand sie Georgias »Florida State«-Sweatshirt; sie hatte es in letzter Zeit über ihren Nachthemden getragen, weil sie immer so fror. »Schau mich bloß an, Tantchen«, hatte sie eines Tages gesagt und mit den Schultern gezuckt, die sich in den Stofffalten verloren. »Jetzt bin ich ein superschlankes Mädchen. So schön und schlank wie nie zuvor, und das ganz ohne Mühe. Wenn ich mal aus dem Haus gehe, höre ich die Leute sagen: ›Oh, so schlank wäre ich auch gern gewesen, nur zehn Monate nach der Geburt meines Babys!‹ Wenn ich nicht bald sterben müsste, wäre ich wunschlos glücklich.« Nora drückte das Sweatshirt gegen ihr Gesicht. Sogar der leicht säuerliche Geruch in diesem Zimmer konnte Georgias herbfrischen Eigengeruch nicht übertünchen: kräftig und aromatisch, wie eine Fichtennadel riecht, die man in der Hand zerdrückt.

Verstohlen wie ein ungehorsames Kind ließ Nora die Träger von ihrem Overall herab, rollte ihre gelbe Bluse hoch und legte das Sweatshirt auf ihre Haut, strich es nach unten glatt wie beim Tapezieren und stopfte es dann in ihre Baumwollunterwäsche. Natürlich konnte sie Mark fragen, ob sie es behalten dürfte, wollte es aber nicht darauf ankommen lassen. Sie würde das Sweatshirt einfach zusammen mit Keefers Sachen und der kleinen grauen Flanelldecke, auf der das Baby schlief, in ihren Transporter legen. Georgia hatte nie ein Gitterbettchen benutzt; sie sagte, das wäre wie ein Käfig.

Aber wer weiß, was Lorraine tun würde, wenn sie das Baby wieder hier im Haus hätte?

Als sie plötzlich Gordons Stimme aus der Küche hörte, sprang sie auf und starrte die Videokamera an, als wäre sie bei einem Banküberfall vom Überwachungsmonitor ertappt worden.

»Ja, das stimmt, Mutter«, sagte Gordon. »Nur durch eine neurologische Reaktion kann der Körper Schmerz empfinden. Und so, wie der Unfall geschehen sein muss... Das Auto mag ja stabil gewesen sein, aber die Knochen und Schädel von Menschen sind zerbrechlich. Und bei einem solchen Aufprall wirken ungeheure Kräfte.«

»Schau dir nur den vielen Kuchen an«, sagte Lorraine, als hätte sie Gordon gar nicht gehört. »Vier Kuchen! Müssen die Leute einfach nur herumsitzen und Kuchen essen, wenn jemand gestorben ist?«

Nora schlich sich im Flur näher heran, um mehr verstehen zu können.

»Mutter«, fuhr Gordon fort, »was ich sagen will... wenn Georgia an Krebs gestorben wäre, hätte sie viel schlimmer leiden müssen. Ein friedlicher Tod ist nicht wirklich friedvoll und sanft. Die Lungen füllen sich mit Flüssigkeit. Es ist so, als würde man im eigenen Körper ertrinken. Denk mal daran, wenn du im Fernsehen siehst, wie ein Löwe eine Gazelle schlägt«, sagte er und sprach immer hastiger. »Weißt du, im letzten Moment lässt das Opfer es einfach geschehen, es lässt los. Das ist der Augenblick, wenn die Endorphine ausgeschüttet werden. ›Endogene Morphine‹ – körpereigene Morphine. Selbst bei den schlimmsten Blutungen und Verletzungen fühlt man sich während der letzten Sekunden wahrscheinlich ziemlich gut...«

»Sei doch still, Gordon. Sei still, mein Schatz«, sagte Lorraine leise.

»Lass ihn doch, Lorraine«, schaltete Mark sich mit ruhiger Stimme ein. »Er versucht doch nur zu helfen...«

Nora schaute verstohlen um den Türrahmen herum. Ihre Schwägerin saß da, in ein großes Schultertuch gehüllt; vor ihr auf dem Tisch standen Teller mit Kuchen und Tassen voll Kaffee; nichts davon war angerührt. Vor ihr standen die beiden Männer, beugten sich zu ihr hinab. Beide waren so groß, und Lorraine wirkte so klein... Nora fiel auf, dass sie die Männer öfter so gesehen hatte: Sie beugten sich zu Lorraine hinab, während sie ihnen sagte, was Sache war. Das erinnerte Nora an eines dieser lustigen Fotos, die gelegentlich im *Country Journal* zu sehen waren. Eine Bantam-Henne brütete versehentlich ein Gelege kanadischer Gänseeier aus, und nach dem Schlüpfen sah man die winzige Mutter mit ihren riesigen Küken, die, viermal so groß wie sie selbst, hinter ihr her zockelten.

»Ich weiß, Mark«, sagte Lorraine. »Aber er denkt nicht richtig nach.« Ihr Blick wanderte wieder über den Tisch. »Schau dir das nur an! Wer soll das alles essen? Ich bin froh, dass ich es nicht muss. Ich muss überhaupt nichts mehr essen, wenn ich nicht will. Ich brauche keine Kraft mehr zu haben.«

»Doch, das musst du, Lorraine«, sagte Mark.

»Nein, muss ich nicht«, erwiderte sie. »Gordon, nimm du das Zeug mit nach Hause.«

»Ich ess doch keinen Kuchen«, sagte er.

Natürlich, dachte Nora, Gordon hat ja einen Gesundheitsfimmel.

»Na gut, irgendjemand wird's schon essen. Vielleicht Mike oder Matt. Vielleicht Cousine Delia. Die sieht nicht so aus, als würde sie jemals etwas Essbares ablehnen.«

»Lorraine!«, rügte Mark.

»Ich finde es so pietätlos. Die Leute stopfen sich voll, als wäre es ihre letzte Mahlzeit.«

»So sind die Menschen nun mal«, sagte Mark.

»Um darauf zurückzukommen, was ich vorhin angesprochen habe«, begann Gordon von neuem, »ich bin der Meinung, dass es *uns* vielleicht geholfen hätte, wäre Georgia zu Hause gestorben, ihr selbst aber bestimmt nicht. Mehr wollte ich nicht sagen. Begreif das doch bitte.«

Lorraine antwortete mit einer Stimme, die Nora eine Gänsehaut verursachte. »Ich warne dich, Gordon. Du bist derjenige, der nichts begreift. Und erst recht nicht mit deiner *nüchternen Betrachtungsweise*! Sie ist deine Schwester! Deine einzige… mein einziges…«

»Dein einziges was?«

»Mein einziges Mädchen!«

»Ich dachte schon, du wolltest sagen: mein einziges Kind.«

»So etwas würde ich niemals sagen. Um Himmels willen, Gordon, hier geht es nicht um dich, also bitte halt den Mund, mein Schatz!« Lorraine sprang auf, riss mit ihrem Schwung die Tassen um und rauschte an Nora vorbei. Ihr schwarzes Tuch hüllte sie von oben bis unten ein; sie wirkte wie eine Fledermaus mit ausgebreiteten Flügeln. Nora hatte die Luft angehalten; jetzt atmete sie hörbar aus. Sie konnte Gordons blonden Schopf kaum unter seinen darüber gebreiteten Händen erkennen, wie er zusammengesunken am Tisch saß und die Ellbogen in Rinnsale ausgelaufenen Kaffees stützte, während umgestürzte Stühle quer vor seinen Knien lagen. Mark stand neben Gordon und streckte die Hand nach ihm aus, ohne seine Schulter ganz zu berühren.

»Ist schon gut, mein Junge«, sagte Mark.

»Hol sie zurück, Dad«, sagte Gordon.

»Sie wird kommen«, sagte Mark.

Während Nora die Wulst um ihre Hüfte tätschelte, wo sie das Sweatshirt hineingestopft hatte, malte sie sich aus, wie ihre Nichte dort droben schwebte, noch mit der Erde verbunden wie ein Drachen, und doch außerstande, ihre Lieben zu trösten und sie davon abzuhalten, aufeinander loszugehen. Nora erinnerte sich, dass die Priester bei einer Taufe stets jenen Heiligen anriefen, dessen Namen das Kind bekam, selbst wenn es Sankt Tiffany oder Sankt Justin war. Nora betete zur heiligen Georgia. *Ich werde deine Hilfe brauchen*, sagte sie. Sie hoffte, das war nicht gotteslästerlich, vor allem zu einer Zeit wie dieser.

Diane Nye hoffte, sie sähe nicht so blöd aus, wie sie sich fühlte, denn sie fühlte sich so komisch, dass es gleich für drei Leute reichte (und für die Größe von drei Leuten): mit einem rosafarbenen Schaumgummi-Gurtzeug um die Taille und rosa Schaumstoff-Slippern an jedem Fuß strampelte sie am tieferen Ende des Schwimmbeckens von Sandpiper mit den Beinen auf und nieder. Dieser Wasser-Aerobic-Kurs war Shelbys Idee gewesen. Shelby, Dianes Heilkräuter-Lieferantin und beste Freundin und wahrscheinlich kaum älter als Diane selbst, war nahe an die Wechseljahre gelangt und hatte etliche Pfunde zugenommen. Sie hatte Diane überredet, wenigstens versuchsweise diesen Kurs mit ihr zu besuchen, sonst wäre sie dort wohl die einzige Dame unter sechzig. Diane glaubte es der Freundin schuldig zu sein, deren Blütentees vor drei Jahren ihre Migräne vertrieben hatten und die sich jetzt alles Mögliche ausdachte und zusammenbraute, um bei Georgias Rettung zu helfen.

Mit vor Anstrengung hochrotem Gesicht schaute Shelby zu Diane hinüber, und diese versuchte zu lächeln. Trotzdem blieb das Gefühl, sie könnte jeden Moment vornüber kippen wie eine tauchende Ente und mit diesen lächerlichen Slippern in der Luft herumrudern.

Das war schon ein bisschen zu viel des Guten. Diane ging gerne wandern und spielte Tennis, aber sie hatte nie den Ehrgeiz entwickelt, diesen Fitness- und »Ironwoman«-Quatsch mitzumachen – niemals! Allerdings war ihr klar, dass Shelby die Zeit aufzuhalten versuchte, weil sie gern ein Baby mit ihrem bezaubernden (aber erheblich jüngeren) Freund haben wollte. Diane war jedoch der Meinung, Shelby sollte lieber versuchen, rechtzeitig einige ihrer Eier tiefgefrieren zu lassen, solange sie noch welche produzierte, anstatt Gewichte zu stemmen und das Wasser im Pool des Fitnessklubs zu quirlen.

»Gut – und jetzt schreiten wir weit aus!«, rief die Kursleiterin und machte große, raumgreifende Schritte am Beckenrand. Die Lehrerin war kaum älter als Dianes Kinder und hatte so einen süßen kleinen Nabel, wie auch Diane ihn einst gern zur Schau gestellt hatte, sogar noch nach der Geburt von Raymond junior und Alison: gleich einem winzigen Lächeln oberhalb des damals modisch tief sitzenden Hosenbunds. Sie war nach den ersten beiden Kindern allerdings erst einundzwanzig gewesen und hatte eine so straffe Haut gehabt, dass sie wie ein Spandex-Turnanzug zurückschnappte. Es war dann Caroline, ihr drittes Kind, mit einem Gewicht von zehn Pfund, die Dianes armen Bauch so weit gedehnt hatte, dass ihr Nabel wie ein blinzelndes, geschlossenes Auge aussah.

Na schön. Kann ja nicht schaden, sagte Diane sich seufzend und versuchte, die Bewegungen ihrer Arme und Beine aufeinander abzustimmen, um sie durchs Wasser zu ziehen wie eines dieser komischen großen Insekten, die mit langen, dünnen Beinen über den Teich auf dem Gestüt ihres Großvaters geglitten waren, als sie noch ein kleines Mädchen war.

Zuerst dachte Diane, es läge an der Hitze oder dem verdammten Herumgetrete, dass sie sich einbildete, ihre Tochter Caro zu sehen, die da mit offenem Mund stand und die Hände gegen die Glaswand zum Club-Grill presste. Doch es *war* Caro, und sie weinte.

Diane machte noch immer ihre Gehbewegungen im Wasser; dann aber paddelte sie unbeholfen zur Leiter und zog sich aus dem Becken, obwohl der Schaumgummigürtel sie wie ein riesiger, voll gesogener roter Schwamm beschwerte. Big Ray, dachte sie zuerst. Ihr Mann hatte vielleicht einen Hitzschlag erlitten, oder er hatte wieder Herzrasen. Mein

Gott, dieser Mensch konnte sich ja auch nie genug mit Cheeseburgern und Martinis voll stopfen, und dann ist er bestimmt bei dieser Hitze hinausgegangen, um noch neun Löcher Golf zu spielen... Dann dachte sie: O nein – oh, es ist Georgia. Georgia hatte bestimmt wieder einen Anfall. Georgia ist tot. Doch als Diane auf Caro zuging, ergriff eine letzte, quälende Vorstellung von ihr Besitz. Caro hätte immer noch bei der Arbeit sein müssen. Es musste also mit Leland zu tun haben, Caros Mann. Irgend so eine verdammte Schnapsidee von Leland, wie damals, als er fortgegangen war nach New Mexico, um mit den Indianern zu trommeln, damit er ein richtiger Mann würde.

Caro kam aus der Tür des Damen-Umkleideraums gerannt und sagte etwas, das Dianes Welt aufbrach wie ein Stiefelabsatz eine Melone.

Sie schüttelte die Schultern ihrer Tochter so heftig, dass ihre Finger feuchte Gräben auf deren Seidenblazer hinterließen, bis Shelby sie schließlich von Caro weg zerrte. Diane hatte das Gefühl, alles aus weiter Ferne zu beobachten, und schrie in einem fort: »Halt den Mund! Hör auf! Raymond ist tot? *Raymond* ist tot?«

»Es ist wahr, Mom! Sie hatten einen Autounfall!«

»Ich glaube dir nicht!«

»Es ist wahr, Mom!«

»Was?«

»Dass es wahr ist, Mom.«

Caroline war nicht einmal mit der Intelligenz gesegnet, die Gott normalerweise einem Angelwurm schenkt.

»Diane, Liebste«, sagte Shelby. »Komm bitte. Wir werden erst mal telefonieren. Könnte bitte jemand für Mrs Nye was zu trinken holen?«

Die Kursleiterin kam mit einem Pappbecher mit Mineralwasser angehuscht, das Shelby nur voller Verachtung anstarrte. »Ich meinte, was *Richtiges* zu trinken!«

Diane saß da, hielt schließlich ein Glas Rotwein in der

Hand und starrte auf diese lächerlichen Gummi-Entenfüße, während jemand mit einem Golfwagen losfuhr, um Big Ray zu holen. Und Caro sagte in ihrer Kleinkinder-Sprechweise: »Mommy, mein Bruder hat Georgia sehr lieb gehabt. Jetzt sind sie wenigstens beisammen.«

Und Diane, der es in diesem Augenblick gleichgültig war, ob Gott ihr vergeben würde oder nicht, sagte: »Caroline – sie hätten *niemals* zusammen sein sollen! Hätte Georgia meinen Jungen nicht beschwatzt, mit ihr in diese Eishölle dort droben im Norden zu ziehen, wäre er jetzt noch hier bei uns. Er wäre warm und sicher und da, wo er hingehört… Er würde das Leben führen, für das er bestimmt war… und das alles«, Diane gestikulierte mit dem Glas; der Wein schwappte über den Rand, und rote Spritzer färbten den Betonboden am Rande des Pools, »das alles war sein Leben. Mein Baby! Sie haben mir alles weggenommen!«

3

Es war eine Ablage für Lebensmittel, doch anstelle von Salat und Äpfeln lagen da Pillen aller Formen und Größen, Farben und Gerüche. Es war der pharmazeutische Garten ihres Kindes. Lorraine kniete auf dem Boden von Georgias Schlafzimmer und stützte sich auf das Gartentischchen, das sie aufgestellt hatten, um all die durchscheinenden, orangefarbenen Fläschchen mit den kindersicheren Verschlüssen, die wie Kochmützen aussahen, ordentlich zu platzieren. Da waren die unauffälligen rosa Pillen, die Georgias für eine junge Frau normalen Hormonfunktionen unterdrücken sollten. Geschäftsmäßig angeordnete weiße Tabletten – Lorraine kamen sie wie kleine Krankenschwestern vor –, die den Brechreiz lindern sollten. Blassblaue Fußbälle gegen Angstzustände. Und dann die großen Pillen, die Möwen und Adler, die das Nervensystem in den Himmel schweben ließen, Kapseln mit bernsteinfarben oder rot leuchtenden Perlen. Die für den Schlaf hatten die Juristenfarben Mauve und Blau, waren glatt und verführerisch. Und diejenigen für die seelische Stimmung waren fröhlicher und rundlicher, Zahnhygieniker in frischem Grün.

Lorraine seufzte.

Sogar die starken Pillen erlösten sie nicht mehr. Ihre Leber war wohl schon so hart und undurchlässig wie ein Stein. Am College hatte Lorraine so viel Stoff geraucht und geschluckt, dass ein Nilpferd davon ins Torkeln geraten wäre, und dann hatte sie ihre Freunde mit der Frage genervt: »Und was passiert jetzt?« Sie wollte sich richtig zudröhnen, den Rauschzustand erleben, aber nichts ließ sie wirklich abheben.

Und doch hatte Lorraine bald nach Georgias erster Operation damit begonnen, voller Hoffnung die Medikamente ihrer Tochter zu naschen – nur ein bisschen wenigstens. Es war beinahe ein Reflex gewesen, eine logische, jedoch dumme Reaktion auf einen emotionalen Schmerz, der so heftig war, dass er nach einer medikamentösen Maßnahme zu schreien schien – zwei Percocet für dich, mein Liebes, und eine für mich.

Die Pillen hatten sich tatsächlich als gnädig erwiesen. Keine fünfzehn Minuten nach der Einnahme trieb Lorraine auf einer berauschenden Woge des Wohlbehagens. Bald schon nahm sie die Pillen zweimal am Tag. Die Hospizschwestern und die Ärzte der University of Minnesota – Gott segne sie – warfen Georgia die Drogen nur so nach. In der tiefsten Provinz achteten sie nicht auf die Stückzahlen und Dosierungen. Es war gratis für alle, ein Karneval der Pillen. Doch nach ein paar Monaten hoben die Pillen Lorraine nicht mehr empor auf den erhofften Wogenkamm. Sie nahm die Pillen trotzdem weiter; sie hatten immerhin die Kraft, sie die Wahrheit ein wenig vergessen zu lassen.

Am Morgen nach Georgias Tod versicherte Lorraine einer der Schwestern – zufällig war sie einst Lorraines Schülerin gewesen und hätte der freundlichen Mrs McKenna nie etwas Böses unterstellt –, sie habe sämtliche Pillen die Toilette hinuntergespült. Doch Mrs McKenna hätte im Traum nicht daran gedacht. Sie hatte die Fläschchen und Röhrchen aus der Tupperware-Dose genommen, in die irgendjemand sie bunt durcheinander hineingeworfen hatte, und sie säuberlich in Reih und Glied auf den Gartentisch gestellt. Da gab es Morphium und Nembutal, ein schweres Medikament, mit dem jemand sich ohne weiteres ins Jenseits befördern konnte, wenn er die Absicht hatte. Lorraine wollte Georgias Pillen hüten und bewahren. In der ersten Nacht nach dem Unfall war sie auf der Suche nach Schlaftabletten im Dunklen umhergeirrt und hätte beinahe geheult, als sie anfangs keine finden konnte. Die Pillen waren eine Chance zur Flucht und durften nicht verschwendet werden. Mit wachsender Panik hatte Lorraine erst vorsichtig, dann hektisch die Schachteln mit Druckverbänden und die Behälter mit Spritzen durcheinander geschoben. Dann fand sie endlich, was sie suchte, und senkte die Hand tief in die Plastikschachtel, in der die Pillenfläschchen klickerten.

Sie hatte nicht vor, Selbstmord zu begehen.

Selbstmord schien ihr ein schrecklich dramatischer Schritt zu sein.

Aber sie war erleichtert, dass sie fortan nicht mehr zu leben *verpflichtet* war. Von nun an wäre ihr Leben eine freiwillige Sonderleistung.

Die Leute sagten ihr, sie müsse stark sein. Aber sie war schon lange genug stark gewesen. Sie hatte ihr sterbendes, nässendes, stöhnendes kleines Mädchen aus seinem schweiß- und uringetränkten Bett gehoben. Sie war achtzehn Stunden wach geblieben, hatte sich nur hingelegt oder war auf dem Teppichboden auf und ab gegangen und hatte dem abwechselnd dumpfen und zischenden Geräusch des Sauerstoffgeräts und Georgias Ächzen gelauscht. Sie hatte Waschlappen im Gefrierschrank gekühlt, während sie andere mit heißem Wasser oder Öl getränkt hatte; sie hatte Lippenbalsam aufgetragen und die wund gelegenen Stellen eingerieben. Sie hatte nach 22 Dienstjahren zum ersten Mal einen Monat unbezahlten Sonderurlaub »aus familiären Gründen« genommen. Sie hatte gelernt, Reisgerichte zu kochen, und hatte Telefonnummern von Freunden vergessen, die sie seit einem Vierteljahrhundert kannte. Ein Jahr lang hatte sie keinen Pinsel mehr in die Hand genommen, nur einmal, um Schnurrhaare an Keefers Mündchen zu malen; sie war seit sechs Monaten nur noch in den Baby- und Nachtwäsche-Abteilungen der Kaufhäuser gewesen; sie hatte gelernt, nachts mit vier Stunden Schlaf auszukommen, obwohl ihr Leben lang ausreichend Schlaf unverzichtbar für sie gewesen war; sie hatte sich eine Brille zugelegt, um Emily Brontës *Sturmhöhe* im Dämmerlicht lesen zu können, damit Georgias überempfindliche Augen nicht angegriffen wurden; sie hatte zusehen müssen, wie sich die zarte Pfirsichhaut ihrer Tochter in durchscheinendes, blasses Porzellan und dann in rauen, bräunlichen Ton verwandelte; und sie hatte gelächelt und gesungen … Stark sein?

Und was war mit den Büchern, die ihr unauffällig und taktvoll von Natalie Chaptman zugeschoben wurden? Von Karen Wright und Nina Upchurch? Bücher über das Hoffen und das Heilen …

Auch nach einem Verlust das Leben genießen? Mit sich selbst wieder ins Reine kommen? Verstehen lernen, dass auch guten Menschen böse Dinge zustoßen?

Was würden Lorraines Siebtklässler dazu sagen?

In den Träumen.

Ich bin ganz sicher.

Ich glaube nicht.

Nein.

Kein hartgesottener Erwachsener könnte so gefühllos daherreden wie sie: Meine Welt – Ihr Problem. Reden Sie doch mit jemand anderem darüber, ich will's nicht wissen.

Recht hatten sie. Die ließen sich nichts vormachen. Erwachsene waren nicht reif; sie waren ängstliche Heuchler. Nicht so die Kids.

Im ersten Augenblick, als Mark sie aus der Praxis des Onkologen anrief – die Untersuchung sollte auf Anraten des Geburtshelfers nur eine Vorsichtsmaßnahme sein, um »bestimmte Dinge auszuschließen« –, hatte sie gewünscht, dass Georgia sterben würde. Möglichst schnell. Bevor sie nach Hause käme. Lorraine hatte sich in der Bibliothek Artikel aus Büchern über Selbstmord kopiert, Rezepte für Tablettencocktails. Mark musste Georgia zur Arbeit und zum Arzt fahren, weil Lorraine es nicht ertragen konnte, ihr schönes Kind anzuschauen. Ein Foto aus der *Golf Week* stand auf dem Kaminsims, aus der Titelgeschichte über die Aufsteiger aus den weniger bedeutenden Golfturnieren, die neuen Profi-Hoffnungen. Das Foto zeigte Georgia, schlank und attraktiv in den obligatorischen weißen Hosen und Halbschuhen, wie sie stolz ihren Ray anstrahlte. Und sie war damals bereits krank gewesen! Es lag nicht am Stillen, dass sie so rasch nach Keefers Geburt wieder ihre »schlanke Linie« erlangte.

Nach diesem Foto und dem Interview und der damit verbundenen Anspannung hatte Georgia vierzehn Stunden geschlafen. Das war der Anfang vom Ende gewesen. Sie verlor unaufhörlich an Gewicht, und die Überempfindlichkeit unter ihrem Arm, die man erst einem verstopften Milchkanal zuschrieb, verschlimmerte sich.

Erst Monate später, als Georgia bereits zu krank war, um arbeiten zu können, und Ray sich auf Reisen befand, hatte Lorraine schließlich die Pflege übernommen. Weder Mark noch Gordon konnten solche persönlichen Dinge tun. Und zu Lorraines Überraschung fühlte es sich so an, als hätte sie wieder ein Baby.

Zwei Babys – Georgia und Keefer.

Lorraine gefiel es. Zum ersten Mal seit Jahrzehnten rannte sie nicht in ihr Studio, um zu malen, oder zu einer Konferenz in der Schule oder zum Telefon. Stattdessen fütterte sie Georgia mit Apfelmus. Sie zerschnitt Waschlappen und fror sie ein, wie damals, als ihr kleines Mädchen noch ein Baby gewesen war und die ersten Zähnchen bekommen hatte; damals hatte Lorraine die Tücher benutzt, um die wunden Stellen in Georgias Mund zu kühlen. Nach Weihnachten änderten sich Lorraines Gebete. Sie bat Gott, Georgia noch am Leben zu lassen, auch wenn sie krank und behindert wäre. Lorraine würde sich anpassen. Mark würde sich anpassen. Ray würde damit zurechtkommen. Sie würden eine Familie werden, wie Lorraine sie manchmal auf der Straße sah, wenn die Eltern ein Kind in einen Rollstuhl mit

Motorantrieb hoben. Meist hatte Lorraine weggeschaut und sich gefragt, wie die Leute das schafften.

Es war ihnen in Fleisch und Blut übergegangen.

Es war zu ihrer Lebensweise geworden.

Zu einem Leben, das in jedem Fall dem Tod vorzuziehen war.

In vierundzwanzig Stunden würde Lorraine eine Bluse bügeln müssen. Neue Strümpfe aus der Verpackung nehmen, Make-up auflegen. Würdevoll und gefasst sein für eine Feier, die damit enden sollte, dass ihr kleines Mädchen in ein Grab gesenkt und mit Erde bedeckt würde.

Lorraine würde nicht sterben, aber sie würde auch nicht wirklich leben können. Und ihren Job würde sie ebenso wenig ausüben können, wie sie eine Schafherde hüten konnte. Sie hatte ihren Beruf geliebt und die kleinen Kunstausstellungen und die Arbeit mit anderen Lehrern. Aber könnte sie zurück an die Schule gehen? Lehren? Mädchen unterrichten, deren kleine Gesten – selbst das gedankenlose Zurückstreichen einer Haarsträhne hinters Ohr beim Lesen – sie vor Sehnsucht nach ihrer Tochter innerlich aufschreien ließen? Konnte sie wenigstens so *tun*, als würde sie es schaffen?

Denk an Gordon, würde Nora sagen. Denk an Mark.

Denk an Keefer.

Sie würde nicht an Keefer denken.

Sie würde an Gordon denken. Aber nicht fürsorglich, gluckenhaft. Gordon liebte sie, aber er war selbstständig, ein viel beschäftigter Mann. Noch dazu würde er mit Keefer beansprucht sein.

Und Mark … nun, Lorraine konnte sich nicht vorstellen, jemals wieder seine liebenswerte Gefährtin zu sein. Mark würde einsam und verwirrt bleiben. Aber Lorraine war nicht verantwortlich für ihn. Sie würde ihn nicht mehr locken, nicht mehr überraschen können, ihn nicht mehr dazu bringen können, das lebhafte Spiel des Werbens um ihre Gunst mit ihr zu spielen, wie sie es mehr als dreißig Jahre lang geschafft hatte.

Mark wollte die Todesfälle verarbeiten, Nora wollte sie glorifizieren, und Gordon wollte die Mechanismen erklären. Die Nyes aber wollten – nach Lorraines kurzem Gespräch mit Rays Mutter Diane zu urteilen – jemanden verantwortlich machen. Wer konnte wissen, was Lorraines Schwester sagen würde, wenn sie, die Ehefrau eines Neurologen, in ihrem Mercedes anrauschte? Judy Reilly suchte im Internet nach Möglichkeiten für einen Kurzurlaub für Lorraine und Mark. Und Karen Wright stickte eine Sargdecke.

Nur Lorraine wollte nichts denken, nichts wissen, nichts tun.

Sie hatte sich einmal einer Darmuntersuchung unterzogen, bei der ihr Arzt ein Beruhigungsmittel verwendete, das sie in einen Zustand zwischen Bewusstsein und Bewusstlosigkeit versetzen sollte. Die Droge betäubte anscheinend nicht den vermutlich sehr starken Schmerz, sondern setzte das Gehirn außerstande, mehr als nur ein paar Sekunden lang eine bestimmte Wahrnehmung festzuhalten – und das bedeutete praktisch, überhaupt keinen Schmerz zu empfinden. Wäre es nicht schön, wenn man dieses Lachgas per Fernleitung für den häuslichen Gebrauch beziehen könnte, so wie Erdgas oder Wasser?

An diesem Morgen war Lorraine schwindelig geworden, und sie war gestürzt, als sie aus der Dusche kam. Keine Ahnung, weshalb. Vielleicht war das Wasser zu heiß gewesen. Ihr Fußknöchel war bei einem Fehltritt umgeknickt, sodass sie gestürzt und mit der Hüfte auf die Badezimmerfliesen aufgeschlagen war. Und während sie wie gelähmt auf dem Boden gesessen hatte und das Wasser an ihr heruntergetropft war, schwoll die Prellung an und wurde dunkelblau. Wenngleich ihr vor Schmerz beinahe übel wurde, empfand Lorraine anfangs nur Dankbarkeit.

Jetzt kann ich nicht an der Beerdigung teilnehmen! Ich kann nicht mit zum Begräbnis!

»Ich kann nicht mit zur Beerdigung!«, rief sie aus dem Badezimmer.

Mark ließ durchblicken, ihr Sturz habe vielleicht etwas mit all den Schmerz- und Beruhigungsmitteln zu tun, die sie schluckte.

Wie hatte er das herausgefunden? Wo doch schon die Suche nach seinen eigenen Schuhen für Mark den Aufwand einer Großwildjagd bedeutete.

Lorraine schrie ihn an: »Lächerlich! Die harmlosen Dinger wirken bei mir nicht stärker als Hustenbonbons.«

Mark zuckte zusammen. Er tat ihr fast Leid. Normalerweise schrie sie ihn nie an. Sie konnte sich nicht erinnern, in ihrem ganzen gemeinsamen Leben öfter als ein halbes Dutzend Mal die Stimme gegen ihn erhoben zu haben.

Schließlich machten Lorraines robuste Gesundheit und ein Eisbeutel ihre Absichten zunichte. Die Schwellung ging zurück. Sie hatte sich keine bleibende Verletzung zugezogen. Sie konnte stehen, wenn auch mit Vorsicht. Sie würde sich auf Marks Arm stützen können, und niemand würde sich etwas dabei denken. Also würde sie den ganzen Zirkus mitmachen. Zu Hause zu bleiben hätte zur Folge, dass sie nur noch mehr von diesen traurigen Beileidsbekundungen über sich ergehen lassen musste. *Wir müssen den McKennas unbedingt unser Mitgefühl bezeugen, sonst trifft das Schicksal beim nächsten Mal uns*. Lorraine wollte von der Trauerfeier nach Hause kommen und den Berg Höschen und Nachthemden ihrer Tochter waschen, die die ganze Zeit unten im Schmutzwäschekorb gelegen hatten, während Georgia bereits in einem Kühlraum lag. Nun würde sie die Nachthemden zusammenfalten und die besten beiseite legen und für Keefer aufheben, während Georgia unter einer Decke aus Erde lag.

»Hätte ich mir doch den Schädel geprellt statt die Hüfte!«, sagte sie zu Mark. Er starrte ratlos auf den Flusenroller, der fusselig war und offenbar seine Klebefähigkeit eingebüßt hatte. Sein dunkelblauer Anzug hing an der Innenseite der Tür. Lorraine nahm ihm den Fusselroller aus der Hand und zog ein Stück vom Papier ab.

Mark wollte Dankbarkeit zeigen. Er lächelte sie an und sagte ihr, er sei froh, dass die Qual vorbei wäre. Doch es machte Lorraine wütend, als er sagte: »Wenigstens bist nicht du es.« Sie starrte ihn sprachlos an. Wollte er damit sagen, dass er nicht bereit gewesen wäre, an Georgias Stelle zu sterben? Oder dass er nicht gewünscht hätte, Lorraine wäre anstelle von Georgia gestorben? Oder einfach, dass er all das nicht ohne den Trost seiner Frau ertragen könnte? War er denn aus Holz? Hatte er nicht mehr Feingefühl als ein Drillbohrer?

Konnte er sich nicht vorstellen, dass es viel leichter wäre, tot zu sein, als ausgesetzt und abgeschnitten auf dieser schmalen Halbinsel der verbliebenen Lebensjahre?

Zwanzig, vielleicht dreißig Jahre.

Das Morphium, das Lorraine am Morgen nach dem Unglück in den Tag entließ – wobei sie hoffte, wie ein Hippie durch einen Garten kichernder Blüten zu schweben –, brachte ihr einen schrecklichen Traum: Georgia, gerade zehn oder elf Jahre alt, kauerte nackt auf einem brennenden Berg und schrie nach ihrer Mutter, während Lorraine sich mühte, auf heißen, rutschenden Kohlen zu ihr hinaufzuklettern, aber immer wieder von ihrer Angst zurückgescheucht wurde.

Spring doch, Georgia, versuchte sie zu rufen, doch Georgia schrie weiter, als hätte sie Lorraine gar nicht gehört.

Die echte Georgia hatte nie geschrien. Sie hätte ein wenig das Gesicht verzogen, aber versucht, es zu unterdrücken, hätte vielleicht so getan, als müsste sie sich räuspern. Sie war unerschütterlich, ja eigensinnig optimistisch: *Ich fühle mich heute stärker, Mutter. Ich glaub, Keefer hat so was wie »Oma« gesagt. Bis Weihnachten wird sie sprechen können.*

Diesmal wird sie das Fest schon fast richtig miterleben. Ich kann es kaum erwarten! Nur ein einziges Mal hatte Georgia geweint, als sich während ihres ersten Anfalls ihre Füße hilflos verkrampften und ihre Finger sich spreizten: »Ich habe Angst, Mutter! Ich habe Angst! Muss ich sterben… jetzt gleich?«

Nach dem Morphiumtraum wollte Lorraine nie mehr schlafen.

Doch Schlaf war das einzige Mittel, das Fotoalbum ihres Geistes zuzuklappen, dessen Seiten sich unaufhörlich von selbst umblätterten.

Georgia mit fünf Jahren.

Mutig wie das von Wölfen großgezogene Kind aus dem Geschichtenbuch, am ganzen Körper braun gebrannt, warf sie ihre Kleidung von sich und rannte fröhlich schreiend in den Badesee. Ein Kobold, eine Wilde. Oder: Georgia, drei Stunden lang mit durchgedrücktem Rücken aufrecht sitzend auf ihrem Klostühlchen. »Ich sprech nicht mehr mit dir, Daddy«, sagte sie zu Mark, »bis du dich wieder benimmst.« Es war Mark, der schließlich nachgab und beschwichtigende, reuige Worte in Richtung ihrer kleinen, weichen Schulter flüsterte.

Georgia mit sechs, dunkel und elfenhaft, sagte mit ihrer eigenartig dunklen Stimme: »Du bist zu klein, um 'ne Mami zu sein. Warum bist du so klein?«

»Ich habe in der siebten Klasse einfach aufgehört zu wachsen«, hatte Lorraine ihr erklärt. Sie mogelte immer noch bezüglich ihrer Größe und hatte für ihren Führerschein 1 Meter 57 angegeben, obwohl sie ausgestreckt an einer Turnleiter knapp eins fünfzig erreichte. »Und du bist ja auch nicht gerade groß, mein Zwerglein!«

»Aber ich werde noch größer, größer als du, Mami. In einer Woche vielleicht.«

»Das glaub ich nicht. Außerdem bin ich viel älter als du.«

»Bist du schon sehr alt, Mami?«

»Furchtbar alt.«

»Musst du bald sterben?«

»Nein, so bald noch nicht«, hatte Lorraine geantwortet und sich gesagt, von nun an wieder regelmäßig ihre Brüste auf Knötchen abzutasten und wieder Gymnastik zu treiben.

»Warum fragst du, Schatz?«

»Weil ich nicht sterben will.«

»Wie meinst du das, Liebes?«

»Wenn du stirbst, muss ich auch sterben.«

»Nein, musst du nicht.«

»Doch, muss ich.«

»Du wirst erst mal eine erwachsene Frau mit vielen eigenen Babys. Sterben musst du noch lange nicht. Und wenn ich mal sterbe, wirst du traurig sein, aber weiterleben und mich in Erinnerung behalten…«

»Dann werde ich auch sterben.«

»Nein, Georgia. Und jetzt Schluss damit. Außerdem verspreche ich dir, dass ich nicht sterben werde, bevor ihr alle darauf vorbereitet seid…«

Warum bloß habe ich zehn Jahre lang geraucht, fragte Lorraine sich bei solchen Gesprächen. Es hat mir ja nicht mal geschmeckt. Warum habe ich mir von Tante Clara Schlankheitspillen aufschwatzen lassen? Warum nehme ich nicht täglich Vitamin E und B 12? Und C? Warum esse ich keine grünen Paprikaschoten wie andere Leute Kartoffelchips? Die Menschen in meiner Familie sterben nicht früh, ging es ihr durch den Kopf. Familienfeiern bei ihrer Mutter sahen immer aus wie eine Zusammenkunft von Hexen. Ich werde auch so eine Hexe, sagte sich Lorraine. Versprochen.

»Bist du sicher, dass du bestimmt nicht sterben wirst, Mami?«

»Ganz sicher. Versprochen.«

»Und versprichst du mir, dass du immer meine Delphin-Mami sein wirst?«

»Ja.«

»Und wirst du immer meine Dino-Mami sein?«

»Versprochen.«

»Und du wirst immer meine Koala-Mami sein und mir Eukalyptusblätter bringen?«

»Immer.« Und so kuschelten sich die beiden in einen Haufen Bettdecken und futterten Weizenschrot-Cracker und taten so, als wären es Eukalyptusblätter.

Georgia mit zwölf, die einen Schmollmund machte, den sie so weit vorschob, dass Oma Lena sagte, Lorraines Mutter: »Da könnten sich ja Vögel drauf setzen.«

Georgia, die Lorraine ein Buch aus der Bibliothek vor die Nase hielt, ein Buch über pubertierende Adoptivkinder: »Da steht alles drin. Ihr wolltet mich nur als Ersatz für das vollkommene Baby, das ihr nicht zustande gebracht habt. Ein schönes Experiment!«

Lorraine war Georgia bis zu ihrer Zimmertür nachgelaufen, die sie hinter sich abgeschlossen hatte. Sie hatte ihr Gedächtnis weit geöffnet, um irgendwelche Reste von Weisheit zu empfangen, irgendetwas, das sie jetzt sagen könnte, etwas, das ihre großartige Lehrerausbildung rasch ihrem ärgerlichen, ängstlichen mütterlichen Hirn eingeben könnte. Was könnte ein Kind trösten, das sich bloß wie eine Zweitbesetzung im Drama seiner eigenen Familiengeschichte fühlte?

»Georgia«, sagte sie schließlich. »Du bist mein Kind. Und ich liebe nur dich.«

Stille.

»Ich liebe die Mutter, die dich geboren hat. Ich liebe den Vater, der sie geschwängert hat. Ich würde sie einladen, mit uns in unserem Haus zu leben, wenn sie mir versprechen würden, dich nicht fortzunehmen.«

Stille.

»Natürlich hast du das Baby ersetzt, das ich nicht bekommen konnte. Du hast es aber nicht nur ersetzt – du hast es vergessen gemacht. Es hat nie existiert. Als du ganz klein warst, da glaubten die Leute, ich hätte dich tatsächlich zur Welt gebracht, weil wir beide uns so ähnlich sahen. Anfangs fand ich das schön. Ich wollte mich so wie jede normale Mutter fühlen. Aber nach einer Weile hat es mich belastet. Es schien, als würden die Leute es gut finden, dass du zwar so aussiehst wie ich, aber nicht meine Tochter bist. Ich wünschte, du wärst blond wie Gordon und eins achtzig groß, dann könntest du sicher sein, dass ich dich nicht wegen deiner Ähnlichkeit liebe. Ich liebe dich um deinetwegen, nicht als Abbild von mir.«

Ihre Stimme begann zu zittern, und sie stellte sich Georgias Verachtung vor, dann ihre Wut, dann ihre Verzweiflung. Mein Gott, sie war in dem Zimmer und tat sich vielleicht etwas Schreckliches an, schnitt sich die Pulsadern auf, schluckte ein ganzes Röhrchen Tylenol, machte ein Seil aus Bettlaken, um sich zu erhängen.

»Georgia!«, rief sie. »Komm da raus! Sonst hole ich einen Schraubenzieher und breche das Schloss auf!« Und das hätte sie auch getan, doch als sie gerade loslaufen wollte, öffnete sich die Tür einen Spalt weit, sodass Lorraine das unheimliche Leuchten im Dunkel des Zimmers sehen konnte, und Georgia streckte eine Hand aus, die ihre Mutter wortlos ergriff, und so standen die beiden da, bis ihre Handflächen heiß und ihre Handgelenke erlahmt waren.

Ich möchte diesen Augenblick für immer festhalten, dachte Lorraine. Ich würde dem Himmel dafür danken. Ich würde jeden Tag in die Kirche gehen und all meine Zweifel ersticken und mir meine Bitterkeit untersagen.

Georgia mit vierzehn.

Im Eilmarsch um zwei Uhr morgens von Dale Larsen den Weg herauf zum Haus geführt, nachdem sie in eine gefährliche mitternächtliche Bierfete in den Wäldern hineingeschlittert war. Lorraine zerrte Georgia die Treppe hinauf, knurrte mit zusammengebissenen Zähnen, dass sie nach Kanada umziehen müssten, und schlug sie den ganzen Weg bis zu ihrem Zimmmer auf den Hintern und die Arme und den Hinterkopf, bis sie zu den Kissen auf dem Bett kamen, die Georgia so hingelegt hatte, dass sie ihre unschuldig schlafende Gestalt vortäuschten. Wer waren überhaupt die Eltern der anderen Kinder, die auf dieser Fete gewesen waren? Säufer? Asoziale? War denen das Leben ihrer Kinder denn gar nichts wert? Und dann verkündete Georgia auch noch stolz: »*Leben?* Davon verstehst du nichts, Mutter.« Und das als die einzige Achtklässlerin, die bei der Fete dabei sein durfte! Der Rest der Clique waren Oberstufenschüler von der High School oder Abbrecher, die auf dem Holzplatz oder in der Forellenzucht arbeiteten – gefährliche, unberechenbare Burschen in engen Jeans. Lorraine glaubte, sie müsse verschleiert durch die Stadt gehen, um ihre Schande und ihre verweinten Augen zu verbergen. Es war ein reuevoll beschämender Trost für Lorraine, als sie nach dem Ende der Ferien erfuhr, dass Dale Larsens Tochter Stephanie es noch schlimmer getrieben hatte als Georgia, ja, in der Clique sozusagen die Ikone schlechter Einflüsse war.

Als Dale Larsen nach dem Unglücksfall den Weg hinauf zum Haus ging, muss er wohl an diese längst vergangenen Tage gedacht haben. Lorraine setzte sich aufs Bett und lehnte sich an das verstellbare Kopfende, wo Georgias Heiligen-Amulett mit Schwertern und dem Drachen an einem roten Band von einem Nagel hing. Lorraines Tränen waren so groß und dick, dass sie glaubte, sich innerlich aufzulösen. Würde sie sich auf eine Waage stellen, würde sie bestimmt feststellen, dass sie ein paar Pfunde leichter geworden war – wie sie und ihre Schwester als Mädchen, nachdem sie stundenlang in Gummianzügen um die Aschenbahn der Schule gelaufen waren.

Mit Gordon war es leichter gewesen. Manchmal glaubte Lorraine, dies als zu selbstverständlich erachtet zu haben. Wie viele zweite Kinder hatte Gordon die Rolle des Fügsamen gewählt, um sich seinen Anteil an Zuwendung zu sichern, während Georgia die Beherrschende war. Kleiner Drachen – so nannte sie Lorraines Vater. Sie kritisierte Gordon, liebte ihn abgöttisch, drangsalierte ihn, vergab ihm, war beeindruckt und sarkastisch. Er betete sie an.

Wegen Gordon, diesem arbeitsamen, ruhigen Kind, das ihnen nie den Nachtschlaf raubte, weder als Baby noch als Erwachsener, hatten Lorraine und Mark sich nie Sorgen machen müssen. Gordon kannte seine Grenzen; er wusste, wie liebenswert er war, wie gut aussehend, wie elegant. Er machte nie Ärger. Georgia hingegen beklagte sich stets über irgendetwas – ihr Gewicht, ihr Haar. Mal stellte sie ihr Licht unter den Scheffel, mal gab sie an wie ein Sack Seife. Lorraine hatte die Hoffnung aufgegeben, dass ihre Tochter jemals zu innerer Ausgeglichenheit fand.

Hatte sie Georgia jemals bedauert? Hatte ein vereinzeltes Band dieses Nachtrauerns seinen Weg in die Höhe gefunden, wie ein Schriftband, das von einem kleinen Motorflugzeug gezogen wird? Lorraine hatte ihre eigene Version, als Georgia in dieses Wildkatzenalter kam und auf alles, was Lorraine sagte, mit Widerspruch reagierte: »Ich hasse dich nicht, weil Adoptivkinder wahrscheinlich Identitätsprobleme haben, Mutter«, sagte Georgia ihr einmal mit so ausdruckslosem Gesicht, dass Lorraine das Lachen im Halse stecken blieb, »ich hasse dich persönlich.« Lorraine wusste gar nicht mehr, wie oft sie Mark nachts wachgerüttelt hatte – Mark, der selbst dann weiterschlafen konnte, hätte man das Dach des Hauses abgedeckt –, um von ihm in den Arm genommen und wegen ihrer Tochter beruhigt und getröstet zu werden.

Sie ist ein kluges Mädchen, murmelte Mark immer wieder. *Sie ist viel zu klug, um es zu weit zu treiben.*

Georgia schloss die High School mit Auszeichnung ab. Dann aber, all ihren guten Noten zum Trotz, blieb sie zu Hause, arbeitete in dem Seifen- und Parfümeriegeschäft, traf sich mit Jungen, die Farmer oder Vertreter werden wollten, und besuchte Marketing-Kurse an der Woodruff-Fachhochschule. Es war eine Veränderung eingetreten. Georgia hatte ihren Eltern vergeben. Erst als sie älter war, fast schon zu alt, um sich einzufügen, und als sie sicher war, unter den Flügeln ihres kleinen Bruders, den sie so lange herumkommandiert hatte, Schutz finden zu können, hatte sie Gordon zur Florida-State-Golfmannschaft begleitet und war dort Ray begegnet. Die erwachsene Georgia war fast wie eine Wiedergeburt des Babys Georgia, eine melancholische junge Frau, die den Duft von Plätzchen liebte und mit Kattunbändern eingepackte Geschenke, die Märchenbücher sammelte, die Lorraine zum Lachen brachte, indem sie ihre Mutter auf ihrem Schoß sitzen ließ, und die Nora beim Einmachen half.

Und als sie wieder zu Hause einzog, als verheiratete Frau, da schien es, als wäre sie nie fort gewesen. Georgia und Lorraine hatten eine alberne, spontane und zärtliche Mutter-Tochter-Liebe entwickelt. Acht Zentimeter größer als ihre Mutter, war Georgia wieder zu ihrem Dino-Baby geworden... Die überschäumende Hochzeit, die Bilderbuch-Entbindung, Georgia, die sich auf der einen Seite an Rays Unterarm und auf der anderen am Ärmel ihrer Mutter festhielt, Gordon, der blauäugig in seiner Naivität genau diesen Moment wählte, um zu verkünden, dass er nie wieder ungeschützten Sex haben wollte, Georgias ungewohnte Empfindsamkeit: »Ich wünschte, du hättest mich zur Welt gebracht, Mom. Es tut mir Leid, dass du nie dieses Gefühl erleben konntest, so was wie ein Schöpfer zu sein.« Ihre Offenheit ließ Lorraines überraschenden Neidgefühle verfliegen.

Georgia war scheu gewesen, das war alles. So wie Keefer schüchtern war. Es war Angst, die ihren Zorn verwandelt hatte. Angst vor der großen Welt.

Wohin würde Keefer sich einmal entwickeln, die Mischung aus Georgia und Ray? Sie hatte schon so viele Veränderungen durchmachen müssen, auch wenn alle versuchten, sie abzuschirmen. Nach Georgias erster Chemotherapie hatten die Nyes sie für eine ganze Woche genommen – und das Baby kam zurück und konnte aus einer Schnabeltasse trinken, was Lorraine als Tadel ihrer Nachlässigkeit empfand, weil sie Keefer immer noch das Fläschchen gelassen hatte. Aber wie konnten die bestgemeinten Bemühungen von Verwandten und Freunden Keefer die frühkindlichen Erlebnisse ersetzen, die sie versäumt hatte? Ray konnte schließlich nicht die ganze Zeit zu Hause bleiben; allein die Krankenhausrechnungen hätten die junge Familie ruiniert. Das Baby durfte nicht von Georgia getrennt werden, doch Georgia brachte nicht mehr die Kraft auf, sich allein um Keefer zu kümmern. Gott sei Dank hatte Gordon eine geregelte Arbeitszeit, ein dürftiges Privatleben, unerschöpfliche Zeitreserven und den Mut, sich auch als Junglehrer nach Bedarf freizunehmen. Lorraine fand, dass Georgia mit Gordon angesichts ihres Verfalls die denkbar glücklichste Erfahrung machte.

Und es musste sehr schwer für ihn gewesen sein.

Lorraine würde Gordon jetzt mit den grundlegenden Fertigkeiten ausstatten, um Keefer großzuziehen, bevor sie… was? Sterben würde? Verfallen? Obwohl Gordon es schon beherrschte, Keefer mit Späßchen dazu zu bringen, sich den Löffel mit Süßkartoffelbrei in den Mund zu schieben, und ihr die Windeln zu wechseln, bestand seine Rolle im Leben des Babys hauptsächlich darin, es auf allen vieren im Wohnzimmer herumzujagen und wie ein Bär zu brummen.

Doch Gordon würde es schon schaffen. Letzten Endes musste er es schaffen. Er würde halt schneller erwachsen werden. Er musste lernen, dass die Zeit etwas Wirkliches ist und dass er nicht mehr einfach alles sagen konnte, was ihm gerade in den Sinn kam.

Lorraine bemerkte, dass sie ihre Füße, die gegen das Kopfende gestemmt waren, nicht mehr erkennen konnte. Der Tag war an ihrem Fenster vorbeigezogen, das Zimmer, in dem sie lag, in Dunkelheit versunken, und die Tränen rannen ihr übers Gesicht und den Hals. Ein Tag und eine Nacht und noch ein Tag und noch eine Nacht schwanden dahin. Georgia war jetzt ohne jeden Zweifel unter den Toten, nicht mehr den Lebenden, und jede Minute entfernte sie weiter von ihrer Mutter… Lorraine hatte nichts anderes getan, als sich aufzusetzen und hinzulegen, aufzusetzen und hinzulegen und auf die Toilette zu gehen und Anrufer abzuwimmeln, sogar Natalie Chaptman, obwohl Natalie ihr als beste Freundin am nächsten stand, von Mark einmal abgesehen. Doch Natalies Mann war der Bestattungsunternehmer, und Lorraine brachte es nicht über sich, mit jemandem zu reden, der aus einem Gebäude telefonierte, in dem die Leichen ihrer Tochter und ihres Schwiegersohns lagen. Als das Telefon abermals läutete, rief sie nach Mark, um ihm zu sagen, dass sie schliefe. Da kam er schon ins Zimmer.

»Es waren Diane und Big Ray. Sie kommen jetzt herüber.«

»Jetzt?«

»Lorraine, sie möchten uns sehen. Und natürlich auch Keefer.«

»Sie ist bei Nora.«

»Nora ist unterwegs hierher. Sie bringt Keefer mit. Diane und Ray möchten sie zum Swimmingpool in ihrem Hotel mitnehmen.«

»In Ordnung.«

»Ja, das hab ich ihnen auch gesagt.«

»Aber ich glaube nicht, dass Keefer mit ihnen gehen will.«

»Ich glaube schon…« Mark setzte sich aufs Bett, legte sich dann hin, barg Lorraines Kopf unter seinem Kinn und zog sie an seine Brust. »Und du? Möchtest du aufstehen und dich umziehen?« Er ließ den Blick über sie schweifen. »Vielleicht möchtest du etwas anziehen, das nicht so…«

»So was?«

»So zerknittert ist.«

»Na gut«, seufzte Lorraine.

Sie ging zu ihrem Wandschrank, schaltete das Licht ein und fühlte sich verletzt von dem Anblick so vieler bunter Kleidungsstücke, so vieler persönlicher Dinge, die einen Menschen überdauern können. Sie nahm ihre bequemsten Jeans heraus und ein weißes Hemd, ein weiches Nadelstreifen-Jerseykleid, Unterwäsche und Strümpfe und legte ihre Kleidungsstücke in der Reihenfolge hin, in der sie sie anziehen würde, wie sie es seit ihrer Jugend getan hatte, BH, Höschen, Hose …

»Ich finde nicht, dass du dich für die Nyes so schick machen musst«, sagte Mark.

»Tu ich auch nicht. Ich zieh nur Jeans an. Das da … ist für morgen Abend.«

»Oh.«

»Ich will bloß nicht zweimal im Wandschrank herumsuchen, Mark. Ich kann es nicht erklären, Liebster. Ich bin zu müde für Erklärungen.« Lorraine zog sich ein weißes Button-down-Hemd über den Kopf, ohne es aufzuknöpfen, und raffte dann ihr Haar annähernd in die Form ihres üblichen Knotens.

Es klingelte an der Haustür.

Es war Nora. Keefer wand sich in ihren Armen.

»Nora«, sagte Lorraine, »du weißt doch, dass du nicht zu läuten brauchst.«

»Ja«, sagte Nora mit Unbehagen. »Es ist nur – alles ist so seltsam.«

»Nana!« Keefer sprang in Lorraines Arme und klatschte ihrer Großmutter die Händchen auf die Schultern. »Mama … Mama! Kipper Mama?« In vier Wörtern war das gesamte Problem des kleinen Kindes umschrieben. *Wo war Keefers Mama?*

Wie sollte Lorraine es ihr erklären?

»Keefer war die ganze Nacht wach«, sagte Nora leise.

»Als würde sie es spüren. Bradie ließ sie ein bisschen mit Dans Trommeln spielen. Und wir haben ihr in der Scheune die Kätzchen gezeigt…«

»Kätzen«, sagte Keefer, hatte den Daumen fest in den äußersten linken Mundwinkel gesteckt und hielt die Fingerchen gespreizt. »Nanamama?«

»Ich hab ihr gesagt, Mami und Papi sind fortgegangen«, sagte Nora und wand sich vor Unsicherheit, als Mark den Kopf an den Türrahmen lehnte und seufzte: »Ich weiß, es ist dumm. Aber was sollte man sonst sagen?«

»Nun«, Lorraine setzte sich auf die Bank im Hausflur, »ich denke, wir werden ihr einfach die Wahrheit sagen. Wir werden ihr so lange die Wahrheit sagen, bis sie eines Tages versteht, was das heißt. Das ist auch Gordons Meinung…«

»Wir könnten Keefer sagen, dass ihre Mama jetzt an einem besseren Ort ist und nicht mehr so krank sein muss.«

»Ich möchte nicht, dass sie Georgia hasst, weil sie an einen besseren Ort gegangen ist, ohne sie mitzunehmen«, widersprach Lorraine. »Dann glaubt sie vielleicht, ihre Mutter wäre nach Disney World gegangen.«

Als die Nyes kamen, war Keefer bereits eingeschlafen. Diane schloss alle in ihre dünnen Arme. Sie sah unpassend sonnengebräunt und elegant aus. Ihre Ohrringe harmonierten perfekt mit der Anstecknadel.

»Diane, es tut uns schrecklich Leid…«, begann Mark. »Es ist so schlimm… und so unerwartet für euch.«

»Nun, das hat uns ja alle betroffen«, wandte Big Ray mit tröstender, tiefer Stimme ein. »Wir müssen stark sein, vor allem für diese Kleine hier.«

»Möchtet ihr etwas zu essen?«, fragte Nora.

»Wir können euch alles anbieten, was das Herz begehrt«, fügte Lorraine hinzu.

»Wir können nichts essen«, sagte Diane.

Sie nahmen im Wohnzimmer Platz und saßen da, blickten einander in der Dämmerung an. Niemand rührte sich, um eine Lampe einzuschalten. Diane kramte in ihrer großen, nierenförmigen Lederhandtasche. »Ich habe hier ein Foto für euch«, sagte sie. Keefer und Ray saßen barfuß und übergroß im Vordergrund; im Hintergrund sah man lachende Gesichter. Alle waren auf einer Anhöhe im Sandpiper-Reservat, dem Golfplatz, wo die Eltern Nye lebten.

»Lieb von euch, dass ihr das mitgebracht habt«, sagte Lorraine. »Danke, Diane.«

»Mein Baby«, sagte Diane und streichelte mit dem Daumen Rays sonnenumstrahlten Kopf. »Weiß jemand, wie das geschehen konnte?«

»Ich fürchte, wir werden noch eine Zeit lang nichts erfahren«, erklärte Mark.

»Es war ein Unfall«, warf Nora ein. Alle wandten sich zu ihr um und schauten sie an.

»Ihr kennt euch ja«, sagte Mark. »Das ist meine Schwester, Nora Nordstrom. Oder habe ich vergessen, euch einander vorzustellen? Ich weiß gar nicht, wo ich zurzeit meine Gedanken habe ... wenn ich überhaupt welche habe ...«

»Wir konnten nicht mal Abschied nehmen«, fuhr Diane fort.

»Mutter, lass gut sein.« Big Ray erhob sich und setzte sich ganz nahe zu seiner Frau, und Lorraine beneidete sie für einen Moment. Frauen wurden immer so behandelt wie Diane, als müsste man sich um sie kümmern wie um Babys. Lorraine wollte auch wie ein Baby umsorgt werden.

»Keiner von uns konnte Abschied nehmen«, sagte Mark zu Lorraines Verblüffung. Das war die zweit- oder drittlängste Unterhaltung, die Mark jemals freiwillig mit jemandem außerhalb seiner engsten Familie geführt hatte. Und es war noch etwas herauszuhören – eine gewisse Schärfe. »Und wenn man uns die Gelegenheit gegeben hätte, was hätten wir dann gesagt? Georgia wusste, wie sehr wir sie liebten.«

»Auf jeden Fall können wir dankbar sein, dass sie das Baby nicht auf der Autofahrt mitgenommen haben«, sagte Big Ray.

»Das hätten sie niemals getan. Nicht in dem alten Wagen«, murmelte Mark.

»Wir möchten Keefer über Nacht mitnehmen«, sagte Diane, »damit ihr ein bisschen Ruhe habt. Meine Töchter sind hier und die Enkel, zwei kleine Jungen. Sie haben Keefer schrecklich gern. Sie sind erst drei und vier, Brent und Brooks, und sie haben keine Ahnung …«

»Im Moment sind sie alle am Swimmingpool«, sagte Big Ray. »Ich weiß gar nicht, wie Ali und ihr Mann so schnell von ihrer Kreuzfahrt zurückkommen konnten, aber Gott sei Dank haben sie es geschafft. Caroline geht's gut, aber Alison hat es sehr mitgenommen – sie und Ray waren nur fünfzehn Monate auseinander. Wir haben sie wie Zwillinge aufwachsen lassen, die gleiche Kleidung und so weiter …«

»Wir alle haben Ray sehr gemocht«, sagte Mark. »Und Ray hat Georgia über alles geliebt.«

»Wo ist Gordon?«, fragte Diane. »Warum ist er nicht hier? Ist er schon angekommen?«

»Oh, ja, er ist in der Stadt. Er wohnt hier, Diane. Aber wo er im Augenblick ist, weiß ich nicht«, sagte Lorraine, »vielleicht ist er in Rays und Georgias … Haus gegangen, um … Bilder zu finden … Vielleicht versucht er auch, ein paar Dinge aufzuschreiben, die er sagen will … morgen …«

»Big Ray wird den Nachruf auf unseren Sohn sprechen«, sagte Diane plötzlich.

»Natürlich.«

»Und wir werden einen Gedenkgottesdienst für ihn im Klubhaus abhalten. Sehr viele Golfspieler werden kommen. Sie haben auch etwas für Keefer. Eine Art Stipendium. Ihr könnt alle kommen, wenn ihr wollt.«

»Nun«, sagte Lorraine, »es wird ein wenig von der Kleinen abhängen.«

»Es war alles sehr anstrengend für sie«, erklärte Mark. »Wir möchten ihr etwas Zeit lassen, sich an die veränderte Situation anzupassen.«

»Es wird ja erst in ein paar Wochen sein«, beschwichtigte Ray. »Bis dahin hat sie sich eingewöhnt.«

Eingewöhnt?, dachte Lorraine.

»Ich hab ein bisschen mit Alison und Caroline geredet«, sagte Diane. »Ihr wisst ja, Caroline und ihr Mann haben noch keine eigenen Kinder – sie sind richtige Karrieremenschen. Aber Alison überlegt es sich. Sie wird beim Abendessen mit Andy darüber sprechen …«

»Alison überlegt sich was?«

»Unser Baby. Wir müssen gewisse Entscheidungen treffen – nicht dass ich das jetzt zur Sprache bringen möchte, aber wie du weißt, Lorraine, bin ich erst Mitte vierzig. Wie alt bist du?«

»Neunundfünfzig«, sagte Lorraine.

»Also fast sechzig. Bist du schon in Rente?«

»Ich unterrichte noch. Ich denke, noch ein paar Jahre.«

»Und Mark?«

»Ich habe meinen Job im Unternehmen, ich leite das Labor«, sagte Mark. »Und was ich mache, wenn ich in Ruhestand gehe, bereitet mir jetzt noch keine Sorgen. Aber ich werde schon was zu tun haben, und wenn ich einfach meine Rente auf den Kopf haue …«

»Nun«, fuhr Diane fort, »wir möchten jedenfalls, dass Keefer beide Teile ihrer Familie gleich gut kennt.«

»Das möchten wir auch«, erwiderte Lorraine. »Und wir wissen, dass auch unsere Kinder das wollten, als sie ihr Testament verfassten …«

Big Ray und Diane tauschten Blicke. Oder kam es Lorraine nur so vor? »Aber wir sollten das nach und nach klären. Es ist alles noch so frisch, so schmerzlich …«

»Du kannst dir gar nicht vorstellen, wie schlimm es für *mich* war«, sagte Diane. »Ray war mein Erstgeborener, mein erstgeborener Sohn.«

»Und Georgia war unsere einzige Tochter«, sagte Mark. »Wir können es euch nachfühlen. Wir haben mit so einer Situation fast ein Jahr lang gelebt. Georgia war auch unsere Erste.«

»Ich dachte, sie war nur adoptiert«, fragte Diane Mark.

»Ja, schon. Trotzdem war sie unsere Erstgeborene.«

»Und das Baby ist alles, was uns geblieben ist«, sagte Diane, »alles, was wir von Raymond haben.«

»Und Georgia«, sagte Mark.

»Wir müssen an die Kleine denken«, sagte Diane.

»Ich glaube, wir sollten den Wunsch von Georgia und Ray befolgen«, sagte Mark nachdrücklich und in so ungewohnter Lautstärke, dass Lorraine, die nach der Preisgabe ihres Alters den Gesprächsfaden verloren hatte, aufsprang und dadurch Keefer weckte, die leise jammerte.

»Baba«, seufzte Keefer.

»Sie möchte ihr Saftfläschchen, Nora.«

»Ist schon da«, sagte Nora und angelte in der Tasche danach. Lorraine setzte Keefer auf und lehnte sie in ihre Armbeuge, während sie nuckelte.

»Jetzt trinkt sie also doch wieder aus dem Fläschchen«, kommentierte Diane kopfschüttelnd.

»Nur gelegentlich«, beeilte Lorraine sich zu erklären. Aber warum soll ich deswegen ein schlechtes Gewissen haben?, überlegte sie. »Vor allem, wenn sie im Auto mitfährt …«

»Ah, ja«, sagte Diane und strich ihr kurzes, stufig geschnittenes blondes Haar glatt.

»Ich denke, wir sollten es Georgia und Ray überlassen, denn sie haben in ihrem Testament eine Verfügung für Keefer getroffen«, erklärte Mark. »Wir haben Kopien davon und werden sie euch geben.«

»Einverstanden«, sagten die Nyes einstimmig. Dann fügte Diane hinzu: »Wir fliegen nicht gleich wieder nach Hause zurück. Nach der Beerdigung bleiben wir noch ein paar Tage. Dann können wir über alles sprechen, ja? Nicht nur über Georgia, auch über Raymond.«

»Wir alle möchten schließlich, dass unser kleines Mädchen sich rundum geborgen fühlt«, ergänzte Big Ray.

»Können wir sie jetzt mitnehmen?« Diane stand auf.

»Ich hoffe nur, sie macht kein Theater«, sagte Lorraine. »Sie ist sehr ängstlich.«

Diane langte nach dem Baby, das zuerst zitterte, sich dann aber entspannte. Die rötlich braunen Löckchen klebten auf der feuchten Stirn. Lorraine verspürte einen jähen Schmerz. Normalerweise fand sie nicht, dass Keefer Georgia ähnelte, weil sie so groß und blond war, aber die Rundung von Keefers herabbaumelnden Beinchen war genau die von Georgia, die kräftigen Wadenmuskeln, die starken Oberschenkel, die ihre Tochter so sehr gestört hatten.

Georgia, dachte Lorraine, und das Baby schrie.

Die Kleine setzte sich in Dianes Arm auf, als hätte sich jemand an sie herangeschlichen und ihr eine Spritze gegeben. Ihr Mund stand offen, und die Tränen rollten ihr über die Wangen wie vollkommen geformte Kristalle. »Nana«, schrie sie und schnappte nach Luft.

»Ja, mein liebes, kleines Mädchen«, besänftigte Diane sie und legte Keefer so, dass sie über ihre Schulter hinweg Ray anschaute, doch Keefer wehrte sich mit beträchtlicher Kraft und trat Diane mit ihren kleinen Sandalen fest in den Bauch.

»Nana!«

»Oh, Diane, ich fürchte, sie meint mich«, flüsterte Lorraine und wollte ihr die Kleine abnehmen.

»Sie wird sich schon beruhigen. Lass uns jetzt gehen, Diane«, sagte Big Ray. »Brauchen wir eine Windeltasche?« Nora hielt die Tasche wortlos hin. Diane lehnte dieses Angebot mit einer Bewegung ihres Blondschopfes ab und fragte Keefer: »Wollen wir für dieses kleine Fräulein hier ein Eis am Stiel holen, ja?« Das Kind wand sich so lange, bis es schon fast auf der Höhe von Dianes Knien war. Es schwitzte und streckte beide Ärmchen nach Lorraine aus.

»Vielleicht sollten wir sie später rüberbringen«, schlug Mark vor.

»Nana!«, jammerte Keefer. »Dory!«

»Sie meint ›Gordon‹«, erklärte Lorraine und bemühte sich, ihre Stimme zu mäßigen.

Diane wölbte ihre Hand über den vor Aufregung erhitzten Kopf des Kindes. »Ist schon gut, Keefer Kathryn. Nana ist hier. Es ist Oma Diane. Keefer. Keefer.«

Beiden McKennas brach der Schweiß aus, obwohl es kühl im Zimmer war.

»Keefer Kathryn, komm, wir gehen zu Brooksie!«

»Vielleicht solltest du sie nur mit Keefer ansprechen«, meinte Mark. »Sie... wir haben nie ihren mittleren Namen benützt.«

»Obwohl es ein schöner Name ist«, warf Lorraine ein, »ein schöner, altmodischer Name.«

»Der Name meiner Mutter«, sagte Diane. »Wir wollten, dass sie Katherine getauft würde, dann hätte sie Kitty gerufen werden können, wie Mutter... aber es war wirklich nett, dass sie den Namen Keefer ausgewählt haben...«

»Der kommt von Georgia – und Gordon«, sagte Mark. »Als Gordon noch ein Baby war, konnte er ihren Namen nicht aussprechen, deshalb versuchte er es mit ihrem zweiten Namen O'Keeffe...«

»Ja, ja, ich kenne die Geschichte«, sagte Diane. »Wirklich süß!«

Ray sagte mit ruhiger Stimme: »Jetzt wollen wir aber gehen, Mutter. Komm, Kindchen.«

»Na gut, Keefer.« Lorraine beugte sich hinüber und legte ihre Wange an die des Babys, wobei sie versuchte, Keefers verstörte Bemühungen zu ignorieren, ihre Schultern oder ihren Kragen zu packen und von Diane herüberzuklettern wie ein verängstigtes Äffchen. »Küss mich – und dann vergiss mich, Keefer. Aber nein, du kommst ja bald wieder nach Hause zu uns.« Zu Diane sagte sie: »Tut mir Leid, Diane. Aber du wirst verstehen, wie schwer das ist ...«

Doch Keefers Jammern wurde lauter, als die Nyes den Weg vom Haus hinabeilten und abwechselnd eines der kleinen zappelnden Gliedmaßen festzuhalten suchten. Bob und Mary Dwors, das alte Ehepaar auf dem benachbarten Anwesen, erhoben sich hinter ihren Rosensträuchern und schauten hilflos zu, wobei sie sich schulterzuckend mit Lorraine und Mark verständigten.

»Sie wird sich bald wieder beruhigen«, ließ Nora sich von der Küche her vernehmen, weil sonst niemand die Kraft aufbrachte zu sprechen. Sie hatten ganz vergessen, dass Nora dort war, doch Lorraine roch plötzlich den Kaffee, den Nora kochte und von dem sie Unmengen trank. »Es tut mir nur weh, dass Keefer so sehr darunter leidet. Offenbar glaubt sie, die Nyes würden sie uns für immer wegnehmen.«

Mark warf die Tür zu. »Bei dieser Diane habe ich kein gutes Gefühl. Nicht ums Verrecken!«

»Und warum hat sie behauptet, dass es für sie schlimmer wäre als für uns ... Ich meine, für euch?« Nora hielt Mark einen Kaffeebecher hin.

»Für uns«, korrigierte Mark und drückte den Arm seiner Schwester.

»Mark, Diane hat ihren einzigen Sohn verloren«, sagte Lorraine. »Sie ist kein schlechter Mensch. Sie ist nur nicht an schlimme Dinge gewöhnt.«

»Ich glaube auch nicht, dass sie ein schlechter Mensch ist«, meinte Mark und beobachtete vom Fenster aus, wie sich Diane mit Keefer auf den Rücksitz des Wagens zwängte. »Ich glaube nur, sie bekommt immer, was sie will. Und Ray genauso.«

Im Zimmer war es vollkommen still geworden. Marks grundsätzliche Einstellung, von jedem immer nur das Beste zu denken, grenzte an Torheit. Selbst der faulste Mitarbeiter bei Medi-Sun, der nur die Uhr für den Countdown bis zum Feierabend im Blick hatte, war seiner Meinung nach ein »anständiger Kerl«. Gegen den Widerstand aller hatte Mark darauf gedrängt, dass eine Buchhalterin, die 10000 Dollar unterschlagen hatte, um eine Anzahlung leisten zu können, eine Chance bekam, ihre Stelle zu behalten und der Firma das Geld in Raten zurückzuzahlen.

Jetzt aber fügte Mark mit finsterem Blick hinzu: »Und sie haben nicht mal den Kindersitz mitgenommen.«

»Es sind ja nur zwei Meilen bis Fidelis Hill«, beruhigte ihn Lorraine, die sich über seinen Zorn wunderte. »Es lohnt nicht, sich darüber aufzuregen. Und Keefer mag den Sitz sowieso nicht.«

»Und wenn jemand sie sieht, Lorraine? Es hat in der letzten Woche genug Autounfälle gegeben. Und beide haben wahrscheinlich … ihr Blutdruck ist sicher sprunghaft gestiegen. Ray sieht sowieso aus, als könnte er jeden Augenblick einen Schlaganfall bekommen. Der Mann hat doch mindestens dreißig Kilo Übergewicht!«

»Na gut«, sagte Lorraine, »dann lauf los und halte sie auf.«

Mark rieb sich nachdenklich das Kinn. Wenngleich er sich später nicht daran erinnern konnte, diese Worte geäußert zu haben, sagte er zu Lorraine und Nora: »*Die* hält nichts auf.«

Und in diesem Moment drückte irgendetwas in Lorraine, ein Körper im Innern ihres Körpers, seine Hände fest auf die Armlehnen des Sessels und erhob sich.

4

Er kam sich wie ein Dieb vor, als er in das Eigenheim eindrang, wie ein Dieb, der sich in ein Mausoleum schleicht.

Zögernd ging Gordon über den Hausflur, dicht an der Wand entlang, denn er wollte keine Spuren auf dem dicken Teppichboden hinterlassen. Die warme Luft hier war stickig, abgestanden, übel riechend. Gordon schnupperte – Lactobazillus. Wahrscheinlich moderte eines von Keefers Fläschchen unter der Couch vor sich hin. Vor seinem Unfalltod hatte Ray seit Wochen nicht mehr hier geschlafen. Und wenn er mal kurz über den Flur gegangen war, dürfte ihm kaum in den Sinn gekommen sein, die Fenster aufzureißen oder die Klimaanlage weiterlaufen zu lassen, und sei es auf der niedrigsten Stufe. Gerade diese vollkommene Unfähigkeit, an mehr als eine Sache zur gleichen Zeit zu denken, hatte Ray zu einem guten Sportler gemacht. Ihr gemeinsamer Freund Carl Jurgen sagte immer, dass alle Golfspieler mit solch äußerster Konzentration auf die Bahn starren, dass ihr Schwung nicht mal dann ins Stocken geriete, wenn sie plötzlich auf einen Rechen treten würden. »Aber bei Ray ist das die ganze Zeit so, nicht nur wenn er Golf spielt«, beklagte sich Jurgen.

Gordon überlegte, was er bei Georgias Beisetzung sagen konnte. Was er bisher notiert hatte, war schwerfällig und unbeholfen: »Wir sind heute zusammengekommen, um Abschied zu nehmen von Georgia O'Keeffe McKenna Nye – ein langer Name für einen ganz besonderen Menschen, der nicht lange genug leben durfte, um ganz in diesen Namen hineinzuwachsen. Und wir nehmen Abschied von ihrem Mann, meinem Schwager Raymond Nye junior, der keinen so ungewöhnlichen Namen hatte, aber ein wundervoller

Mensch war (ausgestrichen), einer der großartigsten Burschen auf der Welt. Diese beiden großartigen (gestrichen), wunderbaren (gestrichen)… guten und liebenswürdigen Menschen, die ein Segen für uns alle waren, ein Geschenk für unser aller Leben…«

Gordon war beim besten Willen kein begnadeter Schriftsteller. Wie sollte er jetzt auf Anhieb Wortgewandtheit an den Tag legen?

Georgia hatte ihm bei jedem Aufsatz an der High School aus der Klemme geholfen und später bei den meisten Arbeiten, die er am College schreiben musste. Als Gegenleistung hatte er ihr beim Chemie-Examen unter die Arme gegriffen. Georgia hätte sich überhaupt nichts aus diesen salbungsvollen Sentimentalitäten gemacht, diesem halbherzigen Herumeiern. Was sie sich gewünscht hätte, war *Drama*! Scheinwerfer, Sarg, Orgelmusik. Aber dass sie jetzt nicht hier war und ihm nicht half, war für Gordon der Beweis, dass es kein Leben nach dem Tod gab.

Die Tür des Wandschranks im Flur stand offen. Keefers winzige gelbe Gummistiefelchen steckten in Georgias roten Clogs, und da hing die große alte Wolljacke, eine von Tante Nora gestrickte Scheußlichkeit aus psychedelischen Pastellfarben, die seine Schwester immer folgsam getragen und als ihren »zu allem passenden Pullover« bezeichnet hatte. Außerdem lagen Rays Golfmützen da, bei denen er stets das Band bis zum weitesten Loch eingestellt hatte. Rays Kopf war so groß gewesen, dass Jurgen einmal gesagt hatte, seine Golfkappe sähe aus wie eine Reißzwecke auf einem Kürbis. Alle diese alltäglichen Dinge waren auf einmal zu Reliquien geworden. Ein Holzspielzeug von Keefer beschwerte einen Stapel von Druckschriften über das Thisacillin und Thatamycin, das die Ärzte unbedingt seiner Schwester spritzen wollten. Neben dem Spielzeug lag Georgias Fußgelenkkettchen mit den kleinen Glocken, das sie beim Schwimmen stets zu ihrem Bikini trug. Gordon erinnerte sich, dass sie

Ray mit morphiumverschleierter Stimme gebeten hatte, das Kettchen mit ins Haus ihrer Eltern zu bringen, weil das Klingeln das Baby beruhigen würde.

Eine Tasse, in der einst Kaffee gewesen war... und Milch, die schlecht geworden war; sie stand neben Rays Terminkalender. Der aktuelle Eintrag am 3. Juni betraf Georgias Chemotherapie. Mit einem mulmigen Gefühl blätterte Gordon ein paar Tage weiter. In Blockschrift war über die Felder der ganzen nächsten Woche geschrieben: »Anwalt anrufen.« Dies und eine Notiz für den September, die Ray daran erinnerte, Keefers ärztliche Achtzehn-Monate-Untersuchung vornehmen zu lassen, waren die einzigen Einträge. Ein Bündel verschwommener Faxe von Golf-Ranglistenturnieren steckte zusammengefaltet in einem hinteren Fach des Terminkalenders, dazu eine Karte aus einem Fastfood-Restaurant, auf deren Rückseite eine Art Einkaufsliste gekritzelt war: Knoblauchkapseln, Saft, Sirup... Rays Mutter war ja die Reformkost-Hohepriesterin der Südstaaten. Fläschchen mit Kräutertropfen standen immer noch aufgereiht auf dem Fensterbrett in Georgias Schlafzimmer im Elternhaus. Die Beschriftungen passten besser zu einem Picknick als zur Krebsbekämpfung: Löwenzahn, Distel, Hasenklee.

Gordon versuchte, sich nicht die ganze Bildergalerie im Hausflur anzuschauen. Ihm blieben nur noch ein paar Stunden, bis die Trauerfeierlichkeiten begannen. War Gordon erst in Chaptmans Bestattungsinstitut, würde ihm auch der letzte Rest von Konzentration abhanden kommen, das wusste er. Er durfte sich nicht schon jetzt ablenken lassen.

Da war Georgia im Brautkleid mit der Sieben-Meter-Schleppe. Es war keines der offiziellen Hochzeitsfotos, sondern ein ganz normaler Schnappschuss, doch Georgia liebte das Bild mehr als die anderen. Auf dem Foto war auch Rays Cousine Delia zu sehen, die in Madison lebte. Sie war beinahe wie eine Schwester mit Ray zusammen aufgewachsen und hatte ihm den Umzug in den Norden leichter gemacht;

sie war auch Georgias Brautführerin und Keefers Taufpatin gewesen. Soweit Gordon sich erinnern konnte, war sie eine richtige Bibeltante aus Tampa – wild entschlossen blond und wild entschlossen christlich. Er erinnerte sich nur an eine einzige Bemerkung, die Georgia über Delia gemacht hatte: »Ich mag sie. Sie glaubt, was sie sagt.« Auf dem Foto hielt Delia ehrfürchtig das Ende des schlaffen Spitzennetzes empor, während Glückseligkeit auf ihrem Gesicht lag; doch ihre Teenager-Tochter aus erster Ehe – Alyssa? Alexandra? – lugte durch eine riesige Fontäne bronzefarbener Blätter, cremefarbener japanischer Lilien und gefiederter Bartiris hindurch wie eine Art komischer Altarschmuck: mit wildem, rotem Haarschopf und einem vor Häme strahlenden Gesicht.

Gordon erlaubte sich den gehässigen Gedanken, dass all ihre Frömmigkeit und Tugend Delia schließlich doch nicht vor der Scheidung bewahrt hatten… aber es war gemein, so etwas zu denken. Er kannte Delia kaum.

Das übernächste Foto zeigte Ray und Georgia am Swimmingpool bei ihrer ersten Wohnung in Titusville. (»Tittenville«, hatte Georgia geschrieben, nachdem sie erfahren hatte, dass sie ein Baby erwartete. »Ich bin hier die einzige Frau, die kleiner als eins sechzig ist und hundertdreißig Pfund wiegt. Hier muss man mindestens Aerobiclehrerin sein, damit man einen Mietvertrag unterschreiben darf.«) Und die nächste Aufnahme: Ray, der stolz die neugeborene Keefer mit einer seiner starken Hände emporhebt, als wäre sie ein Golfpokal.

Und dann Georgias gerahmte Collage – »Warum du Keefer bist« –, ein Foto des Babys mit einem Filzhütchen, das so genäht war, dass es wie eine Sonnenblume aussah; von hier führte ein Pfeil zu einem Kinderbild von Gordon, der zahnlos grinste, während die kleine Georgia ihm ihr dickes Ärmchen um den Hals legte. »Es war einmal ein kleiner Junge, der konnte den Vornamen seiner Schwester nicht aussprechen.« Gordon versuchte sich zu erinnern, wann er aufgehört hatte, Georgia »Keefie« zu rufen. Nicht als Kleinkind, sondern erst ... vielleicht in der sechsten Klasse, als sie ihm androhte, ihm eine runterzuhauen, wenn er es nicht endlich ließe? Manchmal war es ihm immer noch herausgerutscht, besonders nachdem das Baby geboren war; dann rief er beide »Keefie«. Gordon bedeckte die Augen mit einer Hand und schob mit der anderen Rays Terminkalender in die hintere Hosentasche.

Was für ein Ort das hier war! Man konnte nicht atmen. Luft wie in einem Gewächshaus.

An diesem Morgen hatte Gordon, als er vollständig angezogen auf seinem Deckbett erwachte, auf seinen Spiralblock geschrieben: »Partygirl, Rabaukenmädchen, gehorsame Tochter, aufsässige Tochter, vollkommene Schwester, Folterschwester, beste Freundin, großzügig, voller Ideale«, und: »Georgia nahm keine Gefangenen. Erst der Zauber von Raymond Nye junior vermochte sie zu verwandeln. Aber wenn Ray hier wäre – und ich wünschte, er wäre hier –, könnte er uns allen sagen, wer der eigentliche Boss war.« Es hörte sich an wie eine schrecklich launige Partyrede.

Nein – er wollte seine Schwester wie Albert Einstein und Mutter Teresa darstellen. Aber wie konnte er behaupten, dass Georgia für die Welt im Allgemeinen so viel bedeutete? So war es ja nicht – nur eben für ihn selbst. Sie hatte nicht einmal die Möglichkeit gehabt, ihr eigenes Leben zu retten. Sie hatte Ray geliebt, sich fortgepflanzt, ihrem Bruder geholfen und die Menschen, die zu ihr gehörten, glücklich gemacht. Nicht mehr und nicht weniger. Der einzige Verlust, den Gordon mit Fug und Recht in Anspruch nehmen konnte, war sein eigener.

Nie wieder würden Georgia und er hinter Dads Rücken stehen und nachahmen, wie er beim Gehen stelzend die Knie hob wie ein Reiher. Nie wieder würde Georgia Gordons Weihnachtsgeschenk zwei Wochen zu früh schicken, weil sie es nicht abwarten konnte, und ihn dann anrufen, damit er es gleich auspackte, während sie mucksmäuschenstill am Telefon wartete. Nie wieder würden sie sich gemeinsam einen ansaufen oder bei »Fast Eddie's« so lange auf einen Tisch warten müssen, dass sie mittlerweile ihr ganzes Essen vom Selbstbedienungstablett gefuttert hatten. Georgia würde nie mehr ihr Baby »Keefer« sagen hören.

Aber so etwas bei der Beisetzung zu sagen... die Leute waren sowieso schon traurig genug. Diese ganze Trauerfeier war körperlich so anstrengend, als müsste man einen Hummerkorb von Hand heraufziehen – und genauso trügerisch.

Als Gordon unschlüssig dastand, ob er noch ein wenig bleiben oder von hier verschwinden sollte, kam ihm ein Gedanke, der allen anderen Leuten überdreht, wenn nicht gar verdächtig vorkommen müsste und den nur Georgia verstanden hätte. Georgia war vermutlich der einzige Grund dafür gewesen, dass Gordons Beziehungen zu dem halben Dutzend lieber, vorübergehend sogar geliebter Freundinnen in seinem Leben sich nie vertieft, sondern auf Einladungen zu einem Konzert, ein Abendessen beim Italiener, regelmäßigen Sex, einen gemeinsamen Campingurlaub und dann Ernüchterung und Trennung beschränkt hatten. Georgia hatte mehr Platz in seinem Leben eingenommen, als es bei einer Schwester normalerweise der Fall sein sollte. Sogar seine liebe, treue Freundin Lindsay Show hatte Gordon einmal ärgerlich angefahren: »Du liebst sie abgöttisch und folgst ihr aufs Wort!«

Natürlich hatten sie beide jene Teenagerzeit durchgemacht, in der das Ansehen bei ihresgleichen, der Respekt der Gleichaltrigen, das Allergrößte war. Aber nur Georgia und ein paar andere, Tim Upchurch und Pat Chaptman, standen Gordon so nahe wie Cousins, sogar näher als seine eigenen Cousins. Und dann gab es noch Jurgen und natürlich Ray. Aber es hatte nie einen Grund für Gordon gegeben, sich einer Frau gegenüber zu öffnen, Probleme mit jemand anderem als seinem Vater zu diskutieren oder emotionale Schwierigkeiten jemand anderem als Georgia anzuvertrauen.

Mit seiner Mutter hatte Gordon gar nicht erst reden müssen. Sie konnte seine Gedanken lesen.

Die letzte Zeit war er intensiv damit beschäftigt gewesen, sich um Georgia oder Keefer zu kümmern. An den Abenden, die er sich für Lindsay freinahm, musste er sich fast schon auf die Zunge beißen, um nicht zu erfragen, ob sie die üblichen Vorbereitungen – gutes Essen, einen guten Wein und dergleichen – überspringen und gleich miteinander schlafen könnten. Außerdem beschäftigte Gordon sich mit einem verlockenden Angebot von Tortoise Tours, einem neuen Unternehmen, das Reisen zu Orten wie den Galapagosinseln organisierte. Er war in einen Ski- und Bergsteigerklub in Wausau eingetreten. Und er war mit Lindsay oder Tim oder einem der Mädchen, die Tim seine »Wasserhäschen« nannte, an den Wochenenden abends ausgegangen. Aber so dumm es auch sein mochte, er hatte sich erst wieder wohl gefühlt, wenn er nach Hause gekommen war und das Lämpchen am Anrufbeantworter blinken sah, worauf er stets zurückrief. Und Georgia hatte jedes Mal mit ihm geredet, selbst wenn er sie mitten aus dem Schlaf holte. Sehr oft war er zu ihr gefahren und hatte bis in die Morgendämmerung hinein mit ihr geredet.

Als Georgia schwer krank geworden war, erkannte Gordon, dass jede Minute, die er damit zubrachte, sie mit dem Schwamm zu waschen, ihr bei der Aufnahme ihrer Videobänder zu helfen und ihr *Sturmhöhe* vorzulesen, ein guter Ausgleich war für die vereinzelten Tage, die sie im Lauf der nächsten vierzig oder mehr Jahre gemeinsam hätten verbringen können, wäre Georgia gesund geblieben – mal ein paar Ferientage, mal ein Familienausflug.

Warum, fragte Gordon sich jetzt, hatte er sich nicht früher Gedanken darüber gemacht, was er sagen würde, wenn Georgia unter die Erde kam? Warum hatte er sie nicht um Hilfe gebeten? Hätte es ihr nicht vielleicht sogar Spaß gemacht, heimlich die eigene Trauerrede zu schreiben? Oder wären diese Bemühungen – mit der unausweichlichen Aussicht auf das bittere Ende – für sie beide so unerträglich schmerzvoll gewesen, dass sie es nie und nimmer ausgehalten hätten?

Und doch waren Gordons Erinnerungen allesamt von Georgia bestimmt. Georgia war die Hüterin der Schachteln mit den Fotos aus ihrer beider Kinderzeit, die sich bestenfalls für Erpressungen geeignet hätten. Gordon besaß ein einziges gerahmtes Bild, 45 mal 50 Zentimeter, eine Collage aus Familienfotos, die ausgewählt worden waren (von Georgia natürlich), um ihr gemeinsames Leben angemessen darzustellen; außerdem besaß er einen Schuhkarton mit leidlich verführerischen Fotos seiner Freundinnen – von ihm oder von diesen aufgenommen – sowie mit einer Karte zum College-Abschluss mit der Aufschrift: »Der Weg ist frei! Wer sagt denn, dass Arbeit sich nicht lohnt?«

Gordon wagte sich in Georgias Schlafzimmer. Ihr Hochzeitskleid in der dicken Plastikhülle nahm mehr Platz ein als drei Männer-Parkas. In einem Fach entdeckte er unter ein paar angebrochenen Rollen Weihnachtspapier einen großformatigen Farbbildband: »Scharfe Stellungen – Heiße Tipps für coole Paare«. Geistesabwesend öffnete und schloss Gordon Schubläden. Georgias Stillbüstenhalter. Die großen alten T-Shirts mit der Golfwerbung darauf, in denen sie geschlafen hatte. Rays Boxershorts, so groß wie ein Zelt von Rucksacktouristen … Himmel, was war er für ein riesiger Kerl gewesen! Einen hellsichtigen Augenblick lang sah er Ray beim vierten Tee auf dem Golfplatz von Pelican Point vor sich, wie er auf ihn und Jurgen wartete, den Ball abschlug, aufspringen ließ, ihn nie verfehlte. Ray mit seinem langsamen, jedoch metronomisch präzisen Schwung – Tempo Raymundo, nannten sie ihn, in Erinnerung an Ray Floyd. »Das ist kein Ball«, sagte Jurgen, schaute dem davonjagenden Golfball nach und rang die Hände wie im Gebet, »das is ’n Geschoss!«

Das schreckliche Gefühl unerlaubten Eindringens überkam Gordon: Tote hatten keine Privatsphäre mehr. Wenn er alt wäre, würde er seinen persönlichen Kram und sämtliche Dokumente verbrennen, wahrscheinlich auch den Schuhkarton mit den Fotos. Er stellte sich vor, wie er als gebeugter, silberhaariger Mann in Cargo-Hosen in einem winzigen Scheiterhaufen stocherte.

Wehmütig und hilflos dachte er an Georgia: wie sie nicht umhinkonnte, sogar während eines Empfangs ihre Hände in die hinteren Hosentaschen von Rays Abendanzug zu schieben; und wie Ray ihn am Morgen nach seinem zweiten Treffen mit Georgia wachrüttelte: »Wir müssen unbedingt miteinander reden, Gordon. Hat sie dich angerufen?«

»Ray, es ist neun Uhr morgens!«

»Ja, aber hat sie dich schon angerufen? Meinetwegen?«

»Aber hast du sie denn nicht gerade erst gesehen?« Und dann dämmerte es ihm. Schläfrigkeit machte Erheiterung Platz. »Warst du über Nacht dort?«

Ray packte Gordon bei den Schultern und platzte mit seinem Geheimnis heraus, während die Röte sich vom Hals über sein ganzes Gesicht ausbreitete.

»Wir saßen die ganze Nacht beisammen. Am Strand. So hab ich mich noch nie gefühlt. Sie ist die einzig Richtige, Gordon«, sagte er. »Ich möchte, dass du mir alles über sie erzählst. Was sieht sie gern im Fernsehen? Wovor hat sie Angst? Schlangen oder so? Was ist ihre Lieblingsfarbe? Und hat es … ich meine, war da schon vor mir einer gewesen, mit dem sie … ich meine, der sie …«

Bei ihrer Hochzeit, als sie auf den Einsatz der Orgel warteten, hatte Ray sich zu Gordon herübergebeugt und geflüstert: »Ich liebe sie mehr als mein Leben, Gordon.« Und nach dem Empfang war Georgia in Jeans zu ihm gelaufen, um ihm einen Abschiedskuss zu geben, wie Gordon zerknittert, traurig, betrunken und ins Licht blinzelnd dastand. Das

Fest war vorbei, und ihm blieb nur ihr fröhliches *Küss mich, und dann vergiss mich…*

Kurz bevor Gordon in jenem Monat seine freien Tage vom Unterricht nahm, war er einmal nachts im Haus seiner Eltern erwacht. Es war ein kaltes Wochenende im Frühling. Ray war zu Hause, musste aber früh am nächsten Morgen nach Atlanta. Deshalb hatte Gordon bei den Eltern übernachtet, um bei dem Baby zu sein, wenn es wach wurde, während seine Mutter Georgia zum Arzt begleitete. Mitten in der Nacht schreckten ihn Geräusche im Hausflur auf. Gordon stolperte aus dem Zimmer und sah Ray, der ein Bündel auf den Armen trug, in eine Decke gehüllt – Georgia –, und mit einem Fuß die Haustür aufstieß.

Gordon fragte beunruhigt: »Geht's ihr nicht gut? Bringst du sie ins Krankenhaus?«

»Nein, nein.« Ray lächelte freundlich. »Wir fahren nur ein Stück spazieren.«

»Spazieren?«

»Sie kann nicht schlafen. Und es ist unser Verlobungstag, Gordon. Zwei Jahre seit der Nacht damals, als sie Ja sagte. Wir fahren zum See hinaus und schauen uns die Sterne an… und machen vielleicht ein bisschen Unsinn. Schließlich sind wir ja noch jung verheiratet…« Gordon nahm Georgias dünnen, von den zahllosen Blutentnahmen mit blauen Flecken übersäten Arm, der unter einer Falte der Decke hervorbaumelte, sah ihr schläfriges Lächeln und war sprachlos. Es gab so vieles, das er hinnehmen musste, aber nicht begreifen konnte.

Sein letztes längeres Gespräch mit Georgia war eine Art Auseinandersetzung. Es war… Donnerstag gewesen? Nein, am Wochenende davor. Mit Sicherheit nach dem kleinen Schlaganfall, wegen dem sie für eine Woche ins Krankenhaus musste. Ein unheilvolles Anzeichen, dass das Ende nahe war. Sie war erschöpft und mürrisch und traurig gewesen – was Wunder – und hustete und keuchte, und der Arzt hatte gesagt, der Krebs wäre jetzt in ihrer Lunge und in ihren Knochen.

Georgia fing damit an, ob Gordon bewusst wäre, was andere Leute dafür gäben, so sein zu können wie er. Er habe das perfekte Personengedächtnis. Er könne sämtliche Telefonbücher mit einem Blick erfassen und in Erinnerung behalten. Ihm würden Verabredungen zufliegen, selbst wenn er eine falsche Nummer gewählt oder das eine Päckchen einer Frau aufgehoben hätte, das diese auf einem Parkplatz hatte fallen lassen. Eine Verflossene hatte ihm sogar geschrieben und sich dafür bedankt, von ihm entjungfert worden zu sein. Die Menschen kamen auf ihn zu, hielten sich an ihm fest wie Beerentang am Strand. *Mann, Frau, Hund – sie lieben dich*, sagte Georgia, *und für dich ist das ganz selbstverständlich. Du tust nichts dafür. Du arbeitest nicht daran. Du kannst nur eins richtig gut: dich lieben lassen …*

»Auch du hast sehr viele Freunde, Georgia«, erwiderte Gordon.

»Aber ich musste mich um sie bemühen!«

»Ich tue auch was dafür. Ich bin nett zu den Leuten.«

»Du lässt die Leute nett zu dir sein. Und du weißt eine Menge, also kannst du den Leuten etwas erzählen. Das ist dein großes Geschenk an die Welt. Du selbst bist das Geschenk …« Sie hielt inne und atmete so tief und langsam, dass Gordon glaubte, sie wäre eingeschlafen. »Du musst dafür sorgen, dass Keefer so wird wie du.«

Ich hab wohl nicht recht gehört, sagte sich Gordon. Er und Georgia waren so gegensätzlich wie Hund und Katze. Er – rege, flink, auf vielen Gebieten bewandert, aber auf keinem wirklich perfekt. Sie – das trägste weibliche Wesen, das er kannte; nie ging sie zu Fuß irgendwohin, wenn sie fahren konnte, und sie war so schmerzempfindlich, dass sie sich nicht mal den Rücken kräftig schrubben ließ. Der Mut und die Kraft, die sie während ihrer Krankheit in den letzten acht Monaten aufgebracht hatte, waren für Gordon umso erstaunlicher.

»Du hoffst, Keefer wird wie ich?«

»Ich hoffe, sie *ist* wie du. Für dich ist alles so leicht.«

»Das ist aber nicht einfach für mich.«

»Einfacher als für mich«, sagte sie.

»Nein, Georgia, wirklich nicht.«

Sie wandte ihr ausgezehrtes Gesicht auf dem Kissen um und lächelte ihn an. »Ich weiß. Ich hab's nicht so gemeint.«

»Ich glaube, sie wird wie Ray«, hatte Gordon gesagt.

»Nein, wird sie nicht«, war die Antwort seiner Schwester. »Das ist mein Wunsch.« Georgias Blick schweifte zu einem der Kinderfotos, die Lorraine für sie gerahmt hatte und das die kleine Keefer zeigte, ein so prächtiges Blümchen, dass man glauben konnte, sogar das Fotopapier würde sich samtig anfühlen. »Ich möchte nicht, dass sie eine Frau wird, die sich wegen ihrer Liebe sorgt. Es wäre ihr...« Georgia seufzte. Sprechen bereitete ihr Mühe, raubte ihr den Atem.

»Ihr?«

»Ihr Georgia-O'Keeffe-Ich«, sagte sie. »Sie soll kein Mensch sein, der nur liebt, denn das frisst dich auf. Es verschlingt dich. Ich wünsche mir, dass Keefer es versteht, geliebt zu *werden*. Würdest du das für mich tun? Kannst du sie so werden lassen?«

Was hatte sie damit gemeint?

Stimmte mit ihm etwas nicht? War er zu selbstbezogen? Er war Lehrer, um Himmels willen! Lehrer sind uneigennützig. Er war nicht selbstsüchtig. Oder etwa doch?

Okay, er hatte ein schüchternes, melancholisches Verhaltensmuster entwickelt, um besser mit Mädchen Schluss machen zu können. Tim nannte ihn den Samt-Schurken. Er machte verträumte Bemerkungen über seine Unreife und darüber, dass er nach Australien ziehen würde. Er beherrschte ein viel sagendes Schulterzucken... langsam, ausdrucksvoll, als wäre er voller Bedauern über seine eigene Unfähigkeit, sich ganz und gar einer Beziehung hinzugeben, sich auf eine Bindung einzulassen. Doch er ließ die Tür immer einen Spalt weit offen. Er könnte ja mit der Zeit reifer werden…

Und es funktionierte wie Hypnose. Die Mädchen, die eigentlich den Wunsch haben müssten, ihn zu erschlagen oder zu erschießen, waren auf wundersame Weise damit zufrieden, seine Freundinnen bleiben zu können. Das war eine große Erleichterung. Wieso auch nicht? Gordon schätzte diese Frauen umso mehr, nachdem sie ihn hatten gehen lassen und seine Erinnerungen an sie gereinigt waren von der nervenden Langeweile bei endlosen Abendessen und endlosen Fernsehsendungen, die er eng umschlungen auf diversen Sofas ertragen musste, und von Haarspray an seiner Wange. Woran er sich gern erinnerte, waren ihre unterschiedlichen Körper: weich oder straff, rundlich oder schlank, wogend und hüpfend, auf und nieder, Brüste wie das geheimnisvoll gefärbte Innere sich öffnender Blüten, eine Vielfalt von Mohnblumen und Lilien. Und er liebte sie alle noch immer – rückblickend. Warum sollte er sich nicht aufrichtig freuen, wenn er seine Verflossenen wieder sah? Aber weshalb mussten sie gleich denken, dass sein Lächeln, seine Begrüßung, auch seine körperliche Zuneigung in einem Moment des Wiederbegegnens *mehr* bedeuteten? Dass er nicht bloß gemeinsame Erinnerungen mit ihnen auffrischen wollte? Doch sie glaubten es eben, und sie glaubten es *immer*. Und so wurde er wieder zum Schurken, der mit ihnen schlief und sie anschließend nur noch ein paar Mal und betont oberflächlich zurückrief, und das auch nur, wenn sie dreimal oder öfter auf den Anrufbeantworter gesprochen hatten…

Aber er war kein Schuft.

Doch, er war ein Schuft.

Verdammt noch mal, er war doch jung!

Er hätte niemals wieder hierher ziehen sollen. Was hatte ihn wieder hierher gezogen? Bei dem Reiseunternehmen hatte er einen geradezu paradiesischen Job gehabt… und unbekümmerten Sex. Warum war er nach Hause gekommen? Seine Mutter hatte ihm wegen der frei werdenden Stelle an der High School geschrieben. Aber weshalb war er gekommen? Und er hatte zur Geburt des Babys zu Hause sein wollen. Warum hatte er nicht einfach einen Geschenkkorb geschickt?

Nein, mit ihm stimmte alles. Er hatte seine Freunde, seine alte E-Gitarre aus dem Jahre 1972, die er schließlich und endlich zu spielen lernte, und seine Schüler. Nein, er war nicht einsam.

Das war es, was mit ihm nicht stimmte.

Er *wünschte* sich, einsam zu sein.

Jetzt.

Gordon wollte so rasch wie möglich aus diesem Haus, wollte davonrennen, also durchsuchte er rasch Georgias Bücherregal und ihre Schmuckschatulle und fand ein weiteres Exemplar ihres Testaments, das in einer Mappe mit gekritzelten Notizen steckte, die offenbar mit Georgias Befürchtung zu tun hatten, Keefer könnte Allergien haben. Ein Prospekt von einer Agentur in Boston namens »Vereinigte Familien«. Gordon hatte nie davon gehört. Er schnappte sich den Prospekt.

Dieses Haus! Man konnte hier nicht atmen. Die Luft war wie in einem Treibhaus.

Warum machte er sich überhaupt so viele Gedanken darüber, was er bei der Trauerfeier sagen sollte? Wer würde seine Worte festhalten? Was er sagte, würde ohnehin keinen Sinn ergeben. Außer für die beiden Menschen, die es jetzt nicht mehr hören konnten.

Er dachte an eine Bemerkung Georgias und musste lachen und weinen zugleich: »Du musst mein Trauzeuge sein, Gordon. Ich bin so glücklich, ich könnte vor Freude in die Hose machen.«

Georgia, verdammt!

Sie hatte ihn geliebt und versucht, ihm selbst und seinem Leben einen Flecken Farbe zu geben – aus Liebe.

Und er war dankbar gewesen, dass sie nach Hause gekommen war. Er war dankbar, dass er selbst nach Hause gekommen war. Was wäre gewesen, wenn Georgia in Florida gestorben wäre? Sie hatte den Süden so sehr hassen gelernt, wie Ray ihn liebte. Nicht einmal er hatte Georgia davon überzeugen können, ihr Baby hier großzuziehen. Gordon stellte sich vor, wie es jetzt wäre, wenn sie alle dort hinunterfahren müssten, um Keefer mit ihren sämtlichen Sachen nach Hause zu holen.

Er schloss die Tür hinter sich ab und fuhr die wenigen Häuserblocks bis zu seiner eigenen Wohnung. Seinem Unterschlupf. Seiner Höhle. Er öffnete die Tür, ließ sich auf die Couch fallen und stellte sich vor, wie Georgia zu ihm sagte: *Weißt du noch, wie du mal bei dieser Kleinen Eindruck schinden wolltest, aber sie wollte nicht mit dir nach Hause? Ich hab dein Versteck aufgeräumt und geputzt und sogar meine CDs in deinen CD-Spieler gelegt, obwohl ich schon im achten Monat schwanger war.*

Das wäre etwas für die Trauerrede: Die Ehe hatte Georgia neu geschaffen, hatte das Mädchen gezähmt, das früher seine Klamotten auf dem Weg zu einer Party gekauft und sich schnell im Taxi umgezogen hatte. Sie wurde zu der netten Frau, die kochte, putzte und eine ganze Wand mit handgearbeitetem Gewebe tapezierte. Sie zeigte Interesse an der Umgestaltung ihres eigenen Heims und das ihres Bruders. Gordon, der in seinem Leben nie mehr als zwei Paar Schuhe besessen hatte (eines für das Lauftraining), der jedes Jahr die gleichen Cordhosen kaufte und trug, wurde von ihr zum Einkaufen mitgenommen und legte sich elegante Hosen, italienische Schuhe und eine Matratze mit erhöhtem Kopfende zu, die auf einem Rahmen ruhte statt auf dem Fußboden. Sie tat so, als wäre er ein Landstreicher, die Karikatur eines Junggesellen, mit seinem einzigen Besteck, seiner Gitarre, seinem Fahrrad, das im Wohnzimmer an seinem Tauchgerät lehnte, und seinen ungerahmten Vergrößerungen von Unterwasseraufnahmen vom Cod Hole und dem Great Barrier Reef, die mit Reißzwecken an der Wand befestigt waren.

Gordon hatte ihr nie richtig dafür gedankt. Vielmehr hatte er so getan, als wäre er es gewesen, der ihr einen Gefallen tat und sie in Rays Abwesenheit ihre hormonellen Exzesse an ihrem armen, unbeweibten Bruder austoben ließ.

Doch jetzt wurde ihm bewusst, dass die wenigen Monate, nachdem sie beide wieder nach Tall Trees gekommen waren und bevor Keefer geboren wurde und neues Leben neue Gefahren mit sich brachte, jene Zeit gewesen war, in der sie gleichgezogen hatten – nach vielen Jahren, in denen immer einer dem anderen voraus gewesen war und auf den anderen zurückschaute, der ihn dann überholte und selbst nach vorne zog, und so weiter und so fort.

Bis sie auf Augenhöhe gewesen waren, einander ganz nah.

Und jetzt war Georgia ihm wieder vorausgegangen, ohne ihn.

Das Telefon läutete. Gordon merkte, dass er beinahe eingeschlafen war.

Er ließ es läuten, bis der Anrufbeantworter sich einschaltete. Es waren bereits 23 nicht abgehörte Anrufe auf dem Band; ein paar hatte Gordon mitgehört, als sie aufgesprochen wurden. Bekannte. Sein Cousin Dan. Ein paar von seinen Schülern – Anrufe, die Gordon zutiefst berührten –, drei von Tim, der zu glauben schien, er müsse zu Besuch kommen, damit Gordon sich nicht umbrachte. »Hallo«, sagte seine eigene Stimme, als das Gerät sich einschaltete, »hinterlassen Sie bitte eine Nachricht für Gordon oder Mr McKenna, aber erzählen Sie mir nicht Ihre ganze Lebensgeschichte.«

Jetzt erfüllte Lindsays Stimme den Raum.

»Gordon? Ich bin's. Du bist wahrscheinlich nicht da, aber wenn du mich brauchst …«

Lindsay könnte mir helfen, die Trauerrede zu schreiben, dachte Gordon. Lindsay und Georgia waren seit ihrer Kindheit Freundinnen gewesen.

Gordon nahm den Hörer ab, sagte aber nichts.

»Gordon? Bist du's?«

Nein, es gab niemanden, der ihm helfen konnte. Er legte auf und ließ sich wieder treiben.

Sein Vater hatte zwölf Stunden durchgeschlafen, nachdem er Ray und Georgia identifiziert hatte.

Gordon hatte angeboten, diese schreckliche Aufgabe für ihn zu übernehmen, aber nachdem Mark eine Stunde lang darüber nachgedacht hatte, war er allein ins Leichenschauhaus gegangen.

Alles, was er gesehen hatte, erzählte er Gordon – und auch das nur widerwillig –, war eine farbige Nahaufnahme von Georgias linker Hand mit dem Verlobungsring mit dem grünen Edelstein: blass und unverletzt, mit Ausnahme der kleinen sichelförmigen Narbe, die Georgia sich zugezogen hatte, als sie als kleines Mädchen um einen Krocketschläger kämpfte und ihn dabei entzweibrach. Dann hatte man Mark in sanftem Licht hinter einer Glasscheibe die weniger verunstaltete Gesichtshälfte Rays gezeigt. Der Rest von Rays Kopf und Körper war mit Laken zugedeckt.

»Aber man konnte sehen, dass das alles nicht richtig beisammen lag«, sagte Mark. »Ich hab versucht, nicht so genau hinzuschauen, denn ich möchte es nicht in Erinnerung behalten. Und ich glaube auch nicht, dass wir jemals Keefer davon erzählen sollten.«

Gordon träumte von Lindsay, die neben seinem Bett kniete und mit ihrem langen, lose herabhängenden roten Haar seine Wange kitzelte.

Es war Lindsay. Und sie war hier. Wo steckte sie? Gordon wurde sich bewusst, dass er in seiner Verzweiflung eingeschlafen war und dass draußen die Sonne bereits niedrig stand. Er setzte sich auf, schweißnass und fröstelnd zugleich.

»Hab ich was verpasst?«, fragte er. »Wie bist du denn reingekommen?«

Lindsay kauerte auf den Hacken. Ihr ärmelloses, pfirsichfarbenes Sommerkleid legte sich wie ein Fallschirm über ihre Knie. »Deine Mutter hat mir den Schlüssel gegeben«, sagte sie. »Du hast den Hörer nicht abgenommen. Sie hatte schreckliche Angst um dich, Gordon. Und ich auch.«

Sie hatte ihm etwas zu essen mitgebracht. Nudelsalat mit Schinken und Käse. Er aß dankbar und heißhungrig, und ihre Besorgtheit erfüllte ihn diesmal nicht mit Ungeduld, sondern mit Dankbarkeit. Er duschte, während sie auf dem heruntergeklappten Toilettensitz saß und ihm die Trauerrede laut vorlas. Und sie sagte ihm, es wäre in Ordnung, wenn er ein T-Shirt und ein Leinensakko für den Abschied anzog; sein Vater brächte gar nicht so viel Konzentration auf, um zu bemerken, dass er keine Krawatte trug.

Nachdem Gordon sich angezogen hatte, fuhr Lindsay den Wagen, wobei ihm dämmerte, dass sie beide später am Abend wieder zu zweit zurückkommen würden, allein, falls Lindsay weiterhin fuhr und falls er nicht irgendeine Ausrede fände, dass er mit seinen Eltern nach Hause fahren müsste. Nur das würde verhindern, dass er mit Lindsay im Bett landete, was er eigentlich nicht tun sollte; aber es war so lasterhaft und verlockend, mit diesem Gedanken zu spielen, denn eigentlich sah sie wundervoll aus, auf vertraute Weise wundervoll, und er konnte den weißen Streifen ihres BHs nicht übersehen, der durch den offenen Ärmel ihres Kleides zu sehen war. Gordon fragte sich, wie viel von dem, was er für Lindsay empfand, von ihrer Treue herrührte, ihrer Hingabe an ihn. Er musste das ein für alle Mal herausfinden. Er würde diese Frage ganz oben auf seine Liste setzen.

Als sie auf den Hügel außerhalb der Stadt gelangten, auf dem Chaptmans Bestattungsinstitut an einem kleinen, parkähnlichen Saum lag, wo der Wald in Richtung Tomahawk dichter wurde, erlebte Gordon die nächste Überraschung: An beiden Seiten der Straße reihten sich fast einen Kilometer weit die Autos. Zwei Kleinlaster von Nachrichtensendern standen mit ihren transportablen Satellitenschüsseln da, die wie umgedrehte Hockeymasken aussahen. Lindsay musste immer wieder wegen Leuten bremsen, die zielstrebig über die Straße eilten, als hätten sie es eilig auf dem Weg zu einer Auktion oder einem Konzert.

Gordon verschränkte die Arme, legte sie aufs Armaturenbrett und bettete sein Gesicht darauf.

»Was ist?« Lindsay ergriff seine Hand. »Ist dir schlecht?« Er schüttelte den Kopf, weil ihm die Stimme versagte. »Bist du denn überrascht? Hast du nicht geglaubt, dass so viele Menschen sie geliebt haben?«

Nein, dachte er und drückte ihre Hand, ihre gute, verlässliche Hand, so wie er später in dieser Nacht ihre kühle, nackte Taille mit beiden Händen umfassen und ihre kleinen Brüste mit den erstaunlich großen Brustwarzen wie Echinacea-Blüten an seine Brust drücken würde. In seiner Trauer und Dankbarkeit würde er nicht einmal bereuen, wieder angefangen zu haben, was er eigentlich nicht aufs Neue beginnen wollte… nein, dachte er. Ich habe einfach nicht daran gedacht, dass es so weit kommen würde… und so schnell, dass ich nicht mehr an mich halten konnte, um Abstand zu gewinnen und die Situation zu analysieren, sondern dass die Ängste und Zweifel einfach von mir abfielen wie Geröll von einer brüchigen Felswand.

Nach dieser Nacht würde er sich nicht mehr darauf verlassen können, dass seine Schwester jegliche Leere in ihm ausfüllte. Er würde nun wieder alle nicht beachteten Telefonanrufe beantworten müssen – oder einsam sein. Einsam und allein mit seinen Eltern und Keefer in einem Leben, das er so niemals geplant hatte.

Nun würde er notgedrungen erwachsen werden. Er würde niemals mehr frei sein. Es war sehr selbstsüchtig, aber er hatte sich eingebildet, er könne nach Georgias Tod zu seinen alten Lebensgewohnheiten zurückkehren. Aber er würde sein Leben nicht mehr zurückbekommen. Es war keine vorübergehende Unterbrechung. Dieses Leben war ein für alle Mal zu Ende gewesen, als seine Schwester erkrankt war.

Es war ein törichtes Leben gewesen. Ein Leben, das er vor

allem in Erinnerung bewahrte, wenn er davon erzählen konnte. Aber seine Zuhörerschaft gab es nicht mehr. Seine Zuhörerschaft war vom Tod abgelenkt worden.

Irgendwann würde er vielleicht wieder glücklich sein können und Freude empfinden. Vielleicht, wenn Keefer laufen lernte. Vielleicht würde er sich verlieben. Sicherlich würde er sich verlieben. Aber das würde niemals, niemals wieder das unverfälschte Glück werden, das unbefangene Glücksgefühl eines Jungen. Es würde stets beeinträchtigt sein von all dem, was geschehen war.

Es war Gordon gar nicht bewusst gewesen, wie sehr er es genossen hatte, sich manchmal vollkommen sorglos fühlen zu können.

Georgia hätte das verstanden; sie selbst hatte nie so unbeschwert und sorgenfrei sein können – und vielleicht hatte sie es gerade deshalb so sehr an ihrem Bruder geliebt. Sie hatte es zwar nie ausdrücklich gesagt, doch Gordon ließ es sie in seinen Gedanken sagen, mit ihrer eigenen Stimme:

Das hat mir so an dir gefallen, sagte sie.

Und weil sie es nie lassen konnte, eine herzhafte Bemerkung hinzuzufügen: *Sonst hätte ich mich auch nie mit dir abgegeben.*

Als Gordon aus dem Auto stieg, umarmte eine Frau ihn stürmisch. Delia. Er hatte sie nicht erkannt. Ebenso wenig ihre Tochter, die vom Alter her schon eine seiner Schülerinnen hätte sein können. Beinahe überwältigte ihn Delias Umarmung, der schwüle Dunst ihres schweren Parfums. Als sie ihn wieder freigab, streckte das Mädchen ihm würdevoll die Hand entgegen. »Ich bin Alex«, sagte sie. »Ich war schon bei der Hochzeit dabei. Es tut mir Leid wegen deiner Schwester. Georgia war echt cool.« Gordon wollte ihr übers Haar streicheln, doch sie war schon zu alt dafür. Also drückte er ihr stattdessen die Hand.

Als sie sich den Heckenreihen zu beiden Seiten der Eingangstür zuwandten, kam ein bedrückt aussehender Mann auf sie zu. Irgendetwas an ihm kam Gordon bekannt vor. Ein Freund seines Vaters? Nein, der Vater eines Schülers. Wie hieß der Junge noch… Jules? Doch der Mann entschuldigte sich bereits. »Ich weiß, ich sollte Sie jetzt nicht ansprechen, es ist sicherlich der ungeeignetste Moment. Es ist nur… ich hatte mich mit Ihrer Schwester und ihrem Mann getroffen…«

»Ich muss jetzt gleich da hinein«, sagte Gordon behutsam, als Lindsay ihn sacht am Ärmel zog. Er konnte seine Mutter drinnen im Foyer sehen, wie sie seine Tante Daphne umarmte.

»Ich bin Rechtsanwalt«, sagte der Mann, »hier ist meine Karte. Ich muss mit Mr Nyes Eltern sprechen, wegen des Testaments. Wegen der Aufzeichnungen, die ich gemacht habe. Nichts ist endgültig besprochen. Deshalb hatten wir einen Termin am Freitag. Mit den Eltern. Ich wollte Ray helfen, sie vorzubereiten… seine… ihre… Ich habe keine Ahnung, worauf das jetzt alles hinauslaufen wird, aber ich nehme an, Ihre Familie wird in der Lage sein, irgendeine einvernehmliche Lösung zu finden… aber ich wollte auch mit Ihnen sprechen, lediglich als privates Entgegenkommen, weil Sie meinem Sohn so ein guter Lehrer waren…«

»Jules«, sagte Gordon.

»Julius«, verbesserte der Mann, »mein Sohn. Er geht jetzt nach Platteville. Spielt Basketball. Er wird nie ein Rhodes-Stipendiat, aber er hat Naturwissenschaften als Hauptfach. Wird vielleicht mal Lehrer oder Nachhilfelehrer.«

»Ich besitze das Testament meiner Schwester«, erklärte Gordon. »Ray und Georgia haben es in allen Einzelheiten mit mir besprochen.«

»Sie haben dieses Testament widerrufen«, sagte der Mann, »schon vor Wochen.«

Gordon wandte sich zu Lindsay um und sagte: »Kein Wort darüber zu meiner Mutter!«

5

Sheriff Dale Larsen stand im hinteren Teil der Kirche, sodass er alles im Blick hatte, ohne mit seiner Uniform als Eindringling aufzufallen. Es war eine der Pflichten, die er normalerweise gerne wahrnahm: bei Bestattungen mit seinem frisch polierten silbernen Streifenwagen an der Spitze der Wagenkolonne der Trauergäste zu fahren, während sein Blaulicht gebieterisch langsam und ohne Sirene rotierte auf dieser letzten Reise vorbei an Krankenhaus und Schule, Park und Fluss, an der »Wilden Rose« und an Soderbergs Elektronik-Reparaturwerkstatt – all den Orten, an denen ein Leben Eindrücke und Spuren hinterlassen hatte. Ein Weg, um jemandem die letzte Ehre zu erweisen.

Es war allerdings keine leichte Pflicht, nicht einfach ein freier Tag. Trauer besaß beim Sheriff einen hohen Stellenwert.

Selbst in seinem Alter fürchtete er sich weniger davor, einen betrunkenen Randalierer auf der Straße festnehmen zu müssen, als der Trauer zu begegnen – einer Trauer, die so tief und verzweifelt war, dass auch die längste Abfolge von Jahreszeiten sie nicht lindern konnte. Wie damals, zum Beispiel, als die beiden kleinen Kinder der Redmonds von diesem erbärmlichen Säufer Collins getötet worden waren. Die Redmonds waren auf dem Weg zum Supermarkt gewesen, um Popcorn für die Mikrowelle zu kaufen, und Collins – der zwischen zwei Betten und drei Bars hin und her zu torkeln pflegte – war auf dem Weg vom Regen in die Traufe. Oder diese schreckliche Bestattung von David Abel, der gerade ein Vollzeit-Stipendium für Madison erhalten hatte und sich auf dem Heimweg von einer Bierfete in Two Chimneys mit seinem Jeep fünfmal überschlug. Debbie Abels einziges Kind. Und die drei anderen im Jeep, alles gute Jungs, waren ebenfalls tot.

Dales Tochter Stephanie war auch auf dieser Party gewesen. Sie hätte ebenso gut in diesem Jeep sitzen können.

Dale Larsens Blick ruhte kurz auf den Sargträgern, Kip Sweeney und Pat Chaptman und dem jüngsten der zahlreichen Upchurch-Söhne, Tim oder Tom, einem Spitzbuben. Der vierte Sargträger, der große Bursche mit der weißblonden Mähne, der mit Südstaaten-Akzent sprach, war Rays Kumpel aus Florida. Und dann gab es da noch einen Cousin, Craig... der Sheriff erinnerte sich schwach an ihn. Er war der Taufpate von Keefer. Und schließlich Gordon. Gordon hatte auch geholfen, die Särge seiner Schwester und seines Schwagers zu tragen. In seinem korrekten grauen Anzug sah er aus wie ein Schulabsolvent bei der Zeugnisvergabe.

Wie konnte eine einzige Familie so viele Schicksalsschläge ertragen?

Pater Victor Barry war normalerweise so munter und quirlig, dass Larsen seiner Frau immer sagte, der Priester sei die wandelnde Werbung für ein gesundes Leben dank des Zölibats. Aber heute wirkte er geistesabwesend und langsam, und man sah ihm seine achtzig Jahre an. Pater Barry sprach über die fortschreitende Ironie des Schicksals. »Was Georgia angeht, haben wir alle damit gerechnet, sie zu verlieren«, sagte er in Anspielung auf ihre Krankheit. »Aber wir müssen heute etwas ebenso Unerwartetem wie Schrecklichem ins Auge sehen. Ein Kind hat Vater und Mutter verloren. Zwei Familien haben ihre Kinder verloren. Das ist so viel Leid, wie wir es uns kaum vorstellen konnten. ›Herr, meine Trauer ist so groß, ich kann sie nicht ertragen.‹ Wie kann uns ein solch schreckliches Ereignis von einem gnädigen Gott geschickt werden? Wir können es nicht begreifen, doch wenn der Herr mit uns ist – und ich glaube, er *ist* mit uns –, dann ist er hier, um uns alle zu trösten, wie ein liebender Vater ein Kind tröstet, das sich verletzt hat, trotz all seiner fürsorglichen Bemühungen, es zu beschützen …«

Pater Barry schaute auf Lorraine hinab, die ihr Gesicht abgewandt hatte. Das Baby war ihr auf den Schoß geklettert und mit dem Daumen im Mund eingeschlafen. »Selig sind die da trauern, denn sie sollen getröstet werden … Lasset uns zuerst in Stille beten um den Trost, den wir suchen.«

Stephanie, Sheriff Dales Tochter, war ebenfalls da, mit Sheila und Trina, der jüngsten Tochter von Dale und Sheila. Sie tuschelte mit der hübschen Kleinen, die an der Bar in der »Wilden Rose« bediente, Katie Savage, die zugleich Amerikas winzigster und tüchtigster Rausschmeißer war. Dale konnte sich denken, was sie sich zuflüsterten. Stephanie war schwanger, aber erst seit kurzem, sodass man noch nichts sehen konnte. Und gestern Abend hatte sie ihrem Vater versprochen, dies würde nun auch wirklich bedeuten, dass sie und Devon – der junge Mann, mit dem sie zusammenlebte – heirateten. Allerdings war Devons Familie eine von den beiden einzigen puertoricanischen Familien, die es in ganz Nordwest-Wisconsin gab, doch Stephanie hatte immer schon anders sein wollen; da war ihr keine Anstrengung zu groß. Doch Devon Salazar war ein braver Junge, und alle mochten ihn.

Sheriff Dales Enkel würde den Familiennamen Salazar tragen.

Stephanie.

Nachdem sie endlich ihren Schulabschluss geschafft hatte, wollte sie Kunsttherapie studieren. Sie hatte sich so vielen Beratungen unterzogen, dass sie sich außerhalb eines dieser grau-rosa Räume mit all den neuesten Zeitschriften wahrscheinlich gar nicht mehr wohl fühlte.

Stephanie hatte als Schülerin der Abschlussklasse mehr Piercings im Ohr gehabt als Haare auf dem Kopf, die in elegantem Paisleymuster gefärbt waren. Georgia war nach David Abels Unfalltod ein bisschen ruhiger geworden, doch

Stephanie blieb eifrig bei der Sache und riss immer noch Erdbeerpflücker oder Rodeo-Cowboys auf, die sie mit nach Hause nahm. Mit ihren Springerstiefeln und der gebrauchten Serviermädchentracht, die sie so weit offen ließ, dass man ihren aufreizenden schwarzen Spitzen-BH sehen konnte, wirkte sie wie die wandelnde Einladung zu diversen Geschlechtskrankheiten. Dale konnte die Reaktionen an den Gesichtern der anderen Leute aus dem Rotary Club ablesen, wenn er ihnen auf der Straße begegnete. Und die Jungs vom Booster Club, die die Schönheitskönigin wählten, hatten die Köpfe zusammengesteckt und es sich als gehässigen Jux ausgedacht, Stephanie zur Queen zu küren, um sie zu verspotten, obwohl Georgia – Cheerleader-Girl, seit vier Jahren Schülersprecherin, freiwillige Helferin im Krankenhaus, eine gute Schülerin und obendrein ein heißes Partygirl – die erste Wahl gewesen wäre. Stephanie war stocksauer und schwor, sich zu rächen, indem sie ein durchsichtiges schwarzes Negligé tragen würde – und nichts darunter. Dann aber schneite am Samstag vor dem Tanzfest Georgia bei Stephanie herein und verkündete, sie beide würden jetzt einkaufen gehen. Mehrere Tage lang gab es viele Telefonanrufe; viele Einkaufstüten wurden in Larsens Haus in der Merrill Street gebracht, und Fahrten zur Farm von Nora Nordstrom wurden unternommen, um sich Hilfe beim Nähen zu holen.

Am Abend der Tanzveranstaltung hatte niemand, nicht mal Dale Larsens Frau, Stephanies Zimmer betreten dürfen. Und dann waren die beiden herausgekommen – Georgia zerzaust und mit roten Wangen, abgeschnittenen Jeans und T-Shirt. Stephanie dagegen sah aus wie die junge Audrey Hepburn. Sie trug keinen billigen Talmischmuck, nur eine kleine Perle in jedem Ohr, und um ihre gertenschlanke Figur floss ein mitternachtsblaues, knöchellanges, trägerloses Kleid.

»Wir haben es in einem Secondhandshop gekauft!«, jubelte Georgia. »Ist es nicht traumhaft? Ist es nicht perfekt?

Und es hat gerade mal dreißig Dollar gekostet! Und schau mal da! Schau!« Das Diadem wurde auf Stephanies kurz geschnittenes, seidiges, wieder natürlich dunkelbraun gefärbtes Haar gesenkt. »Wir haben dieses Brautdings gefunden und alle künstlichen Blumen abgemacht, damit Stephanie nicht so geschmackloses Glitterzeug tragen muss, wenn sie zur Schönheitskönigin gewählt wird. Sie sieht wie eine Französin aus, nicht wahr? Ist sie nicht großartig?«

»Sie ist... wirklich vollkommen«, sagte Dale atemlos, und Sheila brachte vor Tränen kein Wort heraus.

Danach war alles besser geworden. Die Leute standen beeindruckt und staunend da, und Stephanie entwickelte eine Vorliebe für große Sonnenbrillen und trug Dales weiße Hemden über dreiviertellangen Hosen aus Billigläden, lange bevor diese Hosen wieder in Mode kamen. Und sie bestand ihr Examen in Geisteswissenschaften mit Auszeichnung.

Dale Larsen wusste auch deshalb Bescheid, weil ein Reporter des *Messenger* die absurden Umstände der Wahl zur Schönheitskönigin aufgedeckt hatte, und er wusste auch, dass Georgia die Wahl locker hätte gewinnen können. Auf eine Weise, die er niemals würde erklären können, wusste Dale, dass er Georgia das Leben seiner Tochter zu verdanken hatte.

Pater Barrys Augen röteten sich. Er sprach über Georgias Taufe, ihre Hochzeit und die Taufe von Keefer, die er alle vor seinem Altar zelebriert hatte – und nun standen zwei Särge vor ihm, Georgias und Rays. »Ich kann euch nicht die Antworten geben, auf die eure Herzen so verzweifelt warten. Was ich euch sagen kann, stellt auch mich nicht zufrieden. Doch als Georgia schon sehr krank war, bewahrte sie sich dennoch eine Fröhlichkeit des Herzens, an der sie mich teilhaben ließ.«

Dale Larsen erinnerte sich, dass nach der Taufe die große Golf-Wohltätigkeitsveranstaltung zugunsten der Krebsforschung stattgefunden hatte, und Andy Woods war den weiten Weg hierher nach Lake in the Woods gekommen, um daran teilzunehmen. Die so genannten Geschichten aus dem Leben, die im *Messenger* über ererbtes Krebsrisiko und die Selbstuntersuchung der Brüste standen, fielen Dale wieder ein. Mittlerweile aber gab es zwischen den Larsens und den McKennas immer weniger Kontakt, nachdem Georgia und Stephanie herangewachsen waren. Die Familien hatten sich aus der engen Verbindung, die eine Zeit lang wie eine Rettungsleine in dunklem Gewässer gewesen war, später jedoch als eher beschämend empfunden wurde, immer weiter voneinander entfernt. Dale lud Mark gelegentlich noch zu seiner Pokerrunde ein, obwohl Mark vermutlich der verrückteste Kartenspieler war, den er je kennen gelernt hatte. Aber das war auch schon alles an Kontakten.

Seit dem Unfall an der Brücke schlief Dale nicht mehr gut. Er dachte sogar daran, sich pensionieren zu lassen und eine Imbissbude zu eröffnen. Seine Frau erzählte ihm, dass er nachts im Schlaf weinte und laut redete und Georgia und Stephanie Beine machte, damit sie sich nach Hause scherten. Zwei Abende hintereinander war er nach seiner regulären Einsatzrunde noch mal hinausgegangen, um bei Trina vorbeizuschauen, ihrer jetzt neunzehnjährigen Jüngsten, die gerade eines der winzigen Apartments in dem hundertjährigen Haus bezogen hatte, in dem sich Wilton's and Gloria's Finer Designs befand. Nach einem Dutzend Dienstjahren waren nur wenige Häuserwände in Tall Trees für Dale undurchsichtig geblieben. Er wusste, welche Haustüren am Montag von adretten Managern geöffnet und für Ehefrauen mit geplatzten Lippen und violetten Wangenknochen geschlossen wurden. Er wusste, welcher junge Vater ins Gefängnis gekommen wäre, hätte nicht die Scham einer Fünfzehnjährigen es verhindert, deren Mutter die beiden in einem Schlafsack draußen in Two Chimneys erwischt hatte. Er wusste, dass der alte Junggeselle Hal Fry den Collie der Leathys vergiftet hatte und dass die Tochter der Weldons eines Nachts im Badezimmer der Familie ein Baby zur Welt gebracht hatte, das Dale und sein Deputy in Windeseile ins Wausau-Krankenhaus fahren mussten. Die Stadt erschien ihm wie ein menschlicher Körper, und er war das medizinische Überwachungsgerät. Er besaß ein Wissen, ein Gespür, so sicher wie das Empfindungsvermögen in den Fingerspitzen eines Arztes, mit dem er genau einschätzen konnte, welche häuslichen Streitereien das Eingreifen des Gesetzes erforderten und welche man besser auf sich beruhen ließ.

Dutzende Male war er mit abgeblendeten Scheinwerfern an dem Haus in der Cleveland Avenue vorbeigefahren. Er konnte allein am Lichtschein erkennen, wie es jedem im Haus ging, vor allem während der Monate von Georgias Krankheit. Normalerweise brannte eine Lampe in Georgias Zimmer. Wenn er auch in der Küche Licht sehen konnte, war Lorraine auf und wachte bei ihr. Wenn Marks Leselampe leuchtete, war es eine ganz schlimme Nacht. Er zählte die Notarztrufe und die über Nacht in gedankenloser Missachtung der Vorschriften willkürlich geparkten Autos der Familie. Und er wusste nicht, was er hätte tun können außer zuschauen.

»Ich kannte Georgia schon als kleines Mädchen«, fuhr Pater Barry fort. »Einmal sollte sie in der Kirche etwas aufsagen und hatte den 23. Psalm auswendig gelernt. Sie stand voller Selbstvertrauen auf und begann: ›Der Herr ist mein Hirte …‹ Und blieb stecken. Sie versuchte es noch einmal: ›Der Herr ist mein Hirte …‹ Alles Weitere hatte sie vergessen. Daraufhin schaute sie einfach in die lauschende Gemeinde und sagte: ›Das soll für heute genügen.‹ Und so, glaube ich, sollten auch wir lernen, mit all dem Schlimmen umzugehen.«

Nun hatte Gordon den Platz Pater Barrys vor dem Altar eingenommen und sich das Mikrofon zurechtgerückt.

Lorraine erschrak beim Anblick ihres Sohnes. Gordon sah schrecklich aus. Die einzige Farbe in seinem blassen Gesicht war die wund geriebene, gerötete Haut unter seinen Augen, und sein blondes Haar hatte er wie ein Schuljunge mit einem grobzinkigen nassen Kamm geglättet. Sie erinnerte sich daran, wie er als Achtjähriger von einem Baumhaus gestürzt war und wie im trüben Licht des Notfall-Aufnahmeraums der offene gebrochene Knochen seines Unterarms geleuchtet hatte. »Du bist ein kleiner Herzensbrecher.« Die freundliche Krankenschwester hatte ihn angelächelt, doch Georgia, die das Getue um ihren Bruder aufregte, keifte sie an: »Nein, er ist bloß ein kleiner *Armbrecher*!«

Gordon begann mit fester Stimme: »Ich stehe hier, um über Georgia O'Keeffe McKenna Nye zu sprechen, meine Schwester … die ein guter Mensch gewesen ist. Und ich will zuerst etwas aus meinem Tagebuch vorlesen, das ich während ihrer Krankheit geführt habe … nur einen Abschnitt.« Er schlug einen grünen Spiralblock auf. »›Ich beginne dieses Tagebuch, während ich am Morgen des 3. April neben Georgias Bett im Klinikum der University of Minnesota sitze. Ray ist auf der anderen Seite, auf seiner winzigen Liege, über deren unteres Ende seine riesigen Füße ragen. Er versucht, ein wenig Schlaf zu finden in der Pause, die ihm durch Georgias letzte Morphiumspritze gegönnt wird. Timmy Upchurch liegt draußen im Besucherraum auf einer Couch.‹ Tim«, sagte Gordon, schaute auf und ließ seinen Blick suchend über die Kirchenbänke schweifen, »Tim war die ganze Zeit für uns da, und dafür möchte ich ihm danken. Aber weiter. ›Ich kann Georgias schweren Atem hören, wenn sie sich gegen den unwiderstehlichen Hustenreiz wehrt und sich müht, Luft zu bekommen. Alle zehn, fünfzehn Minuten hat sie einen Hustenanfall. Ich muss sie unauffällig beobachten und so tun, als wäre ich ihrer Meinung, wenn sie sagt: Ich fühle mich heute besser. Schon unseren Eltern zuliebe. Sie ist nicht so einfältig oder ahnungslos, aber diese verfluchte Krankheit hat all ihre Skepsis gelähmt, ihren kritischen Verstand und ihren Witz. Ich kann spüren, wie sie sich quält. Doch ihr strahlendes Georgia-Lächeln ist immer noch da. Und sie hat nur einen Wunsch, nach Hause zu dürfen und Keefer wieder in die Arme zu nehmen. Sie möchte nicht, dass Keefer sie so sieht. Denn sie meint, das würde ihrem Baby Angst machen. Ich glaube jedoch nicht, dass irgendetwas an Georgia ihre Tochter jemals ängstigen könnte. Keefer würde überhaupt nichts anderes wahrnehmen als Georgias Lächeln. Als sie hierher gebracht wurde, noch bevor Ray nach Hause kam, fragte mich die Schwester in der Notaufnahme, ob Georgias Zähne echt wären, weil sie so makellos und ebenmäßig sind. Georgia ist die tapferste Frau, die ich kenne. Ich glaube, sie muss eine der tapfersten, wundervollsten Frauen auf der Welt sein.‹«

Gordon legte den Notizblock beiseite.

»Natürlich glaube ich nicht, dass meine Schwester für die ganze Welt ein so bemerkenswerter und bedeutender Mensch war. Ihr blieb ja gar nicht genug Lebenszeit. Aber mir bedeutete sie unendlich viel. Und für Ray war sie eine wundervolle Ehefrau. Sie hat es hingenommen, dass er fast immer unterwegs sein musste, worüber andere Ehefrauen sich gewiss beklagt hätten. Sie war sehr stolz auf ihn. Und wir waren sehr stolz auf sie.«

Diane Nye betrachtete Lorraine. Sie sah aus wie immer, ausgenommen ihr grau gestreiftes Kostüm und ihre grauen Ziegenlederhandschuhe. Handschuhe! Im Juni! Lorraine hatte keine Spur von Make-up aufgelegt, und sie hatte ihr Haar im Dunkeln zurechtgemacht.

Wie respektlos, dachte Diane und starrte entrüstet in das Gesangbuch auf ihrem Schoß.

Es war taktlos und unschicklich. Georgia war schließlich Lorraines Kind gewesen. Die McKennas mussten doch fühlen, was auch sie, Diane, empfand – soweit diese Leute dazu fähig waren. Doch dieses Ausgehöhltsein, das Diane quälte, verspürten sie offenbar nicht, das Gefühl einer Mutter, die ihr Kind in sich wachsen ließ, ihr Baby unter dem Herzen trug und es sich bewegen und heranwachsen fühlte. Der Tod eines Kindes war ein Verbrechen gegen die Schöpfung. Doch Keefer Kathryn, ihr Trost, ihr Baby, sah so lieb aus in dem weißen, mit Gänseblümchen bestickten Kleidchen, das sie und Ray ihr gekauft hatten, und mit den winzigen weißen Lackschuhen. Die Kleine hatte sich geweigert, das passende Stirnband zu tragen. Viermal hatte Diane es ihr aufgesetzt, und viermal hatte Keefer es heruntergerissen und zu Diane gesagt: »Nein! Nein!« Schließlich war sie so wütend geworden, dass Diane es damit versuchen wollte, ihr zu erzählen, sie solle dieses hübsche Hütchen für ihre Mami tragen. Doch Big Ray unterbrach sie. Und er hatte Recht. Manchmal war er sehr klug. Aber alle diese äußerlichen Dinge konnte man ja irgendwann nachholen. Denn wenn man das Äußere in Ordnung hielt, brauchte man sich nicht so sehr um das Innere zu kümmern.

»Die McKennas ziehen die Kleine halt nicht so fein an«, hatte Ray gesagt.

Na gut, dachte Diane, na schön. Diese armen Leute hatten ja auch andere Dinge im Kopf gehabt, als sich mit der Garderobe des Babys zu beschäftigen. Sie, Diane, hätte hierher kommen müssen, als Georgia krank wurde! Doch Lorraine war ablehnend gewesen. Die McKennas hatten Georgia so sehr abgeschottet, dass sogar Ray sich manchmal ausgeschlossen fühlte. Und doch hatten sie schier Unmögliches geleistet, das musste sogar Diane gestehen.

Keefer war wild wie ein junges Fohlen. Big Ray hatte das kleine Mädchen in die Kirche getragen, und sie saßen alle in der vordersten Reihe; doch sobald Keefer Lorraine sah, war sie durch den Mittelgang gelaufen und auf Lorraines Schoß geklettert. Dabei war sie den Sargträgern unmittelbar vor die Füße gelaufen. Schau dir nur Keefer Kathryn an, dachte Diane. Sie ist das genaue Abbild von Raymond als Baby, groß und rosig und stark. Georgia spiegelte sich nicht erkennbar in ihrem Äußeren wider. Diane musste daran denken, dass ihr Sohn Raymond jedes Mädchen hätte haben können. Das Telefon läutete damals unaufhörlich: ehemalige Schönheitsköniginnen… Journalistinnen… Rainy Kittredge, das Fotomodell. Diane hatte sogar den Gedanken gehegt (Gott möge ihr verzeihen), dass Ray die Chance haben würde, ein neues Leben zu beginnen, wenn Georgia gestorben und genug Zeit vergangen war.

Georgia zeigte wenig Interesse am gesellschaftlichen Umgang mit den Frauen der anderen Golfspieler. Ihr war es lieber gewesen, wenn Ray zu Hause blieb und mit ihr Scrabble spielte, obwohl seine Eltern ihm deutlich gemacht hatten, Ray dürfe seine Karriere nicht vernachlässigen. Aber er hatte sich entschlossen, sie schleifen zu lassen, das College abzuschließen und bei Georgia zu bleiben. Um ein wirklich erfolgreicher Golfprofi zu werden, hätte er mehr an sich arbeiten müssen; das Talent hatte er besessen. Doch es schien, als glaubte Georgia, Rays Karriere wäre so etwas wie ein Beamtenjob, von dem man jeden Abend nach Hause kommt. Und hierher in den Norden zu ziehen war natürlich der Gipfel des Unfugs. Das hatte Raymond zurückgeworfen, hatte eine große Karriere gänzlich unmöglich gemacht.

Diane und Big Ray waren überzeugt gewesen, dass Raymond einen Platz unter den ersten drei, mit Sicherheit unter den ersten zehn Spielern auf der Rangliste zwei Jahre früher erreicht hätte, wäre Georgia nicht so versessen darauf gewesen, auf der Stelle ein Baby zu bekommen. Als Raymond es seinen Eltern erzählte, hatte er sein schiefes, verträumtes Lächeln aufgesetzt und gesagt: »Es ist halt passiert, sollte wohl so sein.« Und dann hatte Georgia ihn mürbe gemacht und ihm fortwährend erzählt, sie müsste in der Nähe ihrer Mutter sein, nachdem das Baby da wäre.

Turnierspieler *durften* nicht in Wisconsin zu Hause sein. Sie wohnten nicht in irgendwelchen Nestern mit drei Kneipen und einem einzigen Golfplatz, der von der katholischen oder einer anderen Gemeinde unterhalten wird und deren Fairways so hart und kahl sind wie in einer Alligatorenfarm.

Jetzt würde ihr Sohn in dieser kalten Erde ruhen.

Diane würde ihn nicht mehr beschützen können. Am liebsten hätte sie mit den Fäusten gegen die hässlichen Wände dieser Kapelle getrommelt, die wie eine Jagdhütte aussah, der bloß noch ein präparierter Elchkopf fehlte; sie hätte mit den Fäusten auf diese untersetzten, dicken Leute mit ihren eintönigen, dumpfen Stimmen und ihrer dunklen, schäbigen Kleidung einschlagen können. Ray war hier sehr allein gewesen; das hatte sie immer an seiner Stimme gemerkt.

Seit sie das wunderbare Golftalent Raymonds entdeckt hatten – er war sechs oder sieben Jahre alt –, hatten sie ihn behütet wie den Ableger einer seltenen Orchidee. Ray erfuhr nichts von den neurologischen Beschwerden Dianes, der Migräne und den stechenden Schmerzen in der Hüfte und den Beinen, die es erforderlich machten, dass Big Ray sie morgens manchmal in die Badewanne heben musste. Ebenso wenig erfuhr er von Big Rays Midlife-Turbulenzen, seiner »leitenden Mitarbeiterin«, dieser aufreizenden Kleinen aus Apalachicola, und von den Nächten, in denen Diane mit Shelby die South Street entlang fuhr und auf einem Spielplatz wartete, bis Big Rays Lincoln erschien und in den Parkplatz einbog, der zum Apartment dieser Frau gehörte – und dann schoss Diane mit der kleinen Einweg-Kamera Bilder. Auch davon, dass sie einmal davongelaufen war zu Caroline und dort eine ganze Flasche Nyquil getrunken hatte, wusste Raymond junior nichts. Und er sollte es auch nicht wissen. Er besaß ein Talent, das die Verantwortung beinhaltete, dieser Begabung stets Vorrang einzuräumen.

Gordon hielt die Hand empor, als wollte er die Geduld der Anwesenden erbitten. Diane konnte seine Tränen sehen.

Aber er war ja nur ein Junge.

Das alles war nicht seine Schuld. Gordon hatte das Golfspiel geliebt. Und er hatte Ray geliebt.

Und es war auch nicht Georgias Schuld gewesen. Es hatte etwas Gutes in Georgia gegeben.

Aber da war Lorraine, die nun das Baby wiegte und Gordon zunickte. Und in dieser elenden Aussegnungskapelle war es heiß, und es stank nach Weihrauch, dass Diane sich fühlte, als würde ihr ein schmutziger Schwamm ins Gesicht gedrückt. Hätte Raymond sie nicht letzten Monat verzweifelt angerufen und ihnen alles bekannt, wäre ihnen nie zu Ohren gekommen, wie sehr er sich von Georgia und Lorraine und Mark bedrängt fühlte, einen Vormund für Keefer zu benennen – die *McKennas* als Vormunde für Keefer! Gott bewahre. Das war so, als wäre Keefer gar keine Nye, als gäbe es in ihrem Leben keinen von ihnen. Hätte Big Ray seinem Sohn Raymond nicht geholfen, einen eigenen Anwalt zu finden, hätten sie auch noch Keefer verloren. Einzig und allein das Mädchen gab Diane noch Kraft. Keefer war ihr Sonnenschein.

»Was meine Schwester als Letztes zu mir sagte, mag sich dumm anhören«, fuhr Gordon fort, »aber es waren Worte, die schon unsere Mutter immer zu uns sagte: Küss mich, und dann vergiss mich. Was wollte sie damit sagen? Wenn man sich die Zeit nimmt, jemandem zur rechten Zeit seine Liebe zu zeigen, wird einem dieser Mensch später nicht so schmerzlich fehlen. Das hat sie damit gemeint. Ich glaube, wir alle werden Georgia vermissen, weil sie eine der wichtigsten Stützen unseres Lebens war, ebenso wie Ray. Und ich möchte euch und Sie alle bitten, uns dabei zu helfen, Keefer Kathryn so aufzuziehen, dass sie ihre Mutter und ihren Vater stets in Erinnerung behalten wird.«

Tim ärgerte sich über sich selbst, dass er trotz der tiefen Niedergeschlagenheit seines besten Freundes zu solchen Gedanken fähig war, doch er konnte nicht umhin, dauernd zu

Lindsay hinüberzuschauen. Lindsay Snow war ein verdammt heißer Feger, und Tim Upchurch wäre liebend gern bereit gewesen, am 4. Juli auf Zehenspitzen über heißen Teer zu gehen, um seine Hand um ihre Taille legen und sie aufs Tanzparkett führen zu dürfen. Er würde seinen Job hinschmeißen, um ihre Handfläche mit den Lippen berühren zu dürfen. Er würde seinen letzten Cent geben, wenn er ihren BH öffnen und den Duft ihrer Brüste in sich aufnehmen dürfte. Er verbrachte ganze Stunden an seinem Schreibtisch mit der Vorstellung, wie er sich über eine Badewanne beugte und ihr langes rotes Haar mit Lavendelwasser aus einem Krug spülte. Er würde ihr Kräutertee bringen, wenn sie ihre Periode hatte. Er würde ihr jedes Mal, wenn sie zu ihm ins Auto schlüpfte, ihren Lieblingssong von der Abba-CD vorspielen. Er würde sie auf Händen tragen. Er würde sie niemals losschicken, ihm ein Bier zu holen.

Doch sie schaute zu Gordon hinauf und himmelte ihn an, als wäre er Tom Cruise und Jesus Christus in einer Person! Sogar wenn sie weinte, sah sie so verdammt schön aus. Sie war eine rothaarige Göttin; sie war *alles* für Tim. Doch er musste sich ihr gegenüber wie ein Bruder verhalten, denn sie war das Mädchen seines besten Freundes… obwohl sie es nur dann war, wenn dieser beste Freund nicht gerade einer Gymnastiklehrerin, Raketenforscherin, Kindergarten-Volkstanzlehrerin oder Fahnenschwenkerin hinterherlief, die ihn binnen zwölf Stunden auf die gleiche Weise anhimmeln würde.

Gordon McKennas bester Freund zu sein war ein Belastungstraining in Masochismus, zumal Tim kein Kostverächter war und sich schon seinen Anteil geholt hatte – von den Knutschereien und Quickies mit Mädchen in der Oberstufe der High School bis hin zu dem leidenschaftlichen Tango mit Cara, der Austauschstudentin aus Italien, mit der er Dinge getrieben hatte, für die Leute normalerweise ins Gefängnis wanderten, wie Tim vermutete. Aber wenn er mit

Gordon in die »Wilde Rose« ging, kam er sich wie ein Unsichtbarer vor. Am liebsten hätte er alle Frauen zwischen sechzehn und vierzig erst einmal gefragt: Kennen Sie meinen Freund schon? Und dann hätte er versucht, mit denen ins Gespräch zu kommen, die Gordon übrig gelassen hatte. Vor langer Zeit waren sie mal in ein Stripteaselokal in Madison gegangen, und das süßeste Mädchen von allen lehnte sich vornüber, splitternackt bis auf eine Weste mit dem Muster der amerikanischen Flagge, und ließ einen Zettel in Gordons Schoß fallen: Um zehn wäre sie mit der Arbeit fertig und hätte frei.

Was hatte Gordon nur an sich? Es war nicht allein das Aussehen, obwohl er blendend aussah. Gordon musste beim Autofahren nur den Kopf aus dem Fenster halten, um die gleiche Wirkung zu erzielen, für die Tim zwanzig Minuten vor dem Spiegel brauchte.

Was war das bloß, diese aphrodisische Qualität, die Gordon so vollkommen glücklich erscheinen ließ, egal ob jemand bei ihm war oder nicht? Diese impulsive Art, mit der er genau richtig im Hier und Jetzt stand, während Tim sich schon beim Ankleiden für ein erstes Rendezvous den Kopf darüber zerbrach, wie sehr es seine berufliche Arbeit in der nächsten Woche oder im nächsten Monat beeinträchtigen könnte, wenn er merkte, dass die Frau ihn nicht so gern mochte wie er sie?

Für gewöhnlich machte es Tim nichts aus, denn Gordon war der unternehmungslustigste Freund, den er je hatte. Er kam stets mit den tollsten Ideen. Er fand im Nu heraus, wie man am besten einen Camcorder in der Lüftungsluke über der Mädchen-Dusche anbringen und vier Stunden lang hinreißende Nackedeis aufnehmen konnte. Als Tim laut überlegte, ob sie pervers seien, erklärte Gordon: »Das ist kein Voyeurismus, Tim, sondern Pornographie. Voyeurismus ist eine Geisteskrankheit, Pornographie wird durch den Ersten Zusatzartikel unserer Verfassung geschützt.«

Wenn man zu Gordon ging, war es stets so, als würde man sich mit einer Naturgewalt einlassen. Immer gab es irgendetwas Absurdes zu tun: Sechs Wochen lang drunten im Süden, in Wantoma, Weihnachtsbäume schneiden, wo es höllisch heiß war und alles von dem Baumharz klebte und wo sie mit den jungen Wanderarbeitern, die auf den Kartoffeläckern arbeiteten, Softball spielten. Oder mit Jessica und Libby Dickensen durch die Wälder hinter Fidelis Hill streifen – Gordon besaß die besondere Gabe, Frauen ihrer Kleidung zu entledigen. Oder der Camping-Ausflug nach Colorado, als sie 20 Meter tief in den Fluss sprangen wie Butch Cassidy und Sundance Kid. Oder wie sie in den Frühlingsnächten in Florida, voll gedröhnt mit Marihuana, in Jurgens superteurem Cabrio über den Strand jagten.

Nein, Tim würde seine Abenteuer mit Gordon um keinen Preis missen wollen. Er liebte die McKennas. Und es war eine verfluchte Niedertracht, was Georgia zugestoßen war. Tim, der mit vier Brüdern geschlagen war, hätte auch gern eine solche Schwester gehabt. Mit Georgia konnte man so wunderbar reden wie mit keinem der Jungs.

Wenn er nur nicht so verrückt nach Lindsay wäre, dieser todschicken, attraktiven Frau, die Tim sich kaum mehr als das spindeldürre Mädchen vorstellen konnte, das praktisch Tür an Tür mit ihm aufgewachsen war und vor lauter Schüchternheit ein weites T-Shirt über dem Badeanzug getragen hatte.

Lieber Gott, betete Tim, lass mich nicht mehr so scharf auf Lindsay Snow sein! Lass mich meinem Kumpel Gordon ein guter Freund sein! Lass mich für ihn da sein, wenn er mich braucht!

In den wenigen verbleibenden Augenblicken, bevor er sich von der Kirchenbank erheben und zu den Trauergästen sprechen musste, versuchte Ray Nye senior sich zu fassen. In seinem Hals hämmerte der Puls so heftig, als würde er den

Hemdkragen zerreißen. Er dachte an die Hände seines Jungen, stellte sich diese prachtvollen Hände vor, die nun unter dem glänzenden Sargdeckel friedlich auf der breiten Brust von Raymond junior gefaltet lagen. Er dachte an Raymond im Alter von sieben Jahren – so muskulös, dass er den verkürzten Golfschlägern schon entwachsen war, die sein Vater ihm zum Abschluss der Kindergartenzeit geschenkt hatte. Schon mit sieben war für ihn der Vaden-Griff, den die meisten jungen Spieler erst nach Jahren beherrschten, so natürlich wie das Atemholen.

Big Ray hatte die Heirat mit Georgia nicht begrüßt. Die beiden waren zu jung, und Raymond hätte an seiner Karriere arbeiten müssen. Als sie zu ihm gekommen waren, hatte er ihnen angeboten, Geld in Georgias Geschäftsidee zu investieren, eine Dienstleistung, die darin bestand, die Häuser und Wohnungen schöner einzurichten und dabei das vorhandene Mobiliar zu verwenden. Er hatte ihnen zu erklären versucht, dass das Leben kein Wettlauf mit der Zeit wäre, doch es hatte nichts genützt.

Aber Big Ray erinnerte sich auch daran, dass er und Diane mit neunzehn Jahren ebenso dickköpfig gewesen waren, ebenso wenig davon abzubringen, ihren Träumen hinterherzujagen. Und auch wenn es Zeiten gegeben hatte, da Big Ray seine damalige Entscheidung als Fehler erschienen war, konnte er sich ein Leben ohne die sprühende Diane an seiner Seite nicht mehr vorstellen.

Big Ray hatte Georgia und seinen Sohn einmal auf einem Hügel hinter dem Haus in Sandpiper angetroffen, kurz bevor die beiden nach Norden gezogen waren. Georgia hatte dagesessen und beobachtet, wie Raymond zwei Eisen schlug, dann fünf Eisen. Und es überraschte Big Ray nicht, dass Raymond immer noch trainierte, als er fünf Stunden später aus dem Büro nach Hause kam, um einen Bissen zu essen. Die Ausdauer seines Sohnes war erstaunlich. Wenn sie ihn als Baby schlafen legten, war er binnen einer Minute weg und schlief zwölf Stunden durch. Einmal war er sogar zu spät zur Bescherung heruntergekommen, als die Kerzen am Weihnachtsbaum bereits brannten, nur weil er unbedingt ein Jugendbuch zu Ende lesen wollte.

Besonders erstaunlich war an jenem Tag in Sandpiper, dass auch Georgia immer noch dasaß, und als Big Ray näher kam, sah er, dass sie weinte. Er wollte sie schon fragen: Was ist denn los, Kindchen? Ist mit dem Baby was nicht in Ordnung? Aber da flüsterte Georgia ihm schon zu, sie sei nicht traurig, sie sei gerührt, zutiefst bewegt von Raymonds Spiel. Er habe die Hände eines Michelangelo.

Und Big Ray wusste in diesem Moment, dass das Mädchen verstanden hatte. Und dass sie die beste Frau war, die sein Sohn je finden konnte, und dass er ein Narr gewesen war, als er die Wahl seines Sohnes in Zweifel zog, wo dieser doch genau ins Schwarze getroffen hatte.

Steif erhob sich Raymond Nye senior. Das Blut rauschte ihm in den Ohren, als er auf unsicheren Beinen zum Pult ging. Er berührte Gordon leicht an der Schulter und nahm seinen Platz ein.

»Ich bin nicht sehr bibelfest, und es ist lange her, seit ich die Sonntagsschule besucht habe. Verzeihen Sie mir also, wenn ich nicht ganz richtig zitiere. Aber dies ist«, sagte Ray und öffnete seine große Hand, als wollte er etwas Weiches über die glänzende Wölbung des Sarges streuen, »mein lieber Sohn, an dem ich Wohlgefallen habe.«

Er raschelte mit einem Bündel Papier und hielt ein Exemplar von *Life* mit Katie Couric auf dem Titelbild in die Höhe. »Vielleicht haben einige von Ihnen vor ein paar Monaten in diesem Heft den Artikel über Ray gelesen. Ich habe das Heft nicht mitgebracht, um mich wichtig zu machen, sondern weil ich voller Stolz bin auf meinen Sohn, der uns im Laufe seines kurzen Lebens so viel Freude bereitet hat.

Mein Sohn spielte Golf. Oh, natürlich, er hat auch viele andere Dinge getan. Er studierte im Hauptfach Mathematik.

Er konnte Berechnungen anstellen, die ich nicht einmal zu lesen vermochte, ohne Kopfschmerzen zu bekommen. Er hatte viele Freunde, von denen manche – wie Carl Jurgen, der hier sitzt, oder wie Gordon – wie Söhne für uns waren. Unser Haus war stets voller Jungs und voller Golfschläger, und die Burschen futterten wie entlaufene Sträflinge …« Big Ray hielt inne und schluckte. »Beim Golf war mein Sohn unter den Top-Talenten seiner Generation. Aber Ray Nye junior war kein Davis Love der Dritte. Er war kein Phil Mickelson. Er war keines von diesen Wunderkindern. Aber stellen Sie sich unter all den Menschen in Amerika, die dieses Spiel lieben, ein paar Hundert Männer vor, die die Hände und die Herzen haben, um Turnier-Profis werden zu können … dann war unser Sohn unter den zehn Besten von ihnen …« Ray seufzte und kratzte sich am Kopf. »Und er machte seinen Weg. Dieses Jahr war er ganz nah am Sieg in Doral, der Qualifikation für das höchstdotierte Golfturnier der Welt. Er machte seinen Weg, wenn auch langsam. Aber Raymond ging alles langsam an. Das konnte man auch in den Presseberichten nachlesen, die über ihn geschrieben wurden. ›Langsam, aber sicher – Nye bleibt dabei‹, hieß es da.

Ich weiß nicht, wie viel ihr Nordlichter«, dabei erhob sich ein leises Gelächter, »überhaupt von Golf versteht. Aber es gibt nichts, das einem vollkommenen Spiel gleichkäme. Der große Arnold Palmer spielte einmal ein perfektes Spiel, wie er erzählte, aber dann erwachte er aus seinem Traum.« Wieder unterbrach ihn leises Gelächter. »Nur dreimal in der Geschichte der Vereinigung der Profigolfer ist ein Spieler über die Sechzig hinausgekommen. David Duval schaffte es. Al Geiberger schaffte es. Aber man kann nun mal nicht rundum perfekt sein. Irgendein Fehler passiert eben doch. Es gibt keine fünf Pars und dreizehn Birdies. Das wäre übermenschlich.

Dennoch streben alle Golfer nach dem vollkommenen Spiel. Und ich glaube, dass mein Sohn es tatsächlich erreicht hat. Es war bei der Veranstaltung, über die hier in *Life* berichtet wird – unter dem Titel ›Er denkt nur an Georgia‹. Am Ende dieses Tages im letzten April hatte Ray sich unter den sechs Besten qualifiziert für … das absolut wichtigste Ereignis in seiner Karriere. Und da erfuhr er von den McKennas, dass seine Frau, die so schwer krank war, einen Anfall gehabt hatte. Und Ray wusste, was das bedeutete. Es bedeutete, dass er seine Frau nicht mehr bei Bewusstsein antreffen würde, wenn er wartete, vielleicht nur einen Tag wartete. Und so, meine Freunde, verließ er Coachman's Hill in Charlotte, North Carolina. Er legte seinen Golfschläger nieder und ging zum Flugplatz und sagte den Reportern, dass er noch viele Runden Golf spielen würde, aber nur einmal die allerwichtigste Rolle in seinem Leben spielen könne, nämlich als Ehemann, der gebraucht wird, und als Vater … es steht alles in dieser Zeitschrift. Aber es kommt darin nicht richtig zum Ausdruck, was es für diesen jungen Golfspieler bedeutete, im größten Moment seiner Profikarriere aufgeben zu müssen. Doch Ray dachte keinen Augenblick darüber nach. So war er nun mal.

Georgia ging es wieder besser, wenn auch nicht sehr. Aber es stellte sich heraus, dass Ray dieses Opfer gar nicht hätte bringen müssen. Er hätte nicht aufgeben müssen – was ihn außerdem eine beträchtliche Menge Geld gekostet hatte, das er für sein Kind nur zu gut hätte gebrauchen können. Aber ich stehe heute hier, um Ihnen allen zu sagen: Ich bin froh, dass er es doch getan hat, auch wenn es bedeutete, dass er nicht mehr um den Sieg spielen konnte …«

Lorraine musste beiseite schauen. Big Ray kaute so sehr auf seinem Kummer herum, dass er kaum schlucken konnte. Sie sah auf Keefer hinunter und bemerkte, wie selten sie ihre Enkelin bisher beim Schlafen beobachtet hatte. Wenn sie schlief und ihre blauen Augen geschlossen waren, sah sie genau wie Georgia aus.

Als Big Ray sich räusperte, sah Lorraine, wie Mark zusammenzuckte. »Und deshalb«, fuhr Ray schließlich fort, »bin ich froh, dass Raymond junior so gehandelt hat, denn er hat im Leben geschafft, was kein Spieler je auf dem Golfplatz erreichen kann. Ein perfektes Spiel. Deshalb bin ich stolz auf ihn. Und ich danke Ihnen allen, die Sie ebenfalls stolz auf ihn sind.« Diane schluchzte laut auf und streckte ihm die Hände entgegen.

Sie alle senkten den Kopf und versuchten, das unterdrückte Husten und Schluchzen zu überhören, das auf der rechten Seite, dann hinten und schließlich auch auf der linken Seite zu vernehmen war, als würden die Instrumente eines Orchesters noch eilig gestimmt, bevor die Musik einsetzte. Die Katholiken bekreuzigten sich; die anderen nahmen ihre Mäntel und Taschen und gedruckten Programme, die sie zwar nicht aufheben, aber auch nicht liegen lassen wollten – Programme, die schließlich wochenlang auf Küchenbuffets und Telefontischchen überall in der Stadt liegen würden, bekritzelt mit Baseballnotizen, Zahnarztterminen und Telefonnummern von Babysittern.

Dann überraschte sie der dünne Tenorklang der Orgel, und sie blickten hinauf, weil sie Mrs Wilton am Instrument zu sehen erwarteten. Doch an ihrer Stelle saß da Carl Jurgen, in blauer Leinenhose und weißem Hemd, in das Licht eines Sonnenkegels getaucht, und er spielte die alte Jazzmelodie »Georgia«.

6

»Hast du gesehen, dass Carl Jurgen nicht mal einen Koffer hatte?«, sagte Tim. »Er ist aufgetaucht wie ein Spion in einem Film.«

Gordon antwortete nicht. Er musste sich erst aus einem tranceähnlichen Zustand befreien, um zu begreifen, was Tim Upchurch gesagt hatte. Sie saßen ins Churchs Maxima und fuhren auf einer der unfertigen Straßen in Wood Violet Hollow, dem neuen Bezirk, der Tims ganzer Stolz war, denn er war der zweitjüngste Direktor für staatliche Bauprojekte in den Vereinigten Staaten, wie er immer wieder und ohne besonderen Anlass betonte. Nachdem er Jurgen am Flughafen abgesetzt hatte, hielt Tim noch einmal, um sich ein paar doppelte Cheeseburger zu holen. Der Geruch der Burger und Tims Kaugeräusche drehten Gordon den Magen um.

»Ich weiß auch nicht, wie Carl das macht«, gab Gordon zu. »Ich weiß nur, er hat sich drei- oder viermal umgezogen. Bei der Trauerfeier trug er Leinenhosen.«

»Leinenhosen. Richtig. Wenn ich welche anziehe, haben sie sich binnen einer Stunde bis zu den Knien raufgekringelt. Wo hat er die bloß gebügelt?«

»Keine Ahnung«, sagte Gordon. »Ich hab nicht mal ein Bügeleisen. Könntest du vielleicht dein Fenster aufmachen, während du dieses Zeug isst, Church? Oder noch besser – würdest du es in Kanada oder sonst wo essen? Ich muss mich sonst auf der Stelle übergeben.«

Church biss ungerührt in seinen Burger und kaute weiter. Mayonnaise spritzte ihm aufs Kinn. Dabei erzählte er von den neuesten Bauabschnitten des neuen Bezirks, der seinen Namen – »Wood Violet Hollow« – einem kleinen Stück

Land verdankte, einer Mulde mit zartblauen Blumen, die der Überlieferung nach eine uralte Büffel-Suhle gewesen war. Dann waren Indianer vom Stamm der Red Stick aufgetaucht und hatten sich bis hin zu einer gerichtlichen Auseinandersetzung darum bemüht, das Projekt so lange zu stoppen, bis geklärt sei, ob eine seltsame tischförmige Bodenerhebung einst ein Hügelgrab der Waldindianer gewesen war. Der verzweifelte Bauprojektleiter hatte daraufhin angeboten, den Bezirk »Indian Burial Mound Place« zu nennen. Als er diesen unsäglichen Namen hörte, hatte Gordon laut aufgelacht – eines der wenigen Male in diesem Jahr.

Gordon dachte an die Nachrichtensendung, die sie gestern gesehen hatten, als wäre die Fernsehberichterstattung Stoff für alle Familientragödien. Jane Hampton von WINN-TV in Madison hatte in traurigem Tonfall gesagt: »Wir haben die kleine Keefer Nye im vergangenen Jahr kennen gelernt, als wir von einem bewegenden Ereignis berichteten. Namhafte Sportler und eine kleine Stadt taten sich zusammen, um bei einer großen Benefizveranstaltung Gelder für die Krebsforschung zu sammeln – für den Kampf gegen die Krankheit, die das Leben von Keefers sechsundzwanzigjähriger Mutter, Georgia McKenna Nye, zu fordern drohte, deren Ehemann Ray ein aufstrebender Golfprofi war. Heute müssen wir Ihnen eine sehr traurige Nachricht übermitteln. Keefer Nye hat sowohl ihre Mutter als auch ihren Vater verloren.« Da schaltete sich der Sportmoderator Mike Albert beinahe munter ein: »Aber Keefer hat das Glück, noch zwei liebevolle Großelternpaare zu besitzen, und wenn sie Rays Talent geerbt hat, wird sie vielleicht auch einmal bei den Golfprofis spielen …«

»Hast du 'n Aspirin für mich, Church?«

Tim schüttelte den Kopf. Gordon war sich ziemlich sicher, dass er einen schrecklichen Kater hatte. Dieses Herumsitzen war sinnlos, schien aber irgendwie notwendig zu sein, eine

Zwangspause, ehe sich alle wieder in sämtliche Richtungen zerstreuten und in den Strom des Alltagslebens stürzten. Zwei Bemerkungen aus der vergangenen Nacht waren Gordon haften geblieben.

Die eine hatte Delia Cady gemacht, Rays Cousine, bei einem improvisierten Abendessen der jüngeren Trauergäste. Gordon war zu dem Zeitpunkt bereits in eine Benommenheit versunken, die man, wie er hoffte, auf seine seelische Erschütterung zurückführte. Deshalb ging ihm erst gar nicht auf, dass Delias Bemerkungen über Rays Glauben an ein ewiges Leben an ihn gerichtet waren.

»Und Georgia dachte genauso«, sagte Delia und strich sich die kunstvoll gedrehte Fülle schwarzer Löckchen zurück, die ihr großflächiges, blasses Gesicht umrahmten. »Das stimmt doch, nicht wahr, Gordon?«

»Ich weiß nicht«, hatte Gordon geantwortet und ein unbehagliches Jucken verspürt, als alle anderen verstummten. »Ich meine… ich weiß nicht, ob sie daran glaubte.«

»Aber sie war doch deine Schwester«, empörte sich Delia. »Ich jedenfalls habe oft mit ihr darüber diskutiert. Sie hatte das sichere Gefühl, dass Gott ihren Weg bestimmte.«

»Gott war ihr Copilot«, warf Tim ein, doch sein Versuch, das Gespräch aufzulockern, fiel wie ein Klumpen Blei in das lastende Schweigen.

»Wir haben keine Gespräche über Religion geführt«, erklärte Gordon schließlich. »Aber ich weiß, sie war religiöser als ich…«

»Ich frage mich, ob sie katholisch erzogen wird«, sagte Delia.

»Du meinst Keefer?«

Sie nickte. »Die Nyes sind es nicht, wie du weißt.«

»Aber meine Familie ist katholisch«, sagte Gordon. »Zumindest nach der Konfessionszugehörigkeit.«

»Katholisch zu sein ist aber sehr viel mehr als Weihrauch, Glöckchen und Feiertage«, erwiderte Delia. »Es ist eine große Verantwortung, eines der wichtigsten Dinge, wenn man ein Kind erzieht.«

»Nun, ich glaube… so weit sind wir ja noch nicht, Delia«, hatte Gordon müde gesagt. Er erinnerte sich, dass er sich währenddessen fragte, ob die McKennas vielleicht nicht ganz auf dem Laufenden wären.

Natürlich war er davon ausgegangen – vor allem, nachdem er von dem widerrufenen Testament erfahren hatte –, dass es eine Besprechung wegen Keefer geben müsste. Aber die McKennas waren für die Vormundschaft bestimmt worden. Jeder wusste das. Gordon hatte den Hinweis dieses Rechtsanwalts nicht mit seinen Eltern besprochen – mit Rücksicht auf ihre Trauer. Und er ärgerte sich sehr darüber, dass man seine eigene Trauer durch solch lächerliche Spekulationen gestört hatte. Doch als er Delia zuhörte, sah er sich zu weiter gehenden Spekulationen gezwungen. Hatten vielleicht seine Eltern, ebenfalls aus Rücksicht, mit irgendetwas hinter dem Berg gehalten? Wussten sie alle drei vielleicht Dinge, die sie einander nicht sagten?

Das zweite Gespräch hatte Gordon mit Carl Jurgen geführt, bereits gegen Morgen, in der verwirrenden Dämmerung nach einer langen Nacht. Nach dem Abendessen hatte sich eine Runde zusammengefunden: mindestens zwei der Upchurch-Brüder (Gordons Erinnerung war ziemlich verschwommen), Pat Chaptman, Kip Sweeney, Lindsay sowie Stephanie Larsen und ihr Freund. Sie tranken Heidelbeersaft mit Wodka und Triple Sec und endeten bei Wodka pur. In den frühen Morgenstunden hatten die meisten sich verkrümelt. Übrig blieben nur Gordon, Tim, Jurgen und Kip.

Jurgen unterhielt sich mit Tim und erklärte ihm, dass er in Tims Apartment übernachten wolle; Tim, der Jurgen vorher nur einmal bei einem Besuch in Florida getroffen hatte, stimmte dem Ansinnen auf eine Weise zu, als wäre es seine eigene Einladung gewesen und als wären sie schon zeitlebens dicke Freunde. So hatte Jurgen immer schon auf Menschen wirken können; Gordon staunte jedes Mal darüber, solange er Jurgen schon kannte. Die Leute behaupteten, Gordon nähme die Dinge leicht, doch Carl hatte Nerven aus Stahl – oder Seide.

Irgendwann in dieser Nacht hatte Gordon sich in schon ziemlich benebeltem Zustand gesagt, dass Jurgen ein Mensch sei, dem er sich anvertrauen könne. Jurgen war ja fast ein Rechtsanwalt, einer seiner wenigen Studienfreunde, der kein Lehrer oder Naturwissenschaftler war.

Also hatte Gordon versucht, die Erinnerungen an den Zauber ihrer Collegezeit im Süden heraufzubeschwören, die in diesem Stadium alkoholbeflügelter Rückschau wie ein nicht enden wollender Kuss an einem endlosen Sonnenstrand erschien.

»Heute Nacht sind wir alle ein wenig älter geworden, als wir eigentlich sein sollten. Es ist schön, sich daran zu erinnern, als wir noch jung waren«, hatte Jurgen daraufhin gesagt – mit einer Eleganz, die nicht zu den leeren Pastetenbüchsen voller Joint-Stummel und Camel-Kippen und den in einer Lache Heidelbeersaft ertrunkenen Fliegen auf der Kabelrolle passte, die ihm als Tisch diente.

Und Jurgen erzählte weiter und rief Orte und Worte viel treffender in Erinnerung, als Gordon es gekonnt hatte. Er erzählte von dem Mann mit der Imbissbude, den sie mit ihren Wochenend-Überfällen auf die Transparente an seinem Kiosk gepeinigt hatten. Am Samstagmorgen konnte man »Feuchte Reizhöschen« statt »Frische Fleischklößchen« lesen, und aus »Hotdog und Fritten« war »Hintern und Titten« geworden. Und wie sie die Kreditkarte von Carls Vater benutzten, einem Rechtsanwalt, um »Hula Girl«-Bier an einer Sunoco-Tankstelle zu bezahlen, wobei der mürrische Typ an der Kasse den Bon auf die feucht angelaufenen Bierdosen klatschte und ohne eine Miene zu verziehen fragte: »Super bleifrei?« So tauschten sie die Geschichten ihrer Abenteuer aus, bis hin zu dem Herbst, als Georgia an die Florida State University kam. Für Gordon, den Jungen aus dem Norden, der verzaubert war vom lässigen Leben im Süden, schien alles wunderbar und vollkommen. In diesem neuen Freundeskreis hatte Georgia die inoffizielle Rolle der kleinen Schwester der Studenten vom Evans College übernommen; sie organisierte Softballspiele und Kostümbälle. »Georgia eroberte Florida«, wie Jurgen es ausdrückte. Nach dem ersten Erntedankfest gab es ein großes Golfturnier, und Georgia hatte ein Abendessen zubereitet und anstelle eines Tischgebets mit ihrer schönen Altstimme das Louis-Armstrong-Lied »What a Wonderful World« gesungen. Damals konnte man starke Männer weinen sehen und erleben, wie sie vom Tisch davonliefen, um zu Hause ihre Mütter anzurufen.

Es war auf dem Höhepunkt dieser Erinnerungen – in der Morgendämmerung, als flockige rosa Wölkchen über den Himmel zogen –, als Gordon Carl bat, mit ihm auf den Balkon von Tims Wohnung zu kommen, um seine Sorgen in Worte zu fassen.

»Weißt du, ich glaube, wir hatten keine Gelegenheit, wegen Keefer alle Einzelheiten zu klären«, begann er. »Aber ich bin sicher, wir alle werden für sie sorgen. Wir alle drei. Vor allem ich.«

»Ich habe darüber nachgedacht«, sagte Jurgen feierlich. »Ich könnte mir nicht vorstellen, allein ein Baby großzuziehen.«

»Geht mir genauso. Aber die Kleine ist meine Nichte. Ich muss es.«

»Möchtest du es denn?«

»Es geht um Keefer.«

»Big Ray und Diane«, sagte Jurgen nachdenklich, »wären damit einverstanden?«

Der Gedanke an den Vater seines Schülers, Rechtsanwalt Liotis, stieg beängstigend in Gordon auf.

Er wollte Jurgen fragen, ob ein letzter Wille auch dann noch in Kraft blieb, wenn er von denen widerrufen wurde, die ihn geäußert hatten. Oder hätten sie all diese komplizierten Dinge gleich und für alle Zeiten in jeder Einzelheit klären müssen? Doch die Worte blieben ihm im Hals stecken. Georgia schien auf einmal in der Ferne zu verschwinden, wie ein Zug, der in einen Tunnel hineinrast.

»Meine Schwester und Ray haben uns als Vormunde benannt«, versuchte er zu erklären. »So wollten beide es haben.«

»Uns«, wiederholte Jurgen.

»Haben die Nyes nicht darüber gesprochen?«

»Ja, schon«, räumte Jurgen ein.

»Würde es dir etwas ausmachen, es mir zu erzählen?«

»Sie sagten nur, dass sie Rays Anwalt treffen würden. Morgen. Nein, heute – es ist ja schon Freitag. Ich nehme an, es hat etwas mit ihrem Nachlass zu tun.«

»Da gibt es keinen großen Nachlass, Carl. Außerdem gehört er sowieso Keefer. Ich meine, was wir für das Eigenheim bekommen ... davon kann Keefers Ausbildung bezahlt werden.«

»Sie hatten eine Lebensversicherung. Jedes verantwortungsbewusste Elternpaar würde so etwas sorgfältig regeln, wenn einer der Partner todkrank ist.«

»Ich hätte nicht daran gedacht.«

»Natürlich nicht – in deiner Situation.«

»Glaubst du, dass die Nyes ...«

»Was?«

»Glaubst du, sie denken darüber nach, das Sorgerecht für Keefer zu beanspruchen?«

»Ja.«

»Und meinst du, das wäre möglich ...?«

»Ich bin da in einer schwierigen Situation, Gordon. Ray war mein bester Freund. Und ich kenne die Nyes seit meinem ersten Schuljahr. Ich kann mir keine feineren Leute vorstellen. Sie lieben Keefer. Aber deine Eltern sind genauso gute Menschen.«

»Und sie sind praktisch seit dem ersten Lebenstag mit dem Kind zusammen.«

»Eine vertrackte Sache. Ich bin sicher, dass die Nyes nur das Allerbeste für Keefer wollen.« Irgendetwas in seinem Tonfall schien sich verändert zu haben, fand Gordon, schien auf einen Kampf hinzudeuten. Wäre Jurgen dann auf meiner Seite, fragte sich Gordon? Süden gegen Norden? Freundschaft gegen Vergangenheit?

»Ich weiß, dass die Nyes nur ihr Bestes wollen«, brachte Gordon schließlich hervor.

»Ich bin sicher, zwischen vernünftigen Menschen kann man das alles bestens regeln. Weißt du, Gordon, Georgia war eine Schönheit. In der Zeit, als sie unten im Süden lebte, habe ich sie sehr gut kennen gelernt. Als du dich mit irgendwelchen Ökotypen im Dschungel herumgetrieben hast. Sie war nicht auf den Mund gefallen, aber sie hatte ein gutes Herz. Ja, ich bin sicher, ihr alle werdet einen Weg finden.«

War er da wirklich so sicher? Gordon blickte in Jurgens Gesicht. Sein Freund sah ruhig und gelassen aus. Dann seufzte Jurgen. »Ich wünsche euch das Beste … euch allen!«

Euch allen … hallte es in Gordons Gedanken wider. Jurgens Bindungen waren tief und verworren. Gordon wusste, dass Jurgen in einer schwülheißen Nacht auf dem Rasenteppich des Golfplatzes in Sandpiper Alison Nye entjungfert hatte, doch war keine dauerhafte Beziehung daraus geworden; Alison hatte ein paar Jahre später Andy geheiratet. Und für Jurgen war es ein wunder Punkt geblieben, dass Gordon bei der Hochzeit seiner Schwester Rays Trauzeuge gewesen war.

Aber welches Gewicht konnte so etwas jetzt noch haben, sagte sich Gordon. Hier und jetzt, da sie alle älter, erwachsen und Ray und Georgia tot waren und er im Dämmer seiner Trauer, schwitzend und dem Erbrechen nahe, in einem

Auto in Tall Trees saß, an einem staubigen Feldrand, während neben ihm auf dem Fahrersitz Tim eingeschlafen war.

Gordon stieß ihn an. »Ist heute nicht Freitag? Musst du nicht arbeiten?«

»Drei Tage Sonderurlaub aus familiären Gründen«, sagte Tim gähnend. »Ich hab meinem Chef gesagt, dass es ein Verwandter ist.«

»Wir sind nicht deine Verwandten«, sagte Gordon.

»Aber so gut wie.«

»Ich muss jetzt nach Hause, Church. Meine Leute brauchen mich. Und ich brauche ein Aspirin und einen Toast mit Erdnussbutter.«

In der Cleveland Avenue war es still wie an einem frühen Sonntagmorgen. Tim parkte den Wagen. Einen Augenblick lang hingen beide ihren Gedanken nach, während die Saxophonklänge von John Coltranes »A Love Supreme« aus den Lautsprechern von Tims erstklassiger Auto-Hifi-Anlage klangen.

»Deine Mutter, Gordon«, sagte Tim unvermittelt.

Gordon blickte zum Haus. Lorraine kam in T-Shirt und Boxershorts über den Rasen. Gordon ließ das Fenster auf der Beifahrerseite herunter.

»Gordon! Jetzt komm doch!«, schimpfte Lorraine.

Im Nachbarhaus lehnten sich die beiden im Partnerlook gekleideten Dworses aus dem Verandafenster. Gordon schämte sich und winkte ihnen.

»Ich brauche dich jetzt, Gordon, bitte komm rein«, sagte Lorraine. »Jetzt gleich. Hallo, Tim.«

»Guten Morgen«, sagte Tim. »Tja, dann will ich mal los.«

Und dann war Tim fort, und Gordon und Lorraine standen einander auf dem Rasen gegenüber.

»Sie haben fünfhunderttausend Dollar.« Lorraine schrie es beinahe.

»Wer?«

»Die Kinder! Ray und Georgia! Sie haben fünfhunderttausend Dollar, und der Versicherungsinspektor rief mich soeben an… sie glauben, dass es Selbstmord war!«

»*Was?* Komm, gehen wir hinein. Wer ist denn alles hier?«

»Dein Vater. Und Nora.«

»Gut. Immer mit der Ruhe, Mutter…«

Nora und Mark saßen am Küchentisch. Beide hatten Notizblöcke und Bleistifte vor sich. Auf dem Tisch lag ein Telefonbuch.

»Wir müssen einen Anwalt anrufen«, sagte Lorraine. »Wüsstest du jemanden?«

»Ich kenne zwar einen, aber der kommt nicht infrage«, erwiderte Gordon. Er beugte sich zu Nora vor und küsste seine Tante sanft auf die Stirn; dann, nach kurzem Zögern, küsste er seinen Vater auf die Wange.

Er brauchte nahezu eine Stunde, um ihnen alles zu erzählen: von Julius Liotis' Vater, von Jurgens Enthüllung, dass die Nyes sich mit dem Anwalt treffen würden, von dem widerrufenen Testament. Er kam nur mit Unterbrechungen voran, da Nora oder Lorraine ihn alle paar Sekunden unterbrachen – »Aber nein!« oder »Das ist doch ganz unmöglich!« –, sodass er kaum einen Satz zu Ende sprechen konnte. Sie hatten etwas Derartiges einfach nicht vermutet.

»Warum sollten sie denn ihr Testament ändern?«, fragte Nora.

»Ich habe keine Ahnung. Ich weiß nur, was der Anwalt mir gesagt hat«, antwortete Gordon. »Und Carl erzählte, dass die Nyes den Anwalt aufsuchen wollten… heute.«

»Hat er gesagt, Georgia und Raymond hätten das neue Testament unterzeichnet?«

»Er sagte, er sei ihnen behilflich gewesen, das Testament aufzusetzen. Ich gehe davon aus, dass sie auch unterschrieben haben.«

»Dann besitzen sie also ein Testament«, sagte Mark seufzend, »das wir nicht kennen.«

»Diane Nye wird sie überredet haben, ihr Keefer zu überlassen«, murmelte Lorraine.

»Würdest du das nicht auch tun?«, fragte Mark.

»Nein!«, fuhr sie ihn wild an, »ich würde nicht versuchen, das Kind den Menschen wegzunehmen, die es am besten kennt und am meisten liebt! Und ich würde nicht versuchen, in den Besitz des Geldes zu kommen, das diesem Kind gehört!«

»Aber Lorraine!«, rief Mark. »Dafür haben wir nicht den geringsten Anhaltspunkt.«

»Und wieso glauben die Versicherungsleute, Georgia und Ray hätten Selbstmord begangen?«, fragte Nora.

»Nun ja«, sagte Gordon. »Autounfälle sind eine verbreitete Methode, mit der manche Leute versuchen, einen Selbstmord zu vertuschen.«

»Wie Porter Avery.«

Sie verfielen in Schweigen und dachten an den Farmer in der Nachbarschaft der Nordstroms, der sich mit schaurigem Erfindungsreichtum vom eigenen Traktor hatte zermalmen lassen.

Das Telefon läutete, doch niemand nahm ab. Sie alle lauschten, als Diane Nyes sanfte, melodische Stimme auf den Anrufbeantworter sprach: »Wir haben eine kleine Verabredung um zehn, Lorraine. Und dann könnten wir unser Baby gemeinsam mit den Enkeln mit zum Essen nehmen, ja? Ich glaube, sie fahren heute wieder nach Hause. Ist das okay? Gut. Und dann können wir ja besprechen, wie das Baby zu uns nach Hause kommt – nach Jupiter, meine ich. Zur Gedenkfeier für Raymond. Natürlich seid ihr auch eingeladen. Geht's euch allen gut? Sagt eurer Ärztin vielen Dank von mir.« Nach der Bestattung hatte Diane einen Migräneanfall gehabt und von Eve Holly, die am Pine-Grove-Ärztezentrum Bereitschaftsdienst hatte, eine Spritze bekommen. »Bis bald.«

Alle starrten auf das Telefon, als wäre es ein tollwütiger

Hund, der sie anspringen wollte. Keefer kam auf ihren kurzen Beinchen in die Küche gerannt; ihre Windel hing an ihr wie eine viel zu weite Monteurshose, ihr rosafarbenes Hemd war über das Bäuchlein hochgerutscht, und sie trug ihren Frottee-Frosch unter dem Arm, den sie abwechselnd drückte und kaute.

»Dory!« Sie strahlte und kletterte auf Gordons Schoß. »Dido?«

»Sie meint ›Kino‹«, erklärte Lorraine.

»Ich weiß schon, was sie sagt, Mutter«, entgegnete Gordon. »Wir haben uns letzte Woche den ›Zauberer von Oz‹ angeschaut.«

Nora war unterdessen mit den in der Märchenschüssel eingeweichten Cornflakes beschäftigt, die Keefer jeden Morgen zum Frühstück haben wollte. Sie nahm der Kleinen die Windel ab und hob sie mit einem Schwung in ihr Kinderstühlchen.

»Lotöffel«, sagte Keefer.

»Sie will ihren roten Löffel, Mutter«, sagte Gordon.

Doch Lorraine blätterte im Telefonbuch. Gordon erhaschte einen Blick auf die Kopfleisten der Seiten: Abtreibung, Adoption …

»Brauchen wir einen Fachanwalt für Erbschaftsangelegenheiten, Mark? Oder einen für Adoptionen?«

»Bradies ältere Schwester ist wegen Endometriose unfruchtbar«, sagte Nora. »Sie hat ein kleines Mädchen aus China adoptiert. Und ich weiß, dass sie die Sache über eine Stelle in Morehouse abgewickelt hat. Ich werde sie gleich mal anrufen …« Nora nahm ihren Notizblock und zog sich in Marks winziges Glasveranda-Büro zurück.

»Es ist doch ganz offensichtlich, warum sie es als Selbstmord hinstellen möchten, Mutter«, begann Gordon. »Weil …«

»Es ist eine Beleidigung!«, erwiderte Lorraine.

»Nein, es liegt auf der Hand. Ray war tief deprimiert.

Und das nicht nur wegen Georgia. Er hatte soeben seine größte Siegeschance vergeben ...«

»Ach, du lieber Gott! Wenn ich noch ein einziges Wort über dieses angebliche Wunder von Coachman's Hill zu hören bekomme, muss ich mich übergeben«, rief Lorraine. »Ray Nye hätte das ganze verfluchte Turnier in dem Moment absagen müssen, als Georgia krank wurde, Gordon!«

»Aber sie brauchten auch das Geld für ihren Lebensunterhalt.«

»Ich weiß. Aber das war nicht sein einziger, sein eigentlicher Antrieb. Seine ... Arbeit lenkte ihn ab. Er konnte dies alles hier nicht ertragen. Er verließ sich auf uns. Er wusste, dass wir uns um unser Kind kümmern würden. Und hast du vielleicht einmal gesehen, dass Diane und Big Ray all das sauber gemacht haben? Dass sie sich um deine Schwester gekümmert hätten? Diane ist kein einziges Mal gekommen! Sie hat bloß ihren Baumrinden-Mist mit der Post geschickt – und das auch nur mit normaler Post, Gordon. Nicht mal per Express!«

»Mutter, bitte ...«

»Das ist mein voller Ernst! Und jetzt kommen sie daher und reden immerfort von ihrem Baby, Baby, Baby, als ob Keefer keinen Namen hätte ...«

»Das ist doch nur so 'ne Südstaaten-Redeweise ...«

»Und ihr Sohn, der große Held!«

»Ray liebte Georgia.«

»Ja, aber er führte sein Leben einfach weiter, Gordon! *Wir* haben unser Leben ganz und gar umgestellt! Ich habe mich von der Schule beurlauben lassen, du hast dich von der Schule beurlauben lassen, dein Vater ist fast nicht mehr zur Arbeit gegangen, und Mike und Nora – wir alle haben unser normales Leben aufgegeben. Sogar Lindsay und Tim haben ihre Lebensweise geändert ...«

»Was hätten wir sonst tun sollen?«

»Genau das ist es ja! Aber jetzt kommen die Nyes daher und wollen Keefer haben, weil sie ihre genetische Verbindung zu Ray ist.«

»Das ist gemein, Mutter!«

»Okay, okay, es ist gemein. Aber ich habe keinerlei Veranlassung, nüchtern und sachlich zu sein, Gordon. Mein Kind ist tot. Deines Vaters und mein Kind liegt nicht weit von hier unter der Erde.« Aber nicht euer *einziges* Kind, dachte Gordon, sprach es jedoch nicht aus. »Und wir müssen eine Möglichkeit finden, um zusammenzuhalten, was von unserer Familie noch übrig ist.«

Nora kam strahlend ins Zimmer. Sie hielt ihren Notizblock triumphierend in die Höhe, wie ein braves Mädchen, das seine Aufgaben schneller fertig hat als der Rest der Klasse. »Ich hab's gefunden!«, rief sie. »Ich habe den Namen von dieser Behörde gefunden. Sie heißt Adoptions-Allianz...«

»Na toll«, sagte Mark. »Adoptions-Allianz. AA. Damit sie möglichst weit vorn im Telefonbuch stehen. Wie ›AAT-Autotransporte‹. Unseriös.«

»Schon gut, Mark«, sagte Lorraine.

»Jedenfalls habe ich auch den Namen des Anwalts. Greg Katt. In Merrill.«

»Rufen wir ihn an«, meinte Lorraine. »Sie werden bald hier sein... Wie spät ist es?«

»Moment noch!« Gordon, dem immer noch schlecht war und der sich verwirrt fühlte, atmete schwer. »Einen Augenblick noch. Können wir das nicht erst alles besprechen? Mit den Nyes?«

»Wir müssen erst feststellen, wie wir uns das Sorgerecht für Keefer sichern können«, erklärte Lorraine so langsam, als würde sie einem Schulkind erläutern, wie es einen Bleistift halten muss, um Schattierungen zu zeichnen. »Wir sollten den ersten Schritt machen, bevor sie ihn tun.«

»Aber bislang haben wir das Sorgerecht für Keefer. Ich mache mir natürlich auch Gedanken deswegen, Mutter. Ich denke Tag für Tag vierundzwanzig Stunden lang darüber nach. Aber ich finde nicht, dass wir bereits so schwere Geschütze auffahren müssen.«

»Gordon, dein Vater und ich sind fast sechzig Jahre alt. Glaubst du denn, ein Vormundschaftsgericht würde uns ein Kleinkind großziehen lassen? Wir werden nicht ewig leben…«, sagte Lorraine. Dann hielt sie inne und fuhr etwas ruhiger fort: »Ich hoffe jedenfalls, wir werden nicht so bald sterben. Aber wir sind keine reichen Leute wie Big Ray, der überall all diese Fertig-Siedlungen hinstellt, jede mit einem Golfplatz, versteht sich. Bald werden sie auch noch auf dem Meeresgrund Golf spielen!«

»Du willst doch aber nicht sagen, das hätte irgendwas mit dem Interesse an… Keefers Geld zu tun?« Gordon schaute zu Keefer hinüber, die ihn fröhlich anlachte und in seiner Richtung mit ihrem Löffel in der Luft herumstocherte, als wollte sie sagen: Wie findest du das? Er spürte, wie ihm die Augen brannten und feucht wurden. »Ich meine das Geld, das für Keefers Erziehung und Ausbildung gebraucht wird…«

»Ich meine, Gordon, dass ein… also, ein Gericht wird nicht einfach sagen: Gut, geben wir dieses kleine Kind einer alten Schullehrerin und ihrem Mann, der Vitamine verkauft.« Sie schaute Mark an. »Tut mir Leid, Schatz, aber du weißt, wie ich das meine. Wo sie doch Keefer diesem reichen Bauunternehmer und seiner schicken Frau geben können, die ihr erstes Kind mit dreizehn bekamen…«

»Hör auf mit deinen Übertreibungen, Mutter. Du hast einfach Wut auf Diane«, sagte Gordon. »Das hat alles nur zur Hälfte mit der Sache zu tun.«

»Mehr als das!«, verbesserte ihn Lorraine.

»Wirklich, es hat mehr als das damit zu tun«, fügte Mark hinzu, »obwohl wir natürlich voreingenommen sind.«

»Spiel du dich mal nicht so gerecht und ausgewogen uns gegenüber auf, Mark!«, fauchte Lorraine ihn an.

Gordon erstarrte. Seine Mutter und sein Vater stritten sich? Eher würden Kometen auf die Erde stürzen! Der letzte Streit seiner Eltern, an den Gordon sich erinnern konnte, hatte sich ereignet, als Mark ihm erlaubte, in Davey Obers Haus zu übernachten, wo Daveys Brüder mit ihren .22ern auf Krähen schossen. Lorraine war die Auffahrt bei den Obers hinaufgerauscht, hatte Gordon am Arm gepackt und mit sich gezerrt, wobei sie Mrs Ober angrinste und irgendwas von einer Familienfeier murmelte, die sie vergessen hätte. Sie stieß Gordon auf den Beifahrersitz, wobei sie ihm fast die Schneidezähne mit der Sicherheitsgurtschließe eingeschlagen hätte, und jagte die Kreisstraße entlang, die Erste Straße hinauf und in die Cleveland Avenue hinein. Dabei schrie sie Mark an: *Lass ihn ja nicht mehr in ein Haus gehen, wo es Gewehre gibt, die nicht ordentlich weggesperrt sind!*

Später war Georgia aus dem Haus gekommen und hatte sich neben ihn gesetzt. *Ich fürchte, du hast jetzt zwei Wochen Ausgehverbot*, sagte sie, *vielleicht auch länger.* Und sie lächelte. Da wurde ihm klar, wie seine Eltern von den Gewehren der Ober-Jungs erfahren hatten. Trotzdem – er bekam kein Ausgehverbot. Lorraine stürzte auf die Terrasse, klammerte sich an ihn und redete auf ihn ein: *Ich habe doch nur den einen Gordon!* Und Georgia hatte angeekelt zugesehen.

»Du hast doch schon die ganze Zeit gewusst, dass du derjenige sein wirst, oder?«, fragte ihn jetzt seine Mutter.

»Ich bin derjenige?«

»Der Keefer adoptieren wird!«

Natürlich, ja, er hatte es gewusst. Es war ihm klar gewesen. Aber nur theoretisch und nicht die gewaltige, unmittelbare, fordernde Realität.

»Keefer muss einen richtigen, einen eigenen Elternteil haben, nicht bloß Großeltern«, sagte Lorraine.

»Ich weiß nicht, ob ich schon so weit bin, Mutter.«

»Ich weiß es ebenso wenig«, seufzte Lorraine.

»Er ist so weit, er hat die nötige Reife«, schaltete Nora sich ein. »Es ist ja nicht so, dass du allein bist, Gordon. Wir alle sind da. Und Georgia wird dir auch helfen.« Gordon schaute in die gütigen, blassblauen Augen seiner Tante und brachte es nicht übers Herz, auch nur ein Wort über das Leben nach dem Tod oder dessen Nichtvorhandensein zu verlieren.

»Hör zu. Ich wollte das eigentlich nicht jetzt gleich sagen«, fuhr Nora fort, »aber ich habe auch mit dieser Adoptionsbehörde gesprochen. Die Sozialarbeiterin dort schickt uns bis morgen den ganzen Papierkram, alle Formulare, medizinische Fragebögen und so. Und sie sagte, sie könnten die Inspektion der Wohnung unverzüglich vornehmen.«

»Du musst umziehen, Gordon.« Lorraine machte sich auf ihrem Block Notizen. »Die Wiltons haben eine schöne Wohnung im zweiten Stock des großen viktorianischen Hauses auf der Ersten Straße. Ihre Tochter unterrichtet in der ersten Klasse. Judy heißt sie. Sie dürfte jetzt um die vierzig sein. Sie wohnt im ersten Stock. Helen Wilton sagt, es ist eine wirklich schöne Wohnung, nur ein Schlafzimmer zwar, aber sehr geräumig, nicht so wie deine …«

»Höhle«, ergänzte Gordon.

»Junggesellenbude«, sagte Lorraine streng.

»Ich werde nicht umziehen«, entgegnete Gordon eigensinnig. »Ich habe meine Wohnung gerade in Ordnung gebracht.« O Georgia, dachte er, und habe doch bloß meine Poster rahmen lassen.

»So sehr in Ordnung ist sie nicht, Gordon«, verbesserte seine Mutter ihn ungerührt. »Und es gibt dort nicht genug Platz für eine Familie.«

Eine Familie. Sie hatte Recht. Wo könnte Keefer schlafen? Auf dem Sofa? Unter dem Sofa?

»Jedenfalls«, fuhr Nora fort, »wird die Sozialarbeiterin am Dienstag kommen. Ist das in Ordnung, Gordon? Das ist doch nicht zu früh, oder?«

Es ist alles viel zu früh, dachte er.

»Ich glaube natürlich nicht«, fuhr Nora fort, »dass du bis Dienstag umziehen kannst, Gordon, aber Hayes, Rob, die Jungs und ich werden dir helfen, deine Wohnung zu putzen und schön zu machen.«

»Hast du ihnen schon alles gesagt, Nora?«, fragte Lorraine.

»Du meinst, über Georgia und Ray und alles? Die Dame wusste es bereits. Sie hat's aus dem Fernsehen erfahren.«

»Ich meine, bezüglich Ray und Diane.«

»Ich habe ihr die Wahrheit gesagt, Lorraine«, sagte Nora beherzt. »Ich hab ihr gesagt, wir würden ein Baby adoptieren. Sie kommt mittags um eins zu uns, um mit Gordon zu sprechen.«

Lorraine streckte ihre schmale Hand über den Tisch und ergriff Noras große, abgearbeitete Rechte. »Du bist ein Engel, Nora«, sagte sie.

Gordon zog Keefer auf seinen Schoß. Ganz nah.

7

An dem Tag, der Georgias und Rays zweiter Hochzeitstag gewesen wäre, stiegen Lorraine und Mark die schmale Gangway eines achtsitzigen Flugzeugs hinunter und betraten die Rollbahn des Flugplatzes von Jupiter, nachdem sie mehrmals umgestiegen waren: von Wausau nach Milwaukee, von Milwaukee nach Tampa.

Die Hitze war lähmend. Lorraines Gesichtshaut schien beim ersten Wärmeschwall zu schrumpfen. Wie konnten die Menschen hier leben?

»Klimaanlagen«, erklärte Mark. »Die Leute verlassen acht Monate im Jahr nicht das Haus. Aber das tun wir ja auch nicht, Lorraine. Nur andersherum.« Doch Mark musste zugeben, dass die Hitze ihm gut tat. Er fror seit Wochen.

Sie saßen bei der Gepäckausgabe, und Lorraine fühlte sich wie ein Spatz unter Pfauen. Nach den Maßstäben von Tall Trees war sie bestens gekleidet. In Florida jedoch schienen alle Frauen und Männer um die gekonnteste Verkörperung tropischer Fruchtgetränke zu wetteifern.

»Knallbunt ist hier Beige«, sagte sie zu Mark.

»Hmm«, antwortete dieser, ohne das geringste Interesse erkennen zu lassen. Lorraine verspürte einen Anflug von Zorn. Warum mussten sie sich eigentlich immer über die kleinen, belanglosen Dinge in die Haare kriegen? Schließlich lastete nicht allein auf ihm das Wissen, dass sie genau zu dieser Stunde vor genau vierundzwanzig Monaten – zwei Jahre, die nicht mehr als einen Nachmittag des Lebens umfassten, vor allem, wenn man erst einmal in den mittleren Jahren war – in der ersten Reihe der Kirchenbänke von Our Lady of the Lake gesessen hatten und Georgia Tränen vergießen sahen, als sie versprach, Raymond, ihren Ehemann, ihr Leben lang zu ehren und zu lieben. An diesem Tag hatte Georgia auch den grünen Edelstein von Dianes Mutter Kathryn bekommen. Der Stein lag nun in Lorraines Nachttischschublade. Bud Chaptman hatte ihn Georgia vom Finger gezogen, und eine schluchzende Natalie hatte ihn Lorraine bei dem kleinen Abendessen im Anschluss an die Beisetzung Georgias in die Hand gedrückt.

Als Geschenk für Keefer.

Mark hatte in den letzten Wochen täglich sechzehn Stunden geschlafen, und Lorraine hatte am Morgen sorgsam ihr Tablettenarsenal zwischen ihre Unterwäsche in der Tragetasche geschoben, als würde sie rohe Eier verpacken. Um die Trauer fern zu halten, benötigte sie ein pharmazeutisches Einsatzkommando. Wann konnte sie sich endlich zur Ruhe legen und sich der Totenklage hingeben?

Am Montag war der erste Termin beim Rechtsanwalt gewesen. Alles war gut gelaufen. Greg Katts Frau war eine ehemalige Schülerin Lorraines. Katts Engagement beruhigte sie alle. Gordon, erklärte er, sei rechtlich in der Lage, Keefers Adoption zu beantragen, und könne sich dabei auf ein einschlägiges Gesetz von Wisconsin berufen, das die Vorsorge für die engere Familie regelte. Allgemein als »Stiefeltern-Adoption« bezeichnet, ließe sich dieses Gesetz auch auf alle nahe stehenden Familienmitglieder anwenden: Elternteil, Tante, Onkel, Schwester, Bruder. Lorraine war unendlich erleichtert. Die Beschäftigung mit dem erschreckenden, fünf Zentimeter dicken Formularpaket, das sie letzten Samstag erhalten hatten, ließe sich erheblich einschränken, weil »die anzunehmende Eignung für die Elternschaft erheblich zugunsten derjenigen Familie ausfällt, die das minderjährige Kind bereits kennt und liebt«, wie Katt erklärte. Greg Katt hatte sich Fotokopien des einzigen letzten Willens und Testaments gemacht, das den dreien bekannt war, und versprochen, im Laufe der Woche sowohl mit dem Anwalt, der das erste Testament aufgesetzt hatte, Verbindung aufzunehmen (ein gewisser Stacey Sweeney, den Lorraine nicht kannte) als auch mit Rechtsanwalt Liotis, Rays neuem Anwalt.

»Die Gefühlswellen schlagen in solchen Angelegenheiten nun einmal hoch«, erklärte er ihnen und führte seine Hände nachdenklich mit den gespreizten Fingerspitzen zusammen, »aber machen Sie sich keine Sorgen. Als Erstes werde ich eine Eingabe machen und um vorläufige Vormundschaft für Sie und Mark ersuchen. Nur das ist für den Augenblick sinnvoll. Und wenn die Nyes ebenfalls eine Eingabe machen – nun, wer zuerst kommt, mahlt zuerst. Wer zuerst eine Eingabe macht, wird auch als Erster gehört. Und jeder Richter wird einsehen, dass eine Familie eine gewisse Zeit braucht, um solche Dinge zu klären. Sie beabsichtigen doch, den Nyes den uneingeschränkt gleichen Zugang zu Ihrer Enkelin zu gewähren, als wenn Ihr Sohn noch am Leben wäre, nicht wahr?« Sie nickten alle. »Also, dann sehe ich kein wirklich großes Problem. Es sei denn, eine der verheirateten Nye-Töchter würde einen Anspruch geltend machen. Aber selbst dann wäre Keefers Wohlergehen ausschlaggebend – ihr Wohlergehen in psychologischer Hinsicht.« Dann fragte Katt nach der Häufigkeit der Besuche – wie viel Zeit Caroline und Alison mit Keefer verbracht hätten. Wie oft sie Tall Trees besucht hätten. Und ob sie Keefers Hauptbetreuer während ihrer Zeit in Florida gewesen seien.

Lorraine und Mark hatten ihm nach bestem Wissen geantwortet. Bei der Gelegenheit erkannte Lorraine zum ersten Mal, wie viel vom Leben draußen in der Welt, jenseits von Georgias Krankheit, im vergangenen Jahr unbemerkt an ihr vorbeigezogen war. Gordon erinnerte sich lediglich an Besuche von Keefers Taufpaten, Rays Cousine Delia und Craig, ihrem Mann, die von Madison gekommen waren. Delias Tochter Alex, ein rothaariger Teenager, hatte Keefer ihre sämtlichen alten Barbiepuppen mitgebracht. »Das Recht in Wisconsin nimmt besondere Rücksicht auf das Interesse des Kindes«, erklärte Katt. »Und in Ihrem Fall deutet alles darauf hin, dass es *ganz* besonders im Interesse Keefers liegt, dort bleiben zu können, wo sie sich geborgen fühlt.«

Am Dienstag hatte Katt die Eingabe gemacht. Tatsächlich war der Richter dem Antrag nachgekommen und hatte einer vorläufigen Verfügung zugestimmt, mit der Maßgabe, dass innerhalb von neunzig Tagen die Umstände im Einzelnen erneut beurteilt werden müssten.

Keefer blieb »ihr Kind«. In rechtlicher Hinsicht zumindest. Lorraine überlegte, ob sie den Nyes schreiben sollte, hielt es dann aber nicht für sehr feinfühlig. Und noch dazu gefährlich. Schließlich befand Keefer sich ja momentan in Florida. Die Nyes hatten sie also rein körperlich in Besitz. Und Mark sagte, Besitz bedeute neun Zehntel des Rechts. Deshalb rang Lorraine sich zu der Überzeugung durch, dass sie mit Erklärungen hinsichtlich der gerichtlichen Verfügung warten sollte, bis Rays Eltern die Gedenkfeier für ihren Sohn hinter sich hatten und bis Lorraine und Mark mit Keefer auf dem Rücksitz eines Leihwagens wieder unterwegs zum Flugplatz waren.

Während Cindy Rogan von der Adoptions-Allianz zu einem Gespräch mit Gordon in dessen nunmehr im Country-Antiquitäten-Stil eingerichtetes Apartment kam, wurden Lorraine und Mark vom Inspektor der Northern-Mutual-Versicherung hinterlistig unter Druck gesetzt, der sie zwei Stunden lang über Rays Gemütsverfassung auszuquetschen versuchte. Der Inspektor war einer jener winzigen Männer, für die man einen Anzug in der Kinderabteilung kaufen musste – ein gesichtsloser, ausgedörrter, penibel ordentlicher Versicherungsmensch mit einem Schnurrbärtchen, das kaum den Aufwand lohnte. Er setzte sie davon in Kenntnis, dass Ray die Prämie für die fragliche Police drei Monate lang bezahlt habe, und zwar regelmäßig und pünktlich; dabei seufzte er, als wäre dies ein Grund für tiefste Trauer. Weiterhin teilte er mit, dass die Versicherungsgesellschaft den Unfallhergang nachstellen lassen wollte; wenn die McKennas es wünschten, dürften sie zugegen sein.

»Warum sollten wir?«, fragte Mark.

Gordon hatte derweil ein gutes Gefühl bei seinem Gespräch gehabt, wie Lorraine von Lindsay Snow erfuhr, die gleich nach der Arbeit bei Gordon vorbeigekommen war. Die Sozialarbeiterin würde noch einmal kommen, wenn Keefer da wäre, um zu sehen, wie Gordon und Keefer miteinander umgingen.

Es gab nur einen Haken: Es wäre gut, sagte Lindsay zu Lorraine, wenn Gordon umziehen würde, denn Cindy Rogan hatte Bedenken wegen der belebten Straße geäußert. Folglich verbrachte Lorraine den ganzen nächsten Vormittag mit dem Versuch, Helen Wilton zu erreichen; sie musste Helen davon überzeugen, die Wohnung in dem viktorianischen Haus nicht an diesen Fotografen zu vermieten, der eine Dokumentation über die archäologischen Ausgrabungen bei Wood Violet Hollow erstellen wollte und der bloß für ein paar Monate in der Gegend bliebe. Da wäre Gordon doch ein viel beständigerer Mieter, machte Lorraine Helen die Sache schmackhaft. Es würden Jahre vergehen, ehe Gordon sich ein eigenes Haus leisten könne. Helen schwankte. Der Fotograf war unverheiratet und etwa gleich alt wie ihre ebenfalls unverheiratete Tochter Judy. Andererseits – Gordon war kräftig und könnte sich um die Instandhaltung des Hauses kümmern. Und er war ein höflicher junger Mann. Und das Baby… Schließlich war Helen weich geworden. Nun brauchte Lorraine nur noch mit Gordons jetzigem Vermieter zu sprechen, damit dieser den Mietvertrag vorzeitig auflöste, aber das sollte zu machen sein, denn der Mann war einer von Sheriff Dale Larsens langjährigen Stellvertretern.

Nur für Keefer hatte Lorraine sich Dinge abverlangt, die sie nie für möglich gehalten hätte. Sie verhandelte und plante und taktierte, obwohl nur ein einziger Gedanke an Georgia, ein zufälliger Blick auf ihr Foto am Treppenabsatz genügte, um Lorraine aus dem inneren Gleichgewicht zu bringen. Aber sie tat es für Keefer. Für Keefer.

Sie hatten Keefer seit einer Woche nicht gesehen. Big Ray und Diane waren mit einem kleinen Rollenkoffer aufgetaucht, der mit lauter neuen Kleidungsstücken voll gestopft war. »Nur ein paar Sommersachen, Lorraine«, hatte Diane erklärt. »Die Kleine würde bei uns im Süden ja schmelzen mit diesem groben Kattunzeug.« Und obwohl die Tränen strömten, als Lorraine Keefer ihrer anderen Großmutter übergab, unterbrach Diane vorsorglich nicht ihren Monolog über Babys eigenen, schönen Swimmingpool draußen im Freien, wo es sooo toll ist! Schließlich winkte Keefer zögerlich zum Abschied.

Sie gehen lassen zu müssen ließ das Licht in Lorraines und Marks Leben trüb werden. Keiner von beiden sprach ein Wort, nur ihr Bett verhieß Zuflucht – in einem leeren Haus, so kalt und öde wie ein Schneefeld. Sie waren alte Leute, die ohne große Erwartungen im erstarrten Museum ihrer Vergangenheit lagen und in einen vorübergehenden Zustand freiwilligen Winterschlafs sanken, während Gordon in das unbeabsichtigt egozentrische Leben eines unverheirateten jungen Mannes zurückkehrte und sich nur um seine Angelegenheiten, seine Arbeit und seine Vergnügungen kümmerte. Keefer. Keefer. Wie sich Lorraine nach dem niedlichen kleinen Mädchen sehnte! Vor lauter Angst versank sie in den ersten langen, schwarzen, schweißnassen Schlaf seit dem Autounfall.

Gordon weckte sie. »Sie ist schon weg, oder?« Sein gutmütiges Gesicht wirkte schlaff. Lorraine rutschte beiseite, und er legte sich zu ihnen. Und dann lagen sie da alle drei beisammen, bis es draußen dunkel geworden war und man unbehelligt aufstehen konnte; dann verbrachten sie aus unerfindlichen Gründen drei Stunden damit, das Haus zu putzen. Danach beschlossen sie, hinüber zu Rays und Georgias Haus zu fahren, um nachzusehen, welche von ihren Möbeln geeignet und nicht allzu persönlich wären, damit man sie in Gordons neue Wohnung mitnehmen könnte.

Aber das Türschloss war ausgewechselt worden.

Lorraine war so wütend, dass sie die Nyes vom nächstbesten Münztelefon aus anrufen wollte. Doch Gordon schwang sich von außen auf den Balkon im ersten Stock und drückte ein Fenster ein. Sie nahmen Handtücher, Silber und Georgias schöne, schwere Emaillekochtöpfe. Dann verpackten sie alle Golfmützen von Ray in einen Karton, um ihn den Nyes zu schicken. Nur eine Mütze, die vom Evans College, wollte Gordon behalten. Lorraine rief am nächsten Morgen um sieben den Schlüsseldienst an und ließ die Schlösser erneut auswechseln.

Eine Stunde, nachdem Mark und Lorraine gelandet waren, saßen sie noch immer am Flughafen und warteten. Mark bestand voller Ungeduld darauf, einen Leihwagen zu nehmen, da die versprochene Abholung offensichtlich nicht erfolgte. Doch gerade als sie ihr Gepäck nahmen und zum Mietwagenschalter gehen wollten, tauchte Leland auf, der Ehemann einer der Nye-Töchter, winkte ihnen zu und schüttelte den Kopf.

»Leute, ich muss mich entschuldigen«, sagte er. »Jeder Meter von hier bis nach Texas ist wegen Straßenbauarbeiten aufgerissen. Big Ray und Diane werden mich umbringen. Habt ihr lange warten müssen, Leute?«

»Nein, nein«, sagte Mark. »Wir haben nur ein bisschen dem Betrieb hier zugeschaut.«

So waren sie also ins Land der Palmen und Porsches gelangt, und Leland drehte vorsorglich das Radio auf, um die Unterhaltung zu beleben. Er erzählte, dass Keefer nussbraun geworden sei und schon schwimmen könne, wie Caroline behauptet habe. Er wollte Lorraine und Mark jetzt gleich zu Caroline bringen, wo Keefer im Garten spielte. Alle anderen seien im Club und mit den letzten Vorbereitungen für die Gedenkfeier beschäftigt. Wie lange sie bleiben würden?

Mark schwankte. Er hatte vorgehabt, ein wenig umherzufahren, vielleicht zum Campus, um Rays und Gordons alten Studentenverein zu besuchen. Vielleicht auch nach Cape Canaveral, wo am Samstag eine Raumfähre starten sollte, wobei Mark einen Anflug von Aufregung in seiner Stimme nicht verbergen konnte, wie Lorraine bemerkte. Sie fragte sich, ob es vielleicht mal ein Raumfahrtprogramm für Opas geben würde.

»Na, prima.« Leland lächelte und nahm eine perlmuttartig schimmernde Sonnenbrille aus dem Handschuhfach. »Keefer wird sich freuen, wenn ihr da seid.«

Mark und Lorraine schauten einander an. Mark nahm wortlos Lorraines Hand.

An einem von Schatten spendenden Zypressen gesäumten Grünstreifen vor einem Haus in spanischem Baustil hielt Leland an und öffnete ihnen die Wagentür. Lorraine blieb auf dem Rasen stehen und lauschte. Sie konnte Keefer hören. »Vöglein! Vöglein, komm!«

»Das ist ja schon ein ganzer Satz«, flüsterte sie Mark zu.

Leland erbot sich, ihr Gepäck im Silver Shoals Hotel abzuliefern, wo die McKennas sich ein Zimmer hatten reservieren lassen, obwohl Big Ray beteuert hatte, es gäbe jede Menge Platz in ihrem Haus. »Musst du denn zurück ins Büro fahren?«, fragte Lorraine. Sie hatte keine Ahnung, was Leland beruflich machte, doch sein Auto und seine Kleidung deuteten nicht gerade darauf hin, dass er am Bau arbeitete.

»Eigentlich nicht.« Leland senkte den Kopf. »Aber ich wohne derzeit in meinem Studentenclub. Caroline und ich versuchen, ein paar Dinge zu klären. Es war ... also, wir hatten das schon vor Rays Tod geplant. Und das alles war ja nun wirklich sehr schwer für sie. Selbstverständlich liebe ich die Nyes nach wie vor, jeden Nye«, setzte er hinzu, »und Familie bleibt Familie.«

»Oh, das tut uns aber Leid«, sagte Mark.

»Ach, es gibt Schlimmeres. Caro ist trotzdem meine allerbeste Freundin. Wir kriegen das schon hin.«

Und dann kam Keefer barfuß über den Rasen gerannt, stolperte, machte einen halben Purzelbaum und fing sich wieder, und Caroline kam hinter ihr her. Mark war so ungeniert überglücklich, wie Lorraine ihn kaum je erlebt hatte, er bedeckte die Händchen und Ärmchen und die Stirn der Kleinen mit Küssen. Mark hatte nicht mehr vor Freude geweint, seit… sie Gordon bekommen hatten. Dann saßen sie alle auf Carolines sorgfältig aufgeräumter, stark heruntergekühlter Glasveranda, tranken Pfefferminztee und staunten über die Parade von Spielsachen, die Keefer nacheinander heranschleppte und ihrer Oma zur Begutachtung auf den Schoß legte.

»Habt ihr meine Leute schon gesehen?«, fragte Caroline fröhlich.

»Nein, Leland hat uns direkt hierher gebracht, und wir können doch sicher ein Taxi bekommen? Zum Hotel«, fügte Lorraine hinzu. »Ich würde gern ein Bad nehmen. Vielleicht können wir Keefer zum Schwimmen mitnehmen. Ich weiß, du hast jetzt genug zu tun.«

»Oh, sie hat schon ausgiebig geplanscht. Das ist jetzt nichts Besonderes mehr für sie«, erwiderte Caroline.

»Nun ja…«, sagte Lorraine. Eine verlegene Pause entstand. »Leland hat uns Bescheid gesagt. Über eure Eheprobleme. Ihr lebt getrennt, eine Zeit lang jedenfalls…«

»Das ist schon okay. Wirklich. Es hat sich so ergeben. Und nachdem Ray starb… und Georgia… fand ich, dass es für mich an der Zeit wäre, mein eigenes Leben zu führen. Ich lebe ja nicht ewig. Ich bin einundzwanzig und habe immer nur getan, was mir vorgeschrieben wurde. Es war, als würde ich drei Leben leben – eins für mich, eins für Lelands Eltern und eins für meine Eltern, und mein eigener Anteil wurde von Mal zu Mal kleiner.«

Keiner der beiden McKennas vermochte dazu etwas zu sagen. Keefer jedoch sagte: »Vöglein?«

»Ich habe einen Finken«, erklärte Caroline. »Sie hat sich auf der Stelle mit ihm angefreundet. Ach, sie ist einfach wundervoll. Wie ein süßer kleiner Koalabär. Sie ist genau wie Ray – diese Beine! Sie ist das genaue Ebenbild seiner Babyfotos. Vor allem sieht sie der Mutter von meinem Dad ähnlich. Oma Nye hat nicht mehr gelebt, als Ray und Georgia heirateten, nicht wahr?«

»Ich glaube nicht«, sagte Lorraine.

»Ich möchte so gern mal ein eigenes Kind haben«, redete Caroline fröhlich weiter, während Lorraine unvermittelt zu schwitzen begann in diesem unterkühlten Raum. »Ich bin sozusagen mein Leben lang mit Lee verheiratet, aber wir werden niemals ein Kind haben.«

»Vielleicht lässt sich das Problem lösen«, meinte Lorraine. »Jung verheiratet zu sein ist manchmal recht schwierig. Man ist kein Liebespaar mehr, aber auch noch keine Familie.«

»Er ist schwul.«

»Oh«, sagte Lorraine.

»Er ist ein guter, aber schwuler Ehemann. Ich hatte das Gefühl, als würde ich von meinem hauseigenen Versace eingekleidet. Aber seine Eltern würden sich eher die Zunge abbeißen, als zuzugeben, dass er schwul ist, und meine Eltern würden eher daran ersticken, als die Wahrheit zuzugeben! Ray wusste es. Ray hat mir gesagt, Mädchen, lass die Finger davon! Aber nun habe ich meinen großen Bruder nicht mehr, der sich um mich kümmert. Mutter und Vater trifft es schwer – aber ich kann einfach nicht mehr so tun als ob. Und jetzt haben sie ja diese kleine Süße hier, um die sie viel Wirbel machen können. Jetzt bin ich nicht mehr das Baby.«

»Caroline, ich hoffe, es macht dir nichts aus, wenn ich dich frage, aber… haben deine Eltern schon irgendwelche Pläne bezüglich Keefer?«, fragte Mark.

»Sie haben ein Kinderzimmer eingerichtet, sogar mit einer Rutsche ins Bettchen – nicht wahr, meine Süße? Eine

Rutsche ins Gitterbettchen. Sie kann nicht herausklettern. Es ist vollkommen kindersicher…«

»In ihrem Haus?«

»Klar. Andy und Ali können sich nicht entscheiden. Ehrlich gesagt, ich glaube, Ali hat schon alle Hände voll zu tun mit ihren beiden Monstern…«

»Wir werden jetzt ein Taxi zum Hotel nehmen«, sagte Lorraine abrupt.

»Möchtet ihr denn nichts zu essen oder zu trinken?«

»Ich brauche nur ein warmes Bad – oder besser ein kaltes Bad«, sagte Lorraine und sammelte geistesabwesend alles vom Fußboden auf, was Keefer zu gehören schien. »Du weißt ja, wie das auf Reisen ist. Man fühlt sich irgendwie schmutzig. Ist ihre Windeltasche irgendwo hier, Caroline?«

»Mutter setzt sie immer aufs Töpfchen.«

»Sie ist doch erst fünfzehn Monate alt!«

»Aber sie macht das schon prima!«

Keefer grinste.

»Dürfen wir mal telefonieren?«

»Ach, ich fahr euch rüber. Wir haben erst um vier Familienrat. Das ist so, seit…« Carolines Gesicht zeigte Kummerfalten. »Wir hätten uns das nie vorstellen können. Ray zu verlieren. Ray war unser Held. Und ich weiß nicht, ob ich das sagen darf, aber… heute wäre ihr Hochzeitstag.«

Lorraine sprang auf. »Ich weiß, wann der Hochzeitstag meiner Tochter war.«

»So hab ich's nicht gemeint.«

»Ja, ich weiß. Unser aller Nerven liegen blank. Also, Caroline, die Gedenkfeier ist morgen Mittag?«

»Ja – aber Mutter erwartet euch heute Abend zum Essen.«

»Tja, Caroline, wir können nicht. Mir geht es nicht gut«, sagte Lorraine. »Und wir möchten uns wieder mit Keefer vertraut machen… ein wenig Zeit mit ihr verbringen.«

»Mutter und Vater wissen es wirklich sehr zu schätzen, was ihr für Keefer getan habt. Und was Gordon getan hat.«

Sie schaute auf und warf ihre blonden Locken zurück. »Ist er unverheiratet?«

»Er ist verlobt«, sagte Lorraine. »Nicht förmlich. Aber du kennst ja Lindsay.« Mark starrte sie an. »Sie gehen eigentlich schon immer miteinander.«

»Ich finde ihn großartig«, sagte Caroline, »einfach toll.«

»Ja, er ist wirklich ein toller Junge.« Lorraine lächelte. »Also, dann sehen wir alle uns morgen.« Sie hob Keefer auf ihre Arme; Spielsachen und Saftflaschen purzelten zu Boden. Mark beeilte sich, sie aufzuheben. »Lass sie doch liegen, Mark«, flüsterte Lorraine, als Caroline ihre Autoschlüssel holen ging. »Nichts wie raus hier!«

Mark setzte Keefer in den Kindersitz hinten in Carolines Mustang. Mit bis zum Kinn hochgezogenen Knien saß er dann auf der Rückbank und sah aus wie eine Marionette. Kaum waren sie in der Hotelauffahrt angelangt, öffnete Lorraine die Wagentür und holte Keefer samt Kindersitz heraus. Keefer schaute traurig drein und sagte fragend: »Vöglein?«

»Bye-bye, Kathryn!« Caroline lachte und hauchte einen Kuss auf die ausgestreckte Hand der Kleinen. »Mach's gut, Keefer Kathryn!«

Mark und Lorraine standen in der blendenden Sonne, und Keefer versuchte, sich aus dem Sitz zu befreien. Mark nahm seiner Frau den Kindersitz ab, und sie traten blinzelnd in die düstere Hotelhalle, in der das Rauschen eines über zwei Stockwerke reichenden künstlichen Wasserfalls Lorraine den Eindruck vermittelte, sie müsste schreien, um gehört zu werden. »Gehen wir aufs Zimmer!«, rief sie Mark zu.

Kurz darauf kam er von der Rezeption zurück und sah ein wenig betreten aus. »Es ist schon alles für uns bezahlt«, sagte er, »so lange wir auch bleiben wollen.« Sie fuhren in einem gläsernen Aufzug mit einem schweigsamen Hoteldiener nach oben.

Keefer hüpfte auf dem riesigen Doppelbett wie auf einem Trampolin herum, während Lorraine nach einem Telefonbuch suchte. »Ich fürchte, von hier aus bekommen wir heute Abend keinen Flug mehr. Aber wir könnten nach Tampa fahren. Eigentlich könnten wir überall hin…«

Mark legte die Hand auf die Telefonschale und drückte den Hebel herunter. »Warte mal, Lorraine, ich weiß, was du denkst. Ich habe den gleichen Gedanken. Aber wir müssen zu dieser Gedenkfeier.«

»Warum? Warum denn? Sie werden uns mit irgendwelchen Republikaner-Wachtruppen festhalten.«

»Das ist kein Witz, Lorraine.«

»Ich mache auch keine Witze, Mark.«

»Lass uns mal eine Nacht lang hier schlafen und morgen eine Entscheidung treffen. Rufen wir Gordon an!«

»Ich werde dieses Zimmer nicht verlassen.«

»Wir bestellen uns erst mal was zu essen.«

Einige Zeit später aß Mark die bestellten Spareribs, doch Lorraine verschmähte ihren Krabbencocktail. Gordon war nicht zu Hause. Sie verließen das Hotelzimmer nicht und stellten auch kein Gitterbettchen auf. Keefer schlief zwischen ihnen, wobei sie am Daumen nuckelte. Am Morgen zogen sie Keefer das weiße Kleid mit den Gänseblümchen an, das jetzt noch sauberer aussah als damals in Tall Trees, als Diane es aus dem Seidenpapier gewickelt hatte. Vielleicht ist es ein Zweitexemplar, dachte Lorraine.

Das Telefon läutete, und ein Wagen kam sie abholen. Lorraine prüfte die Innenverriegelung. Der Parkplatz am Club der Nyes, dem Sandpiper-Reservat, war überfüllt, und Grüppchen von gleich aussehenden jungen Männern, alle blond, alle mit roten Krawatten, standen in der Sonne und traten ungeduldig von einem Fuß auf den anderen. Drinnen schmückten Kränze und Girlanden aus weißen Rosen, die einen kleineren, aber mindestens eins zwanzig großen Ring aus roten Blüten umrahmten, den Eingang zum Ballsaal. »Gute Reise, Raymundo!«, stand auf der Schleife und: »Von deinen Kameraden bei Knockers.«

»Ich hätte nicht gedacht, dass es so… auffallend ist«, sagte Mark.

»Sie sind nicht gerade berühmt für guten Geschmack, sie sind eher bekannt für Spaß«, antwortete Lorraine. Sie hatte niemals offen ihr Unbehagen über den Sponsor ihres Schwiegersohns zugegeben, einer Restaurantkette, die weder sie noch Mark jemals aufsuchten und die sich auf Serviermädchen in Bikinis und kniehohen schwarzen Lederstiefeln spezialisiert hatte. Aber es war ein bedeutender Sponsor, so groß wie Nike.

Von jenseits des großen, glänzenden Parketts erspähte Carl Jurgen sie und kam zu ihnen herüber, um sie zu begrüßen. Diane Nye folgte ihm, zurückhaltend gekleidet in einen schwarzen Rock und eine langärmelige weiße Bluse. Ihr kurz geschnittenes Haar war geglättet und hatte zu Lorraines Entsetzen gelbe Strähnen. »Ich sehe schlimm aus«, erriet Diane Lorraines Gedanken. »Aber für uns ist es das Schlimmste. Es ist das Ende. Es ist der Punkt, an dem ich einsehen muss, dass Ray nie wieder durch die Gartentür ins Haus treten und mich hochheben wird…«

Von Mitleid und Bedauern überwältigt, öffnete Lorraine die Arme, und Diane ließ sich umfassen. »Hast du nicht auch manchmal das Gefühl, du würdest den Verstand verlieren, Lorraine? Ich meine, wirklich verrückt werden? Wahnsinnig werden?«

»Jeden Tag.«

»Und was tust du dagegen?«

Ich denke an Keefer, dachte Lorraine. Ich erinnere mich an Keefer, und ich erinnere mich an Gordon. »Ich versuche, an die Zukunft zu denken, weil ich es nicht ertragen kann, mich an die glückliche Vergangenheit zu erinnern«, sagte sie.

»Es gibt keinen Gott, Lorraine«, sagte Diane.

»Das frage ich mich auch. Aber ich möchte es glauben.«

»Nimmst du Antidepressiva?«, fragte Diane.

»Noch nicht«, murmelte Lorraine und dachte an ihr geheimes Lager.

»Es gibt keinen Gott, oder Gott ist geisteskrank«, fuhr Diane fort. »Hallo, Mark. Hallo, Keefer, mein süßer Schatz.« Sie schaute Lorraine wieder an. »Raymond war ... er war ein Geschenk für die ganze Welt.«

»Er war ein anständiger, guter Junge«, pflichtete Lorraine ihr bei. Gordon hat schon Recht, dachte sie. Menschen, die guten Willens sind, müssen zu Kompromissen fähig sein. Lorraine konnte sich zwar nicht vorstellen, jemals Dianes Freundin zu werden, aber sie würden teilen können, und ihre gemeinsame Liebe zu Keefer wäre das Band, das sie zusammenhielt.

»Könnt ihr anschließend mit uns zum Essen kommen?«, fragte Diane. »Ich meine, nur wir vier? Damit wir in Ruhe miteinander reden können?«

»Natürlich«, sagte Lorraine. »Natürlich, gern.«

»Big Ray und ich möchten mit euch sprechen, von Großeltern zu Großeltern. Wir möchten die Mühe nicht scheuen. Und wir möchten, dass ihr eine wichtige Rolle in Keefer Kathryns Leben spielt.« Diane blickte Lorraine in die Augen. »Wenn ihr nur nicht an diesem verdammten Nordpol wohnen würdet! Entschuldige meine Ausdrucksweise! Aber wir möchten, dass Keefer mit allem aufwächst, was andere Kinder auch haben, du verstehst, Lorraine? Ihr wollt ja auch das Beste für sie. Das weiß ich.«

Ein paar rieselnde Gitarrentöne forderten die Leute auf, Platz zu nehmen. Big Ray wirkte riesig und feierlich in seinem grauen Anzug. Er nickte den McKennas zu und winkte Diane herbei. Mark sagte leise in Lorraines Ohr: »Bitte hör mir zu. Ich möchte nicht, dass du jetzt ausrastest. Ich habe gehört, was sie gesagt hat. Ich weiß, was sie gesagt hat. Ich werde diesen Raum jetzt leise verlassen, und du nimmst Keefer zu dir und setzt dich hin. Und ich verspreche dir, wenn ich zurückkomme, habe ich die nötigen Vorkehrungen für unsere Heimreise getroffen. Versprochen, Lorraine.«

Lorraines Herz klopfte wild in ihrer Brust. Sie entblößte

die Zähne und lächelte Mark an. Sie kniete nieder, um Keefer hochzunehmen. Der Gitarrist spielte irgendeine melancholische spanische Weise. Dann hörten sie alle den fernen Klang eines Dudelsacks, der immer näher kam, und ein junger Mann mit Blackwatch-Kilt schritt langsam in den Raum. Er stellte sich vor den Anwesenden auf und spielte das Lied, das Ray und Georgia sich für ihren Brautzug gewünscht hatten, eine alte Ballade vom wilden Bergthymian. Lorraines Tränen strömten, und sie nahm neben Diane Platz und setzte Keefer zwischen sie beide.

Carl Jurgen stand auf. »Ihr alle kanntet Ray Nye«, begann er. »Ihr kanntet ihn auf dem Golfplatz, in der Schule, in dem Haus, in dem er aufwuchs und in dem seine Eltern noch immer wohnen. Ich hätte nie geglaubt, schon so jung auf einer Gedenkfeier für meinen besten Freund sprechen zu müssen. Nun, was ich sagen werde, wird die Wahrheit sein. Und ich werde mich kurz fassen. Ray Nye junior war ein Phänomen. Er konnte jede Nacht trinken – womit ich nicht sagen will, dass er es tat, Ray und Diane –, aber er konnte jede Nacht trinken und dann nach Hause kommen, durchs Wohnheim marschieren und Gordon Nachhilfe geben, wenn er vor Differenzialgleichungen saß wie vor einem Buch mit sieben Siegeln. Ich habe nie gesehen, dass Ray gebüffelt hätte, und trotzdem besaß er gewaltiges Wissen und war stets bereit, andere daran teilhaben zu lassen. Er hätte einem das letzte Hemd gegeben – ebenso wie die Antworten aus seinen Prüfungsarbeiten, obwohl er das«, Jurgen lächelte verschmitzt, »natürlich niemals getan hat.

Und weil ich glaube, dass er jetzt auf mich herabschaut, möchte ich eine kleine Geschichte aus der College-Zeit erzählen. Als Ray und ich im zweiten Studienjahr waren, gingen wir hinauf nach Pelican Point und machten ein paar Schläge, spielten ein bisschen und ließen uns auf ein Match mit zwei älteren Golfern ein, ziemlich überhebliche Burschen. Nun, jeder, der Ray einmal hat Golf spielen sehen, weiß, wie langsam sein Schwung war. Wenn man ihm zusah, glaubte man, der Ball müsse vom Tee kleckern wie Senf auf die Krawatte eines alten Mannes. – Diane, halt dir die Ohren zu, wenn du es nicht ertragen kannst…«

Doch Diane lächelte ebenso wie Alison, die mit ihren beiden frisch gekämmten Wichten in Eton-Anzügen auf die Plätze neben ihrer Mutter gerutscht war.

»Wir schlugen den Ball hinaus auf die Straße und nahmen den Strafschlag hin. Wir schlugen ab, hinauf in einen Baum. Und unsere Gegner lachten sich ins Fäustchen. Es war dann beim fünften Tee, als Ray unseren Gegnern andeutete, er und ich, sein Partner, wollten trotzdem versuchen aufzuholen und ob sie damit einverstanden wären, wenn wir aus den fünfzig Cents pro Punkt einen Dollar machten? Mittlerweile hatte der Wettkampfgeist Besitz von unseren Gegnern ergriffen, und sie waren einverstanden. Und dann schlug Ray den Ball hundert Meter weit, fast genau ins Loch. Und dann sagte er, ach, du lieber Gott, was habe ich ein Glück! Wollen wir den Einsatz noch mal verdoppeln?«

Der Geruch stieg Lorraine genau in dem Augenblick in die Nase, als Diane, hingerissen von Carls Worten, ihren Blick verzückt gen Himmel wandte. Keefers winziges Gesicht rötete sich vor Konzentration und Anstrengung, und sie zog ihre rundlichen kleinen Knie nach oben.

Lorraine flüsterte ein paar Worte der Entschuldigung, nahm das Kind auf die Arme und trug es zum Ausgang des Ballsaals, wobei sie leise vor sich hin sang: Danke, Keefer, danke, dass du dir in die Windeln gemacht hast! Mark stand an der Tür gleich neben den scheußlichen Blumengirlanden – und dann rannten sie. Lorraine hatte das Gefühl, stundenlang gerannt zu sein, ohne stehen zu bleiben, bis sie endlich ihre Haustür in Tall Trees aufschlossen und das Lämpchen an ihrem Anrufbeantworter blinken sahen, immerzu blinken sahen, ein rotes Licht in der Dunkelheit.

8

Dieses Fleckchen am Ufer des Spirit Lake gehörte ihnen. Sie hatten es in Besitz genommen – vor wie langer Zeit schon? Acht Jahre? Länger? Für sie beide war es in jener Nacht das allererste Mal gewesen. Und es war schon vorbei, ehe es richtig angefangen hatte. Lindsay musste ihn über ihre eigenen Schmerzen hinwegtrösten, seine törichte Verlegenheit und das Blut, das sie von ihrem weißen Pullover abzuwaschen versuchten: *Ist schon okay, Gordon, wirklich, ich hab's ja gewollt, ich wollte es mit dir machen*. Er hatte diese Augenblicke stets als unschuldig, arglos und zärtlich in Erinnerung, wie Weihnachten in der Kindheit. Er war ja noch nicht mal sechzehn, sie war zwei Jahre älter, das einzige »anständige Mädchen«, das zu Georgia gehalten hatte, als sie ihren fröhlichen Abstieg in einen unordentlichen Lebenswandel begann. Zuvor hatte die Summe seiner sexuellen Erfahrungen in einem raschen Griff nach Annie Toffers Brüsten unter ihrem Pullover bei Tim Upchurchs Geburtstagsfeier bestanden, während Mrs Upchurch fünfzehn Schritte entfernt in der Küche Wackelpudding zubereitete. Für Gordon als Unterstufenschüler wäre Lindsay schon rein statusmäßig unerreichbar gewesen. »Aber sie hat dich gern«, hatte ihm seine Schwester versichert. Deshalb war Georgia auch mit den beiden ins Kino gegangen, um die Eltern von der Fährte abzulenken.

Der Film, den sie sich anschauten, kam aus Schweden und wurde mit Untertiteln gezeigt. Georgia hatte ihre Mutter davon überzeugt, dass Gordon den Film für den Geographieunterricht anschauen müsste. Gemäß einer vorherigen Vereinbarung, von der Gordon angeblich nichts wusste, ließ

Georgia sie unmittelbar vor dem Betreten des Kinos im Stich, um mit ihren anderen Punker-Freundinnen auf der Einkaufsstraße bummeln zu gehen. Teils weil der Film langweilig war, teils weil die Berührung ihrer ineinander verschlungenen Hände immer erregender wurde, blieben Lindsay und Gordon nicht bis zum Schluss im Kino.

Als Lindsay sich mit Gordons Vorschlag einverstanden erklärte, noch am Spirit Lake spazieren zu gehen, erstarrte er und wusste nicht wohin mit seiner Empire-State-Building-Erektion. Er hatte allenfalls erwartet, im blauen Mondschein seinen Arm um sie legen und sie vielleicht, ganz vielleicht küssen zu dürfen. Tim hatte die eher theoretische Ansicht vertreten, dass es die beste Technik beim Küssen sei, mit einem trockenen Lippenkuss zu beginnen (bloß nicht mit einem Zungenkuss!) und erst dann, wenn alles gut lief, tiefer zu forschen …

Aber es war wirklich gut gelaufen mit ihrem ersten Kuss, und Lindsay war zuerst zur Tat geschritten und hatte Gordon das Hemd aus der Hose gezogen, damit sie seine weichste Haut an ihrer weichsten Haut spüren konnte, und dann gab es keinen Weg mehr zurück. Und es gab auch kein Kondom, was Gordon anfangs verunsicherte, aber nur etwa sechzig Sekunden lang bremste, weil ja alle zu wissen glaubten, dass ein Mädchen beim ersten Mal nicht schwanger werden kann. Sein humanbiologisches Wissen war damals etwa so groß gewesen wie seine Kenntnisse über vierteljährliche Einkommensteuer-Zahlungen.

Das viel sagende Grinsen, das sich auf Gordons Gesicht ausbreitete, konnte Tim am nächsten Morgen in der kirchlichen Jugendgruppe unmöglich entgehen. »Sag bloß, du hast's gemacht, McKenna«, feixte er. »Ich kann's einfach nicht glauben, dass du's geschafft hast. Mann, du hast sie gevögelt, stimmt's?«

Gordon war sicher, dass Dutzende spazieren gehender Paare, Kleinkinder mit Eimerchen und Schaufel, alter Leute mit Feldstechern, Teenager mit Sechserpacks Bierdosen und etwas Kleingeld in der Tasche über dieses winzige, sexuell geheiligte Fleckchen am Seeufer getrampelt waren, das eine kleine Bucht bildete. Trotzdem waren er und Lindsay niemals, kein einziges Mal, bei ihren heimlichen gemeinsamen Besuchen dort einer Menschenseele begegnet. Lindsay nannte es Zauber, Gordon ganz einfach Glück. Als Teenager hatten sie es dort splitternackt getrieben, von vorn und von hinten, mit seinem Mund an ihren Brüsten, mit seinem Mund zwischen ihren Schenkeln. Als Lindsay es ihm zum ersten Mal mit dem Mund machte, war er über ihre Brust und auf die Kleidungsstücke, die sie unter sich gelegt hatten, hinweg explodiert (noch ein Pullover, noch ein heimlicher Kauf von Fleckentferner im Drogeriemarkt, noch mehr Schrubben). Später nahmen sie einen Schlafsack mit dorthin oder trieben es auf der Rückbank des Autos oder in einem geliehenen Bett.

Jetzt hatten sie eigene Apartments. Sie waren erwachsene Menschen und mitten in der vierten oder fünften Neuauflage ihrer Beziehung – und doch gingen sie noch immer an den See. Heute, am vierten Juli, sogar so früh am Morgen, dass sich die Vögel noch ganz verwirrt anhörten.

Und obwohl Gordon eigentlich bedrückt war, ging es ihm durch den Kopf, dass ihnen der Platz am See nie mehr so gehören würde wie bisher.

Er fühlte sich um Jahre gealtert in diesen wenigen Wochen, seit ihm die Unausweichlichkeit des Todes, der gerichtlichen Auseinandersetzung und seiner Vaterrolle zur Gewissheit geworden war. Mach das Beste daraus, sagte er sich. Und genieße jeden Junggesellentag, der dir bleibt! Jeden Tag, den Keefer noch bei deinen Eltern wohnt und du aufstehen kannst, wann du willst. Jeden Tag, den du gemächlich deine Morgenrunde laufen, die Zeitung von vorn bis hinten lesen, dich mit Church und den anderen Jungs am Parkplatz bei den Kriegsveteranen treffen kannst…

jeder dieser Tage soll wie ein Ferientag auf dem Gipfel der Welt sein!

Doch die bedrohlichen Töne der Ouvertüre zu immerwährender Verantwortlichkeit waren nicht zu überhören. Gordons Mutter hatte ihm die Nachricht vorgespielt, die Diane Nye auf dem Anrufbeantworter hinterlassen hatte, nachdem sie aus Rays Gedenkfeier geflohen waren – was nach Gordons Meinung ziemlich hysterisch gewesen war. Dianes Stimme hörte sich ruhig an, doch sie war zweifellos wütend: »Wirklich schade, dass ihr so plötzlich weg musstet, Lorraine«, sagte sie, »aber wir werden euch sehr bald wiedersehen. Und was wir euch sagen wollten, hätten wir noch die Gelegenheit gehabt: Big Ray wird nur noch in Teilzeit arbeiten, und Delia und Craig haben in Madison eine nette kleine Wohnung für uns gefunden, sodass ich im Sommer dort sein kann…« Im Hintergrund sagte Big Ray mit seiner dröhnenden Stimme irgendetwas Unverständliches, doch Diane fuhr fort: »Und wir werden die ständige Vormundschaft beantragen – nein, das ist mir jetzt egal, Ray, das ist kein Geheimnis! Ihr wisst, dass Raymond es so wollte, und Georgia ebenfalls. Wir haben die Aufzeichnungen von Mr Liotis für das Testament, das sie unterschreiben wollten… Keefer ist eine Nye, Lorraine, das wisst ihr…« Wieder war im Hintergrund Big Ray zu hören, und diesmal sagte Diane mit schriller, scharfer Stimme: »Ich sagte, es ist mir egal, Ray! Jedenfalls, nehmt euch in Acht, Leute!«

Lorraine hatte diese Nachricht bestimmt zehnmal abgespielt und nach Hinweisen im Tonfall gelauscht. Und sie machte in den letzten Tagen großes Getue um all die Weisheiten von Oma Lena: »Leg keine Mütze aufs Bett, Gordon, das bringt Unglück! Mach das Fenster nicht auf, Gordon, wenn die Vögel auf dem Holzapfelbaum sitzen! Wenn ein Vogel ins Haus fliegt, bedeutet das, dass einer aus der Familie davonfliegt.« Sie machte Gordon vollkommen verrückt. Sein einziger Trost war, dass »der Fall« die depressive Lähmung aufzulösen schien, die seine Mutter seit Georgias Tod befallen hatte. Ihr verzweifelter Energieaufwand in dieser Sache brachte Lorraine dazu, sich wieder so zu verhalten, wie Gordon sie kannte.

Sie war es auch, die den Großteil der Gespräche mit Greg Katt bestritt. Gordon fühlte sich nicht alt und reif genug, um »seinen Anwalt« zu haben, ebenso wenig wie er »seinen Vermögensverwalter« hätte haben wollen.

Dabei hätte er vielleicht einen brauchen können. Aber egal. Soweit Gordon es beurteilen konnte, waren all diese Sorgen fehl am Platze. Jetzt lagen die Karten auf dem Tisch, und es war klar, dass die Nyes das Unvermeidliche lediglich hinauszögern konnten. Im September wäre Gordon Keefers Vater. Wohnung in Madison hin oder her – für Keefer würden die Nyes bloß ältere Verwandte von weit weg sein. Das erste Testament war das einzige unterschriebene, und das würde den Ausschlag geben. Selbst als Katt anrief und Gordon und seinen Eltern mitteilte, dass auch Delia und Craig Cady eine Eingabe machen wollten, Keefer zu adoptieren, konnte er gelassen behaupten, dies sei eigentlich eine gute Nachricht. Denn Freunde, auch Cousins zweiten Grades, gehörten nicht zur engeren Familie.

Ein ganzer Wirbel vom Schriftstücken rieselte herab.

Die Nyes stellten im Bezirk Dane, Wisconsin, einen Antrag auf ständige Vormundschaft. Doch Katt wies darauf hin, dass sie dort gar nicht ansässig seien, folglich hatte der zuerst eingereichte Antrag der McKennas Vorrang. Schlag auf Schlag.

Natürlich fuhr Katt mit dem Wagen zu einer Anhörung dorthin, denn auch Eingaben ohne Aussicht auf Erfolg mussten verhandelt werden, und Verhandlungen führen Anwälte niemals kostenlos. Also wurde gefahren und bezahlt – und die Sache war damit noch keinen Schritt vorangekommen.

Als Nächstes kamen die Cadys mit ihrem Adoptionsersuchen, was Gordon ein wenig Sorgen bereitete. Er hatte gerade erst den Besuch der Sozialarbeiterin hinter sich – wie hätte er da jetzt selbst eine Eingabe machen können? Doch Katt wies Gordon und seine Eltern darauf hin, dass Gordon doch immerhin schon diese erste Hürde genommen hätte, was die »Tendenz der Behörden« erkennen ließ. Nachdem Gordon sich bereits als Onkel zu Wort gemeldet und alles getan habe – nur das Einreichen eines förmlichen Antrags stehe noch aus –, würden all diese fremden Vorstöße in kostspieliger, unwirksamer Bedeutungslosigkeit enden. Die McKennas wären im Vorteil.

Bis Katt eines Abends direkt bei Gordon anrief und Lorraine und Mark dabei umging. Gordon hörte sofort am Klang, dass es niemand aus seinem Freundeskreis war. Nur Church rief ihn regelmäßig von seinem Mobiltelefon aus an, und sein Handy (von der Bezirksverwaltung zur Verfügung gestellt) war ein so hochwertiges Gerät, dass Gordon es nie von einer Festnetzverbindung unterscheiden konnte. Im Gegensatz dazu hörte sich Katts Mobiltelefon an, als würde der Anwalt unter Wasser sprechen.

Katt fragte Gordon nach seinem Verhältnis zu den Nyes.

»Nun ja«, sagte Gordon langsam, »anfangs war es gut, und jetzt ist es mies.«

»Ich meine nicht, was Sie dabei empfinden, Gordon«, erwiderte Katt. Erstaunt hörte Gordon das Rascheln von Papier. Hatte der Bursche einen Schreibtisch im Auto?

Ob Gordon Einwände habe, fuhr Katt fort, dass Ray und Diane eine normale Großeltern-Beziehung zu Keefer unterhielten? Einwände, die er zuvor nicht gehabt habe? Nach allem, was geschehen und gesagt worden sei? Katt habe vollstes Verständnis, falls Gordon Vorbehalte hätte – andererseits könne die Bekundung der Bereitschaft, im Interesse Keefers »offen zu sein«, die Position der McKennas in den Augen des Gerichts stärken.

Gordon stotterte vor Schreck: »Was? Wie, zum Teufel, soll ich das wissen?« Wenn die Nyes sich wie Ungeheuer benähmen, erklärte er dann, würden sie todsicher keinen Umgang mit Keefer bekommen. Würden sie sich jedoch als die netten Leute erweisen, die sie zuvor waren – und wenn sich die Lage ganz allgemein beruhigt habe –, könne man darüber reden.

»Wir müssen abwarten, inwieweit sich die Dinge wieder normalisieren«, sagte Gordon.

»Die Dinge werden sich niemals völlig normalisieren«, entgegnete Katt.

»Ich meine, dass es so bleibt, wie es jetzt ist. In diesem Fall könnte ich mir vorstellen, dass die Nyes einen gewissen Umgang mit Keefer haben dürfen.« Gordon fühlte sich ganz als Herr der Lage.

Katt entgegnete leise: »Gut, wir werden sehen.«

Doch als Gordon aufgelegt hatte, fragte er sich, ob er es wirklich so gemeint hatte. Konnte dieser Bruch, dieser Riss, dieser Abgrund zwischen den McKennas und den Nyes je wieder aufgeschüttet werden?

Konnte er im Hinblick auf Keefer jemals wieder Ray und Diane und Delia und ihrem Mann trauen?

Hatte er ihnen überhaupt je vertraut, was Keefer betraf? Hatte er Ray je sein volles Recht als Keefers Vater zugestanden? Bei diesem Gedanken blieb er mitten im Zimmer stehen – so abrupt, als hätte er einen Stoß vor die Brust bekommen. Schließlich war er, Gordon, ja bei vielen väterlichen Pflichten eingesprungen. Hatte er sich nicht schon lange vor Georgias und Rays Tod als Keefers Vater gefühlt? Als ihr Ersatzvater?

Rechnungen flatterten ins Haus. Beim Prüfen der ersten Monatsaufstellung gelangte Gordon zu dem Schluss, dass Katt ein langsamer Leser sein musste, denn er hatte fünfzehn Minuten für die Lektüre eines kurzen Briefes von dem Anwalt berechnet, der Rays und Georgias ursprüngliches Testament aufgesetzt hatte. Und dann gab es die vielen Anhörungen und die Kosten für eine zusätzliche Beraterin, eine

Expertin in Adoptionsfragen. »Sie ist ein hohes Tier aus Madison«, hatte Katt den McKennas erklärt, »und auch wenn wir sie nicht wirklich brauchen, ist es besser, sie auf unserer Seite zu haben.« Es könnte allerdings ein bisschen was kosten, hatte Katt gewarnt. Ungefähr so viel wie die üblichen Gebühren, die ein Paar zahlen musste, das ein Kind adoptierte.

Gordon verfügte über einige Ersparnisse. Außerdem vermutete er, dass seine Eltern genug Geld besaßen. Er hatte lange nicht mehr über die wirtschaftlichen Verhältnisse Lorraines und Marks nachgedacht – jedenfalls nicht mehr, seit sie es abgelehnt hatten, ihm ein Motorrad zu kaufen; ebenso wenig, wie er sich früher gefragt hatte, wie die Päckchen mit neuen Socken oder Unterhosen in seine Wäscheschublade kamen oder woher die Schecks in den sorgfältig beschrifteten Kuverts »Studiengebühren«, »Monatliche Kosten« oder »Bücher« stammten, die ihm in die Taschen des College-Dufflecoats gesteckt worden waren. Nein, Geld würde kein großes Problem darstellen, sonst hätten seine Eltern es ihm sicherlich gesagt. Gordon würde sich über Cindy Rogans Hausinspektion hinaus einer psychologischen Begutachtung unterziehen müssen. Aber das sei kein Grund zur Beunruhigung, sagte Katt, sondern einfach nur die übliche Routine, um Unwägbarkeiten auszuschließen. Ein vom Gericht beauftragter Psychologe würde dies im Namen des Bezirks übernehmen. Katt hatte diese Begutachtung für irgendwann im Juli angesetzt.

Gordon machte sich keine Sorgen darüber; er machte sich eher Gedanken wegen der ärztlichen Untersuchung im Zusammenhang mit der häuslichen Inspektion. Genauer gesagt, wegen des Aidstests. Natürlich hatte er einen Aidstest für seinen Beruf als Lehrer vornehmen lassen müssen, und der war negativ gewesen. Aber ein einziger Test bedeutete noch gar nichts, vor allem, wenn Gordon an die Nacht vor zwei Jahren auf den Galapagosinseln dachte – o Mann, er konnte sich kaum mehr daran erinnern. Dieses Mädchen, ein Zauberhexchen, die Vereinten Nationen in einer Person: schwarzhäutig, grünäugig, mit asiatischen Zügen. Das Tanzparkett in der verfallenen Strandbar... die aufreizende Musik... das hochprozentige Gesöff, das ihn so anheizte, dass er auf einem anderen Stern zu sein glaubte. Das Kondom war nicht gerissen. Das wusste er. Aber es war irgendein lausiges Dritte-Welt-Kondom, und sie hatte es ihm mit den Zähnen übergezogen.

Nein, er durfte nicht sterben. Er konnte wegen Keefer nicht sterben. Nicht mal in zwanzig Jahren. Er lag wach im Bett und hörte Keefer, wie sie leise vor sich hin sang, in einer von nur zwei Nächten, in denen sie es schaffte, länger als fünfzehn Minuten allein liegen zu bleiben, und Gordon dachte über Aids nach und Ebola und all die glühend heißen, wilden, prachtvollen Gegenden der Erde, in denen er sich herumgetrieben hatte und wo er sich mal gekratzt oder geschnitten hatte, wo er von Insekten gestochen oder von der Sonne verbrannt worden war und nicht daran gedacht hatte, dass er einst der Vater dieses kleinen Wesens sein würde, seines verwaisten Babys. Und so er stand auf und nahm Keefer hoch und schaukelte sie am Fenster hin und her, bis er zum Einschlafen müde und Keefer hellwach war.

Manchmal fürchtete er, auch so abergläubisch zu werden wie seine Mutter, die Salz über ihre Schulter warf.

Gordon erwischte sich dabei, wie er über allen möglichen Unsinn nachdachte, der ihm seit Jahren nicht mehr eingefallen war, zum Beispiel über Oma McKennas Bruder, den schrecklichen Harold, der Lorraine in seinem Beisein gefragt hatte, ob es »Geisteskrankheiten in der Familie dieses Jungen, den du da bekommen hast«, gegeben hätte.

Bisher nicht, lautete die frostige Antwort seiner Mutter.

Was hatte er angestellt, dass sein Großonkel diese Frage gestellt hatte? Irgendeine dumme Kinderei... vielleicht seine und Pat Chaptmans Erfindung einer Guillotine für

Barbiepuppen. Harold war ein bösartiger alter Mann, der seine schlechten Gedanken auf ein Kind übertrug. Gordon betrachtete es aus seiner Warte als Lehrer. Mit all der Macht, die Erwachsene besaßen, konnten sie schweren Kummer verursachen. Seine Lehrerkollegen taten das immerzu; sie unterschieden in der Stadt zwischen »Haus-Eltern« und »Wohnwagen-Eltern«. Sie glaubten, die Kinder bekämen das nicht mit, aber die Kinder wussten alles.

Als kleiner Junge war Gordon oft mit seinem Fahrrad durch den Wildflower-Wohnwagenpark gefahren. Bei jeder müden Blondine, die rauchend auf den Metallstufen vor ihrem Wohnanhänger saß, hatte er sich vorgestellt, dass sie seine leibliche Mutter wäre, auch wenn er kein besonders großes Interesse an seiner richtigen Mutter hatte. Lorraine und Mark hatten ihm gesagt, dass ihr Vorname Heather lautete und dass sie erst ungefähr fünfzehn gewesen war, als sie ihn zur Welt gebracht hatte. Als Gordon noch ein Kleinkind war, so hatte Lorraine ihm erzählt, habe sich Heathers Spur irgendwo in Milwaukee verloren. Sie und Mark hätten ihr Bestes getan, sagte Lorraine entschuldigend, dies alles nicht bekannt werden zu lassen, vor allem angesichts der Tatsache, dass in den Sechzigerjahren Adoptionen »unter Verschluss gehalten« werden sollten. Als ob es ihm etwas ausgemacht hätte, hätten die Leute davon erfahren! Es beschäftigte Gordon überhaupt nicht. Nur wenn jemand ihn absichtlich darauf aufmerksam machte, widerte es ihn an. Etwa diese gelegentlichen Fragen in den mittleren Schuljahren: *Mrs McKenna ist also nicht deine richtige Mutter? Wer ist es dann?* Ryan, diesem miesen Balg der Reillys, hatte Gordon auf diese Frage geantwortet: *Olivia Newton-John ist meine Mutter.* Worauf Ryan der Mund offen stand. *Echt? Sag bloß!* Ryan Reilly hatte so viel Verstand wie ein Anrufbeantworter. *Nein*, sagte Gordon, *deine Mutter ist auch* meine *Mutter.*

Das brachte ihm die erste Schlägerei seines Lebens ein.

Gordon hätte nie geahnt, dass etwas für ihn so Normales wie eine Adoption später zu einem derart brodelnden, schwärenden Mittelpunkt in seinem Leben als Erwachsener werden könnte. Und dabei war es nicht mal seine eigene Adoption oder die Georgias. Georgia hatte sich an kitschigen Fernsehfilmen orientiert und sich eingebildet, ihre leibliche Mutter wäre eine berühmte, adelige Harvard-Forscherin, die alle ihr zur Verfügung stehenden wissenschaftlichen Detektivkünste aufbot, um ihr verlorenes Kind zu finden und ihm einen Juwelenschatz zu vermachen, der in ihrer adeligen Familie von Generation zu Generation vererbt worden war und nun »Baronesse Georgia« zustünde. Doch Gordon und Georgia hatten niemals quälende Gespräche darüber geführt, »wer sie eigentlich waren«. Nun fragte sich Gordon, ob er Angst davor gehabt hatte, so tief zu schürfen. Hatte er befürchtet, seine Eltern zu beleidigen? Oder war es bloß … ach, wen kümmerte das überhaupt!

Der derzeitige Streit jedenfalls hatte nichts mit ihm und Keefer zu tun. Er und Keefer waren glücklich miteinander und fühlten sich so innig verbunden wie ein Junge und sein kleiner Hund. Gordon stellte sie auf die Küchentheke und nahm sie an den kleinen Händchen, während er die CD der Mambo Kings spielte. Sie ließen aus seinem Schlafzimmerfenster hinaus Drachen steigen. Als Keefer das erste Mal von der Terrasse hereinkam und gegen die Jalousie gerannt war, hatte sie geheult. Später ließ sie ihn mit ihren wenigen gebrabbelten Worten und ihrer Schimpansen-Zeichensprache wissen, dass er die Jalousie schließen sollte, damit sie noch einmal dagegen rennen und auf ihr windelgepolstertes Hinterteil fallen könnte, und dann lachten und kicherten sie beide wie die Betrunkenen in der »Wilden Rose«. Und in Wiltons Supermarkt schlang Keefer ihre Ärmchen um Gordons Hals und hielt sich mit den kleinen Fäusten in seinem Haar fest. Gordon hatte das Gefühl, dass alle Blicke auf ihm ruhten. Ja, die Kleine gehört zu mir! Ich bin ihr Papi.

Sie aß süßen Reis von seinem ausgestreckten Zeigefinger, sodass er sich wie eine Vogelmutter fühlte. Keefer begrüßte jede Kuh, an der sie vorbeikamen, mit »Muuh!«, und sie sagten Georgias Hochzeitsfoto gute Nacht, wenn Keefer in Gordons Wohnung schlief. Auf Drängen seiner Mutter ließ Gordon sie anfangs wenigstens einmal in der Woche bei sich schlafen. Bald waren es drei Nächte, und als die gerichtliche Anhörung nahte, betrachtete Keefer Omas und Opas Haus nur noch als ein besonderes Ausflugsziel, Gordons Wohnung in dem viktorianischen Haus aber als ihr Zuhause. Anfänglich hatten Gordon all die Anweisungen erschreckt, die mit Keefer einher kamen: den Hintern von vorn nach hinten abwischen, die Augen vom äußeren zum inneren Winkel, die kleinen Haarbüschel nahe an der Kopfhaut festhalten und sie nach außen auskämmen, wenn sie verfilzt sind, etwas Tylenol in die Backentasche spritzen (und dann sein Hemd säubern, wenn Keefer es ausgespuckt hat). Das alles waren Dinge, die Gordon früher schon gemacht hatte, aber nur als Assistent, während seine Mutter oder Georgia die Chefin war. Jetzt aber war er auf sich allein gestellt. Er hatte den Impuls überwunden, immer selbst in Tränen auszubrechen, wenn Keefer weinte, und das war gut so, denn sie weinte viel: Es begann mit einer Miene, die Mark als »Bu-bu-Gesicht« bezeichnete, und einem so herzzerreißend süßen Schmollmund, dass Gordon kaum glauben konnte, dass Keefer ihn nicht vor dem Spiegel geübt hatte. Und dann, wenn die Tränen zu fließen begannen, ließ Keefer sie auf sein Hemd tropfen und drückte eine nasse Wange an seinen Hals. Dann war Gordon vollkommen machtlos – und fühlte sich zugleich so riesig wie Atlas. »Baba«, sagte Keefer, wenn sie ihm einen Abschiedskuss gab, »Baba.« Sein erster Gedanke war, sie wollte ihn daran erinnern, dass er ihre Saftflasche mit einpacken sollte. Aber nach und nach begriff er, dass sie die Mimik der Erwachsenen imitierte, wenn sie sich einen Kuss zuwarfen.

Beinahe stündlich schaffte es Gordons kaum zwanzig Pfund schwere Nichte, große Teile seines Lebens umzukrempeln. Wenn Keefer bei seinen Eltern war, ertappte Gordon sich immer öfter dabei, dass er unter irgendeinem Vorwand dort anrief, um am Telefon mit Keefer zu sprechen, obwohl sie kaum mehr als spuckende Geräusche von sich gab und auf die Telefontasten drückte. Aber wenn seine Mutter den Hörer wieder nahm und sagte: »Jetzt lacht sie, Gordon«, brachte er keinen Ton mehr heraus. Es war wie das Gefühl, das er als Teenager hatte, wenn er sich vorstellte, dass er bei NBC selbst den Kommentar zu seinem Starruhm sprach: *Golf-Fans aus allen Teilen der Welt richten heute Abend ihre Blicke auf Schottland und fragen sich: Wer ist dieser geniale Spieler, dieser Gordon McKenna, ein Biologielehrer aus Wisconsin… Und der Nobelpreis für Biochemie geht an… Gordon Cooper McKenna!*

Es war verrückt. Wäre er eine Frau, würde er sagen, es sei hormonell bedingt.

Nichts hatte Gordon mehr gereizt, als in seiner neuen Wohnung das sagenhafte Kinderzimmer für Keefer einzurichten. Da gab es einen riesigen, von seinem eigenen Schlafzimmer aus begehbaren Wandschrank, den er niemals mit seinen paar Klamotten würde füllen können. Als er eines Abends mit Lindsay einkaufen ging, um einen Duschvorhang zu besorgen, war er bei Sam's Club auf dieses große Schaffell-Nest gestoßen – ein Bett wie ein Hundekörbchen, aber groß genug für ein Shetlandpony, und es passte genau in eine Ecke des Einbauschranks, und es war kühl da drinnen, selbst wenn die übrige Wohnung unter dem spitzen Dach in der Hitze brütete. Dann aber hatte er niemals wirklich versucht, Keefer in dieses Bett zu legen, denn wenn er sie schließlich so weit hatte, war er dermaßen erschöpft, dass sie für gewöhnlich beide auf dem Fußboden einschliefen, während der Fernseher weiter lief.

Bisher hatten Delia und Craig nur ein paar Tagesbesuche

gemacht; sie waren die ganze Strecke von Madison herübergefahren, um Keefer für eine Stunde zu McDonald's mitzunehmen. Aber dann riefen sie plötzlich an und baten darum, Keefer auch über Nacht mitnehmen zu dürfen.

Willigen Sie ein, riet Katt. Beim Streit um das Sorgerecht gewinnen in der Regel diejenigen, die zu teilen bereit sind.

Als Delia und Craig aufkreuzten, verhielten sie sich so seltsam, dass Gordon das Doppelspiel eigentlich hätte wittern müssen. Später wurde er sich darüber klar, dass er sich viele Anzeichen und Hinweise nur eingebildet hatte – und ebenso viele übersah.

Du hättest es erkennen müssen, warf er sich später in Georgias verärgertem Tonfall vor.

»Es wird besser sein, Gordon, wenn wir nicht darüber reden«, sagte Delia gleichsam entschuldigend, als er Keefer hinaus auf die Rasenfläche am Haus seiner Eltern trug. Mark und Lorraine saßen auf der Schaukel auf ihrer Veranda. Die Cadys wollten das neue Schaffellbett nicht benützen; sie besaßen ein handgefertigtes Gitterbett, das früher einmal Alexis gehört hatte. Mark erinnerte sie daran, dass Ray und Georgia ihre Tochter nie in ein Gitterbett gelegt hatten. Doch Craig sagte, Keefer würde sich schon daran gewöhnen – Babys gehörten in Gitterbetten.

Dagegen konnte keiner von ihnen etwas machen.

Der schlimmste Augenblick kam, als Gordon versuchte, Keefers zarte kleine Fingerchen, einen nach dem anderen, von seinem Nacken zu pflücken, während Keefer erst jammerte und dann schluchzte: »Nein, Dory, nein! Dory, nein!« Mittlerweile war Nora gekommen und im Zustand der Verzweiflung damit beschäftigt, allen Kaffee anzubieten; Lorraine sprang einfach auf und ging mit kerzengeradem Rücken ins Haus zurück.

Mark jedoch – und das bewunderte Gordon – kam die Stufen von der Terrasse herab und starrte die Cadys ununterbrochen und durchdringend an, während zuerst Delia und dann Craig versuchten, Keefer zu beruhigen, die inzwischen den Gipfel ihres verzweifelten Wutanfalls erreicht hatte und schrie wie am Spieß. Schließlich war es Alex, Delias Teenager-Tochter mit dem kürbisfarbenen Haar, der es gelang, Keefer zu überreden, in ihre Arme zu kommen, indem sie ihr versprach, dass sie ihre beiden Hundebabys anschauen dürfe, ein weißes und ein schwarzes.

Zu Delias Gunsten konnte Gordon immerhin feststellen, dass sie rot wurde und ihn mit Blicken um Verständnis bat, wobei sie die Schultern zuckte und den Kopf schüttelte. Craig umklammerte das Lenkrad, als sie im Wagen saßen, und starrte geradeaus, als müsste er eine Autobahnausfahrt bei Santa Monica finden.

Als sie weg waren, gab Gordon seinem Impuls nach, ins Haus zu stürmen und sich eine Bierdose aufzumachen. Lorraine räumte die Spülmaschine so hektisch ein, dass sie dabei eine Tasse zerbrach. Nora hatte sich in ihren Kaffee vertieft; neben ihr türmte sich ein wahrer Berg gebrauchter Papiertaschentücher auf.

»Alle kleinen Kinder haben in diesem Alter Angst vor Fremden«, bemerkte sie, »auch bei dir war das so, Gordon.«

»Sie kann auch etwas gespürt haben«, sagte Lorraine.

»Sie kann nichts anderes gespürt haben als wir, Lorraine«, schaltete Mark sich ein. »Ich bin sicher, im Handumdrehen lacht sie wieder.«

»Die kleine Tochter von denen ist 'ne ganz Süße«, sagte Nora.

»Und die Gescheiteste von dem ganzen Verein«, murrte Lorraine finster.

Rückblickend erschien es ihnen furchtbar leichtsinnig, was sie getan hatten. Warum waren sie so töricht gewesen und hatten geglaubt, dass die Cadys ihnen Keefer überhaupt zurückbringen würden? Diane war übergeschnappt, und Delia war auch nicht besser. Was, wenn Diane einfach zum Flughafen von Tampa abgehauen wäre und von dort aus zum Beispiel zu den Westindischen Inseln? Sie würden Jahre brauchen – buchstäblich Jahre! –, um Keefer zurückzubekommen. So etwas passierte ja immer wieder… ein Mann in Kalifornien hatte seine Tochter siebzehn Jahre lang vor seiner Exfrau versteckt! Oder diese Ärztin, die mit ihrem Sohn nach Holland abgehauen war… Und selbst wenn die amerikanische Justiz mit Schaum vor dem Mund kämpfte – was konnte sie schon ausrichten, wenn die Verwandten zu allem bereit waren, um ihr Ziel zu erreichen? Wenn sie bereit waren, ihr ganzes Leben zu ändern oder gar ins Gefängnis zu gehen, falls sie erwischt wurden?

Warum hatten sie nicht wenigstens über dieses Risiko gesprochen? Weil sie selbst nicht zu den Leuten zählten, die irgendwohin flüchten würden? Nicht die Art von Leuten, deren Familienstreitigkeiten in Boulevardzeitungen landeten? Zumindest damals noch nicht, zu diesem Zeitpunkt? Mark hätte eine derartige Verdächtigung als grobe Unhöflichkeit, wenn nicht als Schlimmeres betrachtet. Sie waren schließlich Leute, die immer noch daran glaubten, dass Anständigkeit und guter Wille am Ende den Sieg davontrugen.

Doch später sollten vor Gericht so heftige Schlachten ausgetragen werden, dass dieser Sommerabend wie eine Insel grenzenloser Unschuld und Ahnungslosigkeit erscheinen musste. Gordon war törichterweise auch noch dankbar für die kurze Pause, da er nicht auf Keefer Acht geben musste und die er nutzen konnte, mit seinen letzten Siebensachen in die neue Wohnung umzuziehen.

Das vorherrschende Gefühl, das Gordon an jenem Abend erfüllte, als sie in der blau-goldenen Abenddämmerung verlassen neben den nach Vanille duftenden Geißblattsträuchern an der Cleveland Avenue standen, war Mitleid mit seinen Eltern. Es lag auf der Hand, dass sie nicht mehr viele solcher Abende mit feuchten Papiertaschentüchern ertragen könnten. Als sie später allesamt brav drinnen saßen, um Noras Kaffee zu trinken, hatten Mark und Lorraine zum ersten Mal alt und schutzbedürftig auf ihn gewirkt. Wie, so fragte sich Gordon, hatte er sich wohl selbst verändert? Vor ein paar Wochen war er noch ein blondhaariger Junge gewesen, dessen Jugendlichkeit sogar neben seinen gleichaltrigen Cousins mit ihren sich bereits wölbenden Bäuchen und ihren Bürohemden ins Auge fiel. Und jetzt fühlte er sich mit einem Mal in einer Elternrolle.

In der ersten Nacht ohne Keefer fiel Gordon dankbar ins Bett und schlief zwölf Stunden durch. Am zweiten Abend gingen er und Church aus, um Billard zu spielen, doch wegen Schlafmangels war Gordon gar nicht richtig da. Und benebelt von den Bierchen, die sie getrunken hatten, kam er allein nach Hause, hörte sich zwei von den drei Telefonnachrichten Lindsays an, befand, dass es zu spät sei, um zurückzurufen, genoss die Stille, bearbeitete seine Füße mit einem Bimsstein, machte ein paar Gymnastikbewegungen und wurde dann von einer solch jähen Einsamkeit erfasst, dass er sich Keefers Decke als Kissen unter dem Kopf zusammenfaltete. Trotzdem konnte er nicht einschlafen.

Am nächsten Morgen erschien Lindsay bereits vor Tagesanbruch, um Gordon zu ihrem gemeinsamen Picknick in der Morgendämmerung abzuholen. Sie trug eine durchsichtige weiße Landfrauenbluse über einem winzigen BH, durch den Gordon ebenfalls alles erkennen konnte.

»Du siehst zum Anbeißen aus«, sagte er. »Wie eine süße Frucht.«

»Erst kommen die anderen essbaren Sachen dran.« Lindsay grinste und packte ihre unglaublich verlockenden Picknicksachen aus: Sandwiches mit Käse und Avocado, dazu Sekt mit Orangensaft. Sie aßen ein bisschen, zogen sich dann aus und legten ihre Kleidung ordentlich zusammen wie ein altes Ehepaar, das sie beinahe schon geworden waren, wie es Gordon manchmal schien. Danach wateten sie in das stehende Wasser des Spirit Lake, bespritzten einander, rangelten spielerisch miteinander und tauchten sich gegenseitig unter, bis Gordon nicht mehr übersehen konnte, wie Lindsays Brustspitzen sich aufrichteten – jede ein Kuss für ihn. Er hielt die Luft an und tauchte unter, um ihr kühles, rotes Pelzchen zu liebkosen, damit sie sich öffnete, doch sie wand sich zuerst und tat so, als wollte sie ihn wegstoßen. Dann aber spreizte sie dankbar ihre glatten, mit Sommersprossen wie Sperlingseier gesprenkelten Beine. Beide stolperten ans Ufer, und Gordon legte sich auf den von der gestrigen Sonne noch angenehm warmen Sand, und Lindsay glitt mit einer einzigen geschmeidigen Bewegung auf ihn, stemmte die Knie ab und wiegte sich auf ihm, bis zu der kleinen Unterbrechung, als sie im Picknickkorb nach dem Kondom suchte, das sie immer mitbrachte … Und als er schließlich fertig war, goss er Sekt auf ihr Bäuchlein und leckte sie ab aus Durst und Lust, solange seine trockenen Lippen es vermochten, und dann ritt sie auf seinem Daumen, bis sie schließlich mit einem Seufzer zusammensank. Sie kamen niemals gleichzeitig, sondern wechselten sich immer ab. Lindsay konzentrierte sich zu sehr auf Gordons Lustempfinden; beim Sex war sie genauso rücksichtsvoll und ruhig und sanft wie auch sonst in jeder Hinsicht. Gordon liebte die Art, wie sie miteinander schliefen, wie er auch andere sanfte Vergnügungen des Lebens liebte, etwa das Übernachten im Freien oder Tante Noras Kirsch-Apfel-Sauce. In Lindsays Armen fühlte er sich, als würde er sich in sonnengetrocknete Badetücher hüllen, und danach kam er sich viel reiner vor.

Doch es gab auch Zeiten, da ertappte er sich mit geschlossenen Augen dabei, wie er sich Liza in Erinnerung rief, die Stripteasetänzerin, die erste Frau, die er nach Lindsay gehabt hatte, Gordons allererste Erfahrung mit Hurerei – damals in dem Sommer, nachdem er von der High School abgegangen war und er und Lindsay »übereingekommen« waren, dass sie beide auch andere Partner treffen könnten. Liza war älter als Gordon, zweiundzwanzig, aber sie wohnte bei ihrer Mutter, und ihre intimen Begegnungen fanden entweder im Studentenclub der Universität oder auf der Rückbank von Gordons Auto statt – jeden Freitagabend, nachdem er nach Madison gefahren war, um Liza nackt vor fünfzig Männern tanzen zu sehen, wobei ihn der Gedanke, dass er allein tun durfte, was alle diese Kerle sich in ihren Phantasien ausmalten, wahnsinnig erregte. Leider bezeichnete Liza die Kataloge von Versandhäusern als »Zeitschriften« und schaute sich die Bilder an, denn lesen konnte sie kaum, was nicht auf einen Mangel an Bildung, sondern auf einen erheblichen Mangel an Intelligenz zurückzuführen war.

Nachdem sie sich den Sand abgeklopft und Hemden übergezogen hatten, aßen und tranken Lindsay und Gordon und schauten der Sonne zu, wie sie träge und orangefarben aufging. Der Nebel, der dem See den Namen gegeben hatte, wogte und wirbelte. Lindsay sah müde aus; sie würde heute im Parfümeriegeschäft arbeiten müssen, wo sie nach langen Diskussionen und heftigen Schuldgefühlen die Stelle der stellvertretenden Geschäftsführerin angenommen hatte, nachdem Georgia zu krank geworden war, um noch arbeiten zu können. Sie hatte Gordon erzählt, dass sie ihre anfängliche Unsicherheit und Nervosität überwunden hätte und vom Inhaber lang und breit gelobt worden sei wegen ihres Farbempfindens und geschickten Umgangs mit der Kundschaft. Nun ging sie davon aus, dass sie die Stelle auf Dauer behalten könnte, was großartig wäre, weil sie dann nicht mehr die Möglichkeit Nummer zwei in Betracht ziehen müsste, nämlich zurück ans College zu gehen und ein Examen in Wirtschaft und Marketing zu machen. Lindsay konnte sich gar nicht vorstellen, Tall Trees, ihre Eltern und ihre verheiratete Schwester zu verlassen. Ihre letzten beiden

Jahre an der University of Wisconsin in Stevens Point waren eine einzige Quälerei voller Heimweh gewesen.

Heute würde die Stadt von Urlaubern aus den Ferienhäuschen am Big Hart Lake überlaufen; es würde Marktstände entlang der Hauptstraße geben, ein Bierzelt, Ponyreiten und ein Feuerwerk. Die Geschäfte im Parfümerieladen liefen gut, erzählte Lindsay, vor allem wegen der neuen Ware, die sie bekommen hatten: Seife, die stückweise von einem riesigen Block heruntergesägt und verkauft wurde und in die Sternchen oder Glitzerwerk eingeschmolzen waren. Gordon dachte währenddessen – wie schon so oft – darüber nach, dass Lindsay ein Katzengesicht hatte, mit hohen Wangenknochen, grünen Augen und fast unsichtbaren langen Wimpern, die so gelbbraun waren wie das von der Sonne verbrannte Gras rund um den See. Wenn sie Make-up auflegte und ihr dichtes rotes Haar hochsteckte, was sie nur selten tat, sah sie wie eine bestimmte andere Frau aus, eine Schauspielerin oder ein Model. Die Männer drehten sich nach ihr um und machten bewundernde Gesten, doch Lindsay nahm kaum etwas davon wahr. Ihr Herz gehörte allein Gordon. Warum nur gehörte seines nicht ganz ihr? Er schaute sie an, wie sie mit geschlossenen Augen in die Sonne lächelte, und bemerkte feine Fältchen in ihren Augenwinkeln. Es gab ihm einen Stich ins Herz – wie lange wartete sie schon auf ihn, wie viel hatte sie ihm vergeben!

»Die Sonne ist wunderschön«, sagte sie.

»Weißt du, warum sie so schön aussieht?«

»Weil es früher Morgen ist.«

»Nein, warum sie so groß aussieht?«

»Weil sie so groß ist.«

»Das ist nur eine optische Täuschung, Lindsay. Deine Augen nehmen sie als so groß wahr – wegen der Dinge am Horizont, die sie umgeben: Bäume, Telefonmasten. Und die sieht man nicht, wenn die Sonne hoch am Himmel steht.«

»Aber wenn es nur eine Täuschung ist, warum kann man sie dann nicht unterdrücken?«

»Du kannst dir ja auch nicht einfach befehlen, das Wasser über einer glühend heißen Straße nicht zu sehen, obwohl es da gar kein Wasser gibt, sondern nur eine Spiegelung erhitzter Luft.«

Lindsay goss ihren restlichen, immer noch kühlen Schluck Sekt über seinen Fuß. »Warum kannst du die Sonne nicht einfach Sonne sein lassen, Gordon? Sie ist wunderschön.«

»Warum kannst du sie nicht schön finden und trotzdem versuchen, die Erscheinung zu verstehen? Ist das nicht noch viel interessanter?«

»Eigentlich nicht.«

Warum, überlegte Gordon, musste er sie so quälen?

Auf jeden Fall beendete dies das Picknick. Wie auf ein Stichwort schob sich eine Wolke vor die Sonne, und Lindsay und Gordon zogen sich ihre leichten Hosen an. Gordon fiel auf, dass sie wie zehnjährige Zwillinge gekleidet waren: beigefarbene Sommerhosen, weiße Hemden.

»Ich muss ins Geschäft«, sagte Lindsay. »Ich setz dich ab. Kommt Keefer heute zurück?«

»Später.«

»Sie war zwei Nächte bei denen?«

»Nur zwei. Sie ist ja erst sechzehn Monate alt.«

»Weißt du eigentlich, wie aufgeweckt sie ist, Gordon?« Lindsay war eifrig beim Einpacken. Die Plastikteller waren zwar schmutzig, doch Lindsay stapelte sie ordentlich aufeinander und steckte die Gläser in die elastischen Halterungen. »Neulich habe ich mal gezählt, wie viele Wörter sie schon sagen kann. Fünfzehn sind's etwa. Wenn du das Wauwau und das Muuh mitzählst. Dory und Nana und Nona und Papa. Und wenn sie mich sieht, sagt sie ›Häsi‹.«

»Sie findet eben, du siehst wie ein Kaninchen aus.«

»Hör auf!« Lindsay lächelte.

»Es ist wegen deiner Ohren«, sagte Gordon und beugte sich zu ihr, um sie zu küssen. »Nein, im Ernst. Sie versucht, deinen Namen auszusprechen. Und sie kann ›Fliega‹ sagen und ›oh, oh‹. Und sie sagt ziemlich oft ›oh, oh‹, wenn sie meine Wohnung verwüstet…«

»Du bist vernarrt in sie.«

»Sie hat die Pfiffigkeit von meiner Schwester. Georgia war schlauer als ich.«

»Ich kann gar nicht… ich kann nicht über Georgia reden.« Große Tränen kullerten Lindsay aus den Augen. »Ich denke jeden Tag an sie. An den Wänden im Laden kleben noch Hinweisschilder, immer mit Folie überzogen… in ihrer Handschrift. Kannst du dir vorstellen, wie das für mich ist? Rühr mich jetzt nicht zu Tränen! Ich muss arbeiten. Sehe ich passabel aus?«

»Wundervoll.«

»Wirklich?«

»Nur – man kann deine Brüste durch diese Bluse sehen. Vielleicht solltest du lieber ein T-Shirt anziehen.«

»Ja, ich zieh mich um.« Lindsay strahlte ihn an, glücklich über diese Andeutung von Eifersucht. »Du wirst ein wunderbarer Vater, Gordon.«

»Hoffentlich.«

»Und du bist nicht allein. Du hast mich, zum Beispiel.«

»Du bist ja selber eine hübsche, eine liebevolle, eine jungfräuliche Mutter, Lindsay.«

»Du tust, als wär ich die Jungfrau Maria.«

»Wohl kaum.«

»Ich glaube schon, ich könnte eine gute Mutter sein. Aber ich bin keine Jungfrau mehr. Dank dir…«

»… und David Rob und… wie hieß der Typ mit dem alten Rolls-Royce?«

»Du betrachtest meinen Lebenslauf nach den Autos meiner Freunde?«

»Wie hieß er noch?«

»Wesley Tanco.«

»Na also. Du könntest jetzt Mrs Tanco sein.«

»Niemals.«

»Was?«

»Ich habe nie mit ihm geschlafen.«

»Komm schon, Lindsay, es macht mir nichts aus.«

»Ich weiß, dass es dir nichts ausmacht, aber ich habe nicht.«

»Bestimmt! Du bist mit diesem Burschen doch fast ein Jahr lang gegangen.«

»Aber wir haben nur so herumgespielt.«

»Na ja, aber das war doch schon was…«

»Es war nichts. Es war nicht das, was wir miteinander tun.«

»Was willst du denn damit sagen?«

»Dass ich es überhaupt nur mit dir gemacht habe.«

»Das ist aber… wow! Lindsay, du musst mir so was nicht sagen.«

»Was soll das nun wieder heißen? Freust du dich nicht darüber?«

»Ja, schon, ich…«, Gordon unterbrach sich selbst. Freute er sich? War er stolz? Nahm er ein Treuegelöbnis in Anspruch, das er selbst nicht gegeben hatte? »Natürlich freue ich mich… Aber es käme nicht darauf an. Ich meine, wir sind hier und jetzt beisammen. Jetzt gibt's nur uns.«

»Ist das so?«

»Was?«

»Uns, jetzt? Sind wir beisammen?«

»Ja, sicher. Es sei denn, ich wurde vorhin von einer Waldnymphe vergewaltigt.«

»Du weißt, was ich meine.«

Natürlich wusste er es; aber lieber hätte er sich dem Bohrer eines Zahnarztes ausgeliefert als einer erneuten Diskussion, ehe er sich darüber im Klaren war, wohin sie führte. Bitte nicht jetzt, dachte er. Das ganze Dilemma mit ihm und

Lindsay war wie das mit dem alten Sekretär, der Oma McKenna gehört hatte. Fünf Jahre lang stand das Möbelstück bei Gordon an derselben Stelle, ehe er sich mit dem Schleifpapier und der Beize daran zu schaffen machte. Doch es gelang ihm nie, das Möbel vollständig zu restaurieren. Trotzdem konnte er es sich nicht vorstellen, sich von dem Sekretär zu trennen. Er gehörte zu ihm.

Er sollte es jetzt zu Ende bringen.

Er wollte es nicht beenden.

Er wollte es nicht beginnen.

Warum konnten sie nicht einfach nur in diesem Augenblick leben? Für den Augenblick? Warum mussten sie denn immer die köstlichen Happen des Jetzt aufgeben, obwohl doch gerade ihre Vergänglichkeit sie umso süßer machte – eben weil sie nicht eingeschweißt und eingefroren und mit einem Aufkleber versehen werden konnten: »Dauerhaft frisch«?

»Lindsay«, sagte er, »ich weiß nicht, wer oder wo ich gerade jetzt bin. Ich weiß nicht, was die Zukunft mir bringen wird – oder uns. Ich weiß, dass ich mit Keefer leben werde, aber sonst weiß ich nichts. Und ich weiß, dass ich jetzt mit dir beisammen bin und dass ich genau das haben will.«

»Was bin ich denn für dich?«

»Mein Gott, Lindsay, du bist meine Freundin. Ich liebe dich. Und das weißt du. Ich würde alles für dich tun.« Das war nicht gelogen. In diesem Augenblick, beispielsweise, würde er alles tun, um Lindsay an ihren Arbeitsplatz zu zaubern, bevor er irgendetwas sagen konnte, das ihnen beiden vielleicht leid täte.

»Ich möchte nicht deine Freundin sein.«

»Zu spät«, sagte Gordon, obwohl er genau wusste, was sie meinte. Er verdankte ihr viel, und es war nicht anständig, sich dumm zu stellen. »Ich weiß, ich weiß. Du möchtest nicht bloß meine Freundin sein. In diesem Zusammenhang ist das eine Art Beleidigung für dich. Aber ich kann einfach nicht mit Sicherheit sagen, in einem Jahr werden wir dieses oder jenes tun…«

»Ich bitte dich nicht darum, mir zu sagen, dass wir etwas Bestimmtes tun werden…«

»Aber du fragst mich doch. Was soll es denn sonst bedeuten?«

»Und die Antwort?«

»Ich weiß auch nicht mehr als du, Lindsay. Und es ist doch nicht allein meine Entscheidung. Es hängt von uns beiden ab.« Er hätte zu gern geglaubt, was er da sagte. Er war kein dummer, verwöhnter König, der verlangte, dass ihm die Prinzessinnen des Reiches vorgeführt würden… er war Vater. Beinahe jedenfalls. Wenn Keefer herangewachsen wäre, würde er auch nicht wollen, dass ein Mann ihr gegenüber das Sagen hätte.

Und was wäre, wenn Keefer eines Tages jemanden so lieben würde, wie Lindsay ihn liebte? Irgendeinen verwöhnten, besitzergreifenden Mistkerl?

Aber das war etwas anderes. Keefer war sein Kind.

War es wirklich etwas anderes? Auch Lindsay war ein geliebtes Kind. Was würde Al Snow denn sagen, der luchsäugige Versicherungsmann mit der Mathematikerseele, wenn er wüsste, wie freigebig Lindsay ihre süßeste Frucht Gordon dargeboten und wie gedankenlos dieser sie verschlungen hatte, um dann auf den Geschmack nach anderen Früchten zu kommen…?

Gordon stieg in der Ersten Straße aus Lindsays Wagen. Er fühlte sich plötzlich erschöpft, ärgerte sich auf einmal, dass er um fünf Uhr früh an einem Feiertag aufgestanden war.

Lindsay streckte eine Hand nach ihm aus und hielt ihn fest. »Mach dir keine Sorgen«, sagte sie.

»Worüber?«

»Über diese Begutachtung. Die ist ja erst in ein paar Tagen. Praktisch erst nächste Woche.«

»Du brauchst mich nicht daran zu erinnern!«, sagte er schroff.

Hielten ihn denn alle für eine Niete? Seine Mutter hatte ihn neulich abends bei dem Feuerwerk genauso daran erinnert. Als die erste Rakete in die Luft zischte, hatte er Keefer an sich gedrückt, die zu seiner Freude vom Schoß seines Vater geklettert und zu ihm gekrabbelt war. Gordon hüllte sie schützend in seinen Baumwollpullover und musste dabei an das vergangene Jahr denken, als er seine winzige Nichte durch das oberste Fenster Georgia hinausgereicht hatte und dann selbst hinterhergeklettert war, sodass sie alle das Feuerwerk vom Dach aus beobachten konnten. Ray war zu einem Turnier in Mississippi oder Alabama gefahren, wo er sich auf irgendeinem erbärmlichen, dem Sumpf abgerungenen Stück Land abplagte.

Lorraine war beinahe durchgedreht. Was, um Himmels willen, wenn sie das Baby fallen ließen? Lorraine wusste ja nicht, dass sie Dach-Alpinisten waren, die früher aus dieser Höhe Dutzende von Zigarettenkippen zielsicher in die Gosse geschnippt hatten. Und er erinnerte sich, wie Keefer vor Vergnügen quietschte und ihn mit ihrer winzigen Hand tätschelte, als wollte sie ihn beruhigen, damit er keine Angst hätte, während in Georgias Gesicht der grüne und goldene Widerschein des Feuerwerks leuchtete… schau, Keefer, Brillanten am Himmel…!

Natürlich dachte er an den Termin. Wie könnte er ihn vergessen?

9

Er hatte es vergessen.

Wenngleich Faith ihrem Beruf schon längere Zeit nachging, war sie noch immer erstaunt, wenn Leute ihren Besuchstermin vergessen hatten, einfach weggegangen waren, um Nagellack oder Wattestäbchen bei Sam's Club zu kaufen, während sie, Faith, zu einem Termin kam, der schon Monate zuvor vereinbart worden war. Dieselben Leute, die unter Tränen schworen, ihnen sei das Recht auf ihre Kinder wichtiger als ihr eigenes Leben – und das hatte Faith keinen Augenblick bezweifelt, denn ein Kind ist für die Mehrheit der Menschen ein naturgegebener Wunsch –, versagten genau bei den Gesprächen, die entscheidend für sie sein konnten. Das galt sogar für Leute, die ihrer Sache sicher waren. Allerdings waren die Selbstsicheren nicht gerade Faiths übliche Klientel.

Gordon war unter der Dusche. Faith hatte zuerst einmal kurz geläutet, dann zweimal, und dann hatte sie sich regelrecht an den Klingelknopf gelehnt. Vergeblich. Faith läutete an einer anderen Wohnungstür. Eine zerzaust aussehende Frau riss die Tür fast aus den Angeln und spie ein knappes »Ja?« hervor. Als Faith ihr Ansinnen erklärte, beruhigte die Frau sich ein wenig – sie hieß Judy Wilton und war Eigentümerin des Hauses – und erklärte, was für ein glücklicher Zufall es wäre, dass sie überhaupt da sei. Wäre sie nicht gerade nach Hause gekommen, um zu duschen und den Käsegeruch aus ihrem Laden loszuwerden, bevor sie zu ihrer jährlichen Kontrolluntersuchung beim Frauenarzt ginge, hätte auch sie nicht öffnen können.

So genau hatte Faith es gar nicht wissen wollen.

Gordon öffnete schließlich, nur mit einer Turnhose bekleidet, und war froh, dass er nicht bloß seine Boxershorts anhatte. Keefer wackelte nackt hinter ihm herum.

Die strengen Gesichter zweier Besucherinnen schreckten ihn auf.

»Ja, bitte?«, fragte er überrascht.

»Sie haben vorhin nicht aufgemacht«, sagte Judy Wilton und fuhr sich durchs borstige Haar.

»Wir... wir waren beschäftigt«, sagte Gordon. »Was ist denn? Haben wir zu viel Krach gemacht? Wir waren unter der Dusche.«

»Offensichtlich«, sagte die andere Frau. »Ich bin Faith Bogert.«

Gordon lächelte und sagte: »Ich schau dir in die Augen, Kleines.« Doch sie sah an seinem Gesicht, wie es ihm langsam dämmerte (sogar noch, während er diesen lahmen Witz machte), dass sie die Sozialarbeiterin war und dass er den Termin vergessen hatte.

Judy Wilton wirbelte unterdessen herum und trampelte die Treppe hinunter.

Faith seufzte. Stets machten die Leute die gleiche Bemerkung, wenn sie ihren Namen hörten. »Ich schreibe mich mit e, nicht mit a«, sagte sie wie jedes Mal. Und fügte wie jedes Mal hinzu: »Nicht verwandt mit dem Schauspieler.«

Faith bemerkte, wie Gordons Schultern sich senkten und wie die Abwehrhaltung von ihm abfiel.

»Darf ich hereinkommen?«, fragte sie.

»Natürlich. Tut mir Leid. Übrigens, das c in meinem Namen steht für ›Cooper‹.« Er wurde rot, weil ihm plötzlich seine dürftige Bekleidung bewusst wurde. »Gordon Cooper, Sie wissen schon. Der Mercury-Astronaut. Nicht dass es jemanden interessiert. Aber mein Dad ist ein großer Raumfahrt-Fan.«

Faith hatte keine Ahnung, wovon er redete. Aber sie nickte. »Ja, ja, die Eltern«, sagte sie mit geübtem Seufzen.

Gordon beförderte einen Wäschestapel von der Couch, um für Faith Platz zu schaffen. Er sieht gut aus, dachte sie. Er war der Typ Mann, der sie nie zur Kenntnis nahm, der glatt durch sie hindurchschauen würde, selbst wenn sie splitternackt über die Straße liefe. Sie machte sich keine Illusionen, was Männer betraf; dafür hatte ihre Mutter schon gesorgt. Aber dieser Bursche hier war ihr sympathisch. Er schenkte ihr nicht mehr Aufmerksamkeit als dem kleinen Mädchen. Er ließ das Kind auch nicht an sich vorbei in den Flur. Denn dort draußen war die Treppe. Allem Anschein nach war er ein guter Kerl.

Faith aber war gekommen, um festzustellen, ob er ein guter *Vater* wäre.

Dr. Faith Angel Bogert war liebevoll von einer Mutter aufgezogen worden, der nur wenige Leute den Grips dafür zutrauten. Dass Faith überhaupt das College besuchen und Psychologin werden konnte – und es gab ebenfalls Leute, die ihr weder den Mumm noch das Zeug dafür zugetraut hätten –, war ein Nebenergebnis ihrer Erziehung. Als einziges Kind einer allein stehenden Mutter hatte sie sich besser entwickelt, als es irgendjemand in Plano, North Dakota, für möglich gehalten hätte. Sie war erst 27 und hatte gerade ihre Promotionsurkunde erhalten; noch arbeitete sie als Assistentin. Doch ihr Chef vertraute ihr Fälle an, die sie »AM« nannten – ihr Geheimcode für »Alles Mögliche«: Beurteilungen im Zusammenhang mit unschönen Scheidungsverfahren oder Untersuchungen wegen des Vorwurfs der Vernachlässigung. Faith hatte während ihrer Praktika im öffentlichen wie im privaten Bereich schon eine Menge erlebt – eine schwangere Neuntklässlerin mit einem Baby und 15 möglichen Kandidaten als Spender der erfolgreichen Samenzelle; eine Oma, die zum Bingo-Spielen ging, während das sechs Monate alte Baby schlief und von einem Dobermann bewacht wurde, der über die Stellvertreterin des Sheriffs herfiel, als sie die Tür aufbrach. Und Schlimmeres, viel, viel Schlimmeres.

Faiths Mutter war arm gewesen; sie hatte buchstäblich bis zu ihrem Todestag vor etwa drei Jahren als Kellnerin gearbeitet. Sie starb auf der Heimfahrt von der Arbeit, als ein Betrunkener frontal mit ihrem Wagen zusammenstieß. Doch Faith hatte nicht nur die Zeugnisse, sondern auch das Zeug für ihren Beruf. Sie konnte gleichsam durch schmutziges Haar und zerrissene Schlafanzüge hindurchsehen und unbeholfene, aber hingebungsvolle Liebe erkennen. Und sie durchschaute schicke, teure Kinderkleidung und entdeckte Schmutz, der niemals auf einem Foto sichtbar würde. Sie wusste um ihre eigenen Vorurteile und hütete sich davor.

Sie hatte bereits das betriebsame, blitzblanke Heim der Cadys besucht, wo schon ein Zimmer für Keefer hergerichtet war. Vielleicht war bei den Cadys alles ein wenig zu gut durchorganisiert, und Delia Cady war jene Art Hausfrau, die dem Gast schon einen Glasuntersetzer reichte, bevor er sich überhaupt entschieden hatte, ob er etwas trinken möchte. Doch Faith war überzeugt, dass Delia einem Penner das gleiche Getränk wie einem Senator anbieten würde. Faith erkannte etwas von ihrer eigenen Mutter in Delia, die gleiche Verbindung von Stolz und Vorsicht.

Craig Cady spielte offenbar keine besonders große Rolle im Familienverband. Er wirkte ein wenig angespannt und steif. Seine Beziehung zu Alexis Tyson, der Tochter aus der ersten Ehe seiner Frau, die mit im Haus wohnte und nur jeweils im Sommer zwei Wochen lang ihren Vater besuchte, einen Motorradmechaniker, war offenkundig eine Quelle der Spannungen. Das Zimmer des Mädchens bot den typischen Anblick wie nach einem Wirbelsturm, und Craig war zusammengezuckt, als er die Tür öffnete. Vielleicht war Craig ein paar Jahre zu lang im eigenen Elternhaus geblieben; er war fünfunddreißig – ziemlich spät für eine erste Ehe.

Sowohl Craig als auch Delia würden ziemlich weit oben auf der Bewertungsliste der »Hingebungsbereitschaft« erscheinen. Faith würde in ihrem Bericht an das Vormundschaftsgericht erklären, dass die Angaben der Cadys auf dem MMPI-Bewertungsbogen II zwar nicht absolut zuverlässig seien, aber keinen Anlass zur Beunruhigung gäben: Sie würden nicht nur so tun, als wären sie »gut« – wie alle es tun, die ein Kind haben wollen –, sie waren tatsächlich »zu gut«.

Für Faith war bei der Beurteilung der Cadys ihre Beobachtung beim Spiel am aussagefähigsten, denn dabei konnte man sich nicht verstellen. Delia erwies sich als echte Mutter, die wusste, was Spielen mit einem Kleinkind bedeutete. Auch Craig hatte beim Spielen das Richtige getan, nämlich gar nichts. Er hatte sich im Hintergrund gehalten. Er hatte keine Vorstellung, was er mit Keefer anfangen sollte, deshalb schaute er einfach seiner Frau zu. Die Cadys hatten keine eigenen Kinder, weil Delias Gesundheit angeschlagen sei, wie Craig eingeräumt hatte. Delia Cady litt unter einer Muskelschwäche, sogar mit Verdacht auf MS, die bei der Schwester ihrer Mutter bis zur Behinderung geführt hatte.

Auch Gordons Wohnung war gepflegt, wenn auch nicht uneingeschränkt kindgerecht. Gläser und Geschirr standen herum, es gab eine wahre Sammlung von Tennis- und Golfschlägern, und die Steckdosen befanden sich auf Augenhöhe eines Babys – die freien waren immerhin mit Plastikkappen abgedeckt.

Aber noch wohnte Keefer ja nicht hier…

Gordon führte Faith herum. Besonders stolz schien er auf das »Hundekörbchen« zu sein.

Faith musste lächeln.

Allerdings lächelte sie nicht, als Gordon zweimal mit dem Arm ihre Schulter berührte – den Bruchteil einer Sekunde zu lange. Er wollte sie auf die Probe stellen, versuchte herauszubekommen, ob sie unverheiratet und empfänglich für solche Berührungen war. Vielleicht aber war ihm auch gar nicht bewusst, was er tat.

Faith erbot sich, Keefer zu halten, während Gordon sich etwas überzog.

»Ich weiß nicht, ob sie bei Ihnen bleibt«, sagte Gordon.

»Die meisten Kinder tun's«, antwortete Faith, nahm Keefer, wandte sich um und zeigte ihr das Rotkehlchen, das seine Nestlinge in der zarten Birke vor Gordons Wohnzimmerfenster fütterte. »Schau mal, Baby-Vögelchen«, sagte sie, und Keefer gab piepsende Laute von sich.

»He, es scheint ihr zu gefallen«, sagte Gordon. »Da bin ich erstaunt.«

»Ziehen Sie sich lieber an, ehe Keefer es sich anders überlegt«, riet Faith.

Zwei Minuten später tauchte Gordon wieder auf, noch immer ziemlich nass, aber immerhin anständig angezogen.

»Tut mir Leid, ich war noch unter der Dusche, als Sie kamen«, wiederholte er. »Ich hatte mir den Termin notiert. Aber Keefer hat die ganze Nacht kein Auge zugetan. Sie hat sich bei den Cadys erkältet. Ich weiß, das hört sich voreingenommen an. Aber wenn Keefer weg ist, hab ich immer das Gefühl, die Cadys kümmern sich nicht gut genug um sie.«

»Und was tun Sie dagegen?«

Gordon zuckte die Achseln. »Was soll ich machen? Ich kann sie ja nicht umbringen.«

»Das ist ein Scherz, ja?«

Er blickte sie scharf an. »Natürlich. Die Cadys sind nette Leute. Nur kennen sie Keefer eben nicht gut genug.«

»Ich meinte, was Sie gegen Keefers *Erkältung* tun.«

»Oh... nun, da haben wir unser eigenes Rezept, Keefer und ich. Zuerst muss ich sie mit Butternudeln füttern. Das ist ihr Trost-Essen. Und dann lege ich sie zu mir ins Bett... das ist doch in Ordnung, oder?«

»Viele Leute lassen ihre Kleinen bei sich im Bett schlafen.«

»Und dann machen wir unseren Singsang.«

»Singsang?«

»Na ja, ich brumme wie ein kleiner Motor. Und dann fängt sie auch damit an. Ich streichle ihr den Kopf, und dann schläft sie ein. Natürlich kann ich dann nicht mehr weg.«

»Nicht mehr weg?«

»Ich muss bei ihr bleiben. Damit sie nicht aus dem Bett kugelt. Wie in der Nacht davor. Eigentlich hätte ich Vorbereitungen für den Stundenplan machen müssen, aber ich hatte die Unterlagen nicht mit ins Bett genommen, bevor Keefer einschlief.«

»Ist Keefer ängstlich?«

»Überhaupt nicht«, erklärte Gordon ein wenig stolz, »nur wenn man sie bei jemandem lässt, den sie nicht mag.« Im vergangenen Jahr, erzählte Gordon, seien er und seine Schwester mit Keefer aufs Dach geklettert, um sich das Feuerwerk im Rotary Park anzuschauen. »Meine Schwester und ich saßen im Sommer oft dort oben, redeten miteinander und schnippten Kippen vom Dach…«

»Demnach sind Sie Raucher?«

»Nein, nein, das liegt Jahre zurück. Damals waren wir noch Kinder.«

»Hm, ja.«

»Ich hatte nie etwas mit Genussgiften am Hut. Meine Schwester ebenso wenig.« Gordon lächelte Keefer an. »Na, mein Schatz? Komm zu mir.« Keefer kam angewackelt und lehnte sich an das Knie ihres Onkels.

»Die Kleine ist süß«, sagte Faith. »Tja, aber wir haben noch tausend Hektar zu beackern… all dieses Zeug hier.« Sie holte ein Bündel Formulare hervor, MMPI und das MCMI-III, das Formular für die abschließende Beurteilung. »Das dauert Stunden. Wer passt inzwischen auf das Baby auf?«

»Ja, nun… ich«, sagte Gordon.

»Ich fürchte, Sie werden sich zu sehr auf die Unterlagen konzentrieren müssen«, erwiderte Faith. »Wenn Sie nur ein Häkchen an der falschen Stelle machen…«

»… heißt das, ich würde lieber Tiere töten als Vogelhäuschen bauen«, sagte er, »oder Frauenkleider anziehen und Telefonsex-Nummern anrufen.«

»Nicht ganz, aber so ähnlich. Es ist ein Persönlichkeits-Fragebogen.«

»Ich habe nur eine.«

»Was?«

»Persönlichkeit.«

»Und die wollen wir beurteilen«, entgegnete Faith.

»Ich werde meine Mutter anrufen, dass sie so lange auf Keefer aufpasst. Sie ist zu Hause. Es sind Sommerferien. Sie ist Lehrerin, wissen Sie. Wir sind beide Lehrer. Mein Dad war ebenfalls Lehrer. Jetzt ist er Vitamin-Metzger.«

»Metzger?«

»Er verkauft Vitamine. An Naturkostläden. Er hilft ihnen sozusagen bei der Planung. Er arbeitet bei Medi-Sun.« Gordon griff zum Telefon und rief Lorraine an. Sie sagte ihm, sie würde in zehn Minuten da sein.

»Dann erledigen wir jetzt ein paar andere Dinge, während wir warten«, sagte Faith. »Sprechen wir über die Rahmenbedingungen.«

»Schießen Sie los.«

»Sie sind adoptiert worden«, sagte Faith, nachdem sie sich gesetzt hatten – Keefer in Windeln und mit ihrer Spieldose zwischen Gordons Füßen.

»Ich … ja, ich wurde adoptiert«, sagte er. »Ist das von Bedeutung?«

»Könnte sein. Vielleicht haben Sie dadurch besondere Einsichten gewonnen, die Ihnen nützen könnten, wenn Sie Keefer großziehen.«

»Ja, ganz sicher.«

»Hatten Sie von Anfang an die Absicht, Keefer zu adoptieren?«

»Ja.«

»Aber ein Kind großzuziehen ist eine gewaltige Aufgabe.

Und bei Ihnen kommt noch hinzu, sich einer gerichtlichen Auseinandersetzung um das Sorgerecht stellen zu müssen …«

»Ja, sicher. Aber ich hoffe, die Nyes ziehen sich zurück und es kommt gar nicht erst so weit. Es wäre eine sehr unangenehme Angelegenheit. Delia und Craig sind nette Leute. Zwar nicht gerade die Art von Menschen, mit denen ich sonst Umgang habe …« Gordon forschte in Faiths Gesicht, das einen leidenschaftslosen, dennoch interessierten Ausdruck angenommen hatte.

»Welche Menschen sind das dann?«

Gordon lehnte sich zurück und streckte die gebräunten Beine aus. »Freunde. Kollegen. Und Menschen wie meine Eltern. Außerdem habe ich für ein Reiseunternehmen gearbeitet, das Abenteuerreisen veranstaltet. Die Leute, die an solchen Reisen teilnahmen, haben mir gefallen.«

»Jetzt werden Sie nicht mehr viel in dieser Richtung unternehmen können.«

»Nein. Vermutlich nicht. Aber Keefer ist es mir wert. Ich habe schon immer ausgeholfen und mich um die Kleine gekümmert, weil ihre Mutter … meine Schwester … sie war sehr krank, und ihr Dad war die meiste Zeit nicht zu Hause. Wir haben Ray keinen Vorwurf daraus gemacht. Er war Golfprofi und in seiner Karriere gerade so weit, dass das Golfen sich für ihn auszuzahlen begann, als der Unfall passierte.«

»Also sind Sie sich darüber im Klaren, was es bedeutet, der Vater eines kleinen Mädchens zu sein.« Faith legte ihr Klemmbrett neben sich, als wollte sie sich keine Notizen mehr machen.

»Ich glaube schon.« Gordon lächelte. »Das ist wie Vollzeitarbeit rund um die Uhr. Nicht bloß Überstunden. Ich hab's bis jetzt noch leicht gehabt, glaube ich.«

»Wenn man adoptiert wurde … Da gibt es Probleme, nicht wahr?«

»Was für Probleme?«

»Man fragt sich zum Beispiel, wer seine Eltern waren und was für Menschen sie gewesen sind, oder nicht?«

»Waren Sie Adoptivkind?«

»Nein.«

»Woher wissen Sie dann, wie diese Menschen sich fühlen?«

»Aus der Literatur.«

»Und woher kommt die Literatur?«

»Ich verstehe nicht …«

»Sie stammt von Psychologen, die Leute beobachtet und untersucht haben, die bereits Schwierigkeiten mit gewissen Dingen hatten, sonst hätten sie ja nicht mit einem Psychologen gesprochen, stimmt's?«

»Nein«, sagte Faith, »das alles gilt auch für ganz normale, gut angepasste Adoptivkinder.«

»Aber schauen Sie sich doch bloß dieses Wort an. Adoptivkinder. Hört sich an wie Stiefkinder. Oder als wären ihnen irgendwelche Gliedmaßen amputiert worden. Es ist ein Begriff wie zu der Zeit, als man bestimmte Leute als ›erwachsene Kinder von Alkoholikern‹ bezeichnete. Dann kürzte man das schamhaft ab und sprach nur noch von ›erwachsenen Kindern‹. Aber jeder wird doch früher oder später mal zu einem ›erwachsenen Kind‹, oder?«

»Vermutlich. Aber worauf es hier ankommt, Mr McKenna … ich versuche zu erfahren, wie Sie Keefer später helfen wollen, ihre Herkunft, ihren persönlichen Hintergrund zu verstehen.«

»Bei Keefer ist es anders als in meiner eigenen Situation.«

»Inwiefern?«

»Ich bin Keefers leibliche Familie.«

»Ich verstehe, was Sie meinen. Obwohl es nicht stimmt.«

»Ich kann Ihnen nicht folgen …«

»Ich meine, Sie kennen Keefer seit ihrer Geburt, aber Sie sind biologisch kein Angehöriger ihrer Familie.«

»Ihre Mutter war meine Schwester. Ich wüsste nicht, wie man noch näher verwandt sein könnte.«

Faith blickte ihn stumm an.

»Ich weiß, worauf Sie anspielen«, fuhr Gordon fort, »Georgia war nicht meine leibliche Schwester, aber wir sind zusammen aufgewachsen. Ich war dabei, als Keefer geboren wurde. Ich glaube, man kann sagen, dass ich aus eigenem Erleben alles weiß, was man über das Adoptiertwerden wissen kann… alles, was man über Keefers leibliche Eltern wissen kann. Und deshalb…«

»Und deshalb?«

»Und deshalb«, sagte Gordon und zeigte ein entnervend unerschütterliches Lächeln, »bin ich der perfekte Vater für Keefer.«

In diesem Moment klingelte es an der Tür. Lorraine war gekommen.

Faith blickte Gordon an und dachte: Der perfekte Vater? Nun, wir werden sehen.

10

Wenigstens war jetzt die Katze aus dem Sack. Noch länger um den heißen Brei herumzuschleichen hätte Lorraine verrückt gemacht. Sogar Mark konnte seine Verachtung für Craig und Delia nun nicht mehr verheimlichen, nachdem sie zu erkennen gegeben hatten, dass sie Keefer adoptieren wollten.

Keefer – ein Kind, das sie kaum kannten – den Menschen wegnehmen zu wollen, die es bisher aufgezogen hatten, voller Liebe und Hingabe, war eine Unverschämtheit! Als er die Cadys beschimpfte, gebrauchte Mark Ausdrücke, die er in ihrem mehr als dreißig Jahre währenden gemeinsamen Leben noch nie benutzt hatte: »hinterhältige Denunzianten«, »Heuchler« und »scheinheiliges Gesindel« waren noch die harmlosesten.

Und wenn die Rede auf Diane und Big Ray kam, wurde es noch schlimmer. Lorraine konnte gar nicht mehr an Diane denken, ohne zornig oder gedemütigt das Gesicht zu verziehen. Und sie sagte Dinge zu Diane, für die sie sich nachher schämte. Aber schließlich war es Diane Nye gewesen, die die Flammen hochschlagen ließ.

Wenn die McKennas mit Greg Katt zu tun hatten, blieben sie höflich und bemühten sich, gefasst zu wirken. Allerdings schien er in letzter Zeit bei jedem Telefonat einen neuen Kobold aus dem Hut des Sorgerechts zu zaubern, bei jedem Treffen, in jedem Schriftsatz. Und er schien entschlossen zu sein, die McKennas unnötigerweise zu entmutigen, indem er verlangte, dass sie bei endlosen Verhandlungen zugegen sein sollten, bei denen sie kaum etwas zu sagen hatten und kaum verstanden, was vor sich ging.

Die McKennas mieden zunehmend den Kontakt mit Menschen von außerhalb der Familie, und Menschen von außerhalb der Familie mieden sie, als würden die McKennas unter einer ansteckenden Krankheit leiden. Natalie Chaptman, Karen Wright, Sheila Larsen und andere gaben die Gewohnheit auf, ab und zu einen Topf mit Essen vorbeizubringen. Lorraines förmliche Dankeschön-Zettel erweckten den Eindruck, dass die Freunde von den McKennas mehr forderten, wenn sie ihnen halfen, als wenn sie sie in Ruhe ließen. Mark und Lorraine waren an den Sonntagen jetzt meist zum Abendessen bei Nora und Hayes auf der Farm, manchmal in Begleitung von Gordon und Lindsay. Das Kopfende des Tisches blieb Keefers hohem Kinderstühlchen vorbehalten, auch wenn Keefer in Madison bei den Nyes war.

Insgeheim kochten sie alle vor Zorn. Natürlich war es nicht Dianes Absicht gewesen, die mühsam unterdrückten Ängste zum Ausbruch zu bringen. Aber darauf lief es hinaus.

Diane erschien sogar höchstpersönlich, um Keefer über ein Wochenende abzuholen. »Dem Rat des Anwalts zufolge«, wie sie erklärte. Entweder war es Unverfrorenheit, oder die Frau war strohdumm. Sie hätte doch wissen müssen, dass sie wie ein rotes Tuch auf die McKennas wirkte.

Keefer musste den Nyes für zwei Wochenendbesuche im Monat zur Verfügung stehen, ab Freitag 17 Uhr.

Bis Diane eines Tages bereits am Mittag erschien.

Lorraine saß an ihrem Schreibtisch im Wohnzimmer und stellte halbherzig ihren Herbst-Unterrichtsplan zusammen. Vor Georgias Erkrankung war sie nur so übergesprudelt vor neuen Ideen, wenn die Ferien endeten oder ein neues Schuljahr begann. Ihre letzten Unterrichtsjahre waren zugleich ihre experimentierfreudigsten gewesen. Mark hatte ihr sogar dabei geholfen, in einem ungenutzten Wandschrank des Zeichensaals eine kleine Dunkelkammer einzurichten, sodass sie einen Dreiwochenkurs in Schwarzweißfotografie veranstalten konnte. Die Fotografen vom *National Geographic*, die an der Ausgrabungsstelle der Waldindianer arbeiteten, hatten drei alte, aber funktionsfähige Kameras gestiftet. Einer von ihnen war sogar bereit gewesen, Lorraine die Grundlagen des Handkolorierens von Fotos beizubringen. Man stelle sich die Geschenke für die Eltern vor, wenn die Schulkinder so etwas beherrschten!

Nun aber tat Lorraine gerade noch so viel, wie sie tun musste.

Sie würde sich ihre Pension verdienen, mehr nicht.

Lorraine war gerade vom Schreibtisch aufgestanden, um sich einen Pfefferminztee zu machen und ein Perdocan zu nehmen, als jemand an der Haustür läutete.

Lorraine öffnete.

Es tat ihr gut, zu sehen, dass Diane um zehn Jahre gealtert aussah und zugenommen hatte.

He, Süße, rief Lorraine in Gedanken Georgia zu, schau dir den dicken Speckgürtel über dem Hosenbund ihrer knappen Shorts an! Diese Shorts sind ganz bestimmt nicht mehr in der Kinderabteilung gekauft worden...

»Hallo«, sagte Lorraine. »Du kommst zu früh.«

Diane zuckte nur mit den Schultern.

»Was sollen wir drei Stunden lang tun?«, sagte Lorraine. »Rezepte austauschen? Vergessen, dass wir in eine heftige gerichtliche Auseinandersetzung verwickelt sind? Über die neue Herbstmode plaudern?«

»Ich kann es nie abschätzen, wie lange ich bis zu euch unterwegs bin«, erklärte Diane. »Bei euch scheinen überall die Straßen repariert zu werden. Und alle führen im Kreis herum.« Sie erbot sich, bis um fünf Uhr zu warten, und würde auch draußen im Auto warten.

Lorraine war verblüfft und verärgert zugleich. »Schon gut«, sagte sie, »du kannst Keefer früher mitnehmen.«

Keefer sei bei Gordon, fuhr Lorraine fort; auch ihre Sachen müssten erst noch dort abgeholt werden. Worauf

Diane erwiderte, die Sachen bräuchte Keefer nicht; »die Kinder« (damit meinte sie Delia) hätten alles, was dem Mädchen gefiele: jede Menge Spielsachen und schicke Kleidung. Lorraine vermutete, dass es sich um glänzende Lackschuhe ohne Fußstütze handelte, um Teenager-Golfklamotten mit dem eingestickten Alligator, um Regalfächer voller schmollmündiger, abscheulich draller Barbiepuppen, um rosa Plastiktäschchen mit Spielzeuglippenstiften und um entsetzliche Videos, wie Keefer einmal eins mitgebracht hatte; es handelte von einer Gurkenfamilie, die schrecklich weinen musste, weil ihr Papi von einer Schubkarre überfahren worden war.

Bevor sie sich auf den Weg machten, um Keefer abzuholen, rief Lorraine Gordon an, damit der alles vorbereitete und nicht das Flanellhemd von Ray vergaß, das Nora zu einem Kissen ausgestopft hatte und das Keefer als »Paa-pii« bezeichnete. Und er sollte auch die Holzbausteine einpacken, fügte Lorraine hinzu, und Keefers Entenfamilien-Puppen. Dann sähen die Nyes endlich mal, womit Kleinkinder spielen sollten.

»Keefer fühlt sich glücklicher, wenn sie jeden Tag die gleichen Dinge um sich hat«, erklärte Lorraine. »Ich bin sicher, Delia weiß das.«

»Sie weiß es am *besten*«, erwiderte Diane mit dreister Selbstgefälligkeit.

Sie fuhren los. Diane hockte so steif auf dem Beifahrersitz, als würde sie mit der Achterbahn fahren. Lorraine warf einen Blick auf Dianes Profil und bemerkte ihr schlaffes, puderbleiches Doppelkinn; seine hübsche frühere Form war zwar noch zu erkennen, jedoch verblasst wie ein Gespenst. Lorraine vermied jede Bemerkung, die Zündstoff hätte bergen können: Ein verbaler Schlagabtausch zwischen zwei alten Frauen würde zu nichts führen.

Diane brach als Erste das Schweigen. »Weißt du, Lorraine«, sagte sie, »lass deinen Ärger nicht an Delia aus. Was immer du sagen willst, sag es mir. Ich weiß, dass du unglücklich bist, wie sich alles entwickelt hat.«

»Du kannst wohl kaum behaupten, die Dinge hätten sich ›entwickelt‹, Diane«, erwiderte Lorraine und bremste mit Absicht schärfer, sodass Dianes Kopf unsanft nach vorn ruckte. »Die Entscheidung über Keefers Schicksal ist noch nicht gefallen. Und egal was mit Keefer geschieht – es ist eine schreckliche Zeit für mich. Und was sich zwischen unseren Familien abspielt, macht alles nur noch schlimmer. Als hätte ich nicht schon Kummer genug. Ich habe meine Tochter verloren!«

»Und ich meinen Sohn.«

»Ja, aber keiner von uns kann sein Kind durch Keefer ersetzen.«

»Es ist ein Familienproblem.«

»Ja, aber die Familie, um die es dabei geht, ist Keefers Familie. Es geht nicht darum, was für dich und Ray oder für Mark und mich besser ist. Es ist nicht einmal mehr die Frage, was Ray und Georgia gewollt hätten. Was ist denn das Beste für Keefer? Wir alle müssen von *ihrem* Standpunkt aus darüber nachdenken.«

Das hörte sich klug an. Klüger als Lorraine sich fühlte. Außerdem hatte sie gelogen. Denn in Wahrheit betrachtete sie diesen Kampf der Familien als eine Art Liebesdienst an Georgia. Für Lorraine war Keefer eine Miniaturausgabe ihrer toten Mutter.

»Ich hoffe, du nimmst das Ganze nicht weiterhin so persönlich, Lorraine«, sagte Diane.

»Es *ist* persönlich, Diane.«

»Das ist es nicht. Es ist eine rechtliche Angelegenheit. Das Gesetz ist nun mal das Gesetz.«

»Gesetz ist Gesetz? Hier geht es nicht um ein Verbrechen! Niemand hat gegen irgendein Gesetz verstoßen.«

»Ich will nicht darüber diskutieren«, sagte Diane. »Ich wollte lediglich sagen… Ich hoffe nicht, dass ihr glaubt, wir oder die Kinder würden das als Kritik an euch verstehen.«

Lorraine schüttelte den Kopf. »Natürlich nicht, du lieber Himmel! Ebenso wenig, wie Gordon und wir es als Kritik an euch verstehen. Wir wollen nur das Beste für Keefer.«

»Dann werdet ihr eines Tages erkennen, was wir bereits wissen: dass Keefer zu uns gehört. Und ich hoffe, Lorraine, ihr werdet den Willen Gottes erkennen. Denn hätte Gott nicht gewollt, dass Keefer zu uns soll, hätte er uns eine Botschaft gesandt.«

»Vielleicht *hat* er euch eine Botschaft gesandt, aber ihr habt sie nicht lesen können!«, erwiderte Lorraine.

Oh, bitte, halt den Mund, tadelte sie sich und stellte sich Greg Katt vor, wie er in seinem Büro saß und heiße Ohren bekam, wenn er sich die Mini-Kassette anhörte, die Diane womöglich in einem Mini-Tonbandgerät aufnahm, das sie am Körper trug. Ach, Unsinn, sagte sie sich dann. Diane wäre gar nicht imstande, ein Gespräch aufzuzeichnen. Sie konnte ja nicht mal das Armband ihrer Uhr richtig festschnallen. Mark hatte gesagt, die Frauen aus Florida hätten das Gen für Selbstständigkeit bereits während der Zeit vor dem amerikanischen Bürgerkrieg durch natürliche Zuchtwahl verloren.

»Diane«, sagte Lorraine und bog langsam in die Erste Straße ein. »Ich weiß nicht, was Gott darüber denkt, aber ich weiß, dass wir versuchen, das zu tun, was wir für richtig halten – genauso wie ihr.«

»Aber ihr habt keine Vorstellung davon, wie wir uns fühlen!«

»Wie du und Ray euch fühlt?«

»Wir alle! Keefer ist unser eigen Fleisch und Blut, Lorraine!«

»Unseres auch, Diane.«

»Das ist sie nicht!« Dianes sorgfältig rosenrot geschminkte Lippen schlossen sich mit einem hörbaren »Plop!« wie in einem Comic.

Lorraine spürte, wie ihr der kalte Schweiß ausbrach. Sie überlegte, ob sie Diane eine runterhauen sollte. Diane war größer, aber Lorraine war ziemlich sicher, dass sie die Stärkere war. Stattdessen hielt sie mitten auf der leeren Straße an und wandte sich zum Beifahrersitz um.

»Was hast du gesagt?«

»Nichts. Fahren wir zu Keefer Kathryn.«

»Was hast du gesagt?«

Diane seufzte affektiert. »Nun, Keefer ist nicht wirklich euer Fleisch und Blut. Auch wenn ihr dieser Meinung seid. Ich weiß, du hast Georgia geliebt. Aber sie war ein Adoptivkind. Keefer Kathryn ist eine Nye, Lorraine!«

Die Kinder hatten einmal am Ufer des Hat Lake Süßwasserschnecken gefangen und sie in Pappbecher getan. Als ihr Badeausflug zu Ende war, hatten sie ihre Schätze vergessen und an einem stickig heißen Augustnachmittag auf der Rückbank von Lorraines Auto stehen lassen. Zwei Tage später öffnete sie die Wagentür und wurde von dem Gestank fast erschlagen; sie taumelte zu den Mülleimern, um sich zu übergeben, während sich in der Garage der unerträgliche Verwesungsgeruch ausbreitete. Als Lorraine diesen Gestank wahrnahm, war sie schrecklich wütend gewesen.

Genau wie jetzt.

Diane hatte es nicht bemerkt, doch ihr Südstaatenakzent wurde ausgeprägter, während sie nun die Kurven ihrer logischen Beweisführung nahm: Lorraine hätte nie die Erfahrung gemacht, erklärte sie, wie ein Kind im eigenen Körper heranwächst – und das bedeute, dass Lorraine gar nicht verstehen könne, inwiefern ein Kind ein Teil von einem selbst ist. »Wir haben unser Bestes getan, euch zu verstehen, Lorraine«, sagte sie. »Aber jetzt müsst ihr endlich begreifen, wie die Dinge nun einmal in der *wirklichen* Welt liegen.«

»Die wirkliche Welt«, sagte Lorraine, und ihre Stimme klang mit einem Mal ganz ruhig.

Es gab eine Lorraine, die erhitzt und zitternd Schubladen

aufriss, Unterwäsche herauskrallte und hinter sich schleuderte, die nach Pillenröhrchen wühlte, deren Verschlüsse aufbrach und nach dem Inhalt scharrte. Die andere Lorraine jedoch, die jetzt den Wagen lenkte, schaute aus großer Höhe auf Diane hinunter.

Eines war Lorraine klar: Sie brauchte jetzt all ihren Verstand. Sie schwor sich, keine Pillen mehr zu nehmen, solange sie in einer Welt mit solch gefährlichen Verrückten wie den Nyes leben müsste. Sie würde ihr Leben ändern und alles tun, was sie schon vor Monaten hatte tun sollen.

Währenddessen schwatzte Diane weiter: »Delia ist mir wie eine Tochter, und sie kann ja keine Kinder mehr bekommen, aber glaubst du etwa, sie würde nach China gehen oder nach Peru oder sonst wohin, um ein Baby von irgendjemandem zu adoptieren? Das würde sie niemals tun! Lieber hätte sie gar kein Kind mehr. Und Craig denkt und fühlt genauso. Sie sind bereit, Keefer Kathryn in ihre Herzen aufzunehmen, weil sie vom selben Blut ist, Lorraine. Sie würden niemals ein wildfremdes Kind adoptieren. Deshalb ist alles so gekommen, Lorraine. Es ist keine böse Absicht von uns. Es geht um unsere Familie!«

Lorraine parkte vor Gordons Haus und nahm Keefers Autositz aus dem Wagen. Sie würdigte Diane keiner Antwort, obwohl diese immerzu weiter redete; Lorraine sah, wie Dianes Kinn sich unablässig auf und ab bewegte. Als Gordon dann mit Keefer auf die vordere Veranda kam, küsste Lorraine das Mädchen und ging wortlos an ihrem Sohn vorbei und durchs Treppenhaus hinauf in seine Wohnung. Sie nahm das Telefon, wählte die Nummer von Greg Katt und beharrte darauf, sofort mit ihm zu sprechen.

Nachdem sie das Gespräch beendet und sich von Diane, Gordon und Keefer verabschiedet hatte, fuhr sie nach Hause und spülte sämtliche Tabletten und Pillen, die großen wie die kleinen, die Toilette hinunter. Nur ein paar Schachteln Schlaftabletten hob sie auf.

»Sie wünscht diese Frau in die finsterste Hölle«, sagte Gordon später zu Tim Upchurch, als sie durch die Dunkelheit zu ihrem morgendlichen Abschlag auf den Golfplatz von Blackwolf fuhren.

»Das hört sich an, als wäre es die reinste Schlägerei gewesen«, sagte Church.

Sie hatten eine Abschlagszeit für sieben Uhr am Morgen bekommen. Für Gordon war es ein Geschenk des Himmels – der einzige Tag, an dem er in diesem verlorenen Sommer Golf spielen konnte. Er sagte sogar eine Verabredung mit Lindsay zum Abendessen ab. Sie nahm es reserviert auf, doch Gordon versuchte, es gar nicht zur Kenntnis zu nehmen. Er war ganz aufgeregt, und er würde gut spielen. Beim Golf war es wie beim Sex oder beim Fahrradfahren – die Hände vergaßen nichts. Church würde den Ball wahrscheinlich in alle möglichen Richtungen schlagen, nur nicht zum Loch, und kleine Waldtiere aufschrecken oder Marketing-Manager, die ihre Luxusschlitten auf dem Parkplatz des Golfclubs geparkt hatten. Aber es wäre egal. Gordon jedenfalls würde eine Zeit lang keinen Gedanken an Babys und Anwälte verschwenden, sondern einfach nur Golf spielen.

Sie hatten keine Vorstellung, wo sie übernachten sollten, aber ganz sicher nicht in dem Gasthof in Kohler, wo ein Zimmer so viel kostete, wie Gordon im halben Jahr für die Autoversicherung bezahlte. Aber das Problem würden sie später schon irgendwie lösen. Glückliche Zufälle waren das Hauptvergnügen einer solch spontanen Tour.

»Meine Mutter sagte, sie wünscht diese Frau zur Hölle und die Nyes hätten überhaupt keine Ahnung von uns«, sagte Gordon. »Dann rief sie Katt an. Wir sind hingefahren, und ich habe offiziell meinen Adoptionsantrag eingereicht. Gerade noch vor fünf Uhr nachmittags.«

»Und wo ist deine Mutter jetzt?«

»Sie ist mit Vater zum Camping. Mann, das letzte Mal, als wir zum Campen gefahren sind, war ich zehn Jahre alt!«

Tim schaute sich verstohlen um, ehe er eine Flasche »St. Pauli Girl« öffnete, die er zwischen den Beinen hielt. Die Autostraße war dicht befahren von Leuten in Kombis und Wohnmobilen, die alle in die entgegengesetzte Richtung strebten, weil sie unbedingt nach Norden wollten, um an diesem letzten langen Wochenende des Sommers zu campen und zu angeln.

»Sie hat mir nicht erzählt, wie es zu dem Streit gekommen ist«, fuhr Gordon fort. »Und ich hab mich nicht getraut zu fragen. Meine Mutter ist jähzornig. Das war sie schon immer…«

»Na ja, Diane ist aber auch ein ganz besonderes Miststück.«

»Aber Ray war ein prima Kerl.«

»Er war ein feiner Kerl, ja.«

»Wie kann jemand so völlig anders sein als seine Familie?«

»Gute Frage.«

Schweigend tranken sie ihr Bier. Church wühlte im Handschuhfach nach einer Kassette von *Echo and the Bunnymen* und bewegte sich im Rhythmus der Musik auf dem Sitz.

»Und was bedeutet diese ganze Geschichte für dich und Lindsay?«, fragte er dann.

»Wie meinst du das?«

»Wirst du jetzt den entscheidenden Schritt tun?«

»Heiraten? Immer eins nach dem anderen!«

»Aber Lindsay und du seid doch zusammen. Und ich könnte mir gut vorstellen, dass ihr beide gemeinsam die Elternrolle übernehmt. Keefer liebt Lindsay.«

»Was soll ich denn tun, Church? Ich weiß doch noch gar nicht, was aus Keefer wird. Die Nyes werden alles versuchen, es für uns schwer zu machen. Sie schauen Keefer an, und sie sehen Ray in der Kleinen… sie ist alles, was ihnen von Ray geblieben ist.«

»Ich finde nicht, dass Keefer wie Ray ausschaut. Sie ähnelt viel mehr dir und Georgia. Wenn man Keefer anschaut, ist es so, als würde man Georgia sehen.«

»Georgia, ja. Aber ich? Meine Schwester hatte keine Ähnlichkeit mit mir. Church, wir waren Adoptivkinder. Es gibt keine Blutsverwandtschaft zwischen uns, keine genetische Beziehung.«

»Stimmt. Ich vergesse immer, dass ihr adoptiert worden seid. Trotzdem seid ihr McKennas. Und du erinnerst mich an deine Leute. Empfindest du das nicht genauso?«

»Doch, ja. Aber nicht, weil es irgendwas Besonderes wäre, adoptiert worden zu sein. Bei einem Experiment mit Mäusen hat man einem Muttertier einen Wurf gegeben, den sie nicht selbst zur Welt gebracht hatte, und die fremden Mäusebabys wurden von ihr genauso angenommen, als wären es eigene Kinder. Sie wuchsen auf und betrachteten sie als Mutter … nicht als diejenige, die sie geworfen hatte, aber als *Mutter*. Manche Dinge sind ererbt und angeboren. Andere sind erlernt und anerzogen. Du würdest staunen, was alles erlernt ist.«

»Was, zum Beispiel?«

»Na, wie Vögel zu singen lernen. Die tun's ja nicht einfach nur so.«

»Hm.« Tim trank sein Bier aus. »Trotzdem liest man immer wieder von Leuten, die nach ihren wahren Erzeugern suchen …«

»Ihren leiblichen Eltern.«

»Genau. Und doch sagen sie immer, wie sehr sie die Eltern lieben … die Eltern, die sie *großgezogen* haben, meine ich.«

»Ich frage mich nur, was unter der Oberfläche vor sich geht, wenn sie so viel Aufhebens davon machen. Ich glaube, das war mir als Kind alles ziemlich egal.« Gordon überlegte einen Moment lang, was Keefer wohl gerade tat. Wahrscheinlich musste sie den Rosenkranz der Kongregationalisten beten. »Aber ich bin es langsam leid, dauernd davon zu hören. Ganz besonders jetzt. Es ist so, als müsste man sich entschuldigen, wenn man sich nicht ständig mit diesem ganzen neurotischen Kram beschäftigt. Die Psychologin, die zu uns kam, hat überall herumgestochert. Als hätte sie's darauf angelegt, dass ich sage: ›Ich weiß nicht, wer ich bin.‹«

»Nun, Keefer und wir wissen es. Sie wird ja nicht eigentlich adoptiert. Sie gehört ja schon zu euch.«

»Nein, sie *wird* adoptiert.«

»Nicht wirklich.«

»Doch. Church, begreif es endlich. Es ist keine große Sache für sie, dass sie adoptiert wird. Ihre Eltern verloren zu haben, das ist schlimm für sie, aber …«

»Aber es wäre doch absurd, sich vorzustellen, dass Keefer *wirklich* adoptiert würde, wie von fremden Leuten.«

»Aber sie wären keine Fremden mehr, wenn sie Keefer adoptieren.«

»Mein Bruder Kevin wollte mir immer einreden, ich wäre adoptiert worden, weil ich als Einziger in der Familie braune Augen habe. ›Mom und Dad haben dich nur genommen, weil niemand dich haben wollte‹, hat er gesagt. ›Die Polizei hat dich hier abgegeben. Und wenn sie wollen, kommen sie irgendwann wieder und holen dich ab. So ist das Gesetz.‹«

»Und du hast dich gefürchtet. Weil du nicht dazu gehört hast wie alle anderen.«

»Ja.«

»Genau das ist es. Manche Leute glauben, dass ein Adoptivkind nichts anderes so sehr beschäftigt wie diese Frage.«

Tim hielt vor einem Restaurant. Es war ein langes, niedriges Gebäude. Autos und Lastzüge standen überall am Straßenrand. Auf einem Schild stand: GEPFLEGT SPEISEN IN MUSIKALISCHER SPHÄRE. Gordon schaute genauer hin. Früher musste es mal ATMOSPHÄRE geheißen haben. Er hatte während der letzten paar Meilen, als sie sich der

Stadt näherten, nach einem Lokal Ausschau gehalten, wo sie etwas essen und nach Zimmern für die Nacht fragen konnten und wo er noch ein Bier bekäme.

Gordon schaute auf die Uhr. Viertel nach neun. »Komm«, sagte er zu Church, und sie gingen hinein.

Gordon hätte sie auf jeden Fall bemerkt, selbst wenn sie ihm nicht gleich aufgefallen wäre. Sie war nicht schön, aber sie hatte einen reizvollen Körper und dunkle Haut, trug ein enges Hemd und weite Jeans. Sie tanzte mit vier Freundinnen, als wollte sie versuchen, sich in einer langen, fließenden, endlos sich wiederholenden Möbiusschleife vom Boden emporzuschrauben. Männer umschwärmten sie, doch sie warf nur den Kopf in den Nacken und lachte und wandte sich ihren Freundinnen zu. Als die Band zu spielen aufhörte, strich sie sich ihre verschwitzte Mähne zurück und kam zu Tim und Gordon.

»Kann ich mein Glas haben?«

»Ja. Was trinkst du denn?«, fragte Tim.

»Eiswasser. Steht hinter dir.«

Jetzt, da sie näher bei ihnen stand, konnte Gordon erkennen, dass sie älter war, als sie aus der Entfernung ausgesehen hatte. Er betrachtete ihre Hände: Sie trug Ringe, jedoch nur am ersten Glied beider Zeigefinger. Die Hände waren klein und schön geformt.

»Ich kenn dich«, sagte sie. »Du bist aus Tall Trees, stimmt's?«

Gordon nickte und versuchte sie einzuschätzen. Wie viel älter als er war sie? Fünf Jahre? In ihren Augenwinkeln hatten sich winzige Fältchen gebildet, wie die Schalen von Kammmuscheln. Ihre Figur ließ erkennen, dass sie Fitnesstraining machte.

»Ja. Du auch?«

»Ob ich aus Tall Trees komme? Rate mal.«

»Die Stadt der Imbissbuden«, warf Tim ein. »Jede Wette, da kommst du her.«

»Nein, ich bin aus Merrill. Wir haben da 'nen Bungalow«, sagte sie und schaute auf ihre Freundinnen, die gerade mit großem Tamtam einen schäumenden Krug Bier an ihren Tisch brachten.

»Wir sind auf einem Golf-Ausflug. Ein Turnier zugunsten der Feuerwehr«, sagte die Frau mit dem Eiswasser.

»Ist dein Mann bei der Feuerwehr?«

»Ich bin der Feuerwehrmann.«

»Was du nicht sagst.« Tim staunte. Gordon ebenfalls. Die Frau war gerade mal eins sechzig. Sie rollte den Ärmel ihres T-Shirts hoch und zeigte ihren Bizeps, einen kleinen Muskelberg.

»Wo schlaft ihr denn?«, fragte sie.

Sie sagten es ihr: im Auto.

Die anderen Frauen riefen ihre Freundin Alicia – Alicia Rafferty.

Rafferty, dachte Gordon. Er kannte eine Rafferty … aber woher?

Die Frau bestellte Bier. Die Band, die sich »Midlife Crisis« nannte, begann wieder zu spielen. Die Frau zog Gordon auf die Tanzfläche. Danke, Georgia, dass du mir den Swing beigebracht hast, dachte er.

Als der Abend sich dem Ende zuneigte, erhielten Gordon und Tim das Angebot, in Alicias Bungalow zu schlafen, wenn sie versprachen, sich wie brave Jungs zu benehmen. Alicia kletterte auf den Rücksitz von Tims Wagen und dirigierte ihn am Zentrum des kleinen Städtchens vorbei, hinaus auf eine lange Waldstraße durch ein Naturschutzgebiet bis zu einer Steilküste über einer jäh abfallenden Klippe. Der Michigansee rauschte in der Tiefe, während der sternübersäte Himmel sich hoch über ihnen wölbte.

Sie hatten keine zehn Minuten die Lichter gelöscht, als Alicia zu Gordon kam. »Komm mit raus, ich will dir was zeigen.«

Sie zog ihn hinauf auf einen Steilhang, und ohne ein

Wort zu sagen, stieg sie aus ihren Jeans. Sie musste älter sein. Frauen in seinem Alter gingen die Sache entweder so an, als wollten sie ihn auf der Stelle verschlingen, oder sie zierten sich, als wäre es schon ein großes Geschenk, wenn sie überhaupt den Mund aufmachten. Alicia aber war zärtlich und wild zugleich, erregte ihn mit federleichten Berührungen der Fingerspitzen an der Innenseite seiner Schenkel; dann tastete sie sich weiter hinauf und liebkoste ihn mit ihren kräftigen, kundigen kleinen Händen, und er erwiderte ihre Zärtlichkeiten.

Dann hielt er jäh inne. Wie von einem Blitzlicht erhellt, wurde ihm schlagartig klar, woher er ihren Namen kannte: Rafferty. Er hatte ihn auf seiner Klassenliste gesehen. Alicia war die Verwandte einer seiner Schülerinnen. Vielleicht eine Schwester oder eine Cousine.

Oder gar eine Mutter.

»Habe ich Mundgeruch?« Sie lachte und setzte sich auf.

»Nimm's mir nicht krumm.«

»Hmmm. Na schön.«

»Ich hab nur nicht den Mut dazu. Du bist aufregend und sexy, aber …«

»Aber? Zu alt?«

»Ganz bestimmt nicht.«

»Was ist es dann?«

»Ich bin Biologielehrer. Kelly Rafferty ist in meiner Klasse …«

»Kelly ist meine Tochter. Macht aber nichts. Ich bin nicht verheiratet.«

»Ich auch nicht. Das heißt … irgendwie schon. Es gibt da eine Frau, der ich ziemlich wehtun würde, wenn wir … außerdem bin ich in einer Situation …«

»Das Gerichtsverfahren.«

Gordon war perplex. Sie wusste also genau, wer er war.

»Stimmt«, sagte er.

»Du bist der Pflegevater.«

»Ja.«

»Und wie ist die Kleine?«

»Großartig. Das süßeste Kind, das ich kenne. Sie hat gerade gelernt, rückwärts zu gehen, weißt du? Und sie setzt dabei ein Lächeln auf, als ob es die tollste Errungenschaft auf der Welt wäre, rückwärts zu gehen. Sie findet das urkomisch, weil ich auch lachen muss. Neulich abends hab ich sie im Badezimmer erwischt, wie sie auf einer Zahnpastatube herumtrat. Das Zeug war überallhin gespritzt. Und sie schaute mich einfach an und sagte: ›Dory! Pfui! Dreck! Nein, nein, Dory!‹ Als ob ich es getan hätte…«

»Hört sich an, als würdest du sie wie 'nen Jungen erziehen.«

»Hoffentlich nicht«, sagte Gordon. »Und wenn, ist es nicht meine Absicht.«

»Du musst sie gern haben.«

»Ich liebe sie mehr als alles auf der Welt«, sagte Gordon zu seinem eigenen Erstaunen.

»Das gefällt mir an einem Menschen«, sagte Alicia und gähnte. »Macht es dir was aus, wenn ich mein Höschen wieder anziehe?« Sie fuhr sich mit den Fingern durchs Haar und reichte Gordon die Hand, um ihn hochzuziehen.

»Bekommt meine Tochter jetzt lauter Einser?«

»Nein.«

»Habe ich einen Freund gewonnen?«

»Ja.«

»Weißt du, man kann in diesem Leben nie genug Freunde gewinnen«, sagte sie.

Sie gingen zurück ins Haus – Gordon ins Bad und sie hinauf in die Mansarde, wo auch ihre Freundinnen schliefen. Als Gordon aus dem Bad kam, rollte Church sich aus seiner Decke und setzte sich auf.

»Was wollte sie denn?«

»Sie wollte… mir etwas zeigen.«

»Und du wolltest ihr auch etwas zeigen.«

»Nein, so war das nicht. Wir haben fast nur geredet.«

Tim warf die Decke ganz ab und ging durch die Vordertür vors Haus. Gordon sah seine dunkle Gestalt, sein schwarzes Profil gegen den sternenklaren Himmel.

O Gott, dachte er…

Tim Upchurch schaute in die Tiefen des flimmernden Sternenhimmels und dachte an Lindsay Snow.

Er fühlte sich erbärmlich.

Mark McKenna lag da, den Kopf auf den verschränkten Armen, und dachte an seine Tochter. Neben ihm, in ihrem winzigen Zelt, schlief Lorraine, tiefer und fester, als Mark sie in den letzten Monaten hatte schlafen sehen. Er war überrascht, aber auch voller Hoffnung gewesen, als Lorraine das Zelt und die Schlafsäcke aus dem Keller heraufgeschleppt hatte. Es war dieses handtuchgroße Fleckchen am Ufer des Spirit Lake, eine Stelle, die niemand außer ihnen jemals entdeckt zu haben schien, wo sie in mondhellen Nächten nackt gebadet hatten, damals, als sie noch jung waren, und wohin sie Gordon mitgenommen hatten, damit er der großen Waldohreule zuschauen konnte, wie sie ihre Jungen fütterte. In einer lauen Frühlingsnacht vor langer Zeit hatten sie die Kinder einmal nach Mitternacht aus ihren Betten geholt und waren mit ihnen zum See gefahren.

Im Zelt hatten Mark und Lorraine sich zum ersten Mal nach Georgias Tod geliebt. Mark hatte eigentlich kein Verlangen empfunden oder nicht darüber sprechen mögen, doch es war Lorraine gewesen, die ihn mit den wortlosen Zeichen einer vertrauten Gefährtin wissen ließ, dass er ihr willkommen wäre.

Vielleicht, dachte Mark, liegt es daran, dass wir jetzt weit weg sind von unserem Haus, von dem beengenden Gespinst aus Erinnerungen. Und für eine Weile schaffte er es, zu vergessen und sich einfangen zu lassen in die duftenden Umarmungen von Lorraines noch immer geschmeidigen Gliedmaßen, auch wenn ihre Haut schlaffer geworden war, sich in Marks Händen aber so zart anfühlte wie beim ersten Mal.

Nun überkam ihn Traurigkeit, doch es war mehr als der physiologisch bedingte Stimmungsabsturz nach dem Geschlechtsakt. Sie hatten es während der ganzen Zeit ihrer Ehe sehr gut verstanden, die Kinder bei aller Liebe in einem angemessenen Abstand zu ihrer eigenen Zweisamkeit zu halten. Sie hatten sich füreinander Zeit genommen. Auch als Georgia im Alter von fünfzehn oder sechzehn Jahren eigensinnig und unberechenbar geworden war, hatten Mark und Lorraine den inneren Kreis ihrer gegenseitigen Achtung und ihrer gemeinsamen Behaglichkeit erhalten. Er hatte Lorraine niemals angelogen – mit einer Ausnahme: als er ihr sagte, es hätte schon eine andere Frau vor ihr gegeben. Eine kleine Eitelkeit eines schüchternen Mannes. Es war die einzige Unwahrheit gewesen, die er ihr je erzählt hatte – ehe er Lorraine sagte, er sei Gott dankbar, dass nicht sie es wäre, die er verloren hatte.

Das war eine Lüge. Georgia war der strahlende Mittelpunkt seines Lebens gewesen. Seine Leidenschaft für Lorraine, für seine Arbeit – all das reichte nicht an die Macht seiner Zuneigung, seiner Hingabe an Georgia heran.

Mark hätte zuvor nicht geglaubt, dass es jemals so weit kommen könnte. Furcht hatte ihn überkommen, schreckliche Furcht, als er damals Lorraines verzweifeltem Wunsch nachgegeben hatte, ein Kind zu adoptieren. Mehr denn je war ihm bewusst, dass Erbanlagen, genetisch bedingte Eigenschaften, keine bloße Einbildung sind, sondern Schicksal und Bestimmung. Sie gleichen einer Landkarte, auf der alle wichtigen Sehenswürdigkeiten deutlich erkennbar markiert sind. Studien der University of Minnesota hatten bewiesen, dass Zwillinge, die voneinander getrennt und von unterschiedlichen Adoptiveltern großgezogen wurden (welch eine Barbarei, Zwillinge zur Adoption zu trennen!), dennoch ähnliche Berufe wählten, ihr Haar auf der gleichen

Seite scheitelten, im Abstand weniger Monate Krankheiten bekamen, und dergleichen mehr. Mark war natürlich bewusst gewesen, dass die Diskussion darüber, welchen Anteil die Umwelt und welchen die Anlagen auf den Charakter hatten – »ererben oder erwerben« –, nur vordergründig war und dass die Erziehung eines Kindes die vorgegebenen Anlagen seiner Entwicklung lediglich fördern oder zurückdrängen konnte. Ein Adoptivkind würde ihm nicht ähnlich sein. Dieses Kind wäre ein Geheimnis. Seine Talente, seine verborgenen Persönlichkeitsmerkmale, seine Krankheiten.

Krankheiten …

Aber dann war Georgia ihm in die Arme gelegt worden. Die für die Adoptionsvergabe zuständige Koordinatorin des Katholischen Sozialdienstes hatte sich verspätet. Eine halbe Stunde verstrich. Eine Stunde. Schließlich bestand Mark darauf, dass sie das Baby ins Auto brachten und losfuhren. Vielleicht hätte es ein Problem gegeben, und man würde ihnen Georgia wieder wegnehmen wollen … Sie fuhren also nach Hause, als die Sozialarbeiterin ihnen entgegenkam. Sie alle hatten darüber lachen müssen – zumindest die Sozialarbeiterin und Lorraine. Mark hatte nicht gelacht. Er hatte nur Augen für Georgia, für ihr rötlich-braunes Kraushaar, ihre eindringlichen schwarzen Augen, ihre zarten Gliedmaßen.

Und so nahm er Georgia als sein Kind an.

Eine außerordentlich wichtige Tatsache der Biologie der Primaten hatte er vergessen. Die Diskussion »ererben oder erwerben« war zwar nur vordergründig, aber nicht so, wie er geglaubt hatte. Georgia war die, die sie war. Und er war der, der er war. Aber es lag einfach in der Natur, sie großzuziehen, zu ernähren, zu versorgen.

Hätte denn jemand vermuten können, wie verzaubert er von ihr sein würde? Dass er nicht mehr fähig sein würde, an etwas anderes zu denken als daran, sie sehen zu wollen und ihre Haut zu berühren?

Auch Lorraines Freude über das Baby grenzte an Verrücktheit. Sie verströmte ihre Freude wie einen Duft. An dem Tag, als sie den Anruf von der Adoptionsstelle erhalten hatten, war sie beladen mit einem Stapel von Büchern über Kindererziehung aus der Bibliothek nach Hause marschiert und hatte zwei Tage lang vergessen, dass ihr Auto noch auf dem Parkplatz vor der Bücherei stand. Sie hatte geglaubt, der Wagen wäre ihr vor dem Haus gestohlen worden, aber selbst das war ihr egal. Literweise bemalte sie mit wasserfester, abwaschbarer Latexfarbe die Wände von Georgias Kinderzimmer mit riesigen Flächen und Wischern und Klecksen in Himbeer und Gold und Metallicblau – so viel Farbe, dass ihre Schwester Daphne, deren Mann Neurologe war, befürchtete, das Baby könnte »reizüberflutet« werden.

Lorraine kümmerte sich nicht einmal darum, ob Mark sich mit dem Baby anfreunden konnte. Sie wählte den Namen für das kleine Mädchen aus und nannte sie nach der Malerin Georgia O'Keeffe. Als Mark sich sträubte und fragte: »Findest du nicht, dass das etwas hoch gegriffen ist?«, fertigte Lorraine ihn kurz ab: »Dein Automechaniker hat sein Baby ›Daytona‹ getauft, nach dem Tausend-Meilen-Rennen!«

Seit Lorraine sechzehn war, hatte sie sich vorgenommen, ihr Baby nach Georgia O'Keeffe zu benennen – und bei Gott, nun würde sie es auf diesen Namen taufen lassen!

Es war die vollkommene Namenswahl. Mark konnte sich nicht vorstellen, dass irgendein anderes Mädchen so einzigartig und so makellos sein könnte wie sein Kind. Zwei Jahre darauf wurde sein späterer Sohn geboren, genau an dem Tag, an dem ein Mensch zum ersten Mal seinen Fuß auf den Mond setzte. In jener Sommernacht, als sie sich wie alle ihre Freunde den Wecker gestellt hatten, um die grobkörnigen Fernsehbilder vom Mond sehen zu können, während eine schlaftrunkene Georgia ihnen auf den Schoß krabbelte, hatten sie noch keine Ahnung von Gordons Existenz gehabt.

Sechs Wochen später jedoch tat Mark es Lorraine gleich und nannte seinen Sohn nach jemand Berühmtem, um an die wissenschaftliche und historische Bedeutung seines Geburtstages zu erinnern, auch wenn der Astronaut Gordon Cooper gar nicht an der ersten Mondlandung teilgenommen hatte. Es war eine eher von der Phantasie als von der Realität bestimmte Wahl.

Und wie die Namen zu seinen Kindern passten! Weiche und harte Varianten desselben Anfangsbuchstabens – wie handgenähte Hemden, die auf Anhieb und einwandfrei saßen.

Bis Gordon fast ein Jahr alt war, war Mark beruflich ständig unterwegs. Länger, als ihm lieb war. Er brauchte einige Zeit, um sich an seine neue Stelle bei Medi-Sun zu gewöhnen, sodass er mehr Forschungs- und Entwicklungsarbeiten übernehmen konnte. Und wo er auch war und welches Essen mit Kunden oder welche anderen Verpflichtungen auf ihn warteten, er versuchte es immer so einzurichten, dass er alles andere hintanstellen und um sechs zu Hause anrufen konnte, gerade wenn Lorraine den Tisch abgeräumt hatte. Und wenn es ein Donnerstag oder Sonntag war, wartete er noch ein paar Minuten länger, um sie nach dem Abendessen und den Seifenopern im Fernsehen zu erwischen. Manchmal wusste seine Frau ihm nicht viel zu erzählen. Zwei Kinder unter drei Jahren – das war ein hartes Stück Arbeit, und die Frauen konnten damals nicht Vollzeitberuf und Vollzeitfamilie mit halber Kraft schaukeln. Lorraines Arbeit war immer sehr anstrengend, und halbe Sachen machte sie nie. Auch wenn in diesen frühen Jahren Mary Dwors sich gerne einmal um die Kinder kümmerte und Lorraine eine Hilfe fürs Saubermachen und Bügeln hatte, ersetzte es doch nicht den anderen Elternteil. Mark entging nicht, wie viel Schlaf Lorraine opferte, um alles in Gang zu halten, während er unterwegs war, bis er seine Reisetätigkeit schließlich aufgab, als Georgia vier war. Wenn die McKennas in späteren Jahren an diese Zeit zurückdachten, fragten sie sich oft, wie sie das alles geschafft hatten.

Mark hatte das Gefühl, dass seine Anrufe hilfreich waren. Sie waren wie ein Anker. Als die kleine Georgia zu sprechen begann, ließ Mark sie sich am Telefon geben, doch sie wurde jedes Mal traurig, egal wie ihre Stimmung vor seinem Anruf gewesen war.

Mark lockte sie: »Georgia? Ist dort Georgia, an die ich immer denke?«

»Daddy.«

»Meine Georgia.«

»Mein Daddy!«

»Bist du fröhlich, Georgia?«

»Nein, bin traurig.«

»Warum?«

»Weil du nicht bei mir bist.«

»Aber ich bin bald wieder da.«

»Du bist nicht bei mir.«

»Aber bald.«

»Warum bist du nicht bei mir?«

Und dann erklärte er ihr gewissenhaft und in einer Sprache, die sie verstehen konnte, dass es Daddys Beruf sei, Dinge zu den Leuten zu bringen, damit sie stark und gesund blieben und keine schlimmen Erkältungen bekämen, nicht mal im Winter. Trotzdem sagte sie dann immer noch: »Daddy, ich bin so traurig.« Kein einziges Mal zweifelte Mark daran; er wusste, dass auch ein glückliches Leben Traurigkeit enthalten konnte – und weshalb sollten die Gefühle von Kindern weniger tief und bedeutsam sein als die der Erwachsenen? Für ein kleines Kind waren die Wände seines Zimmers die Grenzen des Universums. Und so saß Mark in Phoenix oder Milwaukee oder Trenton und stellte sich vor, wie er und Georgia gleichsam eingemauert waren in die Beengtheit ihrer beider Welten, und zwischen ihnen lag die trennende Weite einer großen Entfernung.

Als Georgia erkrankte, nötigten ihm der Mut und die Entschlossenheit, mit denen Lorraine sich in den Kampf um seine Enkeltochter stürzte, Bewunderung ab. Er war hilflos gewesen, vor Verzweiflung wie gelähmt. Doch er war sicher, dass kein individuelles Bewusstein den Tod überdauerte. Und deshalb brauchte Mark sich heute nicht mehr wegen Georgias damaliger Traurigkeit zu grämen, weil er nicht bei ihr sein konnte.

Bei diesem Gedanken wurde ihm die Brust eng, und er rang nach Luft. Voller Angst fragte er sich, ob er einen Herzanfall bekäme. Doch es lag nur daran, dass er schließlich weinen musste – heiße Tränen, die ihm die Wangen hinunterliefen.

»Mark?« Lorraine bewegte sich, ohne richtig wach zu werden. »Alles in Ordnung?«

»Ich vermisse mein kleines Mädchen so sehr«, brachte er mühsam hervor.

»Montag«, murmelte Lorraine im Halbschlaf, »sie ist am Montag wieder zu Hause. Schlaf jetzt.«

11

Schlaf jetzt, dachte Gordon. Schlaf ein, schlaf ein, schlaf ein. Er wagte nicht zu husten oder zu atmen oder gar das Kissen in eine bequemere Lage zwischen seinen Knien zu schieben, weil er glaubte … nein, weil er *wusste*, dass Keefer seine Gedanken hören konnte.

Warum hat die Forschung sich bislang so wenig mit diesem Phänomen beschäftigt, fragte er sich. Wenn er an nichts anderes dachte als an Schlaf, glitt auch Keefer ins Reich der Träume. Doch wenn er sich irgendwelchen anderen Gedanken überließ, wurde Keefer unruhig. Es begann mit einem leisen Wimmern wie von einem jungen Hündchen, das man in der ersten Nacht im Haus hat. Dann herrschte Stille – während Gordon inständig flehte, es möge so bleiben –, und in einem von fünf Fällen seufzte Keefer tief, steckte sich den Daumen in die linke hintere Ecke der Mundhöhle, wo ihre Backenzähnchen wuchsen, und schlummerte friedlich weiter.

Gordon versuchte einmal, Lindsay seine Freude zu beschreiben, wenn Keefer wieder einschlief – zu wissen, dass er beim Aufwachen nicht zermürbt und verzweifelt und aggressiv sein würde und trockene, brennende Augen hätte. Eine Nacht, in der er sich nicht alte Spielfilme oder die endlosen Wiederholungen von Fernsehserien anschauen musste, während er Keefers ruhelose kleine Füße mit dem Daumen streichelte. Eine solche Nacht war ein Geschenk des Himmels.

Dabei hatte Keefer anfangs so schön durchgeschlafen, dass Gordon es kaum glauben konnte. Aber dann kamen die Backenzähne durch, und Keefer wachte mitten in der Nacht mit klagendem Geschrei auf.

Beim ersten Mal war Gordon so ängstlich gewesen, dass er Lorraine anrief, die ihn jedoch beruhigt hatte; es sei kein Grund zur Sorge.

Doch Keefer heulte weiter. Gordon packte sie schließlich in seine Aufwärmjacke, band die Ärmel vorn so zusammen, dass Keefer warm gehalten und an der Bewegung gehindert wurde, und fuhr mit ihr zum Trempeauleau-Bezirkskrankenhaus. Die Assistenzärztin, die Keefer abhorchte, musterte und abtastete, war eine junge, arrogante Asiatin.

»Sie sind der Vater?«, fragte sie.

»Nein, aber de facto schon, weil … sie wohnt bei mir …«, stammelte Gordon müde und verängstigt.

»Sind Sie der Vater?«, fragte die Ärztin noch einmal.

Gordon seufzte. Als wenn es nicht schon schwer genug wäre, allein erziehender Vater zu sein. »Der Onkel. Aber sie wohnt bei mir, und ich werde sie adoptieren. Meine Schwester, ihre Mutter, ist im Frühjahr verstorben.«

»Das tut mir Leid. Aber ich frage aus einem bestimmten Grund.«

»Wegen der Krankenversicherung? Sie ist bei meinen Eltern mit versichert. Ich habe hier eine Kopie ihrer Versicherungskarte und ein Schreiben von …«

»Ich bin keine Buchhalterin.«

»Entschuldigung. Also, was …«

»Ich wüsste gern, wie gut Sie sich mit dem Zahnen und dem Zahnschema von Kleinkindern auskennen.«

»Ziemlich gut. Ich bin Biologielehrer.«

»Ich spreche von Kindern, nicht vom Katzenhai.«

»Ach ja?«

»Als Biologielehrer wissen Sie sicher, warum sie Schmerzen hat, ja? Und Schmerzen bedeuten Weinen, und das wiederum bedeutet unruhigen, gestörten Schlaf.«

Neunmalkluges Miststück, dachte Gordon.

»Ich wäre ja schon froh«, sagte er, »wenn es nur um unruhigen, gestörten Schlaf ginge. Aber ich bekomme überhaupt keinen Schlaf mehr. Ich weiß, dass Keefer einen Backenzahn bekommt. Aber ich wusste nicht, dass sie deswegen die halbe Nacht schreit.«

»Wie war es denn, als die Schneidezähne durchbrachen?«, fragte die Ärztin. »War es da auch so schlimm?«

»Das weiß ich nicht. Damals wohnte Keefer noch nicht bei mir. Da lebte meine Schwester noch. Ich glaube, sie war noch sehr klein, als ihre ersten Zähnchen kamen.«

»Nun, das ist jetzt beträchtlich schlimmer für sie. Backenzähne sind größer. Und sie ist inzwischen größer. Und empfindungsfähiger. Nicht wahr, meine Kleine?«

»Aber sagen Sie… ich meine, sie schläft überhaupt nicht. Sie schläft fast nie.«

»Die meisten Eltern kleiner Kinder finden weitaus mehr Schlaf, als sie annehmen. Sie bilden sich bloß ein, weniger Schlaf zu bekommen. Aber das ist eine Täuschung, weil der Schlaf öfters unterbrochen wird. Ich weiß, es erscheint einem unerträglich, aber jeder muss da mal durch.«

»Haben Sie Kinder?«

»Ich? O nein, bewahre!«, sagte die junge Frau, auf deren Namensschildchen Michelle Yu stand. »Jedenfalls, wenn sie ein echtes Schlafdefizit hätte, würde man es merken.«

Und dann schickte sie Gordon und Keefer mit ein paar Probepäckchen Tylenol-Sirup nach Hause.

Beinahe täglich ertappte Gordon sich dabei, wie er im Unterricht einnickte. Die Kinder merkten es natürlich. Einer aus der endlosen Geschwisterfolge der Reillys – Dennis hieß er – weckte ihn, indem er den CD-Player im Biologielabor auf volle Lautstärke drehte. Der Anfangs-Riff von »Layla« fegte Gordon buchstäblich vom Hocker.

Gordon seufzte. »Reilly, ich bin ein alter Mann«, sagte er. »Mach das Ding aus.«

»Mein Bruder ist genauso alt wie Sie«, sagte Dennis Reilly.

»Ja. Wir haben die fünfte Klasse zusammen geschafft.«

»Sie waren der große Frauenheld, sagt mein Bruder.«

»In der fünften Klasse? Da wusste ich noch nicht mal, dass es Männlein und Weiblein gibt.« Gelächter. Erleichterung. Vielleicht hatten sie vergessen, dass er eingenickt war. »Und ich bin jetzt bei der Truppe – bei der Truppe der Eltern.«

Denn ich habe meine kleine Nichte adoptiert, fügte er in Gedanken hinzu. Wie viele Kinder haben die Reillys, fragte er sich. Zehn? Elf? Wie schafften die Eltern das bloß? Er schlief mit nur einem Kind schon im Stehen ein. Wie kamen Eltern mit fast einem Dutzend Kindern zurecht?

Wenn Lindsay erschien, bat er sie schon an der Tür, mit Keefer spazieren zu gehen, damit er eine Stunde lang schlafen könnte. An Samstagabenden, wenn Keefer bei seinen Eltern oder den Cadys und Nyes war, hatte er gerade noch die Kraft, sich etwas zu essen zu holen und sich einen Film anzuschauen, bei dem er meist einschlief. Lindsay zog ihn schon damit auf, dass er seinen Vater um Viagra bitten sollte. Wenn er sich im Spiegel betrachtete, war er überzeugt, bereits graue Haare an den Schläfen zu entdecken.

Und er wurde immer gereizter.

Eines Abends wäre er in der »Wilden Rose« beinahe in eine Schlägerei geraten. Zwei Typen saßen da, Geschäftsleute mit meeresgrünen Sportjacken und Designerbrillen, die wahrscheinlich von Medi-Sun hierher eingeladen worden waren und auf Firmenkosten Cocktails in sich hineinschütteten.

Der eine von diesen Angebern begann mit einem lautstarken Vortrag über irgendeine Auseinandersetzung im Büro, den offenbar sämtliche Gäste mithören sollten; dann begann der andere Bursche nicht minder laut über die Tochter seines Chefs zu reden. Gordon traute seinen Ohren nicht.

»Und nun hat sie's dem alten Vanderwood gesagt, und dass sie eine richtige Märchenhochzeit haben möchte, bei der keine Kosten gescheut werden sollen...«

»Und sie ist zwergwüchsig?« Der andere Kerl platzte schier vor Lachen.

»Genau wie der Giftzwerg, den sie heiratet. Und wir alle sollen an diesem höchst feierlichen Anlass teilnehmen.«

»Na, wenigstens können sie am Stoff für die Klamotten sparen. Die können in der Kleinkinderabteilung einkaufen. Und du kannst ihnen ja Barbies Traumhaus als Bungalow schenken!«

Das war zu viel für Gordon. »Wissen Sie eigentlich, was Zwergenwuchs bedeutet?«, fuhr er den Typen an. »Wissen Sie, dass Menschen mit angeborenem Zwergenwuchs manchmal nicht älter als vierzig werden? Haben Sie überhaupt eine Ahnung, wie viel Mut diese Eltern haben mussten, ihr Mädchen in dem Glauben aufzuziehen, dass es einmal ein Leben als normale Frau führen kann?« Der eine Bursche machte eine abschätzige Bewegung, als würde er über eine unsichtbare Geige streichen.

»Du dicker Dreckskerl«, zischte Gordon, »bist du überhaupt Vater?«

»Komm schon, Squirrel«, murmelte der andere Kerl, »lass gut sein ...«

»Squirrel?«, rief Church vor Begeisterung. »Eichhörnchen? Mann, Gordon, lass dich nicht mit einem Kerl ein, der so heißt!« Er schaute den anderen Burschen an. »Und wie heißt du? Goldhamster?«

Kate, die Wirtin, ging dazwischen und jagte die beiden Kerle aus dem Lokal. »Schon gut, Gordon«, sagte sie dann. »Diesen beiden Blödmännern wirst du nie wieder begegnen.«

Gordon war schließlich so voll, dass er nur noch eine verschwommene Erinnerung daran hatte, wie er sein Gesicht an Kates Busen vergrub. Hoffentlich war er nicht zu weit gegangen. Er war mit Kate seit der sechsten Klasse befreundet. Damals hatte sie ihm und Kip Sweeney immer die *Playboy*-Hefte ihres Vaters hinauf in ihr Baumhaus gebracht.

Gordon wurde alles zu viel. Er kam nicht mehr gegen seine Müdigkeit an, und es ging ihm gegen den Strich, dass er, seine Eltern und Keefer Gegenstand einer Vormundschaftsauseinandersetzung waren, über die offenbar jeder in diesem verdammten Kaff Bescheid zu wissen schien.

Der Gedanke, Keefer in eine Kinderkrippe zu geben, schied für Gordon ebenso aus wie für Lorraine.

»Sie hat in den letzten paar Monaten genug Umstellungen mitmachen müssen«, sagte Lorraine.

»Das finde ich auch.«

»Und außerdem, die einzige Kinderkrippe hier ist in diesem Zentrum der ›Wiedergeborenen‹. Nennt sich ›Regenbogen-Club‹. Für mich hört sich das eher wie ’ne Obenohne-Bar an.«

»Vielleicht solltest du mit der Schule aufhören.«

»Ich soll meine Arbeit aufgeben, Gordon?«

»Ja. Gib deine Arbeit auf. Lass dich beurlauben.«

»Ich habe schon letztes Jahr Sonderurlaub genommen.«

»Dann verlass die Schule ganz.«

Seine Mutter hatte ihre Lesebrille heruntergerückt. »Gordon, ich werde mit Sicherheit nicht meine Arbeit aufgeben. Und falls du es noch nicht bemerkt haben solltest – bei uns stapelt sich ein Berg Rechnungen ...«

»Keefers Versicherung wird vielleicht für einiges davon aufkommen.«

»Das sind *unsere* Rechnungen, nicht Keefers. Ganz abgesehen davon – da gibt es kein Geld, denn die Versicherung lässt immer noch den Unfall untersuchen.«

»Wie lange wird das dauern?«

»Das weiß ich nicht.«

»Ich finde aber, dass jemand von uns bei Keefer sein sollte.«

»Dann gib du deine Stelle auf. Ich verdiene mehr als du. Und ich brauche nur noch zwei Jahre, bis ich mich vorzeitig pensionieren lassen kann, Gordon.«

»Ich kann unmöglich meine Stelle aufgeben. Ich will Keefer adoptieren – schon vergessen? Und glaubst du vielleicht, der Richter würde Arbeitslosigkeit als Kriterium für meine Eignung betrachten?«

Lorraine seufzte. »Wir hätten noch eine andere Möglichkeit.«

»Nämlich?«

»Keefer könnte bei Nora bleiben. Vorübergehend. Obwohl sie auf der Farm die Erntearbeit machen müssen.«

»Du hast Recht. Tante Nora würde alles für Keefer tun«, murmelte Gordon.

»Dann ruf sie an und frag sie.«

Nora erklärte sich einverstanden. Das bedeutete allerdings, dass Gordon zur Farm fahren und praktisch mitten in der Nacht aufstehen musste, wollte er nicht unrasiert und nach Blaubeerbecher-Babykost riechend in der Schule erscheinen. Ein paar Mal war Mark bereit, Keefer auf dem Weg zur Firma mit hinaus auf die Farm zu nehmen. Gordon verstand nicht, warum sein Vater das nicht jeden Tag tun konnte; schließlich war er Vizepräsident des Unternehmens. Doch sein Arbeitstag begann viel zu spät. Außerdem bestand Mark darauf, dreimal in der Woche am Morgen seinen Dauerlauf zu machen.

Dauerlauf. Joggen.

Warum kommst du selbst nie zum Joggen, fragte sich Gordon.

Sein Vater würde ihn wahrscheinlich überleben.

Gordon war überhaupt nicht mehr in Form; er war dünn geworden, mit schlaffen Muskeln, und seine Beine fühlten sich wie Gummi an, wenn er gelegentlich den Mumm aufbrachte, nach Merrill hinüberzufahren und mit Alicia Rafferty und deren Freundinnen Volleyball zu spielen. Was Alicia betraf, hatte Gordon sich bemerkenswert zurückgehalten, wobei für ihn ganz hilfreich gewesen war, zu erfahren, dass sie siebenunddreißig war.

Selbst das Unterrichten, das Gordon immer so leicht gefallen war, hing ihm nun wie ein Mühlstein um den Hals. Wie einfach doch alles gewesen war, als er sich um nichts anderes zu kümmern brauchte als um die eigene Körperflege und Ernährung.

Und dann kamen auch noch Keefers Schlafprobleme hinzu, kaum zwei Wochen, nachdem das neue Schuljahr begonnen hatte ...

»Mr McKenna!«, drang Reillys Stimme in Gordons Bewusstsein. Er erkannte, dass er schon wieder eingenickt war. »Sie wollten uns doch von der RNS erzählen!«

Gordon nickte und gähnte ungeniert.

»Am Anfang«, begann er, »noch vor den Dinosauriern – sogar vor unserem Mr Reilly hier –, gab es die RNS. Ribonukleinsäure. Und die RNS-Burschen damals vor etwa vier Milliarden Jahren waren noch ziemlich eingeschränkt in ihren Möglichkeiten, etwas zu ihrem Vergnügen zu tun. Unser Planet war noch ziemlich neu, und keiner wusste, wo die guten Treffs waren ...«

»Woher kam die eigentlich?«, fragte Reilly.

»Die RNS?«, fragte Gordon.

»Ja. Und wenn Zellen nur aus anderen Zellen entstehen können, woher kam dann die erste Zelle?«

»Ich weiß es nicht. Aber wir können annehmen, dass sich diese Substanzen, diese Verbindungen, schließlich so veränderten, dass sich ein ganz neuartiger Weg der Fortpflanzung ergab, der höher entwickelt, differenzierter war. Und nach einer Milliarde Jahre Versuch und Irrtum der Natur entstand aus der RNS die DNS.«

»Ich hab gedacht, James Watson und Francis Crick haben die DNS erfunden«, sagte Reilly. »Watson glaubt sogar, dass sich der Mensch nicht so schnell aus einem einzelligen Lebewesen entwickelt haben kann. Da müssen Außerirdische eine Rolle gespielt haben.«

»Watson meinte damit«, sagte Gordon, »dass es möglicherweise eine Lebensform gab, die auf einem anderen Planeten entstanden war, ähnlich einem Supervirus. Keine kleinen grünen Männchen. Evolution ist Wandel, und dieser Wandel kann sich sehr schnell vollziehen. Schaut euch zum Beispiel an, wie rasch Bakterien gegen Antibiotika resistent werden können… Vor unseren Augen ereignet sich Tag für Tag eine Evolution im Kleinen.«

»Darwins Evolutionstheorie ist aber verkehrt«, sagte Dennis Reilly. »Ich hab einen Vetter in Georgia, der vom Unterricht befreit wird, wenn sie über die Evolution sprechen, weil seine Familie nicht daran glaubt.«

»Genau wie in Kansas«, ließ Olstadt, der Footballstar der Schule, sich lautstark vernehmen. »Da hab ich ’ne Tante.«

Der vom Schlafmangel todmüde Gordon seufzte im Stillen. Warum hatte er dieses Schuljahr nicht mit Ökologie begonnen wie die anderen Biologielehrer? Mit schönen, sauberen Flüssen und Meeren, großen, bösen Umweltverschmutzern und netten, lächelnden Delphinen. Eigensinnig hatte er mit der Evolution angefangen, weil er das Gefühl hatte, dass jedes menschliche Wesen am meisten an sich selbst interessiert sei; deshalb wollte er das wachsende Selbstgefühl der Schüler nutzen, um Interesse und Faszination zu wecken. Und doch wusste er noch vom vergangenen Schuljahr, dass es vermintes Gelände war, wo er an jeder Wegbiegung in die Glaubensfettnäpfchen irgendwelcher Kleinstädter treten konnte.

»Nun ja, manche Leute glauben, dass Darwin sich geirrt hat«, entgegnete er geduldig. »Andere Leute wiederum finden, dass er mit den wissenschaftlichen Möglichkeiten, die ihm vor hundertfünfzig Jahren zur Verfügung standen, eine beachtliche Leistung vollbrachte.«

Reilly bohrte nach: »Aber in einem Zeitabschnitt von nur etwa zehn Millionen Jahren soll sich angeblich alles entwickelt haben, von den Bakterien bis hin zu den Säugetieren. Wenn es Milliarden und noch mal Milliarden von Jahren gewesen wären …«

»Das nennt man die Kambrische Explosion«, sagte Gordon, »und denk an das Aids-Virus. Vierzig Jahre lang hat es gewissermaßen geschlafen, kam nur begrenzt und ziemlich selten vor. Aber nach 1980 hat diese Krankheit sich explosionsartig verbreitet …«

»Wegen der weltweiten Flüge!«, rief Kye Olstadt. »Da war mal 'ne Stewardess, die hat's überall erzählt.«

»Und wo sind die Nachweise für die fehlenden Zwischenglieder? Wo ist der Schimpanse, der beschloss, ein Mensch zu werden?«, fragte Reilly.

»Ich bin kein Schimpanse nich!«, rief Gunther Woffling. Gordon hätte schwören können, dass er die letzten fünf Minuten geschlafen hatte.

»Zu achtundneunzig Prozent bist du einer«, beschied ihm Gordon.

»Nein! Ich bin kein blöder Affe nich!«

Stimmt, dachte Gordon, als Woffling geräuschvoll seine Bücher aufeinander knallte und in seine Tasche schob. Du wärst eine Beleidigung für jeden Schimpansen.

»Der Unterricht ist noch nicht vorbei, Gunther«, sagte Gordon ruhig.

»Und wenn all das wahr ist«, setzte Dennis Reilly hinzu, »warum entwickeln sich dann die Schimpansen nicht weiter zu Menschen?«

Gordon seufzte. »Weil sie für ihr Leben als Schimpansen gut ausgestattet sind. Kommen wir auf Gunthers Einwand zurück. Wenn ihr kleine Kinder wärt und eine Zeichnung von einem Menschen und einem Affen machen würdet, sähen die ziemlich gleich aus, stimmt's? Auf jeden Fall ähnlicher als Zeichnungen von einem Schimpansen und einem Huhn. Und was können wir daraus entnehmen?«

»Warum entwickeln Eidechsen sich nicht mehr in Richtung auf den Menschen?«, fragte Reilly.

»Weil sie es nicht brauchen. Menschen sind nicht die am höchsten entwickelte Spezies auf der Erde…«

»Doch! Menschen können denken!«

»Ja, aber auf dem Grund der Meere könnten Bakterien leben, die höher entwickelt sind als menschliche Wesen, weil sie mehr Zeit zur Verfügung hatten.«

»Wollen Sie behaupten, dass ein Mensch nicht besser ist als 'ne Bakterie?« Das war wieder Woffling.

»Nicht besser insofern, als er nicht geeigneter für ein Leben als Bakterie ist. Die Evolution ist keine Theorie. Sie ist eine Tatsache. Die Theorie…«

»Glauben Sie an Gott?«, unterbrach Reilly ihn und fügte hinzu: »Einstein hat an Gott geglaubt.«

»Vielleicht hat Gott die Evolution erschaffen«, rief Kelly Rafferty, »damit wir etwas zu tun haben.«

Rafferty.

Verdammt!

Die Schulglocke läutete.

Danke, lieber Gott, dachte Gordon mit einem stummen Stoßseufzer.

»Lest das vierte Kapitel bis morgen«, sagte er.

Als die Schüler lärmend aus der Tür stürmten, hörte er, wie Gunther Woffling allen verkündete, dass er keine Bakterie sei, und wenn der Mensch nicht besser als ein Affe wäre, warum sollte der Mensch das Ebenbild Gottes sein?

Mit Sicherheit würde Gordon morgen einen besonders netten Telefonanruf von Mrs Woffling erhalten.

Und dann fühlte er, dass jemand vor seinem Pult stand. Kelly Rafferty.

»Mr McKenna«, sagte sie schüchtern, »meine Mutter hat mir erzählt…«

Von der Nacht beim Bungalow?, fragte sich Gordon. O Gott, meine Karriere geht den Bach runter! Das ist das Ende. Und jetzt brauchst du dir vor allem keine Sorgen mehr darüber zu machen, ob das Gericht dir Keefer zuspricht…

»Sie hat mir von Ihrem kleinen Baby erzählt«, sagte Kelly.

Gordons Herzschlag normalisierte sich wieder.

»Ich kann leider nicht als Babysitter in Tall Trees aushelfen, weil ich ja mit dem Bus komme. Aber Melinda Gallo und Kathy Zurich betreuen kleine Kinder. Und sie haben gesagt, sie würden Ihnen gerne helfen, weil Sie immer so müde sind.«

»Wie wär's zwei Tage die Woche nach der Schule?«

Kelly zwinkerte. »Gut, ich frag sie.«

Auch Gordon musste fragen. Er musste Hart Rooney fragen, ob es gegen irgendwelche Vorschriften verstieße, eine seiner Schülerinnen zu bitten, ihm als Babysitterin zu helfen. Rooney lächelte und wirkte keinen Tag älter als damals, als Gordon ihm den Rasen gemäht hatte. »Wo liegt das Problem, Gordon?«, sagte er gelassen. »Wo sollte man denn sonst Teenager finden? Pass nur auf, dass sie dir nicht an die Biervorräte gehen oder dein Auto fahren wollen.«

Und so kamen sie zu ihm, Melinda und Kathy, seine hilfreichen Engel in weiten Jeans, mittwochs und donnerstags nach den Gymnastikübungen, und gingen mit Keefer in den Park oder spielten mit ihr – zwei Stunden, in denen Gordon den Hörer abnahm und sich langlegte.

Damit begann eine weitere kurze, trügerische Friedensperiode.

Bis zu der Nacht mit der blutigen Nase.

Keefer hatte einen Trotzanfall bekommen. Sie war dahinter gekommen, wie Gordons Rasierschaumdose funktionierte, und er ließ sie den Schaum ein paar Mal in die Badewanne spritzen. Aber dann begann Keefer damit, ihn an die Wände und auf den Boden zu spritzen, worauf Gordon ihr die Dose wegnahm und ihr stattdessen eine ihrer Puppen gab. Und da passierte es: Keefer ließ sich im Bad kreischend auf die Knie fallen, rutschte auf der Rasiercreme aus und knallte gegen eine Fliese. Und dann sah er das Blut.

»O Keefer, mein Baby!«, rief er, hob sie auf, hielt sie weinend auf den Armen und drückte sie an sein Hemd. Die Blutung wollte nicht aufhören. Während er sie in den Armen hielt, tastete er im Gefrierfach seines Kühlschranks nach Eiswürfeln, dann nach einem Handtuch. Keefer schrie immer noch aus Leibeskräften, als jemand an die Tür klopfte. Drei Schläge, wuchtig und laut.

»Ich kann auch die Polizei holen!«, fuhr Judy Wilton ihn an, nachdem Gordon geöffnet hatte.

»Was?«

»Ich wollte Ihnen nur sagen, dass ich mich nicht scheue, den Sheriff oder die Fürsorge zu verständigen«, fuhr seine Vermieterin fort, die unter ihm wohnte. »Mein Gott, schauen Sie die arme Kleine an. Schauen Sie *sich selbst* an!«

Gordon trat vor den Spiegel.

Er hielt ein Baby mit blutverschmiertem Gesicht auf den Armen; Keefer schrie und schlug gegen seine ebenso blutige Brust.

»Judy«, sagte Gordon und wandte sich zu Tür, »Keefer hatte nur einen Wutausbruch …«

»Wutausbruch? Das ist doch nicht normal! Und ich höre es die ganze Zeit! Ständig schreit das Baby wie um sein Leben. Ich weiß ja nicht, was Sie hier oben treiben …«

»Sie wollte … den Rasierschaum haben. Sie hat mit meinem Rasierschaum gespielt, und da …«, stammelte Gordon, erkannte jedoch, dass Judy Wilton ihn für einen Lügner hielt, und das vermittelte ihm das Gefühl, tatsächlich zu lügen. »Es ist nicht so, wie es zu sein scheint. Keefer ist hingefallen und hat sich die Nase blutig geschlagen …«

»Ich werde nicht zulassen, dass Sie so was einem Kind antun!«

»Was antun? Judy, ich liebe Keefer. Ich habe mich noch nie an ihr vergriffen! Das wissen Sie! Sie sehen uns doch immer zusammen.«

»Ich *höre* Sie zusammen. Ich höre, wie das Kind schreit.

Und ich sehe die Frauen, die hier zu jeder Tages- und Nachtzeit ein und aus gehen.«

»Was?«

»Die kleine Snow. Und diese College-Mädchen.«

»Das sind meine Schülerinnen, Judy. Sie sind meine *Babysitterinnen*. Und Lindsay ist seit vielen Jahren meine Freundin... du lieber Gott, Judy! Sitzen Sie vielleicht da unten und führen eine Liste, wer in meine Wohnung kommt?«

Sie warf Gordon einen verächtlichen, giftigen Blick zu und verschwand.

Eine halbe Stunde später drückte Sheriff Larsen auf die Klingel an der Wohnungstür. Er sah aus, als würde er gleich losbrüllen.

»Gordon, ich möchte nicht, dass du hier alle in Aufregung versetzt!«

»Judy Wilton hat angerufen, nicht wahr?«

»O ja!«

Zornig und bekümmert zugleich erklärte der Sheriff die Vorgehensweise. Wenn eine Anzeige wegen Verdachts auf Kindesmisshandlung aufgenommen wurde, sei er gesetzlich verpflichtet, die Bezirksverwaltung zu verständigen, selbst wenn die fragliche Person Dales eigene Mutter sei. Das hieße nicht zwangsläufig, dass irgendetwas Schlimmes geschehen würde, aber eine Sozialarbeiterin würde vorbeischauen und ein Gespräch mit ihm führen...

»Und dann gibt es einen Bericht in irgendeiner Akte, stimmt's?«, fragte Gordon.

»Es gibt einen Bericht, Gordon, in dem steht, dass der Verdacht unbegründet war. Das passiert vielen Leuten. Nachbarn behaupten manche Dinge aus schierer Boshaftigkeit. Manche glauben, etwas zu sehen, das es gar nicht gibt...«

»Und wenn der Richter trotzdem der Meinung ist, ich hätte das Kind misshandelt, und ich verliere Keefer?«

»Falls die Beschuldigung sich als grundlos erweist, ist die

Sache erledigt. Ein Richter ist genauso wie ich vom Gesetz verpflichtet und muss die Ermittlungsergebnisse vollständig und unvoreingenommen berücksichtigen.«

»Ich habe Keefer nicht verletzt! Sie ist hingefallen!«

»Judy sagte, hier wäre *ständig* das reinste Chaos.«

»Weil sie eine verrückte alte Krähe ist, die wahrscheinlich Mikrofone an der Decke hat, um sich ein bisschen Unterhaltung zu verschaffen, während sie für ihren Vater Hühner zerlegt. Vermutlich beißt sie den Hühnern die Köpfe ab. Kennst du sie?«

Dale Larsen kannte Judy Wilton sehr wohl. Er wusste auch, dass sie eine stürmische lesbische Liebesaffäre mit Liz Kildeer gehabt hatte, der Profi-Tennisspielerin in Fidelis Hill, und dass des Öfteren Hilfssheriffs in das dortige Haus gerufen worden waren, um tränenreiche Beziehungsdramen und sogar Handgreiflichkeiten zu schlichten.

Es widerstrebte Dale, Gordon das antun zu müssen, aber Gesetz war Gesetz: Er musste einen Sozialarbeiter einschalten.

Der Sozialarbeiter, der am nächsten Tag vorbeischaute, verbrachte fünfzehn Minuten bei Gordon und Keefer und versicherte Gordon anschließend, dass er keinerlei Anhaltspunkte für eine Misshandlung oder Vernachlässigung des Kindes erkennen könne, das offensichtlich volles Zutrauen zu seinem Daddy hatte.

Doch Gordon war überzeugt, dass Faith Bogert von der Beschwerde erfahren und sie vor Gericht gegen ihn verwenden würde. Und auch wenn Keefer gelegentlich wieder nachts durchschlief, konnte Gordon nun gar nicht mehr schlafen, außer wenn er die Tabletten nahm, die seine Mutter plötzlich in großer Menge vorrätig zu haben schien. Aber er benutzte sie nur selten und mit der ständigen Angst, dass Keefer aufwachen und weinen könnte und dass er sie nicht hören würde – Judy Wilton hingegen sehr wohl.

Doch Faith Bogert erfuhr erst viel später von der Beschwerde. Als sie zu ihrem zweiten Begutachtungsbesuch erschien, erhärtete sich ihre Überzeugung, dass Gordon eine gefestigte, gesunde und offensichtlich optimistische Persönlichkeit besaß, die keinerlei pathologische Merkmale erkennen ließ, lediglich »Elemente von geringfügig narzisstischen Zügen«, wie Faith es auf drängende Nachfragen beschrieben hätte. Das aber stellte für sich kein Problem dar, wie etwa die Testergebnisse der Cadys, die äußerst unzuverlässig waren, da ihr christlicher Heilsglaube sie zu einem übermäßigen Vertrauen an das Gute im Menschen verleitete.

Faith fragte sich jedoch, ob Gordons Ichbezogenheit ihn daran hindern könnte, jene Art von Opfern zu bringen, die ein allein erziehender Elternteil bringen musste, so wie es damals Faiths Mutter getan hatte. Er war ein Ich-Mensch und ein geschäftiger Mann dazu. Das Telefon läutete unablässig, und Faith hörte die Stimmen auf dem Anrufbeantworter: »Hallo, Mr McKenna, hier sind Molly und Kathy! Wir könnten jetzt kommen, um uns die Einser in Bio zu verdienen. Sind Sie bereit, ins Bett zu gehen?« Zwanzig Minuten später: »Gordon, Liebling? Hier Lindsay. Ruf mich an, wenn die Frau weg ist, ja? Bin schon ganz scharf auf dich…« Und wieder fünf Minuten später: »Hier ist Alicia Rafferty, deine Feuerwehrfrau. Wie wär's, wenn wir uns am Sonntag mal sehen? Ich ruf dich noch mal an.«

Mit rotem Kopf beeilte sich Gordon, Erklärungen abzugeben: »Molly und Kathy sind meine Babysitterinnen. Wenn sie hier sind, schlafe ich immer ein Stündchen. Das haben sie mit ›ins Bett gehen‹ gemeint. Und mit Alicia Rafferty spiele ich hin und wieder Volleyball…«

Faith nickte bloß.

»Ich bin schrecklich durstig. Möchten Sie auch was?« Gordon schaute in den Kühlschrank. »Ein Bier? Hab auch Kinder-Eis am Stiel. Oder wie wär's mit Yoo-Hoo?«

»Nein, danke«, sagte sie. »Ich versuche abzunehmen.«

Sie sah wirklich schlanker aus, bemerkte Gordon. Aber immer noch trug sie diese unvorteilhaften Stretchhosen. Dieses Mal in Rot. Aber... Teufel, was war das? Er hatte Keefer besonders sorgsam gekleidet, wobei er Georgias kleines klingendes Fußkettchen zwischen den Zähnen hielt und vor Keefer baumeln ließ, um sie abzulenken. Und obwohl sie sich wand wie ein kleiner Python, hatte er ihr das niedliche Kleidchen angezogen, das seine Tante genäht hatte und an dem jeder Knopf ein Buchstabe des Alphabets war.

Doch jetzt begann Keefer die Knöpfe abzureißen, einen nach dem anderen.

»Verdammt noch mal, Keefer!«, rief Gordon impulsiv.

Faith Bogert blickte zum Fenster hinaus und griff in ihre Tasche, um einen Kugelschreiber hervorzuholen.

12

Kein Richter darf sich zu wichtig geben; das wusste Emily Sayward. Das Ego aber konnte eine Falle sein, die zu Dummheiten verleitet, und das konnte Emily eher hier geschehen, im Bezirk Trempeauleau, als am Obersten Gericht des Staates Wisconsin. Denn in dem kleinen Bezirksgericht verkörperte sie besonders augenfällig das Gesetz. Sie bräuchte nur an einer der Straßen von Wausau nach Morehouse, Conover und Tall Trees zu halten und irgendwo ein Bier zu trinken – schon würden alle Gespräche verstummen, und die Leute würden ehrfürchtig flüstern: »Das ist die Richterin im Fall McKenna gegen Nye!«

Dass Emily Sayward attraktiv war, war ebenfalls eher ein Nachteil als ein Vorteil. Ihr hübsches Gesicht und ihre gute Figur erwiesen sich im Beruf mitunter als hinderlich. Und seit sie ihre Anwaltskanzlei für Familienrecht aufgegeben hatte und in diese Gegend gekommen war – vor allem seit ihrer Berufung ans Gericht –, stimmte das Verhältnis zwischen Emilys Größe und der psychischen Dimension ihrer Rolle als Richterin nicht mehr. Sie wusste, dass ihr Alter und ihre zierliche Figur sie mädchenhaft aussehen ließen. Sie musste sogar eine Kiste unter den Richtertisch stellen, damit ihre Füße nicht über dem Boden baumelten. Wenn der Gesichtsausdruck abgebrühter Rauschgifthändler und brutaler Frauenschläger entspannter wurde, während sie ihr zuhörten, konnte Emily kaum ihren Zorn im Zaum halten.

Emily und ihr Mann Jamie waren vor drei Jahren in diese Gegend gezogen und wohnten in einem Pfahlhaus am Hat Lake. Jamie hatte sich damals bei Medi-Sun beworben und die Stelle als Syndikus erhalten, obwohl er der Sohn einer

Latino-Mutter war. Es war kein monotoner Routinejob; Vitamin- und Heilpflanzenpräparate erwiesen sich mitunter nicht bloß als die harmlosen Kräutermittelchen, für die manche Leute sie hielten. Vor allem angesichts der wachsenden Zahl von Gesundheitsfanatikern gab es ständig Prozesse, bei denen es um Schadensersatzforderungen in beträchtlicher Höhe ging – von der Frau, die ihre psychotischen Schübe dem Mittel *Valerian* zuschrieb; von dem Mann mittleren Alters, dessen hoffnungsvolle Versuche mit *ManPower* eine schmerzhafte Dauererektion hervorgerufen hatten – zumindest behauptete er das –, und von Krebspatienten, die in ihrer Verzweiflung die Chemotherapie abgebrochen und sich auf die Versprechungen von Medi-Sun verlassen hatten. Ob die Kläger die Warnungen, Haftungsbeschränkungen und Anweisungen auf den Beipackzetteln gelesen hatten, war eine andere Frage. Jedenfalls forderte der Job als Syndikus dem erfahrenen Prozessanwalt Jamie Sayward alle Kraft ab. Andererseits verschaffte sein Gehalt – zuzüglich der Gewinnanteile – den Saywards mehr Freiheit und Sicherheit, ihrem Sohn die beste Erziehung und Ausbildung zukommen zu lassen.

Emily begann als Bezirksanwältin am Kreisgericht. Sie hatte Tom Collins, einen jammervollen Säufer, zu zehn Jahren mit Bewährung verurteilt – mit der Androhung, die Bewährung aufzuheben, sollte er nur einen Tropfen Alkohol anrühren – und ihm den Führerschein auf Lebenszeit entzogen. Es war eine populäre Entscheidung gewesen. Obwohl Collins viele einflussreiche Freunde besaß, blieb die Tatsache bestehen, dass er das Leben der Redmonds vernichtet hatte. Nur sechs Wochen nach dem Collins-Prozess hatte der konservative Gouverneur – kein besonderer Freund von Emilys liberalen Neigungen – sie zur Nachfolgerin des verstorbenen Richters Crabtree für den Rest seiner nicht zu Ende geführten Amtszeit ernannt.

Am Abend, bevor sie den Fall Keefer Nye verhandeln

musste, ging Emily am Seeufer spazieren, nachdem sie sich davon überzeugt hatte, dass ihr Fünfjähriger friedlich schlummerte, und rief dann ihren Vater an. Arthur Sayward war ebenfalls Richter, jedoch in New Hampshire, und ein »scharfer Hund«, wie Emilys Mutter Peggy sich ausdrückte. Arthur gab selten ungebeten einen Rat, aber falls doch, nahm seine Tochter ihn mit offenen Händen und voller Respekt entgegen. »Arthurs Axiome« nannte Jamie die Ratschläge seines Schwiegervaters.

Ihr Vater hörte schweigend zu, als Emily ihm erklärte, wie all die Eingaben ihr am vergangenen Abend ins Amtszimmer geflattert waren, eine Stunde, nachdem sie üblicherweise schon nach Hause gegangen wäre: die Eingaben beider Großelternpaare, ihre Anträge auf dauerhaftes Sorgerecht zurückzuziehen, sowie der Antrag der Cadys, ihnen das Sorgerecht für Keefer zuzusprechen und Gordon McKennas Adoptionsantrag abzuweisen. Begründung: Gordon – der nur aufgrund *eigener* Adoption Onkel des Kindes sei – erfülle nicht die Bedingungen der einschlägigen Rechtsvorschriften in den Gesetzen von Wisconsin, die ein beschleunigtes Adoptionsverfahren für Stiefeltern und unmittelbare Familienangehörige zuließen. Daraufhin erfolgte die Salve von Gordons Anwalt, der um eine gesonderte Verhandlung des Adoptionsantrags seines Mandanten ersuchte und forderte, die Cadys von dem Verfahren auszuschließen, da sie keine unmittelbaren Familienangehörigen seien, sondern im Fall Keefers nur Cousins zweiten Grades; somit besäßen sie gar nicht den rechtlichen Status, Einspruch zu erheben. Hinzu kamen die früheren Vormundschaftsersuchen der Cadys und Gordons Adoptionsantrag ...

All diese Behauptungen, Anfechtungen und Ansprüche drehten sich um die zerbrechliche Achse der kleinen Keefer Nye. Ein kleines Mädchen war nicht nur seiner Eltern beraubt worden, sondern plötzlich das zentrale Überlebenssymbol für zwei Familien, deren selbstsüchtiges und dennoch verständliches Begehren Keefer in ein wahres Hornissennest widerstreitender Ansprüche trieb.

Die Familien hatten in der Tat schlimme Schicksalsschläge erlitten. Alle Bewohner des Bezirks, ja, fast alle Menschen in Wisconsin hatten von der Tragödie der McKennas gehört. Sie brauchten endlich eine Entscheidung, etwas Endgültiges, die Chance zu einem Neubeginn.

Und die konnte nur Emily ihnen geben.

»Ich werde sie alle gemeinsam vorladen, Vater«, sagte Emily nun am Telefon. »Sie möchten getrennt verhandeln, aber diese Sache muss ich als Ganzes überblicken, um sie auch als Ganzes verstehen zu können.«

»Das ist klug, Emily. Und denk dran – berücksichtige nur, worum man dich ersucht. Und behalte stets die unmittelbaren Fragen im Blick. Natürlich musst du die Umstände bedenken, die sich aus deiner Entscheidung ergeben können; aber es ist nicht deine Aufgabe, diese Umstände vorauszusehen oder zu bestimmen. Auch die Gefühle der Familien dürfen keine Rolle spielen, und wenn sie noch so bewegend sind. Aber das weißt du ja. Und was eine Revision betrifft …«

»Ich fürchte keine Revision.«

»Aber du hast daran gedacht.«

»Würdest du unter diesen Umständen nicht daran denken?«

»Ja, sicher, Emily. Und deshalb rate ich dir, sei umsichtig, aber nicht ängstlich.«

Emily rief sich mit einem Seufzer den alten Witz vom Jurastudium in Erinnerung, wonach es im Leben zweierlei Wege des Handelns gab: einen nach dem Recht und einen nach dem Gesetz.

»Was dir als Privatperson zu schaffen macht, Emily, darf dich als Richterin nicht kümmern.«

»Ich weiß«, sagte sie, »aber ich muss daran denken, wie diese Familie leiden wird.«

»Möchtest du diese Sache durchsprechen?«

»Ja, aber ich werde es mit Jamie bereden. Ich möchte dich nicht damit belasten.«

»Okay. Du wirst schon das Richtige tun. Das weiß ich.«

Später saßen Emily und Jamie auf der Terrasse des Hauses. Sie hatten sich Parkas um die Schultern gelegt, weil es an den Abenden im Spätherbst schon recht kalt wurde, und wärmten sich die Hände an ihren Kaffeebechern.

»Es ist schwierig, Jamie«, sagte Emily. »Die Unterscheidung zwischen Blutsverwandten und adoptierten Verwandten wurde vom Gesetzgeber vorgenommen, wenngleich ich persönlich dieser Auslegung nicht zustimmen würde und auch keine Erklärung dafür habe, *warum* der Gesetzgeber diese Unterscheidung gemacht hat. Aber es gibt sie, und ich muss mich daran halten. Wenn man nicht mit den Gesetzen einverstanden ist, die die Volksvertreter gemacht haben …«

»… sollte man sich an seinen Abgeordneten wenden, damit der sich für eine Änderung einsetzt«, führte ihr Mann den Gedanken zu Ende.

»Ja. Es hat keinen Sinn, solche Dinge unzumutbar lange hinzuziehen. Es geht hier nicht darum, dass jeder, der einen Anspruch geltend machen kann, bis zum letzten Punkt und Komma gehört werden muss …«

»So wird es aber kommen, fürchte ich. Sie werden bis zum Äußersten gehen …«

»Das werden sie nicht«, sagte Emily. »Nicht in meinem Gerichtssaal.«

»Ich hoffe es«, sagte Jamie und zog ihren Kopf an seine Schulter. »Keiner beneidet dich um diesen Fall, Emily, aber du musst dich nun mal für eine Partei entscheiden, und zwar auf der Grundlage des Gesetzes. Falls das ein Trost für dich ist …«

»Ist es nicht.«

»Sie werden dir die Hölle heiß machen.«

»Ich weiß. Aber das ändert nichts.«

So saßen sie noch lange da und beobachteten, wie der Mond sein volles, goldenes Gesicht hinter Wolken verbarg und wieder enthüllte.

Die Bänke auf dem Marmorflur im Gerichtsgebäude des Bezirks Trempeauleau füllten sich am nächsten Morgen wie die Kirchenbänke am Sonntag beim Glockenläuten zur Frühandacht. Mit Ausnahme seiner Familie und den Nyes sahen alle Anwesenden erwartungsvoll und gespannt aus, fand Gordon. Er sah einen Burschen, mit dem er auf der High School gewesen war, ein Ass im Footballteam. Er trug ein Flanellhemd über einem T-Shirt, und sein Chinesen-Schnurrbart war an den Mundwinkeln braun verfärbt. Als er Gordon sah, tippte er an den Rand seiner Baseball-Mütze und hob dann eines der mageren kleinen Mädchen hoch, die um ihn herumsprangen. Sie schienen gleich alt zu sein und trugen helle, ärmellose Sommerkleider, obwohl es schon auf Erntedank zuging und Gordon an diesem kalten Morgen für die Fahrt gerne sein Sakko angezogen hätte. In den vergangenen sechs Monaten hatte Gordon öfter einen Anzug tragen müssen als in den letzten zwanzig Jahren zusammen.

Heute standen schwierige Auseinandersetzungen bevor. Doch Gordon war zuversichtlich und freute sich jetzt schon auf den Tag, an dem er hierher zurückkehren und formell zu Keefers Vater erklärt wurde. Dann würde alles so weitergehen wie bisher, angenehm und heiter und in der Gewissheit, nun unanfechtbar unter dem Schutz des Gesetzes zu stehen.

Katt hatte gesagt, dass dieser Tag bald kommen würde. Und Cindy Rogan hatte das Ergebnis der Inspektion seiner Wohnung abgesegnet. Alles war in Ordnung.

Gordon malte sich den Moment aus, da Keefer ihm zugesprochen wurde. Wahrscheinlich würde er sich fühlen wie an dem Tag, an dem er eine vertraute Freundin heiratete –

Lindsay zum Beispiel. Gordon spürte, wie bei diesem Gedanken das Verlangen nach Lindsay in ihm aufstieg. Sie hatte sich einen Tag frei genommen und war mit seiner Tante Nora und Bradie in seiner Wohnung.

Gordon sah, dass Big Ray, der weiter hinten auf dem Flur vor einem anderen Gerichtssaal auf einer Bank saß, lediglich ein Golfhemd trug. Er hatte sehr zugenommen. Diane ging vor einer Fensterreihe am entfernten Ende des Flures auf und ab, begleitet von Delia Cady und Männern in eleganten Anzügen – ihre Anwälte, vermutete Gordon. Craig starrte vor sich hin. Das Mädchen Alexis, das während des Sommers zu einer jungen Frau herangereift war, winkte Gordon zu. Er winkte zurück.

Als die Truppen der McKennas aufmarschierten, wurden alle erst einmal Stacey Kane vorgestellt, der Adoptionsexpertin aus Madison, einer gertenschlanken, angespannt wirkenden Blondine. Katt erklärte, dass Stacey an diesem Vormittag zum Glück frei habe und ihr gewichtiges Wort zugunsten der McKennas in die Waagschale werfen könne. Sie habe langjährige Erfahrungen mit Adoptionen und der Bedeutung einer Adoption für die betreffende Familie.

»Ein Kinderspiel wird es zwar nicht«, sagte Katt zu den McKennas, »aber am Ende werden wir gut dastehen.«

Die neue Anwältin von Mark und Lorraine, May Hendrickson, eine ältere Frau mit freundlichem Gesicht, eilte vom Aufzug herbei; sie hatte unten noch den Antrag eingereicht, dass das Vormundschaftsersuchen der McKennas zugunsten von Gordons Antrag zurückgenommen werden sollte. Die Nyes, sagte May Hendrickson, hatten das Gleiche getan. Dann ging sie zu Gordons Überraschung auf ihn zu, schüttelte ihm die Hand und umarmte ihn.

Lorraine murmelte mit einem Blick auf die Nyes: »Die werden doch nicht ernsthaft Gordons Verwandtschaftsstatus anfechten wollen?«

»Sie greifen nach jedem Strohhalm«, antwortete Katt,

»und versuchen, sich an irgendwelchen veralteten Formulierungen festzuhalten.«

»Ja, auf Bestimmungen, die bisher niemals angewendet wurden, um einer adoptierten Person ihre Rechte als vollwertiges Familienmitglied zu verweigern«, sagte Stacey Cane, ohne Atem zu holen, »und es ergibt auch überhaupt keinen Sinn. Das Gesetz wurde schließlich für die Menschen geschaffen, nicht umgekehrt.«

Gordon blickte zu den Nyes hinüber. Seit Dianes überfallartigem Besuch vor fast acht Wochen hatte kein Angehöriger der Familie Nye auch nur ein Wort mit einem McKenna gewechselt. Sogar Nora hatte gelernt, ihre Zunge zu hüten. Sie versah gewissermaßen nur den Botendienst und brachte Keefer zum Auto, wenn die Cadys sie abholen kamen. Hinweise auf Keefers Bedürfnisse und Wünsche übermittelte Lorraine in knappen Notizen, die von Craig und Delia jedoch nicht beantwortet wurden.

Die emotionale Temperatur auf dem Flur sank auf den Nullpunkt. Gordon musste daran denken, wie die Nyes und die McKennas sich erst vor einem halben Jahr in die Arme gefallen waren und einander unter der Last der Trauer um den Tod Georgias und Rays alle Fehler vergeben hatten.

Dann erschien die für das Verfahren als Vormund Keefers bestellte Vertreterin und lächelte allen zu. Den Namen der Frau hatte Gordon vergessen. Kurz darauf kam Faith Bogert, die Psychologin; dann erschien Tim Upchurch im kastanienbraunen Arbeitshemd des Bezirksbautrupps von Trempeauleau.

»Alles okay mit dir?«, fragte Tim.

»Das sag ich nach der Sitzung«, erwiderte Gordon.

Der Gerichtsdiener stieß die Türen zum Saal auf.

»Wie lange wird es dauern?«, flüsterte Church.

»Keine Ahnung.«

»Gordon?«

»Ja?«

»Ich stehe hinter dir, was auch geschieht.«

Gordon, der kein Wort herausbrachte, nickte nur, streckte den Daumen hoch und verschwand im Saal.

Die Gerichtsschreiberin verlas das Aktenzeichen des Falles und begann: »In der Sache Keefer Nye sind erschienen: Raymond Nye senior und Diane Nye, vertreten durch George Liotis und Benjamin Malone.

Mark und Lorraine McKenna, vertreten durch May Hendrickson.

Gordon McKenna, vertreten durch Stacey Kane und Gregory Katt.

Delia und Craig Cady, vertreten durch Mary Ellen Wentworth.

Erschienen sind des Weiteren Victoria Linquist, Vormund in diesem Verfahren, und Faith Bogert als psychologische Sachverständige.«

»Gut, also sind alle anwesend«, begann Richterin Sayward, eine zierliche, kleine Frau; auf Gordon wirkte sie wie eine Puppe in ihrer weiten Robe. Ihre Stimme war so leise und unscheinbar wie ihr Aussehen. »Wir haben über sehr viele unterschiedliche Eingaben zu verhandeln. Außerdem«, die Richterin holte eine Lesebrille hervor, »wurden bei diesem Gericht heute Morgen von Mark und Lorraine McKenna sowie von Diane und Raymond Nye die Parteienübereinkünfte eingereicht, dass ihre Anträge auf Vormundschaft zurückgezogen und für ungültig erklärt werden sollen. Trifft das zu?«

»Ja, Euer Ehren«, sagte George Liotis.

»Euer Ehren«, sagte May Hendrickson, »ich möchte noch einen Antrag von Lorraine und Mark McKenna einreichen.«

»Welchen?«, fragte Richterin Sayward.

»Den Antrag auf Fortsetzung der vorübergehenden Vormundschaft mit den gleichen Besuchsregelungen für beide

Großelternpaare bis zur endgültigen Entscheidung in dieser Sache.«

»Die Festlegung des Besuchsrechts der Großeltern«, sagte Richterin Sayward, »wird einen gesonderten Verhandlungstermin erfordern, und da wir noch keineswegs sicher sind, wie in dieser Sache entschieden wird, möchte ich die Anwälte bitten, nach Abschluss dieses Verfahrens noch einmal zur Verfügung zu stehen, um über den Antrag zu verhandeln. Oder geben Sie der Gerichtsschreiberin Ihre Telefonnummer, unter der Sie erreichbar sind, damit wir den Termin vereinbaren können.« Dann sagte sie über das Gemurmel hinweg: »Kommen wir nun zu den Eingaben, dem Antrag des Ehepaares Cady und dem Antrag von Mr Gordon McKenna. Die anderen Parteien bitte ich jetzt zu gehen.«

Greg Katt bedeutete Lorraine, den Gerichtssaal zu verlassen, doch sie schüttelte heftig den Kopf. Aber als Mark ihr die Hand auf den Arm legte, wandte sie sich dem Mittelgang zu, warf Gordon noch einen flehentlichen Blick zu und ging. Auch Diane und Big Ray verließen den Saal.

»Was nun diese beiden Anträge betrifft«, fuhr die Richterin schließlich fort, »wurden sie gestern spät am Abend dem Gericht zugestellt. Eine Eingabe geht dahin, den Adoptionsantrag abzuweisen. Die andere ist ein Antrag auf gesonderte Verhandlung und die Ablehnung von Parteien, die nicht über den erforderlichen Verwandtschaftsstatus verfügen. – Mr Katt, welchen Standpunkt vertreten Sie im Hinblick auf den Antrag auf gesonderte Verhandlung und den Ausschluss von Parteien?«

»Euer Ehren, nach dem Gesetz des Staates Wisconsin, Paragraph achtundvierzig-zwo in Verbindung mit achtundvierzig-neunzig, gehören die Cadys nicht zu den Verwandten, die einen Adoptionsantrag stellen können. Das Gesetz besagt, dass dies nur ein Elternteil kann, oder Großeltern, ein Stiefelternteil, Bruder, Schwester, Neffe, Nichte, Tante,

Onkel oder Cousin und Cousine ersten Grades. Ein Adoptionsantrag kann jederzeit gestellt werden, wenn einer der Antragsteller ein Blutsverwandter des Kindes ist, und zwar ohne die übliche Wartefrist von sechs Monaten, weil man davon ausgeht, dass das Kind bereits eine Bindung an den betreffenden Verwandten hat.«

»Aber Delia Cady ist eine Cousine ersten Grades.«

»Nein, Euer Ehren. Nicht von Keefer Nye, sondern lediglich von Keefer Nyes *Vater*, Raymond Nye junior. Deshalb ist Delia Cady eine Cousine *zweiten* Grades.«

Richterin Sayward lehnte sich zurück. »Sie wollen damit sagen, dass die Cadys keine Blutsverwandten im Sinne des Gesetzes sind? Stützt Ihr Antrag sich darauf?«

»Ja, Euer Ehren«, sagte Katt, wobei er nervös über die Schulter schaute, als würde er spüren, dass jemand sich näherte. »Nur diejenigen, die ein vom Gesetz geschütztes Recht auf die Option haben, verfügen über die Rechtsposition, gegen den Adoptionsantrag einer anderen Person Einsprüche geltend zu machen.«

»Ja, Miss Wentworth?«

»Euer Ehren, in unserem Gegenantrag haben wir darauf verwiesen, dass Gordon McKenna nicht den erforderlichen Verwandtschaftsstatus besitzt, weil er kein *Blutsverwandter* ist. Es gibt die Definition der Verwandtschaft in Paragraph achtundvierzig-null-drei, aber unter achtundvierzig-fünfundachtzig nennt das Gesetz ausdrücklich die Blutsverwandten. Und meine Mandanten haben sehr wohl einen vom Gesetz geschützten Anspruch – anders als mein Kollege Katt es dargelegt hat –, weil sie den *Antrag* auf Vormundschaft gestellt haben. Und sie haben ihren Antrag mindestens zwei Wochen *vor* Mr McKenna eingereicht. Wenn also die beiden Verfahren abgetrennt werden sollten, dürfte unseres zuerst behandelt werden, weil wir zuerst die Eingabe gemacht haben.«

»Miss Linquist?«, wandte die Richterin sich an den Vormund.

»Da ich hier bin, um die Interessen von Keefer Nye zu vertreten, betrifft mich natürlich die Entscheidung des Gerichts, ob Gordon McKenna ein Blutsverwandter ist. Gordon wurde adoptiert. Also besteht keine biologische Verbindung zwischen ihm und Keefer Nye. Gordon McKennas Schwester, die verstorbene Mutter des Kindes, war ebenfalls ein Adoptivkind. Ich denke, es ist eine Frage der Auslegung des Gesetzes und bedarf der Klärung.«

»Ihre Stellungnahme zu diesem Punkt, Mr Katt?«

»Miss Kane wird sich dazu äußern. Ich wusste nicht, dass wir beide Anträge gleichzeitig aufrollen würden. Aber ich wiederhole: Nur Personen, die den verwandtschaftlichen Status haben, ein Kind adoptieren zu können, besitzen auch das Recht, Einspruch zu erheben, wenn jemand anders dieses Kind adoptieren will. Die Cadys haben *nicht* das Recht, einen Antrag zu stellen.«

»Das versuchen sie ja auch gar nicht – nicht für eine Adoption. Nur Ihr *Mandant* versucht das. Miss Wentworth, war dem Ehepaar Cady bekannt, dass Mr McKenna ein Adoptivkind war?«, fragte die Richterin.

»Ja, Euer Ehren, aber sie wollten diesen Umstand nicht zur Sprache bringen, sofern sie nicht dazu gezwungen wären, um auf den Versuch der Gegenseite zu reagieren, sie aus dem Verfahren zu drängen.«

Richterin Sayward senkte ihre Brille und musterte zuerst Gordon und dann die Cadys. »Somit bestreitet jede Seite die Anspruchsberechtigung der anderen – und das auf der Grundlage derselben gesetzlichen Definition. Da wäre selbst Salomon in seiner Weisheit überfordert.«

Katt äußerte sich nun vernehmlicher: »Aber die Cadys versuchen, einen Beispielfall heranzuziehen, in dem Adoptivkinder das Geld ihres leiblichen Großvaters erben wollten. Aber, Euer Ehren, auch dort hieß es in der Entscheidung, dass es im Sinne einer Adoption liegt, einen vollständigen Ersatz aller Rechte und sonstigen gesetzlichen Folgen zu schaffen…« Er räusperte sich und fuhr leiser fort: »Es ist wirklich ein Unding, noch am Abend vor Prozessbeginn damit zu kommen. Es widerspricht völlig unseren Gesetzen, in denen die familienrechtliche Stellung Minderjähriger definiert wird. Alle diese Paragraphen behandeln Adoptivkinder genau so wie natürliche Kinder.«

»Das ist ja alles schön und gut, aber ich möchte folgende Frage stellen, Mr Katt. Warum spricht Paragraph achtundvierzig-neunzig nicht von einem Verwandten, sondern von einem Blutsverwandten?«

»Das weiß ich nicht.«

»Aber ich. Die Gesetzgeber, die wir – auch Sie – gewählt haben, machen hier einen Unterschied. Sie sagen, dass zumindest in dieser besonderen Situation bei einem Blutsverwandten ein beschleunigtes Verfahren anzuwenden ist. Bei einem Blutsverwandten, wohlgemerkt, nicht bei einem beliebigen älteren Verwandten. Wieso? Haben Sie eine Antwort darauf, Miss Kane?«

»Euer Ehren«, sagte Stacey Kane und legte die Hand auf Gordons Schulter, »so ein Antrag ist mir noch nie untergekommen, und ich hatte fast mein ganzes Berufsleben lang mit Adoptionsfragen zu tun! Nehmen wir einmal an, die Cadys wollen ihr Patenkind Keefer adoptieren. Wie kann jemand, der ein Kind adoptieren will, dies zu erreichen trachten, indem er die Rechte eines anderen Adoptivkindes zu beschneiden versucht, nämlich des *Onkels* dieses Kindes? Das ist doch grotesk.«

»Niemand hat behauptet, dass Mr McKenna kein Verwandter ist«, entgegnete Richterin Sayward. »Er ist jedoch kein *Blutsverwandter* im Sinne des Gesetzes, auf das er sich berufen wollte, um das Kind zu adoptieren, und durch das er sich den Cadys gegenüber einen Vorteil verschafft hätte.«

»Aber Mr McKenna steht ausdrücklich die gleiche Behandlung zu wie einem Blutsverwandten. Die Gesetze machen das zweifelsfrei klar. Gordon und Georgia McKenna haben die gleichen Rechte und den gleichen Status, als wären sie als leibliche Kinder der McKennas geboren. Sie wurden vom Babyalter an von den McKennas großgezogen. Der Zweck dieses Gesetzes besteht darin, Kinder in einer Lage wie Keefer schnell und ungehindert in die Arme jener Menschen zu geben, die sie am besten kennen und am meisten lieben. Und bei Keefer ist das Gordon McKenna, der sich um seine Schwester kümmerte, als sie todkrank war, der seinen Eltern bei der Betreuung des Babys half und der es seither hauptsächlich allein aufzieht.«

Die Richterin kniff die Augen zusammen. »Ich dachte, die Großeltern hätten derzeit die Vormundschaft.«

»Ja, aber um Keefer schon an die künftige Umgebung zu gewöhnen, die nach Meinung aller am besten für sie ist, war sie die meiste Zeit bei ihrem Onkel.«

»Ich verstehe«, sagte die Richterin.

»Und Gordon McKenna hat sich einer häuslichen Inspektion durch eine autorisierte Adoptionsagentur unterzogen, wobei er als hervorragend geeignet für die Adoption von Keefer beurteilt wurde.«

»Gut. Das dürfte klar sein. Würde das Gesetz lediglich *Verwandter* sagen und nicht darauf verweisen, dass es ein Blutsverwandter oder direkter Verwandter sein muss, wäre Mr McKenna sicherlich ein Verwandter im Sinne des Gesetzes. Aber das Gesetz besagt ausdrücklich *blutsverwandt*. Ich kann mich nicht darüber hinwegsetzen, was der Gesetzgeber sagt. Er hat diese Unterscheidung nun einmal vorgenommen. Sie mag mir missfallen, sie mag Ihnen missfallen, und ganz sicher missfällt sie dem Antragsteller – aber diese Vorschrift besteht. Es wird unterschieden zwischen einem beliebigen Verwandten und einem Blutsverwandten.« Sie seufzte. »Natürlich erfüllen die Cadys ebenfalls nicht die von dem fraglichen Gesetz definierten Voraussetzungen. Also hätten auch sie nicht den erforderlichen Status, um eine Adoption zu beantragen, nicht in diesem Fall.« Sie schaute auf ihre Hände. »Deshalb weise ich in diesem Fall Mr McKennas Gesuch ab, da keine der beiden Parteien den erforderlichen Status für eine Adoption hat. Der Antrag ist abgelehnt.«

Stacey Kane blieb die Luft weg.

»Euer Ehren!«, rief Katt. »Würden Sie Ihre Verfügung aussetzen, damit wir einen vorläufigen Einspruch einlegen können, solange dies noch ein schwebendes Verfahren ist? Keefer ist bereits in der Obhut ihrer Großeltern. Sie verbringt viel Zeit bei ihren Großeltern mütterlicherseits und väterlicherseits, und…«

»Eben habe ich noch gehört, sie wohnt bei ihrem Onkel«, erwiderte die Richterin.

»Sie wird auch von den Cadys betreut«, fuhr Katt fort. »Die Nyes haben ihren Hauptwohnsitz im Staat Florida.«

»Ja, und?«

»Das ist doch eine ziemlich einfache Sache«, fuhr Katt fort, sichtlich bemüht, sich ein Lächeln abzuringen, als wären sie alte Freunde, die entspannt und locker mit diesem kleinen Problem fertig würden. »Das Berufungsgericht könnte den Fall rasch aufnehmen. Und was wäre, wenn Sie den Cadys die Vormundschaft zusprächen und das Kind bei ihnen wohnte und wenn wir mit dem Einspruch Erfolg hätten und dann wieder genau hier landeten, wo wir mit Gordons Adoptionsantrag begonnen haben…?«

»Fragen wir Miss Wentworth«, schlug die Richterin vor.

»Kann Gordon McKenna währenddessen hier bleiben?«, fragte Katt.

»Er kann bleiben, aber nicht teilnehmen«, sagte die Richterin.

Gordon zitterte am ganzen Körper. Er konnte nur noch an eins denken: Blut. Rote Blutkörperchen sind die einzigen Zellen im menschlichen Körper, die keine DNS enthalten. Blut ist nicht die Speichereinheit für die verflochtenen Chromosomenleitern, die Verbrecher ihren Verbrechen zuordnen und Eltern ihren Kindern. Blut. Blut wie ein auf die Windschutzscheibe eines zerstörten Autos gemalter Fächer. Blut auf dem zerfetzten Ärmel von Georgias blau-goldener Bluse, ein Gewebefetzen, der auf der Wasseroberfläche des Lost Tribe Creek tanzte. Verzweifelt wandte er sich von dem Stimmengewirr im Saal ab und schaute aus dem riesigen Kirchenfenster des Gerichtssaals.

»Ich glaube, dass es meinen Mandanten gestattet werden sollte, fortzufahren... hin und her zwischen den Großeltern... eine Familie hier, eine in Madison... so viel Zerrissenheit schadet nur... ein Zuhause, eine Familie...«

Der Vormund sagte: »Ich vertrete Keefer. Wenn sie auch in liebevollen Händen ist, befindet sie sich dennoch in einer unglücklichen Lage... der Streit um den Aufenthaltsort, der noch mehr Zeit beansprucht... dieses kleine Kind... das Berufungsverfahren könnte Monate dauern! Dr. Bogerts Empfehlung lautet, dass das Ehepaar Cady besser geeignet wäre... Sie hat mit allen Familienmitgliedern gesprochen, und viele Freunde beider Seiten haben das Gleiche gesagt... Mr McKenna ist ein allein stehender Mann. Während des letzten Jahres lebte er die meiste Zeit bei seinen Eltern und hatte gleichzeitig zwei verschiedene Wohnsitze. Delia Nye hingegen ist als Hausfrau und Mutter ständig zu Hause...«

Vor dem Fenster des Gerichtssaals standen Buchen. Mit ihren bronzefarbenen Blättern erinnerten sie Gordon an Banyanbäume. Blut. Der Stamm. Der Torso. Halsschlagader. Subclavia rechts. Brachiocephalicus. Armvene. Lungenarterie. Hohlvenen. Gliedmaßen. Äste. Triebe. Kapillaren.

Stacey Kane rief: »Euer Ehren, die Behauptung, ein Adoptivbruder sei weniger wert als ein leiblicher Bruder, untergräbt die Fundamente des Adoptionsideals!«

Katt fügte hinzu: »Dann werden wir einen Antrag auf Erteilung der Vormundschaft stellen, Euer Ehren. Mein Mandant wird das Sorgerecht beantragen, genau wie die Cadys, und seine Eingabe mit der nötigen...«

»Dem würde ich widersprechen, Euer Ehren, denn in diesem Fall würde nicht die vom Gesetz verlangte Zustellungsfrist eingehalten. Und sie waren ja schließlich diejenigen, die sich hier gleich zu Anfang beschwert haben, wir hätten ihnen nicht genügend Zeit für die Kenntnisnahme gelassen.«

»Wir sollten mit der Eingabe fortfahren, die uns hier vorliegt«, sagte die Richterin, »und nicht zulassen, dass irgendwelche neuen Anträge eingebracht werden. Dafür ist es jetzt zu spät. Mr McKenna hatte monatelang Zeit, sich zu entscheiden, und er hat diese besondere Form des beschleunigten Adoptionsantrags gewählt anstelle der gewöhnlichen, die vor diesem Gericht nicht hätte verhandelt werden können.«

»Euer Ehren«, sagte Katt, »ich bitte festzuhalten, dass wir keine Zeit hatten, weil… Ich war nur zufällig noch in meinem Büro, als mir der Antrag gefaxt wurde, dem Sie soeben entsprochen haben – der Antrag, Mr McKennas Adoption abzuweisen. Der Antrag kam sehr spät in mein Büro!«

»Das war bei mir nicht anders«, antwortete die Richterin kühl.

»Wir konnten uns nicht angemessen auf diesen Antrag vorbereiten. Wir konnten nicht einmal mehr das Gesetz heraussuchen, von dem wir wissen, dass es existiert und dass es unsere Position untermauert«, drängte Katt.

»Dann können Sie ja in die Berufung gehen«, sagte die Richterin.

»Das werden wir auch, mit allem gebührenden Respekt, und dann wird sich herausstellen, dass die Cadys von Anfang an wussten, dass Gordon McKenna und seine Schwester Adoptivkinder waren…«

»Das ist nicht wahr«, betonte Wentworth. »Ich habe erst vor Tagen davon erfahren.«

»Aber es stand klar und deutlich im Bericht von Dr. Bogert, den Sie erhalten hatten!«, rief Katt. »Mr McKenna ist überzeugt, gerade als Adoptivkind besonders geeignet zu sein, Keefer die Bedeutung und Wichtigkeit einer Adoption zu vermitteln! Das findet sich überall in diesem Schriftstück und in den Äußerungen meines Mandanten. Euer Ehren, diesen Antrag gewissermaßen um fünf vor zwölf einzureichen war bloß ein taktischer Schachzug.«

»Ich verstehe Ihre Besorgnis«, sagte Emily Sayward, »aber ich gewähre *keine* Aussetzung. Das Kind braucht ein Zuhause. Wenn Sie in Berufung gehen und das Berufungsgericht von Wisconsin tatsächlich feststellen sollte, dass ich falsch entschieden habe, enden wir hier wieder mit dem Adoptionsantrag. Aber das kann lange dauern, sehr lange. Deshalb fahren wir jetzt in der anderen Sache fort – mit dem Antrag der Cadys auf Vormundschaft.«

»Wird er dabei sein?«, fragte Mary Ellen Wentworth. »Wird Mr McKenna anwesend sein? Er ist nicht als Partei beteiligt. Er hat jetzt keinen Antrag mehr bei Gericht vorliegen. Er ist jetzt ein Verwandter wie alle anderen, die draußen auf dem Flur warten. Deshalb gibt es meines Erachtens keinen Grund, dass er mit seinem Anwalt zugegen sein müsste.«

»Wollen Sie behaupten, es gibt ein Gesetz, nach dem Mr McKenna nicht anwesend sein darf?« Gordon bemerkte den Tonfall der Richterin, suchte ihren Blick und sah das Mitleid in ihren Augen. »Ich verweise auf Paragraph achtundvierzig-zwei-neunundneunzig: Das Gericht kann die Anwesenheit jeder Person bei dem Verfahren gestatten, die ein echtes Interesse an dem Fall hat. Und Mr McKenna *hat* ein echtes Interesse.« Sie schaute zu Gordon hinunter. »Er ist Keefers Onkel, wenn auch nicht ihr Blutsverwandter. Unser Familienrecht gesteht der Liebe juristisch kein eigenes Gewicht zu. Sie kann nicht gerichtlich verfolgt werden. Sie kann nicht gemessen werden. Sie ist nicht konkret. Und doch ist sie ein *echtes Interesse*. Fahren wir also fort.«

Als die Türen mit ihren halbmondförmigen Messingbeschlägen sich schließlich öffneten und die Cadys sich in die Arme von Diane und Big Ray stürzten, streckte Gordon die Hand nach seiner Mutter aus und zog sie zu sich heran, bis sie vor ihm stand. Sein Vater, Church und die Anwälte folgten und bildeten eine Gruppe.

»Noch ist nichts verloren«, erklärte Katt. »Das sollten Sie wissen …« Er nahm seine Drahtgestellbrille ab und rieb sich die Augen.

»Was hat die Richterin gesagt, Gordon?« Lorraine legte ihre kühle Hand auf Gordons glühende Stirn. »Was hat sie gesagt?«

Sollte er es Katt überlassen, alles zu erklären? Sollte er Kane es zu Ende führen lassen? Würden die Tatsachen für sich selbst sprechen, wie er es sein Leben lang geglaubt hatte?

Oh, Georgia, dachte er.

»Sie haben gesagt, dass ich nicht Georgias Bruder bin«, sagte er zu seinen Eltern. »Sie haben gesagt, ich bin nicht euer Sohn.«

13

Auch ohne sich von der Küchenspüle abzuwenden, wo sie das Geschirr vom Abendessen abwusch, konnte Nora vor sich sehen, wie ihr Mann Hayes nur so tat, als würde er in der *Zeitschrift für den Farmer* lesen. Ihr Sohn Marty hatte ihn für den Gedanken gewonnen, biologischen Anbau genossenschaftlich zu betreiben. Die Leute sollten im Frühjahr Optionen erwerben; während der Erntezeit würde dann jede Woche jemand bei den Mitgliedern frische landwirtschaftliche Erzeugnisse vorbeibringen (nämlich Nora; sie wusste, wie solche Dinge gewöhnlich liefen).

Sie müssten allerdings den biologischen Anbau zertifizieren lassen; so wollten die Leute es haben. Der Bioanbau an sich würde jedoch kein Problem darstellen. Hayes ging so behutsam mit seinem Boden um, so wie schon Noras Vater und zuvor dessen Vater.

Wie immer kippte Hayes seinen Sessel so, wie er es gerne tat, um seine großen Füße mit den dicken Socken abstützen zu können. Doch er döste nicht, und das war ungewöhnlich. Irgendetwas beschäftigte ihn. Wenn die Tage kürzer wurden, wurde Hayes stets müder und schläfriger; manchmal schlummerte er schon um sieben Uhr abends am Esstisch ein. Diesmal nicht.

Nora wusch sich die Hände und trocknete sie an ihrer Jeans ab.

»Möchtest du einen Kaffee, Liebling? Oder Tee?«, fragte sie Hayes. »Ich könnte jetzt 'ne Tasse gebrauchen.«

»Ja, gern, Nora«, sagte er, faltete sorgfältig die Zeitschrift zusammen und legte sie beiseite, »mach mir auch eine Tasse, mein Schatz.«

Irgendwie seltsam.

Nicht nur, dass Hayes heute um acht Uhr abends noch wach war, er sprach Nora so zärtlich an wie schon lange nicht mehr, so wie damals, als sie noch jung verliebt waren. Er würde doch nicht übermütig werden! Nicht dass sie etwas dagegen gehabt hätte … Und in den letzten Wochen und Monaten war sie sowieso häufiger in der Stadt gewesen als hier draußen. Die Tage seit der Beisetzung gingen so sehr ineinander über, dass man die Orientierung verlor.

Der November, der Monat der kurzen, dunklen Tage, war fast vorüber. Diese Leute wollten Anfang Dezember kommen, um Keefer endgültig abzuholen, wenn den Anwälten nicht noch irgendetwas einfiel, dies zu verhindern.

Nora fuhr jetzt jeden Tag in die Cleveland Avenue, wo sie sich um Keefer kümmerte und die vielen Telefonate entgegennahm, die wie die Landetruppen in der Normandie hereinstürmten. Mark erkannte schnell, dass sie eine andere Telefonnummer brauchten. Gordon hatte Nora sogar beigebracht, wie man E-Mails las und schrieb. Das war nicht schwierig für eine Frau, die Felder mit der Scheibenegge bestellt und Fahrräder aus Bausätzen zusammengeschraubt hatte. Gordon und Lorraine lösten Nora am Computer und am Telefon ab, sobald ihr Schultag zu Ende war, und auch Lindsay kam nach Ladenschluss. Sogar Mike und Debbie waren da, als der Reporter von *Newsweek* kam und drei Stunden bei ihnen verbrachte, wobei er zwei Kannen Kaffee trank und ihnen jede nur denkbare Frage stellte.

Die Cadys sprachen nicht mit ihm, wohl aber Big Rays Schwester. Warum hätten die Cadys auch mit Reportern reden sollen, dachte Nora. Sie hatten doch, was sie wollten.

Manchmal hielt sie die Telefoniererei und die E-Mails für reine Zeitverschwendung. Es würde ihnen noch Leid tun, dass sie sich stattdessen nicht mehr Zeit genommen hatten, mit Keefer zu schmusen und ihr etwas vorzusingen.

»Nora«, sagte Hayes und unterbrach sie in ihren Gedanken über einen Leserbrief mit einem Farbfoto von Gordon und Keefer und Pearls neugeborenen Kätzchen mit der Überschrift: *Haben Adoptivkinder die gleichen Rechte wie leibliche Kinder?*

»Setz dich, Nora, ich möchte mit dir reden.«

Er hatte was mit der Prostata. Sie wusste es. Er war letzte Woche bei ihrer Ärztin gewesen, der neuen Ärztin, Eve Holly. Hayes hatte herumgenörgelt, dass er sich von einer Frau mit dem Finger im Hintern untersuchen lassen müsste. Aber es gab Schlimmeres.

»Nora, ich möchte mit dir über die Sache mit Mark und Lorraine reden.«

Gott sei Dank. Nora ließ sich gegen die Rückenlehne ihre Stuhls sinken. »Hayes, du hast mich zu Tode erschreckt. Ich dachte schon, du wolltest sagen, du hättest Prostatakrebs.«

»Prostatakrebs? Ich war doch eben erst bei Eve Holly zum Check-up.« Er machte mit dem Zeigefinger eine Bewegung, die einer Wendeltreppe aufwärts zu folgen schien, und erhob sich müde aus dem Stuhl. Er war nur zehn Jahre älter als Nora, aber an manchen Tagen fühlte er sich wie neunzig. Trotzdem leistete er die Arbeit eines Dreißigjährigen. Nora beugte sich zu ihm hinüber und küsste ihn auf die Wange. Hayes zwinkerte.

»Ich weiß nicht recht, wie ich's dir sagen soll, Nora, weil ich auf keinen Fall deine Gefühle verletzen möchte.« Er gab drei Zuckerstücke in seinen Tee. »Also, Mark ist ein guter Kerl. Ich habe ihn immer gemocht. Und Georgia war das netteste Wesen auf Erden – Gott sei ihrer Seele gnädig. Aber das ist nun alles vorbei. Die Richterin ist nicht umsonst Richterin, Nora. Sie weiß, was für das Kind am besten ist.«

»Wovon redest du?«

»Ich finde nicht, Nora, dass ihre Entscheidung so ganz verkehrt war. Gordon ist ein guter Junge, ein prima Kerl.

Aber er ist ein allein stehender Mann. Ein kleines Mädchen aufzuziehen ist genauso wenig seine Sache wie die von unserem Rob oder Marty. Kannst du dir vorstellen, dass Marty ein kleines Mädchen großzieht?«

»Gordon geht wundervoll mit Keefer um, Hayes. Und abgesehen davon – was hättest du denn mit unseren Jungs getan, wenn ich gestorben wäre?«

»Ach, ich hätte bei erstbester Gelegenheit Phyllis Cladley geheiratet.«

»Hayes!«, schimpfte Nora in gespieltem Zorn. »Aber um auf Keefer zurückzukommen … willst du vielleicht sagen, die Richterin hätte diese schreckliche Entscheidung getroffen, weil sie glaubt, die Kleine wäre bei diesen Leuten aus Madison besser aufgehoben?«

»Moment, ich bin noch nicht fertig.«

»Was gibt es denn noch?«

»Ich möchte nicht, dass du darin verwickelt wirst.«

»In das Berufungsverfahren? In die Gesetzesänderung? Warum? Es geht um unsere Familie, Hayes.«

»Genau das meine ich ja, Nora. Mir sind diese Kinder genauso ein Anliegen wie dir. Aber Gesetz ist Gesetz. Stell dir vor, es wäre dein eigenes Kind. Oder sagen wir, deine eigene Farm. Würdest du wollen, dass ein Kind, von dem niemand weiß, woher es kommt, einmal unser Land erbt? Möchtest du, dass es ein für alle Mal aus den Händen unserer Familie gerät?« Er machte eine weit umfassende Geste. »Das Land, das Haus … alles sollte in der Familie bleiben, der das alles seit Generationen gehört.«

»Das ist doch lächerlich. Was wäre denn, wenn wir alle unsere Jungs verlieren würden – was Gott verhüten möge. Was wäre, wenn Georgia die einzige Überlebende geblieben wäre? Wenn sie nicht gestorben wäre? Wärst du unglücklich darüber gewesen, wäre das Land an Georgia übergegangen?«

»Ja«, sagte Hayes. Einen Moment wurden seine Augen feucht. Dann sagte er: »Nein, wäre ich nicht.« Er putzte sich die Nase mit einem der Geschirrtücher. »War sowieso schon schmutzig«, sagte er verlegen, als Nora ihn entsetzt anstarrte, und warf es in den Wäschekorb.

»Georgia war einzigartig, Nora«, fuhr er fort. »Aber diese Leute in Madison sind Verwandte von dem Baby. Sie sind Keefers Verwandte, so wie Mark mit unseren Jungs verwandt ist. Sie wissen etwas … über ihre Herkunft, was wir nie wissen werden. Sie können ihr eine bestimmte Sichtweise vermitteln … Sie können ihr zeigen, woher sie stammt.«

»Sie stammt aus Tall Trees, Hayes. Genau wie du und ich.«

»Aber es gibt keine Möglichkeit, diese Leute in Madison davon zu überzeugen, dass sie im Unrecht sind.«

»Doch!«

»Du kannst doch nicht gegen das Rathaus kämpfen, Nora.«

»Ich denke schon, Hayes. Wenn man's nicht könnte, gäbe es keinen einzigen Familienbetrieb mehr unter den Farmern in Wisconsin.«

»Jetzt vergleiche nicht Äpfel mit Birnen, Nora!«

»Hayes, du hast Mark und Lorraine doch auch an diesem Tag gesehen! Es war so, als wäre Georgia noch einmal gestorben. Das Baby ist alles, wofür sie leben – das Baby und Gordon.«

»Aber jetzt geht es nicht um sie, sondern um uns, Nora. Die Leute reden. Nicht jeder in dieser Stadt schätzt es, wenn er auf der Titelseite des *Milwaukee Journal* oder der *Newsweek* eins übergebraten bekommt. Der Fall wird überall ausgewalzt. Keefer hier, Keefer da. Man sieht ja kaum noch etwas anderes. Lorraine weint und sagt: ›Sie sind mein Fleisch und Blut.‹ Ich weiß, sie meint es gut, aber es gibt auch Menschen, die so viel Aufhebens unangemessen finden.«

»Und wer?«

»'ne Menge Leute.«

»Zum Beispiel?«

»Zum Beispiel der Direktor von der High School. Und du weißt, der Kerl ist ein Schwätzer. Ist er immer schon gewesen. Und ich hab kürzlich bei Hubbles gehört, dass er einen Leserbrief schreiben will.«

»Hast du alle die Leserbriefe gesehen, Hayes? Im *Messenger*? Die Leute sind alle auf unserer Seite. Sie alle sagen, dass es schrecklich ist, was Richterin Sayward getan hat. Wir haben siebzig E-Mails bekommen, Hayes, alle auf Marks Laptop, den er aus der Firma mit nach Hause gebracht hat. Sogar Eltern, die leibliche Kinder haben und keine Probleme dieser Art, finden es schrecklich, was geschehen ist. Sie alle stehen auf Gordons Seite.«

Hayes blickte sie ausdruckslos an. »Nora, Nora. Das alles wird uns ruinieren. Es wird uns zugrunde richten. Und du hast deine Familie, an die du denken solltest.«

»Uns zugrunde richten?«

»Du bist jeden Tag, jeden Abend, *die halbe Nacht* in der Stadt. Lorraine läuft verzweifelt in den Straßen herum. Und Gordon... Gordon ist Lehrer, Nora! Glaubst du, die Leute wollen, dass ihre Kinder von jemandem unterrichtet werden, der in einer solch schlimmen Sache mitten drin steckt?«

»Bleib beim Thema, Hayes. Du sagst, es würde uns ruinieren...«

»Ja, weil du fast gar nicht mehr hier auf der Farm bist. Und ich gehe langsam an Bradies Kocherei zugrunde.«

»Ach, herrje.«

»Und das Schlimmste ist Martys Idee. Die Farm läuft doch gut, so wie sie ist. Man zeigt schon mit den Fingern auf uns, Nora. Das sind die Leute, die diesen ganzen Aufruhr machen wegen des Babys! Und dieses junge Paar? Die mit dem schicken Firmenschild?« Nora hatte es gesehen: *The Johnston-English Farm*. »Sie werden einen Gemüseladen aufmachen, und da wird's dann auch Kaffee geben und Antiquitäten und wer weiß was sonst noch alles.«

»Und du machst dir Sorgen, dass die uns das Geschäft wegnehmen?«

»Sie werden sehr bald auch die Restaurants beliefern. Und das sind *meine* Kunden.«

»Du hast ja auch die besten Früchte, Hayes«, sagte sie beschwichtigend. »Keiner baut so gute Sungold-Äpfel oder gelbe Tomaten an. Und Mond-und-Sterne-Melonen und weißen Spargel …«

»Unser Sohn denkt genauso wie ich, Nora.«

»Marty?«

»Ja.«

»An dem Tag, an dem Marty Nordstrom über mein Leben bestimmt, kannst du eine Schaufel holen und mich begraben …«

»Und was ist mit mir? Ich bin seit neunundzwanzig Jahren dein Ehemann. Und ich sage, es muss aufhören. Verdammt, ich wünsche Gordon und den McKennas alles Gute auf der Welt. Sie haben genug leiden müssen. Und ich sage auch nicht, dass du ihnen nicht mit Keefer helfen solltest …«

Nora hatte das Gefühl, von einem Sturmwind aus dem Fenster geweht zu werden, über die Weide, wo ihre Holstein-Rinder mit dem Stierkalb im letzten Frühjahr gegrast hatten, und über den mit Disteln bewachsenen Hügel hinab zum Teich und zu den alten Birken.

Dies war ihr Zuhause. Jedes Jahr im April nahm sie den Rechen, ging hinein ins trübe Wasser und zog die senffarbenen, mit Algen geschmückten Fächer der Seerosen zu sich heran, lud sie auf eine Schubkarre und verteilte diesen nassen, nährstoffreichen Brei rund um ihre mehrjährigen Pflanzen, die Iris, Farne, Funkien und Maiglöckchen, die zum Dank dafür aus dem Boden schossen, Wochen, bevor die Blumen bei den Nachbarn blühten. Nora kochte und machte ein und hackte Holz und nähte und putzte und wusch und hängte die nasse Kleidung auf das Trockengestell im Küchengarten. Sie stellte die entmutigenden Schecks für die Bank und die Wasserversorgung aus, fütterte die Katzen und hielt sie fest, um ihnen ihre Spritzen zu geben, schlitzte die grünen Tulpenstängel für die Altarvasen in der Kirche und wickelte sie in feuchtes Zeitungspapier. Hier war der Hang, an dem die Jungs, als sie noch klein waren, Schlitten gefahren waren und wo man zwischen den immergrünen Bäumen und Sträuchern sitzen und in der Abenddämmerung beobachten konnte, wie drunten die Lichtpunkte der Farmen nach und nach die Dunkelheit durchbrachen – die Romans, die Cladleys, die Zurichs, die Rooneys, die Wofflings. Hier konnte man an klaren Tagen bis hin zu den Schneebergen schauen, den dunstigen, vergletscherten Bergen. Nora und Hayes wollten sich eines Tages hier oben eine Hütte bauen und sich zur Ruhe setzen, während Dan und Marty die Farm weiterführten.

Nora konnte sich nicht erinnern, in den Jahrzehnten ihrer Ehe, seit Pater Barry sie und Hayes zu Mann und Frau erklärt hatte, eine offene Auseinandersetzung mit Hayes gehabt zu haben. Nie hatte er die Hand gegen sie erhoben, und auch nicht gegen die Jungen, egal was für verrückte Streiche sie gemacht hatten. Nie hatte er Rob wegen seiner erbärmlichen Schulnoten heruntergemacht oder Marty zurechtgewiesen, weil er sich in dem einen Sommer wegen des Rooney-Mädchens fast zu Tode gehungert hatte. Vielmehr hatte er darauf bestanden, jeden Monat etwas für die Jungen zurückzulegen, damit sie sich auf eigene Füße stellen könnten, wenn sie älter wären. Nora hatte Hayes nicht mit vielen Worten gesagt, dass sie ihn liebte… jedenfalls nicht mehr seit ihrer Silberhochzeit. Aber sie liebte ihn so, wie sie ihre Blumen liebte und ihre Kirschbäume und die Ostermesse – nicht mit jenem heftigen, schmerzenden Entzücken, das sie für ihre Jungs und für Georgia empfand, aber mit der beständigen Dankbarkeit, die nur aus der Geborgenheit erwächst. Sie konnte sich nicht vorstellen, ohne Hayes zu leben, genauso wenig, wie sie in dünner Luft hätte atmen können.

Deshalb lastete nun ein schweres Gewicht auf ihrer Brust, als sie sagte: »Hayes, deine Gefühle sind mir sehr wichtig, aber ich muss es tun, ob es dir gefällt oder nicht. Und ich glaube auch nicht, dass es irgendwelche Auswirkungen auf unsere Farm haben wird. Und selbst wenn es so wäre, könnte es mich nicht aufhalten.«

Er sagte nichts. Er umfasste die Kaffeetasse mit beiden Händen, und Nora sah, wie seine Fingerknöchel weiß hervortraten.

»Du bist fest entschlossen?«, sagte er schließlich.

»Wenn ich nicht alles tun würde, um dieses Unrecht aus der Welt zu schaffen, könnte ich Georgia nicht in die Augen sehen. Gott hasst Feiglinge, Hayes.«

»Und Gott hasst Dummköpfe, Nora.«

»Du hältst mich für einen Dummkopf?«

»Ja«, antwortete er, »aber ich werde mich mit keinem Wort gegen dich wenden.«

Dankbarkeit erfüllte Nora; sie bekam kein Wort hervor. Sie berührte Hayes' Hand, dann seinen starken Arm, und schließlich hielten sie einander umschlungen.

Bevor sie von der Entscheidung der Richterin erfahren hatten, hatten Nora und Lindsay neben Keefers Körbchen gekniet, wo sie auf ihrem Flanellhemd-Kissen schlief. Damals waren Nora verrückte Ideen gekommen – dass sie und Lindsay das Baby nehmen, in ein Flugzeug steigen und nach Hawaii fliegen könnten. Und als Lindsay aufstand und die Tür verriegelte, fragte Nora nicht einmal, warum. Eine Bedrohung schien auf den von dünnem Schnee bedeckten Straßen rund um das viktorianische Haus zu schleichen.

Dann standen die beiden Frauen am Fenster und warteten, dass Lorraine und Mark nach Hause kämen. Und als diese Frau mit dem scharf geschnittenen Gesicht, Judy Wilton, die den Sheriff auf Gordon gehetzt hatte, zu ihnen heraufschaute, zogen sie sich vom Fenster zurück und drückten sich an die Wand. Mark und Gordon fuhren ein paar Minuten später vor und sagten, Lorraine sei zum Friseur gegangen, um sich das Haar schneiden zu lassen.

Nora befürchtete, Lorraine habe vor Kummer den Verstand verloren.

Doch als sie dann auftauchte, musste Nora zugeben, dass ihre Schwägerin verändert aussah, frischer und irgendwie stärker. Bereit für die Schlacht.

Als an den folgenden Tagen die Reporter einfielen und Fotos machten, begriff Nora, dass Lorraine durchaus mit Bedacht handelte. In ihrem Blazer und der karierten langen Wollhose sah Lorraine fesch und geschäftsmäßig aus, wie aus einem Katalog von *Land's End*, nicht wie eine verzopfte Alte mit Schultertuch und Sicherheitsnadeln. Sie machte einen selbstsicheren, Vertrauen erweckenden Eindruck. Sie verteilte Abzüge eines Fotos von Ray mit Georgia und Keefer, die sie über Nacht in der Fotoabteilung von Sam's Club hatte anfertigen lassen. Der Mann von *Newsweek* kam am Samstag, und am Sonntag kam *CBS News*, und Nora und Marty und Dan sahen am Abend mit ehrfürchtigem Staunen, wie im Fernsehen die McKennas ausdrücklich erwähnt wurden, aber natürlich nicht Keefer.

Man konnte den Eindruck gewinnen, dass eine Maschine, die sich zuvor nur mühsam aus eigener Kraft voranarbeiten konnte, seit jenem ersten Telefonanruf in Schwung gekommen war. Nora hatte sogar den Vorschlag gemacht, den Abgeordneten ihres Wahlkreises anzurufen. Lorraine und Mark, die nur in den Jahren der Präsidentschaftswahlen zur Urne gingen, kannten nicht einmal seinen Namen. Nora jedoch wusste sogar, wo der Abgeordnete Phil Kay wohnte. Sie riefen ihn zu Hause an, und Lorraine berichtete später von dem Gespräch.

»Ich bin erschüttert«, hatte Kay gesagt. »Das ist schlichtweg unmöglich.« Er versprach, als Erstes am Montag die Entstehungsgeschichte des Gesetzes zu erkunden und herauszufinden, ob es die Absicht des Gesetzgebers gewesen sei, einen Rangunterschied zwischen adoptierten und leiblichen Familienangehörigen zu machen.

Lorraine, die auf Nora den Eindruck machte, als hätte sie an diesem Wochenende keine Minute geschlafen, setzte einen Brief auf, den sie an die Redaktionen aller ihr bekannten Zeitungen in Wisconsin und darüber hinaus schicken wollte, sogar an Fernsehsender und an die amerikanische Organisation der Adoptivfamilien, ja, an den Präsidenten der Vereinigten Staaten persönlich. Sie alle mühten sich mit dem Text ab und strichen bestimmte Formulierungen, an denen Lorraine zwar viel lag, die Mark aber für zu drastisch hielt, zum Beispiel: »abscheuliche Ungerechtigkeit«, »korrupte Justiz« und »Leute, die Keefer nicht mal kennt«.

»Keefer kennt sie doch«, sagte Mark. »Ziemlich gut sogar. Und denk dran – auch die Nyes handeln danach, was ihnen gut und richtig erscheint. Sie haben nicht versucht, uns den Boden unter den Füßen wegzuziehen.«

»Wenn sie so sehr darauf bedacht wären, dass Keefer in der ›richigen‹ Familie bleibt«, beharrte Lorraine, »warum wollte dann nicht eine der Nye-Töchter sie haben?«

»Soviel ich weiß«, meldete Gordon sich zu Wort, »lässt Caroline sich scheiden, und Alison macht nur, was ihr Mann ihr sagt.«

»Aber du weißt das nicht sicher«, sagte Mark.

»Ich weiß überhaupt nichts sicher«, antwortete Gordon bedrückt. »Nicht mehr.«

Wohin sonst konnten sie noch ihre Mitteilung versenden? Lindsay schlug Adoptionsagenturen und einen Aushang in Schaufenstern vor. Hatten sie das damals nicht genauso bei der Golf-Veranstaltung zugunsten der Krebsforschung getan? Natalie Chaptman brachte eine aktualisierte Liste der Gemeindemitglieder aus Pater Barrys Sekretariat, und auch diese Adressen wurden übernommen. Am Sonntag verlas Pater Barry einen Teil des Briefes von der Kanzel.

»Gordon beteuert ausdrücklich, dass er und auch alle anderen Adoptivkinder stolz auf ihr Erbe sind und sich als vollwertige, ebenbürtige Mitglieder ihrer Familien betrachten. Das bestehende Recht verunglimpft nicht nur eine einzelne Familie, sondern ganz allgemein die soziale Einrichtung, mittels Adoption Familien zu bilden und Kinder zu integrieren und aufzuziehen – eine Bindung zu schaffen, die stärker sein kann als Blut.« Er forderte dazu auf, für die McKennas, die Nyes und die Cadys zu beten – und auch für Richterin Sayward, »die sich von ihrem Gewissen leiten lassen muss«.

Nach dem Gottesdienst kam der älteste Sohn der Sodenbergs, den alle nur Corky nannten, zu den McKennas und sagte, die Mönche und etliche andere Leute seien zu der Bank gekommen, wo er arbeitete, und hätten Zuschüsse für »die Verteidigung« gespendet, wie er es nannte. Sollte er die Schecks den McKennas schicken? Oder würden sie lieber ein Spendenkonto einrichten?

Am Montag nach ihrem Streit mit Hayes erschien Nora schon früh am Morgen bei Mark und Lorraine. Eine Stunde später kam Gordon mit wunden, verschwollenen Augen und brachte Keefer. Nur widerstrebend machten Lorraine und Gordon sich fertig, zur Schule zu fahren. Beide hatten überlegt, ob sie sich krankmelden sollten, doch Mark hatte erklärt, dass es ein schlechtes Licht auf sie werfen könnte.

Nora war allein und hielt das Telefon in einer Hand und Keefer auf ihrer Hüfte, als Phil Kay anrief.

Der Abgeordnete erklärte, sein Büro habe keinerlei Anhaltspunkte dafür finden können, dass das Gesetz aus dem Jahre 1959 Adoptivkinder mit Absicht hätte diskriminieren wollen. Ähnliche Fälle aus etwa dieser Zeit, erklärte Kay, seien im Wesentlichen so entschieden worden, dass im Fall einer Adoption die Rechte eines Adoptivkindes und die eines leiblichen Kindes einander angeglichen werden müssten. Deshalb würde er eine Änderung des Gesetzes vorschlagen, dessen Text nun lauten sollte: »… blutsverwandt oder adoptiert …« Er habe das Gefühl, dass die bisherige Formulierung ein Versehen sei, weil die Gesetzgeber – ebenso wie die McKennas – angenommen hätten, dass ein Kind, wenn es erst einmal adoptiert wäre, zu einem vollwertigen Blutsverwandten würde, auch wenn dies im Wortsinne nicht der Fall sein könnte.

Sie dürften also erwarten, sagte Kay, dass die Gesetzgebung sich innerhalb eines Jahres – höchstens zwei – mit dem Problem befassen würde.

»Ein Jahr?«, platzte Nora heraus. »Aber wir haben nur sechs oder sieben Monate Zeit, bevor die Gegenseite Keefer adoptieren kann!«

»Ich weiß«, sagte Kay, »aber vielleicht können Sie eine Aussetzung erwirken …«

»Die Richterin wird uns keinen einzigen Tag gewähren«, erklärte Nora.

»Ich werde mein Bestes tun«, versprach der Abgeordnete.

Nora dankte ihm. Sie war zuversichtlich, dass es nicht lange dauerte. Ständig wurden Gesetze geändert. In Kalifornien schienen sie *jeden Tag* Gesetze zu ändern. Und Phil Kay war nicht der einzige Volksvertreter auf der Welt. Sie würde auch den Senator anrufen … Wie hieß er noch? Hammersmith?

Nora war voller Eifer, als Gordon und die anderen nach Hause kamen. Doch als sie dann Phil Kays Worte wiederholte – ein Jahr, höchstens zwei –, wich ihre Begeisterung wie die Luft aus einem geplatzten Reifen.

Gordon hob Keefer aus ihrem Kinderstühlchen, trug sie hinaus in den Hausgang und drückte sie an sich, während er ihre Füße durch die Beine ihres roten Schneeanzugs schob und in ihre Hummel-Stiefel steckte. »Mama«, sagte Keefer und winkte ihrer Großmutter und Großtante zu.

»Sie glaubt, sie gehen auf den Friedhof«, sagte Lorraine zu Nora.

»Du lieber Gott«, schnaubte Nora, »glaubst du, das ist gut für die Kleine?«

Lorraine zuckte mit den Schultern. »Nein, ich glaube, das wird für den Rest ihres Lebens Narben bei ihr hinterlassen. Aber vielleicht mache ich mir ja gar nichts daraus, schließlich bin ich nur eine hysterische alte Frau, die entschlossen ihre eigene Gier über das Wohl ihrer Enkelin stellt.«

»Das stand in einem einzigen Brief, Lorraine! Und wer ihn geschrieben hat, hatte nicht einmal den Mut, seinen Namen darunter zu setzen.«

»Vielleicht ist es ja besser für Keefer. Vielleicht sind wir alle durch die Trauer schon so verbildet ... vielleicht braucht sie einen Neuanfang.«

»Du darfst jetzt nicht aufgeben, Lorraine. Zumindest wirst du erreichen, dass künftig andere Familien das alles nicht mehr durchmachen müssen.«

»Nora«, seufzte Lorraine, »du bist ein besserer Mensch als ich.«

»Nein, bin ich nicht.«

»Doch. Weil ich nicht an all die anderen betroffenen Familien denke. Ich denke nur an Keefer. Und ich denke nicht einmal so viel an *sie* wie an *uns*.«

»Da, schau sie dir an«, sagte Nora.

Schneefall hatte eingesetzt. Große, nasse Flocken wurden gegen das Fenster geweht. Der einzige Farbfleck, der sich gegen den milchigen Himmel abzeichnete, war Keefer, die in ihrem Schneeanzug auf- und abhüpfte.

»Ist sie nicht das genaue Abbild von Georgia? Schau doch nur, wie sie mit ihren kleinen Beinchen läuft!«, rief Nora.

Ein Prickeln wie von elektrischem Strom fuhr durch Lorraines Unterarme, als sie die Briefumschläge zusammenschob, die sich auf dem Boden stapelten.

»Das ist es ja eben, Nora«, sagte sie. »So denken die Leute *immer*. Es ist immer das Gleiche.«

»Was meinst du damit?«

»›Sie sieht aus wie dieser und jener. Du bist das Abbild deines Vaters! Mark ist das Abbild seiner Großmutter!‹« Lorraine verzog das Gesicht. »Jedes Mal, wenn Mikes Junge Matt zur Tür hereinkommt, sagt jemand von euch: ›Da kommt der kleine Mike, er ist seinem Vater wie aus dem Gesicht geschnitten!‹ Und dann sagt jemand anders: ›Aber er hat Debbies Augen.‹ Und wieder jemand anders sagt: ›Nein, er sieht eher Debbies Schwester ähnlich.‹ Und so geht das immer weiter und weiter – ein offenbar endlos faszinierendes Thema. Selbst wenn man die Kinder gerade erst in der Woche davor gesehen hat, muss irgendwer seinen Senf über die großartige Familienähnlichkeit abgeben …«

War das so? Nora versuchte sich zu besinnen.

»Niemand hat etwas Unrechtes damit gemeint«, sagte sie schließlich.

»Aber wie kannst du wissen, wie meine Kinder sich bei solchen Gesprächen gefühlt haben? Soll ich's dir sagen? Sie fühlten sich ausgegrenzt! Ich habe gesehen, wie Georgia wegschaute … Sie wollte immer, dass alle sie liebten. Sie versuchte immer, es allen recht zu machen, ob mir, ihren Freunden oder ihren Lehrern. Und Gordon … na, der sieht doch keinem von uns beiden ähnlich. Es war einfach gedankenlos. Weißt du, was die Frau von Dr. Slater zu mir gesagt hat? Als ihr Sohn mit Gordon in derselben Fußballmannschaft war? Nach dem Spiel kam sie zu Gordon und mir und sagte: ›Evan möchte, dass Sie ihm erklären, warum Gordon nicht so aussieht wie Georgia, obwohl sie doch Geschwister sind. Ich habe dem Jungen gerade erklärt, dass eine Adoption eine schöne Sache ist und dass manche Leute das für Kinder tun, die kein Zuhause haben.‹ Ich wusste nicht, was ich antworten sollte, Nora. Und weißt du, was sie dann noch zu uns sagte? ›Na ja, Georgia könnte ja noch von Ihnen sein, aber Gordon … also, der schlägt ja wirklich ganz aus der Art.‹«

»Ach herrje«, sagte Nora. »Na, diese Slaters waren immer schon blöd.«

»So ist das überall, Nora. Die ganze Welt ist ein Spiegel, und die Leute wollen nur Kinder haben, um ihr Abbild in ihnen zu erkennen…« Und dann fügte sie hinzu: »Deshalb sind wir nie zu euch hinausgekommen.«

»Was?«

»Wir haben uns abgesondert, Mark und ich, weil wir es einfach nicht ertragen konnten. Es war so, als ob sich niemand darum kümmerte, was die Kinder in der Schule machten oder wie sie heranwuchsen, so als bestünde der einzige Wert eines Kindes in seinem McKenna-Kinn oder seinen großen Nordstrom-Füßen. Es war, als hätten wir etwas Neues in die Familie eingebracht, was wir als einen Schatz betrachteten… aber niemand scherte sich darum! Ich glaube, das war mit ein Grund, dass Mark gegen eine Adoption war. Er wusste, ihr würdet so etwas nie akzeptieren.«

»Vielleicht unsere Eltern, Lorraine. Alte Leute sind oft sehr altmodisch. Wenn damals eine Frau keine Kinder bekommen konnte, nahm sie das einfach hin. Ich glaube kaum, dass unsere Eltern auch nur ein Adoptivkind gekannt haben.«

»Aber du bist doch nicht alt und verbittert, Nora. Wir sind in den Fünfzigerjahren aufgewachsen. Damals, als wir jung waren, waren Adoptionen nichts Besonderes mehr. Es hat uns auch nichts ausgemacht, anders zu sein als die anderen. Aber wir wollten nicht dauernd diese schlauen Sprüche über unsere Kinder hören.«

»Das war der Grund?«

»Ja.«

»Wir dachten, ihr mögt uns nicht.«

»Das ist doch verrückt, Nora!«

»Nein, Lorraine«, sagte Nora. »Du hattest immer so was an dir, das uns sagte: Bleibt mir bloß vom Hals…«

»Verstehst du denn nicht, wieso? Die ganze Welt empfindet wie du. Auch Richterin Sayward. Und die Gesetzgeber. Sie alle sind offenbar der Meinung, wir würden unsere Kinder nur für bessere Hausgäste halten, nur weil sie adoptiert sind.«

»Wie kannst du glauben, dass ich so denke?« Nora stand auf. Lorraine öffnete den Mund und wollte etwas sagen, doch Nora ließ sie nicht zu Wort kommen. »Wenn ich so denken und fühlen würde, Lorraine, warum sollte ich dann hier sein? Georgia war mir sehr lieb... sie war meinem Herzen sehr nahe. Vielleicht hältst du Hayes und mich für dumme Provinzler, aber wenn ich je etwas gesagt haben sollte, das Georgia verletzt hat, dann bereue ich es für den Rest meines Lebens. Doch falls du glaubst, ich hätte jemals mit Absicht dich oder meinen Bruder oder eure Kinder kränken wollen, dann gehe ich auf der Stelle. Unterstellst du mir das aber nicht, solltest du endlich begreifen, dass es auf allen Seiten und für alle Zeiten schon genug Verletzungen gegeben hat.«

Lorraine wandte sich ab und schaute aus dem Fenster. »Es liegt schon so viel Schnee, dass man nicht mal mehr den Friedhof sehen kann«, sagte sie.

»Aber es ist nicht sehr kalt draußen. Es fehlt ihnen nichts, sie werden schon nicht frieren«, antwortete Nora und fügte hinzu, um die aufsteigenden Tränen zurückzudrängen: »Der Schnee kommt halt runter. Sähe ja auch komisch aus, wenn er nach oben fiele, nicht? Weißt du noch, wie Rob das immer sagte?«

»Nora«, sagte Lorraine. »Ich habe dich nie für eine dumme Provinzlerin gehalten. Du bist das gescheiteste Landei, das ich kenne.«

Nora schniefte.

»Und noch viel mehr. Du bist meine Freundin. Du bist meine Familie. Wäre das nicht so, hätte ich nie so grob zu dir sein können wie gerade eben. Und Georgia hat dich geliebt...«

»Schon gut, Lorraine. Es ist genug.«

»Nein. Sie liebte dich ebenso sehr wie mich. Du hast ihr das Gefühl gegeben, zur Familie zu gehören, Nora. Bitte verzeih mir. Ich wollte nicht … Ich weiß nicht, wie ich …«

Als das Telefon wieder läutete, nahm Nora ab. Sie hatte sich am ehesten wieder gefangen, auch wenn ihr immer noch Lorraines Worte von Zorn und Anerkennung in den Ohren klangen – Worte, die sie dreißig Jahre lang gefürchtet und erhofft hatte.

Die Worte, die sie nun zu hören bekam, verwirrten sie zunächst, als wären sie eine Fortsetzung des eben beendeten Gesprächs oder als wenn man aus einem Traum erwacht und die Geschichte noch im Kopf hat. Am Telefon war Phil Kays Bürohilfe, eine junge Frau mit hoher Stimme, die erzählte, dass auch sie und ihre beiden Brüder Adoptivkinder seien und dass dies alles genauso ihr und ihren Eltern passieren könnte. Der Abgeordnete Kay, fuhr sie fort, habe eine ungewöhnliche Idee, die sich vielleicht nicht umsetzen ließe, aber er wolle versuchen, die Gesetzesänderung mit einer anderen Gesetzesvorlage zu verbinden, die ebenfalls mit Adoption zu tun habe …

Nach dem Anruf liefen Lorraine und Nora hinaus in den Schnee und über die Straße bis zum Friedhof. »Phil Kay wird die Gesetzesänderung einbringen!«, rief Nora Gordon zu. »Noch vor der Weihnachtspause im Kongress!«

»Wann?«, fragte Gordon und riss sich die Mütze vom Kopf. »Wann?«

»Donnerstag in einer Woche!«, rief Lorraine. Und die drei hoben Keefer empor und wirbelten sie herum. So tanzten sie zwischen den frostigen Grabsteinen umher, auf denen der Schnee langsam die Vertiefungen der Inschriften füllte.

Nora dachte später lange darüber nach, wie seltsam es doch war, dass sie Gordon die Nachricht genau zu dieser Zeit und genau an diesem Ort überbrachte, nur wenige Schritte von Georgia entfernt.

14

Das letzte Mal hatte Gordon das Parlamentsgebäude in Madison als Schüler der achten Klasse auf der Abschlussfahrt besucht. Er, Church und Sweeney hatten damals kaum die Augen offen halten können, nachdem sie fast die ganze Nacht hindurch Eiswürfel aus ihrem Zimmer im siebten Stock des Park Tower auf die Mädchen in der sechsten Etage geworfen hatten, die dort ihre Köpfe zum Fenster hinaussteckten.

Ähnlich müde und benommen fühlte Gordon sich auch diesmal, als er und Lorraine um Punkt acht Uhr morgens ins Parlamentsgebäude kamen. Heute wollte Phil Kay den Gesetzesentwurf 600 zur Abstimmung vorlegen. An dem Abend, als sie davon erfahren hatten, waren sie außer sich gewesen vor Freude – bis ein Anruf Greg Katts sie ernüchtert hatte. Es sei ihm gelungen, sagte er, einen Termin für eine Anhörung zu bekommen, um den Adoptionsantrag der Cadys zu stoppen und zu verhindern, dass Keefer in ihre Obhut überstellt würde, bevor das Berufungsgericht den Fall behandelt habe. Er habe aber nicht viel Hoffnung, fügte Katt hinzu: Richterin Sayward habe das gleiche Ersuchen ja schon einmal abgelehnt.

»Meinen Sie denn nicht, dass die Reaktionen in der Öffentlichkeit uns helfen?«, fragte Mark.

»Im Gegenteil. Richter mögen diese Art von öffentlichem Aufsehen ganz und gar nicht«, antwortete Katt. »Ich glaube, dass Richterin Sayward sich unter Druck gesetzt fühlt. Aber wir haben eine Chance – also nutzen wir sie, so gut wir können.«

»Wann findet die Anhörung statt?«, fragte Mark.

»Donnerstagmorgen«, erwiderte Katt.

Genau dann sollten sie in Madison sein, da Phil Kay an diesem Morgen seinen Gesetzesentwurf vorlegen wollte!

Sie durften es nicht riskieren, die Verabschiedung des Gesetzes zu gefährden, indem sie nicht erschienen, sich nicht zur Sache äußerten und so den Eindruck erweckten, gar nicht interessiert zu sein.

Ebenso wenig aber durften sie riskieren, der Anhörung bei Richterin Sayward fernzubleiben.

Also mussten sie einen Ausweg finden. Mark sollte mit Keefer zum Gerichtstermin erscheinen, während Gordon und Lorraine nach Madison fuhren, ihre Stellungnahme zum Gesetzesentwurf im Parlament abgaben und anschließend sofort nach Hause zurückkehrten.

Gordon hatte keine Vorstellung, wie diese Stellungnahme aussehen sollte; er befürchtete, dass es seine Fähigkeiten überstieg.

»Ich bin nicht besonders wortgewandt«, sagte er zu Lorraine, als sie über die Schnellstraße nach Madison fuhren. »Am besten, du legst den Leuten unseren Fall dar. Ich stehe zu deiner Unterstützung bereit.«

»Das würde einen schlechten Eindruck machen, Gordon«, erwiderte Lorraine. »Schließlich willst du Keefer adoptieren. Und sogar meine Freundinnen haben mir schon geraten, keine Interviews mehr zu geben, weil es so aussähe, als wollte ich unseren Fall in der Öffentlichkeit verhandeln.«

»Aber ich kann nicht frei sprechen, so wie du.«

»Du sprichst jeden Tag frei vor deiner Klasse. Stell dir einfach vor, du sprichst vor deinen Schülern.«

In der Nacht vor der Parlamentssitzung hatte Gordon zum ersten Mal seit seiner Teenagerzeit wieder ein Hotelzimmer mit seiner Mutter geteilt. An Schlaf war nicht zu denken: Erst nervte Lorraine ihn mit ihrem Schnarchen; dann setzte sie sich auf, schaltete das Licht ein und wühlte in ihrer Mappe mit Zeitungsausschnitten; ein paar Minuten später hörte Gordon sie im Wandschrank herumrascheln.

»Was tust du?«, fragte er genervt.

»Ich gehe spazieren«, antwortete Lorraine.

»Was? Du wirst nicht mitten in der Nacht in einer Stadt spazieren gehen, die du nicht kennst!«

»Aber ich kann unmöglich schlafen.«

Am Ende lief es darauf hinaus, dass sie bis in die frühen Morgenstunden vor dem Fernseher saßen. Punkt sechs Uhr riefen sie Mark an und weckten Keefer, die sich am Abend zuvor in den Finger geschnitten hatte, nachdem auf dem Fußboden des Badezimmers ein Glas mit Lorraines Feuchtigkeitscreme zu Bruch gegangen war – eine Nachricht, die nicht gerade dazu beitrug, Lorraines ohnehin angeschlagene Nerven zu beruhigen, auch wenn Mark erklärte, es sei überhaupt nicht schlimm; es habe nur ein kleines bisschen geblutet.

Schließlich wünschten sie einander alles Gute.

Als Gordon und Lorraine um sieben Uhr als Erste hinunter in den Frühstücksraum des Hotels gingen, hatte Gordon immer noch keine Vorstellung, wie er sich vor den Abgeordneten äußern sollte. Ihm war beinahe schlecht vor Aufregung. Obwohl es bei dem Gesetzesentwurf in erster Linie um Regelungen ging, bürokratische Abläufe für Pflegekinder zu beschleunigen, damit rascher Adoptivfamilien für sie gefunden werden konnten, berichteten sämtliche Medien fast ausschließlich über den »Blutsverwandten-Fall«, wie er inzwischen bezeichnet wurde. Die McKennas hatten sich am Abend, bevor Lorraine und Gordon nach Madison fuhren, durch die drei Fernsehkanäle Wisconsins gezappt und immer wieder die gleichen Kommentare gehört:

»Adoptivfamilien überall in den Vereinigten Staaten werden morgen ihre Blicke auf Wisconsin richten, denn unser Staat wird eine führende Rolle bei der Wahrnehmung der Interessen von Adoptivkindern spielen, um sicherzustellen, dass sie leiblichen Kindern gegenüber in jeder Hinsicht als gleichberechtigt gelten. Für eine Familie allerdings hat die Aussicht auf eine Gesetzesänderung gemäß der Vorlage Nummer sechshundert eine tief greifende persönliche Bedeutung. Für die McKennas aus Tall Trees, Wisconsin, begann die herzzerreißende Geschichte vor sechs Monaten …«

Inzwischen hatten die McKennas sich halbwegs daran gewöhnt, ihre privaten Videoaufnahmen im Fernsehen als Bildmaterial der Berichterstattung zu sehen. Doch Mark stellte immer noch den Ton ab, wenn Georgias Stimme zu hören war, wie sie aus *Green Eggs and Ham* las, einer schwülstigen viktorianischen Ballade über engelhafte Mütter und rosenumrankte Gräber – eines der Videos, die sie für Keefer aufgenommen hatte.

Und selbst wenn der Ton ausgestellt war, wussten die McKennas, wann die Sender sich der Gegenseite zuwandten und Bildmaterial von Delia und Craig einspielten.

Um kurz vor acht wartete Gordon in einem Gang seitlich der zentralen Rotunde des Parlamentsgebäudes auf Lorraine, die sich im Waschraum rasch noch ein wenig schminkte, um die Spuren der schlaflosen Nacht zu beseitigen, so gut es ging. Gordons Blick schweifte über die Kuppeldecke mit dem Gemälde im Stil der Renaissance: Miss Wisconsin schwebte in blumiger Pracht umher, umgeben von Miss Lake Michigan, Miss Lake Superior und Miss Mississippi – vollbusige, sinnliche, kitschig-romantische Göttinnen.

Die Reporterin und der Kameramann, ein bärtiger Riese mit Ledermütze, standen schon unmittelbar hinter Gordon, als er sie bemerkte. Es ärgerte ihn, dass der Kameramann filmte, wie er erschreckt zusammenzuckte.

»Hören Sie, ich …«, sagte Gordon zornig, doch die Frau unterbrach ihn.

»Ich bin Joy Bell von *Channel Four*, Mr McKenna. Was, glauben Sie, wird heute hier passieren?«

Sie hielt ihm ihr Mikro hin.

»Ich habe keine Ahnung«, sagte Gordon. »Ich will damit sagen … wir hoffen natürlich, dass die Abgeordneten den Gesetzesentwurf gewissenhaft prüfen werden. Schließlich hängt für viele Familien sehr viel davon ab, nicht nur für uns. Ich bin sehr dankbar, dass unser Abgeordneter, Phil Kay aus Merrill, es auf sich genommen hat, sich für die Adoptivfamilien einzusetzen. Er ist wie ich der Meinung, dies hätte schon viel früher geschehen sollen.«

»Wann können Sie Ihre Nichte adoptieren, Mr McKenna?«

Gordon lächelte gequält. »Ich wäre froh, wenn es so einfach wäre, aber das ist eine sehr langwierige Angelegenheit. Für uns geht es nicht nur um den Antrag auf Gesetzesänderung, sondern auch um die Gerichtsverhandlung in unserem besonderen Fall. Wir haben gerade erst Berufung gegen die Entscheidung von Richterin Sayward eingelegt, und das kann Monate dauern. Erst wenn wir vor Gericht Erfolg haben …«

»Vielen Dank, Mr McKenna«, schnitt die Reporterin ihm das Wort ab; dann fragte sie den Kameramann eilig: »Hast du alles im Kasten?«

Der bärtige Riese nickte; dann stürzten er und die Reporterin sich auf einen Abgeordneten, der soeben das Gebäude betreten hatte.

»Ein weiteres Beispiel für sorgfältige journalistische Berichterstattung«, schimpfte Lorraine, die gerade hinzugekommen war.

Sie war außer sich gewesen, als das *Milwaukee Journal* am letzten Sonntag einen zwei Seiten langen Artikel mit dem Titel aufgemacht hatte: »Von Tod und Liebe zerrissene Familien«. Darin war Lorraine so zitiert worden, als würde sie die Cadys hassen.

»Ich habe nie gesagt, dass ich die Cadys hasse!«, hatte sie Gordon voller Zorn erklärt. »Ich hasse, was da *geschehen* ist, habe ich gesagt. Ich hasse es, sehen zu müssen, was Keefer alles durchmacht! Ich werde diese Redakteurin anrufen.« Aber die sprach Lorraine am nächsten Morgen nur eine Antwort auf den Anrufbeantworter und beteuerte, sie hätte nochmals ihre Notizen überprüft und könne sich auf ihre Aufzeichnungen verlassen. Im Übrigen solle man in der Nachmittagsausgabe der Zeitung das Interview mit Raymond Nye senior lesen.

»Wir empfinden überhaupt keinen Hass, keiner Menschenseele gegenüber«, wurde Big Ray zitiert. »Wir wissen, was für das kleine Mädchen das Beste ist – das ist alles. Und das Gericht wusste es ebenfalls. Das hat nichts mit der Frage der Adoption zu tun. Wir wollen die Wünsche unseres Sohnes Ray erfüllen und ebenso die seiner Frau Georgia, die das Gleiche wünschte. Und das können wir beweisen. Nichts weiter haben wir getan. Mehr habe ich nicht dazu zu sagen.« Ein Foto von Big Ray mit traurigem Hundeblick war dabei sowie ein Foto von Ray, wie er vor langer Zeit seinen Schläger beim Golfturnier niederlegte.

Jetzt hielten Lorraine und Gordon einander bei der Hand wie Kinder im dichten Verkehrsgewühl, als sie zum Plenarsaal gingen, wo Phil Kay und ein Dutzend anderer Abgeordneter sie rasch umringten, ihnen Glück wünschten und sie ihrer Unterstützung versicherten. Kay stellte Lorraine und Gordon einigen Herren mit schütterem Haar und in eleganten Anzügen vor – die Mitglieder des Ausschusses, die am Wortlaut des ursprünglichen Gesetzesentwurfs gefeilt hatten, an den Phil Kay sich nun mit seinem Änderungsantrag anhängte. »Aber jetzt fragt keiner mehr nach den vielen Monaten mühevoller Arbeit«, erklärte Kay. »Man kümmert sich nur um die Dinge, die Ihre Familie betreffen.«

»Wir werden ganz sicher nicht vergessen, dass dieser Gesetzesentwurf geschaffen wurde, um Familien wie unserer das Leben zu erleichtern«, antwortete Lorraine. »Aber auch Sie sollten nicht vergessen, dass wir Ihnen die Möglichkeit geschaffen haben, der Öffentlichkeit besser zu verdeutlichen, dass hier gesetzliche Änderungen notwendig sind.«

Mutter sollte für ein politisches Amt kandidieren, ging es Gordon durch den Kopf.

Es war so weit. Phil Kay führte Gordon und Lorraine in den Plenarsaal und durch den Mittelgang bis ganz nach vorn. Das Mikrofon wurde auf Gordons Größe eingestellt. Nervös wartete er Phil Kays einführende Worte ab. Dann bat Kay ihn, das Wort zu ergreifen.

Gordon räusperte sich. »Meine… verstorbene Schwester Georgia«, begann er unbeholfen, »nannte ihre Tochter Keefer in gewisser Hinsicht nach mir. Als kleines Kind wusste ich zwar schon, dass der vollständige Name meiner Schwester Georgia O'Keeffe McKenna lautete, aber ich konnte ihn nicht aussprechen, und deshalb…« Er schaute zu seiner Mutter, sah ihre Andeutung eines Kopfnickens und fuhr fort. Er schilderte Georgias Krankheit, Rays Leiden und die vielen Gelegenheiten, bei denen Georgia ihn gebeten hatte, sich um Keefer zu kümmern und Ray dabei zu unterstützen. »Ich weiß, dass meine Schwester ähnliche Worte zu vielen ihrer Freunde und Verwandten gesagt hat. Aber da gibt es einen großen Unterschied…« Gordon atmete tief durch, um das Zittern in seiner Stimme zu unterdrücken. »Es ist ein Unterschied, wenn es sich um die eigene große Schwester handelt. Es ist doch klar, dass man tut, was sie sagt, nicht wahr?« Leises Gelächter. »Meine todkranke Schwester hat mich, ihren Bruder, darum gebeten, sich um ihr Kind zu kümmern… eine Bitte, die ich sehr ernst nehme und als Verpflichtung betrachte. Und Georgia *war* meine Schwester, egal, was irgendwelche Richter behaupten oder irgendein Gesetz besagt. Und ich hoffe, dass Sie die Antwort in Ihren Herzen finden, wenn es darum geht, den Wortlaut des Gesetzes klar und einfach zu formulieren. Denn unser Leben ist in letzter Zeit sehr, sehr schwer gewesen. Und mich schaudert bei dem Gedanken, dass Keefer eines Tages selbst etwas Ähnliches durchmachen müsste.

Wie dem auch sei – nichts von dem, was heute hier geschieht, wird etwas daran ändern, dass ich der Sohn meiner Eltern bin. Ich bin Mark McKennas Sohn. Ich bin Lorraine McKennas Sohn. Vom Gesetz her wie auch vom Blut her.« Gordon hielt kurz inne und ließ den Blick durch den Saal schweifen. »Ich danke Ihnen«, sagte er, verließ das Rednerpult und setzte sich zu Lorraine, die ihn mit einem stolzen Blick bedachte.

Phil Kay kam zu ihnen und schüttelte Gordon anerkennend die Hand. Dann erklärte er ihm und Lorraine, wie die großen Leuchttafeln im vorderen Teil des Saales funktionierten. Beide zeigten die neunundneunzig Namen sämtlicher Abgeordneter; neben jedem Namen befanden sich ein rotes und ein grünes Licht. Grün, erklärte Phil Kay, bedeutete eine Ja-Stimme. Rot ein Nein.

»Jetzt bleibt mir nur noch«, beendete Phil Kay seine Ausführungen, »Ihnen die Daumen zu drücken.«

Kurz darauf erhob sich der Sprecher des hohen Hauses und rief zur Abstimmung über die Vorlage 600 auf. Und während Lorraine und Gordon auf die Leuchttafeln schauten, erwachten sie zum Leben: ein erstes grünes Licht, dann zehn, dann fünfzig …

… und dann sah es aus, aus würden hundert grüne Lämpchen leuchten.

Und nur ein rotes.

Lorraine fiel Gordon um den Hals. Im Nu waren sie von Leuten umgeben, die ihnen auf die Schultern klopften, während sie durch den Mittelgang zur Tür zu gelangen versuchten, begleitet von einem strahlenden Phil Kay. Im Vorübergehen sahen sie, wie ein Mann aufstand und zu applaudieren begann. Dann erhoben sich alle Abgeordneten. Ihr Beifall hörte sich wie prasselnder Regen an.

»Gut gemacht, Phil!«, rief jemand.

»Das ist nur der erste Schritt«, erklärte ihnen Phil Kay, als sie ins schneeglitzernde Freie traten. »Aber es ist ein bedeutender Schritt. Als Nächstes wird sich der Senat mit der Gesetzesvorlage befassen, und auch da erwarte ich keine Probleme. Und ich verspreche Ihnen, alles zu tun, um den Gouverneur zu bewegen, dass er sich so schnell wie möglich dieser Sache annimmt. Frohe Weihnachten Ihnen allen!«

Während sie bei immer schlechterem Wetter über die Interstate fuhren, war Gordons Freude größer als seine Sorgen, doch als sie an Plainfield und Stevens Point vorüberkamen, fragte er sich zunehmend besorgt, wie die Berufung ausgegangen sein mochte. Warum hatte Mark sie nicht schon angerufen?

Schließlich bogen sie in die Cleveland Avenue ein. Gordon hoffte auf irgendwelche Zeichen der Freude, auf jubelnde Menschen, die sich vor dem Haus versammelt hatten. Doch es war nur Mary Dwors zu sehen, die ihnen grüßend zuwinkte, als sie ihre Zeitung hereinholte. Im Elternhaus war es still, die Vorhänge waren zugezogen.

Beinahe wäre Gordon vor Erleichterung in Tränen ausgebrochen, als er Mark mit Keefer auf den Armen an die Tür kommen sah. Irgendjemand – vermutlich Nora – hatte ihr Haar zu zwei Rattenschwänzchen geflochten und mit Gummihaltern zusammengebunden. An jedem befanden sich zwei kleine Kugeln, eine rote und eine grüne.

»Ich seh's euren Gesichtern an«, sagte Mark müde, »bei euch ist es gut gelaufen.«

An seinem Gesicht jedoch konnten sie ablesen, dass es bei ihm, im Gerichtssaal von Richterin Sayward, nicht gut ausgegangen war.

»Die Richterin hat eine Aussetzung gewährt«, berichtete Mark, »aber sie weigerte sich, die Vormundschaftsverfügung zu ändern. Das bedeutet, dass die Cadys Keefer holen werden. Aber es gibt nicht nur schlechte Nachrichten, Lorraine«, beruhigte er seine Frau, als sie Keefer verzweifelt an sich reißen wollte. »Die Richterin hat entschieden, dass die Cadys nichts unternehmen dürfen, um Keefer zu adoptieren, bevor das Berufungsverfahren abgeschlossen ist. Außerdem haben wir Besuchsrecht – ein Wochenende im Monat.«

»Wann kommen die Cadys?«, fragte Lorraine.

»Sie werden bald hier sein.« Mark seufzte. »Delia hat eben angerufen.«

»Nicht heute!«, rief Lorraine und konnte die Tränen nun nicht mehr zurückhalten. »Bitte, nicht heute!«

»Gordon«, sagte Mark, »oben in unserem Schlafzimmer ist eine Schublade mit Medikamenten. Hol bitte die Tabletten.«

»Welche, Dad?«

»Die Beruhigungsmittel.«

»Nein, Mark«, schluchzte Lorraine. »Ich will keine Tabletten, ich will Keefer!« Sie drückte das kleine Mädchen an sich, das seine Großmutter umklammerte, als wollte es sie nie wieder loslassen. Dann rieb Keefer sanft die verlaufene Wimperntusche von Lorraines tränennassen Wangen.

»Hab keine Angst, Keefer«, sagte Lorraine. »Alles wird gut.«

Sie starrten auf die Zeiger der Uhr, wie sie von Minute zu Minute sprangen. Viertel nach drei … halb vier. Mit einem Anflug von Hoffnung dachte Gordon, das schlechte Wetter könnte die Anreise der Cadys verhindert haben. Vielleicht waren sie umgekehrt.

Dann hörten sie das Klappen von Autotüren, und Craig Cady stand im Hauseingang.

»Keefer wird nicht zu euch wollen«, sagte Mark mit ruhiger Stimme.

»Natürlich will sie«, sagte Craig und streckte die Arme aus. Keefer schreckte zurück.

»Wollt ihr sie denn nicht in den Schneeanzug stecken?«,

fragte Lorraine. »Ihr könnt sie doch nicht ohne den Anzug hinaus ins Schneegestöber nehmen!«

»Na gut.« Craig hatte einen roten Kopf und schwitzte; ihm war sichtlich unwohl. Beinahe tat er Gordon Leid. »Alex!«, rief Craig über die Schulter. »Alexis!«

Die List funktionierte. Als Keefer das rothaarige Mädchen erkannte, klatschte sie vor Freude in die Händchen, zeigte ihre kleinen weißen Zähne und warf ihr Kusshändchen zu.

»Soll ich Keefer nehmen, Craig?«, fragte Alexis; dann schaute sie Gordon an. »Darf ich sie nehmen, Mr McKenna?«

Gemeinsam gelang es Gordon und dem jungen Mädchen, Keefer in den Schneeanzug zu stecken. Hinter ihnen, in der Küche, erklang Lorraines Stimme, schrill und verzweifelt: »Wollt ihr denn nicht ihr Bett mitnehmen? Wollt ihr nicht wissen, was ihre Lieblingsspielsachen sind? Was sie am liebsten isst? Um Himmels willen! Und wollt ihr bei diesem Wetter nach Madison zurückfahren… mit diesem Kind, das ihr so sehr liebt?«

»Sie hat alles, was sie braucht«, sagte Craig. »Macht es euch doch nicht schlimmer, als es sein muss! Wir wollen euch nichts Böses. Wir beten für euch.«

»Ihr wollt für *uns* beten?«, fauchte Lorraine.

»Alex«, flüsterte Gordon, »geh doch mal raus zu deinem Vater und sag ihm, dass ich…«

»Er ist mein Stiefvater«, antwortete Alexis ebenso leise.

»Sag Craig, ich möchte noch einen Moment mit Keefer allein sein.«

»Er wird glauben, Sie wollen mit ihr abhauen, wie Ihre Eltern damals in Florida abgehauen sind.«

»Ich laufe nicht weg.«

Gordon hatte keine Ahnung, wie er es fertig bringen sollte, sich tatsächlich von Keefer zu verabschieden. Verzweifelt ermahnte er sich, nicht albern zu sein; sie würden Keefer ja nicht verlieren. Außerdem würde der Sieg, den sie heute im Parlament errungen hatten, richtungweisend sein und nicht ohne Wirkung auf die Entscheidung des Berufungsgerichts bleiben. Dennoch wusste Gordon, dass die Kammer sich an das zum Zeitpunkt der Verhandlung geltende Recht halten musste und sich nicht nach einem zukünftigen Gesetz richten konnte.

Keefer kratzte sich am Schneeanzug, wobei sie Gordon mit großen Augen anschaute. Gordon nahm eine ihrer kleinen Hände und küsste sie. Doch Keefer deutete auf die Tür, durch die Alexis hinausgegangen war.

»Keefer …«, sagte Gordon und ermahnte sich, jetzt ruhig und vernünftig zu sein. »Ich hab dich sehr lieb.«

»Dory«, sagte Keefer prompt. »Dory hat dich lieb, sooo lieb.« Sie streckte beide Arme hoch über den Kopf. »Sooo viel.«

Gordon sah das Heftpflaster, einen kleinen grünen Streifen, und erinnerte sich, was sein Vater am Abend zuvor über Keefers Schnittwunde berichtet hatte.

»Lass mich mal dein Aua sehen, Keefer«, sagte er und zog das Pflaster ab. Keefer jammerte. Der Schnitt war ziemlich tief, heilte aber schon. Nur an einer Seite der Wunde, wo der Wundschorf noch nicht ganz fest war, quoll ein Blutstropfen hervor.

Ganz vorsichtig hob Gordon den winzigen Finger empor und drückte ihn an seine Zunge.

15

Kelly Rafferty brachte Gordon einen bunten Strauß Gerbera von Alicia, nachdem Senator Hammersmith sich erboten hatte, den Gesetzesentwurf im Senat zu unterstützen, wo er schließlich auch verabschiedet wurde. Mit ein bisschen Glück würde der Gouverneur das Gesetz unterzeichnen, noch ehe die Berufungsverhandlung begann. Sowohl der Senator als auch Phil Kay hatten an den Gouverneur geschrieben und ihn nachdrücklich um rasches Handeln gebeten.

Es waren so viele gute Nachrichten, dass Gordon zuerst misstrauisch, dann ängstlich wurde.

Um sich abzulenken, konzentrierte er sich auf seinen Beruf und versuchte, seinen Schülern der perfekte Lehrer zu sein, während Lorraine sich in abergläubischen Ritualen erging und es beispielsweise vermied, den Mond über die Schulter durch Fensterglas anzuschauen. Jeden Hut, der auf einem Bett lag, fegte sie zu Boden; sie verließ das Haus rückwärts gehend, wenn sie noch einmal zurückkommen musste, weil sie etwas vergessen hatte, und ständig klopfte sie auf Holz. Doch ohne Keefer war die Gefahr nun einmal groß, abergläubisch oder schwermütig zu werden.

Und Gordon hatte jetzt, wonach er sich immer sehnte: alle Einsamkeit der Welt.

Die McKennas hatten damit gerechnet, dass Keefer die Weihnachtsfeiertage bei ihnen verbrachte, doch am Morgen vor dem Fest rief Delia an und sagte, Keefer habe Ohrenschmerzen und müsse zu Hause bleiben. Dabei war Keefer gerade in dem niedlichen Alter, da sie allmählich begriff, dass Weihnachten gleichbedeutend mit Süßigkeiten und Spielsachen ist.

»Wir glauben, dass Christus das eigentliche Ereignis ist«, erklärte Delia. »Deshalb gibt es bei uns keinen Weihnachtsmann oder viele Geschenke oder sonst etwas. Aber Keefer kann zum Gottesdienst, und das ist zauberhaft. Der Kinderchor in Engelsgewändern – wunderschön!« Vielleicht, fuhr Delia fort, könnten die McKennas Keefer für ein paar Tage nach Neujahr haben. Zuvor müsse die Kleine aber noch für den Familiengottesdienst zu Neujahr in der Kirche in Madison sein – »zu Hause«.

Lorraine hatte Delia höflich daran erinnert, dass in der Woche nach Neujahr der Schulunterricht wieder begann, sodass sie und Gordon jeden Tag arbeiten müssten.

»Na gut, dann warten wir eben noch einen Monat länger«, hatte Delia geantwortet. »Keefer kann ja im Februar kommen.«

Voller Wut hatte Lorraine Greg Katt angerufen.

»Bleiben Sie ruhig«, hatte er geraten. »Stacey Kane und Charley Borchart sind dabei, die Schriftsätze für die Berufung einzureichen. Nur keine Unruhe jetzt. Denken Sie längerfristig. Das wird schon.«

So verlief Weihnachten in ziemlich gedrückter Stimmung – gelinde gesagt. Der Berg von Geschenken, die sich normalerweise unter dem Baum häuften, war deutlich kleiner geworden, nachdem die McKennas Keefers Pakete mit der Post nach Madison geschickt hatten. Keefers Strumpf, den Nora bei ihrer Geburt gestrickt hatte, hing schlaff am Kamin und zog aller Blicke auf sich – ein spürbarer Vorwurf. Seit Gordon über die Entwicklungsstufe des ausschließlichen Habenwollens hinaus war – was im Alter von etwa elf Jahren der Fall gewesen war –, hatte er die Weihnachtsbesessenheit seiner Mutter stets als übertrieben, ja, peinlich betrachtet. Er sehnte sich nach der Zeit, da Lorraine ihn und Georgia nicht mehr aufforderte, brav zuzuschauen, während sie die Heiligen Drei Könige (Georgia nannte sie »die Schlaumänner«) millimeterweise näher an den Stall heranrückte: in Ungarn handgeschnitzte Krippenfiguren, die von irgendwelchen nebulösen frommen Ungarn gesegnet worden waren. Während seines Studiums am College und auch später hatte Gordon sich nach einer Art »Manhattan-Weihnachten« gesehnt: mit Erwachsenen, die an teurem Champagner nippen und Austern schlürfen und wenige, aber erlesene Geschenke tauschen. Doch seine Mutter und Georgia hatten eine Vorliebe für Hemden, die sie mit alten Familienfotos bedrucken ließen, und Strickmützen mit Glöckchen und jede Menge Sportgeräte, mit denen Gordon eine eigene Turnhalle hätte ausstatten können.

Jetzt vermisste er das alles, diese Überfülle und die Feierlichkeit, und war dankbar, dass er durch die Wälder und über die Hügel zu Nora fahren konnte, wo er und seine Cousins früher im Küchengarten mit einem Fußball kickten, nachdem sie Unmengen Köstlichkeiten verschlungen hatten, die den Cholesterinspiegel in die Höhe jagten. Sie hatten sich Bier hineingeschüttet, kräftig geflucht, gelacht und gegrölt und sich, kurz gesagt, wie Leute aus Wisconsin aufgeführt. Gordon machte sich keinen Augenblick etwas vor. Zur Hölle mit dem Chrom-Weihnachtsfest! Hier fühlte er sich aufgehoben, hier gehörte er hin.

In dieser Nacht schlief er in seinem alten Bett im Haus seiner Eltern und träumte von Keefer als einem großen Mädchen, das mit langen, kräftigen Fingern in Schweinslederhandschuhe schlüpfte, wobei er mit seiner Hand dabei half. Als er erwachte, dachte er darüber nach, wie es mit ihr am Morgen gewesen war… wie er sich beim Rasieren nach ihr umdrehte und sah, wie sie Reis-Crispies aus ihrer Müslischüssel schnippte, indem sie den Löffel als Katapult benützte. Kaum hatte er die Crispies aufgekehrt, erwischte er Keefer dabei, wie sie die Fenster mit Baby-Ölpflegetüchern putzte; gerade als er die Tücher zurück in die Box stopfte, versuchte Keefer, mit seinen Schuhen zu laufen, fiel hin und brach in Tränen aus. Und als er es wagte, ihr ein entschiedenes »Nein!« zu sagen, suchte sie in dramatischer Theatralik Zuflucht, fiel auf die Knie, legte sich die Hände auf die Wangen und öffnete den Mund zu einem stummen Schrei. Selbst eine Stunde später, nachdem Gordon ihr die Ölpflegetücher zurückgegeben hatte, weigerte sie sich, ihn anzuschauen. Mark bezeichnete Keefers entschlossene Nichtbeachtung der Älteren als »Ausweichmanöver« und sagte, die Aufsässigkeit habe sie ganz klar von Georgia geerbt.

Jetzt gehörte Gordons Wohnung ihm ganz allein, doch die bequemen Annehmlichkeiten des Junggesellendaseins waren dahin. Früher hatte er gerade so viel geputzt, wie ein allein stehender junger Mann es tut, um das Aufkeimen organischen Lebens zu verhindern, nicht aber um einen Reinlichkeitstest mit weißen Handschuhen zu bestehen. In der ersten Zeit nach Keefers Abschied konnte er es nicht lassen, sämtliche Flächen vom Fußboden bis zu einem halben Meter Höhe auf ihre makellose Sauberkeit zu überprüfen. Keefer hatte die Gabe aller Kleinkinder entwickelt, selbst die kleinsten Krümel auf jeder Oberfläche zu entdecken, aufzuklauben und herunterzuschlucken. Seitdem inspizierte Gordon jeden Winkel, jede glatte Fläche mit Adleraugen, als wäre Keefer immer noch da.

Nach einer Weile jedoch siegte der zweite Hauptsatz der Thermodynamik: Gordon war bedrückt und niedergeschlagen. Seinen Couchtisch hatte der Verstärker für seine Gitarre belegt, zusammen mit einem Sechserpack Mineralwasser und der Uhr, die seine Eltern ihm zu Weihnachten geschenkt hatten, sowie dem elektrischen Schraubendreher, einer Nadel mit Faden und dem zerrissenen Hemd, das damit geflickt werden sollte, zahlreichen Sockenknäueln, die er zusammengerollt hatte, um sie in den Plastikbehälter zu tun, den er planlos über der Wohnungstür angebracht hatte, einem Pappkarton mit heillos überalterten Gemüseresten und daneben einem Stapel Klassenarbeiten, die noch korrigiert und benotet werden mussten und mit einer Dose Hautpilzpuder beschwert waren. Die Couch wurde von Wäsche in Beschlag genommen: saubere auf der linken, schmutzige auf der rechten Seite. Gordon brauchte ja nicht mehr zu befürchten, dass der kleine Kobold ins Zimmer kam und fröhlich seine T-Shirts und Boxershorts zu Konfetti verarbeitete. Wenn Gordon – was selten genug vorkam – unter dem Bett kehrte, brachte er schmerzende Erinnerungsstücke zum Vorschein: das klingelnde Kettchen, das einst seiner Schwester gehört hatte, einen blau-grünen Babyschuh, eine kleine Socke mit Piepvögelchen, die rund ums Fußgelenk marschierten, die Barbiepuppe, deren sprödes Blondhaar sie einmal, an einem Samstagabend, wie Getreidegarben gebunden hatten.

Alle Kraft, die Gordon aufzubringen vermochte, widmete er seinen Schülern. Trotzdem konnte er ihnen nur einen Teil von dem geben, was ihnen zustand.

»Heute kommen wir zur Paarung«, sagte Gordon.

Die Schüler kicherten.

»Reilly, du bist die Meine«, sang Eddie Carlson, »du gehörst mir ganz alleine.«

»Und ich will Kelly!«, rief Kye Olstadt.

Gordon geriet ins Grübeln, als Kelly Raffertys Gesicht rot anlief. Ob Kye sie schon hatte? Kelly sah genau wie ihre Mutter aus.

»Jeder sollte vier Karten haben«, sagte Gordon zu der Klasse.

Es war wenige Tage, nachdem die Schüler aus der Winterpause eingetrudelt waren und sich von den Auswirkungen der Ferien erholt hatten. »Zwei sind mit einem großen A gekennzeichnet, zwei mit einem kleinen *a*. Mischt die Karten und legt den Stapel mit der Vorderseite nach unten vor euch.«

Die Schüler gehorchten.

»Nehmt die oberste Karte vom Packen. Und jetzt wählt

eure Partner«, wies Gordon sie an. »Denkt daran, niemand kann sich zweimal mit demselben Partner vermehren. Es kommt auf die Erfahrung an. Also los, Leute. Normalerweise dauert das nicht lange, besonders nicht in eurem Alter.« Über das Gelächter seiner Schüler hinweg fuhr Gordon fort: »Wie ihr wisst, steht jede dieser Karten für ein Allel. Die Gene, die für eine besondere Eigenschaft stehen, zum Beispiel für braune Augen, können in zwei oder mehr unterschiedlichen Formen auftreten, und die nennt man Allele. – Okay, dann schauen wir uns mal an, was ihr erzeugt oder wie ihr euch fortgepflanzt habt, ihr Wissenschaftler.« Gordon versuchte, es von der witzigen Seite anzugehen. »Wenn ich mich so umsehe, muss ich schon sagen, dass ich ein wenig besorgt …«

In der ersten Runde hatten sich die Karten ziemlich gleichmäßig verteilt, wie Gordon es nicht anders erwartet hatte. »Und was sehen wir hier, Mr Carlson?«

»Ja, also, meine Nachkommenschaft hat groß A und noch mal groß A … das heißt, reinerbig dominant«, sagte der Junge. »Nicht, dass irgendwas verkehrt daran wäre … einige Leute sind einfach so.«

»Ich verstehe das nicht, Mr McKenna«, sagte Kathy Zurich mit trauriger Stimme.

»Niemand versteht das«, erwiderte Gordon. »Die Wissenschaft der Genetik ist wie die Relativitätstheorie, weil es hier wie da so viele Umwege und offensichtliche Widersprüche gibt, dass es sogar für Biologen schwierig ist, das nachzuvollziehen. Selbst Gregor Mendel, der Begründer der Genetik, der alte Bruder Mendel …«

»Ein Hip-Hopper«, sagte Carlson.

»Nein, ein Mönch. Sogar Bruder Mendel gab einmal auf. Was bei den Erbsen und Bohnen funktioniert hatte, klappte bei anderen Pflanzen nicht, an denen er die gleiche Methode der Kreuzung ausprobierte. Da hat er den Krempel hingeworfen und ist in die Verwaltung gegangen.«

»Sie sollten auch kündigen und Verwaltungsbeamter werden«, sagte Kathy kichernd. »Das ist ja alles total verwirrend. Ich lass mich bei Ihnen vom Unterricht befreien und werde umsonst für Sie babysitten.«

Die Klasse verstummte abrupt. Gordon hörte, wie in der Ferne, in der Nähe seines Elternhauses, ein Auto hupte.

»Blöde Kuh«, sagte Carlson.

»Tut mir Leid, Mr McKenna«, flüsterte Kathy. »Ich habe nicht daran gedacht, dass Keefer nicht mehr da ist.«

»Schon gut«, sagte Gordon. »Also – ihr wisst, dass von sämtlichen Lebewesen die Menschen die einzigen sind, auf die sich die natürliche Zuchtwahl nicht anwenden lässt. Mit anderen Worten: Menschen geben schlechte Erbanlagen weiter. Damit meine ich nicht etwa dich im Besonderen, Carlson.« Gelächter. »Nein, Leute, jetzt hört mal zu. Ein gutes Beispiel ist ein Baby, das mit PKU geboren wird, mit einer Phenylketonurie. Das ist eine Krankheit, bei der der lebenswichtige Aminosäurenstoffwechsel nicht funktioniert. Und wenn der Umbau der Aminosäuren nicht erfolgt, gerät der gesamte Stoffwechsel des Kindes durcheinander – das Baby bleibt in seiner Entwicklung zurück und kann sterben.«

»Das ist ja schrecklich«, sagte Melinda Gallo ehrlich betroffen.

»Genau das haben die Perinatalmediziner auch gedacht. Und deshalb ist praktisch die allererste Maßnahme nach der Geburt eines Babys ein Urintest, um dieses vererbbare Leiden auszuschließen, das durch ein defektes Allel bedingt ist«, erklärte Gordon. »Ist es jedoch vorhanden, bekommt das Baby eine spezielle Ernährung. Das defekte Allel bleibt natürlich, sodass das Kind später medikamentös behandelt wird, damit es ein normales Dasein führen kann. Aber was geschieht?«

»Das Kind wächst heran«, sagte Carlson.

»Genau. Er oder sie wächst heran, findet einen Partner und pflanzt sich fort.« Gordon nickte. »Und vielleicht findet sie oder er einen Partner, der ebenfalls das rezessive Allel besitzt, sodass es erneut hervortreten kann. Folglich werden Erbeigenschaften, die eigentlich verschwinden sollten, immer wieder weitergegeben. Doch am Ende dieser Reihe stehen wunderbare Menschen, wie etwa der große Physiker Stephen Hawking oder Ludwig van Beethoven, der ebenfalls behindert war…«

»Und am anderen Ende steht so was wie Carlson«, rief Kye Olstadt. »Kriegt man von einem rezessiven Gen Sommersprossen?«

»Starten wir jetzt zur dritten Runde. Ihr werdet eine Veränderung in der Verteilung feststellen«, fuhr Gordon fort, als das Gelächter sich gelegt hatte. »Immer mehr von euren Nachkommen haben rezessive Gene für bestimmte Erbanlagen, auch wenn ihr tatsächliches Aussehen, ihr Phänotyp, es nicht erkennen lässt. Aber sie können diese Eigenschaften weitergeben.«

»Mein Bruder Neal hat gesagt, Sie hätten eine echte Plazenta«, sagte Reilly unvermittelt. »Haben Sie die von der Uniklinik?«

Gordon sträubte sich. »Ich hatte nicht vor, sie zu verwenden«, sagte er. »Aber gut, sprechen wir darüber.« Er hatte tatsächlich einen Abfallbeutel für biologisches Material vorbereitet, um die Plazenta zu beseitigen. Sie zu behalten war ihm schon Ende letzten Jahres verrückt vorgekommen; nun erschien es ihm blasphemisch. Eine Hälfte dieses einst lebenswichtigen, jetzt nur noch lehrreichen, ehemaligen Organs hatte seinerzeit Keefer ernährt. Gordon öffnete langsam den Tiefkühlschrank, holte die Stahlpfanne mit der Plazenta heraus und stellte sie auf die steinerne Arbeitsfläche des Labortischs.

»Im vorigen Jahr, als meine Nichte geboren wurde«, begann er, »fragte ich meine Schwester, ob ich das behalten dürfte. Ich wusste nicht einmal, ob es gegen ein Gesetz verstößt. Aber sie sagte, klar, warum nicht? Einige Fleischfresser essen die Plazenta. Auch Menschen tun das – natürlich nicht in Wisconsin. Doch in vielen Kulturen ist es Brauch, nach einer Geburt irgendetwas aufzubewahren, beispielsweise ein Stück Nabelschnur.«

»Igitt«, sagte Kathy.

»Ja, ich weiß, das ist ziemlich abstoßend«, sagte Gordon. Er deckte die Plazenta ab, die auch im gefrorenen Zustand zu glänzen schien. »Aber das hier ist der Nährboden für das Leben eines Babys. Zu keinem Zeitpunkt während der Schwangerschaft vermischt sich das Blut der Mutter je mit dem des Babys. So konnte Keefer wachsen, vollkommen abhängig vom Körper meiner Schwester und doch getrennt für sich. Aber ihr wisst ja, dass meine Schwester gestorben ist…« Vierundzwanzig Köpfe senkten sich einmütig. »Ist schon okay. Ich weiß, dass ein paar von euch in ihren Familien darüber gesprochen haben. Und ihr habt es ja auch in den Nachrichten gesehen.«

»Und dass Sie adoptiert worden sind«, sagte Dennis, »von Mrs McKenna von der Realschule.«

»Stimmt. Ich wurde als Baby adoptiert«, sagte Gordon. »Meine Mutter ist die einzige Mutter, die ich je gekannt habe.«

»Kennen Sie Ihre richtige Mutter denn nicht?«, fragte Kelly Rafferty.

»Nein, ich kenne sie nicht«, sagte Gordon. »Aber von ihr und von meinem leiblichen Vater habe ich meine blonden Haare.«

»War Ihre Schwester auch ein Adoptivkind?«, fragte Dennis.

»Das weißt du doch«, sagte Gordon.

»Nein, das habe ich nicht gewusst. Ich dachte, nur Sie wären adoptiert worden«, erwiderte Dennis. »Ich könnte mir gar nicht vorstellen, adoptiert zu sein. In unserer Familie ist man entweder ganz und gar ein Reilly, oder man ist eben keiner. ›Das muss ein Reilly sein‹, sagen die Leute. ›Irgendwie kommst du mir bekannt vor. Du bist Bill Reillys Kleiner.‹«

»Das habe ich nie erlebt, und ich werde es wohl auch nie erleben … es sei denn, ich habe mal eigene Kinder. Außerdem kann man das genetische Produkt seiner beiden Elternteile sein und ihnen trotzdem in keiner Weise ähnlich sehen«, sagte Gordon. »Nun, darüber könnt ihr alle heute Abend nachdenken, wenn ihr eure Mathe-Hausaufgaben macht.«

»Ich glaube, es tut weh«, sagte der kleine Reilly plötzlich.

»Was?«

»Was mit Ihrem Baby ist«, sagte er, »es tut sehr weh, nicht wahr?«

»Und was hast du gesagt?«, fragte Lindsay an diesem Abend, als sie aneinander gekuschelt in Gordons Bett lagen. Lindsay blieb jetzt meistens bei ihm, da Gordon kaum mehr zum Streunen zumute war. Und Keefer war nur noch selten da. Er hatte Lindsay einen Schlüssel gegeben; sie kam direkt von der Arbeit, und dann kochten sie gemeinsam, aßen gemeinsam … Sie lebten beinahe wie ein verheiratetes Paar.

Hallo, Liebling. – Hallo, mein Schatz. – Wie war dein Tag heute?

»Ich konnte überhaupt nichts sagen«, erklärte Gordon. »Ich glaube, ich hab nur genickt. Hoffentlich hat der Kleine verstanden, dass ich ihm dankbar gewesen bin.«

»Vorher hatte er dir ja so einige Brocken hingeworfen.«

»Er ist trotzdem ein guter Junge. Mit Sicherheit das genetisch gelungenste Exemplar von allen Reillys.«

»Stimmt es dich nicht nachdenklich, wenn du über Vererbung unterrichtest? Darüber, wie deine eigenen Kinder mal sein könnten?«

Er spürte, wie Lindsays Rücken sich versteifte, als er antwortete: »Ich bin nicht sicher, ob ich jemals Kinder haben werde, Lindsay.«

»Warum denn nicht, Gordon? Du bist doch ein gut aussehender Mann.«

»Und du bist befangen, meine Süße.«

»Nein, ich meine... du hast die besten Gene.«

»Ich glaube, ich sollte an Keefer denken. Was ist, wenn ich Keefer großziehen muss?«

»Ich verstehe nicht...«

»Wie würde sie sich fühlen, wenn wir... Ich meine, wenn meine Frau und ich, sollte ich je heiraten, den Wunsch hätten, ein Kind zu bekommen, das biologisch mit mir verwandt ist? Ich möchte Keefer nicht wehtun. Ich weiß, das ist verrückt, aber...«

Lindsay schwang sich aus dem Bett. Bevor sie in eines seiner Hemden schlüpfte, sah er den blassen Streifen, wo ihr Bikini ihr Hinterteil bedeckt hatte. Sie setzte sich mit überkreuzten Beinen ans Bettende, und ihr rotes Schamhaar wurde zwischen ihren Oberschenkeln sichtbar. »Das ist tatsächlich verrückt, Gordon. Du hättest für Georgia doch nicht anders empfunden, wäre sie ein leibliches Kind deiner Eltern gewesen.«

»Als kleiner Junge war ich eifersüchtig, weil Georgia meiner Mutter so ähnlich sah.«

»Aber du sagst doch, du selbst bist wie deine Mutter.«

»Nicht vom Äußeren, von der Persönlichkeit her. Vielleicht, weil ich eifersüchtig war. Kinder sind wie alle kleinen Wesen. Sie drängeln und wühlen und suchen nach ihrem Platz in der Familie. Sind sie nicht die Kräftigsten, aber die Geschäftigsten...«

»Ich finde, du solltest selbst Kinder haben, weil...« Lindsay stockte.

»Ja?«

»Weil... was ist, wenn du Keefer nicht zurückbekommst?«

»Ich muss daran glauben, dass wir sie zurückbekommen.«

»Und für den Rest deines Lebens soll es dann nur noch dich und Keefer geben?«

»Das habe ich nicht gesagt.«

»Also?«

»Also was?«

»Was ist mit mir?«

»Du meinst, du hättest gern eigene Kinder.«

»Natürlich.«

»Darüber müssen wir in Ruhe reden ...«

»Gut. Reden wir darüber.«

»Nicht jetzt. In Ruhe. Ich muss noch einen Stapel Arbeiten korrigieren und benoten ...«

»Aber jetzt ist der richtige Zeitpunkt, darüber zu reden.«

»Lindsay ...«

»Wer ist Alicia?«

Gordon verspürte einen Stich im Magen. »Alicia?«

»Als ich heute hereinkam, war eine Nachricht von ihr auf dem Anrufbeantworter.«

»Du hörst meinen Anrufbeantworter ab?«

»Nein, sie sprach gerade drauf.«

»Sie ist die Mutter einer Schülerin von mir.«

»Sie hat gefragt, ob du ihre Blumen bekommen hättest ...«

»Ach so. Sie hat mir Blumen geschickt, als die Gesetzesänderung vom Senat bestätigt wurde.«

»Und sie sprach von eurer Volleyballmannschaft.«

»Du weißt doch, dass ich hin und wieder Volleyball spiele. Meine Güte, Lindsay, das ist das einzige bisschen Sport, das ich noch treibe. Bald sehe ich aus wie mein Opa auf den alten Fotos, Opa Kiss, mit seinen streichholzdünnen Beinen. Im Moment hat mein Vater wahrscheinlich mehr Kondition als ich.«

»Und sie hat ›Süßer‹ zu dir gesagt.«

»Ach, das hat nichts zu bedeuten. So ist Alicia nun mal. Sie ist nett, ehrlich.«

»Hast du was mit ihr gehabt, Gordon?«

»Nein. Wir sind nur ein paarmal ausgegangen.«

»Ausgegangen? Hast du mit ihr geschlafen?«

»Nein.«

»Habt ihr herumgeknutscht?«

Erzähl ihr eine Lüge, sagte er sich. Mach es dir leicht. *Nein, belüge sie nicht!*

»Wir haben ein bisschen mehr als nur… herumgeknutscht. Aber das ist nur ein einziges Mal passiert. Wir waren angetrunken. Das ist sehr lange her. Und ich habe mittendrin aufgehört, weil ich an dich denken musste, an unsere Beziehung. Ich wollte keine Grenze überschreiten… in eine Gegend vordringen, die nur uns gehört, Lindsay. Okay?«

»Über was soll ich eigentlich noch alles hinwegsehen, Gordon?«

»Was soll das denn heißen?«

»Okay, noch mal, langsam und deutlich: Über was soll ich noch alles hinwegsehen?«

»Niemand zwingt dich, bei mir zu bleiben, Lindsay.«

»Die ganze Collegezeit war ich bloß deine Feriengespielin… dein Ferien*vergnügen*. Meinst du, ich weiß das nicht? Und immer im Sommer. Nur wenn du gerade zufällig da warst, haben wir miteinander geschlafen.«

»Moment mal, Moment. Keiner von uns beiden hätte damals auch nur im Traum damit gerechnet, dass wir eine dauerhafte Beziehung eingehen.«

»Aber ich habe es mir gewünscht, und das wusstest du.«

Ja, er hatte es gewusst.

»Na gut, das war damals. Aber heute ist heute«, sagte er. Es hörte sich schrecklich lahm an.

»Und was wird jetzt aus uns, Gordon?«

»Ich habe darüber nachgedacht, Lindsay.« Das hatte er zwar nicht, doch es wurde ihm klar, als er die nächsten Worte aussprach: »Das hängt davon ab, was mit Keefer geschieht.«

»Wie meinst du das?«

»Nun, wenn ich Keefer bekomme und großziehe, bleibe ich hier in Tall Trees. Vielleicht kaufe ich ein Haus und werde mit ihr hier wohnen, wo Keefer meine Eltern und meine Tanten und Onkel und Cousins und natürlich auch die Nyes sehen kann.«

»Und wenn es nicht klappt?«

»Dann weiß ich nicht, was ich tun soll, Lindsay. Aber ich werde mit ziemlicher Sicherheit verschwinden. Vielleicht arbeite ich wieder für EnviroTreks auf Fernreisen. Oder ich suche mir einen Berggipfel in Montana, lebe dort als Einsiedler und sammle seltene Pflanzen…«

»Ganz allein?«

»Ja. Aber das ist wohl eine verrückte Idee.« Er legte sich zurück aufs Kissen – Keefers Schmusekissen, das er aus Gewohnheit im Bett behalten hatte. »Vielleicht gehe ich auch zurück an die Uni.«

»Wozu?«

»Um meine Doktorarbeit zu schreiben. Vielleicht arbeite ich in der Zellforschung. Ich habe darüber nachgedacht, über meine Schwester und ihre Krebskrankheit. Man bekommt nicht mit sechsundzwanzig Brustkrebs, wenn man nicht ein bestimmtes Gen hat. Und das würde bedeuten, dass auch Keefer dieser Gefahr ausgesetzt wäre. Sie ist jetzt schon gefährdet. Und das Forschungsprojekt über das menschliche Genom ist in vollem Gange. Vielleicht kann ich daran mitarbeiten…«

»Du müsstest allein zur Uni gehen.«

»Nicht unbedingt. Aber seit wann wärst du denn bereit, Tall Trees zu verlassen, Lindsay? Du hast doch damals am College so sehr gelitten, weil dir Laura und deine Eltern fehlten. Bald wird Laura Kinder haben, und dann möchtest du auch bei ihnen sein, stimmt's?«

»Für dich würde ich hier weggehen.«

»Überleg's dir gut, Lindsay. Sag das nicht einfach so daher.«

»Ich dachte, wenn du Keefer bekommst, wirst du mich brauchen, Gordon. Ein Mädchen braucht eine Mutter…«

»Das hat die Psychologin auch gesagt.«

»Ja. Ein Mädchen braucht eine Mutter, Gordon. Und ich wäre eine gute Mutter.«

»Das glaube ich auch, Lindsay. Du wärst eine wunderbare Mutter. Aber würde es dich glücklich machen, mein Kind großzuziehen? Nur mein Kind?«

»Das machst du ja unmöglich. Wenn du sie *nicht* bekommst, gehst du weg. Und du willst wie ein Mönch leben, *wenn* du sie bekommst. Was habe ich da für eine Chance?«

»Das ist nicht fair.« Gordon zog Lindsay neben sich aufs Bett; ihr wundervolles Haar breitete sich wie ein Vorhang aus seidenen Fäden auf seiner Brust aus. Es gab kein berauschenderes Gefühl. Er erinnerte sich, wie viel Spaß Keefer jedes Mal gehabt hatte, wenn sie mit ihren kleinen Füßchen in seinem Haar wühlte. Was sie jetzt wohl machte?

»Das ist nicht fair, Lindsay, und ich bitte dich ja auch gar nicht zu warten. Ich kann nicht planen, kann nichts voraussagen. Nächste Woche ist das Berufungsverfahren, und dann beginnt die Zeit des Wartens auf die Entscheidung. Wäre ich ein anständiger Mensch, würde ich dir sagen, nimm deine Zahnbürste und lass mich allein mit meinem Mist.«

»Ja, das würdest du«, sagte Lindsay schmollend. Sie befreite sich aus seinen Armen, lehnte sich ans Schlafzimmerfenster und musterte den glitzernden Reif auf den Bäumen draußen. Er atmete ihren Duft ein. Wieder einmal erkannte er, wie sehr er Lindsay brauchte. Vielleicht war all das Gerede über sein einsiedlerisches Leben bloß romantischer Quatsch.

»Andererseits«, tastete er sich vor, »hätte Keefer bestimmt gerne ein Brüderchen oder Schwesterchen. Sie ist ganz verrückt nach Delias Tochter…«

Vielleicht wäre es sogar sinnvoll. Wenn er mit Lindsay

ein Kind hatte, würde es mit Keefer aufwachsen, so wie er und Georgia zusammen aufgewachsen waren: eine Verkörperung seines Erbguts und des Erbguts seiner Schwester. Und diese Kindeskinder würden die Erbanlagen Georgias ebenso weitergeben wie seine eigenen… und dann wäre ihre Adoption nur eine schwerfällige Metapher für die DNS-Doppelhelix: nicht verbundene Stränge, in die genetische Informationen eingekerbt sind, die von Generation zu Generation weitergegeben werden und die sich umeinander schlingen wie Haare bei einem Zopf.

Lindsay warf sich zu ihm aufs Bett, setzte sich rittlings auf ihn.

»Heißt das Ja?«

»Lindsay, du siehst aus wie Lady Godiva.«

»Ist das ein Ja?«

»Ein entschiedenes *Vielleicht.* Ich will dir nichts versprechen, was ich vielleicht nicht halten kann.«

»O Gordon, Gordon!«, rief Lindsay voller Freude und drängte sich an ihn.

Es war an der Zeit, überlegte Gordon, dass er jemanden glücklich machte. Wenn man jemanden glücklich macht, hieß es in einem alten Lied, wird man vielleicht auch selbst glücklich.

16

Der Gouverneur war ein kleiner, kräftiger Mann. Er stammte aus einem Ort, der nur etwa fünfzehn Kilometer von Tall Trees entfernt lag, wie er Gordon und dessen Eltern erzählte.

Sie suchten die ihnen zugewiesenen Plätze unter dem amerikanischen Wappen mit dem Weißkopfadler. Umgeben von der aufwändigen Täfelung aus Wisconsin-Kirschbaumholz, saßen sie dann an einem Tisch aus Nussbaum. Ein Blitzlichtgewitter brach los, als der Gouverneur den Parlamentsbeschluss 600 unterzeichnete und sich dann zuerst an Gordon wandte, um ihm einen Füllhalter zu überreichen, in den sein Name und das Staatswappen eingraviert waren; dann bekamen Lorraine, Mark, Senator Hammersmith und Phil Kay das gleiche Geschenk. Auf einer Stuhlreihe an der Wand saß Tim, der sich die tränenfeuchten Augen trocknete, mit Nora und Lindsay, die vor Freude schluchzten. Zwei Monate und drei Tage waren seit jenem ersten Telefonanruf vergangen, den der Abgeordnete Phil Kay angenommen hatte.

»Sind Sie Republikaner?«, fragte ein Reporter, als Lorraine und ihre Familie die Halle betreten hatten.

»Nein, Demokraten«, antwortete Lorraine. »Und ich bin den Demokraten zu tiefem Dank verpflichtet. Heute ist ein großer Tag für sämtliche Adoptivfamilien… für alle Familien überhaupt. Viele Familien im ganzen Land werden von heute an besser schlafen.«

»Wird dieses Gesetz es Ihnen erleichtern, die Auseinandersetzung um die Vormundschaft für Ihre Enkelin für sich zu entscheiden?«

»Nicht ich kämpfe um die Vormundschaft für Keefer«, sagte Lorraine, »sondern unser Sohn Gordon. Er ist... nun, niemand wird jetzt noch bezweifeln können, dass Gordon genauso viel wert ist wie ein blutsverwandter Onkel. Er hofft, Keefer Kathryn Nye adoptieren zu können. Und wir stehen ihm bei jedem seiner Schritte zur Seite.«

»Gordon...« Eine Frau mit schwarzen Korkenzieherlocken, die ihn an Georgias ungebändigte Kinderfrisur erinnerten, drängte sich nach vorn. »Wird dieses Gesetz Einfluss auf die Berufungsverhandlung haben?«

»Das können wir nicht mit Sicherheit sagen«, erwiderte er, »denn wie Sie vermutlich wissen, bezieht sich die Berufung auf eine Entscheidung von Richterin Sayward, die *vor* der Gesetzesänderung getroffen wurde. Dabei blieb unberücksichtigt, dass dieses Gesetz...«

»Danke.« Die Reporterin lächelte.

»Da hast du schon zu viel gesagt, Gordon«, ermahnte Mark ihn.

Kurz entschlossen fuhren sie am Eigenheim der Cadys vorbei, in der Hoffnung, einen Blick auf Keefer zu erhaschen. Hinten im Garten stand ein rosafarbenes Spielzeughaus; eine Holzschaukel war noch im Bau.

»Eine hübsche Umgebung«, sagte Lindsay, und alle starrten sie an.

Vermutlich wussten Delia und Craig nur zu gut, dass am heutigen Freitag das Gesetz unterzeichnet werden sollte – an eben jenem Tag, an dem nach zwei quälenden Monaten erstmals ein Besuch Keefers bei den McKennas beginnen würde. Lorraine hatte Delia eine kurze Nachricht geschickt: Da sie geschäftlich in Madison zu tun hätten, würden sie Keefer gerne schon mittags abholen und den Cadys die zweistündige Autofahrt ersparen. Darauf hinterließ Delia eine Mitteilung auf Lorraines Anrufbeantworter: Keefers Zeit bei den McKennas würde nicht vor dem Abend beginnen; deshalb wollten sie Keefer erst am Freitagabend bringen, so wie die Besuchsregelungen es vorsähen, und sie am Sonntagnachmittag wieder abholen. Regelmäßigkeit, fügte Delia hinzu, sei sehr wichtig für ein Kind. Im Übrigen würden sie überrascht sein, was Keefer schon alles sagen könne. Beinahe über Nacht habe sie gelernt, Sätze mit drei Wörtern zu benutzen, und sie könne klar und deutlich »Daddy«, »Mommy« und »Lexie« sagen.

Lorraine spielte diese Nachricht immer wieder ab. Bis jetzt hatte sie Delia nicht als niederträchtig eingeschätzt. Sie hatte geglaubt, Delia sei rechtschaffen bis hin zur Dämlichkeit, das ja – aber nicht unfreundlich. Auch ihr Sohn Ray war ja manchmal ruppig in seiner Beharrlichkeit gewesen, und doch hatte er Georgia über alles geliebt. Es war Georgia selbst gewesen, die sich nur zu gern die Rolle der ergebenen Dienerin angewöhnt hatte: *Schatz, willst du ein Stück selbst gemachten Kuchen? Schatz, lass mich die Kleine umziehen, du brauchst dich nicht darum zu kümmern. Schatz, ich pack das für dich aus. Schatz hier, Schatz da…*

Lorraine rief sich zur Ordnung. Solche Gedanken weiter zu verfolgen brachte nichts.

Nein, wirkliche Bosheit fand sich bei Delia nicht, sonst hätte Lorraine es niemals ertragen können, dass Delia Tag um Tag Georgias Kind betreute, dass sie verantwortlich war für Keefers Reinlichkeit und Ernährung und dass sie Keefer in die Arme nahm und ihr vorlas. Hatte das psychologische Gutachten nicht Delias Geduld und ihre Gelassenheit hervorgehoben? Gott sei Dank war Delia keine zweite Ausgabe von Diane, dieser erstickenden, ehrgeizigen, vor Selbstmitleid zerfließenden…

Am Samstag würden sie alle miteinander in der Cleveland Avenue die Ratifizierung des Gesetzes und Keefers zweiten Geburtstag feiern, der zwar erst am neunten März war, aber damit auf eines der Wochenenden fiel, die nicht für Keefers Besuche bei den McKennas reserviert waren.

Sie kamen so rechtzeitig nach Hause, dass Lorraine ihren Nachmittagsunterricht noch halten konnte. Als sie den Zeichensaal betrat, herrschte eine seltsame Stille. Sämtliche Schüler waren anwesend und beugten sich eifrig über ihre Zeichenblöcke. Lorraine hatte ausreichend Erfahrung mit Siebtklässlern, dass sie bei jeder Art von Stille sogleich nach verdächtigen Anzeichen Ausschau hielt. Ohne ein Wort zu sagen, nickte Linda Fry – die Rektorin, die Lorraine vertreten hatte – ihr zu und verließ den Klassenraum. Vorsichtig ging Lorraine zum Pult, auf dem Linda eine in Tücher gehüllte Puppe als Modell für das figürliche Zeichnen aufgestellt hatte, mit dem die Schüler der vergangenen Woche begonnen hatten. Von den Kindern war immer noch kein Mucks zu hören, nur die kleine Rooney konnte sich nicht bremsen und strahlte Lorraine mit breitem Grinsen an.

Irgendwas stimmte da nicht. Irgendetwas war im Busch.

»Achtung, Achtung, ich bitte um Ihre Aufmerksamkeit!«, drang es knackend und kratzend aus der Lautsprecheranlage in sämtlichen Fluren und Klassenzimmern. »Schüler und Lehrer, es gibt eine wichtige Mitteilung!« Es war Lindas Stimme. Die Kinder schlichen sich von ihren Plätzen. »Unter uns ist eine Frau, die heute Geschichte geschrieben hat. Eine mutige Frau, die mit Liebe und persönlichem Einsatz dafür gesorgt hat, dass die Gesetze des Staates Wisconsin geändert wurden. Das ist eine große Leistung, die diese Frau im Alleingang und zum Schutz und zum Wohle von Familien und Kindern überall in diesem Land vollbracht hat! Gehen wir jetzt alle – bitte geordnet – zur Feier des Parlamentsbeschlusses sechshundert und um jene Frau zu ehren, die diese Gesetzesänderung durchgepaukt hat, unsere Kunstlehrerin Lorraine McKenna!«

Die Kinder eilten aus dem Zeichensaal und zogen Lorraine an den Armen mit sich. Ein Transparent mit der Aufschrift »Geschafft, Mrs M!« war von einem Ende des Basketballplatzes bis zum anderen gespannt. Nicht nur Lorraines Lehrerkollegen waren erschienen, auch Dale und Sheila, Nina und Bud, die Wiltons, die Soderbergs und ihr Sohn, der bei der Bank arbeitete.

Als Lorraine schließlich nach Hause kam, stand Nora im Eingang und winkte sie in die Küche, in der es aussah, als hätte der Lieferwagen eines Blumengeschäfts seine gesamte Ladung auf den Tisch gekippt.

Und unter dem Tisch wartete die große Überraschung: Keefer, putzmunter, rosig, ein bisschen magerer als früher, doch offensichtlich kerngesund. Behutsam packte sie ihre Zahnarzt-Barbie, ihre Piloten-Barbie und ihr Feuerwehrauto aus, das abscheuliche heulende Laute von sich gab und wild blinkende rote und gelbe Lichter besaß, was natürlich alle bestaunen mussten, wobei Keefer in ihrem putzigen Baby-Geplapper auf jeden einredete.

In dieser Nacht erwachte Lorraine aus einem Traum, in dem Georgia das Regenrohr heraufkletterte und ans Fenster klopfte: Mutter, lass mich rein, lass mich rein… doch es hatte nur zu regnen angefangen. An Schlaf aber war nicht mehr zu denken, und so stieg Lorraine leise aus dem Bett, schlich sich an den Schreibtisch und begann einen Brief zu schreiben.

Meine liebste kleine Keefer, was für ein Jahr hast du hinter dir! Du bist von einem Baby zu einem großen Mädchen herangewachsen, das schon sprechen und laufen kann und nur noch beim Schlafen Windeln braucht. Und du kennst sogar schon Lieder! Du warst jetzt lange bei Delia und Craig und vor allem bei Alexis, bei deiner Familie, und hast mit ihnen viele Spiele gemacht. Wir alle hier waren vor Freude ganz aufgeregt, weil du heute Abend wieder bei uns bist. Zu deiner Geburtstagsfeier hier in Tall Trees werden Gordon und Lindsay kommen und Rob und Bradie und Tante Nora und Onkel Hayes und Tim und sein kleiner junger Hund, der ›Taxi‹ heißt. Ist das nicht ein lustiger Name für einen

Hund? Im letzten Jahr haben sich Dinge ereignet, die deine Oma und Gordon und die ganze Familie dir erklären werden, wenn du größer bist. Wir alle haben dich sehr, sehr lieb…

Die Sache mit der Torte war der einzige Makel des nächsten Tages. Keefer war schon müde, denn Gordon hatte darauf bestanden, mit ihr in den Park zu gehen, um sie wackelnd und schwankend auf den kleinen Schlittschuhen zu schieben, die er und Lindsay ihr geschenkt hatten (samt Bilderbüchern und einer verdutzt dreinschauenden Filzpuppe). Dann schauten alle staunend zu, wie Keefer eine Gabel nahm, vorsichtig ihre Spaghetti darauf wickelte und sittsam aß. Sie wunderten sich noch mehr, als Keefer nach der Serviette griff, um sich damit artig den Mund abzutupfen.

»Mutzig«, sagte sie.

Als Nora die Schwarzwälder Kirschtorte auftischte, hatte sie gehofft, Keefer mit verschmiertem Mündchen beim Kuchenessen fotografieren zu können. Doch Keefer mochte sie nicht einmal mit den Fingern berühren, auch wenn sie mit staunenden Augen auf die Wunderkerzen und die kitschigen Rosen oben auf der Torte starrte.

»Na los, Keefer«, sagte Nora. »Lang zu! Wir legen hier keinen Wert auf Förmlichkeiten.«

Schließlich berührte Keefer die Tortenglasur vorsichtig mit einer Fingerspitze und leckte sie ab. Alle jubelten.

»Mommy?«, fragte Keefer. Diesmal schauten alle sich um, als rechneten sie damit, dass Georgia wie ein Gespenst in der Küche erschienen sei. »Mommy…?«, fragte Keefer noch einmal und zog einen Schmollmund.

»Sie meint Delia«, sagte Gordon widerwillig.

Nora beugte sich vor und tupfte einen Punkt Schokoladenglasur auf Keefers Stupsnäschen, woraufhin die Kleine losschrie, den Kopf jäh von Noras Hand wegriss, wild auf den Tisch des Kinderstühlchens trommelte und mit den Fersen auf der Fußstütze trampelte. »Mutzig!«, rief sie und begann plötzlich zu würgen. Hätte Gordon sie nicht hochgenommen und rechtzeitig die Küchenspüle erreicht, hätte Keefer die Spaghetti auf den Fußboden erbrochen. Doch sie spuckte nur einen Mund voll aus, weil es Gordon gelang, sie abzulenken, indem er kaltes Wasser aus dem Hahn auf ihre Handgelenke spritzte.

»Tut mir Leid«, entschuldigte sich Nora. »Tut mir wirklich Leid. Ich habe mir nichts dabei gedacht.«

»Schon gut, Nora. Sie war schon immer ein bisschen eigenwillig«, sagte Mark. »Außerdem ist sie müde. Und all die neuen Gesichter …«

Niemand sagte ein Wort, doch der Satz dröhnte wie ein Paukenschlag durchs Zimmer.

All die neuen Gesichter …

Keefer war bereits eingeschlafen, als alle gingen; sie hatte sich auf Lorraines und Marks Bett zusammengerollt und hielt mit einer Faust Gordons Hemd an sich gedrückt. Niemand hatte das Herz, sie von dem Bett wegzuholen. Mark legte sich auf die Couch, und Lorraine schlief auf Gordons altem Einzelbett.

Lindsay und Gordon nahmen an einem Turnier ihrer gemischten College-Volleyballmannschaft teil, in der sie jetzt beide spielten, und mussten deshalb am späten Sonntagnachmittag nach Wausau aufbrechen. Mark hatte sich widerstrebend bereit erklärt, mit einer Gruppe japanischer Investoren eine Besichtigungsrunde für Medi-Sun zu unternehmen. Und Lorraine freute sich auf die kurze Zeit, die sie mit Keefer allein hatte, bevor Nora sie an die Cadys zurückgab.

»In einem alten Haus in der Stadt Paris«, las Lorraine Keefer vor, »das von Weinranken überwachsen war …«

Plötzlich läutete die Türglocke, dann noch einmal, und noch einmal.

Craig stand im Eingang, neben ihm eine vor Kälte zitternde Alexis. Sie hatte nur ein T-Shirt und einen Rock an, keinen Mantel. Lorraine öffnete die Tür und ließ beide ein.

»Meine Frau ist krank«, sagte Craig. »Es geht ihr ziemlich schlecht. Ich glaube, sie braucht einen Arzt.«

»Soll ich einen Krankenwagen rufen?«, fragte Lorraine. »Oder den Sheriff?«

»Nein, nein, ich muss sie nur schnell zu einem Arzt bringen«, erwiderte Craig. »Ich sollte Sie vielleicht nicht um etwas bitten, Mrs McKenna … nicht nach allem, was wir … ich meine, wie die Dinge nun einmal liegen, aber … könnten Sie mir bitte den Weg zum nächsten Krankenhaus beschreiben?«

»Das Methodisten-Hospital ist nur sechs Querstraßen von hier, Craig. Fahren Sie die Cleveland bis zur Hauptstraße und weiter zur Dritten. Nach etwa zweihundert Metern müssen Sie von der Dritten rechts abbiegen, dann sehen Sie es schon. Ist gar nicht zu verfehlen.«

»Danke! Komm, Alexis«, sagte Craig; dann schien er das ungewohnte Zittern des Mädchens zu bemerken. »Könnte Alexis hier bleiben, Mrs McKenna?«

»Aber natürlich«, sagte Lorraine, »keine Sorge! Lassen Sie Alexis zusammen mit Keefer bei mir. Wir machen's uns gemütlich, nicht wahr, Alexis?«

Craig schloss die Tür und eilte zu seinem Auto zurück.

»Hallo, Keefer«, sagte das Mädchen. »Ich bin's, Alex.«

»Lexie!«, jubelte Keefer, und das rothaarige Mädchen nahm die Kleine hoch und vollführte mit ihr einen Freudentanz in der Küche.

»Tanzen wir Rock around the Clock, Keefer? Oder einen Jive? Komm, gib mir die Hand.« Alexis sang, und Keefer legte den Kopf zurück und schloss glückselig die Augen.

»Wir waren gerade beim Vorlesen …«, sagte Lorraine ein bisschen unsicher.

»Oh, prima«, sagte Alexis und setzte Keefer auf ihre Füße. »Lesen wir vor. Ich lese Keefer ständig vor. Jeden Abend, nicht wahr, kleine Gurkenzehe?«

»Sichte, Sichte«, sagte Keefer und zog Alex ins Wohnzimmer.

Lorraine lachte. »Was soll das denn heißen?«

»›Geschichte‹«, erklärte Alexis. »Aber ich soll ihr die Geschichte *erzählen*, nicht vorlesen. Sie steht auf Geschichten, die nicht aus Büchern sind. Ihre Lieblingsgeschichte ist die vom Mäusekind Eddie, das als Neugeborenes von den Geschwistern getrennt und von Kaninchen aufgezogen wurde. Jetzt ist Eddie eine hoppelnde Maus und unglücklich, weil er so viel kleiner ist als seine Geschwister und weil seine Ohren nicht so lang werden… was ist denn das für eine Krippe?«

Lorraine fiel auf, wie viel von der Weihnachtsdekoration sie noch nicht weggeräumt hatte. Immerhin war der Baum fort – ein dürres, nahezu nadelloses Skelett, als sie ihn entfernt hatten. Lorraine versuchte, die alte Krippe mit den Augen der »wiedergeborenen« Alexis zu betrachten. In der Krippe im Haus der Cadys sahen Maria und Josef wahrscheinlich wie June Carter und Johnny Cash aus. Die geschnitzten Figuren in Lorraines Krippe waren unbemalt und schlicht, und die Gesichter der knienden Könige schienen unmittelbar aus den Knoten und Augen des Holzes entstanden zu sein.

»Die Krippe ist aus Ungarn«, erklärte Lorraine, »von meiner Großmutter.«

»Ungarn? Ich weiß aus dem Geographieunterricht, wo das ist«, sagte Alexis. »Da gibt's ein Gebirge, das Oral heißt…«

»Die Karpaten«, sagte Lorraine. »Übrigens, was ist mit Delia? Hat sie die Grippe?«

»Weiß nicht. Es geht ihr öfters schlecht«, sagte Alexis schulterzuckend. »Sie hat Schmerzen und fühlt sich zittrig.« Das Mädchen betrachtete seine angekauten Fingernägel. »Aber das wird schon wieder.«

»Du machst dir Sorgen wegen ihr, nicht wahr?«

»Nein, ehrlich nicht. Nach ein, zwei Tagen geht's ihr wieder besser. Es ist immer wie ein kurzer Anfall oder so was.«

»Muss sie dann mit der Arbeit aufhören?«

»Meine Mom? Die würde nicht mal mit der Arbeit aufhören, wenn ein Orkan losbricht oder 'ne Autobahn mitten durch unser Haus gebaut würde. Sie macht Nagel- und Gesichtspflege für Professoren und Professorinnen.«

»Von der Universität?«

»Ja. Maniküre für den Kanzler. Jede Woche.« Alexis' Blick schweifte wieder zum Kaminsims und zur Krippe. »Das Ding sieht echt cool aus.«

»Du kannst es dir herunternehmen, wenn du willst.«

»Die Maria ist ein bisschen mitgenommen.«

»Oh, das.« Lorraine lachte. »Die Kerben stammen von Georgia. Sie hat als Baby daran gekaut.«

»Ihr Mädchen?«

»Meine Tochter, ja. Keefers Mutter.«

»Kann ich mal ein Foto von ihr sehen?«

»Dort steht eins«, sagte Lorraine und zeigte auf eine strahlende Georgia im Talar beim Abschluss an der High School. Neben ihr lachte Gordon in die Kamera.

»Gordon sieht super aus. Wie ein Filmstar.«

»Er mag es überhaupt nicht, wenn jemand das sagt.«

»Aber er sieht echt geil aus.«

Lorraine lachte. »Ihr jungen Leute...«

»Wissen Sie, wie ich genannt werde? Karottenkopf! Ist das nicht abartig?«

»Wenn du mal groß bist, wirst du froh sein, dass du rotes Haar hast. Rot ist die große Mode. Gordons Freundin Lindsay hat auch so schönes rotes Haar. Und Georgia hat in deinem Alter tausendmal versucht, ihr Haar rot zu färben. Und die Ungarn, die Magyaren... vielleicht ist das nicht wahr, aber es heißt, wenn ein Mädchen mit rotem Haar geboren wurde, haben die Zigeuner es als eine Göttin betrachtet – das Kind mit Flammenhaar.«

»Cool!« Alexis setzte sich zu Lorraine auf die Couch. »Erzählen Sie weiter!«

»Du wirst über dein Haar noch froh und glücklich sein. Es krönt die Schönheit einer Frau, hat meine Großmutter Lena immer gesagt.«

»War das in Transsilvanien? In Ungarn?«

»So ungefähr.«

»Wo Dracula herkam?«

»So sagt man.«

»Haben die Kinder sich über Sie lustig gemacht?«

»Weshalb?«

»Na ja, von wegen Draculas Tochter und so.«

»Ja, so war es tatsächlich, als ich mal die Festtags- und Tanztracht meiner Großmutter mitbrachte. Wochenlang war ich Lena der Vampir.«

»Wer ist Lena?«

»Ich. Damals. An der High School hab ich meinen Namen in Lorraine geändert.«

»Wegen ›Draculas Tochter‹?«

»Nein. Ich fand den Namen altmodisch. Ein Name vom Lande, für ein Mädchen mit Dreifachkinn und dickem Hintern. Ich habe ihn geändert, nachdem meine Großmutter gestorben war.«

»Ich werde meinen Namen auch ändern.«

»In was?«

»In Alex.«

»Aber du heißt doch schon Alex.«

»Nein, eigentlich Alexis. Ich kann den Namen nicht ausstehen.«

»Aber es ist ein schöner Name. So hieß der Sohn vom letzten russischen Zaren. Und seine Mutter, die Zarin, hieß Alexandra. Sie wurde mit all ihren Kindern ermordet. Sogar der kleine Prinz Alexej ...«

»Oh«, sagte Alexis, »das hab ich nicht gewusst. Echt ätzend.«

»Hörst du gern Musik?«

»Klar.«

»Wir haben hier einen Sender, der nur Oldies spielt, von den Beach Boys und so.«

»Nichts für mich.«

»Was hörst du denn gern?«

»Ich mag Annie Lennox.«

»Ganz schön anspruchsvoll.«

»Na ja, ich hab ziemlich strenge Vorschriften, was ich hören darf.«

»Hm.«

»Sie lassen die ganze Zeit diesen Gottes-Sender laufen. O Jesus, berühre mich! O Jesus, danke für alles! Die Musik, die ich mag – Rap und so –, kann ich mir nur anhören, wenn ich mitten in der Nacht einen Kopfhörer aufsetze.«

»Manche von den Rap-Texten sind aber ziemlich drastisch.«

»Genau. Total abgefahren. Woher wissen Sie das?«

»Ich unterrichte in der Siebten.«

Keefer erwachte und begann zu wimmern.

»Würden Sie ihr bitte einen Waschlappen geben, auf dem sie kauen kann? Zum Einschlafen kaut sie gern auf einem Waschlappen. Mom will ihr keine Flasche geben, weil sie dann später mal eine Zahnspange tragen muss.«

Lorraine holte einen kühlen, nassen Waschlappen, und Keefer kaute glückselig darauf herum, während sie vor sich hin döste.

»Erzählen Sie die Geschichte weiter«, drängte Alexis.

»Welche Geschichte?«

»Was Sie mir vorhin erzählt haben. Von den rothaarigen Mädchen.«

»Es ist eigentlich keine Geschichte.«

»Kennen Sie denn keine Geschichten?«

»Doch. Eine kenne ich.«

»Erzählen Sie bitte«, sagte Alexis. Keefer schob sich den Daumen in den linken Mundwinkel. »Jemand hier wird ganz müüüde«, fügte Alexis hinzu.

»Es war einmal eine arme Frau«, begann Lorraine, »die hatte eine schöne Tochter mit rotem Haar. Alle anderen Mütter im ganzen Land beneideten sie. Es hieß, dass dieses Mädchen Zauberkräfte hatte, weil es das Kind mit dem Flammenhaar war. Mädchen, die sich wünschten, dass ein Mann sich in sie verliebte, kamen herbei und fragten, ob sie eine Locke von dem schönen roten Haar der Tochter kaufen dürften, um es ihrem Liebsten in die Tasche zu stecken. Auch Mütter, die sich Babys wünschten und keine bekommen konnten, kamen zu dem Mädchen mit dem Flammenhaar …«

»Wie meine Mom«, sagte Alexis. »Sie bekam nur mich, von meinem Dad, Jack Tyson. Aber jetzt haben wir Gurkennäschen …«

»Oh … na ja«, sagte Lorraine, »also, alle diese Frauen kamen und wollten mit dem schönen Haar des Mädchens ihren Bauch berühren, damit sie ein Kind empfangen könnten. Und sie hofften, dass es ebenfalls ein Kind mit Flammenhaar würde, ein Glückskind. Das war natürlich eine feine Sache für die arme Mutter, weil sie jeden Penny brauchte, den die Leute ihr gaben.«

Und dann, fuhr Lorraine fort, während Keefers Augenlider zufielen, gab es eine große Hungersnot im Land. Der Fürst, der über das Land herrschte – Lorraine nannte ihn Vlad Dracul –, befahl seinen Zigeuner-Wahrsager zu sich, um den Grund für die Plage zu erfahren, die die Ernte vernichtet hatte und die Milch der Kühe eintrocknen ließ und die Fische in den Flüssen vergiftete. ›Such das Mädchen mit dem Flammenhaar‹, riet ihm der weise Zigeuner. ›Nur dieses Mädchen kann das Land retten. Zeuge mit diesem Mädchen einen Sohn, und wenn das Kind geboren wird‹, versprach der Wahrsager, ›werden die Berge und Flüsse zu neuem Leben erblühen.‹ Der Graf schickte seine Boten aus, die den Geschichten der Leute auf dem Lande lauschten und so schließlich zu der ärmlichen Hütte gelangten, wo das

Mädchen mit dem Flammenhaar zusammen mit seiner armen Mutter lebte. Sie ergriffen das Mädchen und brachten es zu ihrem Fürsten, der sofort seine Priester herbeirief und sich mit dem Mädchen vermählen ließ. Das Mädchen aber weinte bitterlich und rief nach seiner Mutter. Der Graf war nicht nur reich und mächtig, er war auch grausam und ließ das Mädchen nicht gehen. Stattdessen schenkte er ihm – es hieß Sofia – Geschmeide und schöne Kleider und bot ihm alle Speisen, die es sich nur wünschen konnte. Doch Sofia weinte und weinte, verlangte nach ihrer Mutter und nahm keine Nahrung mehr zu sich. Als der Graf erkannte, dass Sofia bald ein Kind gebären würde, ließ er in seiner Ratlosigkeit ihre Mutter aus der Hütte holen, damit sie ihrer Tochter beistehe.

»Als es so weit war, brachte Sofia einen wunderschönen kleinen Jungen zur Welt. Und wie der Wahrsager es versprochen hatte, erwachten die Flüsse und Felder zu neuem Leben. Sofia sah die Freude des Grafen und bat ihn, dass ihre Mutter nun für immer bei ihnen im herrschaftlichen Schloss bleiben dürfe. Doch der grausame Vlad lehnte ab. Er war eifersüchtig auf die Liebe seiner flammenhaarigen Frau zu ihrer alten Mutter. Und so verbannte er diese zurück in ihre Hütte, und sie durfte nur mitnehmen, was sie am Leibe trug. Sofia war vor Kummer wie von Sinnen. Eines Nachts stahl sie sich mit ihrem kleinen Sohn davon, den sie in warme Decken gehüllt hatte, und schlich zur Hütte ihrer Mutter. Dort nährten sie sich von Käsestückchen und tranken Ziegenmilch, um Kräfte zu sammeln. Dann begaben sie sich auf ihre Reise entlang den Nebenflüssen, die zur großen blauen Donau führten, bis hin nach Budapest, wo sie unter den vielen Menschen in der großen Stadt Obdach finden und das Kind fern von seinem grausamen Vater aufziehen wollten, aber …«

»Aber Fürst Vlad bekam natürlich Wind davon«, unterbrach Alexis.

»Genau. Er rief abermals den Zigeuner-Wahrsager, und der erklärte ihm, nur eine Hexe, deren finstere Kräfte stärker wären als die Macht des flammenhaarigen Mädchens, könne seinen Sohn und seine Frau zu ihm zurückbringen. Die Hexe, die einen Beutel mit Silbermünzen erhielt, verwandelte sich in einen großen schwarzen Vogel, einen Raben, und flog übers Land, bis sie das Mädchen, seine Mutter und das Baby erspähte, die sich durch den Schlamm an einem Flussufer mühten.«

»Sind sie der Hexe entkommen?«, fragte Alexis. »Haben sie den Raben abgeschossen?«

»Nein – die Hexe nahm wieder ihre menschliche Gestalt an und erschien vor ihnen...«

»In einer Rauchwolke.«

»Vielleicht«, sagte Lorraine. »Und sie krächzte mit ihrer Hexenstimme nach dem Wahrsager, der in der Nähe auf seinem großen schwarzen Schlachtross daherritt und nun zum Flussufer galoppiert kam, wo er das fürstliche Baby ergriff und dem Mädchen befahl, seine Mutter zu verlassen und umgehend zum Schloss zurückzukehren.«

»Natürlich weigerte sie sich«, sagte Alexis. »Ich würde meine Mutter auch nicht im Stich lassen.«

»Ja, sie weigerte sich. Sie sagte auf Ungarisch... weißt du eigentlich, dass ein Wissenschaftler mal behauptet hat, die Ungarn müssten eigentlich vom Mars gekommen sein, weil das Ungarische sich so völlig von allen anderen osteuropäischen Sprachen unterscheidet? Meine Tochter Georgia war auch ungarischer Herkunft, und ihr gefiel die Vorstellung, vom Mars zu kommen.«

»Echt?« Alexis staunte.

»Ja. Sie sagte, sie käme vom Mars und sei von einem Raumschiff in unserem Garten abgesetzt worden... oder hat sie das von Gordon behauptet? Oh, ich werde vergesslich...«

»Wie geht's denn mit der Geschichte weiter? Was hat Prinzessin Sofia gesagt?«

»Ach so, ja. Die Prinzessin sagte: ›Ich bleibe hier stehen, bis du mir mein Kind zurückgibst. Ich werde mich nicht rühren. Nie werde ich erlauben, dass mein Kind von diesem bösen Mann großgezogen wird. Eher stehe ich bis in alle Ewigkeit auf diesem Fleck.‹ Und so wurde die Prinzessin von der Hexe auf der Stelle in einen Baum verwandelt, in eine schöne weiße Birke am Fluss. Die Hexe und der Wahrsager brachten das Baby zurück aufs Schloss. Die Mutter des Mädchens aber weinte viele Tage lang so jammervoll, dass eine andere Hexe, eine gute Hexe, ihr Wehklagen hörte. Als sie den Schmerz der Mutter sah, verwandelte sie diese rasch in eine Weide, damit sie stets bei ihrer Tochter stehen und sie beschützen konnte. Und das ist der Grund, warum man an Flussufern immer wieder eine Birke mit einer Weide daneben sehen kann … einer Trauerweide.«

»Starke Geschichte«, sagte Alexis. »Und er hat das Baby bekommen?«

»Ja. Also, ich finde die Geschichte ziemlich deprimierend. Ungarn sind nur glücklich, wenn sie tanzen oder wissenschaftliche Experimente machen können. Es gibt viele ungarische Wissenschaftler. Aber die Ungarn, die keine Wissenschaftler sind, sind ziemlich melancholisch. Meine Großmutter hat mir nicht eine einzige Geschichte erzählt, die kein trauriges Ende hatte. Weißt du, Georgia empfand bei dieser Geschichte das Gleiche wie du. Sie sagte immer: ›Stellen wir uns einfach vor, der kleine Junge hätte auch Zauberkräfte besessen, wäre zurückgekehrt und hätte das Mädchen und seine kleine Mom wieder in Menschen verwandelt.«

»Seine kleine Mom?«

»So hat Georgia mich genannt. Kleine Mom.«

»Ein bisschen klein sind Sie schon.«

»Möchtest du was trinken, Alexis? Ich meine, Alex.«

»Ich hätte gern ’ne Cola.«

»Haben wir leider nicht.«

»Dann Mineralwasser.«

So saßen sie nebeneinander und lauschten dem Ticken der Küchenuhr. Als Keefer erwachte, schauten sie sich den *Zauberer von Oz* an, bis Craig schließlich wiederkam. Es war kurz vor zehn.

»Wie soll ich Ihnen danken?«, sagte er zu Lorraine.

»Sagen Sie mir lieber, wie es ihr geht.«

»Schon viel besser.«

»Freut mich zu hören.«

»Tja... nochmals danke, Mrs McKenna«, sagte Craig. »Aber jetzt müssen wir los. Tut mir Leid, dass Keefer so lange aufbleiben musste. Morgen früh werden wir wohl eine kleine Schlafmütze um uns haben.«

Lorraine küsste Keefer, die ihr benommen über die Schulter schaute und fragte: »Sichte...?«

Und Alexis sagte: »Ja, ich habe eine ganz tolle Geschichte gehört, Keefer. Ich muss dir die Geschichte von Graf Dracula mal erzählen, Craig...«

Lorraine hatte Mühe, die Tür zu schließen, weil der beißende Wind heftig dagegen drückte. Da klopfte es schon wieder. Es war Alexis. »Ich soll Ihnen von meiner Mom herzlichen Dank sagen, dass Sie sich um mich gekümmert haben, wo ich schon fast fünfzehn bin«, sagte das Mädchen, das zu Lorraines Beruhigung nun einen Mantel trug.

»Gern geschehen«, sagte Lorraine.

»Vielleicht komme ich mal wieder und besuche Sie.«

»Das wäre schön, Alex«, sagte Lorraine und dachte bei sich: Ach du lieber Gott! Ich glaube kaum, dass deine Mutter sich über diesen Einfall freuen würde...

Statt ins Haus zurückzugehen, nahm Lorraine ihren Schal vom Kleiderständer und blieb auf der Veranda stehen. Sie beobachtete, wie Craig und Alexis Keefer in ihrem Kindersitz festschnallten und ihr die Baby-Schnabeltasse gaben. Delia saß zusammengesunken auf dem Beifahrersitz. Das Auto fuhr an. Die Bremslichter leuchteten am Stoppschild auf, wurden dann schwächer und verschwanden bald ganz. Leichter, trockener Schneefall hatte eingesetzt, und das farbige Licht an der Bushaltestelle am Ende des Fußwegs bildete einen rötlichen Lichthof, der Georgia stets an die Mohnblumen von Georgia O'Keeffe erinnert hatte – warme Blütenblätter, erwartungsvoll wie ein menschliches Gesicht, das in der Mitte jedoch das kühle Blau eines Neumonds zeigte.

Nachdem ihr kleiner Sohn endlich eingeschlafen war, kuschelte Emily Sayward sich auf ihre Couch. Jamie stellte den Videorekorder an, um die Kassette mit der Aufzeichnung der Freitagabendnachrichten abzuspielen, die sie sich schon das ganze Wochenende ansehen wollten. Sie hatten es bis jetzt nicht geschafft bei all den dringenden Erledigungen, dem Einkaufen, dem Kochen, der Arbeit im Haushalt und dem Hockeytraining, das sie sich noch gönnten. Schweigend sahen sie sich an, wie der Gouverneur das Gesetz unterzeichnete. Sie sahen die Tränen in Lorraines Augen, Gordons freudiges Lächeln und das kleine Stück Film mit Ray und Georgia, die ihr Baby im Taufkleid auf den Armen hielten. Niemand hatte ihre Entscheidung offen kritisiert: keiner ihrer Freunde, nicht die Damen im Parfümeriegeschäft, die sich flüsternd in eine Ecke zurückzogen, als sie den Laden betrat, um ihrer Mutter ein Körbchen mit Badezusätzen zum Geburtstag zu kaufen, nicht die Angestellte im Supermarkt, die ihr das GESCHLOSSEN-Schild vor der Nase herunterklappte, als sie sich der Tür näherte, nicht der junge Mann vom Bauamt, der ihr kurz angebunden sagte, er würde sich darum kümmern, wenn er Zeit dazu hätte: Der zusammengeschobene Schnee des gesamten Wohnblocks war nämlich wie eine unüberwindbare Mauer vor der Zufahrt der Saywards abgeladen worden…

Nachdem sie einige der Briefe durchgesehen hatte, die ihre Sekretärin ihr vorgelegt hatte, gab Emily sie zur Ablage.

Als Jamie ihr sagte, er würde eine nicht eingetragene Telefonnummer beantragen, weil die Zahl der anonymen Anrufe zu groß geworden sei, bestand Emily darauf zu warten. Tatsächlich ließen die Anrufe nach und hörten schließlich ganz auf. Emily las die Äußerungen der McKennas in den Zeitungen und stellte erleichtert fest, dass sie sich nicht gegen sie persönlich richteten. Der Zorn der McKennas wandte sich gegen ein Symbol, nicht gegen eine Person. Hätte Emily es nicht getan, hätte Aaron Kid oder Kendall Crowell das Urteil gesprochen – und jeder ihrer Kollegen hätte die gleiche Reaktion ausgelöst.

Jamie hielt sie im Arm, als sie sich die letzten Bilder des Berichts anschauten und den Spott der Reporter hörten – wie überaus erstaunlich es doch sei, dass ein einziges Wort über die Zukunft einer Familie entscheiden könne, und man wünsche den armen Leuten alles Gute.

»Da hast du's«, sagte Jamie. »Aber es muss ja nicht heißen, dass das Berufungsgericht…«

»Doch«, unterbrach Emily, »aber ich bin darauf vorbereitet. Das kleine Mädchen ist dort, wo es hingehört, bei den Cadys. Außerdem war es ein mieses Gesetz. Es *musste* geändert werden.«

17

Ein Berufungsverfahren, bei dem es um ein kleines Kind ging, sollte »beschleunigt« werden.

Die McKennas warteten.

Der Berufungsantrag war vom Dritten Distrikts-Berufungsgericht noch vor Weihnachten angenommen worden. Der Anwalt Greg Katt erklärte den McKennas, dass Schriftsätze, die nur eine Stunde zu spät eingereicht würden, zu einer Ablehnung der Berufung insgesamt führen könnten. So wurden in rascher Folge und unter Einhaltung der Fristen die Berufung von Gordon, eine Widerlegung der Cadys und ein Sachverständigen-Schriftsatz der Vertreter der »Amerikanischen Vereinigung der Adoptionsanwälte« zugunsten der McKennas eingereicht. Bis Anfang Mai, nachdem die Gesetzesänderung 600 ratifiziert worden war, hatten alle Schriftsätze vollständig vorgelegen.

Nachdem die Schriftsätze eingereicht waren, würde ein Richtergremium sie überprüfen; es war in Aussicht gestellt worden, dass die Stellungnahme »beschleunigt« erfolgen würde. Doch die Überprüfung des ursprünglichen Gerichtsurteils und der vorausgegangenen Verhandlung, der Berufung und der rechtsgeschichtlichen Aspekte der Gesetze über die juristische Stellung von Adoptivkindern, würde sicherlich Wochen in Anspruch nehmen, vielleicht sogar Monate. Wurde einer der drei Richter des Gremiums krank oder ging in Urlaub, wurden die Beratungen unterbrochen und erst wieder aufgenommen, wenn das vollständige Gremium erneut tagte.

Keefer war jetzt zwei Jahre und einen Monat alt.

Delia wurde durch ihre hartnäckige Krankheit daran gehindert, Keefer selbst nach Tall Trees zu bringen, sodass Gordon und Lindsay sie abholten. Als sie an einem Freitagabend in Madison an einem privaten Trödelmarkt vorbeikamen, sah Lindsay ein Dreirad mit roten und gelben Troddeln an beiden Lenkergriffen. Es hatte altmodische Schlauchreifen und einen Sitz in der Form eines Cowboysattels. Zuerst waren Gordon und Lindsay misstrauisch, denn es schien einer jener schäbigen Hinterhofverkäufe zu sein, bei dem die Leute gerade mal ein halbes Dutzend alte Hemden und ein paar Flaschen billiges Parfum verhökern wollen. Aber das Dreirad war intakt, ein erstaunliches Schnäppchen für zehn Dollar, und so kauften sie es.

Nach den ersten Fahrversuchen war Keefer von keiner Macht der Welt mehr aus dem Sattel ihres »Reirads« zu bekommen. Sogar nach ihrem abendlichen Bad verlangte sie, noch einmal fahren zu dürfen, und Lindsay fotografierte sie, wie sie – pudelnackt und nur mit dem Helm auf dem Kopf – wild strampelnd einen Rundkurs vom Schlafzimmer um die Couch herum und zurück zum Bett radelte. Gordon machte sich Gedanken wegen des »Nacktfotos«, doch Lindsay erklärte ihm lachend, er sei verrückt. Und wenn er sich trotzdem Sorgen mache – wer von den übrigen tausend Seelen der Stadt würde schon den Schnappschuss zu sehen bekommen?

In der Woche darauf bekam Gordon eine Einladung von Carl Jurgens Eltern. Sie gaben sich die Ehre, ihn zur Heirat ihres Sohnes mit Miss Pearson Corcoran einzuladen, der Tochter von Dr. und Mrs Haven Corcoran aus Boca Raton.

Gordon wählte die Nummer seines alten Freundes, um ihm zu gratulieren, geriet jedoch an den Anrufbeantworter und bekam erst am nächsten Abend einen Rückruf von Carl Jurgen. Anfangs unterhielten sie sich über die Gesundheit ihrer Eltern, über Jurgens' bevorstehende Hochzeit und sein baldiges juristisches Abschlussexamen – aber dann kam unumgänglich der »Fall« zur Sprache. Jurgen hatte die Entwicklung aufmerksam verfolgt und war mit Diane und Big Ray in Verbindung geblieben, während sie in Madison wohnten und auch später noch, als sie wieder in Florida waren. Die Nyes seien ziemlich mitgenommen von der Auseinandersetzung, erklärte Jurgen; Familienangelegenheiten wären ihnen stets überschaubar, klar und einfach erschienen.

»Aber du wusstest, dass es nicht einfach wird«, wandte Gordon ein.

»Ja. Ich habe es kommen sehen.«

»Und du hast ihnen gesagt, wie es sein würde. Du hast ihnen geholfen, zu verstehen…«

»Ich war nie ihr Rechtsberater, wenn du das meinst. Aber mein Vater und ich konnten einfach nicht anders, als ihnen bei der Suche nach den Leuten zu helfen, die sie brauchten. Ich war sicher, dass Alisons Mann nachgeben würde, und dann wären sie es gewesen, die etwas hätten unternehmen können. Das wäre doch für alle die beste Lösung gewesen.«

»Wirklich? Wie kannst du das beurteilen?«

»Na ja, Kinder im mehr oder minder gleichen Alter, eine Schwester anstelle einer Cousine. Und Alison und Andy führen ein… nun, durchschnittlicheres Leben als Delia und Craig. Ich meine, in gesellschaftlicher Hinsicht.«

»Du meinst diesen religiösen Kram.«

»Ja. Ist aber wohl kein großes Thema.«

»Für mich schon, Carl.«

»Ich weiß, dass die ganze Geschichte schlimm für dich ist, Gordon. Und sie ist wirklich übel. Aber so ist es nun mal. Und du hättest nicht überrascht sein dürfen, du bist schließlich nicht der häusliche Typ. Ich staune, dass ich es selber schaffe. Aber meine Pearson ist wunderbar. In jeder Hinsicht, wenn du weißt, was ich meine. Und blitzgescheit. Ich habe sie erst vor drei Monaten kennen gelernt, kannst du dir das vorstellen? Wo wir gerade darüber reden – wie geht's eigentlich der hübschen Lindsay? Kocht ihr zwei immer noch miteinander?«

»Ich würde gern noch über das andere Thema sprechen…«

»Okay. Gut. Aber ich möchte auf keinen Fall, dass du glaubst, wir hätten irgendwas gegen dich oder deine Familie. Aber Ray, Gott hab ihn selig, war ein richtiger Familienmensch. Er würde niemals Ruhe finden, wenn er wüsste, dass sein kleines Mädchen fern von seiner Familie aufgezogen würde, bei euch im Norden… Ray selbst war ja nie am richtigen Platz bei euch da droben. Wir haben hier unseren eigenen Lebensstil, Gordon, und der ist anders als der eure. Hört sich vielleicht komisch an. Aber hier in Jupiter kennt jeder jeden…«

»Du nicht«, unterbrach Gordon den Freund. »Du kennst nur die Leute, die im Country Club verkehren. Die Beaumonts, die Cabots, die Lowells und die Rockefellers…«

Jurgen lachte auf. »Was redest du da?«

»Dass du auch mal an meine Schwester denken solltest. *Sie* kannte die Menschen hier, und *sie* hat sich hier wohlgefühlt! Es geht nicht nur um Ray! Denk dran, dass Keefer *zwei* Eltern hatte. Und vergiss nicht, dass wir hier nun mal unsere Eigenarten haben, genau wie ihr, und dass unser Zusammengehörigkeitsgefühl genauso stark ist wie eures, auch wenn wir uns nicht ständig ansabbern und ›Liebste‹, ›Süßer‹ oder ›Schatz‹ säuseln!«

»Ja, schon gut.« Jurgens weiche Stimme wurde mit einem Mal förmlich und distanziert.

»Dann wirst du bestimmt auch die Möglichkeit einräumen, dass sogar Ray – wenigstens zeitweise – überzeugt davon war, dass Keefer glücklicher und geborgener bei den Menschen leben würde, die sie am besten kennen?«

»Ich weiß, dass Ray dir zutiefst dankbar war für alles, was du für Georgia getan hast«, antwortete Jurgen in ruhigem Tonfall. »Aber wir sollten wohl besser das Thema wechseln. Du und ich…«

»Und Ray war mein Freund.«

»Er war *unser* Freund.«

»Ja, und du warst mein Freund, mein bester Freund. Du hast mir sogar näher gestanden als Ray. Ich hatte gehofft, du würdest zu mir halten. Oder dass du dich zumindest neutral verhältst, wenn du schon nicht für mich Partei ergreifen kannst.«

»Gordon, mir gefällt unser Gespräch gar nicht …«

»Mir auch nicht, Carl. Es gefällt mir nicht, mit Leuten zu reden, die sich hinter meinem Rücken gegen mich stellen.«

»Hey, Gordon, jetzt hör doch zu. Denk doch mal an die alten Zeiten …«

»Ja, die alten Zeiten, Carl. Aber weiter kommen wir nicht. Ich wünsche dir und deiner Zukünftigen eine schöne Hochzeitsfeier.«

Gordon legte auf. Seine Hände zitterten.

Nora war in letzter Zeit aufgefallen, dass sie immer weniger Arbeit auf der Farm hatte. Sogar das Pflanzen ging wie von selbst – zwar nicht ohne sie, doch ohne ihre stets aufmerksame Überwachung, die sie sich angewöhnt hatte. Gewiss lag es auch daran, dass Marty seine Stelle aufgegeben hatte, um ganztags mit seinem Vater arbeiten zu können; die Abende verbrachten sie damit, sich gemeinsam mit Büchern und Broschüren zu beschäftigen, in denen es um moderne Tierhaltung und umweltverträgliche Landwirtschaft ging.

Was das Berufungsverfahren anging, schien es Nora ewig zu dauern. Wie lange brauchen diese angeblich so intelligenten Leute eigentlich, um herauszufinden, was richtig und rechtens ist?, fragte sie sich und dachte mit Schrecken daran, wenn sie als Richterin über eine Todesstrafe entscheiden müsste.

Da Marty nun auf der Farm aushalf, übernahm Nora von Helen Wilton die ehrenamtliche Altarbetreuung, verbrachte viele Stunden in der Stille des Kirchenschiffs und dachte sich Themen für den Sonntagsgottesdienst aus. Sie durchstöberte Flohmärkte nach Vasen und Urnen, kaufte Blumen und trug damit zur Verschönerung des Kircheninnern bei. Erst als Pater Barry die Bemerkung machte, er befürchte, beim heiligen Abendmahl über eine von Noras Vasen zu stolpern, zügelte sie ihren Eifer ein wenig. Dennoch dehnte sie ihre Nachmittage in der Kirche gern aus. Tagsüber kamen sehr wenige Leute in die Kirche Our Lady of the Lake, sodass Nora sich wegen ihres Overalls und ihrer Lockenwickler nicht unsicher zu fühlen brauchte.

Manchmal versank sie tief im Gebet. Sie betete zum heiligen Judas, dem Schutzpatron der Hoffnungslosen – nicht weil sie fürchtete, ihre Sache sei bereits verloren, sondern weil eine zusätzliche Versicherung ja nie schaden konnte. Sie betete zur heiligen Anna, der barmherzigen, gütigen Großmutter, und zur heiligen Theresia von Lisieux, wegen ihrer unübertroffenen Kinderliebe, zur heiligen Katharina von Siena, zum heiligen Antonius, dem Schutzpatron der Adoptierten, zum heiligen Nikolaus, dem Märtyrer, zum heiligen Thomas – dem ungläubigen Thomas –, und zu St. Fidelis, dem Ortsheiligen.

In ihren Gebeten bat sie Gott, er möge ihr seine beständige Anteilnahme am Berufungsverfahren zusichern, doch Nora war nicht sicher, ob das Gefühl umfassender Gnade, das sie durchströmte, Gottes Antwort oder das Echo ihres Flehens war. In ruhigeren Zeiten, da sie zur Selbstzufriedenheit neigte, hatte Nora sich mit »Dein Wille geschehe« begnügt. Aber das reichte jetzt nicht mehr. Gott brauchte nähere Einzelheiten. Zweifellos bestürmten zu jeder Zeit Millionen Leute den Himmel mit ihren Anliegen – und es gab nur den einen göttlichen Richter.

Lorraine war mit ihren Kräften fast am Ende, so sehr zermürbte sie die Warterei auf das Verfahren. Doch ihr Leben erlaubte ihr keine Pause: Im Mai feierte sie ihren fünfunddreißigsten Hochzeitstag. Ein anonymer Gratulant, den sie nicht ausfindig machen konnten, hatte ihnen einen Gutschein geschenkt, und so dinierten sie in einem schicken Fischrestaurant in Merrill chilenischen Seebarsch.

Im Lauf der nächsten zwei Wochen ging das Schuljahr langsam zu Ende – eine festliche Folge von letzten Projekten und Ausstellungen und gesteigertem Fleiß der Schüler, die an ihren Geschenken für zu Hause arbeiteten. Die Plastiken, da war Lorraine sich ganz sicher, würden bei den Eltern noch dann einen Ehrenplatz innehaben, wenn die Kinder schon längst aus dem Haus waren und ein eigenes Heim gegründet hatten.

Die Nachrichtenmaschinerie, welche die Neuigkeiten über die allgemeine Empörung verbreitete, lief jetzt aus eigenem Antrieb weiter. Lorraine hielt damit Schritt. Sie nahm Fototermine für Zeitschriftenbeiträge wahr, die schon seit Monaten in Vorbereitung waren; sie ging auf das Angebot eines Verlages ein, für die Buchreihe *Redbook* eine autobiographische Geschichte zu verfassen; sie brauche nur Daten und Fakten aufzuschreiben, wurde sie von der Lektorin bedrängt; jemand anders würde das Ganze dann zurechtkneten, damit ein Buch daraus würde. Aber selbst das Zusammentragen der Fakten erforderte eine Woche gemeinsamer Nachtarbeit mit Nora, die Lorraine eifrig half, Daten und Fakten nachzuprüfen, an die Lorraine sich nicht mehr erinnern konnte.

Bei einem Seminar in Wausau über die Verknüpfung des Kunstunterrichts mit anderen Bereichen des Lehrplans, das ein halbes Wochenende in Anspruch nahm, an dem sie Keefer bei sich hatten, wurde Lorraine von einer Frau angesprochen. Diese bat sie zuerst darum, einen Artikel über den Fall zu signieren, der in *Woman's Day* erschienen war; dann sprach sie Lorraine ihre Anteilnahme am Verlust ihrer »Adoptivenkelin« aus, die sich die Zeit nahm, der Frau sorgfältig zu erklären, dass sie nicht ihre Enkelin adoptiert hätte, sondern dass die Abstammungslinien schon lange vor Keefers Geburt durch Adoption verschmolzen waren.

Patty Roe von der Amerikanischen Akademie rief an und berichtete, dass nicht ein, sondern *dreißig* Hinweise auf »Blutsverwandte« in den Gesetzen zu finden seien, die sich auf Kinder bezogen, und dass das neue Gesetz ihrer Einschätzung nach nicht voll wirksam werden könne, solange nicht *alle* Gesetze geändert worden wären.

Greg Katt rief dreimal die Woche an und berichtete Einzelheiten über die Argumente der Gegenseite und die Fragen des Richtergremiums. Die McKennas schuldeten Katt und dessen Hilfstruppen mittlerweile 40 000 Dollar, wobei ihnen das erhoffte neue Verfahren mit all seinen Nebenkosten noch bevorstand. Heimlich suchten Lorraine und Mark den Sohn der Soderbergs auf und belasteten ihr längst abbezahltes Haus in der Cleveland Avenue mit einer neuen Hypothek.

Lorraine nahm weiterhin Hüte und Mützen vom Bett und Schuhe vom Tisch. Sie achtete darauf, ihren Regenschirm zuzumachen, ehe sie das Haus betrat. An einem Abend im Mai hatte sie sich darangemacht, die Erinnerungsstücke aus Gordons und Georgias Teenagerzeit auszuräumen, wurde jedoch sofort durch eines von Gordons Biologiebüchern aus dem College von ihrem Vorhaben abgelenkt. Sie nahm das Buch mit hinunter an ihren Arbeitstisch. Mit Zeichenkohle und ein paar alten Stummeln Pastellkreiden begann Lorraine mit Skizzen für eine Serie, die bis zum August auf vierzehn sehr eindrucksvolle Vergrößerungen der zerfetzten Spinnfäden einer Sichelzelle, einer Tumorzelle und eines gesunden Erythrozyten anwachsen sollte. Sie gab der Serie den Titel »Zellenleben«.

Was Mark anging, entschwand die Aussicht auf den Ruhestand immer weiter in Richtung eines fernen Horizonts, wie ihm während der langen Wartezeit deutlich wurde. Aber das war in Ordnung. Medi-Sun stellte sogar Chemiker ein, die über siebzig waren; das Unternehmen war stolz darauf, auch ältere Kollegen in die Arbeit einzubeziehen.

Obwohl die Versicherungsgesellschaft Northern Mutual die Versicherungssumme in Höhe von 500000 Dollar auszuzahlen bereit war, würde es noch neunzig Tage dauern, bis der Scheck kam. Über ihre Anwälte hatten beide Seiten vereinbart, die Verwaltung des Vermögens den Behörden von Wisconsin zu überlassen, bis eine endgültige Entscheidung gefallen wäre.

Bei Konferenzen in der Firma, bei denen es unter anderem um abwegige Schadenersatzklagen ging – eine Frau machte die viertausend Milligramm Vitamin C, die sie seit 1985 Tag für Tag eingenommen hatte, für ihre Divertikulitis verantwortlich –, dämmerte es Mark langsam, dass ein Anwalt in der Konferenzrunde, Jamie Zavara, doch tatsächlich Ehemann von Richterin Sayward war. Mark hatte verschiedene Hinweise und Bemerkungen von den alljährlichen Medi-Sun-Picknicks in Fidelis Hill zusammengefügt und mit den vorsichtigen Blicken einiger Manager in Verbindung gebracht, die ihn trafen. Marks spontane Reaktion war, dass er den jungen Mann kaltstellen wollte – sie lebten schließlich in einer kleinen Stadt und arbeiteten zusammen. Dann aber schreckte ihn die Art dieses Mannes ab, seine beinahe gierige Intelligenz, und Mark setzte lediglich seinen Chef davon in Kenntnis, dass er künftig nur noch schriftlich mit der Rechtsabteilung des Unternehmens verkehren würde.

Eines Abends rief Dale Larsen an und lud Mark ein, mit ihm, einigen seiner Hilfssheriffs, Bud Chaptman und Hart von der High School ein paar Runden Poker zu spielen. Mark ging hin und genoss es, mal mehr als sein übliches Quantum Bier zu trinken. Benebelt verkündete er, dass er lieber zu Fuß nach Hause gehen wollte, doch Sheriff Dale, der auch ein paar Glas zu viel gekippt hatte, was Mark nicht entgangen war, fuhr ihn mit seinem Straßenkreuzer. Dale drängte auch seine Frau, Lorraine zu ihren Kartenabenden einzuladen, doch Sheila hatte Hemmungen, Lorraine anzusprechen. Deren neuer Haarschnitt und ihr entschlossenes öffentliches Auftreten wirkten eher einschüchternd.

Dale erkannte, dass ein normaler Trauerfall die Herzen der Menschen in der Gegend öffnete und sie großzügig machte; doch das andauernde Elend einer Folge von Krisen, wie bei den McKennas, verhärtete die Herzen und wirkte eher abschreckend. Durch ihre eigene Notlage isoliert, benötigten die McKennas die wohlmeinende Einmischung von Freunden wahrscheinlich mehr als zu der Zeit, als Georgia schwer krank gewesen war. Damals waren die Besucher auf dem Weg zu ihrem Haus in der Cleveland Avenue buchstäblich übereinander gestolpert. Jetzt aber, grübelte Dale, schienen die Leute zu glauben, dass jemand, der öfters im Fernsehen erscheine, niemand anderen mehr brauchte.

Deshalb lag er seiner Frau in den Ohren, sie solle Lorraine anrufen und sie wenigstens zum Mittagessen einladen. Dale hatte das Gefühl, als Mann – und Sheriff – könne er das nicht, ohne dass es irgendwelchen Klatsch gab: Gerüchte, die umso mehr Schaden anrichteten, als ein Fünkchen Wahrheit darin steckte. Dale Larsen empfand Sympathie für Lorraine, sogar mehr als das, und es war eine bitter-süße Erkenntnis für ihn, sich eingestehen zu müssen, dass auch Menschen in den Fünfzigern noch nicht über den Unfug heimlichen Verliebtseins hinaus sein müssen.

Als Sheila sich eines Abends ins Bett legte und Dale erzählte, Lorraine hätte eingewilligt, mit ihr mittags einen Bummel zu machen, nahm Dale seine Frau wie ein Bär in die Arme … und dann war es nach Mitternacht, als sie sich wieder trennten und in ihre gewohnten Höhlen auf den jeweiligen Seiten des Bettes kuschelten – zögerlich, keuchend und insgeheim dankbar und unaussprechlich verwirrt durch das Wiederaufleben der Leidenschaften, die sie vor vielen Jahren bei Trinas Geburt im Kreißsaal zurückgelassen zu haben glaubten.

An dem Abend, als sie sich eine Sondersendung von Tom Brokaw mit dem Titel »Dicker als Blut?« anschauten, sprachen Richterin Emily Sayward und ihr Mann darüber, ob sie wieder in den Osten ziehen und gemeinsam eine Kanzlei eröffnen sollten. Doch das war nur eine flüchtige Idee. Jamie liebte seine Arbeit, und Emily liebte die sichere, ruhige, altmodische Lebensweise am Hat Lake, die wie ein Geschenk für ihren Sohn Emory war, der im Herbst in die Schule kommen sollte.

Später an diesem Abend zogen sie sich im Dunklen aus, und es knisterte zwischen ihnen. Jamie hatte angedeutet, dass es eigentlich an der Zeit für ein zweites Kind wäre, ein Geschwisterchen für Emory, und obwohl Emily ihm begeistert zugestimmt und in dieser Nacht auf das Pessar verzichtet hatte, äußerte sie am nächsten Morgen Bedenken, weil sie doch schon achtunddreißig sei. Und was wäre, wenn sie gar nicht mehr schwanger werden könnte? Was, wenn es Probleme gäbe? Und als Jamie, der soeben ein morsches Brett auf der Terrasse auswechselte, ihr antwortete, dass sie dann eben ein Kind adoptieren würden – und dass niemand in Columbia je etwas von Tom Brokaw gehört hätte –, weigerte sie sich für den Rest des Tages übellaunig, mit Jamie zu sprechen.

Es war Ende Mai im Sandpiper-Reservat, während der letzten Stunden des Golfturniers zu Ehren von Raymond Nye junior und zugunsten des Ausbildungsfonds für Keefer Kathryn. Big Rays Arm begann zu kribbeln und wurde dann taub und gefühllos, und vor Angst bekam er Herzrasen und musste sich bei einem kleinen Getränkezelt übergeben, nicht weit vom neunten Loch entfernt. Haven Corcoran und Lee Jurgen packten Big Ray trotz seiner schwachen Proteste ins Auto, und für die folgende Nacht wurde er in einem Privatzimmer im Tampa Memorial Hospital untergebracht. Dort unterzog man ihn am nächsten Morgen einer Angioplastie. Zu viele Eier mit Speck, erklärte der Kardiologe und zeigte auf Rays Wanst. Verzichten Sie auf den Golfwagen und gehen Sie von heute an zu Fuß, fügte der Arzt hinzu.

Am Abend kam Diane aus Wisconsin zurück, rang die Hände und flehte Ray an, nicht zu sterben. Sie könne nicht noch mehr ertragen, kein bisschen mehr; sie müsse ja ohnehin schon ein Leben fristen, in dem eine Tragödie die nächste jagte und von der dritten überholt wurde… Ray beruhigte sie, nahm ihre Hand und erzählte ihr, worüber er nachgedacht hatte, als man diese eisige Flüssigkeit durch seine Adern laufen ließ: über Gordon McKenna.

»Nun dreh nicht gleich durch«, beschwichtigte er Diane bärbeißig. »Ich bin der Ansicht, dass wir mit Gordon in Verbindung stehen sollten.«

»In Verbindung?«

»Als ich hier lag, in diesem Zimmer, und nicht wusste, ob ich den nächsten Sonnenaufgang erleben würde, dachte ich daran, wie Ray Gordon das erste Mal zu uns ins Haus brachte. Weißt du noch? Es war Carolines Hochzeit. Und die beiden kamen um fünf Uhr morgens, holten mich aus dem Bett und sagten: ›Wir nehmen uns ein paar Bier und Eier!‹ Beide waren in diesen langen Shorts, wie sie die Surfer tragen, und Ray sprang zu uns aufs Bett, und du hast gekreischt…«

»Was soll das jetzt bedeuten, Liebling?«

»Als ich glaubte, sterben zu müssen, da dachte ich, dass Keefer dort ist, wo sie sein sollte. Aber ich musste auch daran denken, dass eigentlich eines unserer Mädchen sich gewünscht haben müsste, das einzige Kind unseres Sohnes aufzuziehen. Doch so war es nicht, Diane. Aber *Gordon* hatte diesen Wunsch. Für ihn bedeutet Keefer alles auf der Welt. Er war damals ein guter Junge, und er ist heute ein guter Junge, Diane, und mein Ray hat Gordon geliebt.« Big Ray atmete vorsichtig. Er konnte sich des Gefühls nicht erwehren, dass sein Körper aus irgendeinem bröckeligen Material bestand, so wie Dianes hohle Kristallkatzen. »Das wollte ich sagen. Ich möchte, dass du Gordon und seiner Familie schreibst und etwas gutzumachen versuchst. Ich will nicht sagen, dass wir alles wieder gutmachen können oder dass wir irgendwas anders machen sollten, wenn wir könnten. Ich möchte, dass Keefer Kathryn als eine Nye aufwächst. Aber ich möchte auch ein ruhiges Gewissen haben können, Diane.«

»Lorraine McKenna würde nie gestatten…«

»Wenn du nicht schreibst, dann tue ich's, sobald ich aus diesem Bett hier aufstehen kann.«

Am nächsten Abend brachte Diane ihm den Brief, den sie aufgesetzt hatte.

Eines Spätnachmittags sah Tim Upchurch Lindsay und Gordon mit Keefer an der Hauptstraße spazieren gehen. Jeder der beiden hielt Keefer an einer Hand; ein Schritt und noch ein Schritt und dann – fliiieg! – mit viel Schwung. Tim wollte schon anhalten und zu ihnen gehen, als ihn eine ungewohnte Hemmung überkam. Also bremste er nur und schaute zu: Schritt, Schritt, Schwung. Schritt, Schritt, Schwung. Das Haar des kleinen Mädchens war lang und wellig, wie Georgias, und Lindsays Blicke trafen Gordon wie warme Sonnenstrahlen…

Tim sah im Geiste seine Faust auf die vollkommenen, weißen Schneidezähne seines besten Freundes treffen. Er würde Lindsay auf Händen tragen! Er würde sie, verdammt noch mal, wie eine Prinzessin behandeln!

Tim sah, wie die drei bei Hubble's um die Ecke verschwanden. Sie waren eine Familie, und da hatte er keinen Platz.

Draußen am Rand des Viertels führte die Feuerwehr eine Löschübung an einem von Ryders alten Nebengebäuden durch, einem Getreideschuppen, glaubte Tim zu wissen. Wenn er dorthin fuhr, bekam er vielleicht die schnuckelige Alicia zu Gesicht, die sie in Blackwolf getroffen hatten.

Gordon hatte ja offensichtlich nach jener ersten Nacht nicht angebissen. Es wäre nicht das erste Mal, dass Tim »Gordons Überbleibsel verzehrte«, wie er es nannte. Gordons Hinterlassenschaften waren besser als alle anderen. Und keine Frau über dreißig wäre an Tim aus irgendeinem anderen Grund interessiert gewesen als wegen einer temperamentvollen Nacht. Na gut, was war daran verkehrt? Eine Nacht voller Leidenschaft – so viel konnte Tim ganz gewiss investieren.

Greg Katt wartete mit der Gelassenheit eines Mannes, der zwei Platzkarten für das Baseball-Meisterschaftsendspiel sicher in der Tasche seiner Windjacke wusste.

Er konnte sich nicht erinnern, jemals in seinem gesamten Berufsleben zuversichtlicher gewesen zu sein als jetzt. Er stand jeden Morgen bei Tagesanbruch auf, umarmte seine Frau und küsste seine kleinen Töchter; dann drehte er eine langsame Joggingrunde, sogar wenn das Wetter milden Regen bescherte, und fuhr fröhlich zur Arbeit. Für diesen am stärksten beachteten, von Presseberichten am aufmerksamsten begleiteten und den Menschen am meisten zu Herzen gehenden Fall, den er je vertreten hatte, hätte Greg Katt gar nicht mehr Begeisterung empfinden können.

Und es gab keinen Grund, ängstlich zu sein.

Es würde der reinste Spaziergang.

Die anderen würden in die Knie gehen. Sie würden zerschmettert!

Das von Rob Greenbaum und Patricia Roe im Auftrag der Akademie der Adoptionsanwälte aufgesetzte Sachverständigengutachten war ein komfortables Gedankengebäude, dessen Tür für Gordon McKenna weit offen stand. Dieses Gutachten schloss aus, dass Gordon im Widerspruch zu den anderen Gesetzen stand – 48 an der Zahl –, die das auf Kinder bezogene Gesetzeswerk bildeten, eines der gründlichsten in den Vereinigten Staaten. Rob und Patty zitierten aus dem

Abschnitt »Auswirkungen einer Adoption«, zwei kurzen Absätzen aus den jetzt bekannten 48.90. Nach der Adoption sollte die Verbindung zwischen Eltern und Kind »sämtliche Rechte, Pflichten und anderen gesetzlichen Folgen einer natürlichen Eltern-Kind-Beziehung« erhalten.

Sie wurden sogar noch deutlicher: Selbst *vor* der Gesetzesänderung wäre Gordon – hätten Ray und Georgia Nye sich beispielsweise als Rabeneltern erwiesen, denen man ihre Rechte kraft Gesetzes abgesprochen hätte – ein unmittelbarer Familienangehöriger gewesen, der einen sofortigen Anspruch auf Unterbringung und Betreuung seiner Nichte gehabt hätte, und zwar ohne jegliche Wartefrist. Wie könnte man also mit gesundem Verstand eine anders lautende Verfügung für einen Onkel treffen, dessen Schwester ihre Elternrechte tragischerweise nicht durch eigenes Verschulden, sondern durch den Tod verloren hatte? Wie konnte gesunder Menschenverstand mittels desselben Gesetzes, das Adoptivkindern den gleichen rechtlichen Status zusprach wie leiblichen Kindern, Adoptierte von der Definition des »Verwandten« ausnehmen? Der Schriftsatz zog auch noch andere Paragraphen der Gesetzbücher heran: Personen, die beispielsweise als Schöffen geladen wurden, durften mit den Angeklagten oder den mit dem Prozess befassten Anwälten weder »blutsverwandt noch durch Heirat verwandt oder verschwägert« sein. Keine Autoversicherungspolice durfte mit dem Versicherungsnehmer »blutsverwandte oder durch Heirat verwandte« Personen von den Versicherungsleistungen ausschließen.

Sollten denn nun etwa die Gesetze des Staates Familien verbieten, Leistungen aus der Kraftfahrzeugversicherung für ihre Adoptivkinder zu erhalten? Könnte die Schwester des Staatsanwalts, wenn sie »nur« seine Adoptivschwester wäre, Mitglied eines Geschworenengerichts werden und dabei als Schöffin helfen, das von ihrem Bruder angestrebte Strafmaß durchzusetzen? Wäre das logisch?

Sogar der Oberste Gerichtshof der Vereinigten Staaten hatte 1977 die Ansicht zum Ausdruck gebracht, dass »beispielsweise Adoption als rechtlich gleichwertig mit biologischer Elternschaft anzuerkennen« sei. Kein Gesetz dürfe jemals so abgefasst oder interpretiert werden, dass es den gesunden Menschenverstand unberücksichtigt lässt. Der Gesetzgeber hatte in dem auf Kinder bezogenen Gesetzeswerk sowie an zahllosen anderen Stellen die eindeutige Absicht erkennen lassen, dass Adoptivkinder in jeder nur denkbaren Definition der Familie als gleichwertig einbezogen werden sollten. Wurde der ausdrückliche Hinweis versehentlich unterlassen, war offenkundig, dass es – weil selbstverständlich – den Gesetzgebern schlichtweg nicht aufgefallen war.

Katt hatte sich auf Einzelheiten konzentriert. In seinem Schriftsatz zerpflückte er die Bedenken von Wentworth und dem Vormund in der Luft. Wentworth wiederholte in liebevollen Details die Geschichte von den Cadys und von Ray und Georgia in Florida und dass sie sogar geplant hätten, gemeinsam ein Zweifamilienhaus zu kaufen, um immer Tür an Tür wohnen zu können. Insbesondere hätten Ray und Georgia, indem sie die Cadys als Taufpaten wählten – »eine Rolle, die Craig und Delia mit äußerster Hingabe erfüllten« –, ihnen tatsächlich die herkömmliche Rolle von Paten als potenziellen Vormündern übertragen.

Wentworth jedoch griff die McKennas an und behauptete, dass »die kleine K. K.« von den Cadys vor dem »Feuersturm« des landesweiten Presserummels, den »L. M. inszeniert« habe, und vor ihrer widernatürlichen Besessenheit von ihrem »Adoptivonkel« hätte beschützt werden müssen. Wentworth verurteilte Gordons Versuch, ihre Mandanten »taktisch auszumanövrieren«, indem er das beschleunigte Adoptionsverfahren gewählt hatte, und sie schloss selbstgefällig mit den Worten, dass dieser »vermeintliche Vorteil« an Gordons aufgeblasenem Gesichtsausdruck abzulesen gewesen sei. In einer Anmerkung stellte Wentworth noch zickig fest, dass Richterin Sayward während der Verhandlung Gordon und seine Vertreter immer wieder gerügt habe, weil diese versucht hätten, gegen die Cadys zu punkten, anstatt sich um das Wohl der kleinen »K. K.« zu kümmern.

Auch wenn es in erster Linie darum ging, was im Interesse von Keefer das Beste wäre, entgegnete Katt, als die gegnerischen Anwälte ihre Unterlagen erstmals nachprüften – dies sei überhaupt nicht der Punkt gewesen, weswegen sie ursprünglich geladen worden waren! Gordon hätte niemals die Gelegenheit bekommen, seine Sicht dieses Themas vor Gericht darzulegen, weil das Gericht entschieden hatte, dass er nicht den *erforderlichen Status* besäße, einen Adoptionsantrag für seine Nichte stellen zu können. Und warum sollte er denn nicht versucht haben, jeden zulässigen Vorteil zu nutzen?

Katt führte diesen Punkt weiter aus. Es sei lächerlich, sagte er. Gordon war der *Onkel* des Kindes – und dies nunmehr durch ein gültiges Gesetz, das nicht mehr in Zweifel zu ziehen sei und das selbst ein solch inkompetenter Mensch wie Wentworth nicht mehr falsch auslegen könnte. »Gordon ist der einzige Bruder von Keefers Mutter Georgia, und Schwestern hatte Georgia nicht. Ihr letzter Wunsch war, dass Gordon für ihr Kind sorgen sollte«, erklärte Katt. Gordon in irgendeiner Hinsicht den Status als einzigem Onkel mütterlicherseits absprechen zu wollen bedeutete, Keefer ihres eigentlichen Erbes zu berauben.

Dr. Bogerts Empfehlung zugunsten der Cadys beruhte auf der Voreingenommenheit, die aus jedem Abschnitt ihre Berichts sprach, nämlich der Ansicht der Psychologin, dass ein weibliches Kind im zarten Alter eine Mutter haben müsste. Es war nicht etwa Gordons – Katt zitierte – »liebevolle und positive« Beziehung zu Keefer, die Dr. Bogert in Frage stellte, sondern nur seine Fähigkeit, als allein stehender Mann den Anforderungen gerecht zu werden, welche die Entwicklung und Erziehung eines Mädchens stellt. Und doch, so rief Katt dem Gericht in Erinnerung, habe der Gesetzgeber in Wisconsin ausdrücklich festgestellt, dass »jeder unverheiratete Erwachsene«, nicht nur eine Frau, ein minderjähriges Kind adoptieren könne.

»Dieses Gericht hat nur eine Frage zu entscheiden«, erklärte Katt, »nämlich ob Gordon McKenna, der selbst im Säuglingsalter adoptiert wurde, den rechtlichen Status gemäß der Gesetzesvorschrift 48.90 des Staates Wisconsin besitzt, die Adoption seiner Nichte zu beantragen. Darf einem ›Adoptivonkel‹ der gleiche Anspruch verwehrt werden, der einem leiblichen Onkel zusteht?«

Der einzige Grund, warum Gordon nicht früher einen Adoptionsantrag gestellt habe, sei die Rücksichtnahme auf die Auseinandersetzung zwischen den beiden Großelternpaaren um den Aufenthaltsort des Kindes gewesen, in die er sich nicht einmischen wollte. Sein Zögern war durch Loyalität gegenüber der Familie, nicht durch Unentschlossenheit oder mangelnde Bereitschaft bedingt. In seinem abschließenden Schriftsatz zerfetzte Katt die wenig überzeugende Behauptung, dass das Adoptionsgesetz adoptierte Verwandte nur »verfahrensrechtlich« hintanstelle, jedoch nicht in ihren »wesentlichen Rechten«.

Kein Gericht des Landes – mit Sicherheit kein Gericht des Staates Wisconsin – hatte jemals den Anspruch erhoben, dass es »eine adoptierte Person diskriminieren darf, sofern die Diskriminierung sich auf das gerichtliche Verfahren beschränkte«.

Zeigt mir nur ein einziges Beispiel!, drohte Katt unausgesprochen zwischen den Zeilen.

»Warten und hoffen Sie.« So tröstete Mary Ellen Wentworth ihre Mandanten, wenn diese sie anriefen, vor allem Delia, die wegen der Sendung von Tom Brokaw völlig verstört war. Jeder Tag, den Keefer in ihrem Haus verlebte, sei ein guter Tag für sie und ihre Sache. Ob die Entscheidung von Richterin Sayward aufgehoben würde oder nicht, ob ein neues Verfahren eröffnet würde, in dem Gordon seinen Antrag einbringen könnte, oder nicht – Keefer würde älter und immer inniger verbunden mit ihrer Mutter, ihrem Vater und ihrer Schwester. Mit jedem weiteren Tag, der verging, würde der zuständige Richter immer weniger geneigt sein, dieses gesunde Zusammenwachsen auseinander zu reißen. Keine Sorge, erklärte Mary Ellen Wentworth. Die Zeit arbeitet für uns. Und nichts und niemand wird sich darüber hinwegsetzen können, was das Beste für das Kind ist.

Mary Ellens Schriftsatz ließ nicht den Groll erkennen, den sie gegen diese fanatische Hexe hegte, diese Lorraine McKenna, deren selbstsüchtige Leidenschaft sie alle über die Höhen und durch die Abgründe der Berg-und-Tal-Bahn der Medien gejagt hatte. Die McKennas mochten jetzt gewinnen, aber sie würden nicht den letzten und entscheidenden Sieg davontragen.

Mary Ellen und Victoria Linquist harmonierten durch und durch und wurden gleichermaßen von ihrer Entschlossenheit und ihrer Empörung angetrieben.

Der 3. Juni, der Jahrestag des Unfalls an der Brücke am Lost Tribe Creek, war zugleich der letzte Tag des Schuljahres. Mittags war Schulschluss, und nach dem Essen schnitten Nora und Lorraine in Noras Garten zwei Arm voll Fliederblüten und kauften Orchideen im Blumengeschäft dazu. Dann fuhren sie zur Brücke, beugten sich über das neue, noch glänzende Stück der reparierten Fahrbahnbegrenzung und ließen die Blüten eine nach der anderen in den murmelnden Fluss fallen. Windböen kamen auf und wehten einzelne Blüten zurück, wirbelten sie in die Höhe, den beiden Frauen ins Gesicht, über den Straßenrand und bis auf die Straße. Lorraine und Nora rannten, um die Blüten wieder einzusammeln.

»Das war Georgia.« Nora lachte. »Sie hat die Dinge immer schon gerne durcheinander gewirbelt.«

Sogar Lorraine brachte ein leichtes Lächeln zustande, als plötzlich Greg Katt in seinem Wagen heranrauschte, bremste und rasch zu den Frauen herüberkam. Tränen liefen ihm übers Gesicht.

»Geh lieber nach Hause und leg dir einen Vorrat Gummibärchen an, Großmutter!«, rief er. »Bald wird bei euch ein kleines Mädchen herumlaufen.«

Das Berufungsgericht hatte das Urteil von Richterin Sayward mit zwei Stimmen gegen eine aufgehoben. Eine neuerliche Verhandlung musste stattfinden.

Es war, wie Nora später sagte, ein ganz neues Spiel.

18

Nie würden die McKennas die wundervolle Atempause vergessen, als sie Ruhm, Beifall und Zustimmung ernteten.

Sie wurden so überschwänglich beglückwünscht, als hätten sie einen Haupttreffer in der Lotterie gelandet, dann den Tippschein verloren und ihn schließlich im letzten Moment in der Tasche eines alten Hemdes wiedergefunden, das sie gerade zur Altkleidersammlung geben wollten.

Lorraine spürte die anerkennenden Blicke auf sich ruhen, wenn sie zwischen den Ständen auf dem Gemüsemarkt in Fidelis Hill umherschlenderte, durch die Bibliothek ging und die Stufen zum städtischen Hallenbad hinaufstieg, wo sie nach einem Jahr Pause wieder Wassergymnastik in einer Gruppe mit Karen und Natalie betrieb.

So muss man sich als Filmstar fühlen, dachte sie, dieses Bad in der allgemeinen Aufmerksamkeit – erst erstauntes Schweigen, dann leises Gemurmel der Bewunderung.

Ja, dachte Lorraine jedes Mal, wenn sie das allgegenwärtige Lächeln mit einem Kopfnicken erwiderte, wir sind die Leute, die Sie aus dem Fernsehen wiedererkennen.

Wir sind diejenigen, die gewonnen haben. Wir sind »die Guten«.

In der Stadt verbreitete sich die Nachricht von dem Sieg wie ein Lauffeuer, mündlich, telefonisch, schriftlich, über Gartenzäune und aus heruntergekurbelten Autofenstern. Noch Jahre später erzählten die Leute neuen Bekannten, wie es an jenem Abend gewesen war – nicht ohne gewisse Angeberei, die zwar eher für Zeugen wahrhaft historischer Tragödien angemessen wäre, jedoch bei einem Städtchen mit dreitausend Einwohnern nördlich von Stevens Point, das mit einem Mal landesweite Aufmerksamkeit erregte, durchaus verständlich war.

Haben Sie von dem »Blutsverwandtschafts-Fall« gehört? Über den im Fernsehen berichtet wurde? Ja, auf allen Kanälen, sogar von den großen Nachrichtensendern!

Wildfremde Leute behaupteten, Gordon zu kennen. Oder sie hatten ihn angeblich zusammen mit Keefer im Parfümeriegeschäft gesehen. Oder einer ihrer Sprösslinge hatte in Gordons Klasse Naturkundeunterricht. Und der Großvater war der Mann, der im Radio über Wild- und Vogelfütterung sprach, jawohl. Und die Familie hatte dieses Golfturnier veranstaltet, ganz recht. Und Andy North war zu dem Turnier gekommen, stimmt genau, weil Ray, der Vater des kleinen Mädchens, ein großes Talent im Profigolfsport gewesen war. Und man erinnerte sich daran, Mark oder Lorraine oder Gordon im Milchladen getroffen zu haben, einen Tag oder auch eine Woche, nachdem das Berufungsgericht seine Entscheidung gefällt hatte. Schauen Sie nur, sagten die Leute, das ist Gordon, der Sohn der Kunstlehrerin Lorraine McKenna. Das Oberste Gericht hat entschieden, dass Lorraines Sohn genauso gut ist wie jedes andere Kind und dass niemand etwas anderes behaupten darf. Ja, der *Oberste Gerichtshof!*

Und dann gab es die legendäre Party am Freitagabend, die mit ein paar Hamburgern begann, die auf dem Rasen vor dem Haus der McKennas gegrillt wurden, und die sich dann über das Anwesen der Dwors' und entlang der Straße ausbreitete, bis es aussah, als hätten sich sämtliche Glühwürmchen im Bezirk Trempeauleau und darüber hinaus vor dem Haus in der Cleveland Avenue versammelt. Ist es wirklich wahr, fragten ein paar Leute, die damals nicht in der Stadt waren, dass Ehepaare sogar auf dem Friedhof getanzt haben, wobei sie aussahen wie Scherenschnittfiguren, die sich gegen den wolkenlosen Abendhimmel abzeichneten? Hatte jemand deshalb Ärger bekommen? Und wer war eigentlich der Bursche gewesen, der plötzlich mit einer Geige aufgetaucht war? Der Mann von diesem wilden Mädchen, der Tochter des Sheriffs?

Man muss dabei gewesen sein, um zu verstehen, was los gewesen war, sagten andere. Es war so, als hätte eine Riesenparty ohne jede Einladung begonnen, ganz von selbst, eine Zusammenkunft, die sich aus alter Zeit neu bildete – nicht aus alter Zeit in Wisconsin, sondern von viel früher. Von damals, als die Waldindianer noch lebten und ihre geheimnisvollen Rituale vollzogen. Jene Indianer, die jetzt in ihrem geschändeten Grab auf einer von neuen Straßen und Schleppschaufelbaggern umgebenen Anhöhe lagen.

Man muss dabei gewesen sein und sie miterlebt haben, diese erste lange Juninacht, als die frisch aufgeblühten Pfingstrosen ihren schweren, süßlichen Duft in der warmen Abendluft entfalteten. Leute liefen rasch nach Hause, um Schmortöpfe zu holen, die sie eine Stunde zuvor in den Ofen gestellt hatten; andere trugen ein Bierfass aus der *Wild Rose* in der Oakland Street herbei; andere erschienen mit frischen Kuchen, und über allem lag der bläulichweiße Schleier des Mondlichts, während Sternschnuppen fielen und die Kinder auf Gartenstühlen einschliefen, Mund und Hände klebrig von Zuckerguss und Schokolade.

Manche Leute erzählten, sie hätten gesehen, wie Craig Cady an jenem Abend angefahren kam, mit kreischenden Reifen um die Ecke bog und mit hochgekurbelten Fenstern in seinem Wagen sitzen blieb, während dieses dünne Mädchen mit dem wunderschönen Haar die schlafende Keefer zum Wochenendbesuch zu den McKennas brachte, indem sie das kleine Mädchen über den Rasen trug und Lorraine in die Arme legte. Manche Leute erfanden sogar etwas, das Craig angeblich gesagt haben sollte, in der Art von John Wayne: »Das war nicht das letzte Wort!« oder: »Ihr hört noch von mir!« oder: »Die Sache ist noch nicht vorüber!« Dabei hatte Craig nicht einmal den Kopf gedreht, damit er niemanden anschauen musste.

Die Blumenhändlerin und die Verwaltungssekretärin in der Mittelschule gehörten zu denen, die Monate später den Artikel aus dem *Lady's Home Journal* heraustrennten und sich an den Kühlschrank klebten. Warum sie das taten, konnten sie nicht einmal ihren Männern oder Kindern erklären. Es war ein Artikel, in dem Lorraine als eine der tapfersten Frauen der letzten zwanzig Jahre dargestellt wurde – »eine Frau, die man nicht unterschätzen darf«. Das Profil Lorraines befand sich unter der Überschrift: »Aus Liebe ein Gesetz – das Vermächtnis ihrer Tochter.« Die Zeitschrift spendierte Lorraine und Mark eine wundervolle Reise nach New York sowie einen Scheck über tausend Dollar, der an die Nationale Vereinigung der Adoptivfamilien ging, und ein Essen im *Four Seasons* an einem erhöhten Tisch, nur zwei Plätze von Oprah entfernt, der Talkshow-Queen der USA.

Lorraine hatte in jener Nacht im Juni mit Mark auf dem Rasen vorm Haus getanzt. Sie konnte sich nicht erinnern, wie viel Wein sie getrunken hatte, aber sie wusste noch, dass sie zu Mark sagte, sie wolle sich wieder einmal eine ganze Nacht lang glücklich fühlen. Gäste, Freunde, Nachbarn schienen aus dem Nichts aufzutauchen. Lorraine begegnete Stephanie Larsens attraktivem Ehemann, einem jungen Latino, dessen Haar so schwarz und glänzend war wie heißer Teer. Sie lachte aus vollem Halse, als sie die schwangere Stephanie zu umarmen versuchte, denn diese hatte den Umfang eines Mammutbaums angenommen und schwankte unsicher auf den Füßen.

Dann kam Sheila herangeschlendert.

»Zwillinge!«, rief sie. »Zwei Jungs. Ich werde Großmutter! Ich werde an ein und demselben Tag zum ersten und zum zweiten Mal Großmutter!«

»Und ich komme mir vor, als müsste ich zwei volle Eimer Wasser schleppen und aufpassen, nicht das Gleichgewicht zu verlieren«, sagte Stephanie, und ihre großen braunen Augen funkelten. »Wir werden sie Daniel George und Diego Dale nennen, auch wenn es Dad nicht gefällt. Er sagt, es hört sich an wie die Namen von Barsängern. Aber ich will, dass einer der beiden nach Georgia benannt wird.«

Lorraines Augen wurden feucht.

»Ich habe neulich Nacht geträumt«, fuhr Stephanie fort, »Georgia würde am Regenrohr zu meinem Fenster heraufklettern. Ich hatte keine Angst vor ihr... Ich meine, ich dachte nicht: O Gott, ein Gespenst! Es war eher so, als hätte ich darauf *gewartet*, dass Georgia kommt. Und dann... wie soll ich sagen? Dann drehte sich der Traum herum, und ich war draußen und kletterte zusammen mit Georgia das Regenrohr hinauf. In dem Traum waren wir wieder sechzehn Jahre alt, so jung und sorglos...«

Diese hübsche, wiedererstandene Georgia, erzählte Stephanie weiter, war wild und windzerzaust, strotzte vor Gesundheit und blieb unbeeindruckt von dem kalten Regen, der auf sie herunterprasselte. »›Wir fallen nicht, Stevie‹, sagte sie zu mir«, erzählte Stephanie weiter. »›Wir fallen schon nicht.‹ Und wir schafften es bis ganz hinauf zu ihrem Fenster, aber es war verriegelt. Deshalb kletterten wir zur Dachrinne weiter und hangelten uns hinüber zu Ihrem Fenster, Mrs McKenna, wie wir es früher ein paarmal gemacht hatten, und es war offen... Wir ließen uns praktisch auf Ihr Sofa fallen. Steht es immer noch direkt am Fenster?«

»Ja, immer noch.« Lorraine wischte sich die Tränen aus den Augen. »Und dann?«

»Georgia sagte: ›Okay, wir sind in Sicherheit.‹ Und dann war der Traum zu Ende. Am nächsten Morgen rief ich meine Schwester an und sagte zu ihr: ›Trina, das mit dem Berufungsverfahren klappt. Alles wird gut! Das war ein Zeichen!‹« Sie rieb sich ihren Bauch und nickte weise.

Tim Upchurch baute sich neben seinem Kühlschrank auf Rädern auf und verteilte Bierflaschen der Marke »St. Pauli Girl« an alle, die vorbeikamen. Ein Dutzend Reillys unterschiedlichsten Alters kamen aus einem Auto hervor; der Reilly-Junge, der Gordons Klasse besuchte, sprang ihm auf den Rücken, und Gordon machte den Jux mit, obwohl er dabei seinen Teller mit Steak, Sauce und Beilagen auf Lindsays Schoß kippte.

Sie musste sich umziehen, und das korallenrote Kleid, mit dem Lindsay dann wieder erschien, hatte einst Georgia gehört. Lorraine hatte es ihr gegeben und gesagt, sie solle es behalten. Lorraine und Nora ließen Keefer auf dem Bett in Lorraines Zimmer hüpfen, während Lindsay sich umgezogen hatte, wobei sie sich durch die offene Badezimmertür unterhielten.

»Ich hoffe, es passt dir, Schatz«, sagte Lorraine, »Georgia war nicht so dünn wie du.«

»Doch, eigentlich schon«, antwortete Lindsay. »Sie war nur ein bisschen kleiner, aber wir hatten die gleiche Kleidergröße, sogar nachdem Keefer geboren wurde.«

»Sag mal, Lindsay...«, sagte Nora. Sie trug Khakishorts, ein hochgeschlossenes weißes Hemd und Perlen-Ohrringe. Für ihre Verhältnisse hatte sie sich sehr schick gemacht, wie Lorraine belustigt bemerkte. »Was ist denn nun mit Gordon und dir?«

»Nichts«, erwiderte Lindsay leichthin. »Was soll denn sein?«

»Oh, ich glaube aber doch, dass mit euch beiden was ist. Sogar 'ne ganze Menge«, sagte Nora.

»Wir machen jedenfalls keine Pläne oder so«, sagte Lindsay und kam aus dem Badezimmer. Ihr rotes Haar, das sie offen trug, fiel bis auf das rötliche Kleid hinunter.

»Das sieht wunderschön aus«, sagte Lorraine. »Es steht dir phantastisch. Du kannst es behalten.«

»Aber es ist von Georgia«, sagte Lindsay leise.

»Eben drum. Ich möchte, dass *du* es trägst. Und nicht nur heute Abend. Ich schenke es dir.«

Lindsay strich ehrfürchtig eine Falte aus dem Stoff. Es

war ein sehr schönes Kleid mit weitem Rock. Georgia hatte es zu Keefers Taufe getragen.

»Es ist wunderschön«, sagte Lindsay, »aber du musst es mir nicht schenken.«

»Du behältst das Kleid, basta. Es tut mir sowieso Leid, dass ich dir nie etwas von Georgias Sachen gegeben habe«, sagte Lorraine, wobei sie sich nach ihrem Weinglas umsah. Dann fiel ihr ein, dass sie es draußen gelassen hatte. Ich bin beschwipst, dachte sie, und ich rede zu viel. Trotzdem fuhr sie fort: »Du warst eine von Georgias besten Freundinnen, Lindsay. Und ich hatte schon immer vor, dir ein paar von ihren Sachen zu geben… wenn du und Gordon…«

»Du weißt, wie gern ich ihn habe«, sagte Lindsay zu Lorraine und setzte sich neben sie auf die Bettkante, tastete mit der Hand vor, zog sie wieder zurück, streckte sie erneut aus und nahm sanft Lorraines Finger.

»Ich weiß«, sagte Lorraine, »und ich weiß, dass Gordon dich liebt.«

»Da bin ich mir nicht so sicher. Manchmal habe ich das Gefühl, dass er nicht mich anschaut, sondern über meine Schulter blickt, um zu sehen, was es da sonst noch alles gibt auf der Welt. Ich meine nicht andere Mädchen. Obwohl… das auch.«

»Ja, was das angeht, hat er ein besonderes Talent.«

»Allerdings.« Lindsay schien jeden Augenblick in Tränen auszubrechen. »Aber ich will nicht über meine Spinnereien reden. Wahrscheinlich sind wir jetzt glücklicher miteinander als je zuvor. Noch glücklicher als in unserer gemeinsamen Kinderzeit.«

»Was Gordon angeht…«, sagte Lorraine, setzte sich auf, schwankte leicht und fand dann Halt, »musst du ihn auf dich zukommen lassen. Er ist, wie er ist. Selbst kriegt man ihn nie. Du kannst ihn von früh bis spät jagen und erwischst ihn doch nicht…«

»Findest du, dass ich ihm nachstelle?« Lindsay zog ihre

Hand zurück und schaute sich um, als fürchtete sie, dass jemand mithörte.

Der Mann mit der Geige spielte »Georgia«.

»Aber nein«, erwiderte Lorraine, »das sagt man doch bloß so. Ich wollte damit sagen, dass Gordon nichts von diesem Männlichkeitswahn hat wie viele junge Männer. Bei Mark scheint es eine Generation übersprungen zu haben, Gott sei Dank. Auch Mark hatte nie irgendwelche Macho-Allüren…« Ich rede wie ein Maschinengewehr, dachte sie. Halt jetzt die Klappe. Nie zuvor hatte sie mit Gordons Freundinnen über etwas wirklich Bedeutsames gesprochen. Nein, das stimmte nicht. Mit Lindsay hatte sie oft über die schlimmsten Einzelheiten von Georgias Krankheit geredet. Sie hatte auch den »Blutsverwandtschafts-Fall« mit Lindsay diskutiert und sogar ihren unvernünftigen Hass auf Diane Nye gestanden.

Doch nie hatte sie sich mit einer Freundin ihres Sohnes über Gordon selbst unterhalten. Und nie hatte sie mit Gordon über ein Mädchen gesprochen. Natürlich kannte sie seine berüchtigte Eloquenz bei Auseinandersetzungen. Auch Georgia hatte ein Lied davon singen können.

Doch Lorraine und Gordon standen einander so nah, dass er, genauso wie er ihr früher seine Schnecken und Schlangenhäute gebracht hatte, jetzt mit den Trümmern einer Liebe zu ihr gekommen wäre, an der er sich die Finger verbrannt hatte, damit Lorraine ihm tröstende Worte sagte.

Sie hätte Gordon gern ihre Überzeugung vermittelt, dass jede Liebe etwas Großes und Bedeutendes ist und nur sehr langsam wächst – oder auch scheitert –, oft ohne Zutun der Partner. Doch mit Gordon hatte Lorraine kaum über solche Dinge gesprochen. Mit Georgia schon. Was das betraf, hatte Lorraine ihre Tochter nie im Stich gelassen, war stets aufmerksame Zuhörerin bei Dutzenden von Enttäuschungen durch Freunde oder Freundinnen gewesen. Gordon dagegen schien nie aus der Fassung zu geraten. Kaum vermochte Lorraine die Geschichte einer Frau, von der er sprach, in Grundzügen zu erfassen, redete er unbekümmert schon wieder von einer anderen.

Wie oft war sie überhaupt Freundinnen von Gordon begegnet? Fünfmal? Sechsmal? Öfter? Die kleine Surferin in Florida mit der Juwelensammlung am Nabel... die Frau von EnviroTreks, diese Zoologin, die kürzeres Haar hatte als irgendein Mann, den Lorraine kannte... Sie versuchte sich die Bilder anderer Frauen in Erinnerung zu rufen, doch ohne Erfolg. Es war hoffnungslos. Sie waren wie Gestalten, die in einer schnell rotierenden Drehtür verschwammen, ineinander übergingen: Emily, Andrea, Susan, Taylor... oder Tyler?..., Courtney, Lisa, Liza... Kein Wunder, dass die arme Lindsay so verzweifelt war! Und dabei war Gordon trotz all seiner Erfahrungen, Verluste und Verpflichtungen erst fünfundzwanzig Jahre alt. Mit fünfundzwanzig Jahren hatte Mark damals noch das große Zittern bekommen, wenn er den Atem einer Frau hautnah spürte. Manche Leute waren eben Spätzünder – auf die eine oder andere Weise.

Lorraine tätschelte Lindsays Hand.

»Habt einfach Spaß miteinander«, sagte sie. »Genießt diese Zeit, genießt *euch.*«

Lorraine versuchte, Lindsays niedergeschlagenen Gesichtsausdruck zu übersehen. Es hat ja noch Zeit, dachte sie, bis ich wieder Schwiegermutter werde... falls es überhaupt dazu kommt.

Nachdem an diesem Abend alle gegangen waren und Keefer mit ihrem Trinkfläschchen und dem Schmusekissen zwischen Lorraine und Mark ins Bett gepackt worden war, stand Lorraine wieder auf, von Ruhelosigkeit getrieben, und wanderte im Nachthemd über den Rasen, hob Papierservietten und herumliegende Tassen auf und genoss die frische Luft auf ihrer beinahe nackten Haut. Sie hob den Saum ihres Nachthemds an und ließ die Brise über ihre Beine streichen. Hätte Lorraine nicht befürchtet, Mary Dwors zu erschrecken, die unter chronischer Schlaflosigkeit litt, hätte sie sich von der frischen Brise über die Straße tragen lassen, durch das Backsteintor des Friedhofs und bis zu Georgias Grab, wo sie oft saß, manchmal mit Georgia sprach und manchmal weinte. Stattdessen ließ sie ihre Gedanken mit dem Wind zum Grab fliegen und Georgia verkünden: *Wir haben Keefer wieder, Liebes! Wir haben sie bekommen!*

Das fehlende Stück war eingefügt worden. Der gewundene Pfad, der das Haus mit dem Friedhof verband, war jetzt vollständig. Das fehlende Stück war Keefer gewesen, die Tochter ihrer Tochter, die beim Gehen vor sich hin summte, die ihr Wasserfläschchen nicht trank, es sich beim Schlafen aber unters Genick legte wie eine orthopädische Rolle. Keefer, das fehlende Wort im Rätsel, das sich senkrecht wie Georgia und waagerecht wie Gordon buchstabierte – die Antwort auf Gottes Frage.

Kurz vor Anbruch der Morgendämmerung weckte sie Gordon, der auf der Wohnzimmercouch eingeschlafen war.

»Du musst ein Haus kaufen«, sagte sie.

»Was?«, fragte Gordon benommen. »Wovon redest du?«

»Du hast kein vernünftiges Schlafzimmer für Keefer. Sie ist jetzt zwei. Sie kann nicht mehr im begehbaren Einbauschrank schlafen.«

»Woher soll ich denn das Geld für ein Haus nehmen, Mutter? Und überhaupt – was spielt es für eine Rolle, wo Keefer schläft?«

»Die Cadys haben ein ganzes *Märchenland* für Keefer eingerichtet, Gordon«, entgegnete Lorraine und strich ihr Haar zurück, wobei sie Spitzen abriss, die sich im Gestell ihrer Lesebrille verfangen hatten. »Ich habe die Kleinanzeigen gelesen und ein paar Angebote umrandet, die du dir anschauen solltest.«

»Jetzt?«, fragte Gordon. »Mir ist noch hundeelend. Ich hab gestern Abend so viel Bier getrunken wie seit dem College nicht mehr. Verdammt, warum hat niemand mich gebremst? Tim war der reinste Verführer. Ich habe ein Gefühl, als wäre mir ein Laster über den Kopf gerollt… Hast du ein Aspirin, Mutter?«

Lorraine eilte aus dem Wohnzimmer und die Treppe hinauf. Sie wühlte nach einer Schachtel Tabletten. Das Licht im Schlafzimmer war zu schwach, um Kleingedrucktes zu entziffern, selbst mit der Lesebrille. War es Demerol? Egal, Gordon war verkatert, aber kerngesund, er würde das Schmerzmittel schon vertragen.

Keefer und Mark schliefen tief und fest, doch Lorraine hatte sich nie so hellwach gefühlt. Sie ließ eine Tablette in Gordons Hand fallen.

»Wo ist Lindsay?«, fragte er.

»Ist schon vor Stunden nach Hause gegangen.«

»Wie bin ich auf die Couch gekommen?«

»Zu Fuß.«

»Ich muss mich hinsetzen«, murmelte Gordon, und Lorraine reichte ihm ihre Hand – eine Hand, die eine erstaunliche Kraft übertrug. »Danke.« Er betrachtete die Tablette. »Das ist aber ein großes Aspirin…«

»Ein extra starkes.«

»Es ist ja noch nicht mal richtig hell draußen«, sagte Gordon. »Warum schläfst du nicht? Dir geht etwas im Kopf herum, stimmt's?«

»Ja. Wie ich sagte, du musst dir ein Haus kaufen. Zumindest müssen wir uns Häuser *anschauen*. Zum Beispiel dieses kleine Bauernhäuschen, von dem ich gelesen habe… das hier… am Hat Lake…«

»Ich kann nicht am Hat Lake wohnen. Emily Sayward ist dort zu Hause.«

»Der See ist groß genug, Gordon.«

»Ich kann mir kein Haus am See leisten.«

»Das kostet um die fünfzig-, sechzigtausend…«

»Dann muss es ein finsteres Loch sein.«

»Also gut. Aber hier ist ein Bungalow, Ziegelbauweise, in der Mission Street. Gleich hinter der Mittelschule, Gordon. Keefer könnte zu Fuß zur Schule gehen.«

»Sie kann noch nicht mal richtig laufen, Mutter!«

»Aber eines Tages kann sie's. Du musst längerfristig planen, mein Schatz.«

»Ich weiß. Ich arbeite methodisch.«

»Ziegelsteine sind etwas Feines. Warm im Winter, kühl im Sommer. Darf ich das Licht einschalten, Gordon? Also, hier steht, Grundstück mit Baumbestand. Drei Schlafzimmer. Geflieste Böden …«

»Alles gut und schön, Mutter, aber was kostet das?«

»Achtzigtausend.«

»Dann könnten es ebenso gut achtzig Millionen sein.«

Lorraine klopfte mit dem Brillenbügel an ihre Zähne. »Du kannst ein staatliches Baudarlehen bekommen. Dad und ich hatten auch eines. Du bekommst es allerdings nur für das erste Haus, das du kaufst. Du erhältst einen günstigen Zinssatz und musst nur an die tausend Dollar Eigenmittel einzahlen.«

»Das war vielleicht vor dreißig Jahren so, Mutter. Mit tausend Dollar erreichst du heute gar nichts.«

»Ich denke doch. Ich glaube, du kannst dieses Heimstatt-Dings bekommen oder wie es heißt. Ich werde ein paar Termine vereinbaren, und dann schauen wir weiter.«

»Findest du nicht, Mutter, dass wir das Schicksal herausfordern, alles auf eine Karte zu setzen?«

»Du weißt, dass wir gewinnen.«

»Ich weiß überhaupt nichts. Außer dass ich mich hinlegen muss. Mein Kopf dreht sich wie ein Karussell …«

»Das ist das Medikament.«

»Ich glaube, ich hab Fieber.«

»Du musst Acht geben, Gordon. Diese Faye, die Psychiaterin, wird uns alle noch einmal unter die Lupe nehmen …«

»Sie heißt Faith.«

»Faye, Faith, Fate … egal.«

»Und sie ist Psychologin.«

»Gordon.« Lorraine war selbst überrascht, als sie ihn am Ohr zog. »Hör mir zu. Du musst zu erkennen geben, wie *vollkommen* sicher du bist, dass Keefer bei dir bleiben wird. Genau das haben auch die Cadys getan. Sie sind stur ihren Weg gegangen. Haben Keefer bei der Sonntagsschule angemeldet. Haben ihr Zimmer tapeziert. Auf diese Weise haben sie uns rausgedrängt.«

»Also gut, okay.« Gordon seufzte. »Du kannst einen Termin vereinbaren, dass ich mir dieses Haus anschaue …«

»Sehr gut! Es ist in der Mission Street. Ich rufe schnellstens dort an.«

»Warum diese Eile?«, wollte Gordon wissen.

»Weil diese Psychologin einen Termin für eine Besichtigung mit uns vereinbaren wird, vermutlich schon in den nächsten Tagen. Hat Greg Katt jedenfalls gesagt.«

»Okay, Mutter«, stimmte Gordon zu. »Dann machen wir schnell.«

In Wirklichkeit war Faith Bogert entschlossen, selbst eine bloße Kontaktaufnahme mit den McKennas so lange hinauszuschieben, bis sie einen ausgiebigen Besuch bei Delia und Craig in Madison gemacht hätte. Um gut in Form zu sein, fuhr sie schon am Abend vorher hin und übernachtete in einem schmucken alten Gasthof oberhalb des Bootshauses der Universität am Mendotasee. Vor dem Abendessen machte Faith einen Fitnesslauf, wobei sie die Anweisungen ihrer Diätberaterin befolgte, bei der sie vor zwei Wochen und vier Pfunden gewesen war: zwei Blocks weit joggen, dann zwei Blocks weit gehen. In den Pausen verbrennt der Körper das Fett viel besser, hatte die Beraterin gesagt, und wenngleich Faith eher der Ansicht war, dass ein schweißtreibender Dauerlauf das Fett am schnellsten verbrannte, tat sie so, als würde sie sich die Meinung dieser Frau zu Eigen machen.

Tatsächlich hatte sie gar nicht die Puste, eine längere Strecke zu rennen, nachdem sie sich viel zu viele Sommertage mit Büchern beschäftigt hatte, anstatt Liegestütze auf dem Wohnzimmerboden oder Übungen an dem Trainingsgerät zu machen, das sie sich blödsinnigerweise eines Nachts beim Teleshopping bestellt hatte.

Als Delia die Tür öffnete, erschreckte ihr Aussehen Faith so sehr, dass sie es kaum verbergen konnte. Delia hatte sich mit größerer Sorgfalt und mehr Geschick ein Make-up aufgelegt, als Faith es je geschafft hätte; der Versuch, das passende Rouge hinzukriegen, geriet ihr stets daneben. Die Blässe, die Delia trotz des Make-ups anzusehen war, strafte ihre fröhliche Begrüßung Lügen – ihr Lächeln, ihre muntere Einladung zu einem Eistee, ihre stolze Vorführung Keefers, die mit einem halblangen weißen Kleidchen mit rosa Knöpfen herausgeputzt war, von denen jeder die Form einer Rosenknospe hatte. Die gleichen Blütenknospen zierten eine Haarschleife, die eine Strähne von Keefers flaumigem, rötlich-braunem Babyhaar zusammenband.

»Wie kriegen Sie es hin, dass das hält?«, fragte Faith und holte ihren Notizblock aus der Umhängetasche. »Ich habe noch nie ein kleines Kind gesehen, das so etwas drangelassen hätte.«

»Nun ja«, sagte Delia, »einerseits ziehen wir sie jeden Sonntag zum Kirchgang schön an, also lernt sie schon frühzeitig, sich in Acht zu nehmen und ihre guten Kleider nicht schmutzig zu machen. Dafür bekommen wir dann einen Lutscher, nicht wahr, meine Süße?« Keefer lehnte sich glückselig an Delias Knie. »Andererseits ist da noch mein kleines Geheimnis. Ein Schönheitstrick aus der Schulzeit.«

»Was ist das für ein Trick?«, fragte Faith, doch mehr um zu verbergen, dass sie Delias aufgedunsenes Gesicht anstarrte, als aus echter Neugier. Was war los mit Delia? Sie hatte seit Faiths letztem Besuch gut und gern dreißig Pfund zugenommen. Sie musste mehr als zwei Zentner wiegen. Delia war immer schon eine stattliche Frau gewesen, aber stattlich im Sinne von kräftig, nie von einem solch aufgeschwemmten Leib, trotz der MS, unter der sie möglicherweise litt (wie sie Faith sagte, sei die Diagnose nie bestätigt worden).

Jetzt war Delia beinahe unansehnlich dick. War sie schwanger?

Faith tat so, als wollte sie Keefers Haarschleife betrachten, beugte sich vor, stand auf und setzte sich auf den Polsterschemel bei der Couch, auf der Delia halb saß, halb lag. Ihre Füße – dick und rot – waren in weiße Sandalen gepfercht.

»Was ist denn dieses Geheimnis, dieser Schönheitstrick?«, fragte Faith.

»Ich klebe sie an.«

»Sie kleben sie an?«

»Ja. Ich klebe sie an dem winzigsten Haarbüschel fest. Mit Nagelklebstoff.«

»Versucht Keefer denn nicht, sie abzureißen?«

»Das hat sie nur einmal versucht!«, sagte Delia mit einem Anflug von Triumph. »Aber es hat ihr nicht wehgetan… natürlich nicht, stimmt's, Keefer Kathryn? Es hat nur ein bisschen an ihrem Köpfchen geziept – genug, dass sie gelernt hat, die Finger davon zu lassen.«

»Und wie bekommen Sie das wieder ab?«

»Einfach abschneiden. Ist ja nur ein winziges bisschen Haar.«

»Fürchten Sie denn nicht, dass sie kahl wird?«

»Wir putzen sie nicht so oft heraus, dass es was ausmachen würde«, erwiderte Delia, lehnte sich zurück und bemühte sich, Keefer zu sich auf den Schoß zu ziehen.

Faith beobachtete die Bewegung. War Delia schwanger? Nein. Sie hatte am ganzen Körper neue Fettpolster, nicht nur am Bauch.

»Das Haar wächst sehr schnell nach«, sagte Delia. »Und die McKennas ziehen Keefer niemals schön an. Ich muss immer tagelang die verfilzten Knötchen aus ihrem Haar kämmen, wenn sie von denen zurückkommt. Ich glaube, Gordon benutzt überhaupt keine Bürste.«

»Doch, das tut er«, sagte Faith. »Ich habe bei ihm eine kleine Garnitur gesehen, mit Kamm und Bürste und so weiter.«

»Jedenfalls ist er ein Mann. Stimmt's?« Delia ließ Keefer wieder los, die an den Rosenknöpfen herumzuspielen begann. »Süße, lass jetzt diese Knöpfe in Ruhe! Hast du mich gehört? Alexis! Bring mir bitte ihre Puzzles, ja? Die großen!«

Der Teenager – das Mädchen war seit dem letzten Mal um fast zehn Zentimeter gewachsen – kam von der Terrasse herein, in schmucken Jeans-Shorts und Bikini-Oberteil; sie schien draußen in der Sonne gelegen zu haben. Auf den schmalen Schultern zeichnete sich neben den weißen Streifen der Träger bereits ein schlimmer Sonnenbrand ab. »O weh!«, sagte Faith. »Sieht so aus, als brauchtest du ein Sonnenschutzmittel.«

»Ach, das spüre ich gar nicht«, antwortete Alexis freundlich. »Ich gehe jeden Tag mit der Sonne von vor dem Haus nach hinten. Das verliert sich, und dann werde ich braun. Mein Dad ist Halbindianer.«

Delia schnaubte. »Ich wüsste nicht, welche Hälfte du da meinst«, sagte sie säuerlich.

»Ist er doch, Mutter. Das weißt du selbst.«

»Du meinst nicht Craig, nicht wahr?«, sagte Faith. »Er sieht ganz irisch aus.«

»Sie meint ihren Vater in North Carolina. Jack Tyson.«

»Wirst du deinen Vater in den Sommerferien besuchen, Alexis?«

»Alex«, sagte das Mädchen und zog vorsichtig zwei Puzzles aus einem Stapel unten im Bücherregal. »Komm, Keefer-Weefer! Jetzt fahren wir die Lastautos zurück in ihre Häuser. – Ja. Dad sagt, wir gehen zu den Pferderennen in Daytona, wenn ich bei ihm bin.«

Neuerliches Schnauben von Delia. Alexis nahm es zwar zur Kenntnis, schien es aber gar nicht ernst zu nehmen. Gut so. Delia hatte offenbar keine Ahnung, welchen Zorn es bei einem Kind hervorrufen kann, ein abwesendes Elternteil herunterzusetzen. Das wussten nur wenige Leute.

Faith lächelte. Der Umgang des Mädchens mit dem Kleinkind wirkte wie Balsam auf die Wunden der Erinnerungen, die Faith von Dutzenden widerspenstiger Ausreißer, mürrischer Ladendiebe und schwer erziehbarer Jugendlicher geblieben waren, die ihre traurige Spur durch ihre Akten zogen, und von reichen Schulschwänzern, die ihre *Eltern* für alles und jedes verantwortlich machten, und von armen Schulschwänzern, deren Eltern alle Schuld auf ihre *Kinder* abwälzten. Dieses Mädchen hier war die beste Medizin für die Kleine.

Faith nahm ihren Stift. »Also, was schreiben wir denn heute alles über diese junge Dame mit den Rosen auf dem Kleid?«

»Craigs Mutter hat das Kleid genäht. Sie kommt uns bald für ein paar Wochen besuchen.«

»Und Craig?«

»Der konnte heute nicht hier sein. Tut uns beiden Leid. Termine. Wissen Sie, er hat sowieso schon viel von seiner Arbeit vernachlässigt. Dabei stehen sie dort ganz auf seiner Seite. Sie sagen ihm immer wieder, setz dich dafür ein, dass ihr das Baby behalten könnt …«

»Gut«, sagte Faith, um auf ihre Frage zurückzukommen, »das habe ich gemerkt. Sie benützen also ihre beiden Vornamen.«

»Wir wollen uns ganz langsam und behutsam darauf verlegen, sie Kathryn zu nennen«, sagte Delia. Faith bemerkte die Schweißtropfen auf ihrer Oberlippe. »Sie ist ja nach meiner Oma Kathryn genannt worden, das wissen Sie. Meine und Rays Großmutter.«

»Und ebenso nach – nun, sie trägt ja auch den Vornamen, den Georgia für sie gewählt hatte.«

»Aber der passt nicht so recht zu einem Mädchen. Beide Namen zusammen, das geht noch. Zu Hause benützen wir oft zwei Namen. Wie Billy Bob zum Beispiel. Aber Keefer?«

»Ich mag ihn«, erklang Alexis' Stimme im passenden Moment, »ich mag Mädchennamen, die sich wie Jungennamen anhören. Das ist doch cool. Ich werde meinen Namen amtlich in Alex ändern lassen.«

»Das kannst du entscheiden, wenn du älter bist«, sagte Delia. »Ich hoffe, du wirst den Namen nicht ändern, aber es liegt bei dir. Namen sind wie Häuser. Du kannst ausziehen – und auch immer wieder umziehen.«

Faith knabberte an dem angebotenen Bananengebäck. »Wie fühlen Sie sich denn alle in diesem heißen Sommer?«

»Na ja, mir geht es nicht so gut, wie ich's gern hätte«, gestand Delia bedauernd. »Mir macht die Hitze sehr zu schaffen, das kann ich Ihnen sagen. Und das mir, als Südstaatlerin!«

»Wie geht es dem Baby?«, fragte Faith rasch. Jetzt war der Köder ausgeworfen. Sie würde anbeißen oder auch nicht.

»Es geht ihr gut. Ist rund und gesund«, sagte Delia unbefangen. Vielleicht war sie wirklich nur so fett. »Wir versuchen, ihr ein sehr ruhiges Leben zu ermöglichen. Kein Fernsehen. Und mit Sicherheit«, sie lächelte Alexis bissig an, »kein MTV.«

»Meine Mutter hat eine Kindersperre gekauft.«

»Nie zuvor habe ich zwanzig Dollar so sinnvoll investiert.«

»Ich guck MTV bei meiner Freundin Liesel.«

»Ich habe keine Kontrolle darüber, was andere Eltern ihre Kinder im Fernsehen anschauen lassen«, sagte Delia. »Und ich mag Liesel. Sie ist ein nettes Mädchen. Aber ich finde… diese Eindrücke, all das Sexuelle, ist nicht gut für sie. Es ist keine gesunde Sexualität…«

Faith machte sich rasch ein paar Notizen. »Was wird geschehen, wenn das Gericht bei der Wiederaufnahme des Verfahrens zugunsten von Gordon entscheidet?«

»Ich bete, dass das nicht geschieht. Doch wir sind innerlich darauf eingestellt, einer solchen Situation ins Auge zu schauen. Mein Mann und ich werden *alles* tun, um Keefer dort zu behalten, wo ihre Eltern sie unserer Überzeugung nach haben wollten. Aber wir müssen mit beiden Möglichkeiten leben können. Wir könnten das akzeptieren.«

»Das ist gut. Es ist gut, wenn Sie sich Ihre Hoffnungen bewahren, aber auch bereit sind zu verzichten«, sagte Faith. »Ihr Mann will also auch durchhalten?«

»Wir beide wissen, was das Beste für sie ist. Wir wissen, dass die Liebe eines guten Elternpaares – auch wenn es nicht die Eltern sind, die Gott dem Kind ursprünglich gegeben hat – viele Wunden heilen kann.«

»Und sind Sie bereit, Keefer dabei zu helfen, mit ihren Fragen ins Reine zu kommen?«

»Wenn sie Fragen hat, ja.«

»Was für Dinge unternehmen Sie beide denn gemeinsam?«

»Wir versuchen, eine feste Zeit dafür einzuhalten, jeden Samstagabend. Alexis ist eine wunderbare Babysitterin. Und sie verlangt nicht viel ...«

»Ich meinte, Sie und Keefer.«

»Oh, wir spielen den ganzen Tag miteinander. Wir spielen Schönheitssalon oder Kaufladen, obwohl ich mich mit dem Gewicht, das ich mit mir herumschleppe, nicht so zu ihr hinunterbücken kann, wie ich's gern möchte. Oder wir spielen mit den Barbiepuppen. Ich bringe Alexis das Nähen bei. Wir haben ein paar ganz süße Barbie-Kleider gemacht.«

»Arbeiten Sie noch?«

»So Gott will, ja, Frau Doktor. Kinder großzuziehen ist teuer! Und dann noch die Anwaltskosten! Und wir hätten auf längere Sicht gern ein größeres Haus.«

»Dann scheint ja alles ganz gut für Sie zu laufen«, versuchte Faith es noch einmal, »sieht man davon ab, dass Sie sich nicht wohl fühlen, wie Sie gesagt haben.«

»Nur mein Kopfweh und die anderen Schmerzen. Aber es ist nichts Besonderes. Es bringt mich schon nicht um.« Delia war wie eine Mauer.

Faith verabschiedete sich. Sie hatte das Gefühl, als liefe ihr eine Laufmasche am Strumpf hinunter; sie fühlte sich auf unsinnige Weise verärgert und bloßgestellt. Sie hatte gelernt, ihren Instinkten zu vertrauen, aber hier gab es keinerlei Anhaltspunkte. Delia war offensichtlich nicht so krank, dass sie ihre Arbeit aufgegeben hätte. Sie kam mit beiden Mädchen gut zurecht. Ihre Stimmung schien im Allgemeinen gut zu sein. Vielleicht war Delia eine von den Frauen wie Faiths Tante Mary, die sich durch Krisensituationen futterten und in guten Zeiten wieder fasteten. Keine besonders gesunde Lebensweise, aber Krisen würden wohl nicht mehr allzu lange der Normalzustand bei den Cadys sein.

Der Wind hatte aufgefrischt, während Faith in dem Haus gewesen war, und als sie ihre Umhängetasche im Auto verstaute, sah sie Alexis, die sich einen gelben Kopfhörer aufgesetzt hatte, fröhlich zur sonnigen Terrassenseite hinüberhüpfen.

Faith fluchte leise, als der Wind die losen Blätter ihrer Notizen erfasste und durch den offenen Spalt der Autotür hinauswirbelte. Nun ja, sie würde die Aufzeichnungen rekonstruieren können. Dann aber sah sie, dass die Blätter sich in einem Fensterschacht gefangen hatten; flach waren sie gegen die eine Betonwand der Öffnung geblasen worden. Faith rannte los und rettete die Seiten mit ihren Notizen.

Sie wandte sich um, als sie plötzlich Keefer schreien hörte. Es war das klagende Weinen eines kleinen Kindes, wie Faith rasch erfasste, und es kam aus dem offenen Fenster gleich über ihr. Sie hörte, wie Keefer schluchzte: »Nein, nein! Nicht nass!« Das Platschen eines Wasserstrahls. Dann Delias Stimme – leise, nicht drohend, jedoch streng, sehr streng: »Mom hat gesagt, du sollst die Knöpfe in Ruhe lassen! Und wenn du noch mehr schreist, kommst du unter die Dusche, mein zickiges Fräulein! Hast du verstanden?«

Sicher, was Faith da hörte, war keine Kindesmisshandlung. Was sie hörte, war eine strenge, bibeltreue Südstaatlerin, die wahrscheinlich unter hämmernden Kopfschmerzen litt und einer Zweijährigen unangemessen strenge Erziehungsmaßnahmen androhte. Andererseits – es war nur eine *Androhung*.

Keefer wurde still, und Delia gab singende Laute von sich. Die Dusche wurde abgedreht, ohne dass Delia Keefer geschlagen hätte. Faith hatte einmal eine Ohrfeige bekommen, als sie in der neunten Klasse gewesen war. Damals hatte Eve Bogert sie hinter dem Gebäude des Schwimmbads mit Jennifer Adderly beim Rauchen erwischt.

Faith kannte gute Eltern, liebende Eltern, die sich ihren Kindern gegenüber vollkommen angemessen verhielten und ihnen dennoch mitunter einen Klaps auf den Hintern gaben.

Trotzdem …

Sie beschloss, ins Auto zu steigen und loszufahren. Aber sie würde sich eine Notiz machen. Alles musste in ihren Bericht aufgenommen werden.

Doch ehe sie ihre Autotür zuschlug, sah sie auf und begegnete dem Blick des Teenagers auf der Terrasse. Alexis zuckte mit den Schultern.

»Was ist denn in der Wohnung los?«, fragte Faith, obwohl sie es verabscheute, eine Jugendliche aushorchen zu wollen.

»Keine Bange, sie schlägt Keefer nicht«, sagte Alexis.

»Verliert sie öfter die Beherrschung?«

»In letzter Zeit kommt das schon mal vor. Ihre Nerven sind kaputt, sagt meine Tante.«

»Hast du Angst um Keefer?«

»Nein, aber ich mag es nicht. Ich mag nicht, wenn sie

Keefer wegen irgendwas anschreit, weil sie sich diese blöden Blumen aus dem Haar zieht, zum Beispiel.«

»Dann passiert das ziemlich oft?«

»Nein, nein. Mom ist meistens sehr nett. Es muss halt immer alles nach ihrem Willen gehen. Sie verliert nicht oft die Beherrschung. Es ist nur… es geht ihr schlecht, wegen dem Baby.«

»Wegen Keefer?«

»Nein, wegen dem Baby, das sie bekommt. Sie kann ihre Medikamente nicht mehr nehmen. Die ganze Zeit tun ihr die Beine weh.«

»Du hast gewusst, dass deine Mutter schwanger ist?«

»Erst seit ein paar Monaten. Es ist so um Weihnachten herum passiert, denke ich mal. Sie reden ja nicht über ihren Sex mit mir.«

»Das sollten sie auch nicht«, sagte Faith und blickte auf die Wolken, die sich über dem See türmten, dicke, drohende Wolken. »Meinst du, ich kann noch mal mit deiner Mutter sprechen?«

»Ich glaub schon. Wahrscheinlich legt sie gerade Keefer ins Bettchen. Keefer macht gegen eins ihren Mittagsschlaf. Jeden Tag.«

»Also gut«, sagte Faith, »dann will ich noch mal zu euch reingehen.«

Sie hob die Hand, um an die Tür zu klopfen – mit einem intensiven Gefühl des Déjà-vu. Es war jener Teil ihres Jobs, bei dem sie den Leuten so willkommen war wie die Pest. Doch Faith war das gewöhnt. Sie würde mit Delia reden müssen, eingehend und ausführlich: über ihren Gesundheitszustand, ihren Geistes- und Gemütszustand. Über private Dinge, die normalerweise niemanden etwas angingen, besonders keinen Fremden. Es sei denn, der oder die Fremde hielt, wie Faith, einen großen Teil des Puzzles in der Hand, das über die Zukunft eines Kindes bestimmte.

19

»Ich bin bestürzt«, sagte Richter Aaron Kid und hielt sich nicht einmal an das übliche einleitende Ritual der Begrüßung sämtlicher Vertreter der Jurisprudenz. »Ich bin bestürzt, wie dieser Fall in den Medien abgehandelt wurde.«

Er nahm seine Lesebrille von der Nase, klappte sie resolut zusammen und deutete damit auf jene Seite des Saales, wo die McKennas saßen. »Mr Katt, Miss Kane, Mrs Hendrickson… Ich spreche hier von der Medienpräsenz Ihrer Mandanten. Die Vormünder des Kindes, um das es hier geht, haben keine Interviews gegeben, soviel ich weiß, und haben auch nicht versucht, sich bei den Meinungsmachern von Presse und Fernsehen einzuschmeicheln. Sie haben sich ganz der Aufgabe gewidmet, das Kind aufzuziehen, und sich darauf beschränkt, Privatpersonen zu bleiben, was in diesem Zusammenhang in jeder Hinsicht angemessen, ja *geboten* ist.«

»Verzeihung, Euer Ehren, aber das stimmt so nicht ganz«, sagte May Hendrickson, die Anwältin der McKennas, mit ruhiger Stimme. »Die Cadys haben regionalen Zeitungen und Fernsehsendern zahlreiche Interviews gegeben, was auch für Keefers Großvater väterlicherseits gilt.«

»Das ist mir bekannt«, erwiderte Richter Kid, »aber das sind Tropfen, verglichen mit einem Meer von Tinte der Familie McKenna. Ihre Mandanten haben ständig den Kontakt zu nationalen und internationalen Medien *gesucht*.«

»Entschuldigen Sie, Euer Ehren, wenn ich darauf hinweise«, sagte May Hendrickson, »dass die Medien die *McKennas* gesucht haben, nicht umgekehrt. Dies erklärt sich daraus, dass die Interessen der McKennas in diesem Fall keine Berücksichtigung gefunden hatten. Deshalb musste man seitens der Presse berechtigterweise annehmen, dass die McKennas diejenigen wären, die ihrem Kummer und Zorn Luft machen würden.«

»Mrs McKenna, haben Sie zu irgendeinem Zeitpunkt Verbindung zu Zeitungen aufgenommen?«, fragte Richter Kid.

»Diese Frage kann ich beantworten, Euer Ehren…«, erbot sich Greg Katt.

»Ich habe die Frage Mrs McKenna gestellt«, erwiderte Kid, »und sie dürfte in der Lage sein, mir darauf zu antworten. Also, Mrs McKenna, haben Sie zu irgendeinem Zeitpunkt Verbindung zur Presse aufgenommen?«

»Ja«, antwortete Lorraine, »vor Monaten, ganz zu Anfang.«

»Und damit haben Sie die Lawine ins Rollen gebracht. Ich habe am vergangenen Wochenende nichts anderes getan, als die Geschichte dieses Falles zu studieren, wie er sich in den umfangreichen Dokumenten der Gerichtsverfahren darstellt, und dabei ist mir eines klar geworden: Die vom Gericht bestellte Psychologin und der Vormund waren die einzigen mäßigenden Stimmen, die die Aufmerksamkeit der zänkischen und streitbaren Erwachsenen wieder auf die entscheidende Frage zu lenken versuchten: Was ist das Beste für das Kind?«

»Mit Verlaub, Euer Ehren, darf ich mich zu einer Sache äußern, bei der ein Versehen vorliegen könnte?« Ohne die Antwort abzuwarten, fuhr May Hendrickson fort: »Der Vormund in diesem Verfahren, Victoria Linquist, hat sich in der ursprünglichen Verhandlung mit Delia und Craig Cady zusammengetan, um von vornherein die Entscheidung zu erwirken, dass Gordon McKenna nicht der Status eines Blutsverwandten zustehe. Daraus können wir entnehmen, dass der Vormund zugunsten der Cadys voreingenommen war. Tatsächlich wurde in der Presse auch die Äußerung des Vormunds zitiert, dass die Entscheidung einer höheren Instanz keine Auswirkung auf die letztendliche Regelung des Falles haben würde. Diese Voreingenommenheit lässt es höchst fraglich erscheinen, ob besagter Vormund in diesem Verfahren der Aufgabe als Auge und Ohr der Kammer gerecht werden kann.«

»Ich sehe keinen Grund zu der Annahme, dass der Vormund seine Aufgabe nicht erfüllen könnte. Ich verweise auf Victoria Linquists Anmerkungen über die Notwendigkeit einer Klärung durch den Gesetzgeber. Mrs Linquist äußert die Meinung, dies wäre eine bedeutsame Folgerung aus der ursprünglichen Gerichtsentscheidung. Sie übersieht es also keineswegs. Um einen erfolgreichen Abschluss zu erreichen, brauchen wir das ernsthafte und kooperative Bemühen aller Parteien, die emotionalen Interessen hinter die Bedürfnisse und Ansprüche des Kindes zurückzustellen. Zur Erreichung dieses Zieles beizutragen war das Hauptanliegen des Vormunds.«

May Hendrickson nickte, doch ihr Schulterzucken und ihr leicht zur Decke gewandter Blick widersprachen dieser Geste.

»Ich verfüge hiermit in aller Form«, sagte Richter Kid streng, »dass die gegnerischen Parteien jedwede Verbindung zur Presse und anderen Medien unterlassen und sich zu keinen Einzelheiten des Verfahrens äußern. Es ist unentschuldbar, die verletzbare Welt eines Kindes einer öffentlichen Musterung auszusetzen.«

»Euer Ehren«, sagte Mary Ellen Wentworth, »der Vormund in diesem Verfahren und ich sind sehr besorgt, dass das beständige Aufkochen dieses Falles durch die Presse bereits eine Atmosphäre der Unruhe und eine Voreingenommenheit hervorgerufen hat, unter der die Verhandlung leidet. Die Cadys jedoch haben alle Anstrengungen unternommen, das Kind abzuschirmen, obwohl ihnen vollkommen bewusst war, dass es sich im Hinblick auf die öffentliche Meinung nachteilig für sie auswirkt, sich im Unterschied zu den McKennas *nicht* am Medienrummel zu beteiligen. Deshalb ersuche ich Sie, in Ihr Verbot von Interviews alles miteinzuschließen, was sich seit dem Tod von Keefer Kathryns Eltern ereignet hat, auch wenn solche Interviews nicht im Zusammenhang mit dem aktuellen Rechtsstreit stehen.«

»Das erscheint mir sinnvoll«, sagte Richter Kid. Er klappte erst einen, dann den zweiten Bügel seiner Lesebrille auf und platzierte diese sorgfältig auf der Mitte seines Nasenrückens. Dann fuhr er mürrisch fort: »Nun haben wir zwanzig kostbare Minuten mit der Diskussion einer zweitrangigen Frage verbracht – einer unnötigen Störung, egal wer sie verursacht hat. Das unterstreicht meine Ansicht, dass diese Störung ein Ablenkungsmanöver ist.« Düster blickte er erst zu den Cadys, dann zu Greg Katt. »Habe ich mich deutlich genug ausgedrückt?« Katt starrte auf ihre Schuhspitzen wie ein Trauergast, den man zu einem stillen Gebet aufgefordert hat. »Möchten Sie einen Rat hören, Herr Anwalt? Ich kann Ihnen versichern, dass dieses Gericht sich durch keinerlei noch so umfangreiche Medienkritik beeinflussen lässt. Ist das klar?«

»Ja, Sir«, sagte Greg Katt, »und doch muss ich darauf hinweisen, dass es unter den gegebenen Umständen notwendig war, in Anbetracht des ehedem mangelhaften Wortlauts des Gesetzestextes …«

»Ich spreche hier nicht von irgendwelchen Umständen in der Vergangenheit, Mr Katt, und werde hier auch nicht die Vorzüge oder Nachteile des früheren oder jetzigen Wortlauts eines bestimmten Gesetzes diskutieren. Ich spreche davon, was vor diesem Gericht *vom heutigen Tag an* geschehen wird.«

Gordon hörte zu, wie seine Anwälte und die der Cadys ihre Terminkalender abglichen und einen Zeitplan für das Einreichen der Anträge abstimmten, die Bekanntgabe der Zeugenlisten … wie Soldaten in Inselhöhlen ohne Radioverbindung, die sich für die nächste Schlacht vorbereiten und nicht merken, dass der Krieg seit Monaten zu Ende ist.

Ein neues Gerichtsverfahren? Na klar, warum nicht gleich fünf weitere Verfahren? Warum nicht so lange weitermachen, bis Keefer selbst ihr Juraexamen bestanden hat?

Gordon hätte vor hilfloser Wut aufschreien können.

Reale Dinge bewirkten nichts. Die unsichtbaren und unsinnigen entfalteten ihre Kräfte wie die Kräfte der Pyramiden für Esoteriker: Sie *glaubten* einfach daran, ob es sie nun gab oder nicht.

Gordon erinnerte sich an einen heißen Septemberabend in Cocoa Beach, als Ray an der Strandbar versucht hatte, ihm die Grundzüge der modernen Physik zu erklären. Er erzählte Gordon, wie im goldenen Zeitalter dieser Wissenschaft die großen Forscher aus den Vereinigten Staaten, aus Russland und Deutschland, England und Italien, Frankreich und Dänemark sich gegenseitig Fragen über Zeit und Raum und die Beschaffenheit und Eigenschaften der Materie stellten. Heisenberg und Weizsäcker, Bohr und Pauli, Fermi und Oppenheimer und wie sie alle hießen.

Nichts, so sagte Ray zu Gordon, sei wirklich objektiv messbar, weil der Forscher, der misst, das gemessene Objekt eben *dadurch* verändert. Alle Dinge bestünden aus Teilchen, verschiedenste Partikel, die sich allesamt in einem fortwährenden Zustand des Wandels befänden. Und deshalb, so fuhr Ray fort, ließen sich die entscheidenden Faktoren nicht messen, da sie sich beim Messen und durch das Messen bereits veränderten, und alles andere – einschließlich der Natur des Forschers, der die Messung vornahm – veränderte sich ebenfalls. Nichts könne länger als einen nicht messbar kleinen Augenblick wahr und wirklich sein.

»Selbst diese Unterhaltung ist nur wirklich, während wir sie führen«, hatte Ray gesagt und grinsend hinzugefügt: »Aber wenigstens wirst du dich daran erinnern, weil du nüchtern bist, ich hingegen hab schon einen sitzen.« Ray kam zum Ende. »Also ist es für dich ein anderes Gespräch als für mich, und wenn du es niederschreiben würdest, wäre es ein drittes Gespräch, und würde jemand lesen, was du geschrieben hast, wäre es ein viertes Gespräch.«

»Und ich verstehe zwar die Worte, die du sagst, aber nicht ihre Bedeutung«, erwiderte Gordon. »Folglich ist es ein *fünftes* Gespräch, eine Unterhaltung, die nicht eigentlich ein Gespräch ist, weil nur einer von uns es führt.«

»Niemand versteht, was Worte bedeuten«, sagte Ray. »Aber das ist nicht das Entscheidende, Gordon. Du musst nur besser *beschreiben* können, was du nicht besser verstehst als andere. Am besten kann das meine Cousine Delia.«

Und die war jetzt nicht vor Gericht anwesend. Delia war nicht zugegen, um die Wirklichkeit der Cadys zu verkörpern, eine Realität göttlicher Überlegenheit – schließlich glaubte Jesus höchstpersönlich an ihre Sache.

Dann war da noch die Realität, wie die Presse sie sah.

Und Richterin Saywards Realität.

Richter Kids Realität.

Die Realität genetischer Anspruchshaltung, wie die Nyes sie vertraten.

Gordons eigene Realität.

Die weggeworfene Rasierklinge, die nichts anderes war als ein Stück unbeachteten Plastikmülls in seinem Badezimmer-Abfallkorb – bis Keefer sie mit ihrer forschenden kleinen Faust ergriff und ihr eine eigene Realität verlieh: die einer tödlichen Waffe. Auch ein geöffnetes Fenster war in einer warmen Nacht ein Segen – bis eine Hornisse durch dieses Fenster ins Zimmer flog.

Und schließlich Delias Realität, ihre Behinderung, die es ihr erschwerte, Kinder zu bekommen, die aber ein großer Segen war, wenn es darum ging, Ansprüche auf Keefer anzumelden.

Delia war krank. Keefers »neue Mutter« war krank und schwanger. Und Keefer, die ohnehin der Liebe ihrer eigenen Eltern als zentraler Kraft ihres Lebens beraubt war, würde nun die neue elterliche Liebe mit einem anderen, jüngeren Geschwisterchen teilen müssen.

»Das sind keine unüberwindlichen Hindernisse, aber sie tragen derzeit nicht gerade zu einem optimalem Klima für Keefer bei«, hatte Faith Bogert geschrieben. »Delia Cady steht unter erheblichem Stress, und dieser Stress hat zwangsläufig Auswirkungen auf Keefers emotionale Stabilität. Das muss nicht zu einer permanenten Schädigung führen, aber es ist ein Stressfaktor.« Sie hatte zugleich darauf hingewiesen, das Gordons elterliche und erzieherische Fähigkeiten sich beträchtlich entwickelt hätten, sodass er und die Cadys jetzt als gleichermaßen geeignete Kandidaten betrachtet werden könnten, wobei die McKennas nach wie vor Keefers »Ursprungsfamilie« blieben. Und doch sträubte sie sich dagegen, Gordon unumwunden als Keefers Adoptivvater zu empfehlen. Stattdessen argumentierte sie ausweichend, dass alle Erwachsenen in Keefers Leben »bei vielen gemeinsamen Abmachungen über Keefers Betreuung und Erlebniseindrücken zusammenwirken müssen«. Trotzdem könnte das nie eine perfekte Lösung sein. Keefer würde Dr. Bogerts Auffassung nach niemals eine ganz und gar traditionelle Familienerfahrung machen können, sondern »über erweiterte Familienmuster verfügen, die sie, sobald sie älter wird, mit vielen Kindern ihrer Altersgruppe gemein hat. Mit Sicherheit wird sie therapeutische Hilfe benötigen, wenn sie auf den jeweiligen Entwicklungsstufen die Verluste in ihrer Frühkindheit neu verarbeiten muss.«

Nur Nora sagte, als sie diesen Bericht las, unverblümt und geradeheraus, was alle dachten: »So Leid es mir für die Leute tut, aber das disqualifiziert sie doch! Die lassen das Kind jetzt noch mal das Gleiche durchmachen, was es gerade erst hinter sich hat!«

Gordon fragte sich, ob er ein Mistkerl war, weil seine allererste Hoffnung dahin ging, dass Delia bald unabänderlich behindert sein möge. Außerstande, Keefer mütterlich zu betreuen. Seine Gedanken eilten ihm voraus, gaukelten ihm Bilder vor: Delia, wie sie fürs Fernsehen interviewt wurde, lebenslang an den Rollstuhl gefesselt, liebevoll umsorgt vom treu ergebenen Craig, der erklärte, es mache ihm nichts aus, dass sie nie mehr ehelichen Verkehr haben könnten... Alexis, die durch den Mut ihrer Mutter bekehrt worden war... sie alle, wie sie Jessica aufmunterten, das vier Monate zu früh geborene Wunderbaby, das mit seinem kleinen rosafarbenen Beinstützapparat fröhlich dahinstampfte...

Und was hätte dort ein kleiner Wildfang wie Keefer zu suchen? Sie hätte es bei Gordon und den anderen »Unerlösten«, den nicht »Wiedergeborenen« hundert Mal besser.

Allein Gordons finstere Gedanken und Wünsche, was Delias Zukunft betraf, lenkten ihn von seiner Wut über ihre Schwangerschaft ab, auch wenn es ein Verrat war, eine Sünde, eine Lästerlichkeit, eine absichtliche Beleidigung. Es war so schlimm, als hätte er Lindsay mit einem anderen Kerl im Bett erwischt. Sein Baby war den Cadys nicht genug! Nein, sie wollten außer Keefer noch ein eigenes, dickes, selbstsüchtiges Kuckucksjunges – eines, das ihnen noch näher stand, noch wichtiger war, noch *blutsverwandter*, und das Keefer beiseite drängen würde.

Und das noch in diesem Jahr. Das Baby war in drei Monaten fällig.

Aus der Sicht des Vormunds im Verfahren würde dies natürlich auf dem Konto der Cadys als weiterer wundervoller Pluspunkt verzeichnet werden: noch ein Bruder oder eine Schwester, und diesmal Keefer altersmäßig noch viel näher als Alexis!

Am ersten Verhandlungstag bei Richter Kid saß Alexis mit Keefer ganz hinten im Gerichtssaal auf dem Boden, ohne Craig und das Verfahren zu beachten. Ihre langen Beine mit den klobigen Plateauschuhen bildeten für den hin und her eilenden Gerichtsbeamten ein Hindernis. Keefer steckte Alexis vorsichtig einen Finger in den Mund; Alexis tat so, als würde sie ihn wild erzürnt abbeißen wollen; Keefer zog ihren Finger mit einem Ausdruck vorgetäuschten Entsetzens zurück und platzte mit ihrem lauten, hellen Babylachen heraus. Jedes Mal, wenn das geschah, mussten alle lächeln, waren alle wie verzaubert – bis auf Richter Kid, der verärgert darauf hinwies, dass ein Gerichtssaal kein »Spielplatz für ein kleines Kind« sei.

Auf ein Nicken von Craig hin brachte Alexis Keefer auf den Flur.

»Es baut einen immerhin auf, dass der Richter alle anderen genauso zu hassen scheint wie uns«, sagte Lorraine später zu Greg Katt, als sie bei Hubbles Thunfisch-Sandwiches aßen.

»Er steht unter Druck«, erwiderte Katt mit vollem Mund. »Kid ist ein Mensch, für den das Gesetz an allererster Stelle kommt. Ein wahrer Pedant, für den es keinen Spielraum gibt. Doch er wird schon das Richtige tun. Er hat keine anderen Wahlmöglichkeiten. Aber – und das meine ich ernst – wir sollten ihn uns mit irgendwelchen weiteren Geschichten in der Presse auf keinen Fall zum Feind machen.«

»Aber das wollen wir doch gar nicht«, sagte Lorraine bestürzt. »Wir haben seit Wochen mit keinem mehr gesprochen – es sei denn, Sie meinen unsere E-Mails.«

»Lassen Sie die E-Mails ebenfalls bleiben«, wies Katt sie an.

»Aber mir schreiben Leute, die Angst davor haben, dass ihnen das Gleiche passieren könnte, und die die Gesetze in ihren jeweiligen Staaten nicht kennen und sich Sorgen wegen ihrer eigenen Familienumstände machen!«, sagte Lorraine.

»Sie werden noch genügend Zeit haben, all diesen Leuten zu antworten, wenn Keefer wieder auf Ihrem Schoß sitzt«, sagte Katt. »Sagen Sie den Leuten vorerst, Sie hätten derzeit zu viel mit Ihrem eigenen Gerichtsverfahren zu tun. Wir werden unsere Sache schon auf die Reihe kriegen. Hoffen wir, dass die Cadys gegen die Entscheidung des Berufungsgerichts nicht ihrerseits in die Berufung gehen.«

»Halten Sie das für möglich?«, fragte Gordon.

»Eigentlich nicht. Wenn ich ihr Anwalt wäre, würde ich ihnen davon abraten. Ich glaube, das würde sie in einem ziemlich miesen Licht erscheinen lassen, wenn sie es versuchten. Und wenn Wentworth gescheit ist, rät sie ihnen, sich nicht beirren zu lassen. Und ich vermute, sie sind jetzt gar nicht in der Verfassung...«

»Aber schließlich war es ihre Entscheidung, gerade jetzt schwanger zu werden«, fauchte Lorraine.

Katt sah peinlich berührt aus. Gordon wusste, was er dachte: dass Lorraine sich so niederträchtig und besessen anhörte, wie manche Leute sie dargestellt hatten. Er hätte sie gern umarmt, um sie wissen zu lassen, dass er verstand und wusste, dass sie nur mit den Nerven am Ende, aber nicht gehässig war.

»Ich glaube, wir kriegen das hin«, sagte Katt und beugte sich hinüber, um Lorraines schmale und, wie Gordon feststellte, rau geschrubbte Hand zu nehmen.

Es war ein Zeichen. Die rauen Hände ließen erkennen, dass Lorraine wieder künstlerisch arbeitete. Als Gordon diesen Beweis für Lorraines Beschäftigung mit etwas anderem als dem »Blutverwandtschafts-Fall« und ihrem eigenen Kummer sah, erfüllte stille Freude sein Herz.

Gordon selbst war nicht imstande, seinen Zorn in Energie umzusetzen. Er fühlte sich körperlich krank, wusste jedoch, dass es ausschließlich vom zerstörerischen Wirken der Emotionen in seinem Körper herrührte. Kopfschmerzen, Schweißausbrüche, nervöse Magenleiden – die Symptome vegetativer Dystonie und der »Reisekrankheit«.

Doch Gordon gelang es einfach nicht, sich davon zu überzeugen, dass er gesund war, und immer mehr bedauerte er die Herablassung, die er einst gegenüber Menschen gezeigt hatte, die an psychosomatischen Krankheiten litten.

In den Nächten, da Keefer nicht bei ihm war, lag Gordon schlaflos da. Manchmal konnte er sich selbst dann nicht entspannen, wenn Lindsay bei ihm war. Er hatte so fürchterliche Kopfschmerzen, als würde jemand ihm ein Loch in den Schädel bohren. Als er Lorraine um das extrastarke Schmerzmittel bat, das sie ihm schon einmal gegeben hatte, sagte sie, es sei ihr ausgegangen und man bekäme es nur auf Rezept.

Gordon versuchte es mit Bewegungsübungen, was aber nur zur Folge hatte, dass sein überdehntes Genick protestierte. Er nahm immer mehr ab und wurde zu einem mageren, untergewichtigen Mann wie sein Großonkel Harold.

Nichts half gegen die verdammte Schlaflosigkeit. Nicht die Augenmaske mit Eukalyptusduft, die Lindsay ihm aus dem Laden mitbrachte. Nicht das leise Summen des Ventilators, den er sich allabendlich ans Kopfende des Bettes stellte. Keine Tees, keine Medikamente. Stets schlief er fast ein – und dann sprangen ihm die Bilder Keefers vor die Augen, seiner kleinen Keefer, seines quirligen Lieblings. Von Keefer, die nicht da war, sondern eine Erscheinung mit einer Stimme und einer für Gordon nicht fassbaren Präsenz.

Er konnte die zarte Haut ihrer Wangen spüren, ein frisches, kühles Äpfelchen, das sich an seine Brust kuschelte, wenn sie morgens im Bett lagen; er sah ihre schelmischen Blicke, die sie aus den Augenwinkeln auf ihn richtete, ihre fuchsroten Haarbüschel, die sich standhaft weigerten, glatt und länger zu wachsen, wie es bei anderen kleinen Kindern der Fall war, sodass Keefer beinahe wie ein winziger Punkrocker aussah; er sah die vollkommenen Glasperlen ihrer Tränen, die auf Befehl aus ihren Augen kullern konnten; er erinnerte sich an die Art, wie sie ihr Gesicht hinter seinen Hosenbeinen verbarg, wenn sie einer aufdringlichen fremden Person begegneten. Er dachte an Keefer und musste sich schließlich über die Toilette beugen, mit steifen Armen aufgestützt, ohne wirklich etwas herauswürgen zu können, schon gar nicht das Abendessen, weil es ihm schon zu übel war, um überhaupt etwas zu essen.

Durchdrungen von den absurden und abergläubischen Ritualen seiner Mutter warf er das Fenster zu, wenn er den nächtlichen Ruf des Ziegenmelkers hörte, der in ihm Gedanken an Kobolde und entführte Seelen hervorrief. Er war zu schwerfällig, um auf der Gitarre zu klimpern, zu nervös, um lesen zu können. Ein neuer Tag würde kommen, dem er sich mit trockenem Mund stellen müsste, schwach, erschöpft und übermüdet.

Er würde es nicht überstehen, würde sie verlieren. Er konnte sich dann lediglich eine Hilfskonstruktion schaffen, um ohne Keefer zu leben. Aber was für ein Leben würde das sein?

Ja, er würde leben – aber als ausgehöhlter alter Mann Mitte zwanzig.

Die Cadys würden Keefer brechen, würden seinen aufsässigen, abtrünnigen Liebling in einen unterwürfigen, liebedienerischen kleinen Jesus-Freak verwandeln. Keefer würde ihre Fröhlichkeit verlieren und ihm gegenüber gehemmt werden. Er, Gordon, würde sie langweilen. Sie würde sich über den Terpentingeruch im Haus Lorraines beklagen. Sie würde heranwachsen und eine Ponyfrisur tragen und enge T-Shirts mit der Aufschrift *Rich Girl* in billigen Pailletten. Sie würde früh heiraten – oder gar nicht: Vielleicht würde sie vom Jugendpfarrer der Standhaften Christlichen Kirche vergewaltigt.

Er würde ohne sie sterben. Er hatte nie wirklich gelebt, bevor sie da war. Wenn Gordon sich sein Leben vor der Zeit in Erinnerung rief, ehe er Keefer geerbt hatte, sah er sich selbst in einer Abfolge von Muskel- und Fitnessposen: ein nackter Dressman, der gar nicht wusste, was er tat und warum.

Er könnte auch mit Würde auf Keefer verzichten.

Er könnte seine Rivalen ausschalten. Er würde eine Möglichkeit finden, mit einer Zange die Bremsleitungen von

Craigs Wagen zu durchtrennen. Er könnte eine wissenschaftliche Exkursion zum Staatlichen Hygienelabor unternehmen und, während seine Schüler schaurige gerichtsmedizinische Abnormitäten anschauten, ein Virus klauen oder ein bisschen Zyankali …

Verrückte Gedanken! Gordon schüttelte den Kopf.

Er hatte Georgia verloren, und nun würde er vielleicht auch Keefer verlieren.

War so etwas zu verkraften? Er dachte daran, mit seinem Vater zu sprechen, der eine ruhige, duldende Gelassenheit erlangt zu haben schien. Welche charakterlichen Kraftreserven besaß Mark, die Gordon nicht geerbt hatte? Erfahrung. Ja, die würde er mit der Zeit bekommen. Eine Ansammlung von Wunden würde die erste Verletzung unbedeutender machen. Er würde lernen.

In jener Nacht, als Kopf- und Genickschmerzen ihn quälten, wenn er nur die Augen bewegte, und als er ein seltsames, beängstigendes Klingeln im linken Ohr hörte, sobald er sich hinlegte, fuhr er zur Notfallambulanz des Bezirkskrankenhauses.

Die Dienst habende Ärztin war Michelle Yu.

»Ich dachte, es wäre Stress, aber jetzt glaube ich, dass ich ein neurologisches Problem habe«, erklärte Gordon. »Ich habe Aussetzer.«

»Stress *ist* ein neurologisches Problem«, erklärte Michelle Yu lächelnd. »Übrigens sehen Sie wie der abgemagerte, schlimm erkrankte Bruder eines Mannes aus, den ich vor ein paar Monaten hier kennen lernte.«

»Sie erinnern sich an mich? Sie sehen doch jede Woche Hunderte von Leuten.«

»Wegen Ihres guten Aussehens erinnere ich mich bestimmt nicht an Sie.« Wieder lächelte Dr. Yu, putzte die Membrane ihres Stethoskops und setzte es auf Gordons Brust. »Ich bin bloß eine eifrige Zuschauerin von *CNN* und anderen Nachrichtensendern.« Sie hielt kurz inne. »Na, für einen Mann Ihres Alters haben Sie aber eine ganz schöne Pulsfrequenz. Fünfundneunzig im Ruhezustand. – Wie geht's Ihrer Tochter, Ihrer damaligen Nichte?«

»Sie ist wieder meine Nichte«, erwiderte Gordon mit müder Stimme.

»Wie das?«

»Wir werden uns wohl trennen müssen«, sagte er, brach in Tränen aus und versuchte, seine Schluchzer zurückzuhalten.

Michelle Yu widerstand dem instinktiven Wunsch, ihm den Arm um die Schultern zu legen oder ihn auf den Rücken zu klopfen. Sie rückte ein Stückchen ab, setzte sich auf einen Metallhocker und sagte: »Zum Glück sitzt draußen nur ein alter Mann mit wundem Hals. Der Kerl raucht immer weiter, egal, was ich ihm vorhalte. Und eine alte Dame, die ihre Runde bei den Notfallstationen sämtlicher Krankenhäuser macht, um Schmerztabletten zu ergattern. Wegen einer Rückenverletzung, die sie sich zuzog, als Jimmy Carter noch im Amt war.«

»Sie waren ja noch nicht mal geboren, als Jimmy Carter Präsident war«, sagte Gordon.

»O doch«, erwiderte Michelle Yu. »Ich bin fünfunddreißig, Mr McKenna.«

»Wie kommt es dann, dass Sie so jung aussehen?«

»Altes chinesisches Geheimnis. Ich bin schon eine Weile in diesem Beruf. Es dauert schließlich seine Zeit, bis man seinen Doktor hat.«

»Hm, ja. Ich hatte das auch mal in Betracht gezogen.«

»Zu anstrengend?«

»Zu viel Mathe. Wer will sich schon jeden Tag mit Differenzialrechnung herumschlagen.«

»Aber Sie sind Naturwissenschaftler.«

»Nur für Leute nördlich von Stevens Point, wie mein Freund Tim sagt. Und jetzt sagen Sie mir bitte, Doktor, was mir fehlt.«

»Sie haben ein Schlafdefizit.«

»Woher wissen Sie das?«

»Von den Ringen unter Ihren Augen und aufgrund der Tatsache, dass es zwei Uhr morgens ist und wir hier miteinander reden, wo Sie längst schlafen müssten.«

»Stimmt.«

»Ich könnte ein EKG machen. Ich könnte Laboruntersuchungen vornehmen, weil Sie vielleicht Drüsenfieber haben. Aber ohne Fieber, Halsschmerzen, Erbrechen ...«

»Ich übergebe mich. Ich übergebe mich ziemlich oft. Aber ... nichts kommt hoch, wenn Sie verstehen.«

»Ständige Übelkeit?«

»Ja. Nachts.«

»Gibt es noch andere Funktionsstörungen?«

»Nicht dass ich wüsste.« Gordon seufzte. »Ich führe das romantische Leben eines durchschnittlichen Altersheimbewohners.«

»Es wird Sie vielleicht überraschen, aber Sie sollten den Burschen mit dem Zigarrenhals da draußen mal hören, was der für Geschichten erzählt. Verglichen damit sind Sie kerngesund. Sie stehen unter erheblichem, ungesundem psychischem Druck. Sie brauchen Schlaf. Und Sie müssen sich gegen Ihren Kummer wehren.«

»Meine Schwester hätte gewusst ...«

»Ihre verstorbene Schwester ...?«

»Ja. Sie ist jetzt seit einem Jahr tot.«

»Also, ich werde Ihnen zehn Alprazolam geben. Das ist etwas ähnliches wie Valium ...«

»*Zehn Stück?* Ich glaube nicht, dass ich zehn Stück brauche.«

Dr. Yu verdrehte die Augen. »Ich meine nicht zehn auf einmal, Mr McKenna. Ich gebe Ihnen so viel, dass Sie ein paar Wochen lang garantiert nachts durchschlafen können. Aber Sie müssen mit Alkohol vorsichtig sein, wenn Sie diese Tabletten nehmen. Versuchen Sie's mit einer halben.

Und nehmen Sie keine Tabletten, wenn Sie fahren müssen. Steht alles auf dem Beipackzettel.«

»Und von dem Zeug kann ich schlafen?«

»Innerhalb einer Stunde werden Sie sich müde fühlen. Und essen Sie vernünftig.«

»Ich kann kein Essen sehen.«

»Nicht mal Kung-Pao-Tofu?«

»Ich habe keinen blassen Schimmer, was das ist.«

»Dann sollten Sie es kennen lernen. Ich habe in fünfzehn Minuten frei.«

»Heute Nacht?«

»Ich esse jede Nacht um diese Zeit.«

»Wo bekommen Sie denn um diese Zeit etwas zu essen? Hier in der Gegend?«

»Bei mir zu Hause«, sagte sie.

Ihre Blicke trafen sich.

»Ich lade Sie nicht ein, mit mir ins Bett zu gehen, Mr McKenna. Obwohl mich der Gedanke durchaus reizen könnte... aber das wäre jetzt nicht die richtige Zeit und der richtige Ort dafür. Sie sind bloß... ich habe gelesen, was Sie durchgemacht haben. Ich habe die Gedankenverbindung mit dem kleinen Mädchen hergestellt, das gar keine Ohrenentzündung hatte. Und jetzt sind Sie derjenige, der nicht schlafen kann. Da dachte ich mir, wir könnten gemeinsam essen, wobei ich selbst nicht zum Menü gehöre.«

»Sie kochen selbst?«

»Altes chinesisches Geheimnis«, sagte sie. »Ich kaufe abends auf dem Weg zur Arbeit immer bei Hurry Curry in Wausau ein, und dann denke ich die ganze Nacht daran, was in dem kleinen, silbrig ausgefütterten Beutel im Kühlschrank auf mich wartet.«

Und so aßen sie Tofu in Michelle Yus elegantem, ganz in Weiß eingerichtetem Apartment, das geschmackvoll mit getrockneten Zweigen und Stein-und-Treibholz-Arrangements verschönt war.

»Ich dachte immer, Ärzte schwimmen in Geld«, sagte Gordon.

»Im ersten Jahr in der neuen Wohnung schwimme ich nur in Schulden«, erwiderte sie.

»Was Sie für mich getan haben, war wirklich sehr nett von Ihnen«, sagte Gordon, der ihr unendlich dankbar war. »Wissen Sie, ich brauche Gesellschaft. Aber die Gründe dafür werden Sie kaum verstehen.«

»Oh, ich glaube schon. Ich bin Adoptivkind.«

»Aber Ihr Familienname …«

»Ich bin das einzige koreanische Waisenkind in Amerika, das von Chinesen adoptiert wurde.«

»Demnach haben Sie nicht all die Probleme, die viele Adoptivkinder haben?«

»Zweifel über meine Herkunft, meinen Sie?« Sie wirbelte ihre silbernen Essstäbchen herum und überkreuzte sie dann. Gordon benützte eine Gabel. »Dave und Cherry Yu sind so chinesisch wie Räucherlachs und Bagels. Wir sind Episkopale. Unser wichtigster Feiertag ist Thanksgiving. Sie haben mir zwar Puppen aus Korea geschenkt, aber ich bin New Yorkerin. Und ich streite jedes Mal mit meinem Vater, wenn wir länger als drei Stunden im selben Zimmer sind, doch ich liebe ihn mehr als alles auf der Welt.«

»Wie sind Sie hierher gekommen?«

»Ich habe an der University of Wisconsin studiert und bin hier geblieben, weil es mir hier gefällt.«

»Ich überlege manchmal, ob ich wieder an die Uni gehen und meinen Dr. phil. machen soll. Eine Forschungsarbeit.«

»Hm, ja.«

Sie wandten sich wieder dem Essen zu, verlegen angesichts der Dimension der Gefühle, die in dem kleinen Zimmer plötzlich aufgebrochen waren. »Jedenfalls«, sagte Michelle Yu, »ich wünsche Ihnen alles Gute.«

Es war beinahe vier Uhr morgens, als Gordon ging. An der Tür beugte er sich zu ihr hinüber und küsste sie auf die Wange, atmete den Geruch von Gewürzen und den Duft von Geißblatt ein. »Danke«, sagte er, legte ihr den Arm um die Taille und küsste sie noch einmal.

»Sie haben eine Freundin«, sagte Michelle.

»Sind Sie Hellseherin?«

»Habe ich Recht oder nicht?«

»Ja, aber in diesem Augenblick wünschte ich, ich hätte keine.«

»Aber Sie *haben* eine Freundin.«

»Danke für den Tofu, Dr. Yu.« Gordon lächelte sie an. »Hört sich an wie ein Filmtitel.«

Sie lachte.

»Darf ich Sie mal anrufen?«

»Ja, irgendwann… Ich ziehe ja nicht fort.«

Gordon hatte erst vier Stunden lang selig in den Armen des Beruhigungsmittels geschlafen, als das Telefon läutete.

Lindsay war am Apparat. »Deine Mutter konnte dich heute früh nicht finden und hat bei mir angerufen. Der Richter ersucht um eine telefonische Besprechung aller Beteiligten um zwei Uhr heute Mittag. Greg Katt wird sich bei dir melden.«

Gordon bat sie, einen Moment zu warten, legte das Telefon beiseite, stolperte ins Badezimmer und machte sich rasch frisch.

»Bitte das Ganze noch mal von vorn«, sagte er dann in den Hörer.

»Richter Kid möchte, dass du und deine Eltern und die Anwälte sich telefonisch mit ihm besprechen… sag mal, wo warst du eigentlich?«

»Wann?«

»Wann schon? Letzte Nacht.«

»Willst du wissen, ob ich mit einer Frau zusammen war?«

»Ja. Nein. Doch.«

Er erzählte es ihr. »Ich war in der Notaufnahme, Lindsay. Ich brauchte Schlaftabletten.«

»Keine Frauengeschichten? Dein Glück«, sagte sie. »Dann schlaf jetzt erst mal. Ich ruf dich am Nachmittag wieder an.«

Pünktlich um vierzehn Uhr kam der Anruf von Greg Katt. Er ließ Gordon einen Moment in der Leitung warten und stellte die Verbindungen zu einer Konferenzschaltung her.

Gordon konnte spüren, wie die Atmosphäre sich veränderte, als Richter Kid, die Anwälte und die Cadys zugeschaltet wurden.

Richter Kid fasste sich kurz. »Ich möchte, dass Sie alle sich treffen. Ich möchte, dass Sie vertrauensvoll und mit ehrlichem Bemühen versuchen, das Problem zu lösen und eine Regelung zu erreichen wie eine Familie, die Sie ja sind.«

»Aber wir haben bereits alles versucht, und …«, begann Mary Ellen Wentworth.

»Versuchen Sie es weiter«, sagte Richter Kid. »Es ist nicht auszuschließen, dass ich zu dem Ergebnis komme, dass das Kind in einer derart feindseligen Atmosphäre nicht gedeihen kann und zu fremden Pflegeeltern muss. Das ist mein Ernst. Damit Sie Bescheid wissen: Wenn Sie zu keiner einvernehmlichen Lösung gelangen, steht eine Adoption durch eine dritte Partei nicht außer Frage.«

»Was sagen Sie da?«, fragte Lorraine heftig atmend.

»Es wäre zwar eine erhebliche Belastung für das Mädchen – es müsste sich ganz neu eingewöhnen –, aber Dr. Bogert versichert mir, dass Keefer es schaffen könnte. Die Belastungen, denen sie zur Zeit durch die endlosen Streitereien ausgesetzt ist, blieben auf die Dauer ja auch nicht ohne schädliche Folgen.«

»Euer Ehren, wir brauchen etwas Zeit, um antworten zu können …«, sagte Greg Katt.

»Dann *lassen* Sie sich Zeit«, antwortete Kid. »Nehmen Sie sich stundenlang Zeit. Tagelang! Die Cadys haben mir versichert, sie hätten nicht vor, bei einer höheren Instanz Berufung einzulegen …«

»Ist das wahr?«, fragte Mark.

»Wir werden keinen Einspruch gegen die Entscheidung einlegen«, sagte Delia.

»Also erkennst du Gordon als Keefers blutsverwandten Onkel an«, sagte Lorraine.

»Wir glauben zu wissen, was das Beste für Keefer ist«, sagte Delia ausweichend.

»Wenn ihr es wisst, warum lasst ihr sie das alles durchmachen?«, fragte Lorraine.

»Ich glaube nicht, dass *wir* diejenigen sind, die sie irgendetwas durchmachen lassen«, sagte Craig. »Wir wollen lediglich, dass Keefer ein gefestigtes, beständiges Zuhause hat.«

»Aber du bist krank, Delia.« Lorraine brach in Tränen aus. »Du bist krank!«

»Irgendwann geht es mir wieder besser, Lorraine. Und überleg doch, was für ein Segen es für Keefer sein wird, ein kleines Geschwisterchen zu bekommen!«

»Ich möchte, dass Sie solche Fragen gemeinsam klären«, sagte Richter Kid. »Haben Sie mich verstanden? Heute ist Mittwoch. Ich erwarte, bis … sagen wir, Montag von Ihnen zu hören. Wir machen wieder eine Konferenzschaltung … Bridget?« Er rief seine Assistentin. »Kann ich am Montag um drei eine telefonische Besprechung abhalten?«

Die anderen warteten. Ihr Atem wehte durch die Leitung.

»Am Montag um drei«, meldete Kid sich dann wieder und fügte mit weicherer Stimme hinzu: »Ich wünsche Ihnen viel Erfolg.«

Die McKennas beschlossen, an diesem Abend eingehend miteinander zu reden, und besuchten ein Restaurant in Mercer, ein ruhiges italienisches Lokal, wo sie annehmen konnten, dass niemand sie erkannte. Doch schließlich kam der Inhaber aus der Küche, wischte sich die Hände an seiner gestreiften Schürze ab und sagte ihnen, der Verzehr gehe auf Rechnung des Hauses; er kenne sie aus dem *NBC*-Nachrichtenkanal und fühle sich durch ihren Besuch geehrt.

Die McKennas beendeten rasch das Essen und setzten sich auf der Terrasse in der Cleveland Avenue zusammen, wobei die Mücken sich an ihren bloßen Armen gütlich taten.

»Wir können nicht aufgeben«, sagte Lorraine. »Greg sagt, der Richter ist gegenüber denjenigen härter, von denen er weiß, dass sie die besten Chancen haben. Deshalb ist er so hart zu *uns*.«

»Vielleicht ist es dann am besten, wenn wir ihm die Entscheidung überlassen«, schlug Gordon lustlos vor.

»Aber wenn er die andere Richtung einschlägt? Wenn er tatsächlich in Betracht zieht, Keefer zur Adoption freizugeben?«, fragte Mark ins Dunkel der Nacht hinein.

Der Mond ging auf, trüb und perlmuttfarben wie eine Auster, und sprenkelte die Baumspitzen auf dem Friedhof mit seinem bleichen Licht.

»Ja«, sagte Gordon. »So, wie es jetzt ist, könnten wir Keefer wenigstens regelmäßig sehen.«

»Wie kannst du so etwas sagen?«, rief Lorraine und brach in Tränen aus. »Woher willst du wissen, ob Delia hält, was sie verspricht? Woher weißt du, dass Diane Nye nicht so lange auf sie einredet, bis sie zurück nach Florida ziehen?«

Gordons Hände und Füße waren eiskalt, trotz der sechsundzwanzig Grad Lufttemperatur, die noch um zehn Uhr abends herrschten. Als er seine Eltern schließlich verlassen hatte, suchte er sein Heil bei einem halben Joint, den Tim ihm bei ihrer letzten Fahrt durch den Bezirk gegeben hatte. Dann aß er zwei Tüten Erdnüsse und trank drei Flaschen Bier. Trotzdem konnte er nicht schlafen.

Schließlich fuhr er zurück zur Cleveland Avenue. Wie er wusste, hatte Nora das Grab Georgias zum Unabhängigkeitstag mit einem Sternenbanner und der silbernen Papphülle eines Feuerwerkskörpers geschmückt. Der Feuerwerkskörper hatte sich im Regen der vorigen Woche aufgelöst. Gordon nahm die nasse Pappe behutsam von der Flagge und knüllte sie zusammen, um sie in den Abfallkorb beim Eingangstor zu werfen.

Lange nach Mitternacht fuhr er hinaus zur Farm von Onkel Hayes. In der Küche brannte noch Licht. Er spähte durch die Glasscheibe der Hintertür. Nora saß an dem breiten, aus einem einzigen Brett gefertigten Tisch und flickte Jeans. Gordon ging hinein, ohne anzuklopfen, doch Nora erschrak nicht, fuhr nicht hoch oder legte sich ihre große Hand auf die Brust, um ihm zu zeigen, dass er ihr einen Schrecken eingejagt hätte. Sie wandte ihm nur ihr müdes, braun gebranntes Gesicht zu und sagte: »Willst du 'nen Kaffee, Gordon?«

»Ich weiß nicht, Tantchen. Ich weiß selbst nicht, was ich will.«

»Ich jedenfalls trinke 'ne Tasse.«

Gordon hielt den Hosenboden der ausgeblichenen Latzhosen seines Onkels fest, während Nora einen roten Flicken darauf legte und mit flinken Stichen annähte. Sie trug ein leuchtend orangefarbenes Sweatshirt. Irgendetwas daran erinnerte Gordon an… an was? Ja, an die Kirche. Als Kind hatte er stets eine Ähnlichkeit zwischen seiner Tante Nora und den großen, traurigen holzgeschnitzten Heiligen gesehen, die in einer Reihe am äußeren Kirchengang standen, vor allem dem heiligen Michael.

»Das Sweatshirt ist von Georgia«, sagte er.

»Ich trage es beim Schlafen«, erklärte Nora ihm sanft.

»Ich kann nicht schlafen«, sagte Gordon.

»Keinem von uns geht es gut. Wir alle schlafen schlecht.«

»Glaubst du wirklich, der Richter würde uns Keefer wegnehmen und sie jemand anderem geben … und wir sehen sie nie wieder?«

»Nein«, sagte Nora und suchte ein anderes Paar Jeans aus dem Wäschestoß. »Ich glaube, damit würde er sich gehörig die Pfoten verbrennen.«

»Aber er könnte sie den Cadys geben.«

»Allerdings. Ich glaube, diese Möglichkeit besteht durchaus, Gordon. Ich bin eine alte Närrin, und ich habe nie die Hoffnung auf ein Wunder aufgegeben, dass Georgia aus ihrem Bett aufstehen und geheilt von dannen gehen würde … Aber ich wusste natürlich, dass sie sterben musste. Und ich musste mir eingestehen, dass auch ein Teil von mir sterben würde. Ich machte mein Herz bereit dafür, einen Teil von mir selbst sterben zu lassen.«

»Und ist das geschehen?«

»Ich glaube schon«, sagte Nora. »Und doch bin ich noch hier und atme.«

»Wie meinst du das?«

»Ich weiß, dass du mit solchen Dingen nichts im Sinn hast, Gordon. Aber ich denke oft über das Leben nach dem Tode nach. Und ich glaube, dass man in der nächsten Welt, dem nächsten Leben, alles zurückbekommt, was man in diesem Leben verloren hat. Georgia … das Baby, das ich verloren habe …«

»Ich wusste gar nicht, dass du ein Baby verloren hast.«

»Mein erstes Kind. Mit sieben Monaten. Ein Junge. Noch vor Rob und Dan.«

»Hatte er … hatte das Baby irgendwelche Geburtsfehler?«

»Nein. Es war nur nicht für diese Welt bestimmt.«

»Das tut mir Leid, Tantchen.«

»Mir auch. Ich bin heute noch traurig darüber, obwohl mehr als dreißig Jahre vergangen sind.«

Gordon schwieg.

»Was ist das Allerwichtigste auf der Welt für dich, Gordon?«, fragte Nora.

»Keefer.«

»Und an zweiter Stelle?«

»Georgia.«

»Und dann?«

»Meine Eltern.« Er zögerte. »Und bei dir?«

»Hayes und meine Jungs. Und du und Georgia. Mark und Mike, meine Brüder. Und Lorraine.« Nora biss einen Faden ab. »Sie und Mark und Mike. Noch vor meinem Vater und meiner Mutter. Vor allem anderen, außer vor dem lieben Gott.« Sie hielt kurz inne. »Nein, das ist nicht wahr. Sie kommen noch *vor* Gott.« Sie bekreuzigte sich und machte mit dem Mittelfinger, auf dem ein Fingerhut steckte, ein Gitter in der Luft. »Weil ich Gott nicht kenne.«

»Ja.«

»Man ist am engsten mit seinen Geschwistern verwandt.«

»Genetisch gesehen, ja. Näher als mit der Mutter oder dem Vater.«

»Gordon Cooper McKenna. Du weißt, dass ich das so nicht gemeint habe. Ich meinte damit, eine Familie zu sein. Auch wenn wir uns schon mal streiten.«

»Ich kann mir gar nicht vorstellen, dass du und Hayes jemals Streit haben.«

»Hatten wir früher auch nie. Aber jetzt vergeht kaum eine Woche, ohne dass die Fetzen fliegen. Aber das tut uns gut. Ein ordentlicher Krach bringt das Blut in Wallung. Und Krach kriegt man nicht mit Dingen, nur mit anderen Menschen. Deshalb sind es die Menschen, die dich ans Leben binden, selbst wenn du möchtest, dass dieses Leben dich loslässt.«

»So fühle ich mich. Ich möchte alles loslassen.«

»Aber du tust es nicht. Sonst würdest du mit deinem Auto gegen einen Baum fahren. So wie Ray es getan hat. Alle Verbindungen kappen.«

»Die Versicherung hat erklärt, dass es kein Selbstmord war.«

»Aber du weißt so gut wie ich, dass es einer war.«

»Ich habe nie richtig darüber nachgedacht.«

»Ich glaube, es war Selbstmord. Er wollte Georgia befreien. Aber er konnte das Band zwischen ihm und ihr nicht durchtrennen. Deshalb musste er mit ihr gehen.«

»Wieso glaubst du das?«

»Es hört sich vielleicht dumm an…«

»Erzähl's mir trotzdem.«

»Weil sie den Kindersitz aus dem Auto genommen hatten. Und mit dem alten Wagen gefahren sind.«

»Pah!«, machte Gordon.

»Aber du hältst am Leben fest. Du möchtest noch wissen, was es dir zu bieten hat. Auch wenn dich das alles sehr verletzt.«

»Ich glaub schon.«

»Ich weiß, dass es so ist. Und du weißt, dass die Wunden heilen werden. Das ist das schreckliche Vermächtnis des Menschseins. Aber du wirst Zeugnis ablegen für Georgia. Nimm die Vergangenheit, die du mit ihr geteilt hast, und erweitere sie, fülle sie aus, und gib sie an Keefer weiter. *Alles* – bis auf den Teil, der nicht mehr da ist. Du wirst niemals deine Schwester ersetzen können.«

»Nein.«

»Du hast Georgia noch vor Mark und Lorraine eingestuft, was die Bedeutung für dich angeht. Warum?«, fragte Nora.

»Weil… ich habe vorher nie darüber nachgedacht. Weil eine Schwester kennt dich besser… du kannst sie Dinge sehen lassen, die du deinen Eltern oder deiner Frau niemals anvertrauen würdest. Und ich konnte sie niemals täuschen.«

»Also würdest du aus der Sicht eines Kindes sagen, dass man einen Bruder oder eine Schwester braucht?«

»Es ist das Allerwichtigste.«

Nora schaute ihn an. »Bist du sicher, dass du keinen Kaffee haben willst? Oder die Haselnuss-Mischung?«

Am Sonntagabend trainierte Gordon mit Gewichten. Nach dem Training duschte er nicht, wusch sich nur durchs Gesicht. Dann setzte er sich ans Telefon und wählte.

Schon nach dem ersten Läuten nahm Alexis ab.

»Ja?«, sagte sie.

»Hallo, hier ist Gordon«, sagte er. »Gordon McKenna. Ich muss mit Delia sprechen. Ich muss mit deiner Mutter sprechen.«

Alexis rief: »Mom!«

Dann hörte er, wie Delia mit einem lachenden Unterton sagte: »Hört jetzt mit dem Lärm auf!« Und dann schrie Keefer genauso laut: »Mom!« – »Das gilt auch für dich, Miss Kathryn!«, rief Delia, und dann war sie am Telefon und meldete sich im Florida-Singsang: »Hallooo?«

»Hier Gordon.«

»Gordon.« Delia legte eine Hand über die Sprechmuschel. »Still jetzt! Nimm sie, Schatz!«, hörte Gordon gedämpft ihre Stimme. Dann meldete sie sich wieder: »Gordon, ich glaube nicht, dass wir jetzt miteinander reden sollten. Mary Ellen sagte, wir sollen uns morgen treffen. Ich wollte sie heute Abend anrufen. Der Richter hat gesagt, wir sollten persönlich miteinander sprechen.«

»Nein. Wir sollten uns untereinander einigen.«

»Ich glaube, er meinte unsere Anwälte«, sagte Delia.

»Also, ich habe eigentlich genug von Anwälten, Delia. Was ich zu sagen habe, möchte ich dir direkt sagen, in klaren, einfachen Worten und nicht in verklausulierter Juristensprache.«

»Gordon«, sagte sie sanft, »ich weiß, wie sehr du...«

»Du weißt doch gar nicht, was ich sagen will. Du brauchst dich nicht zu fürchten. Ich weiß, dass meine Schwester deine Freundschaft geschätzt hat und dass Ray dich liebte. Und das genügt mir.«

»Was meinst du damit?«

»Dass ich meinen Antrag zurückziehen werde.«

»*Was?* Aber… warum?«

»Möchtest du das nicht?«

»Natürlich, aber… warum jetzt auf einmal?«

»Weil ich Keefer so sehr liebe. Ich kann es nicht mehr mitansehen, wie sie in zwei verschiedene Richtungen gezerrt wird. Und ich weiß, du bist krank und quälst dich herum, um ein Baby auf die Welt zu bringen. Dafür bewundere ich dich und hasse dich zugleich. Aber wenn es einen Grund auf Erden gibt, dass Ray und Georgia zu deinen Gunsten und gegen mich entschieden hätten, dann weil ihr Kind ein Mädchen ist, das eine Mutter braucht… ein Kind, das ein Geschwisterchen braucht. Und ich bin bereit, dich diese Mutter sein zu lassen. Ich weiß, dass es dein Wunsch ist. Aber ich habe Bedingungen.«

»Und… welche?«, fragte Delia stockend, hörbar aus der Fassung gebracht. »Warte bitte einen Moment, Gordon. Ich möchte, dass Craig auch abnimmt…«

»Nein. Nein, ich spreche mit dir, Delia. Nicht mit Craig. Du bist die Blutsverwandte.«

»Ist gut«, sagte sie ganz leise.

»Ihr Name ist Keefer. Keefer Kathryn Nye. Nicht Kathryn. Nicht Keefer Kathryn. Und mit Sicherheit nicht Kathryn Cady.«

»Aber die Kinder…«

»Du hast schon eine Tochter mit einem anderen Familiennamen als deinem. Wenn Keefer bei dir bleibt, hast du zwei. Und du bekommst ein Baby mit einem dritten Familiennamen, nicht wahr?«

»Ja. Aber ich glaube, dass Ray…«

»Es wäre Rays Wunsch gewesen, dass sein Kind seinen Familiennamen behält. Das ist keine Geringschätzung gegenüber Craig. *Ich* bringe damit meine Achtung gegenüber Ray zum Ausdruck. Und ihr Vorname ist Keefer. Sie soll Keefer genannt werden.«

»Ja.«

»Wir möchten Keefer zwei Wochenenden im Monat sehen. Entweder ich oder meine Eltern. Und falls ich zurück an die Uni in Madison gehen sollte«, Gordon hoffte, es würde sich nicht so anhören, als hätte er sich das nur ausgedacht, obwohl es so war, »möchte ich, dass sie einmal die Woche über Nacht bei mir bleibt.«

»Das entspricht der Regelung für einen Stiefvater, Gordon, nicht für einen Onkel.«

»Das sind meine Bedingungen, Delia. Ich werde nicht darüber verhandeln. So will ich es, so muss es sein. So hätte meine Schwester es sich für ihr Kind gewünscht. Sie hätte sich gewünscht, dass die McKennas für Keefer später mehr als nur flüchtige Bekannte sind.«

»Ja.«

»Ja – was?«

»Ja. Ich nehme deine Bedingungen an.«

»Und wir möchten Keefer im Sommer zwei Wochen lang haben. Und später, wenn sie älter ist, für länger … falls sie es so haben will.«

»Und was noch?«

»Bevor ich dazu komme, möchte ich deine Zustimmung, dass Keefer in den Ferien so viel Zeit mit den McKennas verbringen darf, wie sie möchte, falls keine Notwendigkeiten im Zusammenhang mit der Schule oder Ähnlichem dagegen sprechen.«

»Was noch?«

»Ich möchte, dass du sagst, du bist einverstanden.«

»Ich bin einverstanden. Und was sonst noch?«

»Ihr bleibt hier.«

»Hier?«

»Hier in Wisconsin. In Madison. Wenigstens fünf Jahre lang in Madison, und für immer in Wisconsin.«

»Für immer kann ich nicht versprechen.«

Gordon rieb sich die Augen. Niemand konnte ein Versprechen für immer geben. »Okay, fünf Jahre. Dann arbeiten wir miteinander einen Plan für Keefer aus, falls ihr umzieht.«

»Das ist gemeinsames Sorgerecht, Gordon. Ich habe nicht einmal mit Alexis' Vater eine solche Vereinbarung.«

»Ich bin nicht Alexis' Vater. Du hast allen Leuten immer wieder gesagt, dass es nicht persönlich gemeint sei und dass du nichts gegen mich oder meine Eltern hättest. Wir lassen uns nicht scheiden, Delia. Wir beginnen ein gemeinsames Leben, in dem wir uns ein Kind teilen.«

»Also gut, Gordon.«

»Eine letzte Sache noch.«

»Und welche?«

»Ich möchte derjenige sein, der Keefers Erbe verwaltet.«

»Ausgeschlossen, Gordon.« Delias Stimme wurde mit einem Mal schärfer. »Das ist unmöglich. *Wir* müssen die Entscheidungen über ihre Ausbildung, ihre Bedürfnisse, ihr *Leben* treffen.«

»Du kannst das alles mit mir besprechen, und ich werde jedem vernünftigen Vorschlag zustimmen. Ich werde mehr als großzügig sein.«

»Du willst das Geld für die Anwaltskosten deiner Eltern ausgeben.«

»Das könnte ich nie, Delia, obwohl sie es brauchen könnten. Kein Cent von dem Geld wird zu meinen Eltern oder zu mir gelangen. Und ich möchte dafür sorgen, dass auch kein Cent zu *euch* fließt. Zu Craig, der davon seine eigene Verkaufsstelle erwirbt. Oder ein hübsches Häuschen in Florida für euch alle.«

»Das ist eine Beleidigung, Gordon«, sagte Delia. »Eine gemeine Beleidigung!«

»Stimmt«, sagte Gordon.

»Wenigstens bist du ehrlich.«

»Ich war nie ehrlicher.«

»Ich glaube nicht, dass ich solche Entscheidungen treffen kann, ohne mich mit Mary Ellen Wentworth beraten zu haben.«

»Gut. Dann treffen wir uns morgen eben nicht. Dann sehen wir uns vor Gericht wieder.«

»Jetzt warte doch mal! Bring doch nicht alles durcheinander. Wenn du glaubst, dass unser Interesse, Keefer Kathryn großzuziehen…«

»Keefer. Sie heißt *Keefer.*«

»… Keefer großzuziehen, irgendwas mit diesem Geld zu tun hätte…«

»Ich glaube nicht, Delia. Aber bring mich bitte gar nicht erst auf den Gedanken. Sag einfach nur ja, dass ich Keefers Erbe verwalte.«

»In Ordnung. Einverstanden. Und was sonst noch? Hast du vor, bei uns auf der Terrasse zu wohnen?«

»Nein, das war alles.«

»Danke, Gordon.«

»Danke mir nicht. Ich tue es nicht für dich, Delia.«

»Trotzdem danke ich dir. Es ist der richtige Weg.«

»Das hoffe ich inständig. Wenn nicht… wenn irgendetwas meine… Keefer… verletzen sollte…« Gordon versuchte, seiner Stimme Festigkeit zu geben. »Jedenfalls, so soll es sein. Ende.«

»Gordon?«, fragte Delia atemlos, und ihre Stimme wurde immer schwächer. »Gordon, bist du noch dran?«

»Ja.«

»Danke«, sagte sie. »Gott segne dich.«

Gordon antwortete: »Ich werde jetzt meine Mutter anrufen.«

Er legte auf, und sofort läutete das Telefon wieder. Gordon schaltete den Anrufbeantworter aus. Das Telefon läutete weiter.

Er nahm nicht ab.

20

Wenn kleine Dinge schief gingen, hatte Gordon sich als Kind stets mit dem Gedanken getröstet, dass irgendwo gerade jemand den schönsten Tag seines Lebens hatte: Irgendjemand war gleich in der ersten Runde bei der Mannschaftsaufstellung zum Mitspieler gewählt worden, oder jemand erfuhr von seiner Aufnahme an das renommierte Massachusetts Institute of Technology, oder jemand erbte gerade einen leuchtend roten Sportwagen von der alten Dame, der er immer den Rasen gemäht hatte.

Während er langsam durch seine Wohnung ging und die Sachen beiseite stellte – diejenigen, der er mitnehmen musste, diejenigen, die er weggeben würde, und schließlich die, die er bei seiner Mutter unterbringen wollte –, versuchte Gordon wieder einmal, sich mit solch schönen Gedanken zu trösten: In der Erinnerung ließ er ein Bild von Georgia entstehen, wie sie ins Haus stürmte, ihren Schulranzen in die Ecke feuerte und rief: »Ich bin Emily, Mom! Ich bin Emily! Ich hab die Rolle bekommen!« Und er sah sich selbst im Alter von vier Jahren – und ein leuchtend rotes Motocross-Rad unter dem Weihnachtsbaum. Er stellte sich einen Mann seines Alters vor, der soeben erfahren hatte, dass er die ersehnte Stelle bekam....

Der Regen prasselte fortwährend ans Erkerfenster, und das grüne Laub des August rauschte im Wind. Gordon fand sechs von Keefers Söckchen; eines hatte Nora rund um den oberen Saum auf ihrer Singer-Nähmaschine mit blauen Kätzchen bestickt; er entdeckte die Löffel aus der Zeit, als Keefer nur Joghurt hatte essen wollen, und andere Erinnerungsstücke, die ihm das Herz rührten.

Er öffnete die Schubladen und seine Ordner aus der Schule, um sie auszusortieren … sein erstes Jahr als Lehrer. Lösungshefte. Unterrichtspläne. Notizen und Zettel. Auf einem der Zettel hatte er sich notiert: »Beutel für biologischen Sondermüll besorgen« – es waren die tiefgefrorenen Objekte in seinem Klassenzimmer: Pflanzen und kleine Tiere, vom Eis zeitlos festgehalten, sodass das Wunder ihrer Natur auf Schemazeichnungen übertragen werden konnte.

Menschen sitzen in einer Zeitfalle, ging es Gordon durch den Kopf. Wenn etwas zu Ende geht, blüht die Vergangenheit auf, und alles Vergangene erscheint verklärt, besser und schöner.

Als sein Vater anrief, kam Gordon der Gedanke, dass es wohl eines der letzten Telefongespräche war, die er in Tall Trees entgegennehmen würde …

Mark erzählte Gordon, dass er einen Kollegen in Madison habe, der aufgegebene Bauernhöfe und alte Häuser kaufte, um sie nach seiner Pensionierung wieder herzurichten oder an Liebhaber zu verkaufen. Der Mann, sagte Mark, habe gerade drei solcher Objekte an der Hand; eines davon lag nur zwölf Kilometer südlich von der Stadt: ein zweckmäßiges Haus mit drei Zimmern, das nach der Räumung durch die vorherigen Bewohner – Mieter, die sich als »asoziale Penner« erwiesen hätten, wie Mark sich ausdrückte – nur gründlich gesäubert werden müsse und einen neuen Anstrich brauche.

»Wenn es dir nichts ausmacht, den schönen Teppichboden rauszureißen, den die Katzen ruiniert haben, und dich ein bisschen um das Haus zu kümmern«, sagte Mark, »ist mein Freund gern bereit, dich bis zum Herbst mietfrei wohnen zu lassen.«

So lange würde er gar nicht brauchen, um selbst eine vernünftige Wohnung zu finden, wandte Gordon ein, den die Hilfsbereitschaft seines Vaters jedoch rührte.

»Lass dir Zeit«, riet ihm Mark. »Du brauchst eine Wohnung, in der du länger bleiben kannst. Und du willst die

Wohnung für dich und Keefer doch so schön wie möglich einrichten, nicht wahr?«

Mark bot Gordon ein Darlehen an, aber der lehnte ab. Eigentlich wäre *er* jetzt an der Reihe gewesen, seinem Vater zu helfen, bei dem sich die Anwaltsrechnungen häuften. Gordon war sicher, dass er in Madison sofort Arbeit als Unterrichtsvertretung finden würde, auch wenn die Gegend im gesamten Staat für ihre Cliquenwirtschaft berüchtigt war. Doch er war ein Mann, und das war von Vorteil – er könnte Sport, Gesundheitslehre und Naturkunde unterrichten. Im Dezember würde dann ein Dreijahresprogramm für Doktoranden anlaufen. Die ausgefüllten Formulare lagen schon auf Gordons Schreibtisch. In drei Jahren wäre Keefer im Kindergarten, und die Regelung, die die Cadys akzeptiert hatten – wenigstens fünf Jahre lang in der Gegend von Madison zu bleiben –, wäre immer noch gültig.

Obwohl seit der letzten telefonischen Konferenz mit dem Richter nur eine Woche verstrichen war, hatte Gordon seine Entscheidung so schnell getroffen, dass er nur noch zu packen und abzureisen brauchte.

Praktisch über Nacht hatte seine unmittelbare Zukunft sich auf eine Reihe von Abschieden reduziert. Der Abschied von seinem Job fiel ihm leicht. Sein Verhältnis zu Hart Rooney war von Anfang an nicht gut gewesen. Gordon vermutete, dass es am Misstrauen Harts gelegen hatte – einem älteren Mann, der kaum einmal aus der Gegend herausgekommen war und argwöhnisch war gegenüber einem seiner früheren Schüler, der mit hervorragenden Kenntnissen und Fähigkeiten seinen Lehrerberuf aufgenommen hatte. Schließlich war Hart selbst Naturkundelehrer. Gordon tröstete sich mit dem Wissen, dass seine Beurteilungen trotzdem durchweg ausgezeichnet waren. Doch Harts spürbare Erleichterung über seine Kündigung bestärkte Gordon in dem Verdacht, dass die Reserviertheit seines Chefs ältere, stärkere Wurzeln hatte, die bis zu jener Zeit zurückreichten, als er

Harts Söhne – ein Jahr älter und ein Jahr jünger als er selbst –, an der Schule weit in den Schatten gestellt hatte. Außerdem war da Lorraines Verärgerung über Harts sicherlich gut gemeinten Bemerkungen über Adoptivkinder. Und eine Reihe von hässlichen anonymen Briefen ohne Poststempel, in denen von Serienmördern die Rede war, »die alle Adoptivkinder gewesen sind«, musste ja auch von irgendwo gekommen sein... Außerdem hatte sich das Verhältnis zwischen Lorraine und Laurie Rooney, Harts Frau und Leiterin des Schülerorchesters, nie durch besondere Zuneigung ausgezeichnet.

Gordon würden seine Schüler fehlen, der Unterricht und der tägliche Umgang mit den Kindern, die ihm ans Herz gewachsen waren. Doch er war froh, dieses Kapitel beenden zu können – seinetwegen und um seiner Mutter willen...

Gordons Vereinbarung mit den Cadys hatte Lorraine den Willen, wenn nicht das Herz gebrochen. Doch sie hatte geschwiegen, hatte ihm keine Vorwürfe gemacht. Nora hatte geweint. Und Mark war wortlos aus dem Zimmer gegangen.

Und nun hatte er Lorraine auch noch sagen müssen, dass er von ihr wegziehen würde. Er musste es ihr sagen, obgleich er wusste, dass diese Entscheidung die endgültige Zerstörung einer Großfamilie mit Kindern und Kindeskindern bedeutete, von der Lorraine immer geträumt hatte.

Gordon hatte ihr und Mark erst vor ein paar Tagen, bei einem gemeinsamen Abendessen im Haus seiner Eltern, an dem auch Lindsay teilgenommen hatte, von seiner Entscheidung erzählt.

Er hatte sich innerlich zum Zerreißen angespannt gefühlt und war schließlich einfach mit der Wahrheit herausgeplatzt, ohne großes Drumherum: *Ich habe vor, wieder an die Uni zu gehen, nach Madison, um Keefer näher zu sein.*

Entsetzen erfüllte das Zimmer. Lindsay war offensichtlich verärgert darüber, in seine plötzliche Ankündigung hineingezogen zu werden, die auch für sie völlig unerwartet kam;

Mark wirkte gequält, und Lorraine wurde plötzlich ganz geschäftig und deckte den Tisch ab, um vor dem Dessert das Geschirr in die Küche zu bringen.

Später, als Gordon allein zu Hause gewesen war – Lindsay hatte sich wütend und tränenüberströmt auf den Heimweg gemacht –, hatte das Telefon geläutet.

»Ich bin's«, sagte Lorraine.

Sie brauchte kein weiteres Wort zu sagen. Das Maß ihrer Verletztheit sprach so deutlich aus ihrer Stimme, dass Gordon am liebsten aufgelegt hätte und zu ihr geeilt wäre, so wie er als kleiner Junge nach der Schule in das stille Haus gestürmt war und nach Zeichen für Lorraines Anwesenheit gesucht hatte. Und dann hatte er sich ihr in die Arme geworfen, und alle Ängste und Zweifel, die er als Erst- und Zweitklässler empfunden hatte, schmolzen dahin im Glück ihrer Begrüßung, in der Freude des Wiedersehens.

»Erzähl mir, was heute in der Schule war«, hatte Lorraine ihn dann vertrauensvoll aufgefordert, und Gordon berichtete von seinen Erfolgen im Rechtschreiben und im Sport, von seinen Kämpfen mit der Mathematik und mit den Reillys – bis schließlich auch Georgia mit dem Bus von der Schule kam und mit ihrem Temperament die häusliche Idylle zunichte machte.

Georgia hatte die Liebe ihrer Mutter als Selbstverständlichkeit genommen, Gordon jedoch nicht. Er hätte es nie ertragen können, Lorraine zu verletzen, und war entsetzt, wie sogar brave Kinder gelegentlich ihre Mütter anschrien oder sie hinter dem Rücken als »alte Schlampe« und Schlimmeres beschimpften.

Eigentlich hätte Gordon »Marks Kind« sein sollen, der Sohn seines Vaters, sein Kumpan – ein kleiner Mann, der schwierige Aufgaben für Männer an der Seite seines geduldigen älteren Lehrmeisters bewältigte –, doch Gordon hatte seine geheimen Schätze nie zu Mark gebracht, seinen Granitkeil mit dem glitzernden Einschluss von Glimmer, seine mumifizierte Maus und seinen gelegentlichen Seelenschmerz. Vielmehr war es Lorraine gewesen, die all dies prüfen und gutheißen oder verwerfen sollte, Lorraine, der Gordon zu gefallen trachtete. Obwohl Georgia mit der Selbstsicherheit einer Erstgeborenen ihren Platz auf Lorraines Schoß ebenso beanspruchte wie die Mitte der Kork-Pinnwand für ihre Zeichnungen und Zeugnisse, hatte Gordon sein Leben lang geglaubt, dass seine Mutter ihn am meisten liebte. Lorraine mochte Georgia ihr Ebenbild nennen, doch Gordon war das Licht ihres Lebens.

Als sie Gordon an diesem Abend nach dem bedrückenden gemeinsamen Essen anrief, begann Lorraine mit behutsamen Fragen – ob er denn auch sicher sei, dass er umziehen wolle. Er habe hier doch seinen Job! Und was hatte Lindsay gesagt? Was war mit seinen Freunden? Und Keefer würde doch sowieso an zwei Wochenenden im Monat da sein…

»Wenn ich schon nicht Keefers Vater sein kann, möchte ich eine Art Stiefvater sein«, erklärte Gordon. »Ich glaube, Delia und Craig haben keine Ahnung, wie viel sie mit dem Baby *und* mit Keefer zu tun haben werden. Und dann bin ich für sie da.«

Lorraine widersprach nicht. Doch Gordon hörte, dass sie weinte.

»Mutter«, flüsterte er und umklammerte den Hörer mit beiden Händen, »Mutter, ich bin doch nicht aus der Welt…«

»Es ist so, als würden wir sie ein zweites Mal verlieren«, erwiderte Lorraine schluchzend.

»Du meinst Keefer?«

»Ich meine deine Schwester.«

»Aber ich bleibe doch in der Nähe. Und du kannst mit Dad kommen, wann immer du willst…«

»Dein Vater sagte, wir könnten nach Madison ziehen, wenn wir im Ruhestand sind. Er sagte, wir könnten ein Apartment an einem der Seen bekommen.«

»Aber ihr seid hier verwurzelt. Ihr habt euer ganzes Leben hier verbracht. Und was ist mit euren Freunden? Und mit Nora und Hayes?«

»Meine Freunde haben mich satt«, sagte Lorraine.

»Alles wird sich normalisieren.«

»Nein, wird es nicht. Du weißt nicht, wie sich das anfühlt, Gordon.«

Doch, dachte er, ich weiß es. Ich habe auch mein Kind verloren.

»Nimm es doch nicht so schwer, Mutter.« Er klang selbst in seinen Ohren fade und abgedroschen. »Es wird schon alles gut.«

»Nicht, dass ich dir dein eigenes Leben nicht gönne… du sollst bekommen, was du willst, aber…«

»Du hast es viel leichter genommen, als ich nach Florida gegangen bin, Mutter.«

»Das war der Anfang, Gordon. Dies hier ist das Ende. Ja, es ist ein Ende. Und ich weiß nicht, wie ich mich fühlen werde ohne dich… ohne ein Ziel. Alles, was ich hatte… alles, was ich war, habe ich in das Bemühen investiert, dieses Gesetz ändern zu lassen, um Keefer zu helfen. Damit es möglich ist, dass wir Keefer behalten und verwirklichen, was Georgia sich gewünscht hat. Aber jetzt weiß ich nicht mehr, was ich mit mir anfangen soll. Mark und ich reden kaum noch miteinander. Nichts ist mehr wie früher. Wir können einfach nicht mehr so weitermachen wie zuvor… so, als wäre nichts geschehen. Es ist, als wären wir verschuldet und müssten zahlen, zahlen, zahlen. Wir haben wirklich einen Berg Schulden – für nichts! Und wir sind nicht mehr jung…«

Sie hörte sich kläglich an, stellte Gordon mit Schrecken fest. Alt. Schwach. Dass seine Mutter ihn so offensichtlich brauchte, war eine Bürde, die Gordon in seinem Entschluss wankend werden ließ.

Er konnte sie nicht verlassen.

Er konnte nicht weggehen.

Doch. Er musste gehen. Er musste es, sonst würden sie alle untergehen.

»Ich muss fortgehen, Mutter«, sagte er.

Ich muss fortgehen, sagte er auch Lindsay am Abend darauf, einem Freitag.

Lindsay öffnete die Tür zu seiner Wohnung mit ihrem eigenen Schlüssel und traf ihn zwischen seinen Umzugskartons schlafend an; das Kissen aus Keefers Hundekörbchen hatte er unter dem Kopf zusammengefaltet. Wieder kämpfte Gordon gegen das instinktive Verlangen, es sich doch anders zu überlegen – und wieder blieb er bei seiner Entscheidung.

Als Lindsay sich schluchzend auf einen der zugeklebten Umzugskartons setzte, hätte Gordon sie am liebsten in die Arme genommen und tröstend gewiegt. Doch als der Karton unter ihr zusammenbrach und sie taumelnd nach hinten fiel und hilflos in der Luft strampelte, mussten beide lachen.

Gordon spürte mehr als je zuvor, wie sehr er sie liebte; er wusste, dass er nie mehr einen Rotschopf sehen könnte, ohne an Lindsay denken zu müssen – seine liebe, treue, ehrliche Lindsay.

»Ich weiß, dass es so aussieht, als würde ich weglaufen«, sagte er, »und vielleicht tue ich das auch. Aber ich hoffe, dass ich Manns genug bin, irgendwann wieder nach Hause zu kommen.«

»Ich warte darauf«, sagte Lindsay unter Tränen. »Es ist ja nicht so, dass ich nicht schon gewartet hätte.«

»Du hast schon zu lange gewartet, Lindsay. Seit wir Kinder waren. Vielleicht gab es mal eine Zeit für uns, da wir hätten heiraten sollen, und wir haben es verpasst. *Ich* habe es verpasst.«

»Vielleicht ist diese Zeit noch gar nicht gekommen.«

»Vielleicht. Aber ich möchte dir das nicht als echte Chance anbieten, weil ich mir nicht sicher bin.«

»Nicht sicher, ob du mich liebst?«

»Nicht sicher, ob meine Empfindungen die eines Mannes sind, der ein gemeinsames Leben mit einer Frau beginnen möchte.«

»Woher willst du das wissen? In Madison wirst du ganz für dich alleine sein, allerdings nicht sehr lange, wie ich dich kenne…«

»Aber darum geht es doch gar nicht, Lindsay. Das war früher einmal von Bedeutung, aber jetzt nicht mehr… diesmal nicht. Es geht um Keefer und um mich.«

»Du wirst allein sein. Du wirst sehr allein sein«, sagte Lindsay und wischte sich die Tränen ab. »Was wird denn nun werden?«

»Ich weiß es nicht. Vielleicht werde ich erwachsen. Vielleicht erkenne ich, dass ich bereits erwachsen bin. Aber ich glaube nicht, dass eine Heirat in meinen Karten steht, Lindsay. Weder mit dir noch mit einer anderen Frau. Ich habe nur einen einzigen freien Platz in meinem Innern, und der ist für Keefer bestimmt. Mehr kann ich nicht verkraften.«

»Und woher willst du wissen, wie du dich in sechs Monaten fühlst? In einem Jahr?«

»Das weiß ich nicht. Aber ich möchte nicht, dass du glaubst, ich tue das alles nur aus einer Laune heraus. Oder nur für kurze Zeit. Soweit ich es sagen kann, Lindsay, gehe ich für immer. Wenn ich mir nicht sicher wäre, würde ich dir niemals so wehtun.«

Sie stand von dem eingebrochenen Karton auf und hielt sich an seiner ausgestreckten Hand fest. »Darf ich zu dir kommen? Jetzt?«

Gordon breitete die Arme aus. Lindsay setzte sich auf seinen Schoß und kuschelte sich an ihn. Das Licht des Tages wich einem zinnfarbenen Dämmerschein; die Tage wurden bereits kürzer.

Der Hochsommer war vorüber.

Keiner von beiden rührte sich, um das Licht einzuschalten. Gordon fragte Lindsay, ob sie Hunger hätte. Nein, erwiderte sie, aber ob er Wein da hätte? Sie tranken eine ganze Flasche Merlot – das letzte Trinkbare aus seinem Kühlschrank –, und dann schliefen sie, Seite an Seite, und hielten einander fest, so keusch wie Bruder und Schwester.

Als Lindsay am Morgen ging, weckte sie Gordon nicht, um Lebewohl zu sagen.

An diesem Morgen schaute Gordon weitere Papiere durch, als er die Mappe von Georgia entdeckte, die seine Mutter ihm gegeben hatte. Es war die Mappe, die ihm schon in ihrer Wohnung aufgefallen war und die ein dickes Kuvert von einer Organisation mit Namen »Vereinigte Familien« enthielt. Gordon schüttelte den Inhalt aus dem Umschlag und las einen Brief, der sich auf eine »erste Anfrage« und einen »möglichen Kontakt« Georgias bezog. Man sei »hocherfreut«, Georgia mitteilen zu können, dass die Nachforschungen – die von einer gewissen Blair Bell vorgenommen worden waren – einige interessante Erklärungen erbracht hätten, was Georgias leibliche Familie beträfe.

Der Familienname »Kiss« sei in Ungarn nicht ungewöhnlich, hieß es weiter, wohl aber in den Vereinigten Staaten. »Kiss« war der Nachname von Cousins ihrer leiblichen Mutter, von der Blair Bell jedoch keine Adresse hatte, wie sie schrieb, nur eine Mitarbeiternummer aus einem Krankenhaus in San Diego. Die Personalabteilung besaß keine Unterlagen über spätere Anstellungen, doch Georgias leibliche Mutter, deren Vorname Hannah lautete, war dort 1988 als Assistenzärztin tätig gewesen. Möglicherweise hatte sie geheiratet. Sie aufzufinden sollte sich nicht als schwierig erweisen, falls Georgia die »Vereinigten Familien« mit weiteren Nachforschungen beauftragen würde. Unbedingt erforderlich seien, hieß es in dem Schreiben weiter, der Familienname von Vorfahren, von Cousins ihrer leiblichen Mutter und der Familienname ihrer Adoptivmutter. Die »Gesundheitsinformation«, die Georgia erbeten habe, sei ebenfalls in Kürze zu erwarten.

Abschließend wünschte Blair Bell Georgia alles Gute im Hinblick auf ihre bevorstehende Mutterschaft.

Es gab auch eine Rechnung mit Datum vom 6. Februar aus dem Geburtsjahr Keefers.

Georgia war damals im achten Monat schwanger gewesen. Hatte sie sich bereits krank gefühlt? Vorwarnungen des Verstandes vor dem Verrat des Körpers? Oder hatte sie einfach das Verlangen nach einer Bestätigung ihrer Herkunft gehabt? Hatte sie den Wunsch nach tieferen Einblicken in die Beschaffenheit des Erbguts gehabt, als ein Blick in den Spiegel ihr gewähren konnte? Hatte sie mehr über die unsichtbaren Kräfte erfahren wollen, die jenes Wesen bildeten, das ihr Kind sein würde?

Was konnte dieser Brief Georgia bedeutet haben? Zeigte er die Möglichkeit auf, dass über einen entlegenen Zweig des Stammbaums ihre geliebte Mutter zugleich ihre Blutsverwandte war?

Gordon zerriss den Brief, steckte die Papierfetzen dann aber zurück ins Kuvert. Für Keefer.

Am letzten Tag brachte er seiner Vermieterin Judy Wilton ein paar restliche Eier und frisches Gemüse, das sie mit einem Kopfnicken entgegennahm. Brummig sagte sie: »Tut mir Leid, was im letzten Winter geschehen ist, als ich die Polizei rufen wollte, weil ich dachte, Sie würden das kleine Mädchen misshandeln.«

»Schon gut«, sagte Gordon. »Sie haben sich getäuscht.«

»Ich weiß, und es tut mir furchtbar Leid«, sagte Judy Wilton, und zu seinem Schrecken fing sie laut zu weinen an. »Ich habe mit meiner Mutter darüber geredet. Und sie hat mir gesagt, ich hätte keine Ahnung, wie Kinder sich aufführen. Sie sagte, meine Schwester und ich hätten die ganze Zeit geschrien, als wir Kinder waren. Wir hätten so viel und so laut geschrien, dass Mutter uns in ein und dasselbe Gitterbett gepackt hat, in den Garten gegangen ist und Dads Zigarren geraucht hat, um ihre Nerven zu beruhigen.«

Gordon musste lachen, als er sich Ida Wilton vorstellte, die eine dicke Zigarre rauchte.

Von Tim brauchte er sich nicht zu verabschieden, denn der wollte am Freitag mit zu dem Bauernhaus fahren und Gordon helfen, die Hinterlassenschaft der asozialen Vormieter zu beseitigen. Außerdem war Gordon nicht nach Zusammenkünften mit seinen alten Freunden und deren fröhlichem Gespött zumute. Er hatte für ein ganzes Jahrzehnt genug von solchen Treffen und konzentrierte sich lieber auf die kommende Woche, die er in Madison damit verbringen würde, anzustreichen, zu tapezieren und das Haus von oben bis unten gründlich sauber zu machen, denn ab Donnerstag würde er Keefer ganze vier Tage lang haben – ein Geschenk, das ihm Delia auf einer Anfang der Woche geschriebenen Postkarte angeboten hatte.

Ein paar Tage, nachdem diese Postkarte gekommen war, hinterließ Craig Cady eine Nachricht auf Gordons Anrufbeantworter: Die Einreichung ihres Adoptionsantrages würde warten müssen. Delia war ins Krankenhaus gebracht worden, mindestens für ein paar Tage zur Beobachtung; wahrscheinlich würde sie für den Rest der Schwangerschaft bettlägerig sein. Er habe alle Hände voll zu tun. Sie seien beide erleichtert, so Craigs nicht ohne Verlegenheit geäußerte Mitteilung an Gordon, dass er bald in der Stadt sei.

Eine Fahrt hinaus zur Farm hätte mehr Zeit und Kraft in Anspruch genommen, als Gordon geblieben war. Wahrscheinlich würde der Anblick der Farm, an der jetzt ein nagelneues Schild prangte – HORIZON – LANDWIRTSCHAFTLICHE ERZEUGNISSE – HAYES NORDSTROM & SOHN – ihn so sehr rühren, dass ihm der Abschied noch schwerer fiel als ohnehin schon. Deshalb schickte Gordon seiner Tante Nora Blumen: sechs weiße Rosen, je eine für jedes ihrer geliebten Kinder, und eine lila Orchidee, weil er wusste, dass diese Farbe stets Noras Stimmung hob.

Am Freitag hatte er alle Hände voll zu tun mit dem Beschaffen und Beladen eines Mietanhängers, der Befestigung seines Fahrrads, dem Verstauen seiner Gitarre samt einem Bungeeseil in Keefers Hundekörbchen, dem Aufladen der sechs ramponierten Umzugskartons mit Büchern und Geschirr, die er schon beim Umzug von Florida nach Tall Trees und von seiner Wohnhöhle in das viktorianische Haus benützt hatte – ach, er war ja so umweltbewusst, beglückwünschte Gordon sich ironisch. Dann erledigte er Telefonate mit dem Institut für Biologie in Madison und mit seinen Eltern, um sie wissen zu lassen, wann er vorbeikäme. Zuletzt rief er bei seinen Nachmietern an.

Dann schrubbte er den Backofen, den er nie benutzt hatte, und wischte den Boden. Er steckte die Schlüssel in ein Kuvert und schloss die Fenster. Ehe er die Tür hinter sich zumachte, schaute er noch einmal zurück und entdeckte ein Letztes, das noch zu tun war: Mit seinem Schweizer Messer entfernte Gordon die kleinen Plastikabdeckungen von den Steckdosen.

Kurz vor sechs fuhr er rumpelnd am Haus seiner Eltern in der Cleveland Avenue vor. Er fand eine Notiz auf dem blauen Briefpapier, das er schon sein Leben lang kannte. Darauf war eine Federzeichnung von einem Mittelding zwischen einer offenen Mohnblüte und der Karte eines Flusslaufs; der Blütenstiel bildete das *L* von »Lorraine K. McKenna«.

Die Notiz lautete: »Im Kühlschrank sind Sandwiches für dich. Wir sind zum Essen bei Nora. Wenn du willst, komm rüber. Du hast gesagt, das ist kein Abschied, also betrachten wir's auch nicht so. – PS: Ray und Diane Nye haben uns für nächsten Samstag zum Essen in ihre schicke Wohnung in Madison eingeladen. Wir fahren hin, auch wenn sie wahrscheinlich unser Menü vergiften werden. Dann möchten wir dich und Miss Keefer in deiner Bruchbude besuchen. Sei also zu Hause – sonst fliegst du aus dem Testament!« Die Notiz war noch länger: »PPS: Und häng keine von diesen klebrigen Fliegenfängern in dem Bauernhaus auf. Es ist ungesund, die

Dämpfe von dem Leim einzuatmen, egal was die Aufschrift besagt.« Und zum Schluss: »Ich liebe dich.« Dann hatte Lorraine das »Ich« ausgestrichen und durch »Wir« ersetzt.

Sie hatte mit »Mutter« unterschrieben, es dann aber durchgestrichen und durch »Mommy« ersetzt, wobei die Unterlänge des »y« sich in einer Karikatur fortsetzte, die Gordon mit seiner typischen Haartolle zeigte.

Gordon nahm das blaue Blatt an sich und steckte es in seine Hemdentasche.

Georgias Grab war mit einer Überfülle spätsommerlicher Blumen geschmückt – Chrysanthemen und Tigerlilien; da war Nora unerbittlich. Gordon wunderte sich schon, dass sie nicht auch noch einen Gewerkschaftsaufkleber zum Labor Day angebracht hatte. Man konnte jedoch sehen, dass in den letzten Tagen niemand hier gewesen war. Die Chrysanthemen waren vom Wind zerzaust, die Lilien in ihrem wasserlosen Glas verwelkt. Auch die dürre, kleine Kiefer hinter dem Stein, die mit einer batteriegespeisten Lichterkette umwunden war, hatte ihren Geist aufgegeben; abgefallene braune Nadeln bedeckten den Boden.

Georgia O'Keeffe McKenna. Raymond Jasper Nye.

Geliebte Ehefrau und Mutter. Geliebter Ehemann und Vater.

Gordon konnte den kleinen, verdorrten Baum leicht herausreißen. Er zerbrach ihm in der Hand. Unter den abgefallenen Nadeln hatten noch bunte Birnchen von der Lichterkette gelegen. Gordon zertrat sie. Nun lagen sie funkelnd in den Sonnenstrahlen des Spätnachmittags zwischen Fetzen von Bändern – gelb, violett, silbern –, und rund um das Grab lag bunter, festlicher Abfall.

Es sah aus wie auf einem Jahrmarkt, nachdem das Volksfest vorüber war.

21

Tim taufte das Bauernhaus *Hotel California*, weil man zu jeder Zeit auschecken, jedoch niemals abreisen konnte. Das alte Holz war dermaßen verzogen, dass sie zu zweit drücken mussten, als sie zum ersten Mal die Türen von innen zu öffnen versuchten.

Trotz allem war Gordons bescheidener Landsitz gar nicht so übel. Die Geräte, die in einer Ecke hinter einem lächerlichen roten Samtvorhang standen, passten erstaunlicherweise überhaupt nicht zum Rest des Hauses: ein großer, schmucker Kühlschrank und ein neuerer Gasherd neben einer Edelstahlspüle, die wie ein Ungeheuer aus den Tiefen der Erde grollte, sobald Gordon den Wasserhahn aufdrehte. Küche und Dusche waren unter eine unbenutzte Dachbodentreppe gezwängt und erstaunlich zweckmäßig. Sämtliche Geräte und Installationen gehörten den »verdammten Hippies«, wie der Freund seines Vaters Gordon anvertraute; er wäre ja verrückt, wenn er diese »Penner« nur ein einziges Teil davon abholen ließe, bevor er von denen endlich den Scheck mit der Miete bekäme. Gordon dürfe die Geräte gern benützen, falls er Strom und Wasser bezahle.

Der Blick von der vorderen Veranda entschädigte Gordon für die allgegenwärtigen Ameisen. Er war umwerfend – ein halbes Himmelsgewölbe über grünen Bäumen, die sich bis hin zu den geschwungenen Konturen der blau schimmernden Hügel in mehr als fünfzehn Kilometern Entfernung erstreckten. Fledermäuse flatterten umher, und Schwalben schossen kreuz und quer durch die Abenddämmerung, während Gordon und Tim auf einem Klappstuhl und einem vereinzelten Lehnsessel saßen und sich mit ein paar Flaschen

Bier und ihren schmerzenden Schultern beschäftigten. Sie hatten zwei Stunden lang in offener Schlacht mit den Türen gekämpft.

Tim klopfte mit der Hand auf die Armlehne des rosafarbenen Samtsessels, den die Vormieter zurückgelassen hatten. »Dieser Sessel passt hierher, Gordon«, sagte er. »Er setzt einen Akzent als Veranda-Stilmöbel. Ein wahres Symbol des Widerstands. Es weist dich als Sperrmüllnomaden aus.«

»Wie Recht du hast«, pflichtete Gordon ihm bei. »Die Leute werden mich für einen Upchurch halten.«

»Was glaubst du, wohin die Leute gehen, um solche Sachen zu *kaufen*?«

»Tall Trees«, sagte Gordon.

Lorraine reagierte entsetzt, als sie das Stück später sah. Wuchtige, plüschbezogene Polstermöbel auf einer Terrasse im Freien? Sie bestand darauf, Gordon schlichte hölzerne Terrassenstühle zu kaufen.

»Das Ding da sieht ja aus, als wäre es vom Lumpensammler«, sagte sie zu Gordon.

»Mir gefällt's. Vielleicht liegt das am Erbe meiner Blutsverwandten«, antwortete Gordon freundlich.

Lorraine verzog das Gesicht. Wäre sie zwanzig Jahre jünger gewesen, hätte sie ihm den Stinkefinger gezeigt.

Gordon war auch damit einverstanden, dass sie ihm einen Satz unterteilte Plastikteller kaufte. Als Kind hatte er diese Menüplatten gern gehabt, weil er die Speisen voneinander getrennt halten konnte; auch Keefer würde das gefallen, nahm Gordon an.

Als die ersten Wochen verstrichen, kristallisierte sich immer deutlicher heraus, dass es vor allem zwei Lichtblicke für ihn gab: wenn Keefer über Nacht da war – und die Aussicht von der Terrasse.

Er und Keefer saßen gerne draußen, beobachteten, wie die Hügel in der Dunkelheit verschwanden, und sangen dazu das Batty-Bat-Lied aus der *Sesamstraße*. Allein der Frieden eines Herbstabends war die viele Arbeit, den Muskelkater und die dauernden Schmerzen in Gordons Rücken und Armen wert, wenn er Tage und – nachdem er Arbeit als Unterrichtsvertretung gefunden hatte – Nächte mit dem Abspachteln und Schmirgeln und Anstreichen von Wänden zugebracht hatte, die mit Generationen von Farbschichten überkleistert waren. Es war die reinste archäologische Arbeit, durch diese Schichtenfolge von Lilienmustern, marineblauen Streifen, rosa Farbe, weißer Farbe und orangener Farbe bis zum Verputz vorzudringen. Irgendetwas hatte Gordons Vorgänger in diesem Haus von der Lehre gnadenlosen Renovierens, Tapezierens und Anstreichens überzeugt. Sogar das Äußere des Hauses war wie verrückt verkleidet: blaues Aluminium und gleich darunter die Reste von beigefarbenem Aluminium. Als Gordon sich fragte, was sich dann wohl unter dem beigefarbenen Aluminium befand, und den Verdacht schöpfte, es könnte Asbest sein, überlief ihn ein kalter Schauder. Doch der Asbest war keine Gefahr, solange man ihn ruhen ließ. Und bis irgendjemand die Wände des Hauses in Angriff nahm, würde Gordon in einem nüchternen Apartment in irgendeinem modernen, anonymen Wohnblock leben, wo er die intimsten Badezimmergeräusche der Leute auf der anderen Seite der Zwölf-Zentimeter-Trockenmauer hören könnte – und die wiederum würden seinen sexuellen Aktivitäten lauschen, falls es jemals welche gab. Gordon rechnete jedenfalls nicht damit, dass dies bald der Fall sein würde. Erst letzte Woche hatte er zu Tim gesagt, er würde sich selbst gratulieren, falls es überhaupt wieder Sex für ihn gäbe.

Vier Wochen vergingen. Die Wände waren in reinem, abwaschbarem Weiß gestrichen, auf dem Keefer mit ihren Wachskreiden malen konnte, was Gordon ihr erlaubte (zum Teufel mit Delias Tapeten!). Der Hartholz-Dielenboden, der sich unter dem von Katzenurin getränkten und längst herausgerissenen Auslegeteppich befand, hätte abgeschliffen werden müssen; Gordon war neugierig, wie der Boden wachsgetränkt und glänzend ausgesehen hatte, aber es war ja nicht sein Haus. Er begnügte sich damit, ihn sauber zu fegen.

Seine Matratze auf dem Fußboden gestattete ihm den Blick durch das größte Fenster; er hatte ausgerechnet, dass die Sonne ihm wenige Minuten nach sechs ins Gesicht schien und ihn weckte. Hätte er den Wunsch gehabt, hätte er jetzt jeden Tag arbeiten können. Die Bezahlung war zwar nicht fürstlich, würde aber die künftige Miete für einige Monate abdecken, falls er etwas zurücklegte. Und wenn dieses Geld aufgebraucht war, würden die Schecks vom Doktorandenstipendium kommen: Gordon war in das Dreijahresprogramm aufgenommen worden, das ihn vom akademischen Grad des B.A. zum Dr. phil. führen würde.

Er hatte keine Vorstellungen, was er mit seinem Doktortitel anfangen würde, wenn er ihn erst einmal besaß. Nun, die Zeit würde es schon richten. Die Unterrichtsvertretungen hatten Gordon mit den verschiedensten schulischen Häppchen vertraut gemacht, manche davon schwer verdaulich, etwa wenn es darum ging, quengelnde kleine Mädchen zu einem Dauerlauf zu bewegen oder vier Tage lang Kinder aus Polen und Laos anzugrinsen, die Englisch als Fremdsprache lernen sollten.

Zweimal – und äußerst behutsam – hatte Gordon an Lindsay geschrieben, vorsichtige, gehemmte Briefe, in denen er lediglich über seine Malerarbeiten berichtete und über die Insektenwelt, mit der er jede Nacht Bekanntschaft machte, wenn er zu schlafen versuchte. Am Schluss der Briefe geriet er ins Schwanken: »In Liebe…« oder »Dein guter Freund…«? Schließlich ließ er es bei »Ich denke an dich…« bewenden.

Lindsay antwortete nicht, was Gordon traurig stimmte. Zweimal täglich sah er nach seiner Post, weil er auf einen Brief von ihr hoffte. Viermal schon hatte er den Telefonhörer in die Hand genommen, um sie anzurufen – und dann wieder aufgelegt, nachdem er die Nummer gewählt hatte. Wenn er nachts bei einem Unwetter aufwachte, sehnte er sich schmerzlich nach ihrem reinen, sommersprossigen, schön geschwungenen Rücken …

Einmal, als er ein paar Bierchen intus hatte, rief er Michelle Yu an. Doch die erste freudige Begrüßung versandete nach wenigen Minuten in nichts sagendem Gerede. Gordon beendete das Gespräch mit dem Versprechen, Michelle an Weihnachten zu besuchen – ein Versprechen, das schon halbherzig klang, als er es aussprach.

Er ließ Keefer auf der Terrasse malen oder mit Klötzchen spielen, bis es dunkel wurde und die Insekten sie ins Haus trieben. Er hatte keinen Fernseher, und seine Bibliothek umfasste nicht viel mehr als Georgias altes Exemplar von *Sturmhöhe*, *Gute Nacht, guter Mond* und *Pat das Kaninchen*, das Gordon jedes Mal abzuwandeln versuchte, wenn er es vorlas, indem er Dinge wegließ, die ihn schmerzten – »Daddys Bart« und »Mommys Trauring«, zum Beispiel –, doch Keefer führte ihn unweigerlich zu den entsprechenden Stellen zurück, indem sie beharrlich auf die Seiten deutete, die er übersprungen hatte, bis er sie letztendlich doch vorlas.

Gern zählten sie auch Autos, wobei seine Nichte artig einen Finger nach dem anderen emporhielt.

»Das da ist ein Dodge, Keefer«, sagte Gordon zu ihr. »Und das ist ein Audi.« Mühevoll beugte Keefer den störrischen Ringfinger der linken Hand, um die Drei zu zeigen; dann hob sie fröhlich den kleinen Finger, um die Vier anzuzeigen. Dabei glich ihr Gesicht auf so schmerzliche Weise dem Georgias, dass es Gordon ins Herz schnitt.

Es dauerte eine halbe Ewigkeit, bis sie bei zehn anlangten, denn das Verkehrsaufkommen auf dieser ruhigen Landstraße zwischen Madison und Oregon, Wisconsin, war selbst um fünf Uhr nachmittags so lebhaft wie ein später Sonntagabend in Tall Trees.

Die Erleichterung, die Gordon empfand, als er Keefer zum ersten Mal bei Delia und Craig abholte, hatte ihm Hoffnung gegeben. Keefer war ihm von der Haustür aus entgegengerannt, hatte ohne Mühe die Stufen genommen und war ihm in die Arme gesprungen. Ihre Beine schienen um zehn Zentimeter gewachsen zu sein, seit Gordon sie das letzte Mal gesehen hatte.

Craig war bedrückt; er schien sich einsam zu fühlen, weil Delia im Krankenhaus war und Alex – nun im zweiten Jahr an der High School – ihren ersten festen Freund hatte, verliebt war und glaubte, sich alles erlauben zu können, da ihr Vater andere Dinge im Kopf hatte als ihre abendlichen Ausgangszeiten.

Ganz behutsam, um Craig nicht zu beunruhigen, schlug Gordon ihm vor, dass Keefer mehr Zeit bei ihm verbringen könnte. Sein Haus sei zwar kein Palast, aber er würde gern auf gelegentliche Unterrichtsaufträge verzichten, wenn er Keefer öfter haben könnte. Er erzählte Craig sogar von den Kätzchen in der Scheune der benachbarten Farm, die noch bewirtschaftet wurde. Keefer, meinte Gordon, wäre sicher begeistert, wenn sie mit den Tierchen spielen könnte.

Irgendetwas in Craigs Gesicht warnte ihn, dass er zu weit gegangen war. Craigs Mutter war zwar nach Hause gefahren, hatte aber die Absicht, bald wieder zu kommen und länger zu bleiben. Auch Diane hatte normalerweise Zeit, wenn sie nicht gerade Big Ray zu seinen kardiologischen Reha-Terminen bringen oder ihn abholen musste. Bei ihnen sei alles in bester Ordnung, versicherte Craig. Das Baby, ein Junge, würde in zwei Wochen geboren. Delia stand unter intensiver ärztlicher Überwachung, weil ihr Blutdruck sehr hoch war, was eine ernste Bedrohung für das Baby darstellte. Craig erzählte Gordon, dass es Keefer großen Spaß machte, die Herzschlag-Piepser auf »Mamis Monitor« zu beobachten.

Gordon stieß einen erleichterten Seufzer aus, als sie bei

ihm zu Hause waren, wo er Keefer endlich das »Jesus liebt dich«-T-Shirt ausziehen konnte.

Die kleinen Hemden und Schlafanzüge, die er in Georgias altem Puppenkoffer mitgebracht hatte, waren Keefer allerdings zu eng und zu kurz. Doch als Lorraine erschien, kaufte sie bei Target den Laden leer und nahm binnen vierzig Minuten Kinderkleidung für ein ganzes Jahr mit: Oberteile und Hosen in hellen Farben und aus geripptem Stoff. Gordons Wäschekapazität hing nun von seiner Bereitschaft ab, fünfzehn Kilometer zum Waschsalon und dem Internetcafé in der East Washington Avenue in Madison zu fahren.

Bei einem Muschelessen – eine besonders köstliche Sorte, die extra von ihrem Fischhändler in Jupiter eingeflogen würde, wie Diane versicherte – unternahm Ray einen ernsthaften Versuch, sich für den Kummer zu entschuldigen, den seine Familie Lorraine und Mark und insbesondere Gordon bereitet hatte. Big Ray war um zehn Jahre gealtert; das Übergewicht, das er sich nach dem Unfalltod Rays und Georgias zugelegt hatte, war seit seinen Herzproblemen geschwunden, und er sah mehr denn je wie ein trauriger Hund aus. Sie alle machten nur wenige und vorsichtige Bemerkungen über Delias bedenklichen Zustand und über den Fortgang des Adoptionsverfahrens, das Craig ausgesetzt hatte. Sie aßen hastig, nickten höflich, nachdem die Nyes sich angeboten hatten, Gordon jede Hilfe zukommen zu lassen, die er in Madison brauchte, stimmten Ray zu, dass sie sich verhalten müssten wie Großeltern und sich den jungen Leuten nicht in den Weg stellen dürften, und dankten Diane für die Abzüge der Fotos von Keefers Taufe als Kind der Kongregationalisten-Kirche, die kürzlich stattgefunden hatte. Dann reichten sie einander die Hände, und die McKennas gingen schnellen Schrittes zur Tür und eilten in Gordons verwahrlostes Haus, wo sie bis spät abends blieben, obwohl sie ein sehr komfortables, klimatisiertes Hotelzimmer hatten. Mark äußerte Bedenken über den Zustand der

Schlösser, beruhigte sich jedoch, als er merkte, dass man die Türen nur gewaltsam öffnen konnte, um hinein oder hinaus zu gelangen. Lorraine versprach Gordon, ihm per Post einen Feuerlöscher zu schicken, obwohl Gordon ihr versicherte, dass man so etwas durchaus auch in Madison kaufen könnte.

Die Sportlehrerin an der Madison-Mittelschule, wo Gordon am häufigsten unterrichtete, war eine freundliche Blondine in den Vierzigern. Sie lud ihn ein, sich ihrer Softball-Mannschaft anzuschließen. Er ging einmal hin; der Wettkampf und die Bewegung taten ihm körperlich gut, im Herzen aber vermisste er Sweeny und Church und Alicias Volleyballteam. Er meldete sich für eine zweiwöchige Probemitgliedschaft in einem Fitnessstudio an und bemerkte, wie ihn Gruppen von Frauen in Sport-BHs beobachteten, verschwitzt, die Gesichter vor Anstrengung gerötet. Nach zwei Besuchen hatte Gordon keine Lust mehr auf weitere Trainingsstunden. Er machte lange abendliche Spaziergänge, wobei ihm auffiel, dass mit zunehmender Dunkelheit die Insekten weniger wurden. Er schlenderte über die Wege zwischen den lebhafteren Vierteln und den einsamen Lichtern verstreut liegender Bauernhäuser.

Der kleine Molkereibetrieb in der Nähe seines Hauses gehörte Zwillingsbrüdern, großen, langgliedrigen Männern, die schon achtzig Jahre alt sein mussten und einander so ähnlich waren, dass Gordon sie unmöglich auseinander halten konnte, bis er sie eines Morgens bei Sonnenaufgang, als sie an seinem Briefkasten vorbeikamen, beisammen sah.

Ein Zwilling hieß Ferris, sein Bruder Larry. An einem drückend warmen Sonntag tauchte Ferris auf, klopfte kräftig an die Tür und verbrachte den Rest des Tages damit, Gordon beim Anstreichen zu helfen. »Nenn mich bitte nur nicht Ferry, mehr will ich nicht von dir«, sagte er ein wenig gekränkt, als Gordon ihn für seine Hilfe bezahlen wollte. Das von Gordon bewohnte Haus hatte früher Ferris' viel älterem Bruder Stuart gehört. »Er ist vor ein paar Jahren gestorben«, erklärte der alte Mann und fügte hinzu: »War eben kein Zwilling.«

Das erste Wochenende ohne Keefer ging im Renovierungsrausch schnell vorbei. Mit der geübten Routine eines Mannes, der oft umgezogen war, kaufte Gordon Handtücher und ein Badezimmerschränkchen, eine Jalousie für das vordere Fenster, Bettlaken und eine Zahnbürste. Für Keefer besorgte er eine Barney-Zahnbürste mit Becher.

Am zweiten Wochenende ohne Keefer konnte er sich nur mit Mühe zurückhalten, ins Auto zu steigen und nach Norden zu fahren. Er verbrachte den Freitagabend damit, in einer Großbuchhandlung in Madison die Umschlagtexte von Büchern zu lesen, die er sich nicht leisten konnte. Der folgende Samstag war trist. Er schlief lange, trank auf der Terrasse Tee und las einen Brief seiner Tante, in dem sie ihm von dem Monster-Kostüm berichtete, das sie für Keefer zu Halloween nähte. Nora hatte ursprünglich ein Teufelchen-Kostüm bevorzugt, weil sie sich Keefers Begeisterung für den Gummi-Dreizack ausmalte, schließlich jedoch befürchtet, dass die Cadys angesichts ihrer religiösen Einstellung »ausflippen« würden.

Gordon verschlief den größten Teil des Sonntags und wartete auf einen Anruf, der schließlich auch kam und ihm eine Woche voller Vertretungstermine bescherte.

Nachdem er am Freitag dieser Woche Keefer abgeholt hatte, ging er mit ihr in der Avenue Bar gebackenen Fisch essen. Als er bei seinem alten Haus vorfuhr, läutete das Telefon. Das Klingeln war durchs offene Fenster zu hören, doch er beeilte sich nicht, ins Haus zu kommen. Nachdem er Keefer aus ihrem Kindersitz befreit und sich selbst drei-, viermal gegen die Eingangstür geworfen hatte, bis sie endlich aufsprang, hätte niemand auf der Welt so lange durchschellen lassen.

Aber das Telefon läutete immer noch. Zwölfmal. Vierzehnmal. Gordon hatte keinen Anrufbeantworter. Er nahm sich vor, bei der nächsten Fahrt ins Einkaufszentrum ein solches Gerät zu besorgen, sonst entgingen ihm womöglich irgendwelche Aufträge. Und in diesem Moment würde Lorraine wahrscheinlich Mark zu Nora schicken, um eine Rettungsexpedition in Gang zu setzen.

Beim siebzehnten Läuten nahm er ab.

»Gordon... mein Gott, mein Gott...«

Die Stimme klang dünn, schwächlich, verzweifelt. Das Erschrecken jagte wie ein Stromschlag durch Gordons Inneres. »Hilf mir, um Himmels willen...« Gordon konnte die Stimme nicht erkennen. »Gordon... Delia liegt im Koma.«

Es war Craig Cady.

Gordon versuchte, aus Craigs brüchiger, verzweifelter Stimme und seinem immer wieder von Schluchzern unterbrochenen Bericht irgendeinen Zeit- und Sinnzusammenhang herzustellen. Delia hatte um kurz nach fünf einen gesunden Jungen zur Welt gebracht. Sie hatte die Entbindung erschöpft, aber tapfer überstanden, hatte die Arme nach ihrem neugeborenen Sohn ausgestreckt und gebeten, dass er nach ihrem verstorbenen Vater Hugh genannt werden sollte. Craig und Alexis hatten sie auf der Intensivstation zurückgelassen und zugeschaut, als das Baby gewogen wurde.

Was dann passiert war, konnte Gordon unmöglich Craigs gestammelten Worten entnehmen. Hauptsache, Keefer war jetzt bei ihm, anstatt mit Craig über antiseptische Krankenhausflure taumeln zu müssen.

Gordon schaute auf die Uhr: Es war acht Uhr abends.

Was war innerhalb von drei Stunden passiert, das in einer Universitätsklinik nicht verhindert oder behoben werden konnte?

Und warum rief Craig gerade ihn an?

»Craig«, sagte Gordon schließlich, »jemand muss zu dir kommen. Ist Diane nicht da? Oder Ray?«

»Die Hochzeit...«, erwiderte Craig mit tränenerstickter Stimme. »Morgen ist die Hochzeit.«

»Was denn für eine Hochzeit?«

»Seine Schwester. Caroline.« Gordon hatte nicht einmal gewusst, dass Caroline schon geschieden war.

»Rays Schwester? Bist du sicher?«

»Sie… in Florida. Ich habe angerufen… schweres Unwetter.«

»Und deine Mutter? Wo ist deine Mutter?«

»Diese Unwetter… sind überall.« Craig schluchzte. »Gott hilf mir«, sagte er mit erstickter Stimme. »Gott hilf mir…«

Schließlich fuhr Gordon mit der schlafenden Keefer durch die nächtliche Innenstadt zu dem großen Parkplatz des Klinikums, wo Craig wie verabredet in einem beleuchteten Unterstand nahe des Haupteingangs wartete. Alexis stand bibbernd hinter dem massigen Körper ihres Stiefvaters, wie eine Vogelscheuche in Craigs Blazer gehüllt. Craig wurde wieder hineingerufen, als die Neurologen sich zu einer Besprechung zusammensetzten. Alexis blieb bei Gordon. In Ermangelung eines besseren Einfalls rief Gordon von einem Münztelefon seine Mutter an. In Ermangelung eines besseren Einfalls ihrerseits sagte Lorraine, sie würde sich rasch etwas anziehen und in ein paar Stunden in Madison sein. Gordon hätte ihr das gerne ausgeredet, doch ihm fiel kein guter Grund ein, warum er sich den verlässlichen, festen Halt in Gestalt seiner Mutter versagen sollte.

Die grelle Beleuchtung und die Gerüche des Krankenhausflurs, das künstliche Tageslicht, durch das man bewusstlose Kinder schob, die an Schläuchen hingen und die verhärmten, zu Masken erstarrten Gesichter ihrer Eltern nicht wahrnahmen – das alles brachte Gordon völlig durcheinander. Zweimal musste er sich berichtigen, nachdem er Craig mit »Ray« angeredet hatte.

Er schlug vor, sich in sein Auto zu setzen und umherzufahren, doch Alexis sagte, sie hätte seit dem Frühstück nichts mehr gegessen. Deshalb setzte Gordon sich mit den beiden Mädchen zu den Ärzten und Krankenschwestern in die große, marineblaue Cafeteria. Keefer und Alexis futterten matschige Pommes. Gordon schüttete zwei Tassen bitteren Kaffee in sich hinein. Um Mitternacht platzten Lorraine und Nora durch die Schwingtür in die Cafeteria. Im einen Arm trug Lorraine ein Sechserpack Pepsi light, im anderen hielt sie die alte Windjacke von Gordon.

Sie machte eine der Pepsi-Flaschen für Alexis auf.

»Sag mir, was hier los ist, Alex«, sagte sie.

»Mom hat das Baby bekommen und ist dann ins Koma gefallen«, erwiderte Alexis mit klarer, leiser Stimme. Sie stand auf, ging um den Tisch, setzte sich neben Lorraine und lehnte sich an deren Schulter. »Es ging ihr schon die ganze Woche schlecht, und die Ärzte sagten, sie müssten das Baby holen, weil es sonst sterben würde.«

»Hat man sie operiert?«

»Nein, sie bekam gleich danach Wehen.«

Lorraine blickte Gordon an. »Kommt das von ihrer multiplen Sklerose?«

»Nach allem, was Craig sagt, hatte sie ein Aneurysma im Gehirn«, erwiderte Gordon und ließ sich in das erschöpfte Wohlgefühl ihrer beruhigenden Anwesenheit gleiten. »Mehr weiß ich nicht. Ich habe keine Ahnung, ob da ein Zusammenhang besteht.«

Sie saßen noch eine Stunde da, während Gordon und Alexis auf Papierservietten Schiffchen versenken spielten. Keefer war auf Noras Schoß eingeschlafen. Lorraine meinte, man müsste endlich einen Arzt holen und sich erkundigen, wie es um Delia stehe, doch Gordon sträubte sich, da er keine Lust hatte, den Weg zur Entbindungsstation zu suchen und eine Schwester anzusprechen. Was sollte er sagen? Wer waren sie denn eigentlich? Eine Ex-Familie?

Schließlich tauchte Craig auf, weinend und verängstigt. Delias Zustand sei instabil und kritisch, berichtete er mit stockender Stimme. Dem Baby ging es gut; es wog fast vier Kilo. Delia hatte Schwangerschaftsdiabetes gehabt und vielleicht einen Schlaganfall infolge des Aneurysmas im Gehirn erlitten; die Ärzte machten alle möglichen Untersuchungen. Craig meinte, er könne mit Alexis nach Hause fahren. Das würde er sicherlich schaffen. Und Alexis könne sich um Keefer kümmern.

»Kommt nicht infrage«, sagte Nora entschieden. »Alexis' Mutter ist sehr krank. Sie müssen hier bleiben, Craig, und Alex sollte nicht allein zu Hause sein.«

»Vielleicht haben Sie Recht«, gab Craig zu und drückte sich die Fäuste gegen die geröteten Augen; er wirkte wie ein riesiges Kind. »Ich weiß nicht, was ich tun soll. Ich glaube, ich sollte sie nicht allein lassen... meine Frau nicht allein lassen...«

Lorraine dachte nach und schob sich ein paar Haarsträhnen hinters Ohr.

»Also, ich denke, wir nehmen sie am besten mit nach Hause.«

»Ich kann Ihnen meine Schlüssel geben«, sagte Craig. »Gordon kennt den Weg.«

»Ich meine, nach Tall Trees«, sagte Lorraine. »Wir nehmen beide Mädchen mit zu uns. Sie kennen meine Telefonnummer, Craig, und können mich anrufen, sobald es Delia besser geht. Alex wird ein paar Sachen mitnehmen müssen, nicht wahr, Alex?«

»Ich hab meine Tage«, sagte Alex kläglich.

»Nein, nein, solche Sachen habe ich nicht gemeint«, erklärte Lorraine. »Ich meinte deine CDs und so was. Alles andere können wir kaufen.«

»Nein, ich brauche nichts«, sagte Alexis. »Aber ich möchte Mom nicht allein lassen.«

»Craig wird sich um sie kümmern. Wir lassen ihn in Ruhe, dann braucht er sich wenigstens wegen euch keine Gedanken zu machen. Und hier gibt es jede Menge Leute, die für deine Mom und euer Baby sorgen. Hast du den Kleinen schon gesehen? Ist er süß?«

»Unheimlich süß«, sagte Alexis, »und klitzeklein.«

Beide schauten Craig an. Craig tätschelte Alex' Wange. Nora tätschelte den Arm des großen Mannes. Dann gingen sie zu fünft zum Parkplatz. Lorraine hatte es irgendwie geschafft, einen Notfall-Aufkleber für Gordons Wagen zu beschaffen, den sie hier stehen lassen wollten. Gordon würde auf keinen Fall fahren, und er würde jetzt auch nicht in sein Haus zurückkehren. Lorraine gab ihm ihr Mobiltelefon und forderte ihn auf, die Schulen anzurufen, die ihn am Montag erwarteten, und eine Nachricht zu hinterlassen, dass er wegen eines familiären Problems unabkömmlich sei. Dann setzte er sich neben Keefers Kindersitz und ihre Tasche mit Getränkefläschchen und Saftpackungen auf die Rückbank; Alex saß auf der anderen Seite. Die Mädchen versanken sofort in tiefen Schlaf, und noch ehe sie auf der Schnellstraße waren, nickte auch Gordon ein; mehr unterbewusst nahm er Neonlichter wahr, einen anderen Parkplatz, eine halb geöffnete Autotür, den Signalton des Zündschlüssels, das Lauterwerden und dann das Verstummen des Radios, die Stimme seiner Mutter und seiner Tante, aufgeregte Gespräche, Seufzer.

Schließlich schüttelte Lorraine ihn an der Schulter. Er stolperte über die vertraute Schwelle in sein Elternhaus. Mark kam ihm entgegen und nahm ihn fest in die Arme. Gordon trank Wasser aus der hohlen Hand am Badezimmer-Waschbecken. Das Bett aus seiner Jugend; Keefer als winziges Bündel zwischen ihm und der schützenden Wand. Die Hände seiner Tante, die nach Torf und Kuchen rochen, stopften eine Steppdecke fest um sie beide herum.

Irgendetwas hatte sich in Bewegung gesetzt, hatte sich im Raum gedreht und beschleunigt, und die McKennas zeigten abermals ihre bewährte Gabe, sich im Epizentrum außerordentlichen Unglücks anzusiedeln. Gordon schaffte es nicht, wach zu werden; er trieb dahin und fragte sich, ob er versuchen sollte, für Delias Gesundung zu beten, oder ob er tot umfallen würde. Vergib mir, denn ich habe gesündigt. Es war fünfzehn Jahre her seit seiner letzten Beichte, und auch da hatte er nur so getan als ob, hatte nur nachgeplappert, was Tim ihm gesagt hatte, bloß um seinen Eltern einen Gefallen zu tun.

Er hörte die Stimme seines Vaters, Marks gleichmäßige, sonore Stimme, und schlief neben Keefer ein.

Erst am Nachmittag schreckte Gordon aus dem Schlaf, verwirrt, aufgerüttelt, eingeholt von seinem eigenen Geruch, der beißend war wie gebratenes Fleisch. Er suchte nach dem Narzissenmuster in seiner Wohnung in der Ersten Straße, nach dem aufgerauten Putz an der Wand in seinem Bauernhaus. Stattdessen hing da ein gerahmter Druck der Brücke von Saint Andrew's… es war sein Zimmer, sein Jugendzimmer. Keefer war aus dem Bett verschwunden, doch er konnte ihr glockenhelles Stimmchen aus der Küche hören, wie sie Erdnussbutter verlangte. Als er erschien, ermahnte ihn Lorraine, leise zu sein, weil Alexis immer noch schlief, oben in Georgias altem Zimmer, wo sie ein Liegesofa aufgestellt hatten. Diane Nye hatte angerufen und erklärt, sie würden Caroline sogar am Tag ihrer Hochzeit verlassen, doch die Wetterverhältnisse hielten sie in Tampa fest. Big Ray habe sie den ganzen Morgen bedrängt, die McKennas anzurufen, *bitte* die McKennas anzurufen, *endlich* die McKennas anzurufen und ihnen zu danken, weil sie sich um die Mädchen kümmerten.

»Diane sagt, sie fühlt sich besser, seit sie weiß, dass Keefer bei dir ist«, sagte Lorraine zu Gordon und legte ein Bagel mit Erdnussbutter auf das Tischtuch vor ihm. Sie wollte ihm Milch einschenken, doch er machte eine abwehrende Geste, stand auf, holte sich selbst ein Glas und schenkte sich die Milch ein.

»Was hältst du davon, was Diane gesagt hat?«, fragte er, als er sich wieder an den Tisch setzte.

»Ich finde, es kommt reichlich spät und ist etwas dürftig.«

»Das ist hart, Mutter.«

»Keefer ist genau da, wo sie schon die ganze Zeit hätte

sein sollen. Und nicht, dass ich Delia etwas Schlechtes wünsche, aber es liegt durchaus im Bereich des Möglichen, dass es dabei bleibt…«

»Das heißt *doch*, ihr Schlimmes zu wünschen, Mutter!«, sagte Gordon schroffer als beabsichtigt. »Delia wird sich wahrscheinlich erholen. Vielleicht ist sie jetzt schon wieder bei Bewusstsein. Vielleicht hatte sie einen Schlaganfall. Aber sie wird nicht sterben.«

»Guten Morgen, Alex«, sagte Lorraine betont laut.

Die Augen des Mädchens waren gerötet, und Rinnsale getrockneter Wimperntusche verliefen in sämtlichen Richtungen. »Ich brauche Hilfe«, flüsterte sie.

»Der Drogeriebeutel liegt auf dem Nachttisch in dem Zimmer, wo du geschlafen hast. Da ist alles drin… Zahnbürste, Unterwäsche. Ich habe auch eine alte Jogginghose meiner Tochter rausgelegt und ein Hemd von mir. Ich fürchte, mehr habe ich nicht. Aber es wird dir wohl passen.«

»Darf ich duschen?«, fragte Alexis, die sich sichtlich vor Gordon genierte. »Geht es meiner Mom gut?«

»Das wollen wir gerade herausbekommen«, sagte Lorraine. »Handtücher sind im Wandschrank neben der Badezimmertür.«

»Allie, hi!«, jubelte Keefer.

»Hi, mein Honigkuchenpferd!«

Keefer drückte einen dicken Schmatz auf Alex' Knie.

Die arme Alexis ist eine Geisel, dachte Gordon, gnadenlos in Besitz genommen.

Craig Cady rief um vier Uhr an. Delias lebenswichtige Funktionen waren stabil. Seine Mutter war unterwegs. Craigs Stimme hatte wieder den gewohnten Klang. Wenn sie wollten, sagte er, könnte Alex Keefer mit dem Bus nach Hause bringen. Er sei ihnen ewig dankbar. Unsinn, antwortete Lorraine, Mark würde sie alle zurückfahren, aber – sie wandte sie zu Gordon um und ließ ihm ein nachdrückliches Kopfschütteln zukommen – nicht vor morgen oder übermorgen. Nein, heute ist es nicht möglich, sagte Lorraine. Alexis geht es gut, ja; beide Mädchen müssen jetzt nur etwas Kräftiges essen und brauchen ein wenig Ruhe.

»Na, schön«, sagte Lorraine, als sie auflegte, »wenigstens bekommen sie die Ruhe.«

Kurz bevor sie am Montagmorgen losfuhren, zog Lorraine – sie hatte geweint, weil sie ihre Enkelin wieder hergeben musste, und bei Keefer damit einen spontanen Wutanfall ausgelöst – Gordon hinter den roten Strauch im Garten. Sie umarmte ihn und redete auf ihn ein: »Gordon, ich möchte nicht, dass du denkst, ich hege irgendeinen Groll gegen Delia oder hätte irgendwelche geheimen Wünsche, dass es ihr schlechter gehen soll.«

»Das glaube ich aber doch, Mutter.« Warum nur war er so grausam? Weil er selbst diese Gedanken, Erwartungen, geheimen Wünsche hatte?

Lorraine nahm ihre Schultern zurück. »Gordon, ich wünsche keinem Menschen, dass er sein Neugeborenes allein lassen oder den Rest seines Lebens gelähmt verbringen muss. Nur… es bedeutet mir nicht so viel, ob Delia lebt oder nicht. Eigentlich kenne ich sie ja gar nicht.«

»Was redest du denn da? Dann ist es für dich also in Ordnung, wenn ein unschuldiger Mensch stirbt, solange du ihn nicht persönlich kennst?«

»Nein, das ist mir nicht gleichgültig! Was ich damit sagen wollte… Delia spielt nur insoweit eine wichtige Rolle für mich, als ihr Leben Bedeutung für Keefers Leben hat. Und für das arme kleine Mädchen dort drüben.« Lorraine schaute zu Alexis hinüber. »Und deshalb wäre ich kein normaler Mensch, keine normale Großmutter, wenn ich nicht froh darüber wäre, dass die Adoption noch nicht besiegelt ist. Craig Cady kennt unser Kind doch gar nicht!«

Gordon spürte einen Stich der Furcht. Es war *seine Mutter*, die das sagte, und nicht Diane Nye, die vor nichts zurückschrecken würde.

»Craig hat den größten Teil der letzten neun Monate mit Keefer unter einem Dach gelebt«, sagte er.

»Er ist nicht ihr Vater. Er ist nicht mal ihr Stiefvater.«

»Ich möchte das alles jetzt nicht noch einmal aufwühlen, Mutter. Nicht noch mal alles durchkauen, bis hin zum ursprünglichen Anspruch auf Keefer. Keefer könnte noch einen Menschen verlieren, den sie liebt, weißt du. Und das Kind, das eben seine Müslischüssel auf deinem Tisch stehen ließ, liebt seine Mutter so sehr, wie Georgia dich geliebt hat, als sie dich wie Dreck behandelte – und das liegt gerade mal zehn Jahre zurück, wenn du dich recht erinnerst.«

»Ich weiß, Gordon. Und es wäre einfacher, wenn ich es nicht wüsste.«

»Dann gib Ruhe.«

»Aber wir müssen vorbereitet sein, sollte der schlimmste Fall eintreten und Delia etwas passieren.«

Für dich wäre es nicht der schlimmste Fall, dachte Gordon und musterte Lorraines glühendes Gesicht. Sogar ihre Haut schien sich gestrafft zu haben und elastischer geworden zu sein. Sie war nicht mehr die verwirrte, abwesend wirkende Frau, die ihn an jenem Wochenende in seinem Haus in Madison besucht und sich bewegt hatte, als würde ihr das Gehen Schmerzen bereiten. Jetzt hatte er plötzlich ein gestochen scharfes Bild von jener Lorraine erblickt, das die Leute sahen, die sie abwehren, abschrecken oder beschwichtigen wollten. Ihr Humor, ihre liebevolle, intelligente Art, ihr künstlerischer Überschwang – das alles hatte ihn vom Wesen seiner Mutter abgelenkt, der Weißglut einer Besessenen.

Nun sah Gordon *diese* Lorraine, und sie ängstigte ihn. Er küsste seine Mutter auf die Stirn und ging.

Craig Cady hatte ein volles Haus. Seine Mutter wiegte das gewickelte Bündel namens Hugh, das gerade erst aus der Klinik gekommen war. Seine winzigen Händchen waren noch mit Puder vom letzten Bad bestäubt. Ein strenger großer Mann mit aufgetürmtem, pomadigem Silberhaar und einem Klerikerkragen trat ihnen entgegen, umfasste Keefers Kinn und schüttelte Gordon und Mark herzlich die Hände.

»Das ist unser Pastor, Reverend Whitehead«, sagte Craig.

Der unterdrückte Laut, den Gordon hinter sich vernahm, war das leise Lachen seines Vaters.

»Wir werden Sie in unsere Gebete einschließen«, sagte der Pastor.

»Danke«, sagte Gordon.

»Tja, dann …«, sagte Craig, »vielen Dank.«

»Ist schon in Ordnung«, erwiderte Gordon. »Wir hoffen, dass es Delia jeden Tag besser geht. Ruft einfach unsere gute alte Keefer und mich hier an, wenn ihr möchtet, dass ich sie vorbeibringe.«

»Ich … äh … weißt du, Gordon, du brauchst sie gar nicht mehr mitzunehmen. Meine Mutter ist ja hier. Und Keefer will bestimmt auch das Baby sehen.«

»Kennt deine Mutter Keefer denn überhaupt?«

»Sie hat sie schon mal gesehen. Und sie kann wunderbar mit Kindern umgehen.«

»Ich glaube, ich behalte sie noch ein Weilchen bei mir, bis sich bei euch alles eingespielt hat. Ihr könnt doch jetzt keine Zweijährige gebrauchen, die herumtobt, während Delia noch sehr schwach ist und ihr ein Neugeborenes und einen verschreckten Teenager im Haus habt.«

»Ach, das geht schon.«

»Nein, das geht nicht. Keefer wird jetzt mit meinem Vater und mir in meinen Wagen steigen, und dann fahren wir zu meinem Haus.«

»Keefer muss hier bleiben«, sagte Craig.

»Ich glaube, Craig möchte damit sagen, dass die Familie in dieser Situation aus sich selbst heraus Kraft schöpft, Gordon«, mischte der Pastor sich ein. »Er möchte seine Kinder alle unter einem Dach haben.«

»Keefer ist nicht sein Kind. Jedenfalls noch nicht. Sie ist sein Mündel. Und ich bin ihr Onkel. Sie war soeben zwei Tage lang unterwegs, ununterbrochen, und nun braucht sie Zeit, um allein zur Ruhe zu kommen.«

»Bitte, Gordon, wir wollen doch nicht diese ohnehin schon schwierige …«

»Craig«, sagte Gordon, »ich möchte mit dir allein sprechen.«

»Ich habe keine Geheimnisse vor unserem Pastor.«

»Aber ich habe Geheimnisse vor eurem Pastor, der nicht mein Pastor ist, und ich möchte das rasch klären.«

Sie setzten sich ins Schlafzimmer, kauerten an den entgegengesetzten Enden des Bettes auf den Ecken der Matratze.

»Craig, Keefer ist jetzt schon verängstigt.«

»Sie muss hier bleiben. Dein Wochenende ist zu Ende.«

»Craig, meine Eltern und ich haben uns für dich den Hintern aufgerissen!«

»Und dafür bin ich euch dankbar. Aber wenn Delia aufwacht, wird sie als Erstes nach ihrem Baby, nach Alexis und nach Keefer fragen.«

»Keefer kommt also an dritter Stelle.«

»Was meinst du damit?«

»Sie kommt nach eurem Baby und nach Alexis.«

»Gordon, Delia ist … sie könnte … also, ich kann das nicht so wie ihr … jedes Wort auf die Goldwaage legen.«

»Du hast dich kein einziges Mal besorgt darüber gezeigt, wie es Keefer gehen könnte. Als wir zur Tür reinkamen, hast du sie nicht hochgenommen und geküsst oder ihr zu sagen versucht, dass sie dir gefehlt hat. Du hast uns eurem verdammten Pfaffen vorgestellt …«

»Jetzt mach aber halblang, Gordon, ich warne dich!«

»Du hast uns eurem … Pastor vorgestellt, und *er* war derjenige, der gesagt hat, du wolltest deine Familie unter einem Dach beisammen haben. *Du* hast es nicht gesagt. Du hast lediglich gesagt, du würdest jemanden finden, der sich um Keefer kümmert.«

»Natürlich hat sie mir gefehlt!«, ereiferte sich Craig; dann senkte er den Blick und fuhr nach einer Pause leise fort: »Nein, Gordon, in Wirklichkeit habe ich sie nicht vermisst. Ich habe niemanden vermisst. Ich habe seit drei Tagen nicht geschlafen. Ich hatte nur Augen für meinen erstgeborenen Sohn und für meine Frau, die ich mehr als alles andere liebe und die in einem Klinikbett liegt, während ein Computer ihre Gehirnströme misst…«

»Aber Keefer braucht jemanden, der sie beachtet und ihr Liebe schenkt. *Du* bist das nicht, jedenfalls nicht jetzt. Das soll keine Beleidigung sein, Craig, denn ich weiß ziemlich genau, wie du dich fühlst.«

»Schön, Gordon, du bist der große Fürsprecher der Familien. Du hast dich so hingebungsvoll deiner Familie gewidmet, dass du dein Leben lang nichts anderes tun konntest, als jede Frau zu vernaschen, die dir unter die Augen kam. Sogar an *meine Frau* hast du dich herangemacht…«

»*Was?*«, sagte Gordon fassungslos. »Was redest du denn da?«

»Bei Rays Hochzeit. Du hast dich über Delia hergemacht.«

»Du hast sie ja nicht alle! Ich war Rays Trauzeuge, und Delia war die Brautführerin. Also musste ich neben ihr stehen. Und wir haben getanzt. Aber ich schwöre bei allem, was mir heilig ist, ich habe deiner Frau gegenüber niemals Annäherungsversuche gemacht. Ich hätte es auch gar nicht gewollt.« Gordon hielt inne; dann fügte er hinzu: »Wie lange denkst du dir eigentlich schon solchen Schwachsinn aus?«

»Deine Schwester hat das auch so gesagt. Nicht über Delia. Aber über all die anderen Frauen.«

»Zieh jetzt bloß nicht meine Schwester mit hinein! Sag nicht ein einziges verdammtes Wort über Georgia! Ihr alle hattet es doch gar nicht erwarten können, Ray in den Hintern zu kriechen, Craig! *Ich* war nicht derjenige, der auf einem Golfturnier gespielt hat, das von einem zwielichtigen Bumslokal gesponsert wurde…«

»Du weißt, dass dieses Lokal nichts mit dem Turnier zu tun hatte.«

»Ach ja? Aber das dachten wir alle.«

»Ja, ja, du bist fehlerfrei, Gordon«, murmelte Craig.

»Ich bin ganz und gar nicht fehlerfrei. Ich bin ein armer Ex-Biolehrer, der zurzeit in einem Rattenloch wohnt…«

»Und den Kindern die Evolutionstheorie beibringt…«

Gordon stand auf. Er schwitzte. »Ich lehre die Kinder, dass der Mensch kein vollkommenes Geschöpf ist, sondern eine schwache Kreatur, die sich ständig verändert. Lehrt eure Kirche das nicht auch?«

»Ich will nicht darüber reden.« Craig legte die Hände vors Gesicht. »Tut mir Leid. Ich bin nicht mehr ich selber, Gordon. Du weißt nicht, wie schlecht wir uns gefühlt haben, weil wir euch das alles antun mussten. Wenn man etwas tun muss, das richtig ist, heißt das noch lange nicht, dass es leicht ist. Und jetzt das! Die Frau, die ich über alles liebe, bringt dieses kostbare Geschenk zur Welt, dieses wundervolle Baby, von dem wir nie geglaubt hatten, dass wir es bekommen würden…«

»Ihr hattet bereits ein wundervolles Baby.«

»Aber jetzt haben wir einen Sohn. Meinen Sohn. Es hätte so wundervoll sein können, wäre Delia gesund geblieben… die größte Freude und das größte Leid, gleich nacheinander…«

»Ich weiß, wie das ist«, sagte Gordon. »Nur war es bei mir nicht die Frau, sondern meine einzige Schwester. Ich erlebte ihre Tapferkeit, als sie Keefer zur Welt brachte, und ihren Überlebenskampf, weil sie Keefer großziehen wollte. Ich habe sie langsam sterben sehen und konnte verdammt noch mal nichts dagegen tun. Ich war kein Ehemann, also weiß ich nicht, was man da empfindet. Aber ich habe Georgia so sehr geliebt wie keinen anderen Menschen!«

»Ich stelle deine Liebe zu Georgia doch gar nicht in Frage, Gordon. Oder deine Liebe zu Keefer. Lass uns zum Thema zurückkehren«, sagte Craig mit müder Stimme. »Wir haben das Sorgerecht für Keefer. Und wir werden Keefer adoptieren.«

»Du willst sie doch gar nicht wirklich haben.«

»Aber natürlich, Gordon. Sie ist ein wundervolles kleines Mädchen.«

»Liebst du sie genauso, wie du Hugh jetzt schon liebst?«

»Das kann… das kann man nicht vergleichen.«

»Liebst du Alex so, wie du Hugh liebst?«

»Alex hat einen eigenen Vater. Alex ist Delias Kind. Ich habe Alex erst kennen gelernt, als sie in der vierten Klasse war…«

»Gut, liebst du Hugh?«

»Ich könnte mir nicht vorstellen, etwas anderes auf Erden so sehr zu lieben.«

»Siehst du. Und so sehr liebe *ich* Keefer. Sie ist ein Stück von meiner Familie, Craig. Sie ist von dem Fleisch und Blut, das ich liebe. Sie gehört mir.«

»Ich kann dich nur bewundern, dass du so denkst.«

»Du bewunderst mich? Du *bewunderst* mich? Als ob es eine hehre Tat wäre, ein Baby zu lieben, das ich auf die Welt zu bringen und aufzuziehen half! Glaubst du wirklich, ich würde Keefer mehr lieben, wenn ich selbst sie gezeugt hätte?«

»Du hast es noch nicht erlebt, Gordon, selbst der leibliche Vater eines Kindes zu sein…«

»Glaubst du, du wüsstest nach vier Tagen mehr über die Liebe zu einem Kind als ich über die Liebe zu Keefer nach zwei Jahren?«

»Warum hast du das alles nicht damals gesagt?«

»Weil niemand mir die Gelegenheit dazu gab, *irgend-*

etwas zu sagen. Und ich glaubte auch nicht, es sagen zu müssen. Ich dachte, das wäre klar!«

»Vielleicht hast du eines Tages ein eigenes Kind. Ich bete, dass du eins bekommst.«

»Ich hatte ein eigenes Kind, Craig.«

»Wenn es so wäre, hättest du Keefer niemals aufgegeben. Du warst derjenige, der sie aufgab. Aber wie dem auch sei – du und ich sind nicht diejenigen, die über solche Dinge entscheiden, Gordon, nicht wirklich.«

»Was ist wirklich? Ist deine Wirklichkeit die richtige Wirklichkeit oder etwas anderes?«

»Ich bin Automobilverkäufer, Gordon. Ich kann nicht über philosophische Dinge diskutieren.«

»Okay, in schlichten Worten. Du hast sie nicht gewollt. Und du willst sie jetzt auch nicht.«

»Ich wollte mit meiner Frau ein Kind, ja. Aber ein Kind zu haben, das mit meiner Frau blutsverwandt ist, war fast das Gleiche. Ich wollte tun, was mein bester Freund Ray sich gewünscht hatte… und ich wollte die Wünsche seiner Frau erfüllen… Georgias Wünsche.«

»Aber du wolltest nicht in erster Linie Keefer haben. Du sagst, es wäre ›fast das Gleiche‹ gewesen. Als wäre Keefer ein passabler Ersatz für ein eigenes Kind!«

»Red nicht so einen Blödsinn! Du weißt, dass ich das anders gemeint habe.«

»Schon gut«, lenkte Gordon ein. »Ich weiß, du hast es nicht so gemeint. Du wolltest damit sagen, dass Keefer fast so wie das Kind war, das Delia und du zusammen haben wolltet.«

Ein Baby, das so aussieht wie ich, dachte Gordon. Ein Baby, das so klug ist wie sein Vater.

»Genau.« Craig seufzte und ließ seine mächtigen Schultern sinken.

»Aber ich wollte sie, ich wollte *Keefer*, ich wollte *dieses* Kind, das schon meines war.«

Craig schüttelte bedächtig den Kopf, wie ein Braunbär, der etwas wittert, von dem er nicht weiß, was es ist. »Ich weiß gar nicht, wie das alles angefangen hat…« Er schaute Gordon flehend in die Augen. »Ich weiß nicht einmal, wie ich mein eigenes Leben führen soll, geschweige denn, das dieser Kinder. Ich weiß nicht, was Delia brauchen wird. Ich weiß verdammt noch mal nichts.«

Gordon spürte, wie sich ein Knoten in seinem Innern löste. »Armer Kerl«, sagte er, streckte ungelenk die Hand aus, ergriff Craigs Unterarm und ließ ihn wieder los. »Ich kann dir sagen, was du tun musst. Ich weiß, wie es geht. Du kannst mich fragen. Ich verlange kein Honorar. Ich bitte nicht mal um mehr Tage mit Keefer. So bin ich nicht.«

»Und ich habe noch nicht mal Alex' Vater angerufen. Er muss doch wissen…«

»Craig«, rief seine Mutter aus dem Wohnzimmer, »es ist das Krankenhaus!«

Craig erhob sich schwerfällig. Gordon folgte ihm ins Wohnzimmer und nickte seinem Vater zu, der sich erhob, um eines von Keefers roten Oberteilen vom Kaffeetisch zu nehmen.

»Was soll das heißen? Ein Beatmungsgerät? Ist das vorübergehend?«, fragte Craig, und seine Mutter wiegte das Baby schneller und schneller.

Mark ergriff Keefer, nahm das zappelnde kleine Mädchen in die Arme und ließ einen ihrer Schuhe auf den Boden fallen.

»Was meinst du?«, fragte Mark drängend und schaute Gordon fest in die Augen – ein unerschütterlicher, jugendlicher Blick voller Wagemut.

»Gehen wir«, sagte Gordon zu seinem Vater, nahm ihm Keefer ab, drückte ihr Gesicht an seine Schulter und drehte mit der freien Hand den Türknopf. »Lass den Schuh. Der bringt kein Unglück. Er steht ja nicht auf dem Tisch.«

22

Ich heiße Keefer Kathryn Nye. K.K.N. Ich wohne in Madison, Wisconsin. Ich bin fast zehn Jahre alt. Mein Geburtstag ist gleich vor den Ferien im Frühling. Da möchte ich Paintball spielen. Mein Dad sagt Nein, weil es mit Pistolen zu tun hat, aber es sind keine richtigen Pistolen, nur Farbpistolen. Und er sagt auch, dass dann die anderen Kinder alle nicht kommen dürften, weil ihre Eltern Angst hätten, dass sie bei dem Spiel auf einem Auge blind werden könnten oder so. Hugh darf Paintball spielen, dabei ist er noch ein kleines Kind, aber das ist wohl anders, wenn man ein Junge ist.

Soll das gerecht sein?

Ich werde jetzt die ganze Geschichte meines Lebens aufschreiben. Ich habe die ganze Nacht Zeit dafür.

Meine Mutter ist gestorben, als ich ein kleines Baby war.

Es ist jetzt Dienstag. Und Nacht. Ich hatte am Montag und Dienstag frei, weil es ein medizinischer Notfall war. Mein Dad war nicht zu Hause. Er ist zu einer Konferenz nach Kansas oder Kalifornien oder so geflogen. Er sagt, ich bezahle für seine Ausbildung, und dann zahlt er für meine Ausbildung. Aber ich hätte lieber ein schönes Haus am Mendota-See. Meine Freundin Alaya hat dort eine Villa mit einer Kegelbahn im Keller. Unser Haus ist bloß ein Dreckloch. Es hat fünf Schlafzimmer und eine große Terrasse rundherum und sieben Birken. Es sieht von außen viel besser aus als von innen. Aber die Farbe ist mies. Mein Vater sagt, das ist Ich-weiß-nicht-was-Grün. Das Auto von meinem Dad hat auch diese Farbe gehabt. Wir hatten das Auto, um durch die Gegend zu fahren, und wir haben nur Stühle und Sofas, die wir von meiner Oma und meinem Opa bekommen haben. Aber immerhin gehören die Stühle nicht der Bank. Wir bekommen später ein anderes Haus. Sogar meine Tante Lindsay sagt, unser Haus ist ein Dreckloch. Und sie ist meine Lieblingstante. Sie ist so nett, sie würde nie was Falsches über so was sagen. Ich kann mich an meine Mutter nicht erinnern, weil ich noch ein Baby war, als sie gestorben ist. Sie war ziemlich berühmt. Meine Oma McKenna hat ein großes Buch mit Bildern und Geschichten über Mommy, und eine war sogar in »People« (aber nicht in »Teen People«), und es gibt ein Videoband, das in einer alten Fernsehshow gezeigt wurde.

Die Mutter von meinem Cousin Hugh ist auch gestorben, als er ein Baby war, deshalb haben wir die gleichen Sachen erlebt. Einmal hat Mrs Mallory gesagt, ich würde mir wohl einbilden, ich bekäme eine Extrawurst gebraten, weil alle Leute Mitleid mit mir hätten, weil ich keine Mutter mehr habe. Aber das war eine dicke, fette Lüge.

Ich muss hier zwei Tage lang Tagebuch schreiben wegen diesem medizinischen Notfall. Das ist besser als Naturkunde und Mathe. Ich lerne eine Menge Naturwissenschaften hier in der Klinik. Jede Wette! Ich bin die Einzige von uns, die hier dabei ist, um zu helfen. Also, wir gingen zuerst am Montag in die Klinik und saßen bloß rum. Nichts ist passiert. Mein Dad rief mich an und sagte, lies doch was. Ich sagte, was denn? Mein Dad sagt immer, wenn ich nicht lerne, zum Vergnügen zu lesen, besorgt er mir ein Einkaufswägelchen, wenn ich groß bin, und das kann ich dann in der Fußgängerzone auf und ab schieben, mit meinem kleinen Chihuahua-Hündchen oben auf den Plastik-Milchpackungen. Ich weiß schon, was er damit sagen will, und ich finde das überhaupt nicht witzig.

Ja, und jetzt ist es Dienstag, und ich sitze draußen auf dem Flur, weil sie mich noch nicht in das Zimmer lassen. Ich bin noch nicht desinfiziert. Mein Dad ist auch gestorben, als ich ein kleines Baby war, aber nicht mein jetziger Dad. Wir wohnen in Madison, weil mein Dad immer noch in die Schule gehen muss. Noch mehr Schule! Lächerlich! Ich würde die Schule hinschmeißen, wenn ich könnte. Darum strenge ich mich gar nicht richtig an. Als Beruf würde ich lieber ein Rennpferd reiten. Ich bin eine ziemlich gute Reiterin, weil ich schon Reitstunden in Barnstable Ridge genommen habe. Außerdem bin ich die Kleinste in meiner Klasse, außer Ames Smith, aber das zählt nicht, weil Ames einen Rollstuhl hat. Aber er ist ein sehr netter Junge. Er kommt auch zu meinem Geburtstag, obwohl er nicht Paintball spielt, weil er nicht aufstehen kann. Er lässt mich immer mit seinem Rollstuhl mitfahren, weil ich so wenig wiege, nicht mal dreißig Kilo. Meine Oma sagt immer, dass ich was essen soll. Aber sie ist auch klein. Essen lässt einen nicht größer werden, nur dicker. Meine andere Oma ist viel größer, und sie kann tauchen. Aber sie hat immer Kopfschmerzen.

Hugh und ich haben in unserem Leben schon viele Probleme. Eigentlich waren es meistens meine Ideen, aber Hugh macht alles mit und tut alles, was ich sage, auch wenn ich es gar nicht richtig ernst meine.

Ist das gerecht?

Deshalb hat man mich zur Erziehungsberaterin geschickt. Und so ist es gekommen, dass ich Miss Tyson kennen gelernt habe. Miss Tyson! Ha! Ha! Sie war noch in der Ausbildung, und deshalb war sie nur einen Monat an unserer Schule, dann musste sie an eine andere Schule gehen. Sie sagte, dort muss sie sich um Schüler kümmern, die bestimmt mal Verbrecher werden. Sie wollte sofort meinen Dad anrufen. Anrufbeantworter! Glaubt die vielleicht, Dad sitzt zu Hause rum? Er muss arbeiten. Aber das ist schon lange her.

MISS TYSON: *Also, du hast den kleinen Kindern die Spielkarten weggenommen?*

K.K.N.: *Wir haben getauscht.*

MISS TYSON: *Was hast du getauscht?*

K.K.N: *Gummiringe.*

MISS TYSON: *Gummiringe?*

K.K.N.2: *Große Gummiringe. Die blauen. Die sammle ich. Man kann eine Schleuder daraus machen.*

Miss Tyson: Findest du, das war ein gerechter Tausch?

K.K.N. 1: Das war ungefähr wie bei den Pionieren, die haben den Indianern Glasperlen gegeben. Für ihre Pelze und für ihr Land.

Miss Tyson: Das war GENAU wie bei den Pionieren, die den Indianern Glasperlen gegeben haben. Das macht es ja so schlimm! Die Eltern von den Erstklässlern kommen zu mir gelaufen und sind stinksauer! Sie sagen, sie haben zehn Dollar für diese Karten bezahlt, und du hast die Kleinen übers Ohr gehauen. Du musst sie alle zurückgeben.

Mir sind die Gummiringe doch auch egal. Also gut – da sind die Karten.

»Ich habe auch keine Mutter, Keefer«, sagte Miss Tyson. Ich kann es eigentlich nicht leiden, wenn die Lehrer so was sagen, aber irgendwie mochte ich Miss Tyson, weil sie mich nicht wie ein Baby behandelt hat. Sie wäre auch so eine Göre gewesen, hat sie gesagt. Ist zweimal weggelaufen. Und hat Zigaretten geraucht, als sie elf war. Na und? Du kannst mit vielem durchkommen, wenn die Leute Mitleid mit dir haben, sagt Miss Tyson. Das muss man sich merken! Dann hat sie mir vom Brot und vom Wasser erzählt, das war interessanter. Wenn du Brot aufs Wasser tust, kommt es dreifach zu dir zurück, sagt sie. Ich war damals acht, also viel jünger, und Hugh und ich haben es ausprobiert. Aber jetzt weiß ich natürlich, was Miss Tyson gemeint hat, nämlich dass die schlechten Sachen, die du machst, zu dir zurückkommen und dann viel schlimmer sind. Mein Dad sagt, das Gesetz des Karmas wäre Schwachsinn. Aber ich finde es klasse.

Also, nachdem ich für die Spielkarten bestraft wurde, kam mein Dad in die Schule, und da haben wir uns unterhalten. Ich saß dort, als Miss Tyson mir gesagt hat, wer sie ist. Ich glaube, Dad hat es gleich gewusst, weil er so gestarrt hat, als er ins Zimmer kam. Miss Tyson ist hübsch. Und sie ist jung. Sie hat super Haare. Sie sagte: »Ich bin deine Cousine Alex.«

Na schön, hab ich gedacht.

Aber sie hat mir dann alles erzählt. Sie hatte nicht gewusst, dass ich in diese Schule gehe, aber Onkel Craig war ihr Stiefvater. Ihr richtiger Vater heißt Jack. Er ist ziemlich nett, aber nicht zum Heiraten geeignet. Nachdem Delia gestorben war, ging sie zurück zu Jack und wohnte bei ihm. Sie waren Junggesellen, so wie Dad und ich, außerdem hatten sie ein Blockhaus.

Miss Tyson war also praktisch meine Schwester! Und sie war es, von der ich alle meine Barbies bekommen habe. Ich habe immer noch alle ihre Barbie-Puppen. Ich bin jetzt zu alt für Barbies. Aber sie sind schon antik, und sie können mal viel wert sein, sagt Oma Nye. Oma Nye hat noch alle Puppen aus der Zeit, als sie noch klein war. Die ohne Arme ist am wertvollsten.

Wir haben meine Oma angerufen. Meine Oma ist die Mutter von meinem Dad. Wir waren beide in der Leitung. Mein Dad hat gesagt: Kannst du dir das vorstellen? Es ist Alex! Dann haben wir Onkel Craig angerufen. Und wieder hat er gesagt: Kannst du dir das vorstellen? Er hat natürlich mehr gesagt als das. Nicht druckreif. Ich hab gefragt, warum Onkel Craig nicht gewusst hat, wo Alex die ganze Zeit ist. Dad sagte, er hat gewusst, dass sie in Madison war, aber nicht an meiner Schule. Und er hätte es nie erfahren, hätte ich nicht immer solche Probleme gehabt.

Ich habe geträumt und mich erinnert, wie Alex und ich früher zusammen gebadet haben.

Dad hat Miss Tyson zu uns zum Essen eingeladen und Brokkoli-Nudeln gemacht. Das ist praktisch das Einzige, was er kochen kann, aber es ist gut gegen Krebs. Außer diesem einen Mal hat mein Dad in meinem ganzen Leben nur noch einmal gekocht. Als ich noch klein war, drei oder so, haben wir uns jeden Tag Essen kommen lassen. Einmal wollte er mir gebackenen Reis geben und hat gesagt, es wäre thailändisch. Aber ich hab gesagt, das ist nicht thailändisch, das ist chinesisch. Mein Dad erzählt diese Geschichte allen Leuten, warum soll ich sie da nicht auch erzählen?

Hughs Mutter hatte eine Krankheit. Meine Mutter auch, aber sie ist nicht daran gestorben, sondern bei dem Unfall an der Brücke. Es waren verschiedene Krankheiten. Ich hab erst immer *geglaubt, ich hätte sie getötet, als ich ein Baby war, durch Zufall. Hugh hat wirklich seine Mutter getötet, aber es war nicht seine Schuld. Sie ist an Komplikationen gestorben oder wie das heißt. Sie hatte eine »fette Arterie« im Gehirn. Sie mussten Hughs Mutter an die Beatmungsmaschine anschließen, aber das hat ihr nicht geholfen. Ihr Gehirn war schon hin. Und auf einmal hatte mein Onkel zwei Babys, mich und Hugh, weil mein Dad mich nicht haben durfte, bis sie zum Gericht gingen und er gesagt hat, er wäre im Recht, jawohl.*

Alex ging zurück zu ihrem Vater, und nach einer Weile war sie erwachsen. Ich hab sie nie mehr gesehen, bis jetzt.

Das ist alles so verwirrend!

Dann ging sie aufs College in Madison, aber wir haben sie nie getroffen, weil sie im Osten gewohnt hat. Wir hatten auch nicht ihre Telefonnummer. Sie hat in der Nähe von dem Typ gewohnt, der Plastiken aus Autoteilen macht. Und ich kam in den Kindergarten. Ich hab meinen Dad immer bei seinem Vornamen genannt. Das war peinlich. Alaya hat mich gefragt, warum ich das tue. Ich hab gesagt, weil mein Dad mein Onkel ist.

Wirklich!

Mein Dad und meine Mom waren Bruder und Schwester. Dad wurde adoptiert, als er ein kleines Baby war. Und dann hat Dad mich adoptiert, als Mom starb. Nicht gleich. Erst als Delia tot war. Delia ist Hughs Mutter, außer dass sie tot ist. Erst haben sie bei uns in der Nähe gewohnt, hinter dem Orange-Tree-Laden. Jetzt wohnen sie in Oregon. Nicht in dem Staat, sondern in der Stadt. Oregon, Wisconsin. Mein Dad hat auch dort gewohnt, als ich ein Baby war. Aber jetzt kann er es sich nicht leisten. Mein Onkel Craig verkauft Jeeps. Aber wir können uns keinen erlauben.

Hugh sagt, er bekommt ein Pferd, aber das ist eine dicke Lüge! Er kam immer zu uns zum Essen. Wir haben die Brewers besucht. Aber die stinken. Und wir sind zum Colorado-Floßfahren mit Tante Lindsay und Onkel Tim gefahren. Das sind die Upchurches. Onkel Tim sagte früher immer, er wird mich eines

Tages mal klauen. Aber jetzt haben sie ein eigenes Baby, da muss er es nicht mehr tun. Er hat auch einen Hund, der heißt Taxi. Meine Tante Lindsay war in meinen Vater verliebt. Mein Dad hat eine Schwäche für rothaarige Mädchen. Aber sie waren zu jung. Als Lindsay alt genug war, hat sie Tim geheiratet. Sie wohnen nämlich in derselben Stadt. Aber wir haben in Madison gewohnt. Mein Dad hatte nach Madison umziehen müssen, damit er sich um mich kümmern kann. Und so sind Hugh und ich Freunde geworden, obwohl er noch ein Kind ist. Er ist erst acht Jahre. Wir haben ein Bild von mir und Dad mit dem Geburtstagskuchen. Ein großes Stück in der Torte fehlt. Das hab ich mir gegrapscht. Als ich sechs war, durfte ich ganz allein nach Florida. Mein Opa Ray hat mich den Golfwagen fahren lassen. Allein. Meine Oma M. und Tante Nora kamen dann runter und haben mich über die Flitterwochen genommen. Sie sind nach Ecuador gefahren. Jetzt kann ich den ganzen Sommer dorthin, nicht nach Ecuador, sondern Tall Trees, wenn ich will. Ich bin alt genug. Mein Opa M. hat mir gezeigt, wie man mit der Lupe Sachen zum Brennen bringt. Aber es war Hugh, der den Recyclingbehälter abgefackelt hat. Wir wurden dann beide bestraft. Er hat Haarspray verwendet. Und ich hab ihn noch gewarnt!

WARNUNG: FOLGENDES NICHT LESEN, WENN SIE UNTER 17 SIND!!!

Das nächste Mal, als ich in der Schule rausgeschickt wurde, war wegen Hughs Schwanz. Ich hatte wochenlang Schwierigkeiten. Es war meine Idee. Alle Mädchen in der dritten Klasse wollten mal einen Schwanz sehen. Tolle Sache! Ich wollte die fünfzig Cent immer mit Hugh teilen. Fünfzig Cent für einmal gucken. Ein ziemlich gutes Geschäft. Hugh war gerade in der ersten Klasse, aber er hatte einen ziemlich großen Schwanz für einen kleinen Jungen. Ich weiß das, weil ich schon zwei andere Schwänze gesehen habe. Ich sage nicht, von wem, aber ihre Anfangsbuchstaben sind D. R. und M. P. Mehr sage ich nicht.

So, jetzt also weiter.

Der Teil, der jetzt kommt, ist der spannendste. Alex bekam ihre Wehen. Mein Dad war mit dem Flugzeug verreist und saß irgendwo fest. Und dann musste er nach Chicago. Okay, Alex sagte ihm am Telefon, ob sie denn nun die Beine zusammenzwicken sollte, oder was? Es schneite. Ich wusste, dass ich nicht mal am Mittwoch in die Schule gehen könnte, weil wir wahrscheinlich einen Tag schneefrei bekommen würden. Bisher haben wir noch keinen Schnee gehabt. Das liegt an der globalen Erwärmung.

Ich hab noch was vergessen. Jemand – ich werde nicht verraten, wer es ist, aber es ist Sarah Tanaka – hat erzählt, dass wir Geld dafür nehmen, dass andere sich Hughs Schwanz anschauen. Also musste ich wieder in Miss Tysons Büro. Sie sagt, es wäre ziemlich unpassend. Sie sagt, es ist Sex. Ich sage, nein, es ist kein Sex, es ist Biologie. Ich sage, mein Dad ist Biologieprofessor, oder fast. Sie sagt, über deinen Dad weiß ich alles.

Onkel Craig kommt in die Schule. Ich bin sicher, dass er alle Schuld auf mich schiebt. Er meint, Hugh wäre fehlerfrei, weil seine Mom gestorben ist.

Sie haben geheiratet, nachdem ich sie erwischt habe. Mein Dad und Alex. Ich wusste, dass sie zu uns kommen würde.

Ich war bei Zoe Palisio und musste kotzen und wollte nur NACH HAUSE. Zoes Dad hat mich heimgefahren, er hatte ein neues Auto. Er gab mir ein Handtuch, das ich vor mein Gesicht halten musste, und er fuhr ganz schnell, und als wir zu unserem Haus kamen, sagte er nur: Lauf rasch! Opa M. sagt, Dad ist ein zerstreuter Professor. Er vergisst, die Tür abzusperren. Ich auch. Okay! Da waren sie und hatten nichts an. Aber sie sind nicht ausgeflippt. Mein Dad sagte, ist dir schlecht, Keefer? Und ich sagte, mir ist hundeelend, Daddy. Als ich noch in der ersten Klasse war, hab ich ihn gefragt, bist du mein Daddy? Und er sagte, tralala, kein Daddy außer dem Daddy. Und da hab ich angefangen, ihn Daddy zu nennen. Früher hab ich ihn Dory genannt. Das war mein Babyname für ihn. Wir haben trotzdem nicht denselben Familiennamen, aber das ist bei vielen Kindern so. Also, da lagen sie im Bett, und mein Dad sagte, Fräulein, geh mal schön raus hier. Und ich ging in den Flur. Er sagte, ich liebe Alex. Ich bin ganz – uff!

Mein Onkel Mike sagt, Dad wäre der reinste Kinderschänder. Aber sie sind doch bloß zehn Jahre auseinander. Mein Dad sieht nur so alt aus wegen seiner Brille.

Also, zurück zum Baby. Der Doktor sieht mich an und fragt, wer ist denn dieses Kind? Alex sagt, sie gehört mir, Keefer Kathryn Nye. Der Doktor sagt, okay. Er sagt, Miss McKenna, versuchen Sie nicht zu pressen, bis ich es Ihnen sage. Ich sage, sie ist Mrs McKenna. Alex sagt, hab keine Angst, Keefer, denn wenn ich schreie, dann ist das in Ordnung. Und wie sie SCHRIE! Ich bin auf den Flur gerannt. Und dann musste ich neu desinfiziert werden. Ich dachte, ich würde ohnmächtig. Ich hab mein Gesicht im Badezimmer abgewaschen. Die Krankenschwester, Jennifer, sagte, willst du wieder hineingehen?

K.K.N: *Ja. Ist das Baby schon da?*

JENNIFER: *Ganz bald jetzt.*

ALEX: *O Gott, ich sterbe! Verdammt!*

Wir gehen wieder rein. Der Doktor sagt, ich sehe Haare. Ich sehe hübsche rote Haare. Pressen Sie, Mrs McKenna! Pressen! Pressen! Alex' Gesicht ist ganz rot. Und überall liegen Eingeweide herum. Pressen, pressen! Ich denke, sie bringen Alex um. Aber sie sagt zwischen ihrem Schreien: Hab keine Angst, Keefer! Hab keine Angst!

Noch einen Augenblick!

Da ist das Baby!

Sie schießt heraus wie nichts! Sie ist sehr stark.

Sie schaut nicht so eklig aus. Der Schleim ist natürlich. Sie ist so groß. Sie ist ein großes Baby wie Zoes kleiner Bruder, dabei ist sie noch ganz neu geboren. Die Schwester Jennifer sagt: große Schwester! Kannst du mal das Baby halten? Oh, sie haben mich das Baby halten lassen, meine kleine Schwester. Das Blut stört mich nicht. Ich hab sie auf den Mund geküsst. Sie hat geniest! Ich hab es so satt gehabt, allein zu sein. Junggesellin. Alex ist ganz verschwitzt, aber sie waschen sie ab. Ich gebe ihnen das Baby, damit sie es auch abwaschen können. Wir rufen Oma M. an, und sie sagt, ich kann das überhaupt nicht aushalten! Da liegen vielleicht sechs Meter Schnee draußen vor meinem Haus. In Tall Trees. Ich komme doch vom Norden her. Ich hab Alex gefragt, ob wir Lindsay und Tim und meine Oma Nye und ihren Dad in North Carolina anrufen sollten. Nur ihren Dad sollten wir anrufen. Dann sagt sie, ich schlafe jetzt, und du? Ich konnte nicht schlafen. Ich war so aufgeregt. Alex sagt, Schatz, such dir was zu lesen. Mach den Fernseher nicht an. Ich schaue nur den Lichtern zu. Die Lichter sind vom Schnee zugedeckt. Keine Autos. Nur ein Auto, das Pizza-Auto.

Ich war nicht traurig. Ich hab mich gefreut, dass das Baby eine Mommy hat. Aber ich wollte meinen Dad haben. Ich musste darüber nachdenken, dass er ein Flugzeugunglück haben könnte. Das war ganz unheimlich. Ich nahm ein bisschen Kleingeld aus Alex' Tasche und ging zu den Automaten. Sie hatten Pringles in Dosen. Ich mag die mit Saure-Sahne-Geschmack am liebsten. Ich ging zurück.

Alex wacht auf und füttert das Baby mit dem Busen. Irre! Das Baby weiß schon, wie es essen muss. Sie ist ein sehr kluges Baby. Alex sagt, Schnurzelpurzel, ich bin jetzt Mutter, was hältst du davon? Und dann sagt sie, Keefer, ich bin auch deine Mutter. Stiefmutter, sage ich. Nein, ich bin deine Mutter, sagt sie, weil ich dich als mein Kind annehme, wie bei einer Hochzeit. Du hast keine andere Mutter, deshalb muss ich dich mit niemandem teilen. Ich sage, gut, du könntest mich auch adoptieren. Sie sagt, kann ich erst mal drüber schlafen? Sie hat die Augen zugemacht und mir erzählt, dass sie auch keine Mutter gehabt hat. Ich hab ihr gesagt, sie kann doch meine Oma nehmen, weil die keine Tochter mehr hat. Marsch, jetzt erst mal ins Bett, sagt sie, schlaf schön. Wir kriegen das alles hin.

Mein Dad hat mich geweckt. Ich hab gerade von diesem

Swimmingpool im Dschungel geträumt, in dem alle die Nixenbabys gespielt haben.

Ich sagte: Haben wir schneefrei? Er sagt: Ja. Wir werden dem Baby jetzt gleich einen Namen geben. Ich bin sofort wieder da.

Sie hatten fast einen Streit wegen dem Namen. Meinem Dad gefiel Georgia oder Elizabeth. Wer ist Elizabeth?, sagt Alex.

Dann sagte sie: Nein, sie ist Dory. Dory Delia McKenna. Sie sagte, erinnerst du dich? Er hat sich nicht erinnert. Dann sagt sie, es war einmal ein kleines Mädchen, das konnte den Namen seines Vaters nicht aussprechen. Sie glaubt, ich weiß nicht, was das bedeutet. Aber ich weiß es. Sie haben mir die Geschichte hundertmal erzählt, über Georgia.

Ist schon okay, der Name.

D.D.M. – und K.K.N.

Mein Dad heult, was das Zeug hält. So ein Doofi! Warum weinen? Dory wiegt fast neun Pfund. Mein Dad sagt, jetzt habe ich zu viele Mädchen im Haus. Echt ätzend. Jetzt brauch ich einen Jungen, sagt Dad. Dann tu doch was, sagt Alex.

Dad sagt, er nimmt mich mit nach Hause. Tante Nora ist schon da. Was dann, sag ich, ist sie mit dem offenen Pferdeschlitten gekommen? Und mein Dad sagt, Tante Nora könnte auch einen Hundeschlitten lenken. Ich möchte hier nicht weggehen. Eigentlich ärgert mich das sehr. Nach dem ganzen medizinischen Notfall – okay, tschüs, Keefer! Aber er drückt mich fest am Arm. Ich schreie: autsch! Die Schwester Jennifer kommt wieder herein. Alles in Ordnung hier? Geschieht ihm recht. Sie hat mir dieses »Ich bin die große Schwester«-T-Shirt geschenkt. Sieht super aus. Ein bisschen klein. Die meisten der großen Schwestern hier sind noch Babys. Alex sagt, sie hat eine Kurzhaarfrisur. Die Schwester sagt, sie ist das hübscheste Baby hier im Haus. Ihr habt alle rote Haare. Ich habe keine roten Haare, außer im Sommer. Mein Dad sagt, ihr müsst wohl beide diese Gene haben, oder wie das heißt. Alex sagt nein. Mein Dad sagt, doch, Liebling, habt ihr. So ist mein Dad! Muss immer den Ton angeben.

Wir mussten dann gehen. Die Schwester Jennifer bringt unser Baby herein, ganz sauber. Wir haben gebadet, sagt sie. Dad sagt, beeil dich, Keefer, du trödelst immer herum. Ich will nur noch mal was sehen, sag ich. Alex legt das Baby in die kleine Babyliege. Dory schläft. Aber sie lächelt im Schlaf. Ihr Mund geht rauf und runter, rauf und runter. Sie träumt, dass sie ihr Abendessen bekommt.

Dad sagt, weck sie nicht auf, aber du darfst sie küssen. Ich sage: Küss mich, und dann vergiss mich. Dad steht in der Tür. Er dreht sich um und schaut in den Flur hinaus. Dann kommt er zu mir und hebt mich hoch und steckt meinen Kopf unter seinen Mantel. Er trägt mich den ganzen Weg bis zum Auto, was er sonst nie tut. Das hat er nicht mal getan, als ich noch klein war und im Einkaufszentrum die schlimmen Schmerzen in den Beinen hatte.

Das sind jetzt fünf Blätter, mindestens, auf beiden Seiten voll geschrieben.

Ende

24. Mai 2000
Oregon, Wisconsin

Danksagungen

Mein herzlicher Dank geht an alle, die mir durch ihr Wissen, ihre Hilfe und ihr Entgegenkommen ermöglicht haben, diese Geschichte zu erzählen.

Ich danke Greg Boyer, dass er mir seine Kenntnisse über die Naturwissenschaften vermittelt hat. Dass ich die gesetzlichen und psychologischen Fragen des Sorgerechts für Kinder begreifen lernte, verdanke ich Marlene Porter, Richard Auerbach, Greg Lyons, Elizabeth VanderWerf und Cindy Jensen. Brenda O'Donnel und Adrian Lord von der Highway Safety steuerten Tatsacheninformationen bei, ebenso Greg Siborski, Marlyn Chohaney, M.D., und Michael Brownstein von den National Institutes of Health. Die Künstlerinnen Lora Donahue und Annette Turow haben mir ihr Fachwissen gewährt und mir gezeigt, wie man ihre Kunst vermittelt. Für gewissenhafte juristische Nachforschungen danke ich Clarice Dewey. Besonderen Dank schulde ich Patricia Kelly für ihre Hilfe bei Recherchen, ihren Rat als Lektorin und ihre beständige Freundschaft.

Daniel Moeser ist ein kluger und wohlmeinender Richter und ein lieber Freund. Fanny Nevel, der ich jede Geschichte erzähle, die ich schreibe, hat mehr zum Wesen dieses Romans beigetragen, als ihr klar sein dürfte. Mein geliebter Bruder Bobby, sein Kumpel John und mein langjähriger Freund und Schriftstellerkollege Brian Hewitt haben mir so viel über Golf beigebracht, dass ich vorgeben kann, etwas davon zu verstehen. Für Einblicke in die Welt der Natur im mittleren Wisconsin danke ich Andy Johnston und meinem Sohn Robert Allegretti.

Meine Freundinnen Anne D. LeClaire und Barbara Grossman erwiesen sich als Leserinnen von beispielhafter Klugheit. Bei einem besonders schwierigen Abschnitt war meine Agentin und Freundin Jane Gelfman wieder einmal meine Vertraute und mein Kompass. Jennifer Hershey griff beim Redigieren des Buches mit leichter Hand und doch beherzt zu – und Cathy Hemming verlegte es mit Schwung und Idealismus. Der Coverdesigner Roberto De Vicq De Cumptich gab dem Buch sein wundervolles Äußeres.

Den Freunden in meinem Alltagsleben, meiner Familie und besonders meiner unendlich einfallsreichen Mitarbeiterin Pamela English, meiner rechten Hand Jill De Young und der Nora in meinem Leben, Karen Smith, gilt meine beständige Zuneigung. Meinen Töchtern Maria, Francie und Jocelyn sowie meinen Söhnen Rob, Daniel und Martin danke ich für ihre Schonung und Nachsicht. Ein dreifaches Hoch und eine herzliche Umarmung für Joyce M. und Joyce S., Laurie, Karen T., Sam, Peg, Emily, Hillary, Sandy Mitchard, Stacey, Jane H. Patty, Artie, Larry, Pam, Mikey, Anna, Alyssa, Bryan und den Rest meiner Clique. Und ein herzliches Dankeschön meinem Patensohn, dem Namensvetter von Gordon McKenna.

Und an euch, Rosie, Bob und Scott, geht mein besonderer Dank für euer Wohlwollen.